元曲選

四部備要

集部

中華書局據明刻本校刊

桐鄉陸費逵總勘
杭縣高時顯 吳汝霖輯校
杭縣丁輔之監造

北邙山倡和柳梢青
倣楊補之筆

馬丹陽度脫劉行首
珍倣宋版印

馬丹陽度脫劉行首雜劇

元　楊景賢撰

明吳興臧晉叔校

第一折

（正末扮王重陽上云）貧道姓王名嚞道號重陽真人未成道時在登州甘河鎮上開着座酒店人則喚我做王三舍有正陽祖師純陽真人他化作二道人披着氈來俺店中飲酒貧道幼年慕道不要他的酒錢似此三年道心不退忽一日他道俺去也王三舍與你回席咱貧道言稱師父那得酒錢來他就身邊解下瓢來取甘河水化作仙酒其味甚嘉方知此乃神仙之術他道王三舍你要學此術好要學長生術好貧道答言俺願學長生之術遂棄却家業跟他學道傳得長生不死之訣成其大道呂祖引貧道至東海之濱將金丹七粒撒去水中化成金蓮七朵云此金蓮七朵乃是丘劉談馬郝孫王恁七人可傳俺全真大道你可化作一凡人下人間度此六人成道貧道奉師父法旨化作一先生行乞於市凡人不識貧道問某曰師父出家人只以酒食爲念不看經典可是爲何貧道云若說神仙大道豈有不看經典之理但要心堅念重何愁不到蓬瀛我想做神仙的皆是宿緣先世非同容易也呵（唱）

（仙呂點絳唇）五祖傳因二師垂訓向甘河鎮悟德全真想大道從心運

（混江龍）神仙有分披氈化我出凡塵脫離了火院大走入玄門十朵金蓮浮水面一雙銀海照乾坤奉吾師法旨我可便普天下都尋

盡（帶云）尋誰來（唱）尋俺那丘劉談馬大古裏六箇真人

（油葫蘆）袖拂清風足躡雲行步穩向人間來往兩三春我這般窮身潑命誰瞅問蓬頭垢面粧癡鈍他每不識高共低不分個假共真（云）有人道兀那抄化的先生怎生不做幾件道衣穿（歎介）（云）嗨恁世人不知（唱）則我這丹田有寶能滋潤覷不的他滿眼盡愚民

（天下樂）端的便誰識蓬萊洞裏人你則待貪也波嗔紅塵中空自滾遮莫恁有金貲怎離三尺墳君不見霸主強君不見漢主狠他每都向北邙山內隱

（云）來到這西安府城外別無人家又無宮觀寺院這的是北邙山口我在這山角下松陰內坐一夜咱貧道觀此山下必有妖精鬼魅我試看咱（唱）

（醉中天）我則見水泿生寒氣山勢吐妖雲這搭兒非鬼非靈決有神料想我難安穩（帶云）你看這雲遮月色呵（唱）月暗東西不分赤力力風操動松韻（云）我道是甚麼那（唱）原來是鶴飛來相伴我黃昏

（云）貧道就這松陰下坐一夜咱（唱）

（一半兒）我則見柳垂綠線草鋪茵星撒殘碁月掛輪石上鹿皮鋪墊的穩松下有白雲我且做一半兒朦朧一半兒盹

（做坐科）（旦扮鬼仙上云）妾身是唐明皇時管玉斝夫人五世爲童女身不曾破色慾之戒惡世間生死不如做鬼仙快活在此山角下三百餘年也今夜月朗星稀口占一詞（柳梢青）天淡曉風

明滅白露點蒼苔敗葉端上翠園黃雲衰草漢家陵闕　咸陽陌上行人依舊名親利切改換朱顏消磨今古隴頭殘月（正末云）貧道正坐間是誰人驚覺貧道（唱）

〔金盞兒〕我則聽的語言勤曲腔真夢回明月歌聲近他向那青森森樹底顯香魂（帶云）待道不是鬼來呵（唱）可怎生迎風衣不動對月影難分這廝他入山山作怪入水水爲神

（云）他不念呵便罷若再念呵我依着他那前韻和一首點化此鬼（旦再念前詞科）（正末和云）度你個不生不滅又不比拈花摘葉與倚高歌醉眠芳草夢游仙闕　有時苦勸人人莫怪我叮嚀切切走骨行尸貪財戀色枉消年月（做見科）（旦云）師父萬福（正末唱）

〔醉中天〕一句句依着前韻一字字和的清新咱說破超凡入聖因你怎不把前生認（旦云）師父度脫鬼魂咱（正末唱）我度你個無影無形鬼魂（帶云）你既爲女人呵可怎生不還宿債（唱）則你那宿根未盡怎生般脫離凡塵

（旦云）似此不肯度脫呵弟子怎了也正是遇仙不成道如到寶山空手回（正末云）若要度你呵你可下人間托生做女子還了五世宿債然後方可度你成道你記者（旦云）理會的（正末唱）

〔後庭花〕你先將那寃業分次將那宿債準那其間纔脫紅塵難方歸那大道門用些殷勤休辭勞困我着你重做個婦女身

（旦云）師父弟子何方去也（正末云）你往汴梁劉家托生當來爲劉行首二十年還了五世宿債教你二十年之後遇三箇了髻馬真人度脫你你便回頭者休迷却正道我如今說與東岳殿管折

生案神案神安在疾〔外扮東岳神上詩云〕不孝謾燒千束紙虧心枉爇萬鑪香神靈本是正直做不受人間枉法贓小聖乃東岳殿案神是也有祖師法旨呼喚須索走一遭去〔見科云〕師父喚小聖有何法旨〔正末云〕聽吾法旨引着這陰魂往陽間汴梁劉家托生一女子身當來為劉行首着他還宿世債去〔東岳神云〕領法旨〔正末唱〕

〔賺煞〕我着你托化在雨雲鄉還宿債在鶯花陣休迷却前生道本雖和那野草閑花作近隣則你那主人公休離了玄門你與我逞精神送舊迎新二十載還元見老君欲要見五祖七真先受此三千隨百順早則不冷清清和月伴荒墳〔下〕

〔東岳神云〕奉師父法旨不敢久停久住引着這陰魂前往劉家託生去來〔同旦下〕

〔音釋〕嚞與哲同　躡音聶　啾音揪　邙音茫　魅音媚　墊音店　盹頓上聲　毌音貫　森音參　爇如月切

第二折

〔搽旦扮卜兒上詩云〕教你當家不當家及至當家亂如麻早起開門七件事柴米油鹽醬醋茶自家劉婆婆是也人則喚我做虔婆我在這汴梁城裏居住有個女孩兒喚做劉行首我這孩兒吹彈歌舞吟詩對句拆白道字頂真續麻件件通曉官人每無俺孩兒不吃這酒官身可也極多俺孩兒道娘也有那不打緊的你休叫我等閑坐一會咱我如今在門首看着有甚麼人來〔外扮樂探上云〕自家樂探是也奉官人台旨今日是重陽節令官府在衙中飲酒着我喚劉行首可早來到門首也〔見卜兒科〕〔卜兒云〕哥哥做甚麼〔樂探云〕今日是重陽節令官人在衙中安排酒專等大

姐哩〔卜兒云〕哥哥你先行我便着他去〔樂探云〕劉媽媽快着大姐來休帶累我快來快來〔下〕

〔卜兒云〕蓮兒盼兒說與你姐姐梳粧打扮了衙門裏喚你官身哩〔下〕〔劉行首上云〕妾身劉倩嬌是也官人在衙門裏慶重陽令節誰想走到人市處把梅香迷了我怕大街上有人調鬬我我往這後巷裏去有熟人問路咱〔旦立住科〕〔正末扮馬丹陽上云〕貧道姓馬名裕字義輔道號丹陽抱一真人奉師父王重陽法旨來這汴梁度脫劉行首此女子二十年前是一陰鬼後來師父着他托化做女子身還了宿債教他二十歲之後遇馬丹陽可便回頭貧道今日化做一個道人度脫他歸於正道須索走一遭去那劉行首若記的前事省些氣力若記不的呵馬丹陽這魔障非同小可也呵〔唱〕

〔正宮端正好〕下瑤臺離蓬島趁西風鶴翅飄颻蓬頭垢面無人曉就裏藏玄妙

〔滾繡毬〕我身穿着百衲袍腰纏着碌簌絛頭直上丫髻三角任東西散誕逍遙抄化的酒一壺飯一瓢困來時醉眠芳草煞強如極品隨朝把似你受驚受怕將家私辦爭如我無辱無榮將道德學行滿功高

〔旦云〕這先生是出家人正好問他路〔做見正末科〕〔正末笑科〕〔唱〕

〔倘秀才〕恰離了數萬丈雲埋華岳〔云〕稽首〔唱〕又撞着二十載還魂的故交〔旦云〕這先生好喬也我二十一歲可怎生是你二十年前的故交你莫不見鬼來〔正末云〕可知見鬼哩誰道是見人來〔旦云〕我問你路你便說一聲兒那裏不是積福處〔正末唱〕你

怎生纔出家來可又早迷了正道村性格劣心苗〔帶云〕那裏來那裏去〔唱〕怎生不常常的記着

〔旦云〕我記的呵我不問你也〔正末唱〕

〔滾繡毬〕你不將那大道行〔旦云〕大道上有人〔正末笑科〕〔唱〕可怎生往小路上抄〔旦云〕小路上幽靜也〔正末云〕呆賤人你那小路上敢熱鬧也〔唱〕到如今越不知個顛倒〔旦云〕你指與我路咱〔正末唱〕我若指與你呵你便上青霄〔旦云〕我如今東西南北不知往那裏去〔正末唱〕你如今東不知南不知你北不着西不着〔旦云〕你休誤了我官身〔正末云〕你道誤了你官身呵〔唱〕早忘了你在先軀殼〔旦云〕休誤了我慶重陽〔正末唱〕你若是有俺那重陽呵你便得逍遙〔旦云〕你是個不着墳墓風魔漢〔正末唱〕你道我不着墳墓風魔漢小鬼頭我尋你個未入玄門花月妖〔旦云〕纏殺人也〔正末唱〕我便纏殺人有甚蹊蹺

〔云〕跟我出家去來〔旦云〕不看你那吃的且看你那穿的那些衣服受用快活我跟將你去〔正末唱〕

〔倘秀才〕你休笑我無拘役腤臢的這布袍敢強似你那有罪業輕盈的這絳綃我就裏清標你怎知道〔旦云〕我楊柳腰肢海棠顏色穿金帶銀偎紅倚翠我跟你出家有甚好處〔正末云〕你如今楊柳腰肢海棠顏色〔唱〕有一日霜濃柳葉敗風急海棠凋那其間難尋一個下稍

〔旦云〕你不知道閑官清醜婦貞窮吃素老看經我如今青春之際我怎生出的家〔正末唱〕

〔滾繡毬〕你怕不楊柳腰容貌好久以後那裏每着落你跟着我脫凡塵倒大清高〔旦云〕你在那個庵裏住〔正末唱〕俺那裏洞門無鎖鑰白雲籠罩着砍青松自燒丹竈跨蒼龍同宴蟠桃若得俺山中鶴氅壺中藥免了你那脚上驢蹄面上毛怕甚麼地網天牢

〔樂探上云〕劉行首你疾快去來〔正末扯科〕〔旦云〕你放我去〔正末云〕你跟我出家去來〔唱〕

〔叨叨令〕你低聲鬧高聲鬧怎鎖住心猿鬧〔旦云〕我如今花星照福星照正好受用哩〔正末唱〕你道是花星照福星照怎不怕災星照〔旦云〕你放我去我去的遲了俺㚷㚷罵我〔正末唱〕則聽的虔婆教五奴教怎不受神仙教〔旦云〕我去的遲了官人每怪我也〔正末唱〕你只怕官人叫令史叫怎不怕閻王叫〔帶云〕劉行首〔唱〕你今日可便省的也麼哥可便省的也麼哥你會唱昇平樂太平樂怎不唱逍遙樂

〔樂探云〕劉行首你去的遲了帶累我也〔旦云〕先生你好不識閑忙也〔正末唱〕

〔脫布衫〕走將來唱叫麄豪口不住絮絮叨叨你道他走的慢連催了兩遭哥哥也你便做行的快也跳不出六道

〔樂探云〕他官府中等待着你敢替他去〔正末唱〕

〔小梁州〕你道祗候處官人每等待着休辜負值千金一刻春宵你向尊前席上逞妖嬈粧圈套大古裏色是殺人刀

〔幺篇〕爭知苦口是良藥勸着你不採分毫則戀那鶯燕交不想那

林泉樂爭如你隨着貧道向溪上訪漁樵

〔樂探打馬丹陽科云〕這潑先生無禮也誤了官身我打這潑先生一頓〔正末唱〕

〔伴讀書〕我我我迤逗的他心內焦惡噷噷的高聲叫哎你個樂探哥哥何須鬧欺艮壓善沒分曉揎拳捋袖行凶暴你你你不辯低高

〔樂探推正末科〕〔正末唱〕

〔笑和尚〕呀呀呀仰刺擦推了我一交撲撲撲雨點般拳頭落好好好自有個天公報嗤嗤嗤扯碎布袍支支支頓斷麻縧來來來可惜葫蘆裏瀽了我此靈丹藥

〔樂探云〕喒去來〔同旦下〕〔正末趕科云〕走了也〔唱〕

〔煞尾〕你不肯頂簪冠披鶴氅閑遙遙穩拍拍蓬萊方丈把玄機曉則要你穿背子戴冠梳急煎煎鬧炒炒柳陌花街將罪業招跟着我騎白鶴上青霄跨青鸞遠市朝引仙童採藥苗伴仙翁縱酒瓢奉吾師法令教下人間度豔嬌不回頭不忖度二十年都忘了我着你做神仙倒撇拗空着我駕一片祥雲下蓬島〔下〕

〔音釋〕倩淺去聲 磟音路 簌蘇上聲 角音皎 學奚交切 岳音耀 着池燒切 殼音巧 腤音庵 臢音簪 落音澇 鑰音耀 罩嘲去聲 氅音敞 樂音澇 叨音刀 辜音姑 藥音耀 迤音拖 逗音豆 噷音去聲 揎音宣 捋亂入聲 嗤音癡 瀽音蹇 教平聲 度勞多切 拗音要

第三折

〔淨扮林員外上云〕小生姓林名威字茂之在這汴梁城內開着座解典庫這裏有個上廳行首劉倩嬌我和他作伴我一心待要娶他他有心待要嫁我爭奈有老婆在家和我生了一兒一女我因此不好說得前日劉大姐道你來我問你肯娶我時我嫁了你罷我仔細想來他有這等好意怎生辜負了他不若娶將他來則在外面住豈不美哉今日安排酒果親自到他家問親走一遭去〔旦上云〕我正說你你來了也〔林員外云〕我一徑的問你妳妳在家不在家麼〔旦云〕在家你且坐你要娶我呵休了你大娘子我便嫁你你不休不嫁你〔林員外背云〕我雖然不休我且哄他〔回云〕我休我休將酒來喒且飲幾杯〔旦云〕你快休了罷〔正末上云〕劉行首也你不知來處來去處去你待嫁林員外不爭嫁了林員外時着我去師父行怎生回話須索往他家點化去咱你看世間凡胎濁骨誰識貧道也〔唱〕

〔中呂粉蝶兒〕休笑我粧鈍粧呆看了幾千場柳凋花謝笑興亡自古豪傑遮莫你越邦興吳國破爭如我不生不滅枉費了唇舌他逃不出一生冤業

〔醉春風〕這一個無記性的馬丹陽我直度你不回頭的劉大姐當街上吃了這一場潑拳踢着我去誰根前說說〔帶云〕我度你呵〔唱〕恰便似沙裏淘金石中取火水中撈月

〔見旦科云〕稽首〔旦躲科〕〔正末笑科云〕你躲往那裏去〔林員外云〕姐姐你休怕這先生〔旦云〕先生你來這裏有甚勾當〔正末云〕我來抄化你出家去〔林員外云〕他娘問我要三千貫還

不肯嫁我你若抄化的他出家去我也做先生去也〔正末哭科〕〔旦云〕我試問先生你哭爲甚麼

〔正末云〕你問貧道哭爲甚麼來〔唱〕

〔迎仙客〕自哽咽暗傷嗟〔云〕貧道哭呵不爲别一件〔旦云〕你爲甚麼〔正末指旦科〕〔唱〕哭你那二十年道心在何處也〔云〕你跟貧道出家去來〔旦云〕我嫁了林員外也〔正末唱〕你當日古墓裏將祖師參〔旦云〕今日嫁了林員外也〔正末唱〕你今日向林員外將貧道撇比着往日全別〔帶云〕我着你做神仙呵〔唱〕怎倒惹的你愁眉結

〔旦云〕你是無君臣父子不守祖業的這等人便出的家〔正末唱〕

〔紅繡鞋〕你道我身墮懶抛離了祖業也不似你性癡迷早忘了巢穴〔林員外云〕大姐說的是這窮先生則要茅庵裏學墮懶哩〔正末云〕林員外〔唱〕你這般帶眼安眉也隨邪他母親狠似那雙蟳蝎心毒似兩頭蛇呆漢誰着你去火坑中將身子兒捨

〔林員外云〕將這風先生推出去〔林推正末出門科〕〔正末做叫科云〕劉行首跟我出家去來〔林員外云〕那風先生還在那裏叫姐姐哩你坐一坐我更了衣服便來〔下〕〔旦云〕哎被這先生纏得心煩且自打睡一會兒咱〔旦睡科〕〔正末云〕則這般他也不省則除是恁的〔下〕〔扮東岳神上云〕小聖東岳案神奉王祖師法旨二十年前送劉行首托生下方今日馬祖師度他不肯回頭乃是小聖之罪須索夢化此人成道劉行首劉行首吾乃管托生案神奉祖師法旨二十年前你是一陰鬼來着我送你下方做女子身遇馬祖師便回頭今日你迷却正道是小神之罪〔詩云〕你

二十年死生冤業到如今未經還徹馬丹陽只在門前休忘了天淡曉風明滅劉行首你休推睡裏夢裏吾神回去也〔下〕〔旦驚醒科云〕嗨劉行首也若非祖師慈悲已落輪迴之內我記的這篇詞來〔念科云〕天淡曉風明滅白露點蒼苔敗葉端正翠園黃雲衰草漢家陵闕怎麼忘了後句未知馬祖師在那裏〔正末拍手上念詞云〕咸陽陌上行人依舊名親利切改換朱顏消磨今古隴頭殘月〔旦云〕誰唱我開門去看〔見科〕〔正末云〕劉行首你省也麼〔旦跪云〕師父弟子省了也〔正末唱〕

〔普天樂〕你恰便發凡心施乖劣〔帶云〕你成道呵〔唱〕比乘風的未似比立雪的爭些三百年守在古墳二十載還了烟月師父當時分明說若見我急早來者〔帶云〕我不度你呵你嫁了林員外也〔唱〕早則不敲番鶯燕分開翡翠拆散蜂蝶

〔上小樓〕我將這連枝樹撅雙頭蓮撧我着你便蓬島風清陽臺霧鎖楚岫雲遮棄死歸生回光返照休侵枝葉你將這幹家心擔兒交卸

〔林員外慌上科云〕這先生無禮也怎生把劉大姐哄的這裏來〔旦見林脫衣服做風科〕〔林員外云〕罷了姐姐發狂了也〔正末唱〕

〔么篇〕他將那頭面揪衣服扯則見他玉珮狠籍翠鈿零落雲鬢歪斜〔卜兒上云〕林姐夫大姐風了也〔正末唱〕他不風你自呆休來牽惹端的是他心涼你心乾熱

〔卜兒推正末科云〕這先生是妖人二會子法教俺姐姐風了嗜扯住他見官去來〔正末唱〕

〔滿庭芳〕你將先生緊扯你休施懆暴莫逞豪傑他二十年寃業都還徹〔旦扯正末云〕我跟師父去者〔正末走科〕〔林員外趕打科〕〔正末唱〕你躲了休將他大道攔截我度你個小鬼頭冰清玉潔單注着老妖精祿盡衣絕〔卜兒云〕我則有這個女兒早晚養活我哩〔正末唱〕你那裏便休胡說他今朝省也〔卜兒云〕他今日風了怎生伏侍我〔正末唱〕方信道風起雨雲歇

〔林員外拖末見官科〕〔正末云〕你自的管不得你到拖貧道見官去疾〔林旦引二倈上云〕妾身是林員外的渾家是也俺那員外近來養着一個弟子喚做劉行首俺員外一個月不來家我如今往劉行首家尋員外去尋不着萬事罷論若尋着呵我不道饒了他也〔做見旦鬧科云〕員外你不回家來原來在這裏做個停妻再娶妻我和你見官去〔林員外慌跪科〕〔正末云〕林大嫂他要休你娶劉行首我勸他他倒打貧道哩〔林員外云〕這先生倒會管老婆舌頭〔林旦云〕你要官休你要私休〔林員外云〕官休怎生私休怎生〔林旦云〕你要官休我和你見官去你要私休跟我家去便了〔林員外云〕我則要私休罷〔正末唱〕

〔快活三〕一壁廂嬰兒將衣袂扯姹女將帶揪者你和那牆花路柳厮和協到和親媳婦無疼熱

〔鮑老兒〕自火院深沉向未徹怎管的閑花風月自寃業無明火未斷絕又生出閑枝節〔帶云〕林員外你早不娶了劉行首也〔唱〕花殘月缺絃斷鏡破缾墜簪折

〔卜兒云〕我和你見官去來〔正末云〕你和我見官去〔正末與旦打耳喑科〕〔旦云〕理會的〔不風科〕〔卜兒云〕我女兒不風便不告你〔正末唱〕

〔耍孩兒〕勸修行心念無明夜呆弟子今朝省也奉吾師法令到蓬萊着我便提拔出你虎窟狼穴休占風月門庭鬧莫厭蓬萊途路賒回首是神仙顯你將氣心財性權且離別

〔云〕劉行首你母親平生寃業不少也〔卜兒云〕除了要錢別有甚麼罪〔正末云〕我說與你聽咱〔唱〕

〔三煞〕爲錢呵搬的人爺娘恩愛忘夫妻情分絕典房賣地將家私捨形消骨化皆因此家破人亡不爲別捨性命輕拋撇則戀着星眸皓齒杏臉鶯舌

〔二煞〕將郎君腦蓋敲子弟每觔髓撅怎當他轉關兒有百計千謀設逼得人剜牆鑽窟將金資覓仗劍提刀將財物劫都積攢下來生業跟着我我着你化災變福改正除邪

〔旦云〕弟子送師父出去〔正末唱〕

〔煞尾〕我出門〔做推卜兒科〕〔唱〕你入門〔卜兒哭云〕哎兒也兀的不痛殺我也〔正末唱〕暫時間且略別三日後向城西傳取長生訣管着你跨鳳乘鸞赴仙闕〔同旦下〕

〔卜兒云〕今日俺女孩兒劉行首隨的那先生走了我見官出首去來〔下〕

〔音釋〕呆音爺 傑耶其切 滅夜迷切 舌遮繩切 業音夜 踢音體 說惹書切 月夜魚切 咽也衣切 撇也偏切 別耶邦切 結也饑切 穴耶希切 蟳音潛 蝎也希切 劣夜閻切 蝶音爹 撅靴渠切 撧且疽切 葉音夜 卸音瀉 熱蔗仁切 懆音寵 徹昌惹切 截藏斜切 潔也饑切 絕藏靴切 歇也希切 姹蒼詐切 協耶希切 節音姐 折遮繩切 闕也區切 別耶皮切 髓桑嘴切 設商者切 剜碗平聲 劫也饑切 訣也居切

第四折

〔正末引旦上云〕劉行首此處敢匾窄不如你高堂大廈麼〔旦云〕師父此處索是幽靜弟子不戀高堂大廈〔正末云〕說的是說的是〔唱〕

〔雙調新水令〕小菴雖窄隱幽微包含着一合天地草荒巢鳥宿雲淡雨龍歸淡飯黃虀纔得個中味

〔旦云〕師父打坐是怎生〔正末云〕我說與你聽咱〔唱〕

〔駐馬聽〕水火相隨做出無窮造化機坎離相繼燒開往日雨雲期靈臺拂去是和非丹田養就元陽氣存正理何愁不到蓬瀛內

〔風入松〕清濁混沌把心迷靜者動之基人能清靜常存息寸心天地皆歸壺裏乾坤只自知空忙殺這頑皮

〔云〕劉行首俺這裏比你那市廛中真乃為人間天上〔旦云〕師父您徒弟到今日纔知道了也〔正末唱〕

〔撥不斷〕洞雲迷野猿啼柴門半倚聞鶴唳菊蕋叢叢綻竹籬松花點點鋪苔砌端的個山中七日世上千年興亡不管生死無憂〔帶云〕你覷波〔唱〕則俺這裏別是一般天氣

〔旦云〕弟子但願清閑穿布服猶勝紅塵着絳綃〔正末唱〕

〔鴈兒落〕脫紅裙着布衣改雲鬟爲丫髻發寧心養性功罷妙舞輕歌藝

〔水仙子〕雨雲鄉打抄散燕鶯期風月所掀騰翡翠幃煙花陣攪散了鴛鴦會這清閑誰似你任紛紛兔走烏飛草菴內談玄妙蒲團上講道德萬事休題

〔云〕魔障到也則將主人公休胡動了念者〔林員外卜兒同祗候上卜兒云〕林員外喒和祗候哥哥尋那先生去來那先生臨去時說道城西傳取長生訣如今來到這城西也那松陰內一座庵兒敢是喒看一看〔做看科云〕正是正是兀那先生你將我女兒拐的這裏來你好無禮也將這先生拿住見官去來〔林員外云〕你將我的媳婦拐在這裏來好無禮也我打這先生一頓〔做打正末死科祗候扯員外科云〕好也這先生雖是拐帶人口罪不至死你一下打死更待干罷我和你見官去來〔林員外慌跪科云〕哥哥可憐見他又無有親人又無證見我與你兩錠銀子你將他丟在這洞裏去便了〔祗候云〕也罷也罷我和你將這先生丟在洞裏去也〔下〕〔卜兒扯旦科云〕大姐和你回家去〔旦云〕師父教我休胡動了念者道可道非常道名可名非常名不敢去〔卜兒云〕你師父既是神仙不吃凡人一下打死丟在洞裏去了〔旦悲科云〕師父不爭你死了怎發付弟子也

〔扮六賊上拿林員外卜兒科〕〔林員外慌跪科云〕將軍饒了小生罷〔六賊云〕饒了你還俺師父

〔林員外云〕將軍你師父不知往那裏去了教我那得師父還你饒我罷〔正末打漁鼓上〕〔詩云〕

散袒逍遙躲是非壺中日月有誰知仙家不識春和夏石爛松枯一局棋〔唱〕

〔錦上花〕淡飯粗衣山中活計落托清閑倒大幽微採蕨尋芝遶山轉水煉藥燒丹驅神捉鬼

〔幺篇〕困來那一眠閑來那一醉一任漁樵說是談非笑殺兒曹走南料北空嘆英雄爭高競低

〔江兒水〕人生快活能有幾過一歲無一歲將軍使機謀宰相施忠義都在俺這老先生談笑裏

〔碧玉簫〕想韓侯當日鈍劍一身虧彭越何爲爛剉肉如泥九江王受困危竿尖上挑首級恁莫癡爭似張良會歸急流中身先退

〔六賊云〕師父稽首〔正末云〕林員外你打的我好麼〔林員外云〕師父救我咱〔正末云〕你慌怎麼〔林員外云〕師父我到來年跟師父出家去學道〔正末唱〕

〔川撥棹〕恁兩個用心機出門來逢着太歲我則見剝下衣袂後擁前推刀劍依隨誰教你出門來賊心便起到今日說個甚的

〔七弟兄〕你怎不察知就裏這總是你家門賊怎將蓼兒洼強猜做藍橋驛梁山泊權當做武陵溪太行山錯認做桃源內

〔梅花酒〕呀你今日悔後遲可笑愚癡不辨個高低暢叫揚疾人無

害虎心虎無傷人意你可便甚所爲將親女做娼妓逼的他覓衣食
謾天網四方圍陷人坑當面砌
〔收江南〕呀當日個敲人骨髓剝人皮今日個餐刀吃劍有誰知爭
如俺粗衣淡飯在山扉又不圖着甚的畢竟是那一個得便宜
〔云〕林員外俺明說與你知道劉行首有神仙之分他再不思凡了你早回去罷〔林員外云〕師父
小人情愿回去〔正末云〕既然回去你可速退〔林六賊同下〕〔正末云〕劉行首你跟貧道見衆仙
去來〔東華帝君引衆仙上云〕劉行首你聽我道者〔詞云〕你本是唐朝宮眷秉真心不染塵緣守
孤墳北邙山下詠風月一曲泠然幸遇着重陽道者和新詞甚是矜憐爭奈你陰魂無托況被那業
債相纏降生做上廳行首二十年重遇真仙只爲天淡曉風明滅重提起本性根源今日個功成行
滿駕青鸞證果朝元

〔音釋〕窄音側　廈音夏　合音何　沌音頓　息喪擠切　唳音利　掀音軒　德當美切
剉倉坐切　級巾以切　的音底　賊則平聲　洼音蛙　驛銀計切　疾精妻切　食
繩知切　泠音零

題目　北邙山倡和柳梢青
正名　馬丹陽度脫劉行首

馬丹陽度脫劉行首雜劇

顯孝寺主誦金經

月明和尚度柳翠
倣呂漸筆
珍倣宋版印

月明和尚度柳翠雜劇

元　　撰

明吳興臧晉叔校

楔子

（老旦扮觀音領小末扮善才上詩云）寶座巍巍法力強慈悲極樂住西方慧眼纔開能救苦眉間放出白毫光吾乃南海洛伽山觀世音菩薩這一個是童子善才累劫修行纔離苦海只為慈悲心重遍遊人間廣說因緣普救苦難闡明佛法天花天樂常臨濟度衆生凡惱凡緣盡滅以此蓮花座上號曰觀音祇樹林中稱為菩薩這也不在話下且說我那淨瓶內楊柳枝葉上偶汙微塵罰往人世打一遭輪迴在杭州抱鑒營街積妓牆下化作風塵匪妓名為柳翠直等三十年之後填滿宿債那時着第十六尊羅漢月明尊者直至人間點化柳翠返本還元同登佛會（詩云）只為一點塵汙惹禍災降臨凡世罪應該直待月明點化歸清淨恁時同共見如來（下）（搽旦卜兒同旦兒扮柳翠上）（詩云）教你當家不當家及至當家亂如麻早晨起來七件事柴米油鹽醬醋茶俺是這抱鑒營街積妓牆下住坐老身姓張夫主姓柳亡化過了十年也我有這個女孩兒叫做柳翠不要說他容顏窈窕且只道他心性聰明折白道字頂針續麻談笑恢諧吹彈歌舞無不精通盡皆妙解現做上廳行首在城有一個牛員外與俺柳翠做伴今年是老柳十周年請十衆僧做好事柳翠你門首覷者牛員外這早晚敢待來也（淨扮牛員外上詩云）舉止雖然多俗態說着風流偏酷愛世人只識有錢牛渾名叫做牛員外小可杭州人氏姓牛名璘頗有些錢鈔人皆員外呼之在城有一妓者柳翠與俺兩個作伴多年明日是柳大姐父親的十周年要做好事不免送些盤纏與大姐使用

去此間是他門首不必報復徑自入去(做見科)妳妳喏大姐喏我牛璘索錢去來到的遲了大姐休怪(卜兒云)員外我要些盤纏與老柳做十周年(牛員外云)妳妳牛璘無甚麼孝順只有這一千貫鈔與大姐權做經錢(旦兒云)員外這儘勾了也(卜兒云)下欠小的每安排下齋食我自去蒿亭山顯孝寺請僧衆走一遭去也(下)(牛員外云)大姐我有幾主錢未曾清楚我還要索去待明日再來(旦兒云)員外你明日早些兒來與我拜佛(牛員外詩云)明朝是汝父週年自當來烈紙焚錢(旦兒云)莫待我差人相請一條繩把鼻子來牽(牛員外云)你又來取笑(同下)(長老領淨行者上詩云) 積水養魚終不釣深山放鹿願長生掃地恐傷螻蟻命爲惜飛蛾紙罩燈貧僧是這蒿亭山顯孝寺住持長老這山下有一施主人家是柳媽媽因他夫主亡化年年做齋今年是十周年了行者山門首看去那柳媽媽必然來請看經也(行者云)師父徒弟這兩日正想豆腐麪觔喫哩(卜兒上云)行者你師父在麼(行者云)真個來了師父在方丈中打坐你自過去(卜兒做見科云) 師父今年是老柳十周年請十衆僧做好事(長老云)貧僧已知你先回去十衆僧隨後便來也(卜兒云)師父早些兒來我先回去也(下)(長老云)行者俺這寺中那裏取十衆僧來(行者云)師父待我搯指頭數一數師父你一個我一個首座藏主藏頭會朗會明法聰法廣只得九個(長老云)還少一衆怎了(行者云)哦有了有了香積廚下燒火的那腌臢和尚也當一個(長老云)則怕不中(行者云)有甚麼不中又不要他看經則把來湊數兒罷了(長老云)你叫他來(行者云)香積廚下兀那風和尚你來你來(正末扮月明和尚挑月兒上云)來也來也(偈云)祖上非爲和尚法名本是月明見我何曾識我有聲畢竟無聲(行者云)你看這和尚又醉了也(正末笑科偈云) 好個醉和尚人間非有相參禪祖一宗傳教尊三藏處世有機權脫身改模樣心

地甚分明月在垂楊上咄臨了兩句怎生道蘆花兩岸雪烟水一江秋〔唱〕

〔仙呂賞花時〕這月明曾碾破銀河萬里空這和尚曾擊響金陵半夜鐘端的個洗碧落露華濃〔行者云〕你這和尚風張風勢說謊調皮沒些兒至誠的〔正末唱〕也不是我脫空賣弄〔行者云〕正是個風魔和尚挑着這個不知是甚麼東西恰似個燒餅的晃子你家又不賣餅要他怎的不如打破了罷〔做打破科〕〔正末唱〕呀呀呀則一拳打破了廣寒宮

〔么篇〕早不見桂子香飄八月風〔行者云〕八月風臘月雪凍的要不的〔正末云〕你休笑我〔唱〕這的是蟾影光磨百鍊銅這月曾照興廢古今同你則看那北邙山的故塚〔行者云〕你這個和尚則要喫酒喫肉真是濫僧〔正末云〕誰是真僧誰是濫僧〔行者云〕我是真僧你是濫僧〔正末云〕誰是真僧誰是濫僧〔行者云〕你是真僧我是濫僧啞可顛倒了〔正末云〕你和我爭甚麼人我那楚家的陵坵漢家的墓塚都在那裏也呵你試覷波〔唱〕都一般瀟灑月明中〔下〕

〔長老云〕行者收拾法器下山看經去來〔詩云〕本寺師徒十衆僧特來相請念金經柳翠虔誠做好事墜落天花朵朵生〔同下〕

〔音釋〕衆平聲　祗音其　汗去聲　應平聲　解上聲　施去聲　藏去聲　當去聲　相去聲　行去聲

第一折

〔卜兒同旦柳翠上云〕老身張氏今年是夫主老柳十周年准備下齋食衆師父每敢待來也〔長

老同衆行者上詩云〕寂寞蕭條僧世界清虛冷淡佛家風萬相現時空是色一靈去後色還空貧
僧乃顯孝寺住持的便是柳媽媽老僧與衆僧都來了也〔卜兒云〕師父請家裏來〔旦兒云〕我請
十衆僧如何則九個少了一個〔行者云〕便來也兀那和尚快來快來〔正末上云〕來也來也你叫
我做甚麼〔行者云〕我教你做好事〔正末云〕你幾曾做那好事來我問你那裏有酒麼〔行者云〕
人家做好事那得有酒〔正末云〕有酒我便去無酒我不去〔行者云〕有酒有酒〔正末云〕那裏有
肉麼〔行者云〕我說道做好事那得肉來〔正末云〕有肉我便去無肉我不去〔行者云〕有肉有肉
〔正末云〕是誰家做好事〔行者云〕是柳翠家〔正末云〕哦是那好女孩兒的柳翠麼〔行者笑科
云〕你問他怎的〔正末云〕是別人家我不去是柳翠家我便去〔行者云〕偏怎生他家你便去〔
正末云〕我若不去呵怎生成就俺那姻緣大事〔行者云〕正是風魔和尚你和他成就姻緣他怎
生肯哩〔正末云〕你先行者我隨後便來也〔背云〕他那裏知道貧僧乃是西天第十六尊羅漢月
明尊者因為杭州抱鑒營街積妓牆下有一風塵妓女柳翠此女子本是如來法身恐怕他迷却正
道特着貧僧引度此女子只索走一遭去想初祖達摩西至東土不立文字教外別傳直指人心見
性成佛此個道理你世上人怎生知道也呵〔唱〕

〔仙呂點絳唇〕自從五派禪分要知根本西來信則為這懵懂禪昏
我也曾扯住俺那達摩問

〔混江龍〕直待要剖開混沌月為精魄柳為魂一任着紛紛白眼管
甚麼滾滾紅塵恰纔箇袖拂清風臨九陌又早是杖挑明月可便扣
三門則為我這半生花酒為檀信其實的倦貪名利因此上不斷您

這腥葷〔云〕有人來問貧僧如何是佛我說你說的便是有人來問貧僧如何是道我道你道的便是〔唱〕

〔油葫蘆〕我爲甚鑽出頭來百事滾是非場哎我也占的穩人笑我是風魔的和尚就兒裏包含着醉乾坤則我這布囊陡覺青蚨盡都爲那酥醅旋潑鵝黃嫩〔云〕世俗人沒來由爭長競短你死我活有呵喫些個有呵穿些個苦海無邊回頭是岸〔唱〕巡指間春又秋斬眼間晨又昏則被他韶華荏苒催雙鬢爭如我向閑處且潛身

〔天下樂〕端的個自古宗風釋教尊我想這今人誰能出世塵我尋思來萬般皆下品我則待向娑婆世界遊做蓮花國裏人這就是開方便不二門

〔長老唱西方讚云〕蓮池海會彌陀如來觀音勢至坐蓮臺接引上金階大誓弘開唯願離塵埃行者念〔云〕香雲蓋菩薩摩訶薩〔連念三聲動法器科〕〔旦兒云〕十衆僧來了九衆還有一衆不來待我到門前看咱〔正末云〕出門時好好的天氣如今下着濛濛的細雨兒哎呀跌殺貧僧也〔旦兒云〕清早晨間一個和尚在俺門前擦倒我着兩句言語嘲撥他看他也省的麼〔偈云〕由他鐵脚禪和子到俺門前跌破頭〔正末荅云〕則俺那天堂路上生荊棘都是你這地獄門前滑似油〔旦兒云〕那裏不是積福去處我扶起你來〔正末云〕我本來度脫你倒着你接引了我〔旦兒云〕敢問師父從那裏來〔正末云〕我來處來〔旦兒云〕如今那裏去〔正末云〕我去處去〔旦兒云〕這和尚倒知個來去〔正末偈云〕噤聲道馬非爲馬呼牛未必牛兩頭都放下終到一時休此處還有

話說麼請柳翠速道〔旦兒云〕你這般答禪語呵你大古裏是淡雲長老〔正末云〕這小鬼頭衆生與佛相同我比淡雲長老有何差別〔唱〕

〔那吒令〕我雖不是淡雲遮桂花幾分我雖不是遠村映梅梢半痕我則是本因度垂楊一輪〔旦兒云〕你是甚麼和尚〔正末云〕我是月明和尚〔旦兒云〕你是月明和尚你是那個月〔正末云〕柳翠我這個月單道着你身上哩〔唱〕若不是月正明柳也你可有誰偢問休看我似那陌上的這征塵

〔云〕柳翠人道你歸一你可不歸一〔旦兒云〕師父我怎生不歸一我是第一個歸一的人〔正末云〕我說你那不歸一處與你聽者〔唱〕

〔鵲踏枝〕你則合映着孤村你却待罩着荒墳〔旦兒云〕我這裏住如何〔正末云〕不爭你在這裏住呵〔唱〕不甫能栽向東家却又早苫上西隣〔旦兒云〕我那裏聽你那風言風語〔正末云〕你可怕那風雨裏那〔唱〕你休那般絮紛紛似香綿亂滾柳也你又早這般安排下斷送行人

〔長老念真言云〕解結解結解冤結解了杭州施主老柳前生今世冤和業洗心滌慮發虔心今對佛前求解結南無藥師佛藥師佛消災延壽藥師佛南無消災延壽藥師佛〔行者念云〕願以此功德普及於一切唱願保平安消災增福壽增福壽菩薩摩訶薩〔連念三聲動法器科〕〔正末云〕柳翠無常迅速生死事大跟我出家去來〔旦兒云〕我年紀小如何出得家〔正末云〕柳翠你如今不老了也〔旦兒云〕我不老哩〔正末唱〕

〔寄生草〕早是這光陰速更那堪歲月緊現如今章臺怕到春光盡

則這霸陵又早秋霜近直教楚腰傲殺東風困有一朝花襯彩雲飛〔旦兒云〕我還不老哩〔正末云〕噤聲〔唱〕那裏取四時柳色黃金嫩〔旦兒云〕師父你休小覷我我是那鎮陌第一人哩〔正末唱〕

〔後庭花〕你道你是鎮柳陌第一人〔云〕你認的我麼〔旦兒云〕我不認的你你可是誰〔正末云〕我是和尚中爲頭的一個子弟〔旦兒云〕那個和尚做子弟來那〔正末云〕我說與你我那做子弟處〔唱〕怎知我上花臺端的是第一尊〔旦兒云〕俺娘看承我便是地長出菩提樹一般哩〔正末唱〕你娘看承你似地長出菩提樹〔云〕你敢不是菩提樹〔旦兒云〕我是甚麼〔正末唱〕哎柳也我道來你則是天生來羅漢身〔旦兒云〕謎言謎語知他說甚的〔正末唱〕勸你呵我是勸着一個木頭人哎柳也你則戀着那錦營花陣〔云〕你早些兒跟的我出家去罷〔旦兒云〕我怎麼出的家〔正末唱〕久以後你少不得這塌兒種下禍根

〔長者念呪云〕唵齒臨金吒金吒僧金吒我今爲汝解金吒終不爲汝結金吒唵強中強吉中吉波羅會上有殊力一切冤家離我身摩訶般若波羅蜜〔行者念云〕摩訶般若波羅蜜〔連念三聲動法器科〕〔正末云〕柳翠你跟貧僧出家去來〔旦兒云〕師父你是月明和尚我這柳與你這月長着多少精神哩〔正末云〕我這月與你這柳也添着多少光彩哩〔唱〕

〔金盞兒〕你道是花與月添神我道是月與柳招魂你戀着那清陰半畝香千陣〔旦兒云〕你看這世界全是俺花柳粧點成的〔正末唱〕你道是世間花柳本伶倫一任你漫天飛柳絮儘着你滿地落風塵我則去萬花叢

裏過常是那一葉不沾身

〔云〕柳翠你跟我出家去來〔旦兒云〕我年紀幼小正好覓錢可着我跟你出家去免的我生死麼

〔正末云〕柳翠你若跟我出家去呵我着你脫離生死免却六道輪迴則你那門前莫接頻來客心閒休掛有情人〔卜兒云〕你看這個風和尚俺女孩兒正好覓錢如何教他出家你快出去〔旦兒云〕母親出家人休和他一般見識〔卜兒做推正末出閉門科〕〔正末云〕柳翠開門來你好是緣薄也呵〔唱〕

〔賺煞尾〕我本待要蟾宮內栽培的你活哎柳也你却待向那牛員外上凋零盡惹一番信手拈來斧痕你則聽枝上流鶯和淚聞直等的你那皮故成新你如今正青春則伴着那暮雨朝雲倚仗着客舍青青柳色新我本待從根波至本却把那下梢來不問哎柳也再休提你那永豐坊裏舊腰身〔下〕

〔長老云〕行者收拾了法器貧僧還本寺中去也〔卜兒做送錢科云〕勞動列位師父些少麪錢改日再謝〔長老云〕阿彌陀佛〔行者做收錢科〕〔詩云〕爲亡靈滅除災障佛座前虔誠供養〔行者云〕又不是普救道場險綮殺風魔和尚〔同下〕

〔音釋〕葷音昏　占去聲　陡音斗　醅音披　旋去聲　苫聲占切　斷端去聲　長音掌
堝音窩

第二折

〔旦兒上云〕妾身是柳翠自從做罷好事見了那和尚我睡裏夢裏便見那和尚我夜來做了一個

夢夢見變做個梨花猫兒我今日欲待問人爭柰喚官身我不往這前街裏去則怕撞見那和尚只後巷裏去波〔正末上云〕遠遠望見柳翠往這裏去了小鬼頭你怎生躲的過貧僧也〔唱〕

〔南呂一枝花〕我恰纔離了曹溪一指前又來到佛祖三更後我則索分開臨濟曉踏破他這葛籐秋百般的救不出白骨荒坵每日家則戀着花和酒我今番月度柳我是箇包含着天地風流只要你肯信俺這波羅蜜呪

〔梁州第七〕投至我度脫的一株翠柳柳翠咪少不的搜尋遍四大神州你倚仗着枝疎葉嫩當時候不肯道跨天邊彩鳳只待要聽枝上鳴鳩你可也鎖不住心猿意馬却罕定野鷺沙鷗你則戀着他那一時間翠嫩青柔怎不想久以後綠慘紅愁〔帶云〕柳也你若肯跟我出家去呵〔唱〕我着你再休戀那紅塵內赤力力虎鬭龍爭碧天邊來往往烏飛兎走柳翠咪早思着綠陰中閙簇簇燕侶鶯儔酒樓玉溝跳出那月明圈不落樵夫勾比及個成材時架梁後饒你便堅硬心腸似木頭我只着你磨做骷髏

〔云〕柳翠你怕做梨花猫兒怎生不問我這月明尊者來〔旦兒背云〕我夢寐中的勾當這和尚他怎生知道〔回云〕師父我夢寐中做的勾當你怎生知道〔正末云〕柳翠無量阿僧秖劫與大千沙界輪迴一切般若波羅蜜心向不二門頭變化一條大路上天堂則爲你那心邪行不得〔旦兒云〕師父你是甚麼和尚〔正末云〕我是月明和尚〔旦兒云〕你便是月明和尚夜來八月十五日你不

出來今日八月十六日你可出來正是月過十五還依舊〔正末云〕這小鬼頭倒說的有個來去〔唱〕

〔隔尾〕你道是月過十五也索還依舊哎柳也誰似你飛盡香綿未肯休直等的絮滿了官街那其間有誰救〔旦兒云〕師父長老尋你哩〔做走科〕〔正末云〕那裏去你待要躲我那〔唱〕哎你個迷人的好是費手〔旦兒云〕師父行者尋你哩〔做走科〕〔正末云〕那裏去你又躲我那〔唱〕我這個度人的好是纏頭〔旦兒云〕師父我兩次三番躲不過你〔正末云〕你怎生躲的過我〔唱〕誰着你惹一縷清風則在這背巷裏走

〔旦兒云〕師父長街市上不是說話去處我和你茶房裏說話去來〔正末云〕你也道的是疾兀的不是個茶房茶博士造個酥簽來〔旦兒云〕我則不言語看他說甚麼〔正末云〕柳翠也你待怎生〔旦兒云〕月也你待如何〔正末云〕我着你發心修行出離生死〔旦兒云〕本無生死何求出離〔正末云〕絕了業障本來空離了終須還宿債〔旦兒云〕如何得個了絕〔正末云〕凡情滅盡自然本性圓明〔唱〕

〔幺篇〕只要你凡情滅盡元無垢剗的道枝葉蕭條漸到秋〔云〕茶博士你將把剃頭刀兒來與柳翠落了髮者〔唱〕我便滅不的你頭輕也則是免了些生受〔旦兒云〕師父我剃了頭不羞麼〔正末唱〕你當日合憂處却不憂到今日這合修處却不修〔旦兒云〕師父我剃了頭可是如何〔正末云〕柳翠也你問的我是〔唱〕若是削了你這青絲就是剃了你個柳

〔旦兒云〕師父我柳翠委實出不的家〔正末唱〕

〔牧羊關〕你則戀着那天淡清風曉雲閑白露秋你比我敢贍受了些萬絮千頭你如何則想着你那堤邊好也囉可怎生全不依我這渡口那枝葉合採也那不合採〔旦兒云〕昨日八月十五日來〔正末云〕昨日正是八月十五日〔唱〕我這言語索中秋也那不是中秋〔旦兒云〕只怕你素魄光輝少〔正末唱〕你道我素魄光輝少柳翠唻誰着你那兩葉兒眉黛愁

〔旦兒云〕我生的天然色天然態花樣嬌柳樣柔〔正末云〕噤聲〔唱〕

〔幺篇〕賣弄你天然色天然態花樣嬌柳樣柔則你那瘦腰肢則管裏賣弄風流我本待對楊柳聽蟬〔旦兒云〕俺那牛員外呵〔正末唱〕好也囉他却待剪牡丹喂牛〔云〕柳翠也自古及今你這柳身上罪業不輕哩〔旦兒云〕我這柳有甚麼罪過〔正末唱〕你曾搬的個陶令門前種你曾引的個隋帝廣陵遊〔旦兒云〕那隋煬帝要到廣陵只爲貪看瓊花干着楊柳甚事〔正末唱〕他因赴千里瓊花會柳翠唻也則是這兩行金線柳

〔旦兒云〕這和尚纏的我慌則除是這般〔做睡科〕〔正末唱〕

〔隔尾〕你本戀着朝雲暮雨慵回首却被這明月清風纏殺你那頭不肯將七碗盧仝耐心候你解不過這趙州省不得這悟頭柳翠唻你不向野塘內三眠偏來這房裏宿

〔云〕你睡着了我着你大睡一覺這等人不着他見個惡境頭他可也不得省悟柳翠你快醒來喚

官身哩〔虛下〕〔外扮閻神領淨牛頭鬼力上云〕天堂地獄門相對任君揀取那邊行壽從心地陰功起神向清明善念生吾神乃地府閻神是也掌管人間生死輪迴之事今爲杭州柳翠觸汚聖僧羅漢更待乾罷牛頭鬼力與我攝過柳翠來者〔鬼力做拏旦兒跪科〕〔閻神云〕爲你在人間觸汚聖僧羅漢牛頭鬼力將柳翠斬訖報來〔旦兒云〕苦阿着誰人救我也〔正末上云〕柳翠有生死無生死〔旦兒云〕師父有生死〔正末云〕求出離也不求出離〔旦兒云〕求出離〔正末云〕肯修行也不肯修行〔旦兒云〕肯修行〔正末云〕你若不肯修行你回頭試看波〔旦兒云〕兀的不諕殺我也

〔正末唱〕

〔牧羊關〕你覷那牛頭鬼親行刃他把的龍泉劍扯在手〔帶云〕柳翠你若不是我呵〔唱〕恰纔這清風過怎了你那六陽會首你跟我去呵我着你攢積些些陰功你不跟我去呵早早定了些些陽壽你跟我去呵我着你上明晃晃一條金橋路你不跟我去呵便索向翻滾滾千丈柰河流恰纔那脖項上可着那鋼刀挫哎柳翠也抵多少樹葉兒可便打破你這頭

〔云〕且留人者〔閻神云〕早知聖僧來到只合遠接接待不着勿令見罪〔正末云〕閻神柳翠犯着何罪〔閻神云〕因柳翠觸汚着聖僧來〔正末云〕柳翠的罪過饒的也饒不的〔閻神云〕柳翠的罪過饒他不的鬼力快下手者疾休推睡裏夢裏〔旦兒做驚醒科云〕兀的不諕殺我也〔正末唱〕

〔罵玉郎〕彩雲墜地可便無人救哎你個呆柳翠呆柳翠早回頭則你那事到頭來怎出的這無常勾抖搜的寶釧鳴僝僽的雲髻鬆阿

摟的湘裙皺

〔感皇恩〕呀則見他刀下難收早諕的汗雨交流蕩了香魂消了素魄瞪了星眸他用着春纖玉手忙抹這粉頸油頭〔旦兒云〕這的是那裏〔正末唱〕這的茶房裏卓兒前〔旦兒云〕這早晚多早晚了〔正末唱〕柳翠也這早晚是午時候

〔採茶歌〕這的是劍光浮那裏也鬼神愁〔帶云〕柳翠你覷波〔唱〕兀的不一輪明月在柳梢頭枝葉相連百十口則你那翠眉終日端的爲誰愁

〔旦兒云〕恰纔分明的殺壞了我却又不曾死我待道死來却又生待道生來却又死生死原來是幻情幻情滅盡生死止〔正末云〕假若生死止在何處速道速道〔旦兒云〕師父我答不的這一轉語〔正末云〕雲來雲去虛空本淨花開花謝田地常存〔正旦做拜科云〕弟子早省悟了這回和月常相守也〔正末唱〕

〔黃鍾尾〕你道是這回和月常相守〔帶云〕我爲你走了兩番也〔唱〕纔賺的春風可便樹點頭聚鶯朋會燕友蜂衙喧蝶夢幽囀黃鸝鳴錦鳩噪昏鴉覆野鷗梟金絲春水溝拂紅裙夜月樓酒旗前望竿後風又狂雨又驟霜正嚴雪正厚霜來欺月來救我救的這月裏桫欏永長壽〔旦兒云〕師父你如今帶我那裏去〔正末唱〕我着你訪靈山會首〔旦兒云〕待我辭別那一班兒姊妹弟兄就跟的去〔正末唱〕也不索別章臺的這故友〔旦兒云〕師父爲甚麼

不着我別去〔正末云〕你道我為甚麼不着你別去〔唱〕我則怕你又折入情郎畫眉手〔同下〕

〔音釋〕更平聲　唻離靴切　過平聲　纏去聲　賸音盛　煬音陽　行音杭　渲疎選切
僝鋤山切　慫音驟　瞪音呈　幻音患　賺音湛

第三折

〔卜兒上云〕自從做了好事俺柳翠孩兒跟的那個和尚出家去了說今日來家只索安排下些齋食等他這早晚敢待來也〔牛員外上云〕自從大姐家中做罷好事之後誰想大姐跟着那個和尚出家去了一向不見我如今到他家去看柳媽媽走一遭〔做見科云〕妳妳你大姐出家去了一向不見若回來時我要和大姐說一句話〔卜兒云〕員外你放心等孩兒來家着他和你說話〔牛員外云〕妳妳我只在這裏等大姐敢待來也〔正末同旦兒上云〕柳翠落了髮者〔旦兒云〕師父我心清淨何須落髮〔正末云〕纖毫情不盡便隔幾重天你落了髮纔叫做有無並遣空色俱忘方為正道〔唱〕

〔中呂粉蝶兒〕投至我度脫的你心回我着你做師姑大剛來有一箇主意常言道柳絮不沾泥〔帶云〕柳翠你跟將我來呵〔唱〕不強如萬人攀千人折我則怕損動了你這春風和氣蓋因是暮景相催催的你這瘦伶仃可便翠腰無力

〔醉春風〕早是這日月似飛梭光陰如逝水你看那席前花影坐間移想人生能有幾幾參透禪關了達身命出離塵世

(旦兒云)師父這是柳翠家門首請喫齋去(正末云)柳翠來到你家門首你休凡心動也你凡心動我便知道(旦兒云)我柳翠並不敢凡心動妳妳師父來了也安排齋食供養(卜兒云)師父家裏來安排齋食與師父喫(旦兒云)妳妳齋食也早哩將過圍碁來與師父手較數着(卜兒云)下次小的每將過碁盤碁子來者(正末云)柳翠這個喚做甚麼(旦兒云)師父這個喚做碁子(正末云)柳翠我和你下碁則要你省的我這一着這黑白二子單比並着你娘兒兩個哩(旦兒云)師父這碁子怎生比並着俺娘兒兩個你說與我聽(正末云)我有一偈(偈云)未去爭交意先忘黑白心一條無敵路徹了無人尋(唱)

(乾荷葉)你娘呵是箇做活的恨不的待斜飛你娘呵則是倚仗着你箇弟子㹀兒勢粘着處休熱相偎逼綽了便是伶俐我雙關二意說禪機(卜兒云)這和尚不知他說甚麼哩(正末唱)老婆婆不解的我這其中意

(云)擡了者擡了者(旦兒云)母親將過那雙陸來我和師父打幾貼兒咱(卜兒云)下次小的每將過雙陸來者(做擺雙陸科)(正末云)柳翠這個喚做甚麼(旦兒云)這個喚做雙陸(正末云)這兩塊骨頭喚做甚麼(旦兒云)師父這個不喚做骨頭這個喚做色數兒(正末云)我試看咱一對着六(旦兒云)師父不喚做一喚做么(正末云)哦一不喚做一喚做么我記着我記着二對着五二雙屬陰五單屬陽上下是陰陽相對着三對四四雙屬陰三單屬陽上下也是陰陽相對着柳翠也原來這兩塊骨頭上有陰陽之數豈不是比並着你娘兒兩個(旦兒云)師父這骨頭兒怎生比並着俺娘兒兩個(正末云)你聽我也有一偈(偈云)一把枯骸骨東君掌上擎自從有點污拋擲到今生(唱)

〔上小樓〕柳翠也自從你點汚了素體人將你多曾鑽刺郎君每他今後無錢向你的手內但沒權術喫會拋擲你若到三四五三六裏那其間早則粧幺不得柳翠也好色的這把骨頭兒你便休恁般寒碎

〔云〕㩜了者㩜了者〔旦兒云〕母親將過氣毬來我和師父踢一拋兒咱〔卜兒云〕下次小的每將過氣毬來者〔做取氣毬科〕〔正末云〕柳翠這個喚做甚麼〔旦兒云〕師父這個喚做難當的〔正末云〕怎生喚做難當的〔旦兒云〕師父這裏面有個表這個爲三添氣郎君子弟要難當作耍呵吹一口氣添上些水潤這表傾了那水再吹一口氣拴了這慈管兒便難當作耍去了拋索兒褪了那口氣便難當作耍不的了也〔正末云〕假若有這口氣呵〔旦兒云〕便難當的〔正末云〕若無這口氣呵〔旦兒云〕便難當不的〔正末云〕若是無了這一口氣呵原來便難當不的柳翠也你便是比並着這氣毬〔旦兒云〕師父這氣毬怎生比並着柳翠〔正末云〕你聽我也有一偈〔偈云〕地水與火風包含無爲公一朝公去後四大各西東〔唱〕

〔幺篇〕郎君每心閑時將你踋上踢興闌也絡在網裏端的個不見實心但聽拋聲盡是虛脾有一日臭皮囊褪了口元陽真氣柳翠也早閃下你這褪胞兒便死心塌地

〔旦兒云〕我跟師父出家去先將我那當官身衣服燒毀了罷〔卜兒云〕下次小的每將過柳翠當官身的衣服來者〔旦兒偈云〕五漏作形骸半生全不悟脫却驢馬身正果天堂路今日遇真僧燒衣便歸去弟子燒衣師當下火〔正末云〕是弟子燒衣師當下火燒了柳翠的衣服也〔偈云〕避兩

遮雲更護風瞞人全借你包籠今日個脫身伴月還歸去似影相隨總是空唤樹頭尋不見身外更無蹤咄柳翠燒了衣服者拜拜拜〔旦兒做拜科〕〔正末唱〕

〔滿庭芳〕你早則輪迴也那繡衣你和這衫兒永別將背子道箇安置你且暫閑波宮樣烏雲髻毛角冠摩頂再休題〔云〕柳翠你燒了這冠衫背子有個比喻〔旦兒云〕師父有甚麼比喻〔正末唱〕也則是土葬了你那送子弟麻花孝衣火燒了你那戰郎君的這鎧甲頭盔這一場正合着俺那參禪意你今日箇脫身利己柳翠也從今後早則去了你那蛣蜋皮

〔卜兒云〕孩兒也你在家中住一夜去〔旦兒云〕師父柳翠的母親要留柳翠家中住一夜〔正末云〕柳翠也你休凡心動你若凡心動呵我便知道我去也〔旦兒云〕師父柳翠並不敢凡心動〔正末虛下〕〔旦兒云〕妳妳員外在那裏〔卜兒云〕員外在這裏員外你出來〔牛員外上云〕妳妳大姐在那裏〔卜兒云〕孩兒員外來了也〔牛員外云〕大姐你為甚麼出了家〔旦兒云〕妳妳你看着門我和員外說一句話咱〔正末上云〕柳翠也開門來〔旦兒慌科云〕師父來了也我開開這門師父家裏來〔做不見科云〕那得那師父元來是我的這耳熱待我關上我這門員外則被你想殺我也〔正末唱〕

〔快活三〕好也囉你是一箇麗春院柳盜跖〔旦兒云〕我等着師父哩〔正末云〕噤聲〔唱〕你那裏肯道愛月夜眠遲則這此情惟有月先知險些兒不枉費了我那栽培力

〔鮑老兒〕若不是淡月朦朧使的見識〔云〕甚麼想殺我也牛員外〔唱〕兀的

不泄漏了春消息月轉迴廊夢欲迷可着我拔樹將根覓柳翠也只怕你春歸人老花殘月缺樹倒根摧

〔旦兒云〕妳妳我跟師父出家去也〔卜兒云〕你去呵我可怎了〔正末云〕柳翠上船上船〔旦兒云〕師父怎生有船無梢公〔正末云〕柳翠也要那梢公怎麽我一意在這裏渡人來〔唱〕

〔十二月〕這柳曾深籠着翡翠這月曾冷浸着玻瓈這月曾清光皎皎這柳曾翠色依依則一棹風前浪底咫尺是蓬島瑤池

〔旦兒云〕師父你渡我往那裏去〔正末唱〕

〔堯民歌〕柳也渡你到微茫烟水畫橋西〔旦兒云〕師父休撇了柳翠〔正末唱〕柳翠也我怎肯滿船空載月明歸一波纔動萬波隨半載河東半載河西誰也麽知三番家度柳翠去來波我與你同赴龍華會

〔云〕柳翠到岸了也可下船來〔唱〕

〔耍孩兒〕畢罷了斜陽古道愁如織飽覷着碧天邊蟾光似水冰輪碾破玉塵飛早則不倚禪床皺定雙眉柳也你見了些朱門日日臨官道你見了些流水年年遶釣磯〔旦兒云〕師父我跟你去了俺妳妳不思想殺我也〔正末唱〕則你那桃花臉休洗楊花淚斷不了你那章臺上霜風淅淅渭城邊煙雨霏霏

〔云〕柳翠你來了呵有幾般兒物類失所也〔旦兒云〕師父是那幾般物類你說我聽咱〔正末唱〕

〔三煞〕來了你呵黃鶯也懶更啼金蟬也無處棲來了你呵再不見

那綠陰深處把青驄繫來了你呵再不見那舞春風楚宮別院纖腰細來了你呵再不見那綴曉露漢殿長門翠黛低來了你呵再不見那影蹁躚比張緒多嬌媚來了你呵再不見那助清涼陶令宅兩行斜映增殺氣亞夫營萬縷低垂

（旦兒云）師父我柳翠將來的究竟可是如何（正末唱）

〔二煞〕再不要長亭驛使催河橋贈別離則被這月明照破風扶起直着你九霄碧漢閑青眼煞強如千里紅塵鎖翠眉度你的是蟾宮桂你要大呵重登霸岸要小呵索向隋堤

（旦兒云）師父柳翠這兩日怎生沒精神的（正末唱）

〔煞尾〕待榮華則被這風雨把你來摧強打掙又被這霜雪把你欺

（旦兒云）師父你將的我那裏去那（正末唱）我引你到西天西我佛蓮池內（旦兒云）師父那我佛蓮池內怎用的我着（正末唱）依舊的插你在南海南觀音淨瓶裏（同下）

〔音釋〕重平聲　的音底　猱音撓　解音械　刺倉洗切　擲征移切　得當美切　踢音體　蛣音豈　蜋音郎　跖張恥切　力音利　識傷以切　息喪擠切　覓忙閉切　織張恥切　繫音記　躚音先　使去聲

第四折

（長老領行者上云）貧僧顯孝寺長老是也誰想香積廚下喫酒肉的那個和尚原來是個真僧今

日升堂說法衆僧響動法器請師父出來（正末上偈云）十方同聚會個個學無爲此是選佛場心空及第歸大丈夫具決烈志氣慷慨英靈踏破化城歸家穩坐上不見有賢聖下不見有凡愚外不見有是非內不見有自己淨裸裸赤潑潑一念不生桶底則脫豈不是心空也且問大衆到這裏還有人我是非麼到這裏還有玄妙理性麼直如紅爐上一點雪相似豈不是選佛場也雖然如是又說階梯再不說階梯一句作怎麼道千聖會中無影跡萬人叢裏奪高標大衆恐有不能了達心生疑惑者請垂下問我與他抽丁拔楔（行者叫云）法座下有甚麼不能了達釘嘴鐵舌銅頭鐵額火眼金睛都來問禪（長老云）上告我師和尚貧僧特來問禪（正末云）速道（長老云）甚的明來明如日甚的暗來暗似漆甚的苦來苦似柏甚的甜來甜似蜜（正末云）你一句家問將來（長老云）甚的明來明如日（正末云）佛性本來明如日（長老云）甚的暗來暗似漆（正末云）衆生迷却暗如漆（長老云）甚的苦來苦似柏（正末云）噤聲苦是阿鼻地獄門（長老云）甚的甜來甜似蜜（正末云）甜是般若波羅蜜（長老云）且歸林下去來日再參禪（下）（行者云）上告我師和尚行者特來問禪（正末云）速道（行者云）瓦片將來水上撇有如步步踏青波（正末云）有力之人登彼岸無力之人落奈何（行者云）爲甚和尚快喫酪（正末云）饒你嘴尖舌頭快依然跟我墨路來（行者云）無眼和尚往南走（正末云）合眼靜坐到西方（行者云）和尚從來好喫茶終朝每日採茶芽（正末云）採的茶芽識滋味怎能結子共開花（行者云）後韻不來且歸林下（下）（旦兒柳翠上云）上告我師和尚柳翠特來問禪（正末云）速道（旦兒云）師父弟子借這扇子爲題（一偈云）柔柔軟軟一團嬌會伴行人宿幾宵（正末云）柳翠你道是柔柔軟軟一團嬌會伴行人宿幾宵你那徹骨清涼誰不愛若不是我呵敢着這人搖了那人搖（唱）

〔雙調新水令〕趙州原不下禪床空閑了散花方丈法門老比丘公案不尋常撇下皮囊有相是無相

〔旦兒云〕長老師父問我時說我化瓦粮去了也〔下〕〔長老云〕則要你疾去早來〔正末唱〕

〔駐馬聽〕一世飄揚不離紅塵大道傍受了半生魔障則你這楊花端的為誰忙織成新恨柳絲長喚回午夢是那禪鍾響柳翠也來合掌〔帶云〕若來遲了呵〔唱〕脚跟上好打三千棒

〔云〕柳翠那裏去了〔長老云〕柳翠化瓦粮去了〔正末云〕我等不的他我下法座去也等柳翠來時擊響雲板唱兩句道雨霖鈴今宵酒醒何處楊柳岸曉風殘月那其間返照回光同登大道〔長老云〕理會得〔正末唱〕

〔殿前歡〕他剗的為春忙這其間誰家池館甚家牆聽一聲枯木巖前唱那其間返照回光任東風上下狂無罣礙無遮障我如今撒手先行上莫等待曉風殘月酒醒後知是何方

〔正末做睡科〕〔旦兒上云〕自家柳翠化瓦粮回來長老師父那裏去了〔長老云〕師父下法座去了着你回來擊響雲板唱兩句雨霖鈴今宵酒醒何處楊柳岸曉風殘月那時節師父返照回光和你同登大道〔旦兒唱云〕雨霖鈴今宵酒醒何處楊柳岸曉風殘月〔正末做醒科唱〕

〔掛玉鈎〕我則聽的檀板輕敲遶畫梁將我這慧眼忙開放却原來一曲鶯聲囀綠楊越引的魂飄蕩這的是弟子歌又不是猱兒唱鐃他便鐵石般堅心也則索寸斷柔腸

〔云〕柳翠你的魔頭至也疾〔牛員外上云〕柳翠在法座下我着兩句言語嘲撥他看他說甚麼〔偈云〕昔年曾到柳門傍幾度歡娛幾斷腸借問佳人情意允還如織女嫁牛郎〔旦兒云〕牛員外你聽者〔偈云〕曾向章臺舞細腰行人幾度折柔條自從落在禪僧手一任東風再不搖〔牛員外云〕呀那婆娘堅意的要出家了我自回去也〔下〕〔正末云〕柳翠你聽者〔偈云〕暑往寒來春復秋從知天地一虛舟雖然墮落風塵裏莫忘西方在那頭花上露水中漚人生能得幾沉浮去來影裏光陰速生死鄉中得自由〔唱〕

〔鴈兒落〕你可便罷追陪百二行年紀到三十上何不去步瑤臺十二層離苦海三千丈

〔得勝令〕柳也這不是大樹大陰涼我則怕甘做了老孤椿柳也早逢着玉殿驂鸞客再休想那章臺走馬郎度你到西方飽看取明月清風況世脫下皮囊一任教黃鶯紫燕忙

〔旦兒云〕我柳翠且歸林下明日再來問禪〔下〕〔長老云〕上告我師和尚柳翠在東廊下坐化了也〔正末云〕老僧引着柳翠駕起祥雲見俺世尊去來〔下〕〔行者做驚科云〕好是奇怪難道這香積廚下風魔和尚倒是個活佛不成我如今不喫齋了也學他喫酒喫肉尋個柳翠來度他去〔長老云〕誰想聖僧羅漢度脫柳翠歸空去了〔偈云〕真僧出世下人天指引迷人度有緣眼看一片祥雲裏知是天花墮那邊〔下〕〔觀音領善才上云〕我南海觀世音菩薩着月明尊者度脫柳翠去這早晚敢待來也〔正末同旦兒上云〕菩薩我月明尊者度脫的柳翠來了也〔觀音云〕柳翠因為你枝葉觸汙微塵罰往人世填還宿債今日月明尊者引度你歸空了麼〔旦兒云〕菩薩稽首弟子

省悟了也〔正末云〕柳也聽我佛的偈〔偈云〕一切有爲法如夢幻泡影如露亦如電應作如是觀

〔唱〕

〔鴛鴦煞〕撇下這人相我相衆生相出離了生況死況別離況篤一片祥雲放五色毫光唱道是佛在西天月臨上方纔得你一縷陰涼和桂影長相向伴着這寶蓋香幢再不許春日遊人到來賞

〔觀音云〕柳也你聽者〔偈云〕出人寰脫離災障拜辭了風流情況三十年墮落塵緣忙追遣月明和尚再休題舞依依嬝娜輕盈翠巍巍嬌柔模樣畢罷了愛慾貪嗔同共到靈山會上〔同下〕

〔音釋〕 裸羅上聲 楔音屑 鼻音疲 離去聲 罣音掛 教平聲 看平聲 幢音床

題目 顯孝寺主誦金經

正名 月明和尚度柳翠

月明和尚度柳翠雜劇

太白金星降臨凡世
倣王叔明筆

紫霄玉女夙有良緣

青衣童子報知仙境

劉晨阮肇誤入桃源
珍倣宋版印

劉晨阮肇誤入桃源雜劇

元　王子一撰
明吳興臧晉叔校

第一折

(沖末扮太白星官引青衣童子上云)吾乃上界太白金星是也奉上帝勅命遣臨下界糾察人間善惡有天台山桃源洞二仙子係是紫霄玉女只為凡心偶動降謫塵寰又見天台縣劉晨阮肇此二人素有仙風道骨向因晉室衰頹姦讒竊柄甘分山林之下脩真煉藥以度春秋今日必上天台山採藥不免將白雲一道迷其歸路却化一樵夫指引他到那桃源洞去與二仙子相見成其良緣多少是好但可惜劉阮二人塵緣未斷終有思歸之心那時節我再度他未為晚也正是平空舒出拏雲手指引山中採藥人(下)(正末扮劉晨外扮阮肇各帶砌末上云)某姓劉名晨這位兄弟姓阮名肇俱係天台縣人氏幼攻詩書長同志趣因見姦佞當朝天下將亂以此潛形林壑之間無志功名之會現在天台山下蓋一所茅菴與兄弟修行辦道豈不聞聖人之言天下有道則見無道則隱倒大來達時務也呵(唱)

(仙呂點絳脣)嘯傲烟霞寸心休把名牽掛暗裏年華青鏡添白髮

(混江龍)山間林下伴藥爐經卷老生涯眼不見車塵馬足夢不到蟻陣蜂衙閑來時靜掃白雲尋瑞草悶來時自鋤明月種梅花不想去上書北闕不想去待漏東華似這等鵾鵬掩翅都只為狼虎磨牙怕的是斬身鋼劍愁的是碎腦金瓜怎學他屈原湘水怎學他賈誼

長沙情願做歸湖范蠡情願做喫酒欒巴攜閑客登山採藥喚村童汲水烹茶驚戰討駭征伐逃塵冗避紛華棄富貴就貧乏學聖賢洗滌了是非心共漁樵講論會興亡話羨殺那知禍福塞翁失馬堪笑他問公私晉惠聞蛙

〔阮肇云〕兄長時當春暮我和你上天台山去採種藥苗似這景物真堪玩賞也〔正末唱〕

〔油葫蘆〕一上天台石徑滑踐翠霞則見這竹籬茅舍兩三家聽得那夕陽杜宇啼聲煞這時節春風桃李花開罷我雖不伴長沮事耦耕學嚴陵理釣槎常則是杖頭三百青錢掛抵多少坐三日縣官衙

〔天下樂〕也算個閑趁東風數落花榮華誰戀他敢則是瓦盆邊幾場沈醉殺快清風袍袖寬倦紅塵路徑狹便休題相逢不下馬

〔云〕登高履險不覺困倦就此松陰之下拂石而坐少憩片時〔做坐科阮肇云〕我和你在山林下修行不過窮居野處升高望遠想那朝中爲官的利澤施于天下聲名流于後世其間孰得孰失兄長所見若何〔正末云〕兄弟那爲官的到底不如我閑居的好〔唱〕

〔那吒令〕朝廷內怨煞薦賢的叔牙林泉下傲煞操琴的伯牙磻溪上老煞釣魚的子牙人情似啖馬肝世味如嚼蜂蠟嘆紛紛塵事搏沙

〔鵲踏枝〕遠奢華近清佳火煉丹砂水煮黄芽牢拴住心猿意馬急疎開利鎖名枷

〔阮肇云〕這幾年天下荒荒干戈並起不能勾風塵寧靜若有英雄生於此時覷事業如拾芥耳

〔正末云〕賢者避世其次避地其次避色其次避言兄弟還只是我們的見識高得多哩〔唱〕

〔寄生草〕我情願棄軒冕離人世傍泉石度歲華一任他英雄並起圖王霸烟塵並起興戈甲異端並起傷風化我和你韜光晦迹老山中煞強如齊家治國平天下

〔太白扮老人上云〕那劉阮二人來了吾先使白雲一道迷其歸路化作樵夫立於路傍他二人必來問路却指引他到桃源洞去借宿豈不與二仙子相遇〔正末同阮做起行科云〕兄弟天色漸晚藥苗已採便可下山回家去罷〔唱〕

〔幺篇〕去去山無盡行行路轉差則爲那白雲漸漸迷高下不由咱寸心悄悄躭驚怕見一個村翁遠遠來迎迓我這裏爲迷山路問樵夫抵多少因過竹院逢僧話

〔做見科太白云〕賢者何由經此〔正末云〕俺兄弟二人上山採藥信步遊玩至此〔唱〕

〔醉中天〕信脚山之下洗耳水之涯正失路迷蹤沒亂煞〔帶云〕得遇老人呵〔唱〕抵多少買得龜兒卦〔太白云〕二位可通個姓名現居何處〔正末唱〕我兩個本東莊措大〔太白云〕我看你二位生得齊整像個出仕的人〔正末唱〕休認做名題科甲〔太白云〕二位可還有甚陪伴的麽〔正末云〕若問我陪伴的呵〔唱〕無非是麋鹿魚蝦

〔云〕小生姓劉名晨兄弟姓阮名肇現在天台山下閑居修行〔太白云〕二位既是修行每日在山

中有甚生涯堝遣〔正末唱〕

〔金盞兒〕你問我甚根芽甚生涯我那裏看家猿鶴年高大當門松檜樹槎枒常則是道書堆玉案仙帔疊青霞端的個山中閒宰相林下野人家

〔太白云〕我看二位都是讀書君子方今聖朝以賢良方正取士二位不去求名應舉却是隱遁山林爲着何來〔正末云〕小生與兄弟慕山林幽雅遂有終焉之意那爲官的我怎麼學他〔唱〕

〔後庭花〕並不想有軒車有駟馬我則願無根椽無片瓦出來的一品職千鍾祿那裏有六韜書三略法他都是井中蛙妄稱尊大比周公不握髮比陳蕃不下榻空結實花木瓜費琢磨水晶塔斗筲器不足誇糞土牆容易塌兒童見驚訝殺

〔青歌兒〕空一帶江山江山如畫止不過飯囊飯囊衣架塞滿長安亂似麻每日價大纛高牙冠蓋頭踏人物不撐達服色儘奢華心行更姦猾舉止少謙洽紛紛擾擾由他多多少少欺咱言言語語參雜是是非非交加因此上不事王侯不求聞達隱姓埋名做庄家學耕稼

〔太白云〕二位此處到山下還有數里之遙天色已晚若歸去恐爲狼虎所傷兀的青山那搭紅輪直下有個桃源洞人家可投宿一宵去〔正末舉手做謝科云〕多謝指引〔唱〕

〔賺煞〕投至的山上採芝回早難道江上踏青罷眼見得路迢遙芒

鞋𨘷趨抵多少古道西風鞭瘦馬嘆明朝回首天涯謾嗟呀那裏也出入通達不覺的枯木寒烟噪晚鴉望青山那搭紅輪直下兀的是白雲深處有人家（同阮下）

（太白云）吾指引他二人往桃源洞去了也別遣青衣小童報知二仙子與他成此夙緣（詩云）尋真不覺路迢遙蚤見斜陽轉樹梢咫尺洞天風景異碧桃花下鳳鸞交（下）

（音釋）糾音九　肇音兆　分去聲　長音掌　髮方雅切　嘆音濇　伐扶加切　乏扶加切　滑呼佳切　煞雙鮓切　殺雙鮓切　狹奚佳切　憩音氣　蠟那架切　甲江雅切　槎音茶　枒音牙　帔音配　法方雅切　榻湯打切　塔湯打切　塌湯打切　踏當加切　達當加切　猾呼佳切　洽奚佳切　咱茲沙切　雜音咱　遢湯打切　搭音打

第二折

（二旦扮仙子引侍女上云）子童二人乃上界紫霄玉女偶因有罪降謫人間現居天台山桃源洞中今經日久有太白星官命青衣童子來報說目下有天台縣劉晨阮肇二人與子童有五百年仙契今來採藥必當相會不免分付侍女們安排酒果親自出洞迎接去咱（正末同阮肇上云）不想入山採藥盤桓日夕竟被白雲迷其歸路遇一樵夫指引去桃源洞人家寄宿一宵行來數里尚未得到兄弟似此路徑登高涉險索受艱苦也呵（唱）

（正宮端正好）風力緊羽衣輕露華濕烏巾重我本爲厭紅塵跳出樊籠只待要撥開雲霧登丘隴身世外無擒縱

〔滚繡毬〕香滲滲落松花把山路迷密匝匝長苔痕將野徑封靜巉巉鎖烟霞古厓深洞高聳聳接星河峭壁巑岏鬧炒炒棲鴉噪暮天悲切切玄猿嘯晚風絮叨叨鷓鴣啼轉行不動磣磕磕踞虎豹跨上虬龍白茫茫徧觀山下雲深處黃滾滾咫尺人間路不通眼睁睁難辨西東

〔倘秀才〕我待學煉九轉丹砂葛洪上萬丈崐崙赤松因此上思入風雲變態中（云）兄弟你看一溪流水幾片落花這山中必有人家也（唱）則見一溪流水綠幾片落花紅兀的把春光斷送

（云）兄弟這般景物暢是宜人我且題詠幾句咱（阮云）兄長正好題詠幾句小弟拱聽（正末唱）

〔滚繡毬〕水呵莫不黃河天上來花呵莫不碧桃天上種水呵索強如翠岩前三千丈玉泉飛迸花呵乾閃下鬧西園一隊隊課蜜遊蜂水呵則是瀰漫三月雨花呵可惜狼籍一夜風水呵近滄波濯塵纓一溪光瑩花呵性輕薄亂飄零枉費春工水呵抵多少長江後浪催前浪花呵早則一片西飛一片東歲月匆匆

〔倘秀才〕我這裏長嘯時草木振動悵望處風濤怒湧不覺的悄然而悲悚然恐（阮肇云）咱兩個則傍這一道流水尋去料的前面必有個漁家可以投宿（正末唱）盼不的漁家春水渡（阮肇云）這山中敢有個寺兒麼（正末唱）聞不見僧寺夕陽鐘（帶云）兄弟呵（唱）咱兩個莫不被樵夫調哄

〔滾繡毬〕我這裏度危橋拄瘦筇俯清流靠古松〔云〕兄弟你看水上流出一杯飯來了〔唱〕見一盃胡麻飯綠波浮動〔做取分食科〕〔唱〕想行廚只隔雲峯進程途一二里見樓臺三四重勢嵯峨走鸞飛鳳晃分明金碧玲瓏〔內做奏樂科正末云〕這是什麼響〔唱〕又不是數聲仙犬鳴天上又不是幾處樵歌起谷中〔帶云〕待我聽咱〔做聽科〕〔唱〕只聽的環珮丁冬

〔二仙子引侍女將砌末上云〕劉晨阮肇二人已到了不免引着侍女將酒禮樂器出去迎接者〔正末做見科〕〔詩云〕天和樹色藹蒼蒼霞重嵐深路渺茫雲竇滿山無鳥雀水聲沿澗有笙簧碧紗洞裏乾坤別紅杏枝頭日月長願得花間有人出免教仙犬吠劉郎兄弟你看霞光鳳馭羽蓋霓旌笙歌繚繞珠翠妖嬈這都是那裏來的〔阮肇云〕是好蹺怪好蹺怪〔正末唱〕

〔呆骨朵〕你便鐵石人也惹起凡心動莫不是駕青鸞天上飛瓊似這般花月神仙晃動了文章鉅公〔做相見科旦云〕劉郎阮郎請同到舍下〔正末云〕他女娘家怎知我們的名姓便以劉郎阮郎呼之兄弟我和你莫非是夢中麽〔唱〕沒揣的撞到風流陣引入花衚衕擺列着金釵十二行敢則夢上他巫山十二峯

〔做行到科〕〔正末云〕到這境界分外幽絕令人翩翩然有出塵之想不知生等何緣得至於此〔唱〕

〔脫布衫〕光閃閃貝闕珠宮齊臻臻碧瓦朱甍寬綽綽羅幃繡櫳鬱巍巍畫梁雕棟

〔醉太平〕注金波碧筒燒銀燭紗籠笙歌引至畫堂中紅遮翠擁人心此會應相重人情今夜初相共人生何處不相逢早忘却更長漏永

〔二旦做意把盞科云〕草草杯盤不足以待賢者惶恐惶恐〔正末謝云〕生等不才多承錯愛何以克當〔唱〕

〔倘秀才〕則見他喜孜孜幽歡密寵便一似悄促促私期暗通怎消得翠袖殷勤捧玉鍾屏開金孔雀褥隱繡芙蓉兀的般受用

〔小旦扮金童玉女上云〕咱兩個奉王母仙旨將這仙桃來獻桃源洞二仙子兼賀得壻之喜〔正末云〕兄弟這話那裏說起〔阮肇云〕兄長豈不聞酒中得道花裏遇仙也是常事〔正末唱〕

〔滾繡毬〕真乃是羅綺叢錦繡中出紅妝主人情重玳筵開炮鳳烹龍受用些細腰舞皓齒歌琉璃鍾琥珀醲抵多少文字飲一觴一詠列兩下進仙桃玉女金童不覺的舞低楊柳樓心月歌盡桃花扇底風筵宴將終

〔叨叨令〕記不的軒轅一枕華胥夢學不的淳于一枕南柯夢盼不的文王一枕非熊夢成不的莊周一枕蝴蝶夢倒大來福分也麼哥倒大來福分也麼哥恰做了襄王一枕高唐夢

〔三煞〕帽簷偏側簪花重衫袖淋漓污酒濃品竹調絲移商換羽掿粉搏酥走斝飛觥一個個濃粧艷裹一對對妙舞清歌一聲聲慢撥

輕攏贏得我忘懷昆仲攙却醉顏紅

〔二煞〕一杯未盡笙歌送兩意初諧語話同效文君私遘相如比巫娥願從宋玉似鶯鶯暗約張生學孟光自許梁鴻他年不騎鶴何日可登鰲今夜恰乘龍說甚的隻鸞單鳳天與配雌雄

〔隨煞尾〕色籠葱光瀲灩山環水繞天台洞勢周旋形曲折虎踞龍盤仙子宮本意閒尋採藥翁誰想桃源一徑通謾嘆人生似轉蓬猶恐相逢是夢中月滿蘭房夜未扃人在珠簾第幾重結煞同心心已同綰就合歡歡正濃焚盡金爐寶篆空燒罷銀臺燭影紅身在天台花樹叢最夢入陽臺雲雨蹤准備着鳳枕鴛衾玉人共成就了年少風流志誠種〔同下〕

〔音釋〕滲森去聲　巉初銜切　巑音攢　磣森上聲　磕音可　虬音求　思去聲　斷端去聲　種上聲　迸逋夢切　瀰音迷　籍精妻切　瑩音用　筇音窮　嵯音磋　峨音娥　嵐音藍　瓊音窮　衚音胡　衕音同　行音杭　甍音蒙　醲音濃　詠音用　柯音哥　蝶音爹　汙烏去聲　調平聲　掿音鬧　斝音賈　觥音公　扃居翁切　重平聲　叢音從

楔子

〔小旦上云〕小妾是桃源洞仙子侍從的爲劉晨阮肇二人與俺仙子有五百年夙世姻緣自去春與仙子成了姻眷到今剛及一載奈二人塵緣未斷又早思歸今日令我等先將酒果到十里長亭

伺候待仙子與劉阮相別〔正末同阮肇二旦乘車上云〕咱兄弟二人自去春到桃源洞中多感二位小娘子錯愛倏忽一載且莫說他溫香軟玉恩意綢繆只是繡閣蘭房儘也受用不盡怎柰心中只想回歸鄉里目今又值暮春時候聞得百禽鳴野使我思歸之意一倍加切不免暫時告別回家小娘子休得見怪〔二旦做打悲科云〕我二人自謂終身已得所託剛纔一載乃遂別乎常言道心去意難留賤妾便當相送親至十里長亭一杯餞別〔做把酒科〕〔正末回酒科旦云〕賤妾聊賦一詩相贈〔詩云〕殷勤相送出天台仙境那能却再來雲液旣歸須強飲玉書無事莫頻開花當洞口應長在水到人間定不回惆悵溪頭從此別碧山明月照蒼苔〔正末云〕多謝小娘子厚意這般眷戀但此別非久不過旬日之間便當再會也〔唱〕

〔仙呂賞花時〕我做甚三疊陽關愁不聽也只爲一段傷心畫怎成則不是人感慨別離輕聽兀那流鶯樹頂先啼出斷腸聲

〔么篇〕抵多少綠暗紅稀出鳳城拚得個倒盡沙頭雙玉缾直到這十里短長亭避不的登山驀嶺便子索回首問前程〔正末同阮下〕

〔旦云〕他二人去了也我等本待和他琴瑟相諧松蘿共倚爭柰塵緣未斷驀地思歸雖然係是夙因却也不無傷感倘若天與之幸再與他相見亦未可知〔詩云〕人間無路水茫茫玉洞桃花空自香只恐韶光易零落何時重得會劉郎〔並下〕

〔音釋〕從去聲　倏音叔　強欺養切　應平聲　聽平聲　驀音陌

第三折

〔淨扮劉德引沙三王留等將砌末上云〕某姓劉名德現在天台縣十里莊居住時當春社輪着我

做牛王社會首今日請得當村父老沙三王留等都在我家賽社豬羊已都宰下與衆人燒一陌平安紙就於瓜棚下散福受胙飲酒牛表伴哥你把柴門緊緊的閉上倘有撞席的人休放他進來〔衆做打鼓燒紙飲酒科〕〔正末同阮肇上云〕自到桃源洞中與那兩個小娘子結成姻眷不覺過了一載爲聞百鳥鳴春頓起思歸之念再尋舊路回家兄弟你也看見這眼前景物都更變不同了好傷感人也呵〔唱〕

〔中呂粉蝶兒〕兔走烏飛攛不盡古今興廢急回來物換星移成就了鳳鸞交鶯燕侶五百年夙緣仙契不多時執手臨岐倒攬下乾相思一場憔悴

〔醉春風〕則被這紅灼灼洞中花碧澄澄溪上水賺將劉阮入桃源暢好是美美受用他一段繁華端詳了一班人物別是個一重天地

〔做行路科阮肇云〕兄長這一路上全不似舊時光景却是何故〔正末唱〕

〔迎仙客〕下坡如投地穿驀嶺似上天梯這的是蝴蝶夢中家萬里不甫能雨纔收沒揣的風又起似這般風雨凄凄早難道遲日江山麗

〔紅繡鞋〕見了這三五搭人家稀密過了這百千重山路逶迤那裏也新郎歸去馬如飛愁的是林深禽語碎怕的是路遠客行遲呀却原來鷓鴣啼烟樹裏

〔云〕早來到這裏望見那古寺過了一座小橋便是家中了也〔唱〕

〔醉高歌〕望見那蕭蕭古寺投西行過這泛泛危橋轉北早來到三
家疃上熟游地這搭兒分明記得
〔正末做意驚見科云〕好怪這兩株松樹我去時親手栽下與兄弟上天台山採藥到今只有一年
光景這兩株樹怎麼就長得偌來大不由我心中好生疑惑〔阮肇云〕我也記得這等大的快敢則
是地肥哩〔正末唱〕
〔普天樂〕曾得個幾星霜多年歲為甚麼松杉作洞花木成蹊往時
節將嫩苗跑土栽今日呵見老樹衝天立見了這景物翻騰非前日
不由人幾般兒心下猜疑修補了頹垣敗壁整頓了明窗淨几改換
了茅舍疎籬
〔做打家喚門科〕開門咱我來家了也〔淨云〕果是有撞席人來休開門〔正末唱〕
〔石榴花〕則見這野風吹起紙錢灰鼕鼕的擂皷響如雷原來是當
村父老衆相知賽牛王社日擺列着尊罍〔做叫云〕劉弘開門來開門來〔唱〕
到的這柴門前便喚咱兒名諱他那裏默無聲美盞傳杯一個個緊
低頭不睬佯粧醉方信道人面逐高低
〔鬬鵪鶉〕我今日衣錦還鄉兒呵你也合開門倒屣〔云〕劉弘快開門來〔
淨云〕你則是個撞席的饞嘴怎麼敢叫劉弘要討我打你〔正末唱〕
我這裏道姓呼名他
那裏嗑牙料嘴則道是餔啜之人來撞席饕餮他酒共食似恁般妄
作胡為敢欺侮咱浮蹤浪跡

（淨云）今日當村衆父老在我家賽牛王社燒一陌紙祈保各家平安那裏走將這兩個不知羞恥的人來要我酒肉喫倒魘鎮俺衆人一年不吉利（正末唱）

（上小樓）則見他一時半刻使盡了千方百計喫緊的理不服人言不諳典話不投機看不的喬所爲歹見識刁天決地早難道氣昂昂後生可畏

（淨云）這等撞席的人倒敢胡言亂語的牛表沙三急忙打出去者（衆做打科）（正末唱）

（幺篇）真乃是重色不重賢度人不度己使的這牛表沙三伴哥王留唱呌揚疾走將來手便揎腳便踢將咱忤逆這的是孩兒每孝當竭力

（云）我是劉晨同兄弟阮肇去春上天台山採藥今年歸家你是何人倒來打我（淨云）你這兩個面生可疑之人我那裏認的你快去快去（正末唱）

（滿庭芳）你道我面生可疑便待要揚威耀武也合問姓甚名誰那些個吐虹霓三千丈英雄氣全不管長幼尊卑（淨云）我父親劉弘在日嘗說老爺劉晨上天台山採藥不歸到今百餘年知他是狠餐豹食你還提他則甚（正末唱）你道我上天台狠餐豹食誰想我入桃源雨約雲期休得要誇強會瞞神諕鬼大古裏人善得人欺

（淨云）這兩個漢子是風魔是九伯我記的父親在日對我說老爺劉晨上天台採藥那一年親手栽下門前這兩株松樹到今百餘年兀那松樹長的偌大我父親劉弘也故許多年了你道是上春

採藥去的你則看這樹難道一年便長得這般大小〔正末做省悟科云〕則這句話可將我提省了也我適纔到得門首見這兩株樹便覺有些疑惑這等看來當真去百餘年了孩兒此非汝的罪過也則是我的愚濁方知道山中方七日世上已千年信有之也〔唱〕

〔十二月〕嘆急急年光似水看紛紛世事如棋回首時今來古往傷心處物是人非若不遊嫦娥月窟必定到王母瑤池

〔堯民歌〕呀生折散碧桃花下鳳鸞棲端的個人生最苦是別離倒做了伯勞飛燕各東西早難道有情何怕隔年期傷也波悲登高怨落暉添幾點青衫淚

〔正末做打悲科云〕你父親劉弘已死你又是他孩兒卻是我一家骨肉我當年同兄弟阮肇上天台山採藥只為日暮迷其歸路遇一樵者指引到桃源洞去投宿行至數里忽見金釘朱戶似王者之居有笙歌一部簇擁二女子迎接我二人到家筵宴成其夫婦剛及一載為聞百鳥鳴春思歸故里早已物換星移過了一百多歲信知彼處乃是神仙之境〔阮肇云〕兄長這等看來我和你便不歸家也罷了〔正末唱〕

〔耍孩兒〕方信道洞天深處非人世包藏着雲蹤雨跡〔帶云〕我想臨行之時〔唱〕怎將斷腸詩句贈別離分明是漏泄與肉眼愚眉他道花當洞口應長在水到人間定不回參透了其中意本是個神仙境界錯認做裙帶衣食

〔淨云〕聽了你這一篇話你敢真是俺老爺做了神仙回家來的老爺則你一向在那裏受用〔正

〔末唱〕

〔五煞〕我受用淡氤氳香噴鵲尾爐光瀲灩酒傾蕉葉杯脚趔趄佳人錦瑟傍邊立醉踈狂閒吟夜月詩千首眼迷希細看春風玉一圍到今日歸何地想殺我龍肝鳳髓害殺我螓首蛾眉

〔四煞〕也曾交頸睡並手行也曾重裀坐列鼎食不枉了百年三萬六千日依舊索背將寶劍匣中去再也不倒着接籬花下迷成就了風流壻匹配上鸞交鳳友差排下蝶使蜂媒

〔三煞〕他那裏一壺天地寬兩輪日月遲不比這彩雲易散琉璃脆但不知別來仙子今何在從今后逢着仙翁莫看棋回首更人世我只怕泰山石爛滄海塵飛

〔二煞〕現如今桃源好結縭問甚麽瓜田不納履我和他武陵溪畔曾相識寂寞了十二闌瑤臺仙子吹簫伴迢遞了五百里芳草王孫去路迷闌珊了三千年王母蟠桃會生踈了日邊飛翠鸞丹鳳冷落了雲外鳴玉犬金鷄

〔尾煞〕折末你迭關山千百重進程途一萬里我則怕春光去了難尋覔〔云〕兄弟咱和你去來〔唱〕趁着這幾瓣桃花半溪水〔同阮肇下〕

〔淨云〕不想我老爺劉晨果然遇仙回來已經隔世方悟彼處非凡急急的與阮肇復入山中去了雖然如此我又不認的他知道是真是假也不必去追尋他了只是我這牛王社父老每不曾勸的

酒如何是好〔衆云〕今日天氣又好酒席又盛雖則被那兩個撞席的攪擾了這一會然也喫得醉的醉了飽的飽了我們都散罷待明年容在下還席〔並下〕〔淨云〕父老每都散了也這兩個畢竟是什麼人非是俺喃喃篤篤爭柰他面生不熟也不知這劉晨果然是俺爺爺也又不知那阮肇當真是俺叔叔又沒處辨他假真任去來不須追逐縱然在桃源洞煉藥燒丹只不如俺牛王社醉酒飽肉〔下〕

〔音釋〕胙租去聲　窨忙背切　逶音威　迤音移　北邦美切　疃湯卯切　得當美切　蹊音奚　跑音袍　立音利　日人智切　壁音彼　屣音洗　餔音逋　啜樞說切　席星西切　饕音滔　餮音帖　食繩知切　跡將洗切　魘音掩　刻康美切　諳音菴　識傷以切　疾精妻切　箠吹上聲　踢音體　逆銀計切　力音利　當去聲　別邦爺切　氤音因　氳於君切　瀲離店切　灩音艷　趔郎夜切　趄青夜切　螓音秦　使去聲　縭音梨　覓忙閉切　辦旁慢切　喃音南

第四折

〔太白引青衣童子上云〕當日劉晨阮肇二人上天台山採藥吾以白雲一道迷其歸路化一樵者指引入桃源洞中與二仙子成就良緣惜乎二人塵緣未斷各動思鄉之念比及回家已經隔世方悟仙凡有異如今他再入山中尋訪桃源渺無蹤跡不免顯示真像指引他到洞再與二仙子相會也是我救度他出世超凡的好事必須先遣青衣小童去那洞中報知仙子出來迎接他道猶未了那劉阮二人早到〔正末同阮肇上云〕自家與阮家兄弟急到山中訪那桃源洞往往來來再不得其舊路怎能勾與二仙子相見豈非緣薄分淺致有今日也呵〔唱〕

〔雙調新水令〕滿襟情淚濕青袍伴離人一竿殘照行不上巖巒臨澗絕盼不到宮闕倚天高一弄兒行色蕭條恰便似游仙夢撒然覺

〔駐馬聽〕四顧寂寥綠樹依依雲渺渺一聲長嘯青山隱隱水迢迢看花長在洛陽橋休官不止長安道歸路杳也是我尋真誤入蓬萊島

〔沈醉東風〕成就了東牀壻伏低做小宴會了西王母接貴攀高引動這撩雲撥雨心想起那閉月羞花貌撇的似繞朱門燕子尋巢沒來由北往南來走一遭眼見的離多會少

〔做行科云〕兄弟我和你走了這半日但見高山流水竟不知那桃源洞却在何處〔阮肇云〕敢這桃源洞也似竹林寺有影無形的〔正末唱〕

〔殿前歡〕不覺的五魂消則見這無媒徑路草蕭蕭急煎煎似上蚰蜒道一會價心癢難揉這時節武陵溪怎暗約桃花片空零落胡麻飯絕音耗做了個雲迷楚岫水渰藍橋

〔做嘆科云〕這等尋來尋去杳無蹤跡使我進退無門如之柰何兄弟我和你共賦一詩聊以自遣〔阮肇云〕兄長請先倡〔正末詩云〕再到天台訪玉真青苔白石已成塵笙歌寂寞閑深洞雲鎖蕭條絕舊隣〔阮肇詩云〕草樹總非前度色烟霞不是往年春桃花流水依然在不見當時勸酒人〔正末唱〕

〔鴈兒落〕也是我一事差百事錯空惹的千人罵萬人笑本則合暮

登天子堂沒來由夜宿祅神廟

〔得勝令〕這的是人怨語聲高我今日得命也無毛吉丁當掂碎連環玉生可擦分開比翼鳥夢斷魂勞身未到心先到分淺緣薄有上梢沒下梢

〔二末做投崖科〕〔太白現像急喝云〕劉晨阮肇休胡尋思吾乃上界太白金星為你二人與桃源仙子有夙世姻緣之分你前日採藥迷路吾曾化為樵夫指引入洞今復來此迷其舊路聽吾指引

〔正末同阮拜科云〕愚民肉眼不識大仙只望垂憫指示前路〔唱〕

〔沽美酒〕怎肯學鷃鵬飛雜燕雀芝蘭長混蓬蒿可正是忙處人多閑處少早着我迷蹤失道無處訪舊時樵

〔太平令〕但得你天公指教抵多少晏平仲善與人交你若肯扶傾濟弱我可便回嗔作笑一會價記着想着念着〔帶云〕休道是人呵〔唱〕馬也有垂韁之報

〔太白云〕那前面桃花開處兀的不是洞門你兩個此一去休得忘了大道只待功行完日同登天府〔正末同阮謝科〕〔唱〕

〔落梅風〕過了這蒼苔徑獨木橋路崎嶇寂無人到劉郎這回歸去了亂山頭杜鵑休叫

〔甜水令〕元來是路轉峯回林深樹密猿啼虎嘯知他在何處教吹簫〔二旦引侍從仙樂上科正末唱〕猛見這香霧空濛祥雲縹緲瑞烟籠罩還

怕咱沒福堪消

〔二旦云〕不意今日又得相會也〔正末唱〕

〔折桂令〕依然見桃源洞玉軟香嬌一隊隊美貌相迎一個個笑臉孽着今日也魚水和諧燕鶯成對琴瑟相調玉爐中焚寶篆沈烟細裊絳臺上照紅妝銀蠟高燒人立妖嬈樂奏簫韶依舊有翠繞珠圍再成就鳳友鸞交

〔太白云〕衆仙近前聽我囑付〔詞云〕紫霄仙謫來人世修真在桃源洞內有劉阮共慕清虛厭浮榮甘心韜晦當暮春採藥入山與二女夙稱仙契被白雲迷失歸途吾指引驀然相會成就了兩姓姻緣完結了百年伉儷甫一歲二子思家塵緣重凡心未退急歸來物換星移訪子孫已更百歲見門前小樹參天方省悟仙凡有異再來時路徑全非何處認舊遊之地又是吾指引來歸神仙眷依然正配三年后行滿功成赴蓬萊同還仙位

〔音釋〕寂精妻切　看平聲　揉與撓同　喑音蔭　約音杳　落音澇　錯音草　祅音軒
掂低廉切　雀音悄　弱饒去聲　着池燒切　崎音欺　伉音抗　儷音麗　行去聲

題目　太白金星降臨凡世
紫霄玉女夙有塵緣

正名　青衣童子報知仙境
劉晨阮肇誤入桃源

劉晨阮肇誤入桃源雜劇

上

蕭令史暗裏得錢多
珍倣宋版印

下

張平叔智勘魔合羅

張孔目智勘魔合羅雜劇

元　孟漢卿撰
明吳興臧晉叔校

楔子

（冲末扮李彥實引淨李文道上）（詩云）月過十五光明少人到中年萬事休兒孫自有兒孫福莫爲兒孫作馬牛老漢姓李名彥實在這河南府錄事司醋務巷住坐嫡親的五口兒家屬這個是孩兒李文道還有個姪兒李德昌姪兒媳婦劉玉娘姪兒根前有個小廝叫做佛留姪兒如今要往南昌做買賣去說今日來辭我怎生這早晚還不見來（正末扮李德昌同旦倈上云）自家李德昌是也這個是我渾家劉玉娘這個是我孩兒佛留我開着個絨線鋪這對門是我叔父李彥實有個兄弟喚做李文道乃是醫士我在這長街市上算了一卦道我有一百日災難千里之外可躲我今一來躲災二來往南昌做些買賣大嫂喒三口兒辭叔父去來（旦云）喒去來波（正末做見李彥實科云）叔父你孩兒去南昌做買賣就躲災難今日是好日辰特來拜辭叔父（李彥實云）孩兒你去則去路上小心者（正末向李文道云）兄弟好看覷家中（李文道云）哥哥早些兒回來（正末云）叔父您孩兒今日便索長行也（做出門科旦云）李大你今日做買賣去我有句話敢說麼（正末云）有何說（旦云）小叔叔時常調戲我（正末怒云）噤聲我在家時不說及至今日臨行說這等言語大嫂再也休提你則好看家中小心在意者（唱）

【仙呂賞花時】則爲你叔嫂從來情性乖我因此上將伊曾勸解（旦悲科云）你去了我怎了也（正末唱）你可便省煩惱莫傷懷你則照管這家私

裏外〔帶云〕別的不打緊〔唱〕你是必好覷當小嬰孩

〔旦云〕這個我自知道則要你掙闘閨者〔正末唱〕

〔幺篇〕則俺這男子爲人須闘閨我向這外府他鄉做買賣〔旦云〕你則是早些回來〔正末唱〕休則管泪盈腮多不到一年半載但得些利便回來〔同旦下〕

〔李彥實云〕李文道你哥哥做買賣去了你無事休到嫂嫂家去我若知道不道的饒了你哩〔詩云〕正是叔嫂從來要避嫌況他男兒爲客去江南你若無事到他家裏去我一准拏來打十三〔同下〕

〔音釋〕闘爭上聲　閨齋上聲

第一折

〔旦上云〕妾身劉玉娘是也有丈夫李德昌販南昌買賣去了今日無甚事我開開這絨線鋪看有甚麼人來〔李文道上云〕自家李文道便是開着個生藥鋪人順口都叫我做賽盧醫有我哥哥李德昌做買賣去了則有俺嫂嫂在家我一心看上他爭奈俺父親教我不要往他家去如今瞞着父親推看他去就調戲他肯不肯不折了本來到門首也我自過去〔旦見科云〕嫂嫂自從哥哥去後不曾來望得你〔旦云〕你哥哥不在家你來怎麼〔李云〕我來望你吃鍾茶有甚麼事〔旦云〕這廝來的意思不好我叫父親去父親〔李彥實上云〕是誰叫我〔旦云〕是您孩兒〔李彥實云〕孩兒你叫我怎的〔旦云〕小叔叔來房裏調戲我來因此與父親說〔李彥實見科云〕你又來這裏怎的〔做打文道下〕〔李彥實云〕若那廝再來你則叫我不道的饒了他哩我打那弟子孩兒去〔下〕

〔旦云〕似這般幾時是了我收了這鋪兒李德昌你幾時來家了的不痛殺我也〔下〕〔正末挑擔上云〕是好大雨也呵〔唱〕

〔仙呂點絳唇〕七月纔初孟秋時序猶存暑穿着這單布衣服怎避這懸麻雨

〔混江龍〕連陰不住荒郊一望水模糊我則見雨迷了山岫雲鎖了青虛〔帶云〕這雨大不大〔唱〕雲氣深如倒懸着東大海雨勢大似翻合了洞庭湖好教我滿眼兒沒處尋歸路黑暗暗雲迷四野白茫茫水渰長途

〔云〕這雨越下的大了也〔唱〕

〔油葫蘆〕恰便似畫出瀟湘水墨圖淋的我濕漉漉更那堪吉丟古堆波浪渲城渠你看他吸留忽剌水流乞留曲律路更和這失留疎剌風擺希留急了樹怎當他乞紐忽濃的泥更和他疋丟撲搭的淤我與你便急章拘諸慢行的赤留出律去我則索滴羞跌屑整身軀

〔天下樂〕百忙裏鞋兒斷了乳好着我難行也是我窮對付扯將這蒲包上纍麻且繫住淋的我頭怎擡走的我脚怎舒好着我眼巴巴無是處

〔云〕遠遠的一座古廟我且向廟中避雨咱〔放擔科〕〔云〕我放下這擔兒原來是五道將軍廟多年倒塌了好是淒涼也〔唱〕

〔醉中天〕折供卓撐着門戶野荒草徧堦除〔云〕五道將軍爺爺自家李德昌便是做買賣回來望爺爺保護咱〔唱〕我這裏捻土焚香畫地爐我拜罷也忙瞻顧多謝神靈祐護望爺爺金鞭指路則願無災殃早到鄉閭〔云〕一場好大雨也衣服行李盡都濕了我脫下這衣服來試晒咱〔唱〕

〔醉扶歸〕我這裏扭我這單布袴晒我這濕衣服〔云〕怎生這般漏哦元來是這屋宇坍塌了所以這般漏我試看這行李咱〔唱〕我則怕蓋行李的油單有漏處我與你須索從頭覷〔云〕且喜得都不會濕嗨可怎生這等漏得緊〔唱〕奇恠這兩三番揩不乾我這額顱〔云〕可是爲甚麽呆漢你慌怎的〔唱〕可忘了將我這濕淥頭巾去〔云〕我脫下這衣服來晒咱〔做脫衣科〕我出這廟門看天色咱〔做出門科〕哎呀我這一會增寒發熱起來可怎了也〔唱〕

〔一半兒〕恰便是小鹿兒撲撲地撞我胸脯火塊似烘烘燒我肺腑〔云〕敢是我這身體不潔淨觸犯神靈望爺鞭指路聖手遮攔〔唱〕若不是腥臊臭穢把你這神道觸〔云〕李德昌你差了也既爲神靈怎見俺衆生過犯〔唱〕我可也重思慮〔帶云〕我猜着這病也〔唱〕多敢是一半兒因風一半兒雨〔云〕可怎生得一個人來寄信與我渾家教他來看我也好我且歇息咱〔外扮高山挑擔子上云〕阿呀好大雨也來到這五道將軍廟躲躲雨咱〔做放下擔兒科云〕老漢高山是也龍門鎮人氏嫡親的兩口兒有個婆婆每年家趕這七月七入城來賣一擔魔合羅剛出的這門四下裏布起雲來

則是瓮傾瓮瀽相似早是我那婆子着我拿着兩塊油單紙不是都壞了我試看咱謝天地不曾壞了一個這個鼓兒是我衣飯盌兒着了雨皮鬆了也我搖一搖還响哩〔正末云〕兀的不有人來也慚愧〔唱〕

〔金盞花〕淋的來不尋俗猛聽得早眉舒那裏這等不朗朗搖動蛇皮鼓我出門來觀覷他能迭落快鋪謀他有那關頭的蠟釵子壓鬢的骨頭梳他有那乞巧的泥媳婦消夜的悶葫蘆

〔正末做掀過揖云〕老的祗揖〔高山云〕阿呀有鬼也〔正末云〕我不是鬼我是人〔高山云〕你是人做這短見勾當先叫我一聲我便知道是人你猛可裏掀將過來唱喏多年古廟前後沒人早是我也若是第二個不諕殺了〔高山擣土科正末云〕你待怎麼〔高山云〕驚了我顖子哩〔正末云〕老的小人也是貨郎兒老的你進來坐一坐咱〔高山云〕老漢與你坐一坐你勒着手帕做甚麼〔正末云〕老的我在這廟裏避雨脫的衣服早了冒了些風寒老的你如今那裏去〔高山云〕我往城裏做買賣去〔正末云〕老的怎生與我寄個信去咱〔高山云〕哥哥我有三樁戒願一不與人家作媒二不與人家做保三不與人家寄信〔正末云〕自家河南府在城醋務巷居住小人姓李名德昌嫡親的三口兒渾家劉玉娘孩兒佛留小人往南昌做買賣去如今利增百倍也〔高山起身云〕住住住〔出門看科云〕這裏有避雨的都來一搭兒說話咱有也無〔入見正末云〕有你這等人誰問你說出這個話來倘或有人聽的圖了你財致了你命不乾生受了一場你知道我是甚麼人便好道畫虎畫皮難畫骨知人知面不知心〔正末云〕這那裏便有賊老的我如今感了風寒一臥不起只望老的你便寄個信與俺渾家教他來看我我若不肯寄信去我有些好歹就是老的誤了我性

命〔高山云〕那個央人的到會放刁我今日破了戒我則寄你這一個信你在那裏住坐有甚麼門
面鋪席兩鄰對門是甚麼人家說的我知道你則將息你那病症〔正末唱〕
〔後庭花〕俺家裏有一遭新板闥住兩間高瓦屋隔壁兒是個熟食店對門兒是個生藥局怕老的若有不是處你則問那裏是李德昌家絨線鋪街坊每他都道與
〔高山云〕我知道了你放心〔正末云〕老的在心者是必走一遭去〔唱〕
〔賺煞〕你是必記心懷你可也休疑慮不是我囑付了重還囑付爭奈自己躭疾難動舉你教他借馬尋驢莫躊躇爭奈紙筆全無怎寫平安兩字書老的只要你莫阻說與俺看家拙婦教他早此來把我這病人扶〔下〕
〔高山云〕出的這廟門來住了兩也則今日往城裏賣魔合羅就與李德昌寄信走一遭去〔下〕
〔音釋〕服房夫切　岫音袖　渰音掩　淥音慮　渲疎選切　淤音迂　纍音頊　捻音聶　坍他藍切　揩楷平聲　觸音楚　灘音蹇　盌與碗同　俗詞疽切　不音補　謀音模　搬音班　顖音信　闥音塔　屋音塢　局音矩

第二折

〔李文道上云〕自家李文道今日無甚事我且到這藥鋪門前覷者看有甚麼人來〔高山上云〕老漢高山是也來到這河南府城裏不知那裏是醋務巷我放下這擔兒試問人咱〔見李文道科云〕哥哥敢問那裏是醋務巷〔李文道云〕你問他怎的〔高山云〕這裡有個李德昌他去南昌做買賣

回來利增百倍如今在城南五道將軍廟裏染病教我與他家寄個信〔李文道背云〕好了〔回云〕老的這是小醋務巷還有大醋務巷你投東往西行投南往北走轉過一個灣兒門前有株大槐樹高房子紅油門兒綠油窗兒門上掛着斑竹簾兒簾兒下臥着個哈叭狗兒則那便是李德昌家〔高山云〕謝了哥哥〔做挑擔行科〕好哥哥說與我投東往西行投南往北走轉過灣兒門前一株大槐樹高房子紅油門兒綠油窗兒掛着斑竹簾兒簾兒下臥着個哈叭狗兒假若走了那哈叭狗兒我那裏尋去〔下〕〔李文道云〕便好道人有所願天必從之他如今得病了我也不着嫂嫂知道我將這服毒藥走到城外藥殺他那其間老婆也是我的錢物也是我的憑着我一片好心天也與我半椀飯吃〔下〕〔旦同倈兒上云〕妾身劉玉娘自從丈夫李德昌南昌做買賣去了音信皆無今日開開這鋪兒看有甚麼人來〔高山上云〕走殺我也把那賊弟子孩兒他說道還有個大醋務巷那裏不走過來〔放下擔科云〕我把那精驢賊醜生弟子孩兒原來則這個醋務巷着我沿城走了一遭左右則在這裏〔旦出門見科云〕兀那老子好不曉事人家做買賣去處你當着門做甚麼〔高山云〕你看我的造物頭裏着個弟子孩兒哄的我走了一日如今又着這婆娘搶白我哎高山你也怨你自己當初不與李德昌寄信可也沒這場勾當〔旦云〕兀那老的你那裏見李德昌來請家裏吃茶波〔高山云〕攪了你家買賣〔旦云〕老的你那裏見李德昌來〔高山云〕嫂子敢是劉玉娘〔旦云〕則我便是〔高山云〕這小的敢是倈留〔旦云〕正是老的你怎麼知道〔高山云〕嫂嫂如今李德昌利增百倍在城外五道將軍廟裏染病你快尋個頭口取他去〔旦云〕多多虧了老的等李德昌來家慢慢的拜謝你老人家〔倈兒上云〕奶奶我要個魔合羅兒〔旦打倈科云〕小弟子孩兒咱家買菜的錢也無那得錢來〔高山云〕你休打孩兒我與他一個魔合羅兒你牢牢收着不要

壞了底下有我的名字道是高山塑你父親來家呵見了這魔合羅我寄信不寄信久後做個大證見哩（下）（旦云）誰想李德昌在五道將軍廟染病我將孩兒寄在隣舍家鎖了門戶借個頭口去看李德昌走一遭去來（下）（正末抱病上）自從南昌回來感了風寒病症一臥不起我央高山寄信去教我渾家來看我怎生這早晚不見來李德昌這的是時也命也運也信不虛也呵（唱）

（黃鍾醉花陰）乾着我販賣南昌利錢好急回來又早病魔纏着盼家門咫尺似天遙好教我這會兒心焦按不住小鹿兒拘拘地跳端的是最難熬只一陣頭疼險些就劈破了

（喜遷鶯）教誰來醫療奈無人古廟蕭蕭量度又怕有歹人來到不由人心中添懊惱不由人不淚雨拋迸屑屑魂飛膽落撲速速肉顫身搖

（出隊子）似這般無顛無倒越教人厮䆿約一會家陰陰的腹痛似錐挑一會家烘烘的發熱似火燒一會家撒撒的增寒似水澆

（云）大嫂你在那裏也呵（唱）

（刮地風）懸望妻兒音信杳急煎煎心痒難揉（云）我出廟門望一望波（唱）我這裏慢騰騰行出靈神廟舉目偷瞧我與你恰下澁道立在簷稍覺昏沉剛掙揣把門倚靠我則道十分緊閉着原來是不插拴牢靠着時呀的門開了滴留撲仰剌叉喫一交

（四門子）這的是嚴霜偏打枯根草哎喲正跌着我這殘病腰一會

家疼一會家焦想錢財莫不是無福消一會家疼一會家焦我將這神靈禱告〔李文道慌上〕來到這廟也哥哥在那裏〔正末見科〕〔唱〕

〔古水仙子〕呀呀呀猛見了嗨嗨嗨諕的我悠悠魂魄消將將將紙錢來忙遮把把把泥神來緊靠慌慌慌我這裏掩映着〔李文道云〕我來望哥哥受你兄弟兩拜〔正末唱〕他他他走將來展脚舒腰我我我向前來仔細觀了相貌是是是我兄弟間別身安樂請請請免拜波李文道〔云〕兄弟我自從南昌回來感了風寒病症不能還家你嫂嫂在那裏〔李文道云〕嫂嫂便來也哥哥你這病幾日了〔正末唱〕

〔寨兒令〕也不昨宵則是今朝被風寒暑濕吹着〔李文道云〕我與哥哥把把脈咱〔做把脈科云〕哥哥我知道這病也我就帶將藥來了〔做調藥與正末吃科〕〔正末云〕兄弟且住等你嫂嫂來我吃〔李文道云〕不要等他你吃了就好了〔正末嚥科〕〔唱〕我嚥下去有似熱油澆烘烘的燒五臟火火的燎三焦〔帶云〕兄弟也〔唱〕這的敢不是風寒藥

〔神仗兒〕他將那水調我潑的嚥了不覺忽的昏迷他把我不的來藥倒烟生七竅冰浸四稍誰承望笑裏藏刀眼見的喪荒郊〔做倒科〕〔李文道云〕藥倒了也我收拾了東西回家中去來〔下〕〔正末唱〕

〔節節高〕這廝好損人利己不合天道錢物又不多要時分明要怎

生下得教哥哥身夭更做道錢心重情分少枉辱沒殺分金管鮑〔者刺古〕身軀被病執縛難走難逃咽喉被藥把捉難叫難號托青天暗表望靈神早報行善得善行惡得惡天呵莫不是今年災禍招〔掛金索〕我則道調理風寒誰想他暗裏藏毒藥他如今致命圖財我正是自養着家生哨疑恠來時不將着親嫂嫂萬代人傳倒惹的關張笑〔尾〕所有金珠共財寶一星星不剩分毫他緊緊的將馬兒馱去了

〔臥車下〕〔旦上云〕可早來到也下的這頭口進的這廟來怎生不見李大原來在這供卓底下病重了也〔做扶正末科〕李大你騎上頭口喒家去來〔下〕〔旦隨慌上云〕誰想李大到的家中七竅迸流鮮血死了也須索與小叔叔說知做一個計較〔做喚李文道科云〕小叔叔〔李文道上云〕這婦人害怕叫我哩嫂嫂你叫我怎的〔旦云〕您哥哥來家也〔李文道云〕請哥哥出來〔旦云〕李大到的家中七竅流血死了也〔李文道云〕死了哥哥也有甚麼難見處哥哥做買賣去了你家裏有姦夫見哥哥回來你與姦夫通謀藥殺俺哥哥也〔旦云〕我是兒女夫妻怎下得便藥殺他〔李文道云〕俺哥哥已死了你可要官休私休〔旦云〕怎生是官休私休〔李文道云〕官休我告到官司教你與我哥哥償命私休你與我做老婆便了〔旦云〕你是甚麼言語我寧死也不與你做老婆〔李文道云〕我和你見官去〔旦云〕我情願見官去李大則被你痛殺我也〔拖旦下〕〔淨扮孤引張千上〕〔詩云〕我做官人單愛鈔不問原被都只要若是上司來刷卷廳上打的鷄兒叫小官是河南府的縣令是也今日坐起早衙張千看有告狀的着他進來〔張千云〕理會的〔李文道同旦上云〕

你尋思波〔旦云〕我只和你見官去〔李文道云〕我和你見官去來寃屈也〔孤云〕拏過來〔張千云〕當面〔孤做跪科〕〔張千云〕相公他是告狀的怎生跪着他〔孤云〕你不知道但來告的都是衣食父母〔張千喝旦跪科〕〔孤云〕你兩個告甚麼〔李文道云〕小人是本處人氏嫡親的五口兒這個是我嫂嫂小人是李文道有個哥哥李德昌去南昌做買賣回來利增百倍當日來家嫂嫂養着姦夫合毒藥殺死親夫大人可憐見與小人做主咱〔孤云〕我問你你哥哥死了麼〔李文道云〕死了〔孤云〕死了罷又告甚麼〔張千云〕大人你與他整理〔孤云〕我那裏會整理你與我去請外郎來〔張千云〕外郎安在〔丑扮令史上〕〔詩云〕官人清似水外郎白如麪水麪打一和糊塗成片小人是蕭令史正在司房裏攢造文書只聽得一片聲叫我料着又是官人整理不下甚麼詞訟我去見來〔令史見犯人科云〕這廝我那裏曾見他來哦這廝是那賽盧醫我昨日在他門首借條板櫈也借不出來今日也來到我這衙門裏張千拏下去打着者〔張拏科李做舒三個指頭科云〕令史我與你這個〔令史云〕你那兩個指頭瘸〔李文道云〕哥哥你整理這樁事〔令史云〕我知道休言語你告甚麼原告是誰〔李文道云〕小人是原告〔令史云〕你是原告說你那詞因來〔李文道云〕小人是本處人氏是李文道有個哥哥是李德昌去南昌做買賣利增百倍還家俺嫂嫂有姦夫合毒藥藥殺俺哥哥令史與我做主咱〔令史云〕是實麼畫了字者張千拏過那婦人來兀那婦人你怎生藥殺丈夫從實招來〔旦云〕大人可憐見小婦人是劉玉娘俺男兒是李德昌南昌做買賣回來在城外五道將軍廟中染病妾身尋了個頭口直至廟中問着不言語取到家中七竅迸流鮮血驀然氣絕而死妾身喚小叔叔來問他小叔叔說妾身有姦夫妾身是兒女夫妻怎下的藥殺男兒大人妾身並無姦夫〔令史云〕不打也不招張千與我打着者〔張千打科〕〔令史云〕你招

了罷〔旦云〕小婦人並無姦夫〔令史云〕不打不招張千與我打着者〔張千又打科〕〔旦云〕住住住我待不招來我那裏受的這等拷打我且含糊招了罷是我藥殺俺男兒來〔孤云〕你休招招了就是死的了也〔令史云〕他既招了將枷來枷了下在死囚牢中去〔孤云〕張千取枷來上了枷者〔張千云〕枷上了下在牢中去〔旦云〕天那誰人與我做主也呵〔下〕〔孤云〕令史你來恰纔那人舒着手與了你幾個銀子你對我實說〔令史云〕不瞞你說與了五個銀子〔孤云〕你須分兩個與我〔同下〕

〔音釋〕 着池燒切 咫音止 度多勞切 落音澇 顫音戰 窨音蔭 約音杳 揉與撓同 澁音瑟 樂音澇 藥音耀 淲乖上聲 觔巧去聲 縛房包切 捉之卯切 號平聲 惡音襖 哨妻笑切 剩音盛 迸逋要切 刷雙寡切 瘸渠靴切 驀音陌

第三折

〔外扮府尹引張千上〕〔詩云〕濫官肥馬紫絲韁猾吏春衫簇地長稼穡不知誰壞却可教風雨損農桑老夫完顏女直人氏完顏者姓王普察姓李老夫自幼讀書後來習武爲俺祖父多有功勳因此上子孫累輩承襲爲官爲將這河南府官濁吏弊往往陷害良民聖人親筆點差老夫爲府尹因老夫除邪秉正勑賜勢劍金牌先斬後奏老夫上任三個日頭今日陞廳坐起早衙怎生不見寃案當該司吏〔張千云〕當該司吏大人呼喚〔令史上云〕來了來了〔見科〕〔府尹云〕你是司吏〔令史云〕小的是〔府尹云〕兀那廝你聽者聖人爲你這河南府官濁吏弊勑賜老夫勢劍金牌先斬後奏若你那文卷有半點差錯着勢劍金牌先斬你那驢頭有合僉押的文書拏來我僉押〔令史云〕有有有就把這一宗文卷大人看〔府尹看科云〕這是那一起〔令史云〕這是劉玉娘藥死親

夫招狀是實則要大人判個斬字〔府尹云〕劉玉娘因姦藥死丈夫這是犯十惡的罪爲何前官手裏不就結絕了〔令史云〕則等大人到來〔府尹云〕待報的囚人在那裏〔令史云〕見在死囚牢中〔府尹云〕取來我再審問〔令史云〕張千去牢中提出劉玉娘來〔張千云〕理會的〔旦上云〕哥哥喚我做甚麽〔張千云〕你見大人去〔令史云〕兀那婦人如今新官到任問你休說甚麽你若胡說了我就打死你張千押上廳去〔張千云〕犯婦當面〔旦跪科〕〔府尹云〕則這個是那待報的女囚〔令史云〕則他便是〔府尹云〕兀那女囚你是劉玉娘你怎生因姦藥死丈夫恐怕前官枉錯了你有不盡的言詞從實說來我與你做主咱〔旦云〕小婦人無有詞因〔府尹云〕旣他囚人口裏無有詞因則管問他怎麽將筆來我判個斬字押出市曹殺壞了者〔張千押旦出科〕〔旦云〕天也誰人與我做主也呵〔正末扮張鼎上云〕自家姓張名鼎字平叔在這河南府做着個六案都孔目掌管六房事務奉相公台旨教我勸農已回今日陞廳坐衙有幾宗合僉押的文書相公行僉押去我想這爲吏的扭曲作直舞文弄法只這一管筆上送了多少人也呵〔唱〕

〔商調集賢賓〕這些時曹司裏有些勾當我這裏因僉押離了司房我如今身躭受公私利害筆尖注生死存亡詳察這生分女作歹爲非更和這忤逆男隨波逐浪我可又奉官人委付將六案掌有公事怎敢倉皇則聽的鼕鼕傳擊鼓偌偌報攛箱

〔逍遙樂〕我則擡頭覷望官長陞廳靜悄悄有如聽講我索整頓了衣裳正行中舉目參詳見雄糾糾公人如虎狼推擁着個得罪的婆娘則見他愁眉淚眼帶鎖披枷莫不是競土爭桑

〔云〕則見稟牆外一個待報的犯婦不知爲甚麽好是淒慘也呵〔唱〕

〔金菊香〕我則見濕浸浸血汚了舊衣裳多應是磣可可的身軀着新棒瘡更那堪死囚枷壓伏的駝了脊梁他把這粉頸舒長傷心處泪汪汪

〔云〕你看那受刑的婦人必然寃枉帶着枷鎖眼泪不住點兒流下古人云存乎人者莫良于眸子眸子不能掩其惡又云觀其言而察其行審其罪而定其政〔唱〕

〔醋葫蘆〕我孜孜的覷了一會明明的觀了半晌我見他不平中把心事暗包藏婆娘家怎生遭這般寃屈罔偏惹得帶枷喫棒休休休道不的自己枉着忙

〔幺篇〕我這裏慢慢的轉過兩廊遲遲的行至稟堂他那裏哭啼啼口內訴衷腸我待兩三番推阻不問當〔張千云〕劉玉娘你告這個孔目哥哥他與你做主〔旦扯住正末衣科云〕哥哥救我咱〔正末唱〕他緊拽定衣服不放不由咱不與你做商量

〔云〕張千把那婦人喚至跟前我問他〔張千云〕劉玉娘近前來〔旦跪科〕〔正末云〕兀那婦人說你那詞因我聽咱〔旦訴詞云〕哥哥停嗔息怒聽妾身從頭分訴李德昌本爲躲災販南昌多有錢物他來到廟中困歇不承望感的病促到家中七竅內迸流鮮血知他是怎生服毒進入門當下身亡慌的我去叫小叔叔他道我暗地裏養着姦夫將毒藥藥的親夫身故不明白拖到官司吃棍棒打拷無數我是個婦人家怎熬這六問三推葫蘆提屈畫了招伏我須是李德昌綰角兒夫妻怎下

的胡行亂做小叔叔李文道暗使計謀我委實的斷冤負屈〔正末云〕兀那婦人我替你相公行說去說准呵你休歡喜說不准呵休煩惱張千且留人者〔張千云〕理會的〔末見科云〕大人小人是張鼎替大人下鄉勸農已回聽的大人陞廳坐衙有幾宗合僉押文書請相公僉押〔府尹云〕這個便是六案都孔目張鼎這人是個能吏有甚麼合稟的事你說〔正末遞文書科〕〔府尹云〕這是甚麼文書〔正末唱〕

〔金菊香〕這的是打家劫盜勘完的贓這個是犯界茶鹽取定的詳這公事正該咱一地方這個是新下到的符樣這個是官差納送遠倉糧

〔府尹云〕這宗是甚麼文卷〔正末唱〕

〔醋葫蘆〕這的是沿河道便蓋橋這的是隨州城新置倉這的是王首和那陳立賴人田莊這的是張千毆打李萬傷〔帶云〕怕官人不信呵〔唱〕勾將來對詞供狀這的是王阿張數次罵街坊

〔府尹云〕再無了文卷也〔正末云〕相公再無了〔府尹云〕都着有司發落去張鼎與你十個免帖放你十日休假假滿之後再來辦事〔正末云〕謝了相公〔做出門科〕〔張千云〕孔目哥哥這件事曾說來麼〔正末云〕我可忘了也〔唱〕

〔幺篇〕又不是公事忙不由咱心緒穰若有那大公事失誤了惹下災殃這些兒事務你早不記想早難道貴人多忘張千呵且教他暫時停待莫慌張

〔云〕我只稟事忘了我再向大人行說去〔張千云〕哥哥可憐見與他說一聲〔正末再見科〕〔府尹云〕張鼎你又來說甚麼〔正末云〕大人恰纔出的衙門只見稟牆外有個受刑婦人在那裏聲寃叫屈知道的是他貪生怕死不知道的則道俺衙門中錯斷了公事相公試尋思波〔府尹云〕這椿事是前官斷定蕭令史該房〔正末云〕蕭令史我須是六案都孔目這是人命重事怎生不教我知道〔令史云〕你下鄉勸農去了難道你一年不回我則曾等着你〔正末云〕將狀子來我看〔令史云〕你看狀子〔正末看科云〕供狀人劉玉娘見年三十五歲係河南府在城錄事司當差民戶有夫李德昌將帶資本課銀一十錠販南昌買賣前去一年並無音信至七月內有不知姓名男子一個來寄信說夫李德昌在五道將軍廟中染病不能動止玉娘聽言慌速雇了頭口直至城南廟中扶策到家入門氣絕七竅迸流鮮血玉娘即時報與小叔叔李文道有小叔叔說玉娘與姦夫同謀合毒藥藥殺丈夫所供是實並無虛捏相公這狀子不中使〔令史云〕買不的東西可知不中使〔正末云〕四下裏無牆壁〔令史云〕相公在露天坐衙哩〔正末云〕上面都是窟籠〔令史云〕都是老鼠咬破的〔正末云〕相公不信呵聽張鼎慢慢說一遍〔府尹云〕你說我聽〔正末云〕供狀人劉玉娘年三十五歲係河南府在城錄事司當差民戶有夫李德昌將帶資本課銀一十錠販南昌買賣這十錠銀可是官收了苦主收了〔令史云〕不曾收〔正末云〕這個也罷前去一年並無音信於七月內有不知姓名男子前來寄信相公這寄信人多大年紀曾勾到官不曾〔令史云〕不曾勾他〔正末云〕這個不曾勾到官怎麼問得又道夫主李德昌在五道將軍廟中染病不能動止玉娘聽說慌速僱了頭口到於城南廟中扶策到家入門氣絕七竅迸流鮮血玉娘即時報與小叔叔李文道小叔叔說玉娘與姦夫同謀相公這姦夫姓張姓李姓趙姓王曾勾到官不曾〔令史云〕若無姦

夫就是我〔正末云〕合毒藥藥殺丈夫相公這毒藥在誰家合來這服藥好歹有個着落〔令史云〕若無人合這藥也就是我〔正末云〕相公你想波銀子又無寄信人又無姦夫又無合毒藥人又無謀合人又無這一行人都無可怎生便殺了這婦人〔府尹云〕蕭令史張鼎說這文案不中使〔令史云〕張孔目你也多管干你甚麽事〔正末云〕蕭令史我與你說人命事關天關地非同小可古人云繫獄之囚日勝三秋外則身苦內則心憂或笞或杖或徒或流掌刑君子當以審求賞罰國之大柄喜怒人之常情勿因喜而增賞勿以怒而加刑喜而增賞猶恐追悔怒而加刑人命何辜這的是霜降始知節婦苦雪飛方表竇娥寃〔唱〕

〔幺篇〕早是這爲官的性忒剛則你這爲吏的見不長則這一樁公事總荒唐那寄信人怎好不細訪更少這姦夫招狀〔帶云〕相公你想波〔唱〕可怎生葫蘆提推擁他上雲陽

〔令史云〕大人張鼎罵你葫蘆提也〔府尹云〕張鼎是誰葫蘆提〔令史云〕張鼎說大人葫蘆提〔府尹云〕張鼎是誰葫蘆提〔正末跪科〕小人怎敢〔府尹云〕張鼎這劉玉娘因姦殺夫是前官斷定的文案差錯是蕭令史該管你怎生說老夫葫蘆提我理任三日就說我葫蘆提這以前須不是我在這裏爲官兀那廝近前來這樁事就分付與你三日便要問成問不成呵我不道的饒了你哩哎〔詞云〕你個無端的賊吏奸猾將老夫一謎裏欺壓劉玉娘因姦殺夫須則是前官問罷你道是文卷差遲你道是其中有詐合毒藥是李四張三養姦夫是趙二王大寄信人何姓何名謀合人或多或寡不由俺官長施行則隨你曹司掌把你對誰行大叫高呼公然的沒些懼怕我分付你這宗文卷更限着三日嚴假則要你審問推詳使不着舞文弄法你問的成呵我與你寫表章騎驛馬呈

都省奏聖人、重重的賜賞封官問不成呵將你個賽隋何欺陸賈挺曹司翻舊案赤瓦不剌海猢孫頭當我那明晃晃勢劍銅鍘〔下〕〔令史云〕左右你的頭硬便試一試銅鍘也不妨事〔詩云〕得好休時不肯休偏要立限當官決死囚正是是非只為多開口煩惱皆因強出頭〔下〕〔正末云〕張鼎這是你的不是了也〔唱〕

〔後庭花〕攬這場不分明的腌勾當今日將平人來無事講你早則得福也蕭司吏則被你送了人也劉玉娘我這裏自斟量則俺那官人要個明降這殺人的要見傷做賊的要見贓犯姦的要見雙一行人怎問當

〔雙鴈兒〕多則是沒來由葫蘆提打關防待推辭早承向眼見得三日時光如反掌教我待不慌來怎不慌待不忙來怎不忙

〔云〕張千將劉玉娘下在死囚牢中去〔張千云〕理會的〔正末唱〕

〔浪裏來煞〕那劉玉娘罪責虛蕭令史口諍強我把那啣冤負屈是非場離家枉死李德昌知他來怎生身喪我直教平人無事罪人償

〔下〕

〔音釋〕簌音速　勛與勳同　忤音悟　攛粗酸切　糾音九　磣參上聲　晌音賞　物音務　促音取　毒東盧切　叔音暑　伏房夫切　屈丘雨切　攘仁張切　揑音聶　猾呼佳切　壓羊架切　法方雅切　鍘音茶　腌掩平聲

第四折

〔正末上云〕自家張鼎是也奉相公台旨與我三日假限若問成呵有賞問不成呵教我替劉玉娘償命張鼎這是你的不是了也〔唱〕

〔中呂粉蝶兒〕投至我勘問出強賊早憂愁的寸腸粉碎悶懨懨廢寢忘食你教我怎研窮難決斷這其間詳細索用心機要搜尋百謀千計

〔醉春風〕我好意兒勸他家將一個惡頭兒揣與自己原來口是禍之門張鼎也你今日個悔悔則要你那萬法皆明出脫的衆人無事全在你寸心不昧

〔云〕張千押過那劉玉娘來〔張千云〕理會的犯婦當面〔旦跪科〕〔正末唱〕

〔叫聲〕虎狼似惡公人可撲魯擁推擁推堦前跪我則見喑着氣吞着聲把頭低

〔云〕張千且疎了他那枷者〔張千云〕理會的〔做卸枷科旦起身拜云〕謝了孔目我改日送燒餅盒兒來〔做走科〕〔正末云〕那裏去你去了呵我替你男兒償命那〔旦云〕我則道饒了我來〔正末云〕兀那婦人你說你那詞因來若說的是呵萬事罷論若說的不是呵張千准備下大棒子者〔唱〕

〔喜春來〕你道是啣冤負屈喫盡虧則你這致命圖財本是誰直打的皮開肉綻悔時遲不是我強羅織早說了是便宜

〔旦云〕孔目哥哥打死孩兒也則是屈招了〔正末唱〕

〔紅繡鞋〕我領了嚴假限一朝兩日你恰纔支吾到數次十回又惹
場六問共三推聽了你一篇話全無有半星實我跟前怎過得
〔迎仙客〕比及下椶指先浸了麻槌行杖的腕頭加氣力直打得紫
連青青間赤枉惹得棍棒臨逼待悔如何悔
〔旦云〕便打殺我則是屈招了也〔正末唱〕
〔白鶴子〕你道是便死呵則是屈硬抵對不招實〔帶云〕我不問你別的〔唱〕
則問你出城時主何心則他那入門死因何意
〔云〕兀那婦人我問你〔唱〕
〔幺篇〕莫不他同買賣是新伴當〔旦云〕我不知道〔正末唱〕莫不是原茶
酒舊相知他可也怎生來寄家書因甚上通消息
〔旦云〕孔目哥哥我忘了那個人也〔正末云〕你近前來我打與你個模樣兒〔旦云〕日子久了我
忘了也〔正末唱〕
〔幺篇〕那廝身材是長共短肌肉兒瘦和肥他可是面皮黑面皮黃
他可是有髭髯無髭髯
〔旦云〕我想起些兒也〔正末云〕慚愧聖人道視其所以觀其所由察其所安人焉廋哉〔唱〕
〔幺篇〕投至得推詳出賊下落搜尋的案完備兀的不熬煎的我鬢
斑白煩惱的我心腸碎
〔云〕兀那婦人〔唱〕

〔么篇〕莫不是身居在小巷東家住在大街西他可是甚坊曲甚庄村何姓字何名諱

〔云〕我再問你咱〔唱〕

〔么篇〕莫不是買油麵爲節食莫不是裁段疋作秋衣我問你爲何事離宅院有甚幹來城內

〔云〕張千明日是甚日〔張千云〕明日是七月七〔旦云〕孔目哥哥我想起來也當年正是七月七有一個賣魔合羅的寄信來又與了我一個魔合羅兒〔正末云〕兀那婦人你那魔合羅有也無如今在那裏〔旦云〕如今在俺家堂閣板兒上放着哩〔正末云〕張千與我取將來〔張千云〕理會得〔做行科〕我出的這門來到這醋務巷問人來這是劉玉娘家裏我開開這門家堂閣板上有個魔合羅我拿着去出的這門來到衙門也孔目哥哥兀的不是個魔合羅兒〔正末云〕是好一個魔合羅兒也張千裝香來魔合羅是誰圖財致命李德昌怎生入門就死了你對我說咱〔唱〕

〔叫聲〕你曾把愚痴的小孩提教誨教誨的心聰慧若把這寃屈事說與勘官知

〔醉春風〕不強似你教幼女演裁縫勸佳人學繡刺要分別那不明白的重刑名魔合羅全在你你若出脫了這婦銜寃我教人將你享祭煞強如小兒博戲

〔云〕魔合羅你說波可怎不言語想當日狗有展草之恩馬有垂韁之報禽獸尚然如此何況你乎你既教人撥火燒香你何不通靈顯聖可憐負屈銜寃鬼你指出圖財致命人〔唱〕

〔滾繡毬〕我與你曲灣灣畫翠眉寬綽綽穿絳衣明晃晃鳳冠霞帔粧嚴的你這樣何爲你若是到七月七那其間乞巧的將你做一家兒燕喜你可便顯神通百事依隨比及你露十指玉筍穿針線你怎不起一點朱唇說是非教萬代人知

〔云〕魔合羅是誰殺了李德昌來你對我說咱〔唱〕

〔倘秀才〕枉塑你似觀音像儀怎無那半點兒慈悲面皮空着我盤問你你將我不應對我徹上下細觀窺到底

〔正末做見字科云〕有了也〔唱〕

〔蠻姑兒〕我則道在那壁原來在這裏誰想這底座兒下包藏着殺人賊呼左右上堦基誰把高山認的

〔云〕張千你認的高山麼〔張千云〕我認的〔正末云〕你與我一步一棍打將來〔張千云〕理會的我出的衙門來試看咱〔高山上云〕我去城裏討魔合羅錢去咱〔張千做拿科云〕快走衙門裏等你哩〔高山云〕哎呀打殺我也〔做見跪科〕〔正末云〕你便是那高山〔高山云〕是便是不知犯甚罪被這廝流水似打將來〔正末云〕兀那老子你曾與人寄信來麼〔高山云〕老漢自小有三戒一不作媒二不做保三不寄信我不曾與人寄信〔正末云〕着這老子畫了字者〔高山云〕我不曾寄信教我畫什麼字〔正末云〕兀那老子這魔合羅是誰塑的〔高山云〕是我塑的〔正末云〕着那婦人出來〔旦見高山云〕老的你認的我麼〔高山云〕姐姐你敢是劉玉娘你那李德昌好麼〔旦云〕李德昌死了也〔高山云〕死了也到是一個好人來〔正末云〕可不道你不曾寄信〔高山云〕我則寄

了這一遭兒〔正末云〕兀那老子你怎生圖財致命了李德昌你從實招來〔高山訴詞云〕聽我老漢一一說真實孔目哥哥自思憶去年時遇七月七來到城裏覓衣食行到城南五道廟慌忙合掌去參謁忽然有個李德昌正在廟中染病疾哭哭啼啼相煩我因此替他傳信息一生破戒只這遭誰想回家救不得老漢擔裹無過魔合羅並沒一點砒霜一寸鐵怎把走村串疃貨郎兒屈勘做了圖財致命殺人賊〔正末云〕兀那老子你與我實訴者〔高山云〕正面兒的頭戴鳳翅盔身穿鎖子甲手裏仗着劍左壁廂一個戴黑樓兜子身穿着綠襴手拿着一管筆挾着個紙簿子右壁廂一個青臉獠牙朱紅頭髮手拿着狼牙棒〔正末云〕那個不是泥的〔高山云〕你叫我實塑〔正末云〕張千與我打這老子〔張千做打科〕〔正末唱〕

〔快活三〕魔合羅是你塑的這高山是你名諱今日個併贓拿賊更推誰你剗地硬抵着頭皮兒對

〔鮑老兒〕須是你藥殺他男兒又帶累他妻呀你暢好會使拖刀計漾一個瓦塊兒在虛空裏怎生住的呀到了呵須按實田地不要你狂言詐語花唇巧舌信口支持則要你依頭縷當分星劈兩責狀招實

〔高山云〕孔目哥哥休道招狀我等身圖也敢畫與你〔做畫字科〕〔正末云〕兀那老子你近前來我問你波〔唱〕

〔鬼三台〕你和他從頭裏傳消息沿路上曾撞着誰〔高山云〕我不曾撞着人〔正末云〕兀那老子比及你見劉玉娘呵城中先見誰來〔高山云〕我想起來也我入的城來撒了

一胞尿〔正末云〕誰問你這個來〔高山云〕我入城時曾問人來那人家門首弔着個龜蓋〔正末云〕敢是鱉殼〔高山云〕直這等鱉殺我也他那門前又有個石船〔正末云〕敢是石碾子〔高山云〕若是碾着骨頭都粉碎了我見裏面坐着個人那廝是個獸醫〔正末云〕敢是個太醫〔高山云〕是個獸醫〔正末云〕怎生認的他是獸醫〔高山云〕既不是獸醫怎生做出這驢馬的勾當他叫做甚麼賽盧醫〔正末云〕劉玉娘你認的賽盧醫麼〔旦云〕他就是我小叔叔〔正末云〕你叔嫂可和睦麼〔旦云〕俺不和睦〔正末唱〕聽言罷悶漸消添歡喜這官司纔是實呼左右問端的

這醫人與誰相識

〔云〕張千將這老子打上八十為他不應塑魔合羅打着者〔張千打科云〕六十七十八十搶出去〔高山云〕哥哥為甚麼打我這八十〔張千云〕為你不應塑魔合羅〔高山云〕塑魔合羅打了八十若塑個金剛就劃下頭來〔下〕〔正末云〕張千將劉玉娘提在一壁你與我喚將賽盧醫來〔張千云〕我出的這衙門來這個門兒就是賽盧醫在家麼〔李文道上云〕誰喚哩我開門看咱哥哥叫我怎的〔張千云〕我是衙門張千孔目哥哥相請〔李文道云〕喒和你去來〔張千云〕到也我先過去〔報科〕賽盧醫來了也〔正末云〕着他進來〔見科〕〔李文道云〕孔目哥哥叫我有何事〔正末云〕老相公夫人染病這是五兩銀子權當藥資休嫌少〔李文道云〕要什麼藥〔正末唱〕

〔剔銀燈〕他又不是多年舊積則是些冷物重傷了脾胃則你那建中湯我想也堪醫治你則是加些附子當歸

〔李文道云〕我隨身帶着藥拿與老夫人吃去〔張千云〕將來我送去〔做送藥回科〕〔正末與張千做耳喑科云〕張千你看老夫人吃藥如何〔張千云〕理會的〔下隨上云〕孔目哥哥老夫人吃了藥七竅迸流鮮血死了也〔正末云〕賽

盧醫你聽得麼老夫人吃下藥七竅迸流鮮血死了也〔李文道慌科云〕孔目哥哥救我咱〔正末云〕我如今出脫你你家裏有甚麼人〔李文道云〕我有個老子〔正末云〕多大年紀了〔李文道云〕俺老子八十歲了〔正末云〕老不加刑則是罰贖賽盧醫你若捨的你老子我便出脫的你你若捨不的呵出脫不的你〔李文道云〕謝了哥哥〔正末云〕我如今說與你我便道賽盧醫你說小的我便道誰合毒藥來你便道是俺老子來我便道誰生情造意來你便道是俺老子來我便道誰拿銀子來你便道是俺老子來我便道不是你麼你便道並不干小的事你這般說纔出脫的你〔李文道云〕謝了哥哥〔正末云〕張千你着他司房裏去你與我一步一棍打將那老子來者〔唱〕那老子我親身的問他是實〔帶云〕張千〔唱〕你只道見有人當官來告執

〔蔓青菜〕你說道是新刷卷的張司吏一徑的將你緊勾追教我火速來喚你但若有分毫不遵依你將他拖向囚牢內

〔張千云〕我出的這門來老李在家麼〔李彥實上云〕是誰喚我哩〔張千云〕衙門裏喚你哩〔李彥實云〕我和你去來〔李老做見正末科云〕喚老漢有甚麼事〔正末云〕兀那老子有人告着你哩〔李彥實云〕是誰告我老漢有甚罪過〔正末云〕是你孩兒李文道告你你不信須認的他聲音也〔唱〕

〔窮河西〕誰向官中指攀着伊是你那孝子曾參賽盧醫又不是恰纔新認義須是你親姪哎老醜生無端忒下的

〔李彥實云〕我不信李文道在那裏〔正末云〕你不信聽我叫賽盧醫〔李文道云〕小的有〔正末云〕誰合毒藥來〔李文道云〕是俺父親來〔正末云〕誰主情造意來〔李文道云〕是俺父親來〔正

末云〕誰拿銀子來〔李文道云〕是俺父親來〔正末云〕都是誰來〔李文道云〕並不干我事都是俺父親來〔正末云〕兀那老子快快從實招來〔李彥實云〕哥哥這都是他做的事怎麼推在我老子身上〔正末云〕既是他你畫了字者〔李老畫字科〕〔張千云〕他畫了字也我開開這門〔李老打文道科云〕藥殺哥哥也是你謀取財物也是你强逼嫂嫂私休也是你都是你來都是你來〔李文道云〕不是我招的是藥殺夫人的事〔李彥實云〕呀我可將藥殺哥哥的事都招了也〔李文道云〕招了咱死也老弟子孩兒〔正末唱〕

〔柳青娘〕只着這些兒見識瞞過這老無知却不你千悔萬悔潑水在地怎收拾謊的個黄甘甘臉兒如地皮可不道一言既出便有駟馬難追已招伏怎改易要承抵

〔道和〕方知端的知端的虛事不能實忒蹺蹊教俺教俺難根緝教俺教俺馳干繫使心機啜賺出是和非難支吾難支對難分說難分細那些那些咱歡喜咱伶俐一行人箇箇服情罪若非若非有天理這當堂假限剛三日可不的勢劍倒是咱先吃

〔云〕一行人休少了一個跟我見相公去來〔府尹上云〕張鼎問的事如何〔正末云〕問成了也請相公下斷〔府尹云〕這樁事老夫已明知了也一行人聽我下斷本處官吏不才杖一百永不敘用李彥實主家不正杖八十年老罰鈔贖罪劉玉娘屈受拷訊請勑旌表門庭李文道謀殺兄長押赴市曹處斬老夫分三個月俸錢重賞張鼎〔詞云〕奉聖旨賜賞遷陞張孔目執掌刑名劉玉娘供明無事守家私旌表門庭潑無徒敗倫傷化押市曹正法嚴刑〔旦拜謝科云〕感謝相公〔正末唱〕

〔煞尾〕想兄弟情親如手足怎下的生心將兄命虧我將殺人賊斬首在雲陽內還報的這銜冤負屈鬼

〔音釋〕賊則平聲 食繩知切 推退平聲 織張恥切 日人智切 實繩知切 得當美切 力音利 赤音恥 逼兵迷切 息喪擠切 肉柔上聲 鬄郎帝切 廋音搜 白巴埋切 宅池齋切 慧音惠 勘坎去聲 刺倉洗切 帔音配 七倉洗切 壁音彼 疃湯卯切 剗音產 識傷以切 積將洗切 執張恥切 姪征移切 拾繩知切 易銀計切 緝倉洗切 樞樞說切 賺音甚 訖音豈 喫音恥

題目 李文道毒藥攊哥哥
蕭令史暗裏得錢多

正名 高老兒屈下河南府
張平叔智勘魔合羅

張平叔智勘魔合羅雜劇

咿咿啞啞喬搗碓
傚雷宗道筆

玎玎璫璫盆兒鬼
珍倣宋版印

玎玎璫璫盆兒鬼雜劇

元　　撰

明吳興臧晉叔校

楔子

〔沖末扮孛老楊從善上詩云〕暑往寒來春復秋夕陽西下水東流少年莫恃容顏好不覺忙忙白了頭老漢汴梁人氏姓楊名從善有個孩兒喚做楊國用今番到長街市上尋個相識去到這番晚怎麼還不見回來只索等待他波〔正末扮楊國用上云〕自家楊國用是也今番到長街市上本意尋個相識合火去做買賣營運生理遇着一個打卦先生叫做賈半仙人都說他靈驗的緊只得剳捨一分銀子也去算一卦那先生剛打的卦下便叫道怪哉怪哉此卦注定一百日內有血光之災只怕躲不過去我問道半仙你再與我一算看可還有什麼解處那先生把算子又撥上幾撥說道只除離家千里之外或者可躲我待要走他又喚轉來說道這一百日之期一日不滿一日不可回來切記切記我因此心下慌張只得到我表弟趙客家借了五兩銀子置些雜貨就躲災避難去恰好今日是個好日辰回家辭過父親便索長行也〔做入見孛老科〕〔孛老云〕孩兒你回來了〔正末云〕孩兒來了也〔孛老云〕你往那裏去來〔正末云〕父親孩兒在長街市上撞見一個賈半仙是打卦的先生算孩兒命裏有一百日血光之災除千里之外可躲孩兒心下好生惶惑只得和表弟趙客處借了五兩銀子置辦些雜貨做買賣去就今日辭別了父親只等到百日之後躲過災難便回家也〔孛老云〕孩兒便好道陰陽不可信信了一肚悶老漢眼睛一對臂膊一雙只覷着你哩不爭你去了呵可着誰人養活老漢孩兒你不去罷〔正末云〕那先生人都叫他做賈半仙寧可信

其有不可信其無孩兒去意已決若留在家也少不得害出場病來只要父親省憂慮姑待百日無事孩兒便回家也〔做拜別科唱〕

〔仙呂賞花時〕似這般少米無柴怎㓦劃因此上背井離鄉學買賣將着那些少養家財一來是躲災二來是做客〔孛老云〕孩兒你是必蚤些兒回來也〔正末唱〕我若是躲過呵可兀的早回來〔下〕

〔孛老云〕孩兒去了也我只索收拾些酒食送孩兒上路走一遭去正是〔詩云〕心去意難留留下結冤讎任他前路去得利自無憂〔下〕

〔音釋〕㓦音擺　劃胡乖切　客音楷聲

第一折

〔丑扮店小二上詩云〕別家做酒全是米我家做酒只靠水吃的肚裏脹膨脝雖然不醉也不餓在下店小二的便是在這上蔡縣北關外十里店開着個小酒務兒但是南來北往推車打擔做買做賣的都到俺小鋪來買酒吃晚間就在此安歇今日好晴明天氣早些起來收拾鋪面定下些新鮮的案酒菜兒挑出這草稕兒去看有甚的人來〔下〕〔正末挑擔兒上云〕俺楊國用自從離了家鄉辭別了父親出來做買賣不覺三月期程俺是乍出外不曾行得慣這路途吉丁疙疸的蚤踏破我這脚也呵〔唱〕

〔仙呂點絳脣〕途路兜搭客心瀟灑倉忙煞走的我力盡筋乏〔帶云〕天色晚了也〔唱〕我則見隱隱的可蚤斜陽下

〔云〕楊國用你可也行動些〔唱〕

〔混江龍〕做買賣的擔驚忍怕眼見得疎林老樹噪昏鴉〔帶云〕你看這日色不淹淹的落下去了〔唱〕不見了半竿殘日只剩的一縷紅霞行過這野水溪橋十數里〔做望科云〕兀那前面不有人家也〔唱〕遙望見竹籬茅舍兩三家赤緊的人依古道鴈落平沙過一搭荒村小徑轉幾曲遠浦浮槎喒則去那汪汪的犬吠處尋安札世不曾閑閑暇暇常則是結結的這巴巴

〔云〕此間是所酒店不免在這店裏借宿一宵去罷〔做喚門科云〕小二哥開門來開門來〔店小二上云〕是誰喚門待我開開這門〔做見科云〕是那裏來的客官〔正末云〕我就是這裏汴梁人你店裏有什麼乾淨房子借一間與我安歇〔店小二云〕有有有這一間閣子兒可也乾淨你今晚就在此安下不知用什麼茶飯〔正末云〕諸般茶飯都不用只要點個燈來借你閣子歇一夜明日要蚤行哩〔店小二云〕這等我與你點上燈你且歇息我自後面睡去也〔下〕〔正末睡科〕〔做打夢起云〕不知今夜怎生再睡不着待我起來前後閑步咱呀這是一個小角門兒不免推開這門看是甚麼去處〔做覰科云〕原來一所花園是好花也呵〔唱〕

〔油葫蘆〕則見滿目春光景物誇我在這月明中閑翫咱又不知風吹柳絮可也是舞梨花〔做驚科云〕好是奇怪〔唱〕却被這海棠枝七林林將頭巾來抹又被這薔薇刺急顫顫將紬衫來掛我行過這松柏亭見幾株桃杏花更和這牡丹臺芍藥圃荼蘼架我則在這花裏慢行踏

〔云〕呀花叢裏面一張矮桌兒上面放着果臺杯盤好齊整的酒食敢就是這賣酒的人擺下的一

唱

〔天下樂〕莫不是遊徧西湖賣酒家這的是誰也波那誰那擺設下〔帶云〕我便喫上他一杯兒怕做甚麼〔唱〕便有那惜花人撞見怕做甚麼〔做拿壺瓶科云〕我是看咱原來滿滿的一壺好酒待我斟一杯兒喫波〔唱〕我待把香醪在盞内斟〔帶云〕常言道飲酒須飲大深甌戴花須戴大開頭〔唱〕我待撚花枝在頭上插我與你便葫蘆提拚醉殺

〔云〕好酒也我一發吃他幾杯怕做甚麼〔做坐下唱〕

〔那吒令〕花叢内展下這軟歛歛的坐榻桌兒上放下這煖溶溶的玉斝喉嚨裏嚥下這香噴噴的爛瓜看了這三月天勝似那千金價蚤飲過幾盞流霞

〔云〕我怕不在這裏吃酒不知我父親在家可有這樣酒吃那〔唱〕

〔鵲踏枝〕我臨去也折一朵大開花明日個蚤還家單注着買賣和合出入通達〔邦老鬧上做拦正末科云〕嗄這花敢有主麼〔正末做驚科唱〕猛聽得叫一聲這花有主麽哎天也恰便似個追人魂黑臉那吒

〔邦老做舉刀科正末唱〕

〔寄生草〕嚇的我消磨了酒慌的我撇掉了花則見他威凜凜一表身材大明晃晃一把鋼刀搭不由我戰欽欽一片心腸怕你道我爲

甚麼怎敢不低頭也只爲一時間落他矮簷下
〔六幺序〕哎喲我這裏觀瞻罷見了他惡勢煞他骨碌碌將怪眼睁叉迸定鼻凹咬定鑿牙則被你諕殺人那〔邦老做揪住正末髮科〕〔正末唱〕哎喲一隻手揪住咱頭髮一隻手就把刀拔眼見得血光災正應着龜兒卦兀的不殘生潑命斷送在海角天涯〔云〕只望哥哥可憐饒俺一命咱〔邦老云〕你也不要怨我到明年今月今日今時便是你的週年也〔正末做哭科唱〕
〔幺篇〕哥呀和咱平日裏又沒甚爭差怎便要殺壞咱家小人呵則是我不合來這裏看花〔孤衝上拖住邦老科云〕休殺休殺〔正末唱〕猛見個拖住肩胛叫道休殺哎這老爺爺又是誰家〔孤云〕君子休驚莫怕〔正末唱〕叫一聲君子休躭怕那太僕兩手忙叉哎你個老爺爺是救命的活菩薩你莫不是龍圖待制開府南衙
〔孤同邦老下〕〔正末做醒科云〕有殺人賊也〔店小二慌上云〕殺人賊在那裏〔正末云〕哥你看我脖項上還有頭麼〔店小二云〕你這客官沒頭呵怎麼會說話〔正末云〕哑好個惡夢也〔店小二云〕客官做甚夢來你說與我聽波〔正末唱〕
〔金盞兒〕我爲甚鬧喧嘩累的你猛驚呀只爲這適間夢裏多希詫見一個碑亭般大漢把短刀拿〔店小二云〕他拿刀待做甚麼〔正末唱〕那漢待一刀殺壞我〔店小二云〕可曾被他殺麼〔正末云〕幸得一個老爺爺把他拖住叫道休殺休

殺〔唱〕却是他平白地救了咱家〔帶云〕我這性命呵〔唱〕纔得個寒灰重發燄枯木再開花

〔店小二云〕一了說春天的夢秋天的屁有什麼準繩在那裏怕做甚麼〔正末云〕悔氣做這等一個不吉利的夢天色已明了小二哥這二百錢送你做房錢的我自上路去也〔店小二云〕客官房錢勾了但願你前途沒事只管大着膽去再不要把這個夢放在心上以後往來常常照顧小店〔正末做挑擔兒上路科云〕小二哥我去了也〔下〕〔店小二云〕我看這客人臉上一道黑氣前途或者做出事來也不見得喒干我甚事〔詩云〕閉門不管窗前月一任梅花自主張〔淨扮盆罐趙同搽旦撇枝秀上云〕行不更名坐不改姓自家盆罐趙的便是幼小間父母雙亡不會做什麼營生則是打家截道殺人放火做些本分的買賣以外別的歹勾當我也不做昨日多吃了幾碗酒在那柳陰直下歇息夢見一個小後生挑着兩個沉點點的籠兒我趕着要殺他却被一個白鬚老兒攔住我的肩膊叫道休殺休殺撒然覺來可是南柯一夢我離汴梁城四十里在這破瓦村居住開着一座瓦窰賣些盆罐又開着一座客店招接那南來北往的經商客旅在此安歇若是本錢少的便罷若是本錢多的我便圖了那廝的財致了那廝的命大嫂你守着鋪面我自歇息去也倘有什麼客人到我店中投宿你只推先要房錢看他秤銀子時若是有些油水你便來叫我下手〔搽旦云〕你終日只是喫酒你又醉了也你且睡去有人來投宿我自理會〔淨云〕我歇息去也〔下〕〔搽旦云〕我撇枝秀元不是良家是個中人如今嫁這盆罐趙做了渾家兩口兒做些不恰好的勾當俺這裏方圓四十里再無一分人家單則是我家開座店面在此招接往來客旅只要等那有本錢的到來便是錢龍入門我漢子盆罐趙自去睡了我且不要掩上門坐在店裏等着看有什麼人

來〔下〕〔正末挑擔兒上云〕俺楊國用自從遇賈半仙算了一卦道我有一百日血光之災只除千里之外可躲爲此辭別了父親出外躲災避難因而做些買賣誰得天地保佑利增百倍如今離家只得五十多里你也行動些兒趕回家去見我父親可不好也〔做行科云〕呀天色漸晚了趕不到城如何〔做屈指頭算科云〕俺自從離家日子算來纔得九十九日那賈半仙道一日不滿你也不要回家如今前面還有四十里路一時也趕不到不如到那瓦窰村投宿待到明蚤回去可不滿了這一百日限也〔做行到科云〕這裏正是瓦窰店不免叫一聲店主人有麽〔搽旦上云〕是誰叫〔正末云〕俺每是過路的要投宿哩〔搽旦云〕請裏面來有乾淨閣子大炕頭儘好安歇〔正末做入放擔科〕〔搽旦云〕客官要吃什麽茶飯〔正末云〕諸般茶飯都不用只與我點個燈來借宿一宵明日絶蚤便行〔搽旦云〕有待我點燈去扯下些紙來撚個紙撚蘸上些油點上這燈兒客官燈在此〔正末接燈科云〕大嫂穩便〔搽旦云〕我男子不在家裏客官你說要蚤行不是我小器相先見賜此房錢免得憎多道少倒也乾淨〔正末云〕大嫂說的是我就數錢與你〔做開籠取錢遮掩科云〕這是二百好小錢請大嫂收了〔搽旦做一眼瞅擔兒科云〕錢有了客官請自在罷〔背云〕我看這兩個沉點點籠兒是個有東西的待我叫他去盆礶趙盆礶趙〔淨上云〕大嫂你喚我做甚麽〔搽旦云〕適纔有個客人投宿挑着兩個籠兒不知偌多本錢好生沉重他如今睡了你不下手更待幾時〔淨云〕這等待我去〔做拔刀踏開門科云〕那廝那裏〔正末慌云〕在這裏〔淨揝住正末髮科云〕巧言不如直道兀那廝你有甚麽金銀財寶快獻出來買命〔正末云〕大哥俺是個窮貨郎兒那得金銀財寶來〔淨做怒科云〕村弟子孩兒你不獻出來我就殺了你〔正末做怕科云〕有有有大哥我與你這一個銀子〔淨云〕你休怪我不會強要你的可是你自家與我來〔出梟搽

旦云〕大嫂有了銀子也〔搽旦云〕多少〔淨云〕是一個銀子〔搽旦云〕哎喲爲這場事我一夜不會睡只問他要的一個銀子你再問他要去〔淨云〕來來來我還你這個銀子〔正末云〕謝了大哥〔淨云〕少我要你一頭兒〔正末云〕大哥這須是我的〔淨云〕嗯你不與我我就殺了你〔正末云〕有有有我與你一頭兒〔淨提籠出見搽旦云〕大嫂有了他一頭兒也〔搽旦云〕也少這一頭兒是什麼黃封聖旨要不得他的〔淨云〕大嫂也勾了〔搽旦云〕你也這般說這是天送來的財物進了我家怎生還放他出去〔淨云〕大嫂你說的是來來來我鬭你耍我不要你的還你罷〔正末云〕多謝了大哥〔淨云〕我一攢兒都要〔正末做跪科云〕大哥你也留些兒與我波〔淨喝云〕村弟子孩兒你性命要緊財物要緊你不與我我就殺了你〔正末云〕大哥將的去將的去〔淨提籠兒〕〔正末舉匾擔做打科〕〔淨回見云〕嗯你待怎的〔正末云〕大哥你連這匾擔拿了去罷〔淨笑云〕倒是一個賊弟子孩兒大嫂有了東西也天色未明俺再歇息去〔搽旦攔住云〕你那裏去喒拿了他許多東西他肯乾罷你且躲在黑影兒裏聽他說甚麼話波〔淨云〕好好好家有賢妻丈夫不遭橫事待我聽那廝說些甚麼〔正末云〕嗨楊國用也躲了一百日災難離家則有四十里田地來到這瓦窰村盆罐趙家將我偌多財物連籠兒奪去了只要明日出得他店一徑的到開封府包待制爺爺跟前告將下來追還我的財物也未遲哩〔搽旦云〕如何他不則說出來必然做出來若是放了回去可不倒着他道兒不如只一刀哈喇了他可不怜悧〔淨云〕大嫂你說的是來來來你兩個籠兒都在這裏還了你我不要〔正末云〕多謝了大哥〔淨云〕我別問你要一件東西〔正末云〕大哥你要甚麼〔淨云〕我問你要那顆頭〔正末云〕哥也連着筋哩兀的不有人來也〔邦老做回身科云〕在那裏〔正末做蹬倒淨科〕〔淨起身揪住正末科〕〔正末云〕你殺我在那裏〔淨云〕我殺你

在瓦窰裏〔正末唱〕

〔賺煞〕殺我在瓦窰中做鬼在黃泉下我死後誰人救咱只教我寃氣騰騰怎按納〔云〕大哥你得了我楊國用的銀子便饒我性命也罷了〔淨云〕我銀子也要性命也要〔正末哭云〕父親我再不能勾見你的面了〔唱〕父親也可憐你淚眼如麻望巴巴定道我流落在水遠山遐誰想道只隔得四十里橫屍這一搭他將我圖財致殺則我這楊國用怎生乾罷〔云〕我便死也着那賊吃我一拳〔做打科云〕着去〔淨舉刀迎科〕〔正末云〕我打不着他倒被刀劃了這手也〔唱〕則我這一靈兒今夜宿誰家〔淨殺正末倒科〕〔搽旦上云〕那廝殺了也留這死屍在家裏也不了當不如拖他去窰裏燒了罷〔淨云〕大嫂說的是我擡着頭你擡着脚丟在窰裏去〔做擡正末丟下科云〕大嫂搬將柴來推在窰門首待我去燒起火來這腿脡骨頭上多放幾塊硬柴〔搽旦云〕這個我曉得〔做裝柴科〕〔淨做吹火科云〕燒化了也舀將水來殺了火拾將那骨殖來放在碓臼裏我便踏着碓大嫂你看炕灰也末拿細篩子來篩了攪上些黃泥搥做一個盆兒底下畫個十字夾在家火中間架上柴燒起火來封殺窰門待到第七日纔來開窰那廝也這等火葬了你倒也落的一個好發送天那可憐見我盆罐趙這點好心天也與我半碗兒飯吃〔同搽旦下〕

〔音釋〕餒奴鬼切　稕音准　搭音打　灑商鮓切　煞雙鮓切　乏扶加切　札莊賈切　咱兹沙切　抹音罵　顫音戰　踏當加切　那平聲　撧疽雪切　殺雙鮓切　簌蘇上聲　榻湯打切　斝音賈　達當加切　吒音渣　搭匡雅切　凹汪卦切　鑿慈騷切

髮方雅切　拔邦佳切　看平聲　胛江雅切　薩殺賈切　詫瘡鮓切　更音京　當
去聲　籠上聲　相去聲　橫去聲　納囊雅切　舀音杳　碓音對

第二折

〔淨同搽旦上詩云〕爲人本分作經營澹飯麤茶心自寧平生莫做虧心事半夜敲門不喫驚自家盆礶趙的便是自從殺了那楊國用雖然得他好幾十兩銀子這兩日連夢顛倒我在床上睡可被他拖我到地上我在地上睡又被他擡我到床上好生儳擾不過恐怕惹出些事故來大嫂你與我把這店門重重關上只在家中靜守他幾日者〔搽旦云〕理會的〔做關門科〕〔正末扮窰神上云〕小聖乃窰神是也這盆礶趙做下這等違天害理的勾當我如今去警戒他一番也呵〔唱〕

〔中呂粉蝶兒〕行行裏雲霧籠合來來來先着這冷颼颼滲人風過按唐巾將俺這角帶頻挪則這個殺人賊圖財漢常好是心麤膽大我則道是血碌碌屍首堆垜怎將他磣磕磕把盆兒捏做

〔醉春風〕不爭你搗骨旋燒灰做的個當爐不避火〔帶云〕這廝好無禮也〔唱〕似這般腥臊臭穢怎存活兀的不薰撲殺我我我着這廝吃我一會掀騰遭我一會磨難受我一會折挫

〔云〕來到此處是他門首這廝關着門哩〔做推門科〕〔唱〕

〔迎仙客〕我將這門去推他那裏緊關合不鄧鄧按不住我這心上火我如今便向前忙問他不由我語笑呵呵蚤將這闊脚板把門桯踏破

（做踏開門淨慌躲床下）（正末拿住搽旦科）（搽旦叫云）神道他躲在床底下哩（正末唱）

【上小樓】做男兒的殺人放火（帶云）賊也（唱）你不合便隨風倒舵怎知道被我來揝住衣服揪住頭稍倒拽橫拖這都是你不合自攬着這場彌天災禍（搽旦云）神道這殺人事是盆罐趙做下的並不干我事（正末云）噤聲（唱）也是你不合去殺人處一迎一和

（云）你快拿這盆罐趙出來（搽旦做叫科云）盆罐趙快出來神道要和你說話哩（叫三次科云）神道盆罐趙害怕只是不肯出來（正末云）昨夜楊國用投宿之時那廝先去睡了你只去叫得一聲他便來了今日如何叫他不出來（搽旦云）你若有多少本錢與我看一看我也就去叫他出來（正末云）噤聲盆罐趙你這許多本事都到那裏去了這床底下是躲得過的你若是不出來我就連床砍做肉醬（淨做出頭窺科）（正末揝住頭髮拖出科）（唱）

【幺篇】我一隻手揝着這廝腰幾番待攛下火將這廝剜着眼珠掐着喉嚨摘着心窩（做坐淨身下科）（唱）我且在脊背上端然穩坐只問你殺平人怎生胡做

（淨云）你說是甚麼神道等我好香燈花果祭賽你波（正末云）我就是你家瓦窰神（淨云）啐我養着家生哨裏我一年二祭好生供奉你你不看覷我反來折挫我直恁的派賴（正末云）你到今日還是這等無禮待我略用上些氣力將你來坐做一個柿餅兒（淨云）我小人知罪了只望上聖饒過些兒咱（正末放起淨淨叩頭科）（正末唱）

【滿庭芳】却原來你也要饒些罪過說甚的一年二祭信口開合誰

着你燒窰人不賣當行貨倒學那打劫的僂儸你本是個會做作狠心大哥更加着個會攛掇毒害虔婆現如今死魂靈無着落只待玎玎璫璫告過兀的不做了莊子鼓盆歌

〔淨云〕上聖你則是可憐見饒過我者〔正末云〕你既要饒你快超度他生天我便饒你〔淨云〕上聖你饒了我則今日高原選地破木造棺請高僧高道做水陸大醮超度他生天你意下如何〔淨搽旦連叩頭科〕〔正末云〕盆罐趙你夫妻兩個聽者〔唱〕

〔耍孩兒〕囑付你夫妻每休做別生活再不許去殺人也那放火想人生總是一南柯也須要福氣消磨則守着心田半寸非爲少便巴得分外千錢枉自多天注定斟和酌但保的家常大飯又要如何

〔二煞〕你背地裏去劫奪人也防人要侵害我豈不怕神明報應無差錯休看的打家截道尋常事你則想地獄天堂爲甚麼運到也難逃躲直待要高懸劍樹乂下油鍋

〔云〕我想楊國用好苦也盆罐趙你夫妻兩個好狠也〔唱〕

〔一煞〕他他他千般苦盡受過纔博得鈔幾何怎知道到家來橫惹這亡身禍熖騰騰把骨殖加柴燎克匝匝灰泥攪水和燒的來影跡兒無些二個似這等逃災避難倒不如奔井投河

〔淨搽旦叩頭科云〕上聖你若饒了我呵我買香燈花果好生祭賽你〔正末喝云〕噤聲〔唱〕

〔尾煞〕你先將那血痕兒掃拂的乾再將他死魂兒安頓的妥這便

是你消災滅罪真功課倒也強如花果香燈兀良常常的祭賽我〔下〕

〔搽旦云〕那神道去了咱打開窰看咱〔淨做打開窰科云〕呀一窰的家火都走的無了也則剩下一個盆兒我試看咱是什麼記號〔做拿盆看科云〕呀正是那一個骨屑留在家裏恐怕惹出些無頭禍來不如摔碎他娘罷〔搽旦云〕休摔碎了有張撇古老的問咱討個夜盆兒你留着與他怕做甚麼〔淨云〕大嫂你也說的是待張撇古老的來時我把這盆兒送他等他拿去做夜盆兒有他那老雞疤魘鎮也不怕他有什麼靈變大嫂我被窰神打攪了一夜不曾睡得我看看這門都是重重關好的咱和你歇息去來〔詞云〕我在這瓦窰居住做此本分生涯何曾明火執仗無非赤手求財有何神號鬼哭怕甚上命官差拚個閉門安坐一任天降飛災〔搽旦同下〕

〔音釋〕分去聲　重平聲　合音何　滲森去聲　大音惰　垜多上聲　磣森上聲　磕音可　臊音騷　活音和　他音拖　蹅音渣　揝音昝　着池河切　和去聲　攛麤酸切　剜碗平聲　行音杭　落羅去聲　柯音哥　酌之可切　錯搓上聲　過平聲　奔去聲　摔音灑　撇音鱉　魘音掩　涯音諧　號平聲

第三折

〔正末扮張撇古上云〕老漢張撇古是也幼年間在開封府做着個五衙都首領如今老了也多虧包待制大人可憐見着老漢柴市裏討柴米市裏討米養濟着老漢過其終身有這瓦窰村盆罐趙小弟子孩兒常在俺處寄賣家火許了俺一個夜盆兒數番家說謊只是不與俺老漢今日無甚事不免到他家裏討這盆兒走一遭也呵〔唱〕

〔越調鬬鵪鶉〕俺如今赤手空拳少柴也那缺米常則是甘分隨緣

麤衣糲食俺從來壯歲無兒更臨老也那喪妻恰纔行了一直又蚤歇了一會可憐俺斑白頭毛尫羸的這瘦體

〔紫花兒序〕想起俺少時節眼明手捷體快身輕到如今老了也腰曲頭低那裏每汪汪犬吠隱隱疎籬俺這裏舉目觀窺原來是竹塢人家傍小溪俺行到這盆礶兒趙家田地走的來口內煙生好着俺氣喘狠籍

〔云〕蚤來到這瓦窯村盆礶趙家門首也怎麼青天白日關着門哩這個弟子孩兒又不知幹下甚的勾當待俺喚門咱〔做叫云〕盆礶趙開門來開門來〔淨同搽旦上云〕是誰喚門待我開這門看去〔做見科云〕元來是張撇古老的你來我家做甚麼〔正末云〕盆礶趙你這弟子孩兒你許了老漢一個夜盆兒幾番家到俺處寄家火賣只不與俺這一個盆兒值得甚的直着老漢親自上門問你討那〔淨云〕盆兒有我可忘了你倒記得常言道老而不死是為賊正是你這樣人〔搽旦云〕你看這白鬚搭𩑶的是像個賊〔正末唱〕

〔小桃紅〕你道俺老而不死是為賊俺若不死成何濟〔淨云〕老的也你如今多大年紀日逐柴米是那個供給你〔正末唱〕俺巴到新年便整整的八十歲柴和米是誰給只有您後輩無先輩〔淨云〕老的也你有幾個同輩弟兄試說一徧與我聽咱〔正末云〕俺同輩弟兄有十個〔淨云〕可是那十個〔正末云〕老的老了死的死了則剩下俺三個王弘道李從善和老漢〔唱〕呀昨日個王弘道命虧今日個李從善辭世天那則俺那一班兒白髮故人稀

〔云〕盆罐趙你與俺這夜盆兒等俺回去〔淨云〕大嫂你取那盆兒出來送張老的〔揉目取盆出科云〕兀的不是你取了去〔正末做取盆科云〕盆罐趙你這盆怎生根了也〔淨云〕嗯你這老的我在後面窰上取出來的纔放在地下就會生了根有這等話〔正末云〕你這小弟子孩兒許了俺一個盆兒若多時纔與得俺也該揀一個好的怎生與俺個破聲雌雌的不好俺不要則與俺一個好的去〔淨虛轉科云〕老的我另換一個與你〔正末彈盆兒科云〕不好有些聲又再換一個〔淨又虛轉科云〕這個盆兒好〔正末云〕這一個像是好的〔淨笑科云〕左右是他〔正末做取盆謝科云〕俺老漢回家去也〔淨云〕老的你是往大路來的往小路來的〔正末云〕俺纔往大路上來如今可往小路上回去略近些兒〔淨云〕老的天晚了不如仍往大路回去大路上沒鬼小路上可有鬼〔正末云〕有鬼有鬼我打你這賊嘴俺是不怕鬼張懺古汴梁有名的俺會天心法地心法那吒法書符呪水吾奉太上老君急急如律令攝就有鬼見了俺時蚤諕的他七里八里躲了也〔淨云〕你會天心法地心法那吒法有這許多法你去罷〔做推出門科云〕大嫂仍舊的關上門到後院裏喫酒去來〔同揉目下〕〔正末上云〕老漢問盆罐趙討了一個盆兒天色漸晚只索趕回家去適纔盆罐趙說小路上有鬼誰不知道俺是不怕鬼的張懺古俺的性兒撮鹽入水呀天色晚了俺也要行動些〔唱〕

〔天淨沙〕俺急煎煎向前路奔馳〔做驚科云〕背後是什麽人走響〔做回頭喝科云〕哏那個〔唱〕是那個磕撲撲在背後追隨〔帶云〕兀的不諕殺老漢也〔唱〕這扑住我的不知是誰〔云〕誰不知老漢是不怕鬼的張懺古俺的性兒撮鹽入水俺會天心法地心法那吒法書符呪水吾奉太上老君急急如律令攝便有鬼見了俺時蚤諕的他七里八里躲了

〔唱〕莫不是山精鬼魅〔正末做跌科〕〔魂子上打正末科〕〔正末起喝云〕打鬼打鬼〔做細看科唱〕呀却原來是蕀鍼科抓住衣袂

〔云〕呸被這蕀鍼科抓住倒絆了我一交〔做行科〕〔魂子做隨哭科云〕老的也〔正末做驚科云〕那裏這般哭〔魂子云〕老的也〔正末做聽科云〕元來不是哭聲有人叫老的老的我想起來了敢是那放牛的牧童清早晨間出來趕着三五隻牛兒到晚來不見了一隻你便道老的你可見我那牛兒來麼小弟子孩兒你不見了牛呵干俺屁事〔唱〕

〔寨兒令〕小孩兒每將俺欺待捉弄俺這老無知多敢是放牛的牧童沒道理〔魂子做哭科〕〔正末云〕元的不是哭聲〔唱〕做什麼切切悲悲哭哭啼啼〔帶云〕哦我曉得了〔唱〕莫不是風緊鴈行疾

〔魂子做哭科〕〔正末聽科云〕又不是鴈聲是那個哭哩〔唱〕

〔么篇〕眼見的路絶人稀不由俺不諕的魄散魂飛〔魂子做打正末頭科〕

〔正末喝云〕打鬼打鬼〔唱〕我聽沉了多半晌〔做回顧科唱〕觀瞻了四週圍〔帶云〕打鬼打鬼〔唱〕呀呆老子也却原來是一個土骨堆

〔云〕老漢可也老的糊突了一個土骨堆只管叫道有鬼有鬼俺是不怕鬼的張撇古俺的性兒撒鹽入水俺會天心法地心法那吒法書符呪水吾奉太上老君急急如律令攝便有鬼見了俺時早諕的他七里八里躲了也〔魂子做叫科云〕老的也〔正末云〕則被這鬼纏殺我也幸喜來到家門首了草索兒拴着門待俺放下這盆兒解掉草索開開這門〔做取盆入門魂子隨入科〕〔正末做歎氣魂子亦歎氣科〕〔正末唱〕

〔黄薔薇〕他那裏吁吁的喘氣俺這裏轉轉的疑惑剛走到家來可便坐地猛然間心中記起

〔慶元貞〕俺出門紅日乍平西歸時猶未夕陽低怎教俺擔驚受怕着昏迷〔做沉吟科云〕嗨俺是忘了〔唱〕這都是咱老背悔門兒外不曾撒的把兒灰

〔云〕人說門前撒下一把灰那邪神野鬼便不敢進來〔魂子云〕老的也我進來多時了也〔正末云〕待俺房簷上扯把草兒去燒着火來〔做扯草科云〕草可有了俺去時節竈窩裏埋着些牛糞火兒俺看有也是無〔做吹火科〕〔魂子打正末口科〕〔正末云〕燒鬍子也呸原來是個貓兒撞將出來把鬢髮髭鬚爭些兒都燒了〔做罵科云〕俺知道了也是隔壁王婆婆家的貓兒他也不喂這貓兒常來俺這邊偷東西吃等俺罵他去王婆婆你家的貓兒你不喂他到俺家來放下的肉也偷吃了飯也偷吃了雞兒鴨兒也偷吃了竈裏灰也偷吃了你還强嘴哩到明日和你整理〔做點燈科云〕待我點起燈來〔做提羊皮科云〕這羊皮襖上不知是虱子也是蛇蚤我試尋咱〔魂子云〕老的也兀的不是一個蛇蚤〔正末云〕干你腿事等我鋪下這羊皮襖睡一覺波〔做鋪羊皮睡科〕〔魂子做偷羊皮科〕〔正末云〕好是奇怪每日價鋪着這羊皮煖烘烘的睡覺怎麽今日冰也似這般冷的〔做摸科云〕原來偷了俺羊皮去有賊也地方拏賊那〔唱〕

〔黄薔薇〕俺這裏高聲叫有賊慌走到街裏又無一個巡軍捷譏着誰來共咱應對

〔慶元貞〕扭回身疾便入房內〔做跌科〕〔唱〕被門桯絆我一個合撲地

〔魂子將羊皮在正末頭上轉科〕〔正末云〕拿住賊也〔唱〕一隻手揪住這廝潑毛衣
使拳搥和脚踢呸〔原來是一領舊羊皮
〔云〕原來這羊皮襖蓋在我頭上倒叫有賊害得俺一夜不曾得睡俺可要起來小解了有盆罐趙
與俺一個盆兒俺試用咱〔做溺尿科〕〔魂子掇過盆兒科〕〔正末云〕怎生不聽見盆裏響倒在地
下響〔做摸科云〕嗨老漢老的糊突了盆兒在那邊可在這邊小解〔做過那邊科〕〔魂子又掇過
盆兒科〕〔正末摸科驚云〕可怎生又走過那邊去了〔魂子頂盆兒科〕〔正末摸科云〕哎喲可怎
生起在半空裏來了也〔唱〕

〔禿厮兒〕本指望早起晚夕方便俺淨手更衣吃了這湯多水多偏
夜起誰想道有今日這般樣蹺蹊

〔聖藥王〕俺可便趕到這壁他可便走到那壁則見他來來往往半
空飛他可便走到這壁俺可便趕到那壁憋得俺渾身上下汗淋漓
哎喲恰好是一夜不曾尿
〔魂子拿盆兒近前跪科〕〔正末驚科〕〔唱〕

〔鬼三台〕則見他來到根底諕的俺忙迴避〔魂子云〕老的也可不道你這性
兒撮鹽入水哩〔正末唱〕俺性格兒撮鹽入水〔魂子云〕你不是張憋古〔正末唱〕俺
名姓你須知〔魂子云〕可不道你是不怕鬼的〔正末唱〕鬼也俺從今後怕你〔魂
子云〕你會天心法那〔正末唱〕天心的這正法俺可也不省得〔魂子云〕你會那
吒法那〔正末唱〕鬼也那吒的那法力不理會〔魂子云〕你不會呪水書符〔正末唱〕

俺那裏會呪水書符都則是瞞神也那諕鬼〔魂子云〕老的也你怎的這天心法地心法那吒法可都不濟事了那〔正末唱〕

〔調笑令〕俺這裏問你你待欲何爲〔魂子云〕你試猜着〔正末唱〕你莫不是野鬼孤魂索酒食〔魂子云〕不是〔正末唱〕是什麽邪魔外道通名諱〔魂子云〕也不是〔正末云〕又不是〔唱〕畢竟是甚的東西〔魂子云〕我便是這盆兒這盆兒便是我〔正末唱〕他與了我個夜盆兒定害的俺無整理〔云〕盆罐趙弟子孩兒也〔唱〕若是那水缸呵着俺怎地支持〔云〕俺且問你你是個人可還是個鬼怎生到得俺家裏來〔魂子云〕我在你衣襟底下帶進來的〔正末罵門神科云〕俺罵那門神戶尉去好門神戶尉也你怎生把鬼放進來了俺要你做甚麽〔唱〕

〔麻郎兒〕俺大年日將你帖起供養了饊子茶食指望你驅邪斷祟指望你看家守計

〔么篇〕呸俺將你畫的這惡支殺樣勢莫不是盹睡了門神也那戶尉兩下裏桃符定甚大腿〔做扯碎鍾馗科〕〔唱〕手攞了這應夢的鍾馗〔魂子云〕老的也你與我做主咱〔正末云〕你說的明白俺好與你做主〔魂子做哭科云〕老的可憐見孩兒叫做楊國用就是汴梁人販些南貨做買賣去賺得五六個銀子前日回來不期天色晚了投到瓦窰村盆罐趙家宿他夫妻兩個圖了我財致了我命又將我燒灰搗骨揑成盆兒則指望盛湯盛水不想道送你老人家做了個夜盆兒這腌臢臭穢教我如何受得老的也怎生可憐見

與我做主咱〔正末云〕哦原來如此冤枉盆兒也爭奈你是個鬼魂俺是個人可怎生與你做主〔魂子云〕老的也你則把這盆兒拿到包待制爺爺面前你去那盆沿兒上敲三下我就玎玎璫璫的說起話來〔正末云〕既是這等呵俺便與你做主天色明了俺鎖了門拿這盆兒見包待制走一遭去〔做出門科云〕且住私場演官場用若到開封府去他不說時如何是了待俺試敲咱這是盆沿兒〔做敲科云〕一二三〔魂子云〕老的你教我說我玎玎璫璫的說與你聽〔正末唱〕

〔收尾〕俺將這瓦盆兒親提到南衙內直告那龍圖待制便不拿的他下地獄且由他〔帶云〕盆兒也〔唱〕但得你見青天恁時節可也快活殺你〔同魂子下〕

〔音釋〕糶邦架切　直征移切　羸音雷　塢音五　籍精妻切　賊則平切　給更移切　乂去聲　魅音昧　抓莊瓜切　疾精妻切　晌音賞　骨音古　息喪擠切　惑音回　祟音歲　桯音汀　踢音體　夕星西切　日人智切　壁兵迷切　得當美切　食繩知切　攞羅上聲　馗音葵　盛音成　腌音菴　臢音簪

第四折

〔外扮包待制引丑張千祗從上〕〔張千喝科云〕喏在衙人馬平安擡書案〔包待制云〕法正天心順倫清世俗淳筆題忠孝子劍斬不平人老夫姓包名拯字希文乃廬州金斗郡四望鄉老兒村人也幼年間進士及第累蒙擢用皆因老夫秉性正直歷任廉能有十分為國之心無半點於家之念謝聖恩可憐加拜龍圖閣待制正授南衙開封府府尹之職勅賜勢劍金牌容老夫先斬後奏專一體察濫官汚吏與百姓伸冤理枉今日陞廳坐起早衙張千喝攛廂者〔張千云〕理會得擡放告牌

出去〔正末拿盆兒上云〕老漢來到這開封府門首試敲這盆兒咱〔做敲科云〕一二三〔魂子云〕我玎玎璫璫的說〔正末云〕喒告狀去來〔唱〕

〔正宮端正好〕抱着那冤楚楚瓦盆兒直到這另巍巍公堂下只待要如律令把賊漢擒拿誰似這龍圖包老聲名大俺索向屏牆側偷窺罷

〔滚繡毬〕俺則見狠公吏把荊杖搊惡曹司將文卷押兩邊廂擺列着勢劍銅鍘中間裏端坐個象簡烏紗〔帶云〕盆兒這所在不來也罷了〔唱〕盆兒也道假來你又不是假道要來你又不是要直被你謊得人心慌膽乍沒來由俺可也做這等冤家〔帶云〕盆兒俺囑付你幾句若是包待制問你之時你要說的仔細者〔唱〕盆兒也若是你今朝不把情由訴〔帶云〕俺張撇古呵〔一唱〕平日空將正直誇早准備帶鎖披枷

〔云〕盆兒也俺如今過去敲三下你便言語〔魂子云〕老的也我玎玎璫璫的說〔正末云〕告冤屈〔包待制云〕張千甚麼人叫冤屈與我拿將過來〔張千云〕當面〔正末入跪科〕〔包待制云〕張撇古這老兒在衙門辦事年久無人養濟我着他柴市裏討柴米市裏討米養贍終身想必那街市上小民欺負這老兒不肯給他柴米以此來告冤屈兀的老兒你有甚麼衝冤負屈的事你從實說來老夫與你做主〔正末云〕老漢張撇古沒什麼冤屈這個盆兒冤屈〔包待制云〕兀那老兒你不冤屈這盆兒怎生冤屈〔正末云〕大人俺老漢在這盆沿上敲三下這盆兒便玎玎璫璫的說〔包待制云〕是真個兀那老兒你敲張千試聽者〔正末敲科云〕一二三盆兒也〔包待制云〕張千你聽

見他說些甚麼〔張千做側耳聽科云〕爺爺這老兒弄虛頭並不聽得一些兒聲響〔正末云〕他可不言語了〔包待制云〕我也道這老兒老的糊突了那曾有盆兒會玎玎璫璫說話的道理張千與我搶出去〔張千云〕理會的〔做搶正末出科〕〔正末云〕他怎麼不言語俺試敲這盆兒咱〔做敲科云〕一二三〔魂子云〕我玎玎璫璫的說〔正末云〕你恰纔在那裏去〔魂子云〕我恰纔口渴的慌去尋一鍾兒茶吃〔正末云〕還打諢哩你恰纔不來呵誆的俺一柄臉倒焦黃似茶色也〔魂子云〕老的你與我做主咱〔正末云〕俺與你再叫冤屈去〔再叫科云〕冤屈也〔包待制云〕張千誰在衙門首這般大驚小怪的〔張千云〕又是張撇古老兒叫冤屈〔包待制云〕他怎麼又叫冤屈着他進來〔正末做跪科〕〔包待制云〕你有甚麼冤屈〔正末云〕大人這盆兒委實冤屈適纔出衙門外敲他三下他便玎玎璫璫的說〔做敲科云〕一二三盆兒也〔包待制云〕張千你聽他說些甚麼來〔張千云〕想是只這老兒聽的小人實不曾聽見什麼說話〔正末自做聽科云〕他可怎生又不言語了〔包待制云〕張千將那老兒搶出去〔張千搶正末出科云〕你這老兒這是法堂上不是你弄虛頭的去處快回去罷〔正末出歎科云〕嗨俺張撇古一生正直今日被這盆兒都娛壞了也〔唱〕

〔叨叨令〕俺爲甚的無柴少米不納民間價爲甚的穿衙入府不受官司罵也則爲公心直道從沒分毫詐也不是強脣劣嘴要做鄉村霸則被你都壞了我也麼哥則被你都壞了我也麼哥倒不如吞聲忍氣依舊回家罷

〔云〕待俺再敲那盆兒咱〔做敲科云〕一二三〔魂子云〕老的也怎麼那〔正末做惱科云〕你又在

那裏來〔魂子云〕我害飢去吃個燒餅兒〔正末云〕你恰纔不來呵險些兒被包待制打出俺屁來哩〔魂子云〕老的也你與我做主咱〔正末唱〕

〔醉高歌〕你背地裏玎玎璫璫說話着緊處你便粧聾作啞俺只待提起來望這街直下摔碎你做幾片零星瓦查

〔魂子云〕老的也不爭你摔碎盆兒呵誰與我伸這寃屈來〔正末云〕盆兒你可曾見麽〔魂子云〕我見甚麽〔正末唱〕

〔紅繡鞋〕恰纔那麤棍子渾如臂大他將俺打一下直似鉤搭你是個鬼魂兒倒捉弄俺老人家〔魂子云〕老的也你與我再過去那〔正末唱〕不是俺怕將他這門桯驀也不是俺懶將他這地皮踏〔魂子云〕老的也你不過去誰與我做主咱〔正末唱〕盆兒也俺可便待今番吃了三頓打

〔魂子云〕老的也不是我不過去只被那門神戶尉當住不放過去那〔正末云〕既如此何不蚤說待我再叫〔做叫云〕寃屈也〔包待制云〕這老兒又叫寃屈着他進來〔正末入跪科〕〔包待制云〕你這老兒怎生寃屈〔正末云〕俺這盆兒委實的寃屈〔包待制云〕這老兒好無禮也兩次三番將着這盆兒戲弄老夫你說的是萬事罷論說的不是呵不道的饒了你哩〔正末云〕望大人停嗔息怒暫罷狠虎之威聽老漢慢慢的訴說一徧咱〔詞云〕小人開年八十多年紀聽我一一從頭說至尾去時昏昏慘慘日捱高回來陰陰沉沉天道黑點盞半明半闇壁上燈本待穩穩安安睡個美忽聽哽哽咽咽哭聲微着我受怕耽驚重坐起問他是神是鬼是妖精他道盆兒便是咱身體因此替他叫屈到衙門上告待制老爺聽端的人人說你白日斷陽間到得晚時又把陰司理也曾三勘王

家蝴蝶夢也曾獨糶陳州老倉米也曾智賺灰闌年少兒也曾詐斬齋郎衙內職也曾斷開雙賦後
庭花也曾追還兩紙合同筆只要分付那憋憋懆懆狠門神休當住咱玎玎璫璫盆兒鬼〔唱〕
〔小梁州〕上告你個待制爺爺俯鑒察念小人怎敢謁弄姦猾只爲
你那門神戶尉一似狠那吒將巨斧頻頻掐〔帶云〕大人你則覷波〔唱〕他
是一個鬼魂兒怎教他不就活驚殺
〔包待制云〕是是是大家小戶有個門神戶尉那屈死的寃魂被他當住所以進來不得張千你去
取將金錢銀紙來者〔詩云〕老夫心下自裁劃金錢銀紙速安排邪魔外道當攔住單把屈死寃魂
放過來〔張千做燒紙科云〕我燒了一陌兒紙錢你看好陣冷風也〔魂子隨風入跪科〕〔正末唱〕
〔幺篇〕俺只見金錢銀紙剛燒罷見一陣旋風兒逐定咱家俺便劃
捨的盆沿上敲三下〔做敲科云〕一二三盆兒也〔魂子云〕我玎玎璫璫的說〔正末云〕慚
愧〔唱〕他道玎玎璫璫說話〔帶云〕大人試聽咱〔唱〕他可敢說的個有根芽
〔包待制云〕那廳階下一個屈死的寃鬼別人不見惟老夫便見兀那鬼魂你有甚的寃枉事你備
細說來老夫與你做主〔魂子云〕孩兒每祖貫汴梁居住遇着個賈半仙算孩兒一卦道有百日血
光之災千里之外可躲孩兒便辭別了父親一來販些南貨做買賣去二來就躲災逃難且喜買賣
稱意賺的五六個銀子轉回家來已是九十九日了未滿百日之期不敢便歸因此在這四十里外
瓦窰村盆罐趙家投宿不意他夫妻兩個圖了咱財致了咱命又將孩兒燒灰搗骨埋成盆兒其實
好苦楚也〔詞云〕念孩兒避災遠出做買賣他州外府雖然賺百倍錢財卻受盡萬般辛苦轉回來
止隔得四十程途權向這他家寄宿夫妻每當夜生心都狠毒如狼似虎被殺死一命歸陰又將我

燒灰搗骨夾泥水揑做盆兒送與那老張撇古何指望感水感湯只要免夜盆不許因此上玎玎璫
璫備將我衷情訴與告你個青天老爺替我這屈死冤魂做主〔包待制云〕果然有這等冤枉事張
千你去拿將盆罐趙夫妻兩個一步一棍打將來者〔正末云〕理會的〔做出科叫云〕盆罐趙在家
麼〔淨上云〕喚我的是那個〔張千云〕你妻子在那裏〔淨云〕他是樂戶除名久了也還要喚官身
哩〔張千云〕喂包爺有勾快叫他出來〔搽旦上云〕張千哥哥一向不見你怎麼越狠了也請家裏
待茶去〔張千云〕包爺爺久等哩行動些〔做到稟云〕犯人當面〔淨搽旦跪科〕〔包待制云〕兀那
盆罐趙你謀死楊國用有人告你哩〔淨云〕小人一家兒都是吃齋念佛的並不會謀死什麼楊國
用不知那個是原告等小人與他面對〔包待制云〕是張撇古告你〔淨云〕你這老子好無禮也我
白白的送你一個夜盆兒有甚的不是處倒把人命來告我思量紮詐我那〔正末云〕你這賊漢你
當日與俺這盆兒時俺道這盆聲雌雌的不好要另換一個換了三次你只把這盆兒與俺拿回家
來被他哭哭啼啼打攪了一夜不曾得睡這也罷了害的俺滿地都溺上尿他玎玎璫璫的說起話
來道是怎麼長怎麼短都是你這盆兒說的俺知道什麼楊國用有五六個銀子你要謀他的〔淨
云〕難道這盆兒在我家不說話到你家裏便說起話來我不信〔搽旦云〕那有這等說話敢是這
老子要詐我隻水缸哩〔正末唱〕

〔快活三〕哎你個盆趙大怎看得俺似小哇哇與了俺一個夜盆受
用咱倒着我躭驚怕

〔朝天子〕盆兒也俺討的到家險將俺來諕殺〔云〕大人不信只差人看去〔一
唱〕現如今一謎裏尿胡下〔包待制云〕那廝在窰中怎生殺人來〔正末云〕大人〔唱〕

則他這瓦窰村更狠如蓼兒洼你便是有官防難彈壓他殺壞了平人燒做了片瓦死魂靈都消化你若要正法直將他萬剮〔帶云〕大人〔唱〕這的也稱不了那冤讎大

〔淨云〕你要坐人死罪怎憑得你口裏說你則教那盆兒玎玎璫璫的說我纔心服〔正末做敲科云〕一二三盆兒也〔魂子云〕盆罐趙你夫妻兩個也有今日麽〔做打淨科〕〔淨云〕你不要執我放我家去做好事與你包管得超度生天我是有銀子的人決不賴你的〔魂子打搽旦云〕你在我腿脡骨上加上幾塊硬柴燒的我好苦也〔搽旦做怕科云〕那時節你死也死了有甚的苦〔包待制云〕張千選大棍子來每人先打一百取官綿紙一張着司房責下口詞等他夫妻兩個畫了准伏當堂判個斬字即日押赴市曹將他萬剮千刀淩遲處死〔張千云〕理會的〔做打科〕〔拿紙着淨畫字科〕〔淨云〕我畫我畫殺死楊國用是我來謀他五六個銀子也是我來燒灰搗骨也是我來揑做盆兒也是我來當日睜着眼做今日合着眼受大嫂只是帶累了你〔搽旦云〕開封府堂上除了殺則是打料想把我燒灰搗骨做盆兒不成怕做甚的殺了罷殺了罷〔丑扮劊子執刀押淨搽旦下〕〔魂子云〕我也到法場上看看權做個監斬官去也〔做叩謝包待制隨下〕〔包待制云〕張千你與俺將盆罐趙的家私盡數抄沒將來均分做兩處一半給賞張撇古見義當爲能代人鳴冤雪枉一半給楊國用的父親作爲養贍之資并將這盆兒交付與他携歸埋葬一面揭榜示衆通行知悉者〔詩云〕不是孤家好殺人從來王法本無親餘資並給殘年叟虛塚能招旣死魂莫道一時無義士肯令三尺有冤民從今揭榜通知後留與人間作異聞〔正末叩頭謝科云〕若不是大人呵這冤枉事何時伸理眞個威德如天非同小可也〔唱〕

〔四邊靜〕念老漢蒼顏白髮不爲那冤魂也不到這府衙〔帶云〕你個包待制呵〔唱〕威德無加神鬼皆驚誆從今後傳播天涯做一段新奇話

〔音釋〕拯音整 撾莊瓜切 押羊架切 鏘閘上聲 贍傷佔切 驀音賣 黑亨美切 職張恥切 筆邦美切 燥音竈 擦抽鮓切 猾呼佳切 掐強雅切 旋去聲 出音杵 宿須上聲 紮音扎 謎迷去聲 壓羊架切 法方雅切 剮音寡 令平聲

題目 咿咿啞啞喬搗碓

正名 玎玎璫璫盆兒鬼

玎玎璫璫盆兒鬼雜劇

顧玉香雙美錦堂歡
倣顧野王筆

荊楚臣重對玉梳記
珍倣宋版印

荊楚臣重對玉梳記雜劇

元　賈仲名撰
明吳興臧晉叔校

第一折

〔搽旦扮卜兒上云〕老身姓顧在這松江府住坐有個女孩兒小字玉香年方二十歲生的十分大有顏色做着個上廳行首與一個揚州府秀才荊楚臣作伴二年光景那生在俺家裏使了數十錠銀子如今有東平府客人柳茂英裝二十載綿花來這松江貨賣着人請他去了這早晚敢待來也

〔淨扮柳茂英上云〕自家柳茂英東平府人裝了二十載綿花來此松江府貨賣此間有個歌者顧玉香我有心與他作伴夜來見了那媽媽今日使着個梅香來請事必諧矣我索走一遭去〔見科〕

〔卜兒云〕柳官人你放心那荊生被我趕將出去了你歡喜咱〔淨云〕先留五十兩銀子與妳妳做茶錢料着二十載綿花也不到的剩一分回去〔同下〕〔正旦扮顧玉香上云〕妾身姓顧小字玉香在此做着個上廳行首二年前與荊楚臣作伴俺家使過他數十錠花銀俺娘見他沒東西了日日撚他去他一口氣成病使性兒出去了可早數日光景那生被廉恥所拘不肯上門我着伶兒尋他去了暗想俺這門衣飯又無甚黃牛耕黑牛種止則是賣笑求食非同容易也呵〔唱〕

〔仙呂點絳唇〕風月家門又無資本別營運止不過送舊迎新憑賣笑衣食穩

〔混江龍〕倚仗着高談闊論全用些野狐涎撲子弟打郎君散春情柳眉星眼取和氣皓齒朱唇和他笑一笑敢忽的軟了四肢將他靠

一靠管烘的走了三魂為俺呵搬的那讀書的慵觀經史作商的懶去辛勤為吏的焉遵法度做官的豈惜簪紳生着那義和的兄弟廝尋爭孝順的兒子學生分都是俺個敗人家油鬏髻太歲送人命粉臉腦凶神

（丑扮怜兒同末扮荊楚臣上云）姐夫快行動些二（荊楚臣云）小生荊楚臣本貫廣陵人也遊學至此松江府與上廳行首顧玉香作伴二年被虔婆板障將小生氣成疾病出來在相知人家暫住恰纔大姐着怜兒來尋則索走一遭去（見科）（正旦悲云）楚臣你好下的數日間闊（荊楚臣云）大姐情分生死不忘啣結難報（正旦唱）

（油葫蘆）覷了這惜玉憐香心上人教咱家情越親那勞承那敬愛那温存（荊楚臣云）大姐則被你情繫人心早晚休（正旦唱）則咱這情牽人意終朝印似恁的塵隨馬足何年盡（荊楚臣云）妳妳如此板障姻緣不久矣（正旦唱）俺娘翻手是雨合手是雲常則是惡哏哏緊揝着條黃桑棍端的待打殺臥麒麟

（天下樂）俺娘自做師婆自跳神一會家難禁努目訕筋俺那娘颩着一個冷鼻凹百般兒没事狠（帶云）見了那名公文士每來呵（唱）嫌的是張秀才李秀才（帶云）見那公子舍人上門呵（唱）愛的是王舍人劉舍人他那些二喬殷勤佯動問

（荊楚臣云）大姐省一句兒恐怕妳妳聽的（卜兒上云）我聽的多時也俺女孩兒對着荊秀才罵

我也罷荆秀才出去〔正旦云〕妳妳他在咱家使了偌多銀兩再留住一程兒你若不肯我尋個自盡〔卜兒云〕生分小賤人着他快出去〔正旦唱〕

〔村裏迓鼓〕間別了俺故人恩愛便絕了咱子母情分若不是三年乳哺十月懷躭也曾受過的苦辛敢將你扯拽衣袂搯揉皮肉揪撏頭鬢〔卜兒云〕不發跡的窮生趕不出門去你是讀書人廉恥也不顧你不羞那〔正旦唱〕妳妳他耐了你萬種羞受了你千般氣俺家裏也使了他數錠銀〔帶云〕不勾二年銀兩使盡剗地趕他出去〔唱〕他則索狠吃欓頭心兒裏自忍

〔卜兒做氣科云〕別人家養女兒孝順偏我家這等生分〔正旦唱〕

〔元和令〕常言道母慈悲兒孝順則爲你娘狠毒兒生分每日家二餐飽飯要腥葷四季衣換套兒新〔卜兒云〕須不是荆秀才的錢物〔正旦唱〕送的他離鄉背井進退無門恰便似湯澆雪風捲雲

〔上馬嬌〕你那眼又親手又准似餓鵭撲鵪鶉將一座花柳營生扭做迷魂陣真是個女弔客母喪門

〔遊四門〕再休想不應親者強來親則理會的說響鈔共精銀恁那之乎者也都休論使不着調子曰弄詩云待做惜花人

〔勝葫蘆〕眼前面便是西出陽關無故人〔卜兒云〕走的快着〔正旦唱〕不帶傷也着昏生逼人千里關山勞夢魂若早知你這般圈繢那般局段急抽身不囫圇

〔幺篇〕都是你個愛錢的虔婆送了人〔荊楚臣云〕可不着人唾罵妳妳也〔正旦唱〕那裏怕千人罵萬人嗔則願的臭死屍骸蛆亂蚡遮莫便狠拖狗拽鴉嗛鵲啄休想我繫一條麻布孝腰裙〔卜兒云〕我也不和你說伴着那窮醜生幾時是了我與你又尋了個標致的郎君也怜兒快請柳茂英來〔淨上見科〕〔卜兒云〕這等風流子弟又有錢不強似那荊秀才〔淨跪云〕大姐小人二十載綿花都與大姐不強如那窮身破命的〔正旦云〕噤聲〔唱〕

〔後庭花〕他雖然身貧志不貧〔荊楚臣云〕姐姐有錢的來了小生告回〔正旦唱〕我怎肯錢親人不親〔荊楚臣云〕常言道後浪催前浪〔正旦唱〕儘教他後浪催前浪〔帶云〕楚臣放心〔唱〕休想我新人換舊人〔淨云〕二十載綿花都送大姐哩〔正旦唱〕賣花人賣花唇〔帶云〕我勸你咱〔唱〕休入俺這花營錦陣〔帶云〕我說幾般兒你受用的茶飯〔唱〕三停刀砍脚跟百鍊鎚打腦門生鐵鈎搭脊魪鍮鑌杓剜眼輪連珠箭雨點頻九稍砲風勢緊漫天網措備的真陷人坑埋沒的准釘人釘勾二百斤鑽人鑽有十數根秤人秤安頓的穩急收拾沒了半文剛剛的剩紙路引

〔青哥兒〕敢着你有家有家難奔這廝你眼裏眼裏無珍〔淨云〕我有二十載綿花好大本錢哩〔正旦笑科〕〔唱〕這些時白馬紅纓衫色新怕不月戶風門翠袖紅裙繡被鴛裀玉軟香温有一日使的來赤手空拳夢撒撩丁前弔磚後弔瓦槌着胸跌着脚哭哭啼啼悲悲切切恰還魂敢恁

時馬死黃金盡

〔卜兒云〕這等好郎君不接待着這窮醜生你看他吃的則看他穿的我也不和你料口快趕出去荊楚臣若不出去我和你不乾淨〔正旦云〕楚臣出去了我也不覓錢喒大家坐地〔唱〕

〔賺煞尾〕從今後都一般病染夢魂勞兩下裏人遠天涯近好苦痛也荊郎楚臣〔荊楚臣云〕姐姐你肯守志麼〔正旦唱〕我敢一上青山便化身從今後枕冷衾寒索自温存〔淨云〕有小人陪待大姐二十載綿花不剩一分回去〔正旦唱〕這廝待逞精神賣弄家門〔淨云〕二十載綿花則和大姐歇一夜罷〔正旦云〕呆漢〔唱〕休想和你一夜夫妻百夜恩〔淨云〕柳茂英買了顧玉香也〔正旦唱〕你待要摶香弄粉粧孤學俊〔帶云〕呆漢〔唱〕便准備着那一年春盡一年春〔同荊下〕

〔淨云〕他兩個去了妳妳破着我二十載綿花務要和他睡一夜方遂我平生之願〔詩云〕我這嘴臉也不俗偏生不入婆娘目媽媽若還做的姑老成怕道你家沒得綿花褥〔同下〕

〔音釋〕 載音在 撚尼蹇切 涎徐煎切 慵音蟲 㲉音狄 哏狠平聲 掿音鬧 訕山去聲 颩音磋 凹汪卦切 撾莊瓜切 揉與撓同 摶詞纖切 葷音昏 鵪音庵 鶉音淳 續音匱 囫音忽 圇音倫 蚡扶粉切 㘈闞平聲 鍮音偷 杓音芍 剜碗平聲

楔子

〔旦同荊楚臣上云〕小生想來堂堂七尺之軀生於天地間被人如此數說大丈夫必當立志況兼

朝廷春榜動選場開憑小生文學必奪取一個狀元回來但不知姐姐意下如何（正旦云）楚臣主見不差男子漢當以功名爲念你若肯去進取妾解下釵環以爲路費（取砌末科云）全副頭面釧鐲俱是金珠助君之用又有這玉梳兒一枚是妾平日所愛之珍掂做兩半君收一半妾留一半君若得第以對玉梳爲記（做與砌末悲科）（唱）

（仙呂賞花時）君既取功名妾不留妾謹守香閨君莫憂（帶云）我將這玉梳呵（唱）分兩下有因由則怕你撇咱腦後似破鏡合粧樓

（幺篇）無瑕玷的情懷圖個永久有溫潤的姻緣博箇到頭（做拜別科）（唱）若赴京闕到皇州有一日功名成就做夫婦可風流（下）

（荊楚臣云）多謝姐姐齎助盤纏今日正是好日辰便索登程去也正是青雲有路終須到金榜無名誓不歸（下）

（音釋）釧川去聲　鐲音濁　掂抵廉切　玷音店

第二折

（卜兒同淨上云）柳官人放心荊生被我趕出去了女孩兒由他乖好歹成就你（淨云）多謝媽媽（卜兒云）我去尋俺娘兒一場鬧便來請你（淨云）二十載綿花都與妳妳用（同下）（正旦引梅香上云）怜兒自你姐夫去後可早半月光景釁的我這身心不安況值秋天好傷感人也呵（唱）

（正宮端正好）人乍別受淒涼病易感添寂寞記相別可早半月期過俺愁人病裏如何過又被這秋景相廻和

（梅香云）姐姐眼前盡是秋意哩（正旦唱）

〔滾繡毬〕促人眉黛的矮牆側舞飄飄凋敗柳替人憔悴的小塘中乾支支枯老荷斷人魂魄的樹稍頭昏慘慘野烟微抹鬆人鬢脚的山尖上高聳聳峯頂堆螺感人消瘦的疎籬下黄甘甘菊盡開染人血淚的窄溝岸紅颩颩楓亂落攪人夢境的小堦前絮叨叨夜蛩頻聒惱人情腸的金井傍滴溜溜梧葉辭柯結人愁懷的碧天邊昏冉冉雲輕布助人長吁的紗窗外疎剌剌風勢惡伴人孤另的明皎皎月色銀河

〔梅香云〕姐姐爲俺姐夫去了茶飯少進脂粉懶施好生清減了也〔正旦唱〕

〔倘秀才〕無奈何淺粧淡抹有甚心濃梳鬬裹每日懶出門桯繡房裏坐朝忘餐食無味夜廢寢眼難合不索你問我

〔梅香云〕姐姐你飲盃兒酒也消愁悶行一步也消悶〔正旦云〕你那裏知道我便吃酒呵也消不得愁便閑行呵也消不得悶〔卜兒上見科〕〔旦云〕妳妳爲何也這般煩惱〔卜兒怒云〕可知不歡喜哩柴也無米也無我看吃甚麼〔正旦云〕你道我不會覓錢頭上有天哩〔唱〕

〔滾繡毬〕我與你覓下的金尋下的銀買下的錦攢下的羅珠和翠整箱兒盛垛娘呵你那哭窮口恰似翻河〔帶云〕金銀不使呵〔唱〕莫不陰司下要用他〔帶云〕珠翠不戴呵〔唱〕莫不靈堂前要顯豁〔帶云〕綾錦不穿呵〔唱〕莫不留着棺函中裝裹〔卜兒云〕忤逆弟子你待着我死哩〔正旦云〕你死呵〔唱〕也不索做水陸動鐘鼓鐃鈸〔卜兒云〕可是爲甚麼〔正旦唱〕你終朝看的昧

心經管取消了災障每日念的養家咒多應免此些罪過〔卜兒云〕你兒的我好好兒女好兒女〔正旦唱〕喒可甚兒女情多〔卜兒背云〕罵着他越撒頑我着些話兒哄他孩兒我恰纔鬬你要來則養你一個偏我不疼〔正旦唱〕

〔倘秀才〕休假溫存絮叨叨取撮伴問候熱剌剌念合更怕我不攢你那冷氣虛心廝拾掇啞謎兒有甚難猜破甜句兒將我緊兜羅口如蜜鉢

〔卜兒云〕我如今老了擡舉的你成人你也可憐我些兒〔正旦唱〕

〔滾繡毬〕做娘的肯哀憐肯付合做女的有疼熱有瓜葛指頭上單養的我一箇須不是過房的買到前窩熬煎的點秋霜兩鬢皤擡舉我正青春二九過衣食勾家私得過因甚的鬧炒炒做不的箇存活每日間八陽經便少呵也有三千卷五代史至輕呵也有二百合又不是風魔

〔卜兒云〕孩兒胡亂留下柳茂英得些錢鈔等喒做些盤纏〔正旦云〕怜兒且順着虔婆若不依他有五千塲不定交就叫那呆漢來擠上他一塲也絕了念頭〔淨上見科云〕大姐若留了小人二十載綿花都送與大姐〔正旦唱〕

〔脫布衫〕一心待趁浪逐波恣情的妙舞清歌呆子弟迎風把火強風情指山賣磨

〔淨兒跪科云〕大姐可憐見〔正旦唱〕

〔醉太平〕你與我打睃有甚不瞧科恰便似告水災今歲渰了田禾怎覷那王留般做作你去顧前程這搭兒休超垛識弔頭打鬧裏疾赸過剗地你拽大拳人面前逞嘍囉請起來波小哥

〔淨云〕由大姐罵我則是二十載綿花都送與大姐〔正旦云〕呆漢養活妻子休戀風塵〔唱〕

〔倘秀才〕這廝他不知死飛蛾投火你要我便是望梅止渴〔淨怒云〕男兒膝下有黃金剗地望梅止渴〔正旦唱〕話不投機一句多你待要裝標垛下鍬钁哎罷呵

〔云〕我再勸你咱〔唱〕

〔滾繡毬〕俺這煖烘烘錦被窩似翻滾滾油鼎鑊這效鸞凰翠屏繡幙是陷平人虎窟狼窩紅蓮舌是斬郎君古定刀青絲髮是縛子弟降魔索鴆人藥是美甘甘舌尖上幾口甜唾招人命是香噴噴袖口內半幅輕羅潑人湯三轉身揩些眼淚催人命百忙裏着句褪科平地風波

〔云〕呆漢我有個比喻〔淨跪云〕大姐你說你說〔正旦唱〕

〔賽鴻秋〕則俺那雙解元普天下聲名播哎你個馮員外捨性命推沒磨則這個蘇小卿怎肯伏低將料着這蘇婆休想輕饒過呆廝你收拾買花錢休習閑牙磕常言道井口上瓦罐終須破

〔淨云〕怎將我比馮魁二十載綿花倒不如三千引茶〔正旦唱〕
〔三煞〕販茶船柱兒大比着你爭些箇綿花載數兒儉斟量來不甚多那裏禁的半載週年將你那千包百簍也不索碎扯零撏則消得兩道三科休戀這隋堤楊柳歌盡桃花人賽嫦娥俺這狠心的婆婆則是個追命的母閻羅
〔淨云〕我則是二十載綿花都與大姐〔正旦唱〕
〔二煞〕若是娶的我去家中過便是引得狼來屋裏窩俺這粉面油頭便是非災橫禍畫閣蘭堂便是地網天羅敢着你有家難奔有口難言有氣難呵弄的個七上八落只待睜着眼跳黃河
〔淨云〕大姐我恰纔不道來二十載綿花都不打緊則娶大姐做個老婆〔正旦唱〕
〔黃鍾煞〕休置俺這等掂稍折本賠錢貨則守恁那遠害全身安樂窩不曉事的頹人認些回和沒見識的杓俫知甚死活無廉恥的喬才惹場折挫難退送的冤魂像個甚麼村勢煞撚着則管獨磨樺皮臉風癡着有甚颩抹橫死眼如何有個分豁噴蛆口知他怎生發落沒來由受惱躭煩取快活丟了您那長女生男親令閣〔淨云〕我二十載綿花送與大姐也不少〔正旦唱〕量你這二十載綿花值的幾何〔帶云〕呆漢〔唱〕你便有一萬斛明珠也則看的我〔下〕
〔淨被推跌科云〕妳妳我如今怎麼〔卜兒云〕柳官人放心好歹都在我身上〔淨云〕二十載綿花

都頭妳妳拚的不剩一分回去〔同下〕

〔音釋〕寞音磨　抹音磨　落羅去聲　蛩音窮　聒音果　柯音哥　惡阿上聲　桯音形
合音何　他音拖　豁音火　鈸音波　撮磋上聲　合哥上聲　掇音朵　缽波上聲
葛哥上聲　皤音婆　活音和　擠濟上聲　作音左　訕之山切　渴音可　鑼音戈
鑊音和　幙音磨　索思果切　熓沉去聲　褪吞去聲　著池何切　磕音可　倈離
靴切　麼音魔　樺音話　閣哥上聲

第三折

〔荊楚臣冠帶上詩云〕獨攜琴劍入長安唾手功名自不難何限彩樓招壻者偏我無心懶去看小官荊楚臣自離了松江赴京一舉狀元及第所除句容縣令判簿皆缺止下官一人方纔到任數日只等事定去取顧玉香未遲近奉府帖下差往鄉催辦今冬糧草左右的鞴馬過來〔下〕〔淨上云〕嗨誰想顧玉香夜來收拾了房中細軟共梅香逃走不知去向眼見往京師尋那荊楚臣去了那虔婆哄了我偌多東西則這乾罷如今趕到丹陽問人來說有一個婦人引着個梅香將着些行李上旱路去了正中我計我拚的連夜抄將過來白土左側黑林子裏等着若撞見他肯順我便罷道出一個不字來我着刀子結果了他性命歇兩日大蟲吃了又無形跡多少是好〔下〕〔正旦同梅香上云〕怜兒慢慢的行只為那呆漢纏的我慌俺那虔婆眼黑愛錢誠恐污我身名生出此計瞞過俺那虔婆所央松江府舊認的孔目每討了一張文書則做往京探親帶了些細軟家私上京尋那荊楚臣去悄悄的討了隻船兒來至丹陽出江風浪難行旱路稍近前面雇輛車兒共梅香坐將去好是淒涼人也呵〔唱〕

〔中呂粉蝶兒〕秋況消疎遠村迷淡烟深處斷橋邊野水平蕪盼郵亭巴堠子一步捱一步早則是途徑崎嶇惱行人痛傷情緒〔醉春風〕則爲俺那不心軟的狠毒娘更合着這忒忤逆的逃竄女恰便似孟姜女送寒衣誰曾受這般苦苦那裏問養育情懷則爲俺夫妻恩愛早難道割不斷子母腸肚

〔梅香云〕姐姐你看這派秋景煞是傷感人也〔正旦唱〕

〔紅繡鞋〕按天際落霞孤鶩映殘陽老樹啼烏古道傍飄衰葉折枯蒲葦葭排鴈字雲水捕魚圖灑西風彈淚雨

〔梅香云〕姐姐轉過這山坡一簇榆林黑洞洞的不知裏面藏着甚麼狠蟲虎豹況兼天色已晚好是怕人也〔正旦唱〕

〔迎仙客〕轉過這山額角生慘悽見一簇惡林郎黑模糊不由我心兒裏猛然添怕懼兩耳火雲燒渾身冷汗出似鈎住我皮膚把不定頭稍兒竪

〔梅香云〕姐姐早尋個燈火店安下也好〔淨上喝旦慌科〕〔正旦唱〕

〔石榴花〕諕的我意慌張心喬怯戰都速無了魂魄軟了身軀則見他惡哏哏嗔忿忿氣撲撲〔淨扭旦認科〕〔正旦云〕放手〔淨云〕走的好今日見你也〔正旦唱〕猛見了他面目事在當初不合將他千般數落十分怒料應來命在須臾〔淨云〕既然見了你好歹要成合不肯便殺了你〔正旦唱〕這廝待強風

情打家截道擠着做那裏討護身符

(淨云)近前來你順了我罷(正旦云)玉香也(唱)

(鬬鵪鶉)這塌兒使不着我美貌嬌容用不着我花言巧語(淨云)你不肯便殺了你(正旦唱)這廝如此行爲恁般做出(淨云)你娘使過我偌多銀兩准折了兩家罷(正旦唱)這的是你財上分明大丈夫賊兒膽底虛(淨云)你還不順我等到幾時(正旦唱)你只要竊玉偷香省甚的尤雲殢雨

(淨云)梅香和你大姐說這裏又無人他和我成合了罷若不肯呵我便殺了也(梅香云)姐姐他說不肯便要殺了你如何發付那(正旦唱)

(上小樓)你道是如何發付我索避着不做我這裏斂袂回身褪後趨前眼笑眉舒(做拜科)(唱)施禮數道萬福殷勤覰覷施呈着我尊前席上那些些假虛脾和睦

(云)柳官人你急性怎麼慢慢商量可不好廝見(淨云)肯呵二十載綿花都與大姐不肯時目下見血(正旦云)禁聲(唱)

(么篇)待將咱所圖我寧死不辱這廝笑裏藏刀節外生枝暗地埋伏這裏是大道官塘怎沒個行人南來北去天那眼見的死的來不着墳墓

(淨扯住云)大姐成合了罷(正旦叫科云)有殺人賊也(荊楚臣引祗候上云)甚麼人叫殺人賊左右每拏住(作拏淨與旦認科)(荊楚臣云)玉香姐姐你認的我麼(正旦云)救我的是誰那〔

荊楚臣云　小生荊楚臣也〔正旦云〕慚愧〔唱〕

〔滿庭芳〕也是天然對付險些兒身歸地府命掩泉途〔荊楚臣云〕爲甚這廝做出這等事來〔正旦唱〕這廝只因飽煖生淫慾〔荊楚臣云〕這是關係性命斷時隨順省致如此狼狽〔正旦唱〕便休想似水如魚〔荊楚臣云〕權時之事何故認真〔正旦唱〕與這廝待一時間鶯儔燕侶我情愿盡世兒鳳隻鸞孤〔荊楚臣云〕且免一時危難也不爲過〔正旦唱〕楚臣也你深思慮因何難共處豈不聞冰炭不同罏

〔荊楚臣云〕左右拿過那逆賊來〔祗從拿淨跪旦罵介〕〔淨云〕二十載綿花都送大姐〔正旦唱〕

〔普天樂〕這廝起荒淫生嫉妬抵多少守株待兔緣木求魚〔淨做慌介〕〔正旦唱〕賊漢意下慌楚臣心頭怒〔荊楚臣云〕據這賊情理難容該問死罪哩〔正旦唱〕據此賊情理難容傷時務壞人倫罪不容誅一心待偎紅倚翠論黃數黑惡紫奪朱

〔云〕楚臣你好生施行此賊咱〔荊楚臣云〕左右將此賊押赴縣裏去者〔押淨下〕〔正旦唱〕

〔快活三〕楚臣索自窨付君子斷其初說山盟言海誓做妻夫怎忘的喒剪髮燃香處

〔朝天子〕自楚臣應舉聽妾身拜覆俺娘將我待嫁做商人婦賢愚從來不並居因此上不避紅塵路誰想來至中途逢着賊徒幾乎間遭間阻猛可裏得遇將妾身救取方信道天自有安排處

〔荊楚臣云〕元來如此你可來做甚麼我自有人來取你〔正旦云〕楚臣你如今那裏爲官〔荊楚臣云〕今授句容縣令你也受用五花官誥做夫人縣君也〔正旦唱〕

〔十二月〕拜辭了清歌妙舞打迭起傅粉施朱受了些千辛萬苦熬了些短歎長吁早則有准成地朝雲暮雨依然的復舊如初

〔堯民歌〕等着也五花官誥七香車儘受用滿身花影倩人扶今日個花生滿路得榮除早則不碧桃花下鳳鸞孤歡娛歡娛樂有餘輕憐惜偎香玉

〔荊楚臣云〕左右鞴馬一壁擡過轎兒來共夫人同回縣裏去〔正旦唱〕

〔耍孩兒〕原來這夫人也許俺娼人做我則道盡世兒常爲妓女不想糞堆上驀然長靈芝鵲巢中生出鸞雛顯耀殺妾本雲間住光輝了君家淮甸居恰纔但有半點兒風聲汚可不羞歸西浙恥向東吳

〔一煞〕肩廝並比翼鳥腮廝貼比目魚手廝把合歡帶同心結連枝樹頭廝磕低調兒歌金縷腿廝壓高擎着倒玉壺臂廝摟似並頭蓮在鴛幃宿儘情兒顛鸞倒鳳盡興兒弄粉摶酥

〔二煞〕對鸞臺畫娥眉月一彎鋪蟬鬢插犀梳雲半吐玉玎璫金牒瓔珠琭簌湜一會兒鳳冠霞帔夫人相謊一程兒高髻雲鬟仕女圖顯一捻兒風流處探親眷高擡着煖轎送人情穩坐着香車

〔荊楚臣云〕夫榮婦貴足矣足矣〔正旦唱〕

〔煞尾〕做男兒的除縣宰稱了心爲妻兒的號縣君享受福則我這香名兒貫滿松江府我與那普天下猱兒每可都做的主〔下〕

〔荆楚臣云〕下官想來不如做一角文書將那柳茂英鎖送府牢依律治罪一壁廂另擇吉日請夫人進衙未爲遲也〔詩云〕偶執强人大道傍却令夫婦得成雙不是一番寒徹骨誰許梅花噴鼻香〔下〕

〔音釋〕鞴音被 堠音後 竄音爨 鶩音暮 葭音家 出音杵 速蘇上聲 撲音普 目音暮 堝音窩 疣音尤 [illegible]音膩 福音府 睦音暮 辱如去聲 伏房夫切 慾于句切 窨音陰 覆音府 玉于句切 驀音陌 甸田去聲 宿須上聲 堞音迭 [illegible]音屑 琭音祿 簌蘇上聲 捻音聶 猱音撓

第四折

〔荆楚臣上云〕下官當初與玉香別時分開玉梳爲記今日令銀匠用金鑲就依舊完好已曾安排下筵席一者與夫人壓驚二者慶賀這玉梳言之未已夫人早上〔正旦引梅香上云〕玉香誰想有今日也呵〔唱〕

〔雙調新水令〕風塵中埋沒了二十年平空的喚縣君有何顏面告辭了春風歌宛轉夜月舞蹁躚俺如今福祿雙全穩拍拍的綠窗下做針線

〔見科〕〔荆楚臣云〕夫人我想當初若非你贈我盤纏進取功名焉得有今日也〔正旦唱〕

〔駐馬聽〕你如今位得榮遷兩行朱衣列馬前當初你身雖貧賤也

曾一春常費買花錢則我這節婦牌旌表在麗春園更和你紫泥宣頒降到臨川縣這的是心堅石也穿喜鴛鴦雙鎖黃金殿〔荊楚臣云〕多感夫人棄母尋夫路途遙遠如此艱辛況爲賊子所逼幾乎性命也不可保這都是爲着那個來夫人請上受下官一拜〔拜科〕〔正旦唱〕

〔落梅風〕尋夫主真誠志盼京師不甚遠冷颼颼把風霜親踐脚背踵是脚心裏踏破的蠒〔荊楚臣云〕生受夫人〔正旦云〕休道生受〔唱〕便死呵死而無怨

〔云〕我想那日若不遇見相公必喪這賊之手相公請上受妾身一拜〔拜科〕〔唱〕

〔水仙子〕你道我顧玉香是嬌滴滴玉天仙偏撞他柳盜蹠惡哏哏做死冤手持着明晃晃利刃如秋練諕得我戰欽欽魂靈兒飛半天若不是你荊楚臣急忙忙牓到根前將一個赤力力活擒拏將一個喜孜孜生放免怎能勾夫和婦美甘甘再得纏綿

〔荊楚臣云〕夫人你和我別時分開玉梳爲記今令銀匠用金鑲了那首飾頭面盡皆費用單留此梳以表至誠夫人你看〔與旦砌末科〕〔正旦唱〕

〔甜水令〕想着喒錦片前程十分恩愛百年姻眷非今世是前緣問甚麽首飾房奩金珠鐲釧釵環頭面玉梳兒對勘的依然

〔折桂令〕果然似樂昌般破鏡重圓抵多少酝上瓊簪接上冰絃當初俺兩下分開今還一處仍舊完全〔荊楚臣云〕這梳上對嵌處微顯纖絲文路絲

不如天然完美〔正旦唱〕雖然是有痕跡香嬌玉軟端的個無瑕玼粉遶花纏金裹瓊沿翠護朱圈白日裏蟄鬏髻兒權襯着青絲到晚來貼主腰兒緊摟在胸前

〔荊楚臣云〕梅香將酒來共夫人飲一杯〔送酒科〕〔荊楚臣云〕夫人請〔正旦云〕相公請〔唱〕

〔錦上花〕當日在娼樓百般留戀今日在琴堂受用無邊一個青春一個少年一個榮華一個貴顯

〔幺篇〕相公不負心賤妾能酬願比目鴛鴦天生可羨百歲歡娛兩情繾綣玉漏休殘金杯莫淺

〔卜兒上見科云〕相公我道你不是個受貧的玉香你也該辭我一辭怕甚麼〔正旦云〕虧你今日還有嘴臉來見我哩〔荊楚臣云〕夫人不必煩惱天下老鴇那一個不愛錢的只是這所在留不得你左右取我一百兩俸錢來與他爲終身養贍之資你將的去者〔卜兒云〕那柳茂英將着二十載綿花要我女孩兒睡一夜尚然不肯如今嫁與你做了個夫人豈可沒些財禮至少也得一千兩〔正旦唱〕

〔清江引〕老鴇兒那個不愛錢誰似你坐錢眼中間轉只爭他少共多再不問良和賤也還比他二十載綿花好過遣

〔云〕這一百兩俸錢也勾你養贍半世了還要討多哩〔唱〕

〔離亭宴煞〕這裏是陽春德澤桃花縣他怎肯將小民脂血做黃金輦除了些月支的俸錢無過是酒一尊琴三弄詩千卷說甚麼三媒

六證財再受你百計千方騙俺如今也得個夫人位轉若早上了你歹王魁販茶船可不乾賺了我俏蘇卿一世裏蹇

〔音釋〕蹁音偏　躚音仙　拍鋪買切　行霞浪切　璽與繭同　踮張恥切　膁音感　奩音廉　勘坎去聲　嵌音闞　玼音此　墊音店　襯初艮切　繾遣去聲　綣勸上聲　搗音保　贍傷佔切　轉去聲　輦連上聲　賺音湛　蹇音繭

題目　顧玉香雙美錦堂歡

正名　荊楚臣重對玉梳記

荊楚臣重對玉梳記雜劇

賞名園賀氏千金笑
倣滕昌祐筆

騁風流王煥百花亭

珍倣宋版印

逞風流王煥百花亭雜劇

元　　撰

明吳興臧晉叔校

第一折

〔老旦扮卜兒引旦賀憐憐梅香盼兒上詩云〕教你當家不當家及至當家亂如麻早晨起來七件事柴米油鹽醬醋茶老身洛陽人氏姓賀人都喚我做賀媽媽生下這女孩兒賀憐憐做着個上廳行首我那孩兒生的十分聰明智慧談諧歌舞搊箏撥阮品竹分茶無般不曉無般不會占斷洛陽風景奪盡錦繡排場明日是清明節令着孩兒郊外踏青去孩兒你意下如何〔旦云〕謹領母親的命明日到城外陳家園百花亭上賞翫春景走一遭去來〔盼兒云〕姐姐我盼兒伏侍你去〔同旦下〕〔卜兒云〕孩兒和梅香都出城去了也我無甚事且往隔壁李大媽家吃茶則個〔下〕〔正末扮王煥引家僮六兒上云〕小生姓王名煥字明秀方年二十二歲本貫汴梁人氏自父親辭逝來此洛陽叔父處居止為小生通曉諸子百家博覽古今典故知五音達六律吹彈歌舞寫字吟詩又會射箭調弓掄鎗使棒因此人皆稱為風流王煥時遇清明節令不免到城外陳家園百花亭上遊翫一遭〔做行科云〕你看這郊外果然是好景致只見香車寶馬仕女王孫蹴踘鞦韆管絃鼓樂好不富貴也呵〔唱〕

〔仙呂點絳唇〕錦繡鋪設翠紅羅列酬佳節鶯燕調舌惜春光苦問東君借

〔六兒云〕官人你看那竹溪花塢翠繞珠圍往來的人一上一下似走馬燈兒一般是好耍子也〔

〔正末唱〕

〔混江龍〕管絃拖拽王孫仕女鬪豪奢梨花院鞦韆蹴踘牡丹亭寶馬香車喚遊人芳樹啼殘錦鷓鴣採香蕊粉牆飛困玉蝴蝶楊柳映杏花遮東風外酒旗斜四時中惟有春三月光陰富貴景物重疊

〔旦引盼兒上云〕妾身賀憐憐今日清明佳節去郊外遊翫盼兒那前面亭子不是百花亭那〔盼兒云〕姐姐正是百花亭將次到也〔正末云〕六兒你見麼兀那人叢裏那個女子生的非常也呵〔六兒云〕官人你好眼睛那個女子生得十分標致不是六兒多口那一個梅香也不歹哩〔正末唱〕

〔油葫蘆〕則見來往佳人教我難應接離百花亭將近也就兒中這一箇尤嬌絕〔云〕世間有此女子豈不是施朱太赤施粉太白〔唱〕端的是臙脂紅處紅如血潤瓊酥白處白如雪比玉呵軟且溫比花呵花更別若不是嫦娥降下瑤宮闕塵世裏怎遇這活冤業

〔旦云〕盼兒咱到百花亭上去呵〔六兒云〕官人你看那小娘子恰似畫圖上的美人一般我們也到百花亭上看他去〔正末唱〕

〔天下樂〕這的是美玉生香花解說〔旦見將扇遮科〕〔正末唱〕他見人有些嬌怯怯將羅扇遮〔旦做意科云〕那生好一表人物也我折朵蘭花兒咱〔正末唱〕則見他寄幽情故將蘭蕊兒折端的個眉尖上芳信傳眼角頭春意竊〔做俯覷科唱〕元來那腳蹤兒也把心事寫

〔旦做吟詩科〕〔詩云〕折得名花心自愁春光一去可能留〔正末唱〕好聰明的女子也〔六兒云〕妙法蓮花經觀世音菩薩〔正末唱〕

〔醉中天〕他把我先勾拽引的人似癡呆我和他四目相窺兩意協好也囉他生的有芙蓉面桃花頰說不盡他百般嬌千般豔冶〔六兒云〕官人你看他眼似明星眉如秋月生的莊莊重重是一個好女子也〔正末唱〕你道他點星眸眉灣秋月〔做暗笑科云〕你怎知他不莊重的時節〔唱〕他可也有玉簪橫雲鬢偏斜

〔云〕方纔那兩句詩深有其意姐姐既有意呵便再念一偏也好等他再念時我也續他兩句〔六兒云〕官人說的好六兒若還識字通文我也續他兩句〔旦云〕那生說不聽的我再吟一偏咱〔旦再吟〕〔生做續吟科詩云〕東風若是相憐惜爭忍開時不並頭〔旦云〕盼兒你看那百花亭畔那個秀才貌賽潘安才過子建舉止風流不知是誰家公子怎生能勾和他說句話兒也好〔盼兒云〕看那秀才正好與姐姐匹配也〔正末云〕六兒你看那女子扭揑做作必是個賣俏的倈兒怎生得個花蝴蝶通個春信去咱〔六兒云〕便怎麼遇得這通信人來〔外扮王小二賣查梨條上詩云〕洛陽城裏賣花人查梨條賣也粧得肩頭一擔春查梨條賣也假使王孫知稼穡查梨條賣也好花將賣與何人查梨條賣也〔又叫〕〔正末做喜科云〕這賣查梨條的王小二身上要成此一件大功可不好那六兒你與我快喚那賣查梨條的過來〔唱〕

〔金盞兒〕我正咨嗟不寧貼一聲查梨條賣也猛聽了心歡悅〔做走科唱〕我向這鬧花深處緊攙截配合這醉春情能鶯燕更和那調春

色巧蜂蝶只索央及你撮合山花博士休使俺沒亂煞做了鬼隨邪〔六兒做叫科云〕王小二俺官人喚你哩〔小二做見科云〕官人喚小子做甚〔正末云〕小二哥我問你咱兀那鬧花深處這個姐姐是誰家的〔小二云〕那一個你也不認的好風流的王舍他便是洛陽上廳行首賀憐憐〔正末云〕小二哥你也知道我粧孤愛女你肯與我做個落花的媒人與那賀家姐姐做一程兒伴我便與你換上蓋也〔小二云〕官人小人別的不會這調風貼怪幫閑鑽懶須是本等行業我就與你說去〔小二做走〕〔六兒扯住科云〕哥我央及你把那梅香總成了我罷〔王小二見旦科〕〔旦云〕王小二我見你在百花亭上和那公子說話莫不是那公子使你來見我麼〔小二云〕大姐你可也忒聰明那公子須不比尋常人說起來趕一千個雙通叔賽五百個柳耆卿哩〔旦云〕他可是誰〔小二云〕他便是風流王煥據此生世上聰明今時獨步圍棊遞相打馬投壺撇蘭攧竹寫字吟詩蹴踘打諢作畫分茶拈花摘葉達律知音軟款溫柔玲瓏剔透懷揣十大曲袖褪樂章集衣帶鶻鶄糞靴染氣球泥九流三教事都通八萬四千門盡曉端的個天下風流無出其右〔旦笑科云〕王小二你這沒嘴葫蘆倒會貼怪既然如此請那壁官人百花亭上來俺兩個自有說話〔小二云〕你怕小人落了偏錢你兩個自對主兒商量去我就請的來相見咱〔正末見旦科〕〔旦云〕久聞王舍風流今日幸得一遇果然名不虛傳〔正末云〕小生雖有虛名其實不副惶恐惶恐〔六兒云〕莫說我家官人連六兒也惶恐惶恐〔正末唱〕

〔醉扶歸〕他那裏滿口兒稱王舍多敢是真心的愛豪傑〔旦云〕王舍你可會做子弟來麼〔正末唱〕我也曾向煙月所上花臺做子弟倈〔旦云〕解元不棄屈高就下與妾身作伴可也肯麼〔正末云〕小生有句話敢問那〔旦云〕有甚麼話說〔正末唱〕

莫不你前身元從謝自笑我有那崔護詩才幾些怎敢便大廝八將涼漿謁〔旦云〕則怕你不慣做子弟那〔正末云〕姐姐我也稍知一二〔唱〕

〔後庭花〕我也曾把柳條攀花蕊折將那雲雨期風月賒〔旦云〕你看這生說海口那〔正末唱〕你道我說海口王明彥則要你放寬心賀大姐不是我咨嬌奢憑着我拈花摘葉那愁他沒鸞膠將絃斷接〔旦云〕既然解元要與妾身爲伴怎敢推辭但是俺娘拳手大枷棒重只怕你當他不起〔正末云〕只要姐姐肯許了王煥便是你妳妳利害這等門戶差撥王煥也當的過來〔六兒云〕委的俺官人是慣家〔正末唱〕

〔一半兒〕他狠毒呵恰似兩頭蛇乖劣呵渾如雙尾蝎我將明珠一斛親棄撇〔小二云〕官人你敢是心邪了也〔正末唱〕不是俺心邪我只是一半兒支吾一半兒者〔旦背云〕你看他這等俊俏身材又好個淹潤性格一見之間早將我的魂靈抓到他那壁去了他既有心要和我相處我豈可當面錯過〔回云〕解元我在梨花巷口住你和王小二同到我家來便了〔小二云〕官人我今日成就了這好事你可怎麼謝我〔六兒云〕王小二那梅香的事你一句也不題有什麼謝你〔正末唱〕

〔賺煞〕既不肯近蓬蒿待有意親蘭麝他見俺淹潤温柔慰貼美玉傳香無盡歇〔旦云〕只怕有那殺風景的哨廝每排揎呵〔正末唱〕着那等乾眼熱滑

張杓俫任從此〻打草驚蛇儘教他揑恠排科廝間諜〔旦云〕你若肯娶我我便告一紙從良立個媍名也〔正末唱〕你若肯從良立節我准定是建功成業恁時節穩情取五花官誥七香車〔同下〕

〔音釋〕行音杭　設商者切　列郎夜切　節音姐　舌繩遮切　拽音夜　蝶音爹　月魚夜切　疊音爹　絶藏靴切　血希也切　雪須也切　別邦耶切　闕區也切　業音也　說書惹切　怯丘也切　折音者　竊音且　呆音爺　協希耶切　頰肌也切　猱音撓　貼湯也切　悅魚夜切　截藏斜切　攧與跌同　諢温去聲　傑其耶切　俫即爹切　謁衣也切　葉音夜　接音姐　蝎希也切　撇偏也切　歇希也切　杓繩昭切　諜音爹

楔子

〔正末同旦上云〕自與姐姐相會可早半年光景也誰想老虔婆狠毒接過我許多銀兩如今要趕我出去他敢是將你另接個什麼人那〔旦歎云〕嗨元來你還不知道如今西延邊上高常彬在此收買軍需俺那母親愛錢待要將我嫁與他去哩〔正末云〕姐姐似這般可怎了也〔做悲科〕〔旦云〕解元兀的不痛殺我也〔正末唱〕

〔仙呂端正好〕俺和你命兒乖時兒蹇生折散美滿的姻緣恨天公怎不與人方便鏟連理樹撅並頭蓮㝵比翼鳥打交頸鴛恨綿綿淚漣漣急煎煎意懸懸知何日得重相見〔同下〕

〔音釋〕彬音賓　鏟音產　撅與掘同　㝵詞纖切

第二折

〔卜兒上云〕俺那憐憐小妮子半年前城外陳家府百花亭上賞清明節令引的個王煥來家一住就住了半年多他如今沒甚麼錢物了只管纏住俺那妮子再也不思量轉身俺這門戶人家單靠那妮子吃飯一日不接客就一日不賺錢怎麼容得他如今被俺使個科段將他攛出門去那西延邊上有個高常彬他來俺洛陽買辦軍需那廝巨萬貫東西要娶俺妮子屢次着人來說被俺勒了他二萬貫嫁與那廝去了早是俺乖倘或這妮子跟着王煥走了可怎了也今日街坊每請俺吃茶小的好生看着家我吃了茶便來也〔下〕〔旦上云〕好是煩惱人也誰想俺那虔婆不仁板障了王郎將我嫁與高常彬搬在這承天寺裏寄住等待軍需完備時帶我西延邊去妾身要寄個信與王郎得知爭奈門上把的水泄不通連梅香也不放他出入怎生得個人來可也好那〔王小二叫上〕查梨條賣也查梨條賣也〔旦做聽科云〕兀的不是賣查梨條王小二的聲音慚愧這信息敢只在他身上與俺寄去了也〔叫科云〕王小二西廂下來〔做見科〕〔小二云〕大姐你怎麼在此〔旦云〕俺媽媽將我嫁與高常彬借此承天寺權住早晚要帶俺上西延邊去王舍想不知我在於此處我特特央浼你通個信去與他知道〔小二云〕哦大姐你要我通個信去著王舍到這裏來望你麼〔旦云〕是小二哥多累你那廝遣心腹人把著門閑雜人一個也不放入來你說與王舍知道他來時須要覷個方便纔好〔小二云〕大姐放心俺王小二自有兵法著王舍來見大姐〔旦云〕似這般可好也俺有一小柬煩你專與王舍先送你這碎銀五兩還有重謝在後疾忙快去恐怕那賊漢回來小二哥你是必用心者〔小二云〕放心都在我身上我去也〔下〕〔旦云〕王小二去了也我且回後堂中去〔下〕〔正末上云〕小生王煥自從與賀家姐姐作伴半載其程錢物使盡姐姐與小生赤

心相待爭奈虔婆板障將小生撚出門來把姐姐嫁與高常彬如今不知在於何處小生害了這場沒滋味的證候俺想爲人生得蠢濁倒也省的耽煩受惱小生不幸學的聰明致令半生浮浪一世飄蓬只當墜下活地獄一般〔詩云〕酷憐風月爲多情還到離時恨轉生倚柱尋思暗惆悵一場春夢不分明〔唱〕

〔中呂粉蝶兒〕半世飄流幾曾離舞裙歌袖爲憐他皓齒星眸拚的箇擲黃金揮白璧暗中挑鬬則待要買斷了謝館秦樓却攬下這一場不明白的僝僽

〔醉春風〕從今後牢收起愛月惜花心緊抄定偷香竊玉手刁風拐月暢好是沒來由出這場醜醜從小着迷少年吃悶幾時參透

〔云〕我心中好生困倦且往街上茶房裏吃一杯茶消悶咱〔二淨鬧上雙云〕柴又不貴米又不貴兩個風子正是一對小生姓雙這個姓柳喒費了多少錢財賠了多少工夫占的這個表子你只管來插趣好沒禮也〔柳云〕難道你不見我幾會調他來皆是他心上自愛上我你吃這等寡醋做甚麼你如今不要鬧喒兩個則一遞一夜便了〔正末見科云〕兀那兩個秀才鬧將來不知爲甚麼我試問他咱你二公爲何相爭〔雙云〕老兄你不知道小生姓雙叫做雙解元他姓柳叫做柳殿試俺兩個是太學中同齋朋友我苦着個科子喚做白捉鬼他沒廉恥每夜瞞了我去與他偷那醜東西便也不打緊只是喒同齋朋友來我跟前踏狗屎可不着別齋生員笑話〔柳云〕老兄不要聽他胡說〔正末云〕元來二公却爲風月如此〔唱〕

〔迎仙客〕你兩個元同舍本儒流那白捉鬼比小卿不姓蘇比玉仙

不姓周雙通叔一般雙柳耆卿同是柳柳殿試實止望明月翫江樓
雙解元乾閃在金山後
〔雙云〕好歹是我先在他家〔柳云〕我雖在後我可使的錢多〔正末云〕二公休爭壞了儒家體面我請你吃杯茶商和了罷〔唱〕
〔紅繡鞋〕一個似摘了心的禽獸一個似攧了彈的斑鳩〔云〕我勸你二公咱〔唱〕這的是前人田土後人收〔柳云〕簪花飲酒是好勾當怎麼這等不知趣〔正末唱〕野花村務酒知味便合休〔云〕你二公再不要爭了〔唱〕我只怕更有收人在後頭
〔雙云〕足下想不會做這椿兒比我兩個倒也省事〔正末唱〕
〔滿庭芳〕俺也曾尋花戀酒鸞交鳳友燕侶鶯儔俺也曾躭驚怕人約黃昏後〔柳云〕元來老兄也深曉風月中趣味的〔正末唱〕俺也曾使的沒纔學的滑熟〔雙云〕這等你也曾做子弟哩〔正末唱〕我是個錦陣花營郎君帥首歌臺舞榭子弟班頭〔云〕喒二個都有個比喻〔柳云〕你說俺試聽咱〔正末唱〕雙秀才你是個豫章城落了第的村學究柳秀才你是個麗春園除了名的敗柳〔雙笑云〕足下你却如何〔正末唱〕我王煥是個百花亭墜了榜的鑞鎗頭
〔柳云〕元來你就是風流王煥久聞久聞多承訓教俺兩個謝了茶別處鬧去也〔鬧打下〕〔王小二上云〕那前面的不是王舍我且不與他這簡帖兒看他想賀家大姐也不想我則說些野話咱

〔做見科云〕官人支揖哩我想天下聰明再無有勝如官人的〔正末唱〕

〔上小樓〕折莫是捶丸氣毬圍棊雙陸頂鍼續麻折白道字買快探鬮錦箏搊白苧謳清濁節奏知音達律磕牙聲嗽

〔小二云〕這個誰比的你但不知你九流三教諸子百家可都通曉麽〔正末唱〕

〔么篇〕折莫是諸子百家三教九流作賦吟詩說古談今曲尾歌頭灑銀鈎奪彩籌攧蘭攧竹更身材十分清秀

〔小二云〕我想官人這等風流翠繡紅鄉整片段受用可不該的〔正末唱〕

〔普天樂〕水晶毬銅豌豆紅裙中插手錦被裏舒頭金杯浮蟻春紅炭炙肥羊肉惜玉憐香天生就另一種可喜風流淹潤慣熟玲瓏剔透軟欵温柔

〔小二云〕想官人與賀家大姐相處正是天生一對雖然那賀家大姐被別人娶了他一心兒爲著官人忘飡廢寢減玉消香洛陽城中誰不知道官人王煥躭下這場風月却也不枉了〔正末云〕小二哥我當初也曾和他作伴來豈知有今日也呵〔唱〕

〔十二月〕則爲我攀花折柳致令的有國難投止望待天長地久誰承望雨歇雲收他爲我胭憔粉瘦我爲他綠慘紅愁

〔堯民歌〕呀恰便似一江春水向東流誰想俺錦鴛鴦翻做了淚中鷗只落得十分人帶九分愁〔云〕我想賀姐姐原與小生恩愛深厚今日又嫁了高將軍〔唱〕正是一家兒女百家求休也波休也是官差不自由淚揾濕春

衫袖〔小二云〕官人休要煩惱小人今日承天寺裏賣查梨條正見賀家大姐正在那裏思想官人好生憔悴見了小人告訴不盡有一小柬着我寄與官人哩〔做與末書接科云〕不知是夢裏睡裏兀的不歡喜殺我也〔做讀科詞云〕朝相思暮相思朝暮相思無盡時奉君腸斷詞生相思死相思生死相思兩處辭何由得見之右調寄長相思拜奉檀郎知音几前詞不盡言言不盡意保愛珍重保愛珍重〔做捻土科云〕待小生捻土焚香咱〔唱〕

〔快活三〕這書詞是親手脩重新把密情兜也不枉我虛名贏的上青樓早展放雙眉皺〔做拜科云〕我試拜告天地咱〔唱〕

〔鮑老催〕我這裏展脚舒腰忙頓首引的我口角頭涎溜我只道姻緣簿消除一筆勾又誰知今日還能彀這書詞則是紙攝人魂的下帖摘人心的公案追人命的勾頭〔王小二云〕官人你愁除病減都在這封書上早則喜也〔正末唱〕再休題愁除病減花成蜜就葉落歸秋〔云〕小二哥假若我要見賀家姐姐怎生入的承天寺裏去你替我怎生出一個計策〔小二云〕官人似恁的聰明文武兩全顛倒問俺這等人求計〔正末云〕我爲那賀家姐姐煩惱的小生計窮智短了也〔做跪科云〕小二哥你看同姓之面求的一計日後必當重報〔小二云〕官人請起俺小人有便有個見識只怕你做不得〔正末云〕你有什麼計策快道來〔唱〕

〔耍孩兒〕我便似被困圍的敗將專求救哎高君也咱兩個甚逢對

手也不索推輪捧轂築壇臺專仗你那妙策神謀則你是添兵減竈齊孫臏喚雨呼風蜀武侯將巧計親傳授這一番若得賀氏逢王煥便似織女見牽牛

（小二云）小人有一計可使官人與賀家大姐相見只要官人不惜廉恥權做下流將小人頭至下脚至上渾身衣服并這個查梨條籃兒都借與官人打扮做賣查梨條的纔入的那承天寺去（正末謝科云）高見高見多承見愛將你這一美兒都借與我就傳與我叫的腔兒咱（小二云）待小人叫與官人聽查梨條賣也查梨條賣也（正末學叫科云）可也像麼（小二云）官人倒做的小人的師父哩（正末唱）

（隨尾煞）皂頭巾裹著額顱斑竹籃提在手叫歌聲習演的腔兒溜新得了個查梨條除授則這的是郎君愛女下場頭（同下）

（音釋）撚尼蹇切　令平聲　當去聲　曾音層　僝鋤山切　僽音驟　苫聲占切　熟常由切　捶吹上聲　陸音溜　鬮音鳩　磕音可　竹音肘　豌烏官切　肉柔去聲

第三折

（淨扮高常彬上詩云）兩軍旗鼓倒也好相當單則三寸東西不易降因此無心演習孫吳法專在花柳叢中作戰場某姓高名邈字常彬原在京城做着個管城門的官今陞在陝西延安府經略相公麾下辦事奉經略的令將着十萬貫鈔來這洛陽收買軍需分給沿邊將士到此月餘私將二萬貫鈔娶了個婦人是上廳行首賀憐憐權借這承天寺裏住下撥幾個心腹牢子把守寺門一個閑人也不許放他入來只有梅香一人伏侍今日洛陽府官請我赴席伴當每鞴馬我吃酒去也（下）

〔旦引盼兒上云〕昨日央王小二將着一柬寄與王郎不知下落今日那廝赴席去了我在房中悶坐盼兒門首覷者等王郎來時報覆我知道〔盼兒云〕理會的〔正末提查梨條從古門叫上云〕查梨條賣也查梨條賣也纔離瓦市恰出茶房迅指轉過翠紅鄉回頭便入鶯花寨須記的京城古本老郎傳流這菓是家園製造道地收來也有福州府甜津津香噴噴紅馥馥帶漿兒新劄的圓眼荔枝也有平江路酸溜溜涼陰陰美甘甘連葉兒整下的黃橙綠橘也有松陽縣軟柔柔白璞璞蜜煎煎帶粉兒壓匾的凝霜柿餅也有婺州府脆鬆鬆鮮潤潤明晃晃拌糖兒搗就的龍纏棗頭也有蜜和成糖製就細切的新建薑絲也有日曬皺風吹乾去殼的高郵菱米也有黑的黑紅的紅魏郡收來的指頂大瓜子也有酸不酸甜不甜宣城販到的得法軟梨條俺也說不盡菓品多般略鋪陳眼前數種香閨繡閣風流的美女佳人大廈高堂俏倬的郎君子弟非誇大口敢賣虛名試嘗管別吃着再買查梨條賣也查梨條賣也〔做數科云〕王煥這箇是做子弟的下場頭也呵〔唱〕

〔商調集賢賓〕若論粧孤苦表俺端的奪了第一〔帶云〕說起風流王煥四箇字呵〔唱〕這洛陽郡有誰知較文呵有賈馬班楊藻思較武呵有孫吳管樂神機王煥也空學的文武雙全培養得材能兼備指望待整乾坤定江山安社稷輔皇家救困扶危似恁的名標鶯燕集幾時勾身到鳳凰池

〔逍遙樂〕若論着十八般武藝弓弩鎗牌戈矛劍戟鞭鍊撾槌將龍韜虎略温習方信道風月無功三不歸剗的着俺不存不濟則為俺半生花酒躭閣盡一世前程枉受了十載驅馳

〔做叫科云〕查梨條賣也查梨條賣也生長在京城古汴從小裏拜箇名師學成浪子家風習慣花臺伎倆專伏侍那些可喜知音的公子更和那等聰明俊俏的佳人假若是怨女曠夫買吃了成雙作對縱然他毒郎狠妓但嘗着助喜添歡春蘭秋菊益生津金橘木瓜偏爽口枝頭乾分利陰陽嘉慶子調和臟腑這棗頭補虛平胃止嗽清脾吃兩枚諸災不犯這柿餅滋喉潤肺解鬱除焦嚼一箇百病都安這荔枝紅顋煩養血去穢生香長安歲歲逢天使這查梨條消災化氣醒酒和中帝城日日會王孫查梨條賣也查梨條賣也〔唱〕

〔掛金索〕松陽柿全別滋潤能清肺婺州棗為魁細嚼堪平胃嘉慶子家風製度實奇美枝頭乾流傳可口真佳味

〔做叫科云〕查梨條賣也查梨條賣也歌姬未起客館先知查梨條賣也查梨條賣也一聲叫入珠簾去慌殺梳粧鏡裏人〔唱〕

〔山坡羊〕梨條清致金橘無對荔枝圓眼多澆些蜜這棗子要你早聚會這梨條休着俺拋離這柿餅要你事事都完備這嘉慶這場嘉樂喜荔枝離也全在你圓眼圓也全在你

〔做叫科云〕查梨條賣也查梨條賣也俺那姐姐知他在那裏入的這承天寺來好是清幽也呵〔一唱〕

〔梧葉兒〕俺只見舍利塔侵雲漢羅漢堂煞整齊人靜悄景幽微那孫飛虎聲名大小紅娘識見低悶的我張君瑞自驚疑天也知他這普救寺鶯鶯在那裏

〔盼兒云〕俺姐姐着我在這門首等着俺姐夫怎麽這早晚還不見來〔正末做見科云〕梅香姐我來了也〔盼兒云〕姐夫你怎麽這般模樣了也這是甚麽打扮那〔正末唱〕

〔金菊香〕木瓜心小帽兒齊抹着臥蠶眉查梨條花籃在我手上提細麻鞋緊綳輕護膝白苧衫花手巾寬繫着腰圍我也是能騎高價馬慣着及時衣

〔盼兒云〕你快過來見俺姐姐去〔正末見旦科云〕姐姐我來了也〔旦做悲科云〕解元我爲你胭憔粉悴玉減香消你剗的這般模樣可怎生是了也〔正末云〕姐姐小生今日也則是出於不得已〔唱〕

〔醋葫蘆〕聞知你粉香殘消素體金釧鬆減玉肌一天愁都是爲他誰不由我不行忘思食忘飽睡臥忘了夢寐消磨盡五陵豪氣屈沉殺八面虎狼威

〔旦云〕解元我別得你幾時剗地這般模樣兀的不羞殺我也〔正末唱〕

〔後庭花〕熬煎的你愁似織想念着我意似癡因此上醞釀就蜂兒蜜調和成燕子泥費心機恨不的鑽天掘地則圖箇得見你生這般窮智識做這般賊所爲粧這般喬樣式

〔雙鴈兒〕王煥也到如今猶兀自說兵機得道也誇經紀東行不見西行利爲風月擔是非惹英雄皆笑恥

〔旦云〕大丈夫不以功名爲念幾時是你那崢嶸發達的時節〔正末唱〕

〔青哥兒〕有一日功成功成名遂那時節耀武耀武揚威雲路鵬程九萬里氣吐虹霓志逞風雷宮花飄曳御酒淋漓我不是斗筲之器糞土之泥則恐怕等閒間洩漏了春消息因此上用脫殼金蟬計〔旦云〕解元我爲你朝煩暮惱放心不下你可知道麽〔正末唱〕

〔醋葫蘆〕姐姐你煩惱除我知我煩惱除你知再休說心兒不覺立兒饑常言道海深須見底各辦着箇真心實意這的是有情誰怕隔年期

〔高淨引祗從做醉上云〕多飲了幾杯酒俺可醉了也這是承天寺門首左右接了馬者〔祗從云〕牢墜鐙〔高淨云〕梅香你說去我來家了也〔盼兒報云〕姐姐高將軍來家也〔正末做慌科唱〕

〔金菊香〕諕的我手忙脚亂緊收拾意急心慌沒整理〔高淨云〕甚麽人在此好無禮也〔正末唱〕可正是船到江心補漏遲只着我魄散魂飛〔做叫科云〕查梨條賣也查梨條賣也〔唱〕我則索向前來陪着笑賣查梨

〔高淨云〕兀那廝你在這裏做甚麽左右拿過來〔祗從拿科〕〔喝云〕跪着〔正末唱〕

〔醋葫蘆〕俺也是文齊福不齊你正是官不威牙爪威〔高淨云〕兀那廝敢來俺這裏胡廝哄〔祗從喝科〕〔正末唱〕只聽的一聲高叫若轟雷〔旦做慌科〕〔正末唱〕諕的那黃鶯兒怎敢向上林啼抵多少驚回綠窗春睡早難道愛月夜眠遲

〔高淨云〕我不在家你做甚麽哩〔旦云〕我恰纔悶坐正要剝果子吃些兒你又撞將來攪我〔高

淨陪笑科云〕既然奶奶要剝果子兒吃我怎敢攪了奶奶我醉了也我睡去也你自在這裏剝的吃也留着些兒等我醒來吃〔下〕〔旦云〕解元這廝領着西延邊上經略的十萬貫鈔來這洛陽買辦軍需他將二萬貫官錢娶了我帶我西延邊上去他的罪過不輕盜使官錢強奪人妻女失誤邊關軍務都是該死的解元你休要挫了志氣如今延安府經略相公招募天下英雄豪傑勦捕西夏我想你文武雙全乘此機會可往延安府投託經略麾下建立功勳以遂平生之志那時節告紙狀說高常彬強奪人家妻女他帶我上邊若叫將出來我訴說妾身原是王煥之妻他盜使官錢娶我失誤邊機應得死罪咱夫妻定有團圓之日也解元則要你著志者〔正末云〕大姐放心〔唱〕

〔金菊香〕憑著俺驅兵領將萬人敵穩情取一舉成名天下知俺怎肯做男兒有身空七尺任他人奪去嬌妻將比翼兩分飛

〔旦云〕那廝的罪犯非止一樁你則謹記在心者〔正末唱〕

〔醋葫蘆〕這逆賊好沒禮盜軍貲誤軍務失軍期他所犯那樁兒不是有條劃的罪還待向婆娘行孝當竭力則著他得便宜翻做了落便宜

〔旦云〕解元妾身止有這付金頭面釧鐲俱全與你做盤纏去〔正末云〕如此多謝〔旦云〕妾口占小詞一首調寄南鄉子贈君行色休得見哂〔詞云〕勉強贈行裝願爾長驅掃夏涼威震雷霆傳號令軒昂萬里封侯相自當功績載旂常恩寵朝端誰比方衣錦歸來攜兩袖天香散作春風滿洛陽

〔正末云〕姐姐放心王煥此一去必不落於人後〔唱〕

〔浪裏來煞〕則今朝別了玉人多感承謝了盤費〔旦云〕解元你也姓王那

王魁也姓王則願你休似王魁負了桂英者〔正末做悲科唱〕怎將我王煥比做王魁我向西延邊上建功爲了宰職你管取那五花誥夫人名位則不要你箇桂英化做一塊望夫石〔同下〕

〔音釋〕降奚汪切　邈音冒　將去聲　鞴音被　倬音卓　一音以　思去聲　稷將洗切　戟巾以切　習星西切　剗音產　長音掌　蠲音娟　使去聲　甯忙閉切　綳音崩　膝喪擠切　醞音韻　釀尼降切　識傷以切　式傷以切　曳音異　息喪擠切　拾繩知切　轟音烘　募音暮　勦精小切　勛與勳同　應平聲　敵丁梨切　尺音恥　賊則平聲　劃音畫　力音利　鐲音濁　哂身上聲　强欺養切　職張恥切　石繩知切

第四折

〔外扮經略官引卒子上詩云〕少年錦帶佩吳鉤鐵馬西風塞草秋一片雄心扶社稷功名不爲覓封侯老夫姓种名師道方今大宋欽宗皇帝即位改元靖康老夫官拜征西馬步禁軍都元帥正授延安府等處招討經略使爲西涼土番作亂朝廷命老夫招集天下英雄豪傑征討土番招募得十節度使直殺過相思河將西涼平定那爲首獲功者洛陽王煥也其人文武全才智勇兼備老夫舉保他做先鋒西涼節度使尚有賊人餘黨未盡著他勦捕去早間已有捷報來了軍政司准備筵席伺候還有一件前者爲西延缺少軍需著高邈往洛陽收買將帶十萬貫鈔去內中却擅用了二萬貫娶箇婦人每日飲酒作樂違了限次誤了邊關重務已曾著人勾提去了未見回報小校轅門首覷著〔卒子拿淨旦上云〕我是勾提高邈的軍士連他娶這箇婦人都勾到了見元帥咱〔押淨旦

跪科〕喏報的元帥得知高邈拿到了也〔經略云〕兀那廝著你收買軍需接濟邊庭剋地將官錢盜使了終日花酒失誤軍期依律處斬兀那婦人你明知官錢不合接受亦該死罪〔旦云〕老爺暫息雷霆之怒略罷虎狼之威聽妾身告訴衷曲妾身原有丈夫被高常彬倚恃官勢將錢買轉母親強娶妾身到此只望明鏡鑒察〔經略云〕你母親在那裏〔旦云〕近日亡化過了也〔經略云〕你丈夫是誰〔旦云〕丈夫是洛陽王煥到西延邊來投軍此後不知下落〔經略云〕哦原來是王煥之妻王煥乃國家有功之臣這就是功臣之婦了也還未知虛實且將二人押下待王節使來時便見端的小校且押在一壁者〔卒子云〕理會的〔正末領祗從上云〕某乃王煥是也自到延安府見了經略大人充為馬前頭目累次立功今為西涼節度使之職奉元帥將令再過相思河剿平餘黨先着捷書報知轅門去了今班師回程軍馬行動者王煥誰想有今日呵〔唱〕

〔雙調新水令〕起蟄龍吐雲霧上天時下河西第一陣節使威風馳海外名譽播京師端的個男兒不枉了四方志

〔駐馬聽〕引領羣師罰其罪賞其功無徇私募招猛士攻必取戰必勝決雄雌常拚著馬革裹殘屍生圖他麟閣題名字不信呵觀古史大都來豪傑皆如是

〔云〕可早來到也左右接了馬者〔祗從云〕牢墜鐙〔正末云〕令人報伏去道有王煥來了也〔卒子報科云〕王將軍到〔經略云〕快有請〔做見科〕〔經略云〕節使戰敵勞神〔正末云〕王煥上託元帥虎威下賴將士戮力僥倖克敵何勞之有〔唱〕

〔鴈兒落〕據元帥雨不將傘蓋揞寒不把重裘試兵不擇少共多敵

不避生和死

〔經略云〕凡爲將者須要深習兵書廣看戰策方纔得功成萬里名著千秋也非是容易博來的〔一正末唱〕

〔得勝令〕笑孫武少神思病白起不仁慈賽韓信十功立勝孔明八陣施無半點瑕疵展萬里鯤鵬翅眞一表英姿建千年龍虎祠

〔正末做跪科云〕元帥在上可憐見王煥有紙狀告著一個人乞賜分理〔經略云〕節使你告甚麼人老夫與你做主咱〔唱〕

〔風入松〕高常彬差使洛陽時有多少過犯公私剋軍需盜把官錢使戀烟花豔質嬌姿強奪人他妻我婦成就他燕子鶯兒

〔經略做接狀科云〕節使請起高常彬已勾追到了也左右拿將過來〔卒子云〕犯人當面〔淨旦跪科〕〔經略云〕高邈你怎敢盜使官錢強娶有夫之婦爲妻〔高淨云〕元帥不要聽人謊狀這是賀媽媽接了我的財禮錢嫁與我爲妻來〔經略云〕這錢鈔是那裏來的〔高淨云〕是高邈平日積儹下稊氣錢二萬貫〔經略怒云〕兀那廝剗地胡說哩你見王節使麼〔正末跪云〕這婦人正是王煥之妻〔高淨云〕他是你的渾家我若是知道早早的擡一乘轎子送到你家裏多時了〔正末唱〕

〔喬牌兒〕這廝逞權豪忒放肆不想正遇著敵頭至〔高淨云〕節使休怪我實是不知誤娶了他〔正末唱〕直待聞鐘始覺山藏寺〔經略云〕軍政司與我查那高邈所犯當得何罪〔正末云〕他盜使官錢失誤軍期強娶有夫之婦爲妻那一樁兒不是該死的〔唱〕

賊也這的是罪當刑無怨死

〔高淨做歎科云〕嗨我止望娶他做個夫人不想道今日撞著原主兒眼見的要還他去了可知道我這兩日有些眼跳〔正末唱〕

〔水仙子〕你可待碧梧棲老鳳凰枝誰承望東嶽新添速報司早則西風了却黃花事今日箇雪消也見死屍禍臨頭有甚嗟咨使不的你論黃數黑遮不的你奪朱惡紫快招成罪犯無辭

〔經略云〕則喚賀氏上來和他折證〔卒子云〕賀氏靠前〔旦跪上指末云〕大人這個是妾身的丈夫王煥〔經略云〕高邈你怎麼說〔高淨云〕乾使了二萬貫鈔既然說是他的便等他領去了罷

〔正末唱〕

〔殿前歡〕這的是證明師決撒了也春風驕馬五陵兒可不道不知命無以爲君子則索退而自省其私〔高淨做叫屈科云〕這婦人明明是我娶到的媳婦哩怎當他官官相爲强斷與王節使去可不寃屈也〔正末云〕噤聲〔唱〕這裏是經略府軍政司又不比風月所鶯花市錯認做洛陽地面承天寺花費了些精銀鈔收買些膩粉胭脂

〔經略云〕一行人聽我下斷高邈盜使官錢失誤邊關軍務强娶有夫妻女依律處斬推出市曹量決一刀著懸首轅門示衆賀氏原係王煥之妻被伊母愛錢改嫁仍還本夫完聚如今西涼平定軍中舊例合該椎牛饗士做個慶賞的筵席這功勞王煥爲首老夫一來就與他賀加陞節使之榮一來就賀他夫妻重諧之喜〔詞云〕只爲高常彬盜使官錢誤軍期强納嬋娟明正罪依律處斬仍梟

首號令軍前王節使從軍征討立功勛名播西延賀憐憐五花官誥永偕老夫婦團圓〔旦換粧束〕

〔正末同拜謝科〕

〔鴛鴦尾煞〕從今後美恩情一似調琴瑟潑生涯再不窺构肆共立瓊筵滿酌金卮唱道是絕勝新婚休誇燕爾喈兩箇喜氣孜孜這眷愛如天賜也不枉費盡相思早證果了賣查梨那風流少年子

〔音釋〕种音冲　累上聲　蟄音輒　榰音支　重平聲　瑟生止切

題目　賞名園賀氏千金笑

正名　逞風流王煥百花亭

逞風流王煥百花亭雜劇

鄭彩鸞草菴學道
傚李嵩筆

秦脩然竹塢聽琴

秦脩然竹塢聽琴雜劇

元　石子章撰

明吳興臧晉叔校

楔子

〔正旦扮鄭彩鸞引外扮都管上云〕妾身姓鄭小字彩鸞今年二十一歲從幼父母雙亡曾記父母說在禮部時與秦工部指腹成親後來他那壁生了個孩兒喚做秦脩然俺這壁生了妾身是也自父母亡化過了他那壁不知所向俺這城北五十里外有一座草菴這菴裏有個姑姑他也姓鄭曾教我撫琴寫字今日是妾身生辰賤降之日都管安排下酒菓則怕姑姑來也〔都管云〕理會的〔老旦扮老道姑上云〕道可道非常道名可名非常名貧姑姓鄭我是梁公弼的夫人自從與俺老相公失散了攏起我這頭髮捨俗出家貧姑善能撫琴下棋此處有個小姐他是鄭禮部的女孩兒在貧姑跟前學琴下棋今日是小姐生辰貴降的日子我與他上壽走一遭去可早來到門首都管報復去道有貧姑來了也〔都管報科云〕小姐有鄭姑姑在於門首〔正旦云〕道有請〔見科〕〔道姑云〕貧姑一徑來與小姐上壽〔正旦云〕師父你那裏得那錢鈔來敢勞如此費心也〔都管云〕小姐近日上司出下榜文不論官宦百姓人家但是女孩兒到二十以外都要出嫁與人限定一月之外違者問罪〔正旦云〕似此怎生是好則除是這般都管將文房四寶過來〔做寫科云〕寫就了也都管你近前來你道我為甚麼寫這兩紙文書一紙文書爲你年紀高大與你這紙從良的文書這一紙文書將我那家私裏外田產物業你都與我記者我家祖上曾建下竹塢草庵一座甚是清雅在北門外面近來沒有住持止有一個小道姑看守我如今學那老師父出家去也一年四季齋

糧道服你可不要缺少我的〔都管云〕小姐但放心這一年四季齋糧道服俺不敢缺少你的〔老道姑云〕小姐你敢出不的家麽既然你要出家須要堅心辦道休要半路裏還了俗〔正旦云〕師父但放心你着我如今嫁那個人去不如出家倒也乾淨〔唱〕

〔仙呂賞花時〕亡化過白頭老父母眼底親人別又無我親筆立定紙文書分付與你這莊田和那地土我着你為主不為奴

〔么篇〕更問甚一歲孩兒百歲主枉了身心活受苦愿富貴待何如我則待添香可也補燭常伏侍着你這一個老姑姑〔同下〕

〔音釋〕弼薄密切　攏龍上聲　塢音五　燭音主

第一折

〔外扮梁州尹引張千上詩云〕白髮刁騷兩鬢侵老來灰盡少年心雖然贏得官猶在爭奈夫人沒處尋老夫姓梁名公弼叨中進士及第所除南康為理有我夫人姓鄭老夫三年官滿還於京師行到半途被土賊哄散至今夫人不知所向謝聖恩可憐今除鄭州為州尹之職老夫想幼年間有一故友姓秦雙名思道與老夫在南陽一處為官後來他陞做工部尚書不幸辭世止有一子是秦脩然此子九經三史無有不通如今也無信息老夫在此做官怕不一身榮顯爭奈兩椿兒缺欠一來失了夫人二來不見姪兒若是得見他兩個便足俺平生之愿張千你們首覷者看有甚麽人來報復我知道〔張千云〕理會的〔副末扮秦脩然上詩云〕少小為文便有名如今挾策上西京不知若個豪門女親把絲鞭遞小生小生姓秦雙名脩然幼年父母雙亡父母在時曾與鄭禮部家指腹成親誰想他家得了女兒小字彩鸞如今兩家寥落絕無消耗小生因取功名到這鄭州聞說我叔父

梁公弼在此爲理何不探望叔父走一遭去可早來到也門上人報復去道有秦翛然在於門首〔一張千報科云〕有秦翛然在於門首〔梁尹云〕他說是秦翛然麼〔張千云〕是〔梁尹云〕老夫語未懸口姪兒却已來到張千道有請〔張千云〕請進〔秦翛然見科云〕叔父請坐受您孩兒兩拜〔梁尹云〕孩兒則被你想殺我也你行囊在於何處〔秦翛然云〕在客店中哩〔梁尹云〕張千便與我搬將來打掃書房着孩兒那裏安歇便安排酒餚與孩兒接風去來〔同下〕〔正旦同小姑上云〕自從出了家到大來好是安靜快樂也呵〔唱〕

〔仙呂點絳脣〕棄了個銅斗兒似家緣撇下個潑天也似火院到大來無拘倦每日間不斷香烟將一片真心煉

〔混江龍〕改換了油頭粉面再不將蛾眉淡掃鬢堆蟬將陰功暗壘道教明傳座上全無塵半點壺中別有一重天向是非海內人我叢中將那等不曉事的愚迷勸覷了這飄飄浮世冉冉流年

〔小姑云〕我覷了小姐你這等模樣揀個好官員士夫人家嫁一個不好出他那家做甚麼你不如歸去罷〔正旦云〕小姑你說的差矣〔唱〕

〔村裏迓鼓〕你道我不如歸去我待要至心修煉則他這蠅頭蝸角虛名利休貪休戀倒不如躲是非忘寵辱無驕怨問甚麼誰得官誰得祿誰得錢呀到後來死生關臨頭怎免

〔元和令〕嗜人這無常管甚少年我嘆世事怎更變恰夭桃噴火柳堆烟早荷花點翠鈿東籬黃菊未開全又紛紛雪滿天

〔上馬嬌〕不如我琴一張詩一聯樂意自悠然試看他富貴和貧賤
都一般白骨葬黃泉
〔勝葫蘆〕抵多少興廢榮枯在眼前人被利名牽滿目紅塵關塞遠
笑車輪馬足晨鐘暮鼓空勞碌自年年
〔幺篇〕爭如我睡徹東窗日影偏高枕只安眠愚者自愚賢者賢煉
丹砂九轉袖黃庭兩卷誦老子五千言
〔云〕天色晚了也小姑你與我點上燈添上香來你歇息去〔小姑云〕我添上香點上燈掩上柴門歇息去也〔下〕〔正旦云〕夜深了也取下我這焦尾琴來撫一曲遣我的心悶咱〔正末上云〕小生秦脩然是也自從在叔父家一月光景不曾出門今日在這城外踏青玩賞下次小的每都回去了天色已晚小生趕不上城門這裏有個庵觀我去裏面借一宵宿有何不可我推開柴門元來還點着燈哩〔做聽科〕呀有人撫琴我試聽咱〔正旦唱〕
〔后庭花〕金鑪焚寶烟瑤琴鳴素絃無非是流水高山調和那堆風
積雪篇端的這五音全我可便輕彈一遍對清宵明月前更行人跡
杳然正冷冷指下傳百般的聲不圓怎麼百般的聲不圓
〔云〕我這琴絃斷必有人來竊聽我開這門試看咱〔見末科云〕一個好秀才也〔秦脩然云〕呀一個好姑姑也〔正旦云〕兀那秀才你是那裏人氏姓甚名誰因甚來到俺這菴觀說的是萬事都休說的不是送你到道錄司不道的饒了你哩〔秦脩然云〕小生南陽府人氏姓秦雙名脩然因為進取功名到於此處今日在城外踏青賞玩不想天色昏晚無處寄宿來到此處暫借一宵聽的這裏

彈琴聲音嘹喨因而竊聽不想姑姑在此望恕小生之罪〔正旦背云〕元來他便是秦翛然我且問他兀那秀才你認的那指腹成親鄭彩鸞麽〔秦翛然云〕當初我父親在時多聽的說有一個指腹成親的鄭彩鸞自從父母亡過那鄭彩鸞也不知所向小生常切切於心不能見面〔正旦云〕秀才你休慌則我便是鄭彩鸞〔秦翛然云〕我那裏不尋那裏不覓你可可在這裏小姐你既然遇着我正是一對夫妻我和你說句話兒〔正旦云〕秀才休得無禮我與你雖素有盟約却不可造次苟合萬一外人得知豈無私奔之誚〔秦翛然云〕我與你怨女曠夫隔絕十有餘年今日偶爾相逢天與之便豈可固執〔正旦云〕既然如此這所在不是說話處咱去那耳房裏說話去來〔唱〕

〔金盞兒〕這搭兒裏花影更幽然檜柏瑣蒼烟則這兩樁兒好與人方便果然是色膽大如天今夜又無甚星河相間阻莫不着人月兩團圓我可是清閑真道本則被你壞了我也無事的散神仙

〔云〕秦翛然天色明了也你回去罷〔秦翛然云〕小姐我此去明日多早晚來〔正旦云〕你白日休要來可在晚間來來時休往那正門則打那角門兒進免得外人看見不雅〔秦翛然云〕小生知道了也〔正旦云〕秦翛然我爲你呵〔唱〕

〔賺煞〕建起座七真壇新蓋了三清殿往常我醞釀真心不淺不想這一曲瑤琴聲婉轉包藏着那美滿姻緣並香肩月下星前共指三生說誓言我也到不的蓬萊閬苑羞對着藥罏經卷我愁的是小窗孤枕夜如年〔下〕

〔音釋〕耗音好　叢音從　蝸音蛙　鈿音田　泠音零　嘹音聊　喨音亮　檜音桂　角音

皎 醞音韻 釀泥降切 閬音浪

第二折

〔梁尹上云〕老夫梁公弼自從秦脩然姪兒在衙舍中一月其程老夫事忙不曾與他閑坐攀話張
千那秀才書房中看書麼〔張千云〕老爺不問張千也不敢說那秀才白日裏在書房看書到晚來
出這城外一所竹園裏有箇草庵庵兒裏面有一個青年的小道姑生得十分大有顏色好生聰俊
秀才每夜在那裏相伴他〔梁尹云〕有這等事〔張千云〕張千豈敢說謊〔梁尹云〕既是這般恐怕
墮落了他功名張千你與我喚嬷嬷出來〔張千云〕嬷嬷老爺呼喚〔淨扮嬷嬷上云〕老身聞的相
公呼喚不知有甚事須索走一遭去〔見科云〕老相公喚老身有何分付〔梁尹打耳喑科云〕可是
這般〔嬷嬷云〕領相公的言語須索書房中走一遭去〔下〕〔梁尹云〕張千你近前來我分付你我
如今鄉下勸農去也那秀才若來辭別我時說我公家事忙你就將春衣一套白銀兩錠全副鞍馬
一匹便着他長行小心在意者〔詩云〕何事催人上路程愁他迷戀失功名他時得意來相問方見
通家一點情〔下〕〔正末上云〕自從與我鄭彩鸞相遇着小生晝夜無眠今日在房中閑坐可怎生
不見嬷嬷來〔嬷嬷上見科〕〔正末云〕嬷嬷你那裏去來〔嬷嬷云〕我與人家送殯去來〔正末云〕
你與誰家送殯去〔嬷嬷云〕秀才不知這裏有王同知家一個舍人被這北門外竹塢草庵一個年
小的道姑死了他魂靈纏繞着那個舍人那舍人如今死了那庵裏道姑他是個鬼怪但見年少的
男子漢他就纏死了纔罷〔正末驚科背云〕嗨誰想那道姑是個鬼魂諕殺我也喚張千來收拾行
裝我便索長行也〔張千云〕相公喚我做甚麼〔正末云〕老爺在那裏〔張千云〕鄉下勸農去了〔
正末云〕我要上朝取應去也〔張千云〕老爺分付我了秀才若取應去時春衣一套白銀兩錠全

副鞍馬一匹都有了也秀才你等不得老爺回來便去罷〔正末云〕我是等不的收拾行裝便索長行也〔詩云〕本謂一佳人如何說鬼魂情知不是伴只得且離分〔下〕〔梁尹上云〕張千那秀才去了麽〔張千云〕去了也〔梁尹云〕今日無甚事那北門外有一所竹塢菴菴裏有個道姑年紀幼小生的十分大有顏色老夫一來玩賞散心二來到菴中看那道姑去走一遭〔下〕〔小姑扶正旦上云〕三十三天離恨天最高四百四病相思病最苦則被這相思害殺我也〔小姑云〕有的是賤柴燒你這醜弟子〔正旦云〕待道秦脩然去了來他可不曾辭我待說他不曾去了來這幾日怎生不見音信皆無秦脩然我知他在那裏也呵〔唱〕

〔中呂粉蝶兒〕這些時懶誦南華將一串數珠來壁間閑掛念一首斷腸詞顛倒熟滑不免的喚道姑添淨水我剛剛的把聖賢來參罷若不是會首人家幾番將這道袍脫下

〔醉春風〕我如今將草索兒繫住心猿又將藕絲兒縛定意馬人說道出家的都待要斷塵情我道來都是些假假幾時能勾月枕雙欹玉簫齊品翠鸞同跨

〔云〕小姑你休大驚小怪的我是歇息咱〔做睡科〕〔小姑云〕理會的我門首覷者看有甚麽人來〔梁尹引張千上云〕張千不要頭踏傘蓋一人一騎來到城外遠遠那個竹林兒裏敢是那道姑的菴觀〔張千云〕這個便是〔梁尹云〕接了馬者〔小姑見驚拜科〕〔梁尹云〕出家人不打稽首可學俗人拜這個小道姑也不是個志誠的你報復去道有老夫特來相訪〔張千云〕咄是州裏大爺〔一小姑慌報科〕〔正旦云〕做甚麽〔小姑云〕有一個老爺在門首哩〔正旦唱〕

〔紅繡鞋〕我恰纔搭伏定芙蓉懶架恰合眼夢見他家覺來也依舊隔天涯早是我心緒又亂更那堪客人侵雜道甚麼相公在門首前方下馬

〔小姑云〕相公請進〔梁尹見旦科云〕這個道姑是生的好也〔正旦云〕稽首相公請坐小姑快烹茶來〔梁尹云〕道姑你也請坐〔正旦云〕貧姑不敢〔梁尹云〕道姑兀的恭敬不如從命〔正旦云〕既如此斗膽了〔稽首坐科〕〔梁尹云〕道姑我此一來你試猜咱〔正旦云〕相公此來貧姑是猜波〔唱〕

〔石榴花〕莫不是山城無事早休衙〔梁尹云〕今早不下雨來〔正旦唱〕朝來微雨潤輕紗〔梁尹云〕這時節正是暮春天道〔正旦唱〕茸茸芳草襯殘霞都乘着這寶馬〔梁尹云〕老夫待賞玩踏青咱〔正旦唱〕迅步行踏〔帶云〕貧姑猜着了也〔唱〕莫不是那官中民快央及的怕〔梁尹云〕老夫一徑的散心來〔正旦唱〕因此上出郊外貪尋幽雅〔梁尹云〕道姑老夫此來不張傘蓋不擺頭踏你知老夫的這意麼〔正旦唱〕你可也爲甚麼不張傘蓋不擺頭踏多只是恐驚林下野人家

〔梁尹云〕道姑你這裏好個幽靜去處也〔正旦唱〕

〔鬬鵪鶉〕休笑俺草戶柴門那裏取那銀屏的這繡榻〔梁尹云〕老夫久慕高風因此相訪〔正旦唱〕多謝也降尊臨卑屈高屈高就下〔梁尹云〕道姑兀的不是琴請撫一曲老夫洗耳〔正旦云〕琴絃斷彈不得了也〔梁尹云〕道姑你那絃斷幾時了出家人休調發我〔正旦唱〕俺出家人從來不會調發相公少罪咱〔梁尹云〕道姑既斷

了絃市面上別尋一個續上不的〔正旦唱〕這絃向那市面上難尋欲要呵則除

江心裏旋打

〔梁尹云〕老夫說絃他說江心裏旋打可是魚恁的呵老夫賢愚不辨道姑兀的不是棊盤將來老夫與你手談一局〔正旦云〕這棊咱人不可下他〔梁尹云〕怎生不可下他敢是你怕我老夫識破那一着〔正旦唱〕

〔上小樓〕枉將你那機謀用煞若知俺這棊中姦詐〔梁尹云〕這棊有甚麼姦詐在那裏〔正旦唱〕都爲那蝸角虛名蠅頭微利蟻陣蜂衙將一片打劫的心則與人爭高論下直等待那揭局兒死時纔罷

〔梁尹云〕道姑這棊不下也罷你有甚麼名人書畫將來老夫一看〔正旦唱〕

〔幺篇〕止不過羲之字老杜詩戴松牛韓幹馬止不過枯木竹石山水翎毛雪月風花若題着那些人都皆亡化到如今是漁樵一場閒話

〔梁尹云〕道姑兀這書畫則道老夫不識自古以來思凡的仙女甚多則說靈照女透丹霞這一樁事你可知道麼〔正旦唱〕

〔快活三〕可不說鍾子期訪伯牙倒問我靈照女透丹霞〔梁尹云〕難道是古來的思凡仙女就也沒有〔正旦唱〕他問我從古的思凡仙女有來麼則教我半晌家難回話

〔鮑老兒〕你將那無顯驗的文書是監察須不是俺孔宣聖遺留下

將那個包待制看成做水晶塔全沒些兒半點兒真實的話只待要說古談今尋山問水傍柳穿花那裏也脩身正己利民潤物治國齊家

〔梁尹背云〕我觀這道姑生的外有西施之貌內有道韞之才可知我那姪兒留戀着他我聞的姪兒原是與他指腹爲婚正好配成夫婦今我賺的姪兒去了若還留在此處我也不放心則除是這般〔回云〕道姑我那衙門左右有一所白雲觀是勑建祝壽道院我要請你到觀裏做個觀主你意下如何〔正旦云〕貧姑情愿去〔唱〕

〔耍孩兒〕我心頭百事無牽掛淨坐在方牀矮榻偏生要諠譁場裏避諠譁白雲菴情愿爲家則我這粗衣淡飯貧休笑你那裏肥馬輕裘富莫誇看北邙山直下盡都是些斷碑荒塚老樹殘霞

〔尾聲〕怎如俺重門鎖綠苔閒亭掃落花抱瑤琴高臥在松陰下便做不得神仙我也快活煞〔下〕

〔梁尹云〕天色晚了也張千將馬來回私宅中去〔詩云〕三十餘年仕路間風塵無處不摧顏因過竹院貪清話却得浮生半日閒〔下〕

〔音釋〕　嬷音姆　殯音鬢　諕音夏　熟常由切　滑呼佳切　欹音欺　咄當沒切　雜音咱

茸音戎　襯初艮切　踏當加切　及更移切　榻湯打切　發方雅切　煞雙鮓切

晌音賞　察抽鮓切　塔湯打切　韞音韻　矮挨上聲　邙音忙　摧慈隨切

第三折

〔梁尹上云〕老夫梁公弼擻的那竹塢庵中鄭道姑在此白雲觀做個住持只等我姪兒秦脩然得

第回來時老夫自有個主意昨日照會來說有一個新官下馬差人接去了張千等來時報我知道〔張千云〕理會的〔秦脩然上〕〔詩云〕十載寒窗積雪餘讀得人間萬卷書到頭還藉文章力象簡羅袍上玉除小官秦脩然是也自從離了叔父前往京師進取功名不想果遂其志一舉狀元及第某奏過聖人說叔父養育之恩未嘗有報思得相近地方以便侍養謝聖人除授鄭州通判今來赴任須先見俺叔父去張千報復道有州判下馬也〔張千云〕理會的稟爺新官到了也〔梁尹云〕道有請〔正末見科〕〔梁尹笑科云〕兀的不是姪兒秦脩然你得了官也〔秦脩然云〕托賴叔父之庇請上受姪兒幾拜〔做拜科〕〔梁尹云〕張千一壁廂安排筵席與狀元慶喜尋一個幽靜之處纔好講話張千快喚出嬤嬤來者〔張千云〕嬤嬤老爺呼喚〔嬤嬤上見科云〕老相公呼喚老身那廂使用〔梁尹云〕嬤嬤你去白雲觀中和那道姑說知道老相公借你觀中待客只揀個幽靜去處打掃一間嬤嬤你先去老夫隨後便來也〔嬤嬤云〕理會的〔下〕〔梁尹云〕狀元老夫和你白雲觀中走一遭去來〔同下〕〔正旦引小姑上云〕自從梁公弼相公請我到這白雲觀中做着個觀主倒大來好是幽靜快樂也只是秦脩然知他在那裏教我如何放的下〔唱〕

〔正宮端正好〕本彈的是一曲鳳求凰倒做了三疊陽關令淹然的訴不盡滿腹離情那清風明月悠然靜只少一個知音聽

〔滾繡毬〕這秀才每忒淺情忒薄倖抵多少破釵分鏡他一去了怡便似線斷風箏我守着這一盞半明不滅的燈聽了些長吁短嘆聲我將一個枕頭兒倚定都則道打坐到天明只爲那山遙水遠人何在因此上枕剩衾餘夢不成閣不住兩淚盈盈

〔云〕小姑休打覺我我是歇息咱你去門首看者若有人來時報復我知道〔小姑云〕理會的〔嬤嬤上云〕領着老相公的言語到白雲觀中走一遭去可早來到也小姑報復去道有嬤嬤來了也〔小姑報科云〕師父有嬤嬤來了也〔正旦做驚科云〕諕我這一驚道有請〔見科〕〔正旦云〕稽首嬤嬤請坐小姑看茶嬤嬤那裏來〔嬤嬤云〕我一徑來望姑姑我覷了姑姑年紀這般幼小又聰明俊俏出家做甚麼〔正旦云〕嬤嬤說起來呵也話長哩〔唱〕

〔幺篇〕俺祖宗爲上卿做左丞也是俺宿緣善慶可不道戸列簪纓我須是富裏長富裏生又不是爺娘將我來不聘我出塵寰甘分修行我心如皓月連天靜性似寒潭徹底清休想有半點俗情

〔嬤嬤云〕姑姑你這般年紀幼小嫁一個官員士戸穿羅着錦梳粧打扮可不强似出家老身曾聽的人說這出家人多有害相思病的〔正旦云〕這嬤嬤是甚麼言語〔唱〕

〔叨叨令〕那一個出家兒抹着胭脂頸那一個出家兒直恁般淫邪性那一個出家兒肯接了俗人定那一個出家兒害過相思病其實我便說不的也波哥我便說不得也波哥則我外相兒怕不道多清正

〔嬤嬤云〕老身奉着相公言語着我與你說要借你這觀中待一客官飲酒哩〔正旦云〕嬤嬤這的是祝壽的道院外觀不雅葷了鍋竈不可〔嬤嬤云〕我說你不肯老相公早來也〔正旦云〕老相公來時我自有話說〔梁尹上云〕那姑姑說甚麼〔嬤嬤云〕他道葷了鍋竈不肯〔梁尹云〕我自過去和他說〔見科〕〔正旦云〕稽首〔梁尹云〕姑姑我一徑的來借你觀中靜房一間安排酒餚管待個

客官〔正旦云〕相公這的是祝壽的道院外觀不雅葷了鍋竈〔梁尹云〕便葷了有誰知道〔正旦云〕做的個褻瀆麽葷了鍋竈不中〔梁尹云〕真個不肯〔正旦云〕不可不可跳出俺那七代先靈來我也不肯〔梁尹云〕既然不肯則借你這菴中與新狀元待一杯茶〔秦脩然上云〕既然不可姪兒回去罷〔梁尹云〕則待一杯茶便行姑姑你與新狀元廝見咱〔旦見正末科云〕稽首〔梁尹云〕不吃茶也罷了我與新狀元回私宅中飲酒去〔正旦扯正末衣服科云〕相公在這裏坐坐不妨事〔梁尹云〕這裏是祝壽的道院外觀不雅〔正旦云〕有誰知道〔梁尹云〕葷了你那鍋竈做的個褻瀆麽〔正旦云〕外邊有一個小鍋兒哩〔梁尹云〕姑姑你陪着新狀元這裏坐一坐我看些酒餚去也〔下〕〔正旦云〕秦脩然你在那裏來〔秦脩然云〕你是鬼靠後些〔正旦唱〕

〔倘秀才〕我爲你呵捱了些更長漏永受了些衾寒枕冷我巴到你黃昏盼到你明思舊約想歸程可着我久等

〔滾繡毬〕那秀才每謊後生好色精一個個害的是傳槽病症囑付你女娘們休惹這樣酸丁憑琴書四海遊關山千里行您去處渺無蹤影則被你引得這倩女離了魂靈〔秦脩然云〕你是個鬼遠着些兒〔正旦云〕你是鬼我不是鬼〔秦脩然云〕我怎生是鬼〔正旦云〕你既不是鬼呵〔唱〕爲甚麽不將這九經書籍燈前看可將那三弄瑤琴月下聽行濁言清

〔梁尹上做打聽咳嗽科〕〔正旦云〕休大驚小怪則怕老相公聽的〔梁尹云〕我聽的多時了也〔正旦扯秦脩然跪科〕〔梁尹云〕你兩個可早招了也姑姑這祝壽的道院可不道葷了你鍋竈可不道外觀不雅姑姑你曉的麽道可道非常道名可名非常名今人脩道不依正道少使貪嗔莫使

姦狡姑姑心正不邪這個便是正道新狀元你好個讀書人憑着你十年窮蠹簡一舉跳龍門剗地不思金榜日只待暗約楚臺雲有這等姑姑更有這等秀才又有這等老夫〔詞云〕你可甚端冕臨三輔調弦理萬民剗的點檢他這姻緣簿花判他這有情人姑姑好出家人也〔詞云〕你那布袍籠夜月丫髻挽秋雲本是清風明月客倒養着金馬玉堂臣一個是這聽琴的漢司馬一個是這脩道的卓文君你雖常餐素飯元不斷真葷那肯看經卷單想結婚姻宵宵花燭會夜夜洞房春一聲明鐘响須索拜天尊火速穿道服連忙繫法裙裹衣無暇着頭髮亂紛紛不會將手洗便去把香焚你也這般褻汙三清殿何不推翻李老君姑姑你可怕麼〔正旦云〕可知怕哩〔梁尹云〕你要饒麼〔正旦云〕可知要饒哩〔梁尹云〕旣是這等你還了俗嫁了秦脩然請受了五花誥駟馬車做了夫人縣君可不好那〔正旦云〕多謝了老相公〔梁尹云〕你看他一讓一個肯〔正旦唱〕

〔尾煞〕到來日整雲鬟復對菱花鏡我再不綻口兒念着道德經坐處坐行處行情廝投意廝稱到今朝酒半醒入羅幃掩繡屏只等的畫燭燈昏夜寂靜寶篆氤氳爇金鼎枕頭兒上那些風流與休道俺姑姑每不志誠便跳出那上八洞神仙把我來勸不省〔同秦脩然下〕

〔梁尹云〕今日成合了姪兒這樁親事也安排酒饌與秦脩然賀喜走一遭去來〔下〕

〔音釋〕剩音盛　俗詞疽切　葷音昏　永于景切　倩淺去聲　蠹音妬　剗音產　綻士諫切　篆傳去聲　氤音因　氳於君切　爇如夜切

第四折

〔小姑上云〕小姐還俗去了也撇得我獨自一個在此孤孤另另如何度日不如也尋個小和尚去

〔老道姑上云〕我梁公弼的夫人自從送鄭小姐出家不意害了個心疼的病整整臥了二年今日方纔痊可那鄭小姐這等薄情他便不來看我也罷了難道小姑也差遣不得再不相問一聲我如今到那竹塢庵去看他脩行何如〔做驚科云〕怎麼門上是鄭州封皮封鎖了好是奇怪待我問去〔做對古門問科云〕借問一聲這菴裏的鄭道姑那裏去了〔內應云〕搬在州西白雲觀裏做住持去了〔老道姑云〕我再尋到白雲觀去〔做到叩門科云〕觀裏有人麼〔小姑上云〕誰叫〔開門見科云〕原來是鄭師父〔老道姑云〕我問你你家小姐那裏去了〔小姑云〕一言難盡我小姐麼心不淨纔出家不多幾時便引了一個秀才每夜來聽琴聽出來了那秀才可也薄情他去上朝取應辭也不來辭一辭害的我小姐做了相思病常要個死你道這樣人怎麼出的家〔老道姑云〕元來如此我若不害心疼等我來打落他一個沒面皮纔好〔小姑云〕老師父你為何也害相思病心疼起來〔老道姑云〕許把我老人家也說這等話〔小姑云〕我小姐正是心疼在庵裏長吁短嘆的却是本州大爺到庵裏來看見我家小姐道他生的好請到白雲觀做住持連我也搬來了誰想那秀才一去中了狀元如今小姐還了俗嫁他做夫人去了〔道姑云〕入娘的我當初不要你出家你強要出家如今忍不的可跟的人去了你便上天入地我着鍬撅出你來〔做行科云〕轉過隅頭抹過屋角則這裏便是新狀元的宅子不必報復我自到他廳上坐着看他兩口兒怎生出來見我〔正旦同秦脩然上云〕誰想有今日也呵〔唱〕

〔雙調新水令〕成就了碧桃花下鳳鸞交怕甚麼出家兒被教門中恥笑那裏也靈丹腹內安經卷向杖頭挑月夕花朝將一陣黃粱夢忽驚覺

〔云〕呀元來是我師父〔見科老道姑云〕小姐你當初怎生出家來〔正旦唱〕

〔喬牌兒〕幾曾見出家的有下稍趁如今我青春尚年少〔老道姑云〕我教你彈琴正要清心養性倒教你引老公不成〔正旦唱〕倒是我卓文君一曲求凰操早把那漢相如引動了

〔老道姑云〕你要成親也少不得請你那親眷怎麽不着我知道〔正旦唱〕

〔鴈兒落〕別不曾將親眷邀那裏把你個姑姑告〔老道姑云〕你為甚麽事便還了俗〔正旦云〕我這有宿緣的要還俗〔老道姑云〕我到道錄司告去不道的饒了你哩〔正旦唱〕哎你個有火性的便何須鬧

〔老道姑云〕你既是出不的家誰教你出家〔正旦唱〕

〔得勝令〕呀大古來人怨語聲高怎知俺父母有盟約你待要鋸倒連枝樹分開比翼鳥未曾出胎胞早指腹成親了直到的今朝纔得這夫妻成對好

〔云〕請老相公勸一勸姑姑罷〔梁尹上云〕怎生大驚小怪的〔正旦云〕老相公來了須勸老師父一勸〔梁尹云〕他若再鬧呵我送他道錄司去拷打他下半截來那老道姑在那裏〔正旦云〕在前廳上坐着哩〔梁尹做見科云〕兀那老道姑看老夫面上完成了他兩口兒前程罷〔老道姑云〕兀的不是老相公〔梁尹云〕兀的不是我夫人〔老道姑云〕我丟了冠子脫了布衫解了環縧我認了老相公不強如出家〔正旦云〕老師父你怎生便是這等當初誰着你出家來〔老道姑云〕我則有這個老公〔正旦云〕我也不曾有兩箇〔唱〕

〔甜水令〕你只待掀倒秦樓填平洛浦摧翻祆廟不住的絮叨叨爲甚麼也丟了星冠脫了道服解了環縧直恁般戒行堅牢

〔折桂令〕多應是慾火三焦一時燄起遍體焚燒似這等難控難持便待要相偎相傍也顧不得人笑人嘲想着你瘦岩岩精神漸槁何況我嬌滴滴顏色方妖〔老道姑云〕他原是我相公被土賊趕散也比你偷的〔正旦唱〕你既有夫主相抛我豈無親事堪招總不如兩家兒各自團圓落的個盡世裏同享歡樂

〔都管上云〕老漢是那鄭小姐家院公與小姐送齋糧道服來俺到庵裏不見小姐人說他搬在白雲觀做了觀主我又尋到白雲觀去元來還俗去了也這個是他宅子我自過去〔做見科云〕小姐我與你送齋糧道服來了你怎麼又還了俗〔正旦唱〕

〔沽美酒〕這一領新道袍似千里贈鵝毛路遠風塵你動勞爭知我衣冠改了也不是做夫人便粧么

〔太平令〕想這段前程非小俺出家的福分難消但則要捉對兒雲期雨約便是俺師徒每全真了道我着你記着想着不曾忘了常言道一還一報

〔梁尹云〕這新狀元你認的麼〔老道姑改扮科云〕我不認的〔梁尹云〕他就是我在南陽時同僚秦思道的孩兒叫做秦脩然〔夫人云〕可知道來他原與鄭彩鸞指腹成親的孩兒你早和俺說知也省得我這般聒絮〔梁尹云〕如今我夫人認着老夫姑姑又與新狀元成了親事天下喜事無過

夫婦團圓便當殺羊造酒做個大大慶喜的筵席〔正旦唱〕

〔離亭宴煞〕咱如今把圍棋識破了輸贏着瑤琴彈徹相思調這婚姻是天緣湊巧穩坐了七香車高揭了三簷傘請受了金花誥再不赴偷香竊玉期再不事煉藥燒丹教從此後無煩少惱便不能隨他簫史並登仙只情願守定梁鴻共諧老

〔音釋〕鍬粗消切 撅與掘同 覺音叫 約音杳 鋸音據 祆音軒 掀音軒 叨音刀 嘲之稍切 嵒音巖 樂音澇 着昭上聲 輳倉救切

題目 鄭彩鸞草菴學道

正名 秦翛然竹塢聽琴

秦翛然竹塢聽琴雜劇

李美人御苑拾彈丸
倣李公琰筆

金水橋陳琳抱粧盒
珍倣宋版印

金水橋陳琳抱粧盒雜劇

元　　撰

明吳興臧晉叔校

楔子

（沖末扮殿頭官領校尉上詩云）君起早臣起早來到朝門天未曉長安多少富豪家不識明星直到老某乃殿頭官是也方今大宋真宗皇帝山河一統萬國來朝主聖臣賢民豐國富只因天子即位以來未有太子以此聖心時常不樂昨日太史官王宏奏道夜觀乾象太子前星甚是光彩如今時逢春季百花盛開正是成胎結子之候合該着尚寶司打造金彈丸一枚於三月十五日天子親到御園向東南方打其一彈令六宮妃嬪各自尋覓但有拾的金丸者因而幸之必得賢嗣天子准奏可着穿宮內使陳琳傳示六宮去令人與我喚將陳琳來者（校尉云）陳公公安在（正末扮陳琳上云）小官姓陳名琳現為宋朝一箇穿宮內使一生近貴半世隨朝謝聖恩可憐賜一套蟒衣海馬繫一條玉帶紋犀戴一頂金絲織成帽子嵌的是鴉鶻石懸一把鑌鐵打就刀兒鑲的是鸂鶒木雖不會陪從他鵷班豹尾却也常接奉那鳳輦龍床今日殿頭官着人相召不知為着些甚事須索過去見來（做見科）（殿頭官云）陳內使我請你來不為別事因聖人聽太史之奏明日親到御園打一金彈但有妃嬪拾此彈者到其宮中御幸必得聖嗣着你傳示六宮明日都往御園中尋訪金彈去其拾得者即令奏聞無得違誤（陳琳云）領旨（向古門云）兀那三宮六院妃嬪彩女等聽者明日聖駕親到御園打一金彈金彈落處有拾得者奏獻御前聖駕即幸其宮休得違誤不便（做回身科云）陳琳已傳旨了也（殿頭官唱）

〔仙呂端正好〕奉皇宣傳君命爲春光堪寫圍屏端的個御園中錦繡似花開盛因此上打動這巡遊興

〔幺篇〕傳示那六宮人知嚴令〔帶云〕這金彈呵〔唱〕彈落處各辦虔誠分頭兒自去穿芳徑尋仔細認分明捧金彈獻彤庭當寢夕應前星那其間可也永團圓萬萬載同歡慶〔下〕

〔正末云〕殿頭官去了也俺自到御前承應者正是晝漏稀聞高閣報天顏有喜近臣知〔下〕

〔音釋〕嬪音貧　嵌音闞　石繩知切　從去聲　輦連上聲　興去聲　彤音同

第一折

〔正旦扮李美人上詩云〕柳葉參差掩畫樓曉鶯啼送滿宮愁年年花落無人見空逐春泉出御溝妾身西宮李美人是也今日聖人在御園中打金彈丸着宮娥彩女輩看其所落之處尋覓金彈如有拾的之人即令親獻御前自有寵幸眼見得各宮妃嬪各自准備去了妾身也只得往御園走一遭咱〔下〕〔末扮聖駕二旦扮宮女執符節二外扮內官執拂同殿頭官上〕〔正末捧彈弓隨科云〕聖駕已到御園了也〔駕云〕你看御園中萬紫千紅鶯啼燕語是好景致也呵〔正末唱〕

〔仙呂點絳唇〕往日箇文武登筵帝王設宴在金鑾殿就着這御賜樽前動絃管仙音院

〔混江龍〕尚兀自嫌他拘倦向御園中別是一壺天爭些兒寂寞了梨花院宇冷落了楊柳亭軒想昨宵暮雨梨花嬌不語今日早春風楊柳亂飛綿則待要駕鑾輿盡日不知還拚的箇滿園林到處都遊

偏〔做跪送彈弓科云〕這八角亭子上正是東南方好打金彈〔唱〕彈去似曉星乍落弓開似秋月初圓

〔駕云〕寡人拿這彈弓在手那諸禽百鳥看見只道要打他都也驚怕哩〔殿頭官云〕聖上便好道蠢動含靈皆有佛性〔正末唱〕

〔油葫蘆〕忙煞垂楊啼杜鵑撲刺刺兩翅搧又則見梨花枝上鵓鴿兒打盤旋諕的那錦鳩兒不離酴醿串驚的那黃鶯兒繞定梧桐囀這一箇鑽入葉底藏那一箇坐來枝上喘怎麼的近池塘不見了銜泥燕恰元來都落在金水玉溝邊

〔跪云〕萬歲爺今日必有喜事〔駕云〕寡人纔今日到園中賞翫春光你說必有喜事這箇喜從何來〔正末唱〕

〔天下樂〕則見一箇喜鵲兒喳喳的噪過御前俺想這靈也波禽常好是識空便也爲甚的撇下箇鬧花叢不將春顧戀背鶯聲花萼樓隔燕語錦樹園他怎肯孤負了這艷陽三月天

〔駕云〕你看那酴醿架上坐着一箇錦鳩兒待寡人一彈打下這錦鳩來者〔做打彈科〕〔正末唱〕

〔那吒令〕恰纔箇弓開的不掀覷酴醿架邊弦放的不偏正芍藥闌近前彈去的不遠在牡丹叢裏面〔駕云〕陳琳你與我尋這彈子去〔正末云〕理會的〔唱〕這彈子難尋見常言道彈打三圓

〔正末做尋彈科唱〕

〔鵲踏枝〕俺如今行過這海棠軒蕩散了這綠楊烟細細的拂開了這滿徑蒼苔和那遍地榆錢俺這裏行一步堪圖一箇扇面有丹青巧筆難傳

〔云〕這茫茫蕩蕩一片御園中那丸金彈知道落於何處也〔李美人云〕妾身李美人立在御園東首不期這金丸正打到妾身邊被妾拾着如今不敢隱藏只得親到御前進獻去來　〔正末見美人科云〕兀的不是李美人來了也〔唱〕

〔寄生草〕則見他嬌滴滴顏如玉薄鬆鬆鬢似蟬眼兒呵綠澄澄溜出秋波轉眉兒呵曲彎彎畫出雙蛾淺臉兒呵汗津津顯出桃花片若不是昭陽宮粉黛美人圖爭認做落伽山水月觀音現

〔云〕李美人你見金彈來麼〔李美人云〕是我拾的金彈在此特來進御〔正末云〕是眞箇李美人你可有福也〔唱〕

〔金盞兒〕這是你忒心堅金彈也恰多緣想天公好與人方便因此上着李美人和聖上永團圓這的是在地成連理樹入水長並頭蓮早則不驚開比翼鳥不打散錦紋鴛

〔跪云〕有李美人拾的金彈來獻聖上哩〔駕云〕宣他上來〔李美人做進見科〕〔殿頭官云〕看李美人好容顏也是一箇有福的他日必生太子〔駕云〕這金彈是誰拾了來〔李美人云〕是妾身拾着來〔駕云〕既如此今夜就到西宮去遊幸者〔李美人謝恩科〕〔駕引李美人手同下〕　〔殿頭官等隨下〕〔正末云〕聖駕到西宮宴樂去了李美人你好有福也呵〔唱〕

〔賺煞〕從今後則想鳳樓期休把羊車羨今日箇謝聖恩可憐阻隔的那劉氏娘娘歡愛遠那裏也獨宿孤眠似這等美纏綿直似神仙再不索倚定宮門聽過輦李美人相逢在上苑宋真宗別登了寢殿本是一對兒好姻緣〔帶云〕若劉娘娘知道呵〔唱〕他可敢生扭做了惡姻緣

〔下〕

〔音釋〕參抽森切 差音嗤 蠢春上聲 搧扇平聲 鴝音渠 鵒音玉 離去聲 酴音徒 醾音眉 囀專去聲 喘川上聲 空去聲 蓴音傲 掀音軒 黛音代 伽音茄 長音掌

第二折

〔旦扮劉皇后上云〕子童乃劉皇后是也雖無絕色幸掌中宮奉九重之歡享萬年之福近日聞得西宮李美人生下一子我想他久後在天子根前可不奪了我的寵愛則除是這般寇承御那裏〔一旦兒扮寇承御上云〕有〔做叩頭科〕〔劉皇后云〕寇承御我問你你吃的是誰的〔承御云〕是娘娘的〔劉皇后云〕你穿的是誰的〔承御云〕是娘娘的〔劉皇后云〕我東使着你去麼〔承御云〕就東去〔劉皇后云〕我西使着你去麼〔承御云〕就西去〔劉皇后云〕我不使你呢〔承御云〕則守着娘娘立着〔劉皇后云〕既然如此你是我心腹之人我有一件緊要的事要你替我做去〔承御云〕是那一件事〔劉皇后云〕如今西宮李美人生下一子你可到他宮中去詐傳萬歲爺要看誆出宮來將那孩子或是裙刀兒刺死或是摟帶兒勒死丟在金水橋河下務要幹成了這件事來回我話者〔承御云〕謹領懿旨我出的這宮門直至西宮見李美人走一遭去來〔詩云〕親承懿旨到西宮

生死存亡掌握中此箇機關非小可仗誰搭救小潛龍〔下〕〔劉皇后云〕寇承御此一去必然與我斡成這樁大事那時教李美人失寵發入冷宮之中慢慢的害他性命有何難處〔詩云〕我本女菩薩何嘗不戒殺則怕翦草帶些根萌芽依舊發〔下〕〔承御抱太子上云〕幸喜太子已誆出西宮了也奉劉娘娘的懿旨本待把裙刀將太子刺死丟於金水橋河下則見紅光紫霧罩定太子身上怎敢下得手天那若宋朝不當乏嗣得遇一箇人來同救太子性命久後也顯我這點忠心可也好也

〔正末抱粧盒上云〕自家陳琳的便是萬歲爺賜我這黃封粧盒到後花園採辦時新果品去與南清宮八大王上壽我雖是一箇內宦倒比那衆文武有報國的忠心也呵〔唱〕

〔南呂一枝花〕雖不比三台中玉佩臣現掌些六院裏金釵客常則待雞鳴宮禁啓簇捧着龍繞聖顏開那裏也將相之才無過是隨步輦君王愛聽傳宣妃后差管領他美孜孜八百胭嬌守定這豔亭亭三千粉黛

〔梁州第七〕這的是大宋朝皇宮御闕不弱似神仙島閬苑蓬萊俺則見鬱巍巍龍樓鳳閣新修蓋端的箇金釘朱戶玉砌瑤階祥雲瑞靄紫霧香埃晃得咱眼也難開定不是人力安排一剗的織錦繡翡翠簾櫳朱紅漆虬樓亮槅碧琉璃碾玉亭臺上命遣差逐朝不離丹墀側幾曾出禁門外便不帶穿宮入殿牌但行處誰敢嫌猜

〔做望科云〕那金水橋邊背身兒立的好似寇承御一般待我叫他一聲寇承御〔承御做回身見科云〕好也囉陳公公你來此怎麼〔正末云〕我奉萬歲爺的命賜我黃封粧盒到後花園採辦時

新果品與南清宮八大王上壽寇承御你在此怎的〔承御云〕我到此金水橋邊閒耍戲哩〔正末云〕呀你在那裏抱這小哇哇來〔承御云〕那箇是小哇哇你看的他這等輕那〔正末云〕你道我看輕了他敢是太子〔承御云〕不是太子是那箇〔正末唱〕

〔隔尾〕承御也你箇中宮侍女休嗔怪非是我內使陳琳私下來〔承御云〕可知你不是私來的我在此也沒甚麼不明白處〔正末唱〕承御也怎只把巧語花言自遮蓋〔承御云〕我有甚遮蓋只是急切裏想不出箇計策來〔正末唱〕哎這其中有甚的計策承御也不是我使乖好也囉只要您心平可也過的海

〔承御做慌科〕〔正末云〕承御你慌甚麼別人家的哇哇料在金水橋河下便了〔承御云〕你道是別人家的哇哇他是西宮李美人生的太子〔正末云〕他是李美人生的太子怎肯與你抱出宮來〔承御云〕當日萬歲爺聽太史官之奏三月十五日親到御園打一金彈丸着你傳旨教六宮妃嬪有拾的這彈者寵幸其宮却是西宮李美人拾得如今果生太子這箇你不記的來你只看這太子胸前正抱着那金彈丸哩〔正末做看科驚云〕是太子了你只該奏上萬歲爺去你抱到這裏可是爲何〔承御云〕爲劉娘娘使那嫉妬的心腸恐怕李美人久後奪了他的寵愛着我誆太子出宮把裙刀刺死丟於金水橋河下只見他紅光紫霧罩定太子身上明明是真命天子以此不敢下手我對天禱告若宋朝不當乏嗣遇一箇忠心的人與他同救太子性命如今幸得撞見公公怎生出箇計策同救這太子咱〔正末云〕承御你元來這等怕劉娘娘那〔承御云〕可知怕哩〔正末云〕你怕我也怕可不道別人煩惱不干自己若干自己則索迴避這箇是你的勾當我自採辦果品去也〔一做走科〕〔承御叫云〕陳琳〔正末做迴科云〕你爲何直呼我的名字〔承御云〕我怎麼不呼你的

名字我如今抱太子見劉娘娘去他必然問我爲何還是活的我只說正待要下手被陳琳攔住要奏知萬歲爺哩〔正末云〕我的娘呵只這一句話可不是送了我也〔承御云〕你休慌只要與你商量箇計策同救太子咱〔正末背云〕待我哄他咱〔回云〕承御我有一句話可敢說麼〔承御云〕你但說不妨〔正末云〕那劉娘娘既着你來所算這太子呵你則是依着他做我替你看着人你將太子刺死丢在金水橋河內也是一箇淨辦〔承御云〕陳公公這事中也不中〔正末云〕有甚麼不中〔承御云〕這等你替我看人去待我下手〔正末做看科〕〔承御做揭開粧盒放太子科〕〔正末回顧問云〕太子在那裏〔承御云〕丢在河裏了也〔正末做左看右看科云〕怎麼不見〔承御指粧盒科云〕我丢在這盒兒裏了也〔正末云〕中也不中〔承御云〕放着我哩若有事呵都在我身上你放心者〔正末做開盒看科唱〕

〔牧羊關〕則索向盒中放又不敢懷內揣我正是殺人處鑽出頭來劉娘娘你結下海㨾闊寃讐陳琳也擔着天來大利害太子也你曲着腰難迴轉拳着腿怎舒開則我這救主的空生受太子也你可是成人不自在

〔寇承御向盒拜科〕〔唱〕

〔隔尾〕太子也你比着那雙龍紫闕爭低矮比着那五鳳丹樓較匾窄比着那一合乾坤少寬大這的是潛龍世界關繫着皇朝後代只願的保護了江山萬萬載

〔承御云〕陳公公你不可久停久住快把這粧盒送到八大王處自有理會你快去你快去〔做回

科〕〔正末扯住科云〕承御有一句話要與你說的明白我如今怕不救太子出宮去有一日事犯出來呵承御你可休指攀我〔承御云〕常言道忠臣不怕死怕死不忠臣我是保護潛龍掌命司我怎肯指攀你來若昧了前言呵天不蓋地不載日月不照臨陳公公你快救太子出宮去我自回劉娘娘話去也〔下〕〔正末云〕你道忠臣不怕死又道是保護潛龍掌命司這兩句話似經板兒印在我心上我則牢記者〔做看科云〕呀寇承御去了也〔做開盒看科云〕嗨誰想寇承御是箇三綹梳頭兩截穿衣女流之輩倒有這片忠心他把太子交付與我回劉娘娘話去了我也索行動些〔唱〕

〔牧羊關〕我抱定這粧盒子便是揣着箇愁布袋我未到宮門早憂的我這頭白盒子裏藏的是儲君我肚皮裏懷的是鬼胎雖不見公庭上遭橫禍赤緊的盒子裏隱飛災承御也你辦着箇喜溶溶笑臉兒回還去卻教我將着箇磣磕磕惡頭兒掇過來

〔做望科云〕前面不有人來也我且掩映在這垂楊樹下咱〔劉皇后引宮女衝上云〕休將我語同他語未必他心似我心那寇承御這小妮子我差他幹一件心腹事去他去了大半日纔來回話說已停當了我心中還信不過他如今自往金水橋河邊看去有甚麼動靜便見分曉〔做見科云〕兀的垂楊那壁不是陳琳待我叫他一聲陳琳〔正末慌科云〕是劉娘娘叫我死也〔唱〕

〔賀新郎〕則見他惡哏哏獨自撞將來太子也你在這七寶盒中我陳琳早魂飛九霄雲外我囑付你箇小儲君盒子裏權寧耐你若是分毫兒掙閫登時間粉碎了我屍骸則被你威逼的我身先戰死催

的我脚難擡恰便似狗探湯不敢望前邁纔動脚如臨追命府行一步似上攝魂臺

〔隔尾〕我若是無妨礙你可也無妨礙我若是有患害你可也有患害只要得我命活便留得你身在〔帶云〕那劉娘娘呵〔唱〕偷覷他眼色斟量了性格太子也但得箇屍首兒完全是大古裏彩

〔做放盒見科〕〔劉皇后云〕陳琳你那裏去〔正末云〕奴婢往後花園採辦時新果品來〔劉皇后云〕別無甚公事麽〔正末云〕別無甚公事〔劉皇后云〕這等你去罷〔正末做捧盒急走科〕〔劉皇后云〕你且轉來〔正末回放盒跪科云〕娘娘有甚分付〔劉皇后云〕這廝我放你去就如弩箭離弦脚步兒可走的快我叫你轉來就如氈上拖毛脚步兒可這等慢必定有些蹊蹺陳琳我問你東果園西果園南果園北果園都有果品你可是那一箇園裏採的那果品是何名降你對我從實說來說的是萬事罷論說的不是我不道的饒了你哩〔正末云〕娘娘停嗔息怒聽奴婢細說一徧咱〔唱〕

〔紅芍藥〕御園中百卉鬭爭開另巍巍將根脚兒培栽則爲這東君惜愛降甘澤因此上結子成胎〔劉皇后云〕你在那裏摘將來的〔正末唱〕恰便似娘腸肚摘將下來〔劉皇后云〕甚麽顔色〔正末唱〕天生的顔色兒紅白〔劉皇后云〕爲何要放在這箇盒兒裏〔正末唱〕則爲他不堪日炙與風篩特賜這黃封盒內好藏埋

〔劉皇后云〕待我猜來莫不是石榴〔正末唱〕

〔菩薩梁州〕石榴長在金堦〔劉皇后云〕莫不是核桃〔正末唱〕合逃出您宮外〔劉皇后云〕莫不是梨兒〔正末唱〕今宵離了後宰〔劉皇后云〕莫不是李子〔正末唱〕這玉皇李子苦盡甘來也是他天然異種出羣材開時節不許遊蜂採摘時節則願的君王戴〔劉皇后云〕李子有甚好處萬歲爺倒喜着他待我把這樹都砍壞了者〔正末唱〕娘娘也偏生你意兒歹怎忍見片片殘紅點碧苔陪伴他這古木崩崖〔劉皇后云〕陳琳那裏聽的你這巧言令色則待我揭開盒兒看箇明白果然沒有夾帶我纔放你出去〔正末云〕這粧盒兒有甚夾帶來〔唱〕

〔罵玉郎〕我便是蘇秦般嘴巧舌頭快我這裏越分說他那裏越疑猜常言道脫空到底終須敗〔劉皇后云〕取盒兒過來待我揭開看波〔正末用手按盒科云〕娘娘這盒蓋開不的上有黃封御筆須和娘娘同到萬歲爺根前面說過時方纔敢開這盒蓋你看〔劉皇后云〕我管甚麼黃封御筆則等我揭開看看〔正末按住科唱〕可著我怎別劃怎別劃要揭開要揭開粧盒蓋〔劉皇后做怒科云〕陳琳你不揭開盒兒我看要我自動手麼〔正末唱〕

〔感皇恩〕呀見娘娘走向前唉可不我陳琳呵這死罪應該〔劉皇后云〕我只要辯箇虛實覷箇真假審箇明白〔正末唱〕他待要辯箇虛實覷箇真假審箇明白〔寇承御慌上科云〕請娘娘回去聖駕幸中宮要排筵宴哩〔劉皇后云〕陳琳恰好了你若不是駕幸中宮我肯就放了你出去待明日這等果品滿滿的裝一盒兒送到我宮裏來〔並下〕〔正末

〔云〕知道〔唱〕見承御慌傳聖旨請娘娘疾便回來道鑾輿在寢殿要把御筵排

〔做捧盒科〕〔唱〕

〔採茶歌〕一來是鬼神差二來是搭救這小嬰孩誰想道滴溜溜九天飛下一紙赦書來陳琳呵則我似刀刃上偷全得螻蟻命太子也你便似釣竿頭活脫了巨鼇腮

〔云〕適纔被劉娘娘纏了這一會不見太子做聲敢怕悶死了待我打開盒蓋看咱〔做跪揭看科〕

〔云〕謝天地太子方纔睡覺在盒兒裏伸腰哩〔唱〕

〔二煞〕小儲君在盒子內多寬泰則我這潑性命從鍼關裏透出來我這裏忙趨疾走楚王宅蕩一縷塵埃恨不得到這一座濯龍門側將兩步為一蹻〔帶云〕我這一去見南清宮八大王呵〔唱〕只要他做玉顆神珠在掌上擡我方纔的放下心懷

〔云〕且喜出宮了也我大著膽行幾步咱〔做走科〕〔唱〕

〔黃鍾尾〕從今後跳出了九重圍子連環寨脫離了十面埋伏大會垓走蛟龍投大海縱彩鳳颺天外小儲君好驚駭劉皇后肯躭待便是蛇蝎心腸不似般恁毒害把一箇太子提起來望着那花斑石殿堦哎娘娘也你拾的箇孩兒敢可也落的價摔〔下〕

〔音釋〕重平聲　罩嘲去聲　客楷上聲　將去聲　相去聲　閬音浪　埃音哀　剗音產

虬音求　楄皆上聲　㧺尼蹇切　側齋上聲　策釵上聲　窄齋上聲　綹音柳　白
巴埋切　磣森上聲　磕音可　哏狠平聲　掙爭去聲　國音儈　採平聲　色篩上
聲　格皆上聲　卉音毀　澤池齋切　刵音擺　劃胡乖切　唉音哀　刃仁去聲
宅池齋切　驀音賣　颺揚去聲　蝎音歇　捽升擺切

楔子

〔外扮楚王引官校錦衣花帽上詩云〕封土何嘗出帝城早朝唯少靜鞭聲懷中賜得黃金鍊直使千官膽暗驚某乃楚王趙德芳與當今嫡親兄弟世人稱為南清宮八大王者是也身居王位心在天朝禮賢士若鳳麟遠姦邪如蛇蝎皇兄賜俺金鍊一條專打不忠之輩每每懷藏袖中攜之出入以此在朝官員見俺無不心寒膽落今日早朝回宮在這獨角亭子閑坐且看有什麼人來〔正末抱粧盒上云〕我陳琳救出太子不敢投別處去只有南清宮八大王是他嫡親叔父可以收留太子撫養成人這裏正是楚府門首門上的與我報復去說有穿宮內使陳琳奉萬歲爺的命來獻時新果品與大王上壽者〔官校報科云〕報大王得知有穿宮內使陳琳奉旨來獻壽哩〔楚王云〕着他過來〔官校云〕着過去〔正末做入叩頭科云〕大王千歲〔楚王云〕你這粧盒兒有什麼時新果品那〔正末云〕萬歲爺專為與大王上壽賜出黃封粧盒着陳琳往後花園採辦果品適遇一樁大大的事特來報知這果品還不曾採得〔楚王云〕是甚麼事〔正末云〕大王有西宮李美人生下太子被劉娘娘懷嫉妬的心腸着宮女寇承御誆太子出宮來要將裙刀刺死丟於金水橋河下那寇承御因見紅光紫氣罩定太子身上所以不敢下手適撞見陳琳往後花園去兩箇商量要得同救太子只的藏在黃封粧盒之中出的宮來再無別處投去止有大王是太子嫡親叔父可以收留〔一

做開盒跪科云〕只望大王看萬歲爺面上好生撫養長大日後江山有託可不是大王之功也〔楚王云〕陳琳你這等怕劉皇后那〔正末云〕可知怕哩〔楚王云〕你怕我也怕我府裏斷不收留你依舊拿了這盒子去〔陳琳云〕大王你差了也〔楚王云〕陳琳我怎生差了來〔正末做跪太子唱〕

〔仙呂賞花時〕大王也你須是一脈流傳親叔姪怎不念萬里江山託付誰〔帶云〕大王你若不收呵〔唱〕我則索抱太子撞街基〔楚王云〕陳琳你快住者我是玉葉金枝怕那劉皇后怎的恰纔我鬬你耍哩你抱太子過來與我看波〔做接太子在手科云〕你看他生的龍顏鳳目他日必爲太平天子謝天地我宋家有福得此一男一女兩箇忠臣救到我府中校尉快去分付宮人只揀有乳食的着他好生撫養太子等他長大成人接我宋家後代休教辜負了這兩箇忠臣的一場好意〔官校抱太子下〕〔正末叩謝科〕〔唱〕這一場先憂後喜〔帶云〕陳琳願領這粧盒去依舊採了果品來上壽也〔唱〕也不枉了我這抱粧盒冒死出宮闈

〔楚王云〕陳琳去了也我想陳琳思量救駕報答皇恩已不是尋常閹宦之比那寇承御是箇宮女一發難得且待我收留太子擡舉他到十年之後慢慢的奏與皇兄知道也不要埋沒他兩箇的忠心〔詩云〕幸宮臣肯把潛龍救我親叔父怎敢辭生受待十年奏與聖人知直教他羞殺劉皇后〔一官校隨下〕

〔音釋〕闈音幃

第三折

〔駕同劉皇后引內官綵女上詩云〕日月光天德山河壯帝居太平無一事回首憶關雎寡人御極以來幸喜四海昇平八方寧靖因乏嗣子每切憂心雖嘗聽史官之奏陳也曾廣後宮之御幸終是宜男未效繼體無人教寡人如何不煩惱也〔劉皇后云〕天祐宋室螽斯麟趾之慶當必有期願陛下自寬〔楚王領小末扮太子二校尉隨上云〕某楚王今日爲何領着太子見我皇兄去只因寇承御同陳琳救出太子送到我府中收養整整擡舉了十年光景想劉皇后也難下手了我皇兄一向爲着乏嗣眉頭不曾有展放之日我領去朝見皇兄只待問起時節因而說開就裏使他母子團圓多少是好宮官快報復去有趙德芳帶領世子朝見〔內官報科〕〔楚王入見跪科云〕臣趙德芳見〔駕云〕御弟免禮〔太子拜見科云〕願陛下萬歲萬歲萬萬歲〔駕云〕御弟這是你第幾箇世子〔楚王云〕這箇是臣的幼子是第十二箇〔駕做看科云〕看他生相似龍行虎步好生不凡今年多大年紀了〔太子云〕臣生十歲了也〔駕云〕御弟你這世子是那箇美人所出〔楚王云〕本李美〔劉皇后云〕且住者今日有事忙哩改日另行奏知萬歲賤妾置酒在椒風館中請飲宴去來〔做扯駕手同下〕〔楚王做歎科云〕嗨我則說的李美兩箇字還不曾道出那人字來這劉皇后就攙着皇兄飲宴去了好狠人也劉皇后你左使這一片黑心腸做甚麼太子養在我宮中已長成十歲了我怕你還誰的去撇在金水橋河下哩我且再看機會奏知皇兄便了世子你且隨我回府去來〔太子云〕理會的〔並下〕〔劉皇后引宮女上云〕事不關心關心者亂十年前李美人生下一子我着寇承御與我所算了他的昨日楚王引着小廝來朝見我一見了他這聲音舉止與李美人好生廝似問他年紀又是十歲我已是懷着一肚子疑心了萬歲問道那箇美人所出那楚王道李美剛則說的兩箇字我便扯着萬歲的手說道且到椒風館飲宴去我若不如此那楚王說出這詳細來

可怎了也我如今喚寇承御出來則問他要這李美人所生之子看他說甚的來宮娥與我喚將寇承御來者〔宮女叫云〕寇承御娘娘喚你哩〔承御上見科云〕娘娘喚寇承御有何分付〔劉皇后云〕你不跪着〔承御云〕有何罪哩〔劉皇后云〕寇承御我問你十年前李美人所生的孩子如今在那裏了〔承御云〕呀這是十年前的事怎麼冷灰裏爆出火來那娘娘我依着你將裙刀刺死丢在金水橋河下了也〔劉皇后云〕既在金水橋河下你與我去打撈他屍首來我看〔承御云〕死過十年了這屍首着我那裏打撈去〔劉皇后云〕這妮子不肯說實話不打不招宮娥與我喚十箇內使來行杖待我親問這樁事咱〔宮女做喚內使上擺科〕〔劉皇后云〕一壁廂准備着大棒子者〔內使云〕理會的〔劉皇后云〕兀那寇承御你老實說來當初那小的安在〔承御云〕委實丢在河裏了〔劉皇后云〕你還說謊哩與我打着〔內使打科云〕一十二十三十〔承御云〕哎喲打殺我也〔劉皇后云〕兀那寇承御你與我實實的招了者你則說那小的在也不在〔承御云〕娘娘便打殺我呵也則是丢在河裏死久了也〔劉皇后云〕這妮子癩肉頑皮倒是熬得打的再與我着實打呀〔內使打科云〕一十二十三十〔劉皇后云〕這妮子越打越不肯招我想當日親到金水橋看去只見陳琳那厮抱着箇粧盒在垂楊樹下遮遮掩掩見我來好生慌張其時我也疑心那盒兒裏必有夾帶爲聖駕到中宮來不會揭開盒兒看的想必陳琳那厮知此情弊宮娥每與我喚將陳琳來者〔宮女叫云〕陳琳安在劉娘娘喚你哩〔正末云〕自家陳琳的便是今有劉娘娘閉着宮門勘問寇承御使人來喚我這十年前的事可發了也劉娘娘這事你也只該罷了定要勘問他怎的〔唱〕

〔雙調新水令〕則聽得閉宮門推勘這女嬌姿多應是十年前那一場公事赤緊的寇夫人先膽寒劉皇后你可也不心慈不弱似呂太

后當時恰便待嶋了如意兗了戚氏

〔駐馬聽〕他使着這嫉妬的心兒只待要六宮人不生一箇子搜尋那李美人不是大剛來一碗飯怎插兩張匙做妃嬪倒去暗通私賞宮娥又不敢明宣賜你道他怎爲此單則怕鳳樓前引得羊車至〔做入見叩頭科云〕娘娘喚陳琳那廂使用〔劉皇后云〕兀那陳琳今有寇承御十年前我曾使他到金水橋河邊幹一件事來今日問他抵死不肯招你與我行杖者〔正末云〕娘娘我陳琳手無縛雞捉鼠之力行不的杖〔劉皇后做怒科云〕你敢違我的懿旨麽〔正末做叩頭科云〕小臣情願行杖〔做打杖科〕〔劉皇后云〕陳琳你揀那大棒子打着一下子打死了他做的箇死無對證哩〔正末云〕待我揀那小棒子打波〔劉皇后云〕陳琳你把小棒打他怕他打的疼呵指攀你下來麽〔正末云〕大棒子又不是小棒子又不是則揀中樣的打便了〔做打科云〕寇承御你快招了者招了者〔唱〕

〔沽美酒〕打的你活不活死不死〔寇承御云〕我委的丟在河裏了也〔正末唱〕則要你一則一二則二〔做低說科云〕承御你不道來〔唱〕可不道保護潛龍掌命司這句話入於咱耳到今日自尋思〔劉皇后云〕陳琳你怎麽不打這事定要還我一箇下落〔正末唱〕

〔太平令〕非是我挑茶斡刺則問你李美人生下的孩兒要說箇丁一卯二不許你差三錯四你則說滸死太子這箇口詞休連累陳琳兩字

〔劉皇后云〕陳琳你怎的這般打敢怕他指攀你來那〔正末唱〕

〔鴈兒落〕我欲待輕打呵又恐怕違了懿旨我欲待重打呵又恐怕他吐出些瑕玼不爭我打斷他口內詞只教他說不的心間事

〔得勝令〕呀你正是閉口抹胭脂得推辭便推辭〔承御云〕打了我這許多不似這幾下的能重待我掙起來看是那箇〔正末唱〕他眼瞪瞪瞅我有十餘次我怎敢實不不湯着他一棍兒〔劉皇后云〕陳琳你怎麽不打呀〔正末唱〕娘娘也孜孜則見他不轉睛將咱視〔承御云〕打殺我也〔正末唱〕寇承御你休得要雌也波雌我打你箇忠臣不怕死

〔承御做看科云〕打我的元來是陳琳陳琳你剗的也來打我那〔劉皇后云〕早攀下來了也〔正末跪科云〕娘娘那廝打得昏了休聽他胡攀亂指者〔唱〕

〔川撥棹〕則見他倒在階址這嫩皮膚青間紫則他這細裊裊的身子瘦怯怯的腰肢打得他慌張張把陳琳便指你暢好是不三思怎說道我根前信有之

〔七弟兄〕喒兩箇對詞對詞恰便似打官司你道是藏藏藏怕絕了君王嗣今日箇指指指道陳琳便是箇證盟師則你那狠狠狠寇承御做了喒追魂使

〔做打科〕〔承御云〕陳琳你一發打幾下打殺我罷〔正末唱〕

〔梅花酒〕呀雪消也見死屍打的你氣咽聲絲倒着我抹淚揉眵〔承

御云〕陳琳你怕什麼哩〔正末唱〕我則怕連累了玉葉金枝你常好有上稍無
下稍也不索多議論少成事〔劉皇后云〕這一日你見我來你就躲在那金水橋邊垂
楊樹下去可不是這太子你會看見那〔正末跪科云〕我陳琳並不曾看見什麼太子待我問寇承御
咱〔做問科云〕寇承御你這一日可曾遇見我陳琳麼〔承御云〕我不曾遇見陳琳來〔正末云〕娘娘
寇承御道不曾遇見我陳琳〔劉皇后云〕這等陳琳你再打着呀〔正末做打科〕〔唱〕你那其間
抱太子御溝邊見咱時楊柳岸你親自對咱家痛嗟咨
〔收江南〕呀你則說金水橋撲通的丟下箇半生半死小孩兒〔劉皇
后云〕陳琳這屍首只在河裏與我打撈去來〔正末云〕娘娘可是十年了也〔唱〕這些時可不
喂了那遊來遊去活魚兒〔劉皇后云〕我也不管只要你與我問這樁事一箇明白〔正
末云〕這事怎了也〔唱〕兀的不是箇難開難解悶弓兒娘娘也甚意兒怎
揣與我這該敲該剮罪名兒
〔承御云〕娘娘你打我怎的〔詩云〕人生在世總無常若箇留名史冊香大鵬飛上梧桐樹自有傍
人說短長〔做撞堦死科下〕〔正末跪云〕娘娘那寇承御被打不過自撞金堦死了也〔劉皇后云〕
那厮死了可不好了你做的箇死無對證叫內使們與我拿下陳琳者〔淨扮內使上云〕萬歲爺立
着宣陳琳哩〔劉皇后云〕既是萬歲宣他且着他去待我慢慢的細審他這粧盒有夾帶沒夾帶不
道的便輕輕素放了他哩〔並下〕〔正末云〕劉娘娘你好狠也陳琳好險也〔唱〕
〔鴛鴦尾煞〕劉娘娘不索把三尺青鋒賜寇夫人他自揀一搭金堦
死枉了也審問根由折證言詞拷打千般供招半紙唱道女使丫鬟

煞強似男兒志端的箇忠直無私堪圖寫在香馥馥汗青史〔下〕

〔音釋〕睢音疽　螽音中　攙初銜切　鴆沉去聲　彘音治　斡蛙果切　玼音此　瞪音澄
矁楚九切　間去聲　三去聲　使去聲　揉音柔　眵音嗤　剮音寡

第四折

〔太子扮仁宗引二宮女四內官隨上詩云〕少年寄養楚宮中虎步龍行自不同今日親承高帝業也應修舉代來功寡人宋仁宗是也自幼收養楚王宮中多虧叔父擡舉常時說我是粧盒兒盛着送到楚府收養的那宮娥寇承御穿宮內使陳琳兩箇甚是有功於我却也不得其詳我十歲時曾攜我去朝見父皇道是我龍行虎步有太平天子之相問叔父那個美人所出叔父道本是李美人還不曾說出個人字來其時劉太后便邀父皇入宮飲宴去了我回楚府來也曾細問叔父我叔父道再過幾時好對我說不覺又過了十年光景前者我父皇病重遺命取楚王第十二子承繼大統可正是寡人記得入宮之初寡人去到各宮朝見那劉太后獨不容我到西宮去元來西宮是李美人所居敢是叔父十年前說那李美人我就是他所生之子未可知也如今父皇歸天寡人即位劉太后不得垂簾聽政一切朝中之事無小無大盡屬寡人查問宮女寇承御所在說已死過多年了今日朝罷回宮不免喚那老宮監陳琳出來訪個詳細必有分曉內侍們與我宣陳琳來者〔內官云〕領旨陳琳安在〔正末上云〕過日月好疾也自從抱粧盒救出太子來可早二十年了也今日登了寶位宣喚老臣須索走一遭也呵〔唱〕

〔中呂粉蝶兒〕日月其除草生合玉堦輦路那些時一箇箇宮樣粧梳端的是賽陽臺欺洛浦生得來如花似玉未知他福分何如幸不

幸總歸天數

〔醉春風〕那一箇劉娘娘占盡了寢殿百年歡這一箇李美人整受了冷宮中一世苦他只道使心機斷送了小潛龍怎知道做了當朝的主主他不合意狠腸毒則待要除根翦草不肯着閒花滿樹

〔做入見叩頭科云〕萬歲呼喚陳琳有何差遣〔仁宗云〕寡人宣你來不爲別事我常見叔父與我說是粧盒兒感我送楚府中寄養的又說宮娥寇承御穿宮內使陳琳兩個甚是有功於我教我不要忘了他前日我查訪寇承御所在說已死過多年了只有你還在你可將上項的事備細說與寡人聽咱〔正末云〕萬歲爺不嫌絮煩聽奴婢試說一徧〔唱〕

〔石榴花〕六宮中多少女嬌姝他可也每夜盼羊車都是那千妖百豔美人圖却元來都命犯着寡宿注定孤獨到黃昏半掩迎風戶知他是幾下裏短歎長吁這的是天教怨女傷情處那一箇不候到二更初

〔鬬鵪鶉〕不承望似水如魚只要得殢雲殢雨陪伴他繡榻香茵出入在華堂錦屋你只看月色無心照索居也別做一段的苦空熬他漏永更長聽了些晨鐘的這暮鼓

〔仁宗云〕且住者陳琳你這一翻說話都是那六宮中盼望之情你說他怎的我聞得父皇在御園中怎生打金彈來從頭至尾說與寡人聽者〔正末唱〕

〔普天樂〕想當日在御園中先帝也可便閒行步正遇着春風澹蕩

春色榮敷恰覷着錦鳩兒要中他打的那金彈子無尋處傳示着衆妃嬪向花叢裏分頭去（帶云）其時却是西宮李美人拾得這金彈來（唱）偏是他李美人拾得在荒蕪多則是天生分福又遇着姻緣對付成就了麟趾關雎

（仁宗云）寡人正要問你這事既是李美人拾得金彈生下太子如今這太子却在那裏你不可隱藏一一的說個明白與寡人知道（正末跪云）萬歲赦奴婢死罪方纔敢說（仁宗云）你放心只管說來（正末叩頭科云）先帝當夜就駕幸西宮那李美人果生太子被劉（做住科云）奴婢不敢說（仁宗云）有寡人哩你但說不妨（正末云）被劉太后起嫉妬的心腸着宮娥寇承御誆出宮來將裙刀刺死丟於金水橋河下寇承御想道先帝正愁乏嗣不敢下手一心要救太子只是獨力難加向天禱告要得一個人來商量計策恰值奴婢奉先帝之命抱粧盒到後花園採辦果品與楚王上壽去那寇承御叫住奴婢商量道救太子出宮去再無別處可投止有楚王是親叔父可以收養的現今差去到楚府上壽豈不是個天意就將太子安放粧盒裏面正待要走不想劉太后又撞過來把奴婢喝住定要揭開盒蓋看呵奴婢抵死將盒蓋按住則說盒上現有黃封御筆除非親到先帝御前纔好開看惹的劉太后發起惱來親自動手正要揭開這盒蓋兒（做舉手科云）謝天地適值先帝駕幸中宮劉太后忙忙的接駕去了奴婢方纔脫的這性命好不險也（唱）

（上小樓）劉太后有十分狠毒一時嫉妬全不想萬載江山只待使千般惡計百樣虧圖將宮女寇承御鬧行囑付把太子磣可可着他死生別路

〔仁宗云〕這等說來那太子正是寡人可不多虧了你兩個救駕之功你還把向後的事細說一徧寡人試聽者〔正末云〕若不是萬歲洪福齊天怎能勾這等百靈咸助那〔唱〕

〔幺篇〕一來是有洪福二來是天祐護俺兩箇設計施方併膽同心捨命捐軀敢可便抱定粧盒背却宮娥疾行前去不防他劉太后劈頭相遇

〔仁宗云〕你這粧盒既是有御賜黃封的就也不該怕太后了〔正末跪云〕奴婢見劉太后自要揭開盒蓋險些兒諕殺了也〔唱〕

〔十二月〕恰轉過雕闌數曲行不到百步其餘俺陳琳便有張良般伎倆怎當那劉太后有呂氏般機謀可搭的把咽喉來當住諕得咱魂魄全無

〔仁宗云〕那時節寡人在粧盒兒裏可是如何〔正末唱〕

〔堯民歌〕小儲君倒也安安穩穩守着粧盒做護身符則是我陳琳兢兢戰戰抱着箇天大悶葫蘆那劉太后嗔嗔忿忿這等左來右去忒麤疎急的俺忐忐忑忑把花言巧語謾支吾當初當也波初俺也拚的廝挺觸〔帶云〕則被劉太后呵〔唱〕險揭開粧盒覷

〔仁宗云〕這等你怎生送的我到楚王府裏去那〔正末唱〕

〔耍孩兒〕俺則道這回定把機關露敢陳琳也不知死所元來是聖明天子百靈扶早則去迎接鑾輿恰便似頓開金鎖飛龍子摔碎雕

籠放鳳雛纔出的這宮門去因此上宗祧有託民社無虞

〔仁宗云〕與你同救我的寇承御他可怎的死了你說與我知道波〔正末云〕奴婢送太子到楚府去後長成十歲那楚王曾攜太子入朝劉太后看見相貌不凡想起十年前事勘問寇承御要還他太子下落那寇承御只不肯招自撞金堦而死可憐人也〔唱〕

〔二煞〕十年前曾入朝劉太后見相貌殊平空掇起心頭怒要問他西宮閤下兒存否金水溝邊事有無可憐受盡多寃楚不能彀題名丹闕只落得埋骨黃壚

〔仁宗做墮淚科云〕那寇承御為救寡人撞堦身死着寡人好生悲慼只是劉太后懷嫉妬心腸做這等逆天悖理的勾當寡人若究起前事又怕傷損我先帝盛德如今姑置不理將西宮改為合德宮奉李美人為純聖皇太后寡人每日問安視膳與太子禮節無異楚王撫養功多加賜莊田萬頃寇承御與他起建墳墓封為忠烈夫人置守冢三十家祭田千畝陳琳封為保定公賜城中甲第一區歲支俸銀萬兩祿米三千石選宗族賢能者承繼其後世奉國恩〔詩云〕劉氏滔天計已窮恐傷先帝且姑容庄田特賜親王府徽號先加太后宮白骨亡魂封典厚蒼顏老監錫恩隆從玆永享昇平福萬歲千秋共祝嵩〔正末做叩頭謝科云〕願陛下萬萬歲萬萬歲〔唱〕

〔尾煞〕死了的墓頂上加贈封活在的殿堦前賜俸祿纔表得到頭善惡由人做也則為救了這萬萬歲當今太平主

〔音釋〕 應平聲 盛音成 玉于句切 分去聲 毒東盧切 殊音朱 宿須上聲 獨東盧切 殑音尤 殢音膩 屋音塢 福音府 捐音元 曲丘兩切 謀音謨 忐音毯

丆音忒　觸音楚　祧音挑　閤音葛　祿音路

題目　李美人御園拾彈丸
正名　金水橋陳琳抱粧盒

金水橋陳琳抱粧盒雜劇

珍傲宋版邦

公孫杵臼恥勘問
倣李迪筆

趙氏孤兒大報讎
珍倣宋版印

趙氏孤兒大報讐雜劇

元　紀君祥撰

明吳興臧晉叔校

楔子

〔淨扮屠岸賈領卒子上詩云〕人無害虎心虎有傷人意當時不盡情過後空淘氣某乃晉國大將屠岸賈是也俺主靈公在位文武千員其信任的只有一文一武文者是趙盾武者即某矣俺二人文武不和常有傷害趙盾之心爭奈不能入手那趙盾兒子喚做趙朔現爲靈公駙馬某也曾遣勇士鉏麑仗着短刀越牆而過要刺殺趙盾誰想鉏麑觸樹而死那趙盾爲勸農出到郊外見一餓夫在桑樹下垂死將酒飯賜他飽餐了一頓其人不辭而去後來西戎國進貢一犬呼曰神獒靈公賜與某家自從得了那箇神獒便有了害趙盾之計將神獒鎖在淨房中三五日不與飲食於後花園中紮下一箇草人紫袍玉帶象簡烏靴與趙盾一般打扮草人腹中懸一付羊心肺某牽出神獒來將趙盾紫袍剖開着神獒飽餐一頓依舊鎖入淨房中又餓了三五日復行牽出那神獒撲着便咬剖開紫袍將羊心肺又飽餐一頓如此試驗百日度其可用某因入見靈公只說今時不忠不孝之人甚有欺君之意靈公一聞其言不勝大惱便向某索問其人某言西戎國進來的神獒性最靈異他便認的靈公大喜說當初堯舜之時有獬豸能觸邪人誰想我晉國有此神獒今在何處某牽上那神獒去其時趙盾紫袍玉帶正立在靈公坐榻之邊神獒見了撲着他便咬靈公言屠岸賈你放了神獒兀的不是讒臣也某放了神獒趕着趙盾繞殿而走爭奈傍邊惱了一人乃是殿前太尉提彌明一瓜搥打倒神獒一手揪住腦杓皮一手扭住下嗑子只一劈將那神獒分爲兩半趙盾出

的殿門便尋他原乘的駟馬車某已使人將駟馬摘了二馬雙輪去了一輪上的車來不能前去傍邊轉過一箇壯士一臂扶輪一手策馬逢山開路救出趙盾去了你道其人是誰就是那桑樹下餓夫靈輒某在靈公根前說過將趙盾三百口滿門良賤誅盡殺絕止有趙朔與公主在府中爲他是箇駙馬不好擅殺某想剪草除根萌芽不發乃詐傳靈公的命差一使臣將着三般朝典是弓絃藥酒短刀着趙朔服那一般朝典身亡某已分付他疾去早來回我的話〔詩云〕三百家屬已滅門止有趙朔一親人不論那般朝典死便教剪草盡除根〔下〕〔沖末扮趙朔同旦公主上〕〔趙朔云〕小官趙朔官拜都尉之職誰想屠岸賈與我父文武不和搬弄靈公將俺三百口滿門良賤誅盡殺絕了也公主你聽我遺言你如今腹懷有孕若是你添箇女兒更無話說若是箇小廝兒呵我就腹中與他箇小名喚做趙氏孤兒待他長立成人與俺父母雪冤報讎也〔旦兒哭科云〕兀的不痛殺我也〔外扮使命領從人上云〕小官奉主公的命將三般朝典是弓絃藥酒短刀賜與駙馬趙朔隨他服那一般朝典取速而亡然後將公主囚禁府中小官不敢久停久住卽刻傳命走一遭去可早來到他府門首也〔見科云〕趙朔跪者聽主公的命爲您一家不忠不孝欺公壞法將您滿門良賤盡行誅戮尚有餘辜姑念趙朔有一脈之親不忍加誅特賜三般朝典隨意取一而死其公主囚禁在府斷絕親疎不許往來兀那趙朔聖命不可違慢你早早自盡者〔趙朔云〕公主似此可怎了也〔唱〕

〔仙呂賞花時〕枉了我報主的忠良一旦休只他那蠹國的姦臣權在手他平白地使機謀將俺雲陽市斬首兀的是出氣力的下場頭

〔旦兒云〕天那可憐害的俺一家死無葬身之地也〔趙朔唱〕

〔幺篇〕落不的身埋在故丘〔云〕公主我囑付你的說話你牢記者〔旦兒云〕妾身知

道了也〔趙朔唱〕分付了腮邊兩淚流俺一句一回愁待孩兒他年長後着與俺這三百口可兀的報冤讐〔死科下〕〔旦兒云〕駙馬則被你痛殺我也〔下〕〔使命云〕趙朔用短刀身亡了也公主已因在府中小官須回主公的話去來〔詩云〕西戎當日進神獒趙家百口命難逃可憐公主猶囚禁趙朔能無決短刀〔下〕

〔音釋〕賈音古　盾音遯　鉏音鋤　麑音移　獒音敖　紮音札　勝平聲　使去聲　長音掌　蠱音姑

第一折

〔屠岸賈上云〕某屠岸賈只為公主怕他添了箇小廝兒久以後成人長大他不是我的讐人我已將公主囚在府中這些時該分娩了怎麽差去的人去了許久還不見來回報〔卒子上報科云〕報的元帥得知公主囚在府中添了箇小廝兒喚做趙氏孤兒哩〔屠岸賈云〕是真箇喚做趙氏孤兒等一月滿足殺這小廝也不為遲令人傳我的號令去着下將軍韓厥把住府門不搜進去的只搜出來的若有盜出趙氏孤兒者全家處斬九族不留一壁與我張掛榜文徧告諸將休得違誤自取其罪〔詞云〕不爭晉公主懷孕在身產孤兒是我讐人待滿月鋼刀銼死纔稱我削草除根〔下〕〔旦兒抱倈兒上詩云〕天下人煩惱都在我心頭猶如秋夜雨一點一聲愁妾身晉室公主被姦臣屠岸賈將俺趙家滿門良賤誅盡殺絕今日所生一子記的駙馬臨亡之時曾有遺言若是添箇小廝兒喚做趙氏孤兒待他久後成人長大與父母雪冤報讐天那怎能彀將這孩兒送出的這府門去可也好也我想起來目下再無親人只有俺家門下程嬰在家屬上無他的名字我如今只等程嬰

來時我自有箇主意〔外扮程嬰背藥箱上云〕自家程嬰是也元是箇草澤醫人向在駙馬府門下蒙他十分優待與常人不同可奈屠岸賈賊臣將趙家滿門良賤誅盡殺絕幸得家屬上無有我的名字如今公主囚在府中是我每日傳茶送飯那公主眼下雖然生的一箇小廝取名趙氏孤兒等他長立成人與父母報讎雪冤只怕出不得屠賊之手也是枉然聞的公主呼喚想是產後要什麼湯藥須索走一遭去可早來到府門首也不必報復徑自過去〔程嬰見科云〕公主呼喚程嬰有何事〔旦兒云〕俺趙家一門好死的苦楚也程嬰喚你來別無甚事我如今添了箇孩兒他父臨亡之時取下他一箇小名喚做趙氏孤兒程嬰你一向在俺趙家門下走動也不曾歹看承你你怎生將這個孩兒掩藏出去久後成人長大與他趙氏報讎〔程嬰云〕公主你還不知道屠岸賈賊臣聞知你產下趙氏孤兒四城門張掛榜文但有掩藏孤兒的全家處斬九族不留我怎麼掩藏的他出去〔旦兒云〕程嬰〔詩云〕可不道遇急思親戚臨危托故人你若是救出親生子便是俺趙家留得這條根〔做跪科云〕程嬰你則可憐見俺趙家三百口都在這孩兒身上哩〔程嬰云〕公主請起假若是我掩藏出小舍人去屠岸賈得知問你要趙氏孤兒你說道我與了程嬰也俺一家兒便死了也罷這小舍人休想是活的〔旦兒云〕罷罷罷程嬰我教你去的放心〔詩云〕程嬰心下且休慌聽吾說罷淚千行他父親身在刀頭死〔做拏裙帶縊死科云〕罷罷罷為母的也相隨一命亡〔下〕〔程嬰云〕誰想公主自縊死了也我不敢久停久住打開這藥箱將小舍人放在裏面再將些生藥遮住身子天也可憐見趙家三百餘口誅盡殺絕止有一點點孩兒我如今救的他出去你便有福我便成功若是搜將出來呵你便身亡俺一家兒都也性命不保〔詩云〕程嬰心下自裁劃趙家門戶實堪哀只要你出的九重帥府連環寨便是脫卻天羅地網災〔下〕〔正末扮韓厥領卒子上云〕某

下將軍韓厥是也佐於屠岸賈麾下着某把守公主的府門可是爲何只因公主生下一子喚做趙氏孤兒恐怕有人遞盜將去着某在府門上搜出來時將他全家處斬九族不留小校將公主府門把的嚴整者嗨屠岸賈都似你這般損壞忠良幾時是了也呵〔唱〕

〔仙呂點絳唇〕列國紛紛莫強於晉纔安穩怎有這屠岸賈賊臣他則把忠孝的公卿損

〔混江龍〕不甫能風調雨順太平年寵用着這般人忠孝的在市曹中斬首姦佞的在帥府內安身現如今全作威來全作福還說甚半由君也半由臣他他他把爪和牙布滿在朝門但違拗的早一箇箇誅夷盡多喒是人間惡煞可什麼閫外將軍

〔云〕我想屠岸賈與趙盾兩家兒結下這等深讎幾時可解也〔唱〕

〔油葫蘆〕他待要剪草防芽絕禍根使着俺把府門俺也是於家爲國舊時臣那一箇藏孤兒的便不合將他隱這一箇殺孤兒的你可也心何忍〔帶云〕屠岸賈你好狠也〔唱〕有一日怒了上蒼惱了下民怎不怕沸騰騰萬口爭談論天也顯着箇青臉兒不饒人

〔天下樂〕却不道遠在兒孫近在身吆你箇賊也波臣和趙盾豈可二十載同僚沒些兒義分便興心使歹心指賢人作歹人他兩箇細評論還是那箇狠

〔云〕令人門首覷者看有甚麼人出府門來報復某家知道〔卒子云〕理會的〔程嬰做慌走上云〕

我抱着這藥箱裏面有趙氏孤兒天也可憐喜的韓厥將軍把住府門他須是我老相公擡舉來的若是擡的出去我與小舍人性命都得活也〔做出門科〕〔正末云〕小校拏回那抱藥箱兒的人來你是甚麼人〔程嬰云〕我是箇草澤醫人姓程是程嬰〔正末云〕你在那裏去來〔程嬰云〕我在公主府內煎湯下藥來〔正末云〕你下甚麼藥〔程嬰云〕下了箇益母湯〔正末云〕你這箱兒裏面甚麼物件〔程嬰云〕都是生藥〔正末云〕是甚麼生藥〔程嬰云〕都是桔梗甘草薄荷〔正末云〕可有什麼夾帶〔程嬰云〕並無夾帶〔正末云〕這等你去〔程嬰做走正末叫科云〕程嬰回來這箱兒裏面是甚麼物件〔程嬰云〕都是生藥〔正末云〕可有甚麼夾帶〔程嬰云〕並無夾帶〔正末云〕你去〔程嬰做走正末叫科云〕程嬰回來你這其中必有暗昧我着你去呵似弩箭離絃叫你回來呵便似氈上拖毛程嬰你則道我不認的你哩〔唱〕

〔河西後庭花〕你本是趙盾家堂上賓我須是屠岸賈門下人你便藏著那未滿月麒麟種〔帶云〕程嬰你見麼〔唱〕怎出的這不通風虎豹屯我不是下將軍也不將你來盤問〔云〕程嬰我想你多曾受趙家恩來〔程嬰云〕是知恩報恩何必要說〔正末唱〕你道是既知恩合報恩只怕你要脫身難脫身前和後把住門地和天那處奔若拏回審箇真將孤兒往報聞生不能死有准

〔云〕小校靠後喚您便來不喚您休來〔卒子云〕理會的〔正末做揭箱子見科云〕程嬰你道是桔梗甘草薄荷我可搜出人參來也〔程嬰做慌跪伏科〕〔正末唱〕

〔金盞兒〕見孤兒額顱上汗津津口角頭乳食歕骨碌碌睜一雙小

眼兒將咱認悄促促廂兒裏似把聲吞緊綁綁難展足窄狹狹怎翻身他正是成人不自在自在不成人

〔程嬰詞云〕告大人停嗔息怒聽小人從頭分訴想趙盾晉室賢臣屠岸賈心生嫉妬遣神獒撲害忠良出朝門脫身逃去駕單輪靈輒報恩入深山不知何處奈靈公聽信讒言任屠賊橫行獨步賜駙馬伏劍身亡滅九族都無活路將公主囚禁冷宮那裏討親人照顧遵遺囑喚做孤兒子共母不能完聚纔分娩一命歸陰着程嬰將他掩護久以後長立成人與趙家看守墳塋肯分的遇着將軍滿望你拔刀相助若再剪除了這點萌芽可不斷送他滅門絕戶〔正末云〕程嬰我若把這孤兒獻將出去可不是一身富貴但我韓厥是一箇頂天立地的男兒怎肯做這般勾當〔唱〕

〔醉中天〕我若是獻出去圖榮進却不道利自己損別人可憐他三百口親丁盡不存着誰來雪這終天恨〔帶云〕那屠岸賈若見這孤兒呵〔唱〕怕不就連皮帶筋撚成虀粉我可也沒來由立這樣沒眼的功勳

〔云〕程嬰你抱的這孤兒出去若屠岸賈問呵我自與你回話〔程嬰云〕索謝了將軍〔做抱廂兒走出又回跪科〕〔正末云〕程嬰我說放你去難道要你可快出去〔程嬰云〕索謝了將軍〔做走又回跪科〕〔正末云〕程嬰你怎生又回來〔唱〕

〔金盞兒〕敢猜着我調假不爲真那知道蕙歎惜芝焚去不去我幾回家將伊儘可怎生到門前兜的又回身〔帶云〕程嬰〔唱〕你既沒包身膽誰着你強做保孤人可不道忠臣不怕死怕死不忠臣

〔程嬰云〕將軍我若出的這府門去你報與屠岸賈知道別差將軍趕來拏住我程嬰這箇孤兒萬

無活理罷罷罷將軍你拏將程嬰去請功受賞我與趙氏孤兒情願一處身亡便了〔正末云〕程嬰你好去的不放心也〔唱〕

〔醉扶歸〕你爲趙氏存遺胤我於屠賊有何親却待要喬做人情遣衆軍打一箇迴風陣你又忠我可也又信你若肯捨殘生我也願把這頭來刎

〔青歌兒〕端的是一言一言難盡〔帶云〕程嬰〔唱〕你也忒眼內眼內無珍將孤兒好去深山深處隱那其間教訓成人演武修文重掌三軍拏住賊臣碎首分身報答亡魂也不負了我和你硬踹着是非門擔危困〔帶云〕程嬰你去的放心者〔唱〕

〔賺煞尾〕能可在我身兒上討明白怎肯向賊子行捱推問猛拚着撞階基圖箇自盡便留不得香名萬古聞也好伴鉏麑共做忠魂你你你要慇懃照覷晨昏他須是趙氏門中一命根直等待他年長進纔說與從前話本是必教報讎人休亡了我這大恩人〔自刎下〕

〔程嬰云〕呀韓將軍自刎了也則怕軍校得知報與屠岸賈知道怎生是好我抱着孤兒須索逃命去來〔詩云〕韓將軍果是忠良爲孤兒自刎身亡我如今放心前去太平庄再做商量〔下〕

〔音釋〕挽音免　鍘音閘　稱去聲　行音杭　縊音記　劃胡乖切　重平聲　賊則平聲　拗腰上聲　閫坤上聲　解上聲　戴上聲　分去聲　論平聲　種上聲　屯音豚

歎鋪門切　斷端去聲　當去聲　別邦爺切　强溪養切　將去聲　胤音孕　白巴

埋切　刎文上聲

第二折

〔屠岸賈領卒子上云〕事不關心關心者亂某屠岸賈只爲公主生下一箇小的喚做趙氏孤兒我差下將軍韓厥把住府門搜檢姦細一面張掛榜文若有掩藏趙氏孤兒者全家處斬九族不留怕那趙氏孤兒會飛上天去怎麽這早晚還不見送到孤兒使我放心不下令人與我門外覷者〔卒子報科云〕報元帥禍事到了也〔屠岸賈云〕禍從何來〔卒子云〕公主在府中將裙帶自縊而死把府門的韓厥將軍也自刎身亡了也〔屠岸賈云〕韓厥爲何自刎了必然走了趙氏孤兒怎生是好眉頭一皺計上心來我如今不免詐傳靈公的命把晉國內但是半歲之下一月之上新添的小厮都與我拘刷將來見一箇剁三劍其中必然有趙氏孤兒可不除了我這腹心之害令人與我張掛榜文着晉國內但是半歲之下一月之上新添的小厮都拘刷到我帥府中來聽令違者全家處斬九族不留〔詩云〕我拘刷盡晉國嬰孩料孤兒沒處藏埋一任他金枝玉葉難逃我劍下之災〔下〕〔正末扮公孫杵臼領家童上云〕老夫公孫杵臼是也在晉靈公位下爲中大夫之職只因年紀高大見屠岸賈專權老夫掌不得王事罷職歸農苫庄三頃地扶手一張鋤住在這呂呂太平庄上往常我夜眠斗帳聽寒角如今斜倚柴門數鴈行倒大來悠哉也呵〔唱〕

〔南呂一枝花〕兀的不屈沉殺大丈夫損壞了真梁棟被那些腌臢屠狗輩欺負俺慷慨釣鰲翁正遇着不道的靈公偏賊子加恩寵著賢人受困窮若不是急流中將脚步抽迴險些兒鬧市裏把頭皮斷

送
〔梁州第七〕他他他在元帥府揚威也那耀勇我我我在太平庄罷職歸農再休想鵷班豹尾相隨從他如今官高一品位極三公戶封八縣祿享千鍾見不平處有眼如矇聽呪罵處有耳如聾他他他只將那會諂諛的着列鼎重裀害忠良的便加官請俸耗國家的都敘爵論功他他他只貪着目前受用全不省爬的高來可也跌的來腫怎如俺守田園學耕種早跳出傷人餓虎叢倒大來從容

〔程嬰上云〕程嬰你好慌也小舍人你好險也屠岸賈你好狠也我程嬰雖然擔着箇死撞出城來聞的那屠岸賈見說走了趙氏孤兒要將晉國內半歲之下一月之上小孩兒每都拘攝到元帥府裏不問是孤兒不是孤兒他一箇箇親手刴做三段我將的這小舍人送到那廂去好有了我想呂呂太平庄上公孫杵臼他與趙盾是一殿之臣最相交厚他如今罷職歸農那老宰輔是箇忠直的人那裏堪可掩藏我如今來到庄上就在這芭棚下放下這藥廂小舍人你且權時歇息咱我見了公孫杵臼便來看你家童報復去道有程嬰求見〔家童報科云〕有程嬰在於門首〔正末云〕道有請〔家童云〕請進〔正末見科云〕程嬰你來有何事〔程嬰云〕在下見老宰輔在這太平庄上特來相訪〔正末云〕自從我罷官之後衆宰輔每好麽〔程嬰云〕嗨這不比老宰輔爲官時節如今屠岸賈專權較往常都不同了也〔正末云〕也該着衆宰輔每勸諫勸諫〔程嬰云〕老宰輔這等賊臣自古有之便是那唐虞之世也還有四凶哩〔正末唱〕

〔隔尾〕你道是古來多被姦臣弄便是聖世何嘗沒四凶誰似這萬

人恨千人嫌一人重他不廉不公不孝不忠單只會把趙盾全家殺的箇絕了種〔程嬰云〕老宰輔幸的皇天有眼趙氏還未絕種哩〔正末云〕他家滿門良賤三百餘口誅盡殺絕便是駙馬也被三般朝典短刀自刎了公主也將裙帶縊死了還有什麼種在那裏〔程嬰云〕那前項的事老宰輔都已知道不必說了近日公主因禁府中生下一子喚做孤兒這不是趙家是那家的種但恐屠岸賈得知又要殺壞若殺了這一箇小的可不將趙家真絕了種也〔正末云〕如今這孤兒却在那裏不知可有人救的出來麼〔程嬰云〕老宰輔既有這點見憐之意在下敢不實說公主臨亡時將這孤兒交付與了程嬰着好生照覷他待到成人長大與父母報讎雪恨我程嬰抱的這孤兒出門被韓厥將軍要拏的去報與屠岸賈是程嬰數說了一場那韓厥將軍放我出了府門自刎而亡如今將的這孤兒無處掩藏我特來投奔老宰輔我想宰輔與趙盾元是一殿之臣必然交厚怎生可憐見救這箇孤兒咱〔正末云〕那孤兒今在何處〔程嬰云〕現在芭棚下哩〔正末云〕休驚諕着孤兒你快抱的來〔程嬰做取箱開看科云〕謝天地小舍人還睡着哩〔正末接科唱〕

〔牧羊關〕這孩兒未生時絕了親戚懷着時滅了祖宗便長成人也則是少吉多凶他父親斬首在雲陽他娘呵囚在禁中那裏是有血腥的白衣相則則是箇無恩念的黑頭蟲〔程嬰云〕趙氏一家全靠着這小舍人要他報讎哩〔正末唱〕你道他是箇報父母的真男子我道來則是箇妨爺娘的小業種

〔程嬰云〕老宰輔不知那屠岸賈爲走了趙氏孤兒普國內小的都拘刷將來要傷害性命老宰輔我如今將趙氏孤兒偷藏在老宰輔根前一者報趙駙馬平日優待之恩二者要救普國小兒之命念程嬰年近四旬有五所生一子未經滿月待假粧做趙氏孤兒等老宰輔告首與屠岸賈去只說程嬰藏着孤兒把俺父子二人一處身死老宰輔慢慢的擡舉的孤兒成人長大與他父母報讎可不好也〔正末云〕程嬰你如今多大年紀了〔程嬰云〕在下四十五歲了〔正末云〕這小的算着二十年呵方報的父母讎恨你再着二十年也只是六十五歲我再着二十年呵可不九十歲了其時存亡未知怎麼還與趙家報的讎程嬰你肯捨的你孩兒倒將來交付與我你自首告屠岸賈處說道太平庄上公孫杵臼藏着趙氏孤兒那屠岸賈領兵校來拏住我和你親兒一處而死你將的趙氏孤兒擡舉成人與他父母報讎方纔是箇長策〔程嬰云〕老宰輔是則是怎麼難爲的你老宰輔你則將我的孩兒假粧做趙氏孤兒報與屠岸賈去等俺父子二人一處而死罷〔正末云〕程嬰我一言已定你再不必多疑了〔唱〕

〔紅芍藥〕須二十年酬報的主人公恁時節纔稱心胸只怕我遲疾死後一場空〔程嬰云〕老宰輔你精神還强健哩〔正末唱〕我精神比往日難同閃下這小孩童怎見功你急切裏老不的形容正好替趙家出力做先鋒〔帶云〕程嬰你只依着我便了〔唱〕我委實的捱不徹暮鼓晨鐘

〔程嬰云〕老宰輔你好好的在家我程嬰不識進退平白地將着這愁布袋連累你老宰輔以此放心不下〔正末云〕程嬰你說那裏話我是七十歲的人死是常事也不爭這早晚〔唱〕

〔菩薩梁州〕向這傀儡棚中鼓笛搬弄只當做場短夢猛回頭早老

盡英雄有恩不報怎相逢見義不為為非為勇〔程嬰云〕老宰輔既應承了休要
失信〔正末唱〕言而無信言何用〔程嬰云〕老宰輔你若存的趙氏孤兒當名標青史萬古
留芳〔正末唱〕也不索把咱來廝陪奉大丈夫何愁一命終況兼我白髮
鬖鬆
〔程嬰云〕老宰輔還有一件若是屠岸賈拏住老宰輔你怎熬的這三推六問少不得指攀我程嬰
下來俺父子兩個死是分內只可惜趙氏孤兒終歸一死可不把你老宰輔乾累了也〔正末云〕程
嬰你也說的是我想那屠岸賈與趙駙馬呵〔唱〕
〔三煞〕這兩家做下敵頭重但要訪的孤兒有影踪必然把太平庄
上兵圍擁鐵桶般密不通風〔云〕那屠岸賈拿住了我高聲喝道老匹夫豈不見三日
前出下榜文偏是你藏下趙氏孤兒與俺作對請波請波〔唱〕則說老匹夫請先入甕也
須知榜揭處天都動偏你這罷職歸田一老農公然敢剔蝎撩蜂
〔二煞〕他把繃扒吊拷般般用情節根由細細窮那其間枯皮朽骨
難禁痛少不得從實攀供可知道你個程嬰怕恐〔帶云〕程嬰你放心者〔唱〕
我從來一諾似千金重便將我送上刀山與劍峯斷不做有始無終
〔云〕程嬰你則放心前去擡舉的這孤兒成人長大與他父母報讎雪恨老夫一死何足道哉〔唱〕
〔煞尾〕憑着趙家枝葉千年永晉國山河百二雄顯耀英材統軍衆
威壓諸邦盡伏拱偏拜公卿訴苦衷禍難當初起下宮可憐三百口
親丁飲劍鋒剛留得孤苦伶仃一小童巴到今朝襲父封提起冤讐

淚如湧要請甚旗牌下九重早拿出奸臣帥府中斷首分骸祭祖宗九族全誅不寬縱恁時節纔不負你冒死存孤報主公便是我也甘心兒葬近要離路傍塚〔下〕

〔程嬰云〕事勢急了我依舊將這孤兒抱的我家去將我的孩兒送到太平庄上來〔詩云〕甘將自己親生子偷換他家趙氏孤這本程嬰義分應該得只可惜遺累公孫老大夫〔下〕

〔音釋〕苫聲占切　數上聲　從去聲　從音匆　首去聲　傀匡委切　儡音壘　笛丁梨切　捀音蓬　繃音崩　禁平聲　諾囊入聲　難去聲　要平聲

第三折

〔屠岸賈領卒子上云〕兀的不走了趙氏孤兒也某已曾張掛榜文限三日之內不將孤兒出首即將普國內小兒但是半歲以下一月以上都拘刷到我帥府中盡行誅戮令人門首覷者若有首告之人報復某家知道〔程嬰上云〕自家程嬰是也昨日將我的孩兒送與公孫杵臼去了我今日到屠岸賈根前首告去來令人報復去道有了趙氏孤兒也〔卒子云〕你則在這裏等我報復去〔報科云〕報的元帥得知有人來報趙氏孤兒有了也〔屠岸賈云〕在那裏〔卒子云〕現在門首哩〔屠岸賈云〕着他過來〔卒子云〕着過來〔做見科屠岸賈云〕兀那廝你是何人〔程嬰云〕小人是個草澤醫士程嬰〔屠岸賈云〕趙氏孤兒今在何處〔程嬰云〕在呂呂太平庄上公孫杵臼家藏着哩〔屠岸賈云〕你怎生知道來〔程嬰云〕小人與公孫杵臼曾有一面之交我去探望他誰想臥房中錦繃繡褥上倘着一個小孩兒我想公孫杵臼年紀七十從來没兒没女這個是那裏來的我說道這小的莫非是趙氏孤兒麼只見他登時變色不能答應以此知孤兒在公孫杵臼家裏〔屠岸賈

云〕咄你這匹夫你怎瞞的過我你和公孫杵臼往日無讎近日無冤你因何告他藏着趙氏孤兒你敢是知情麼說的是萬事全休說的不是令人磨的劍快先殺了這個匹夫者〔程嬰云〕告元帥暫息雷霆之怒略罷虎狼之威聽小人訴說一遍咱我小人與公孫杵臼原無讎隙只因元帥傳下榜文要將晉國內小兒拘刷到帥府盡行殺壞我一來爲救晉國內小兒之命二來小人四旬有五近生一子尚未滿月元帥軍令不敢不獻出來可不小人也絕後了我想有了趙氏孤兒便不損壞一國生靈連小人的孩兒也得無事所以出首〔詩云〕告大人暫停嗔怒這便是首告緣故雖然救晉國生靈其實怕程家絕戶〔屠岸賈笑科云〕哦是了公孫杵臼元與趙盾一殿之臣可知有這事來令人則今日點就本部下人馬同程嬰到太平庄上拿公孫杵臼走一遭去〔同下〕〔正末公孫杵臼上云〕老夫公孫杵臼是也想昨日與程嬰商議救趙氏孤兒一事今日他到屠岸賈府中首告去了這早晚屠岸賈這廝必然來也呵〔唱〕

〔雙調新水令〕我則見蕩征塵飛過小溪橋多管是損忠良賊徒來到齊臻臻擺着士卒明晃晃列着槍刀眼見的我死在今朝更避甚痛笞掠

〔屠岸賈同程嬰領卒子上云〕來到這呂呂太平庄上也令人與我圍了太平庄者程嬰那裏是公孫杵臼宅院〔程嬰云〕則這個便是〔屠岸賈云〕拿過那老匹夫來公孫杵臼你知罪麼〔正末云〕我不知罪〔屠岸賈云〕我知你個老匹夫和趙盾是一殿之臣你怎敢掩藏着趙氏孤兒〔正末云〕老元帥我有熊心豹膽怎敢掩藏着趙氏孤兒〔屠岸賈云〕不打不招令人與我揀大棒子着實打者〔卒子做打科正末唱〕

〔駐馬聽〕想着我罷職辭朝曾與趙盾名爲刎頸交〔云〕這事是誰見來〔屠岸賈云〕現有程嬰首告着你哩〔正末唱〕是那個埋情出告元來這程嬰舌是斬身刀〔云〕你殺了趙家滿門良賤三百餘口則剩下這孩兒你又要傷他性命〔唱〕你正是狂風偏縱撲天鵰嚴霜故打枯根草不爭把孤兒又殺壞了可着他三百口冤讐甚人來報

〔屠岸賈云〕老匹夫你把孤兒藏在那裏快招出來免受刑法〔正末云〕我有甚麼孤兒藏在那裏誰見來〔屠岸賈云〕你不招令人與我採下去着實打者〔做打科屠岸賈云〕這老匹夫賴肉頑皮不肯招承可惱可惱程嬰這原是你出首的就着替我行杖者〔程嬰云〕元帥小人是個草澤醫士撮藥尚然腕弱怎生行的杖〔屠岸賈云〕程嬰你不行杖敢怕指攀出你麽〔程嬰云〕元帥小人行杖便了〔做拿杖子科屠岸賈云〕程嬰我見你把棍子揀了又揀只揀着那細棍子敢怕打的他疼了要指攀下你來〔程嬰云〕我就拿大棍子打者〔屠岸賈云〕住者你頭裏只揀着那細棍子打如今你却拿起大棍子來三兩下打死了呵你就做的箇死無招對〔程嬰云〕着我拿細棍子又不是拿大棍子又不是好着我兩下做人難也〔屠岸賈云〕程嬰你只拿着那中等棍子打公孫杵臼老匹夫你可知道行杖的就是程嬰麽〔程嬰行杖科云〕快招了者〔三科了〕〔正末云〕哎喲打了這一日不似這幾棍子打的我疼是誰打我來〔屠岸賈云〕是程嬰打你來〔正末云〕程嬰你剗的打我那〔程嬰云〕元帥打的這老頭兒兀的不胡說哩〔正末唱〕

〔鴈兒落〕是那一個實丕丕將着麤棍敲打的來痛殺殺精皮掉我和你狠程嬰有甚的讐却教我老公孫受這般虐

〔程嬰云〕快招了者〔正末云〕我招我招〔唱〕

〔得勝令〕打的我無縫可能逃有口屈成招莫不是那孤兒他知道故意的把咱家指定了〔程嬰做慌科〕〔正末唱〕我委實的難熬尚兀自強着牙根兒鬧暗地裏偷瞧只見他早諕的腿脡兒搖

〔程嬰云〕你快招罷省得打殺你〔正末云〕有有有〔唱〕

〔水仙子〕俺二人商議要救這小兒曹〔屠岸賈云〕可知道指攀下來也你說二人一個是你了那一個是誰你實說將出來我饒你的性命〔正末云〕你要我說那一個我說我說〔唱〕哎一句話來到我舌尖上却嚥了〔屠岸賈云〕程嬰這樁事敢有你麽〔程嬰云〕兀那老頭兒你休妄指平人〔正末云〕程嬰你慌怎麽〔唱〕我怎生把你程嬰道似這般有上梢無下梢〔屠岸賈云〕你頭裏說兩個你怎生這一會兒可說無了〔正末唱〕只被你打的來不知一個顛倒〔屠岸賈云〕你還不說我就打死你個老匹夫〔正末唱〕遮莫便打的我皮都綻肉盡銷休想我有半字兒攀着

〔卒子抱倈兒上科云〕元帥爺賀喜土洞中搜出個趙氏孤兒來了也〔屠岸賈笑科云〕將那小的拿近前來我親自下手剁做三段兀那老匹夫你道無有趙氏孤兒這箇是誰〔正末唱〕

〔川撥棹〕你當日演神熬把忠臣來撲咬逼的他走死荒郊刎死鋼刀縊死裙腰將三百口全家老小盡行誅剿並沒那半個兒剩落還不厭你心苗

〔屠岸賈云〕我見了這孤兒就不由我不惱也〔正末唱〕

〔七第兒〕我只見他左瞧右瞧怒咆哮火不騰改變了猙獰貌按獅
蠻拽扎起錦征袍把龍泉扯離出沙魚鞘
〔屠岸賈怒云〕我拔出這劍來一劍兩劍三劍〔程嬰做驚疼科屠岸賈云〕把這一箇小業種剁了
三劍兀的不稱了我平生所願也〔正末唱〕
〔梅花酒〕呀見孩兒臥血泊那一個哭哭號號這一個怨怨焦焦連
我也戰戰搖搖直恁般歹做作只除是沒天道呀想孩兒離褥草到
今日恰十朝刀下處怎耽饒空生長枉劬勞還說甚要防老
〔收江南〕呀兀的不是家富小兒驕〔程嬰掩淚科〕〔正末唱〕見程嬰心似
熱油澆淚珠兒不敢對人拋背地裏揾了沒來由割捨的親生骨肉
吃三刀
〔云〕屠岸賈那賊你試覷者上有天哩怎肯饒過的你我死打甚麼不緊〔唱〕
〔鴛鴦煞〕我七旬死後偏何老這孩兒一歲死後偏知小俺兩個一
處身亡落的個萬代名標我囑付你個後死的程嬰休別了橫亡的
趙朔暢道是光陰過去的疾寃讐報復的早將那廝萬剮千刀切莫
要輕輕的素放了
〔正末撞科云〕我撞堦基覓箇死處〔下〕〔卒子報科云〕公孫杵臼撞堦基身死了也〔屠岸賈笑
科〕那老匹夫既然撞死可也罷了〔做笑科云〕程嬰這一樁裏多虧了你若不是你呵如何殺的
趙氏孤兒〔程嬰云〕元帥小人原與趙氏無讎一來救晉國內衆生二來小人根前也有個孩兒未

會滿月若不搜的那趙氏孤兒出來我這孩兒也無活的人也〔屠岸賈云〕程嬰你是我心腹的人不如只在我家中做個門客擡舉你那孩兒成人長大在你根前習文送在我根前演武我也年近五旬尚無子嗣就將你的孩兒與我做個義兒我偌大年紀了後來我的官位也等你的孩兒討箇應襲你意下如何〔程嬰云〕多謝元帥擡舉〔屠岸賈詩云〕則爲朝綱中獨顯趙盾不由我心中生忿如今削除了這點萌芽方纔是永無後釁〔同下〕

〔音釋〕 掠音料　虐音要　縫去聲　强音絳　着池燒切　剿精小切　落音澇　咆音袍　哮希交切　猙音撑　獰音能　離去聲　鞘音笑　泊巴毛切　號平聲　作音早　十繩知切　搵温去聲　朔聲卯切　應平聲

第四折

〔屠岸賈領卒子上云〕某屠岸賈自從殺了趙氏孤兒可早二十年光景也有程嬰的孩兒因爲過繼與我喚做屠成教的他十八般武藝無有不拈無有不會這孩兒弓馬到强似我就着我這孩兒的威力早晚定計弒了靈公奪了晉國可將我的官位都與孩兒做了方是平生願足適纔孩兒往教場中演習弓馬去了等他來時再做商議〔下〕〔程嬰拿手卷上詩云〕日月催人老光陰趲少年心中無限事未敢盡明言過日月好疾也自到屠府中今經二十年光景擡舉的我那孩兒二十歲官名喚做程勃我根前習文屠岸賈根前演武甚有機謀熟閑弓馬那屠岸賈將我的孩兒十分見喜他豈知就裏的事只是一件連我這孩兒心下也還是懵懵懂懂的老夫今年六十五歲倘或有些好歹呵着誰人說與孩兒知道替他趙氏報讎以此躊躇展轉晝夜無眠我如今將從前屈死的忠臣良將畫成一個手卷倘若孩兒問老夫呵我一樁樁剖說前事這孩兒必然與父母報讎也我

且在書房中悶坐着只等孩兒到來自有個理會〔正末扮程勃上云〕某程勃是也這壁廂爹爹是程嬰那壁廂爹爹可是屠岸賈我白日演武到晚習文如今在教場中回來見我這壁廂爹爹走一遭去也呵〔唱〕

〔中呂粉蝶兒〕引着些本部下軍卒提起來殺人心半星不懼每日家習演兵書憑着我快相持能對壘直使的諸邦降伏俺父親英勇誰如我拚着個盡心兒扶助

〔醉春風〕我則待扶明主晉靈公助賢臣屠岸賈憑着我能文善武萬人敵俺父親將我來許許可不道馬壯人強父慈子孝怕甚麼主憂臣辱

〔程嬰云〕我展開這手卷好可憐也單爲這趙氏孤兒送了多少賢臣烈士連我的孩兒也在這裏面身死了也〔正末云〕令人接了馬者這壁廂爹爹在那裏〔卒子云〕在書房中看書哩〔正末云〕令人報復去〔卒子報科云〕有程勃來了也〔程嬰云〕着他過來〔卒子云〕着過去〔正末做見科云〕這壁廂爹爹您孩兒教場中回來了也〔程嬰云〕你吃飯去〔正末云〕　我出的這門來想俺這壁廂爹爹每日見我心中喜歡今日見我來心中可甚煩惱垂淚不止不知主着何意我過去問他誰欺負着你來對您孩兒說我不到的饒了他哩〔程嬰云〕我便與你說呵也與你父親母親做不的主你只吃飯去〔程嬰做眼淚科〕〔正末云〕兀的不徯倖殺我也〔唱〕

〔迎仙客〕因甚的掩淚珠〔程嬰做吁氣科正末唱〕氣長吁我恰纔乂定手向前來緊趨伏〔帶云〕則俺見這壁廂爹爹呵〔唱〕　懒支支惡心煩勃騰騰生

忿怒〔帶云〕是甚麼人敢欺負你來〔唱〕我這裏低首躊躇〔帶云〕既然沒的人欺負你呵〔唱〕那裏是話不投機處

〔程嬰云〕程勃你在書房中看書我往後堂中去去再來〔做遺手卷虛下〕〔正末云〕哦元來遺下一個手卷在此可是甚的文書待我展開看咱〔做看科云〕好是奇怪那個穿紅的抰着惡犬撲着個穿紫的又有個拿瓜鎚的打死了那惡犬這一個手扶着一輛車又是沒半邊車輪的這一個自家撞死槐樹之下可是甚麼故事又不寫出個姓名教我那裏知道〔唱〕

〔紅繡鞋〕畫着的是青鴉鴉幾株桑樹鬧炒炒一簇田夫這一個可磕擦緊扶定一輪車有一個將瓜鎚親手舉有一個觸槐樹早身殂又一個惡犬兒只向着這穿紫的頻去撲

〔云〕待我再看來這一個將軍前面擺着弓弦藥酒短刀三件却將短刀自刎死了怎麼這一個將軍也引劍自刎而死又有個醫人手扶着藥廂兒跪着這一個婦人抱着個小孩兒却像要交付醫人的意思呀元來這婦人也將裙帶自縊死了好可憐人也〔唱〕

〔石榴花〕我只見這一個身着錦襜褕手引着弓弦藥酒短刀誅怎又有個將軍自刎血模糊這一個扶着藥廂兒跪伏這一個抱着小孩兒交付可憐穿珠帶玉良家婦他將着裙帶兒縊死何辜好着我沈吟半晌無分訴這畫的是傒倖殺我也悶葫蘆

〔云〕我仔細看來那穿紅的也好狠哩又將一個白鬚老兒打的好苦也〔唱〕

〔鬭鵪鶉〕我則見這穿紅的匹夫將着這白鬚的來毆辱兀的不惱

亂我的心腸氣塡我這肺腑〔帶云〕這一家兒若與我關親呵〔唱〕我可也不殺了賊臣不是丈夫我可便敢與他做主這血泊中倘的不知是那個親丁這市曹中殺的也不知是誰家上祖

〔云〕到底只是不明白須待俺這壁廂爹爹出來問明這樁事可也免的疑惑〔程嬰上云〕程勃我久聽多時了也〔正末云〕這壁廂爹爹可說與您孩兒知道〔程嬰云〕程勃你要我說這樁故事倒也和你關親哩〔正末云〕你則明明白白的說與您孩兒咱〔程嬰云〕程勃你聽者這樁兒故事好長哩當初那穿紅的和這穿紫的元是一殿之臣爭奈兩個文武不和因此做下對頭已非一日那穿紅的想道先下手爲强後下手爲殃暗地遣一刺客喚做鉏麑藏着短刀越牆而過要剌殺這穿紫的誰想這穿紫的老宰輔每夜燒香禱告天地專一片報國之心無半點于家之意那人道我若刺了這個老宰輔我便是逆天行事斷然不可若回去見那穿紅的少不的是死罷罷罷〔詩云〕他手攜利刃暗藏埋因見忠良却悔來方知公道明如日此夜鉏麑自觸槐〔正末云〕這箇觸槐而死的是鉏麑麼〔程嬰云〕可知是哩這箇穿紫的爲春間勸農出到郊外可在桑樹下見一壯士仰面張口而臥穿紫的問其緣故那壯士言某乃是靈輒因每頓吃一斗米的飯大主人家養活不過將我趕逐出來欲待摘他桑椹子吃又道我偷他的因此仰面而臥等那桑椹子吊在口中便吃吊不在口中寧可餓死不受人恥辱穿紫的說此烈士也遂將酒食賜與餓夫飽餐了一頓不辭而去這穿紫的並無嗔怒之心程勃這見得老宰輔的德量處〔詩云〕爲乘春令勸耕初巡徧郊原日未晡壺漿簞食因誰下剛濟桑間一餓夫〔正末云〕哦這桑樹下餓夫喚做靈輒〔程嬰云〕程勃你緊記者又一日西戎國貢進神獒是一隻狗身高四尺者其名爲獒晉靈公將神獒賜與那穿紅的正要

謀害這穿紫的郤于後園中紮一草人與穿紫的一般打扮將草人腹中懸一付羊心肺將神獒餓了五七日然後剖開草人腹中飽餐一頓如此演成百日去向靈公說道如今朝中豈無不忠不孝的人懷着欺君之意靈公問道其人安在那穿紅的說前者賜與臣的神獒便能認的那穿紅的牽上神獒去這穿紫的正立于殿上那神獒認着是草人向前便撲趕的這穿紫的繞殿而走傍邊惱了一人乃是殿前太尉提彌明舉起金瓜打倒神獒用手揪住腦杓皮則一劈劈爲兩半（詩云）賊臣姦計有千條逼的忠良沒處逃殿前自有英雄漢早將毒手劈神獒（正末云）這隻惡犬喚做神獒打死這惡犬的是提彌明（程嬰云）是那老宰輔出的殿門正待上車豈知被那穿紅的把他那駟馬車四馬摘了二馬雙輪摘了一輪不能前去傍邊轉過壯士一臂扶輪一手策馬磨衣見皮磨皮見肉磨肉見筋磨筋見骨磨骨見髓捧轂推輪逃往野外你道這個是何人可就是桑間餓夫靈輒者是也詩云紫衣逃難出宮門駟馬雙輪摘一輪却是靈輒強扶歸野外報取桑間一飯恩（正末云）您孩兒記的元來就是仰臥于桑樹下的那個靈輒（程嬰云）是（正末云）這壁廂爹爹這箇穿紅的那廝好狠也他叫甚麼名氏（程嬰云）程勃我忘了他姓名也（正末云）這箇穿紫的可是姓甚麼（程嬰云）這個穿紫的姓趙是趙盾丞相他和你也關親哩（正末云）您孩兒聽的說有箇趙盾丞相倒也不曾掛意（程嬰云）程勃我今番說與你呵你則緊緊記者（正末云）那手卷上還有哩你可再說與您孩兒聽咱（程嬰云）那箇穿紅的把這趙盾家三百口滿門良賤誅盡殺絕了止有一子趙朔是箇駙馬那穿紅的詐傳靈公的命將三般朝典賜他却是弓弦藥酒短刀要他憑着取一件自盡其時公主腹懷有孕趙朔遺言我若死後你添的個小廝兒呵可名趙氏孤兒與俺三百口報讎誰想趙朔短刀刎死那穿紅的將公主囚禁府中生下趙氏孤兒那穿紅的得知早

差下將軍韓厥把住府門專防有人藏了孤兒出去這公主有個門下心腹的人喚做草澤醫士程嬰〔正末云〕這壁廂爹爹你敢就是他麼〔程嬰云〕天下有多少同名同姓的人他另是一個程嬰這公主將孤兒交付了那個程嬰就將裙帶自縊而死那程嬰抱着這孤兒來到府門上撞見韓厥將軍搜出孤兒來被程嬰說了兩句誰想韓厥將軍也拔劍自刎了〔詩云〕那醫人全無怕懼將孤兒私藏出去正撞見忠義將軍甘身死不教拿住〔正末云〕這將軍爲趙氏孤兒自刎身亡了是箇好男子我記着他喚做韓厥〔程嬰云〕是是是正是韓厥誰想那穿紅的得知將普國內半歲之下一月之上小孩兒每都拘刷到他府來每人剁做三劍必然殺了趙氏孤兒〔正末做怒科云〕那穿紅的好狠也〔程嬰云〕可知他狠哩誰想這程嬰也生的箇孩兒尚未滿月假粧做趙氏孤兒送到呂呂太平庄上公孫杵臼跟前〔正末云〕那公孫杵臼却是何人〔程嬰云〕這個老宰輔和趙盾是一殿之臣程嬰對他說道老宰輔你收着這趙氏孤兒去報與穿紅的道程嬰藏着孤兒將俺父子一處身死你擡舉的孤兒成人長大與他父母報讎有何不可公孫杵臼說道我如今年邁了也程嬰你捨的你這孩兒假粧做趙氏孤兒藏在老夫跟前你報與穿紅的去我與你孩兒一處身亡你藏着孤兒日後與他父母報讎纔是〔正末云〕他那箇程嬰肯捨他那孩兒麼〔程嬰云〕你的性命也要捨哩量他那孩兒打甚麼不緊他將自己的孩兒假粧做了孤兒送與公孫杵臼處報與那穿紅的得知將公孫杵臼三推六問吊拷繃扒追出那假的趙氏孤兒來剁做三劍公孫杵臼自家撞堦而死這樁事經今二十年光景了也這趙氏孤兒見今長成二十歲不能與父母報讎說兀的做甚〔詩云〕他一貌堂堂七尺軀學成文武待何如乘車祖父歸何處滿門良賤盡遭誅冷宮老母懸梁縊法場親父引刀殂冤恨至今猶未報枉做人間大丈夫〔正末云〕你說了這一日您孩兒如睡裏

夢裏只不省的〔程嬰云〕元來你還不知哩如今那穿紅的正是姦臣屠岸賈趙盾是你公公趙朔是你父親公主是你母親〔詩云〕我如今一一說到底你剗地不知頭共尾我是存孤棄子老程嬰兀的趙氏孤兒便是你〔正末云〕元來趙氏孤兒正是我兀的不氣殺我也〔正末做倒程嬰扶科云〕小主人甦醒者〔正末云〕兀的不痛殺我也〔唱〕

〔普天樂〕聽的你說從初纔使我知緣故空長了我這二十年的歲月生了我這七尺的身軀元來自刎的是父親自縊的咱老母說到淒涼傷心處便是那鐵石人也放聲啼哭我捹着生擒那個老匹夫只要他償還俺一朝的臣宰更和那合宅的家屬

〔云〕你不說呵您孩兒怎生知道爹爹請坐受你孩兒幾拜〔正末拜科程嬰云〕今日成就了你趙家枝葉送的俺一家兒剪草除根了也〔做哭科正末唱〕

〔上小樓〕若不是爹爹照覷把您孩兒擡舉可不的二十年前早攖鋒刃久喪溝渠恨只恨屠岸賈那匹夫尋根拔樹險送的俺一家兒滅門絕戶

〔幺篇〕他他他把俺一姓戮我我我也還他九族屠〔程嬰云〕小主人你休大驚小怪的恐怕屠賊知道〔正末云〕我和他一不做二不休〔唱〕那怕他牽着神獒擁着家兵使着權術你只看這一個那一個都是爲誰而卒豈可我做兒的倒安然如故

〔云〕爹爹放心到明日我先見過了主公和那滿朝的卿相親自殺那賊去〔唱〕

〔耍孩兒〕到明朝若與讐人遇我迎頭兒把他當住也不須別用軍和卒只將咱猿臂輕舒早提番玉勒雕鞍轡扯下金花皂蓋車死狗似拖將去我只問他人心安在天理何如

〔二煞〕誰着你使英雄忒使過做寃讐能做毒少不的一還一報無虛誤你當初屈勘公孫老今日猶存趙氏孤再休想咱容恕我將他輕輕擲下慢慢開除

〔一煞〕摘了他斗來大印一顆剝了他花來簇幾套服把麻繩背綁在將軍柱把鐵鉗拔出他爛斑舌把錐子生跳他賊眼珠把尖刀細剮他渾身肉把鋼鎚敲殘他骨髓把銅鍘切掉他頭顱

〔煞尾〕尙兀自勃騰騰怒怎消黑沈沈怨未復也只爲二十年的逆子妄認他人父到今日三百口的寃魂方纔家自有主〔下〕

〔程嬰云〕到明日小主人必然擒拿這老賊我須隨後接應去來〔下〕

〔音釋〕懵蒙上聲　懂音董　卒從蘇切　降奚江切　伏房夫切　敵丁梨切　辱如去聲　憋音必　撲音普　思去聲　襜凝髯切　褕音魚　椹音甚　哭音苦　屬繩朱切　戮音慮　術繩朱切　轡音配　過平聲　毒東盧切　服房夫切　鉗其炎切　肉如去聲　復房夫切

第五折

〔外扮魏絳領張千上云〕小官乃晉國上卿魏絳是也方今悼公在位有屠岸賈專權將趙盾滿門

戸賤盡皆殺絶誰想趙朔門下有個程嬰掩藏了趙氏孤兒今經二十年光景改名程勃今早奏知

主公要擒拿屠岸賈雪父之讐奉主公的命道屠岸賈兵權太重誠恐一時激變着程勃暗暗的自

行捉獲仍將他闔門良賤齠齓不留成功之後另加封賞小官不敢輕洩須親對程勃傳命去來（下）

（詩云）忠臣受屠戮沉冤二十年今朝取姦賊方知冤報冤（下）（正末躧馬仗劍上云）某程勃今

早奏知主公擒拿屠岸賈報父祖之讐這老賊是好無禮也呵（唱）

〔正宮端正好〕也不索列兵卒排軍將動着些闊劍長鎗我今日報讐捨命誅姦黨總是他命盡也合身喪

〔滾繡毬〕只在這鬧街坊弄一場我和他決無輕放恰便似虎撲綿羊我可也不索慌不索忙早把手脚兒十分打當看那廝怎做隄防我將這二十年積下寃讐報三百口亡來性命償我便死也何妨

（云）我只在這鬧市中等候着那老賊敢待來也（屠岸賈領卒子上云）今日在元帥府回還私宅中去令人擺開頭踏慢慢的行者（正末云）兀的不是那老賊來了也（唱）

〔倘秀才〕你看那雄赳赳頭踏數行鬧攘攘跟隨的在兩廂你看他腆着胸脯粧些兒勢況我這裏驟馬如流水掣劍似秋霜向前來賭當

（屠岸賈云）屠成你來做甚麼（正末云）兀那老賊我不是屠成則我是趙氏孤兒二十年前你將俺三百口滿門良賤誅盡殺絶我今日擒拿你箇老匹夫報俺家的寃讐也（屠岸賈云）誰這般道來（正末云）是程嬰道來（屠岸賈云）這孩子手脚來的不中我只是走的乾淨（正末云）你這賊

走那裏去〔唱〕
〔笑和尚〕我我我儘威風八面揚你你你怎掙閗怎攔擋早早早諕
的他魂飄蕩休休休再口強是是是不商量來來來可疋塔的提離
了鞍轎上
〔正末做拿住科程嬰慌上云〕則怕小主人有失我隨後接應去謝天地小主人拿住屠岸賈了也
〔正末云〕令人將這匹夫執縛定了見主公去來〔同下〕〔魏絳同張千上云〕小官魏絳的便是今
有程勃擒拿屠岸賈去了令人門首覷者若來時報復某知道〔正末同程嬰拿屠岸賈上正末云〕
父親俺和你同見主公去來〔見科云〕老宰輔可憐俺家三百口沉冤今日拿住了屠岸賈也〔魏
絳云〕拿將過來兀那屠岸賈你這損害忠良的姦賊今被程勃拿來有何理說〔屠岸賈云〕我成
則為王敗則為虜事已至此惟求早死而已〔正末云〕老宰輔與程勃做主咱〔魏絳云〕屠岸賈你
今日要早死我偏要你慢死令人與我將這賊釘上木驢細細的剮上三千刀皮肉都盡方纔斷首
開膛休着他死的早了〔正末唱〕
〔脫布衫〕將那廝釘木驢推上雲陽休便要斷首開膛直刴的他做
一堝兒肉醬也消不得俺滿懷惆悵
〔程嬰云〕小主人你今日報了寃讐復了本姓則可憐老漢一家兒皆無所靠也〔正末唱〕
〔小梁州〕誰肯捨了親兒把別姓藏似你這恩德難忘我待請個丹
青妙手不尋常傳着你真容相侍奉在俺家堂
〔程嬰云〕我有什麼恩德在那裏勞小主人這等費心〔正末唱〕

〔幺篇〕你則那三年乳哺曾無曠可不勝懷擔十月時光幸今朝出萬死身無恙便日夕裏焚香供養也報不的你養爺娘〔魏絳云〕程嬰程勃你兩箇望闕跪者聽主公的命〔詞云〕則為屠岸賈損害忠良百般的撓亂朝綱將趙盾滿門良賤都一朝無罪遭殃那其間頗多仗義豈真謂天道微茫幸孤兒能償積怨把姦臣身首分張可復姓賜名趙武襲父祖列爵卿行韓厥後仍為上將給程嬰十頃田庄老公孫立碑造墓彌明輩概與襃揚普國內從今更始同瞻仰主德無疆〔程嬰正末謝恩科正末唱〕

〔黃鍾尾〕謝君恩普國多沾降把姦賊全家盡滅亡賜孤兒改名望襲父祖拜卿相忠義士各褒奬是軍官還職掌是窮民與收養已死喪給封葬現生存受爵賞這恩臨似天廣端為誰敢虛讓誓捐生在戰場着鄰邦並歸向落的個史冊上標名留與後人講

〔音釋〕齠音條　齔音襯　闠音儈　轎音蹺　堝音窩　褒音包

題目　公孫杵臼恥勘問

正名　趙氏孤兒大報讎

趙氏孤兒大報讎雜劇

秉鑑持衡廉訪法

感天動地竇娥寃
倣賈千里筆
珍倣宋版印

感天動地竇娥冤雜劇

元大都關漢卿撰
明吳興臧晉叔校

楔子

（卜兒蔡婆上詩云）花有重開日人無再少年不須長富貴安樂是神仙老身蔡婆婆是也楚州人氏嫡親三口兒家屬不幸夫主亡逝已過止有一箇孩兒年長八歲俺娘兒兩箇過其日月家中頗有些錢財這裏一箇竇秀才從去年問我借了二十兩銀子如今本利該銀四十兩我數次索取那竇秀才只說貧難沒有還我他有一箇女兒今年七歲生得可喜長得可愛我有心看上他與我家做箇媳婦就准了這四十兩銀子豈不兩得其便他說今日好日辰親送女兒到我家來老身且不索錢去專在家中等候這早晚竇秀才敢待來也（沖末扮竇天章引正旦扮端雲上詩云）讀盡縹緗萬卷書可憐貧殺馬相如漢庭一日承恩召不說當罏說子虛小生姓竇名天章祖貫長安京兆人也幼習儒業飽有文章爭奈時運不通功名未遂不幸渾家亡化已過撇下這個女孩兒小字端雲從三歲上亡了他母親如今孩兒七歲了也小生一貧如洗流落在這楚州居住此間一箇蔡婆婆他家廣有錢物小生因無盤纏曾借了他二十兩銀子到今本利該對還他四十兩他數次問小生索取教我把甚麼還他誰想蔡婆婆常常着人來說要小生女孩兒做他兒媳婦況如今春榜動選場開正待上朝取應又苦盤纏缺少小生出於無奈只得將女孩兒端雲送與蔡婆婆做兒媳婦去（做歎科云）嗨這箇那裏是做媳婦分明是賣與他一般就准了他那先借的四十兩銀子分外但得些少東西勾小生應舉之費便也過望了說話之間早來到他家門首婆婆在家麽（卜兒上

云〕秀才請家裏坐老身等候多時也〔做相見科竇天章云〕小生今日一徑的將女孩兒送來與婆婆怎敢說做媳婦只與婆婆早晚使用小生目下就要上朝進取功名去留下女孩兒在此只望婆婆看覷則箇〔卜兒云〕這等你是我親家了你本利少我四十兩銀子兀的是借錢的文書還了你再送你十兩銀子做盤纏親家你休嫌輕少〔竇天章做謝科云〕多謝了婆婆先少你許多銀子都不要我還了今又送我盤纏此恩異日必當重報婆婆女孩兒早晚呆癡看小生薄面看覷女孩兒咱〔卜兒云〕親家這不消你囑付令愛到我家就做親女兒一般看承他你只管放心的去〔竇天章云〕婆婆端雲孩兒該打呵看小生面則罵幾句當罵呵則處分幾句孩兒你也不比在我跟前我是你親爺將就的你你如今在這裏早晚若頑劣呵你只討那打罵喫兒嚛我也是出於無奈

〔做悲科〕〔唱〕

〔仙呂賞花時〕我也只爲無計營生四壁貧因此上割捨得親兒在兩處分從今日遠踐洛陽塵又不知歸期定准則落的無語闇消魂

〔下〕

〔卜兒云〕竇秀才留下他這女孩兒與我做媳婦兒他一徑上朝應舉去了〔正旦做悲科云〕爹爹你直下的撇了我孩兒去也〔卜兒云〕媳婦兒你在我家我是親婆你是親媳婦只當自家骨肉一般你不要啼哭跟着老身前後執料去來〔同下〕

〔音釋〕縹音飄　緗音湘　分去聲

第一折

〔淨扮賽盧醫上詩云〕行醫有斟酌下藥依本草死的醫不活活的醫死了自家姓盧人道我一手

好醫都叫做賽盧醫在這山陽縣南門開着生藥局在城有箇蔡婆婆我問他借了十兩銀子本利該還他二十兩數次來討這銀子我又無的還他若不來便罷若來呵我自有箇主意我且在這藥鋪中坐下看有甚麼人來（卜兒上云）老身蔡婆婆我一向搬在山陽縣居住儘也靜辦自十三年前竇天章秀才留下端雲孩兒與我做兒媳婦改了他小名喚做竇娥自成親之後不上二年不想我這孩兒害弱症死了媳婦兒守寡又早三箇年頭服孝將除了也我和媳婦兒說知我往城外賽盧醫家索錢去也（做行科云）驀過隅頭轉過屋角早來到他家門首賽盧醫在家麼（盧醫云）婆婆家裏來（卜兒云）我這兩箇銀子長遠了你還了我罷（盧醫云）婆婆我家裏無銀子你跟我莊上去取銀子還你（卜兒云）我跟你去（做行科）（盧醫云）來到此處東也無人西也無人這裏不下手等甚麼我隨身帶的有繩子兀那婆婆誰喚你哩（卜兒云）在那裏（做勒卜兒科孛老同副淨張驢兒衝上賽盧醫慌走下孛老救卜兒科張驢兒云）爹是箇婆婆爭些勒殺了（孛老云）兀那婆婆你是那裏人氏姓甚名誰因甚着這箇人將你勒死（卜兒云）老身姓蔡在城人氏止有箇寡媳婦兒相守過日因爲賽盧醫少我二十兩銀子今日與他取討誰想他賺我到無人去處要勒死我賴這銀子若不是遇着老的和哥哥呵那得老身性命來（張驢兒云）爹你聽的他說麼他家還有箇媳婦哩救了他性命他少不得要謝我不若你要這婆子我要他媳婦兒何等兩便你和他說去（孛老云）兀那婆婆你無丈夫我無渾家你肯與我做箇老婆意下如何（卜兒云）是何言語待我回家多備些錢鈔相謝（張驢兒云）你敢是不肯故意將錢鈔哄我賽盧醫的繩子還在我仍舊勒死了你罷（做拿繩科）（卜兒云）哥哥待我慢慢地尋思咱（張驢兒云）你尋思些甚麼你隨我老子我便要你媳婦兒（卜兒背云）我不依他他又勒殺我罷罷罷你爺兒兩箇隨我到家中去

來〔同下〕〔正旦上云〕妾身姓竇小字端雲祖居楚州人氏我三歲上亡了母親七歲上離了父親俺父親將我嫁與蔡婆婆爲兒媳婦改名竇娥至十七歲與夫成親不幸丈夫亡化可早三年光景我今二十歲也這南門外有箇賽盧醫他少俺婆婆銀子本利該二十兩數次索取不還今日俺婆婆親自索取去了竇娥也你這命好苦也呵〔唱〕

〔仙呂點絳唇〕滿腹閒愁數年禁受天知否天若是知我情由怕不待和天瘦

〔混江龍〕則問那黃昏白晝兩般兒忘飡廢寢幾時休大都來昨宵夢裏和着這今日心頭催人淚的是錦爛熳花枝橫繡闥斷人腸的是剔團圞月色掛粧樓長則是急煎煎按不住意中焦悶沉沉展不徹眉尖皺越覺的情懷冗冗心緒悠悠

〔云〕似這等憂愁不知幾時是了也呵〔唱〕

〔油葫蘆〕莫不是八字兒該載着一世憂誰似我無盡頭須知道人心不似水長流我從三歲母親身亡後到七歲與父分離久嫁的箇同住人他可又拔着短籌撇的俺婆婦每都把空房守端的箇有誰問有誰偢

〔天下樂〕莫不是前世裏燒香不到頭今也波生招禍尤勸今人早將來世修我將這婆侍養我將這服孝守我言詞須應口

〔云〕婆婆索錢去了怎生這早晚不見回來〔卜兒同孛老張驢兒上〕〔卜兒云〕你爺兒兩箇且在

門首等我先進去〔張驢兒云〕妳妳你先進去就說女壻在門首哩〔卜兒見正旦科〕〔正旦云〕妳妳回來了你喫飯麽〔卜兒做哭科云〕孩兒也你教我怎生說波〔正旦唱〕

〔一半兒〕爲甚麽泪漫漫不住點兒流莫不是爲索債與人家惹爭鬭我這裏連忙迎接慌問候他那裏要說緣由〔卜兒云〕羞人答答的教我怎生說波〔正旦唱〕則見他一半兒徘徊一半兒醜

〔云〕婆婆你爲甚麽煩惱啼哭那〔卜兒云〕我問賽盧醫討銀子去他賺我到無人去處行起兇來要勒死我虧了一箇張老幷他兒子張驢兒救得我性命那張老就要我招他做丈夫因這等煩惱

〔正旦云〕婆婆這箇怕不中麽你再尋思咱俺家裏又不是沒有飯吃沒有衣穿又不是少欠錢債被人催逼不過況你年紀高大六十以外的人怎生又招丈夫那〔卜兒云〕孩兒也你說的豈不是但是我的性命全虧他這爺兒兩箇救的我也曾說道待我到家多將些錢物酬謝你救命之恩不知他怎生知道我家裏有箇媳婦兒道我婆媳婦又沒老公他爺兒兩箇又沒老婆正是天緣天對若不隨順他依舊要勒死我那時節我就慌張了莫說自己許了他連你也許了他兒也這也是出於無奈〔正旦云〕婆婆你聽我說波〔唱〕

〔後庭花〕避凶神要擇好日頭拜家堂要將香火修梳着箇霜雪般白鬏髻怎將這雲霞般錦帕兜怪不的女大不中留你如今六旬左右可不道到中年萬事休舊恩愛一筆勾新夫妻兩意投枉教人笑破口

〔卜兒云〕我的性命都是他爺兒兩箇救的事到如今也顧不得別人笑話了〔正旦唱〕

〔青哥兒〕你雖然是得他得他營救須不是筍條筍條年幼剗的便
巧畫蛾眉成配偶想當初你夫主遺留替你圖謀置下田疇蚤晚羹
粥寒暑衣裘滿望你鰥寡孤獨無挨無靠母子每到白頭公公也則
落得乾生受
〔卜兒云〕孩兒也他如今只待過門喜事匆匆的教我怎生回得他去〔正旦唱〕
〔寄生草〕你道他匆匆喜我替你倒細細愁愁則愁興闌删嚥不下
交歡酒愁則愁眼昏騰扭不上同心扣愁則愁意朦朧睡不穩芙蓉
褥你待要笙歌引至畫堂前我道這姻緣敢落在他人後
〔卜兒云〕孩兒也再不要說我了他爺兒兩箇都在門首等候事已至此不若連你也招了女壻罷
〔正旦云〕婆婆你要招你自招我並然不要女壻〔卜兒云〕那箇是要女壻的爭奈他爺兒兩箇自
家挨過門來教我如何是好〔張驢兒云〕我們今日招過門去也帽兒光光今日做箇新郎袖兒窄
窄今日做箇嬌客好女壻好女壻不枉了不枉了〔同孛老入拜科〕〔正旦做不禮科云〕兀那廝靠
後〔唱〕
〔賺煞〕我想這婦人每休信那男兒口婆婆也怕沒的貞心兒自守
到今日招着箇村老子領着箇半死囚〔張驢兒做嘴臉科云〕你看我爺兒兩箇
這等身段儘也選得女壻過你不要錯過了好時辰我和你早些兒拜堂罷〔正旦不禮科唱〕則被
你坑殺人燕侶鶯儔婆婆也你豈不知羞俺公公撞府冲州閛閗的
銅斗兒家緣百事有想着俺公公置就怎忍教張驢兒情受〔張驢兒做

扯正旦拜科正旦推跌科唱〕兀的不是俺沒丈夫的婦女下場頭〔下〕

〔卜兒云〕你老人家不要惱懆難道你有活命之恩我豈不思量報你只是我那媳婦兒氣性最不好惹的既是他不肯招你兒子教我怎好招你老人家我如今拚的好酒好飯養你爺兒兩箇在家待我慢慢的勸化俺媳婦兒待他有箇回心轉意再作區處〔張驢兒云〕這歪剌骨便是黃花女兒剛剛扯的一把也不消這等使性平空的推了我一交我肯乾罷就當面賭箇誓與你我今生今世不要他做老婆我也不算好男子〔詞云〕美婦人我見過萬千向外不似這小妮子生得十分停賴我救了你老性命死裏重生怎割捨得不肯把肉身陪待〔同下〕

〔音釋〕酌音沼　禁平聲　闥湯打切　緣丁梨切　剗音產　粥音周　鰥音關　與去聲
褥柔去聲　窄齋上聲　客音楷　[illegible]爭去聲　[illegible]音債　懆音竈　憊音敗　重平聲

第二折

〔賽盧醫上詩云〕小子太醫出身也不知道醫死多人何嘗怕人告發關了一日店門在城有箇蔡家婆子剛少的他廿兩花銀屢屢親來索取爭些撚斷脊筋也是我一時智短將他賺到荒村撞見兩箇不識姓名男子一聲嚷道浪蕩乾坤怎敢行兇撒潑擅自勒死平民嚇得我丟了繩索放開脚步飛奔雖然一夜無事終覺失精落魂方知人命關天關地如何看做壁上灰塵從今改過行業要得滅罪修因將以前醫死的性命一箇箇都與他一卷超度的經文小子賽盧醫的便是只為要賴蔡婆婆二十兩銀子賺他到荒僻去處正待勒死他誰想遇見兩箇漢子救了他去若是再來討債時節教我怎生見他常言道的好三十六計走為上計喜得我是孤身又無家小連累不若收拾了細軟行李打箇包兒悄悄的躲到別處另做營生豈不乾淨〔張驢兒上云〕自家張驢兒可奈那竇

娥百般的不肯隨順我如今那老婆子害病我討服毒藥與他喫了藥死那老婆子這小妮子好歹做我的老婆〔做行科云〕且住城裏人耳目廣口舌多倘見我討毒藥可不嚷出事來我前日看見南門外有箇藥鋪此處冷靜正好討藥〔做到科叫云〕太醫哥哥我來討藥的〔賽盧醫云〕你討甚麼藥〔張驢兒云〕我討服毒藥〔賽盧醫云〕誰敢合毒藥與你這廝好大膽也〔張驢兒云〕你真箇不肯與我藥麼〔賽盧醫云〕我不與你你就怎地我〔張驢兒做拖盧云〕好呀前日謀死蔡婆婆的不是你來你說我不認的你哩我拖你見官去〔賽盧醫做慌科云〕大哥你放我有藥有藥〔做與藥科張驢兒云〕既然有了藥且饒你罷正是得放手時須放手得饒人處且饒人〔下〕〔賽盧醫云〕可不悔氣剛剛討藥的這人就是救那婆子的我今日與了他這服毒藥去了以後事發越越要連累我趁早兒關上藥鋪到涿州賣老鼠藥去也〔下〕〔卜兒上做病伏几科〕〔孛老同張驢兒上云〕老漢自到蔡婆婆家來本望做箇接脚却被他媳婦堅執不從那婆婆一向收留俺爺兒兩箇在家同住只說好事不在忙等慢慢裏勸轉他媳婦誰想那婆婆又害起病來孩兒你可曾等我兩箇的八字紅鸞天喜幾時到命哩〔張驢兒云〕要看什麼天喜到命只賭本事做得去自去做〔孛老云〕孩兒也蔡婆婆害病好幾日了我與你去問病波〔做見卜兒問科云〕婆婆你今日病體如何〔卜兒云〕我身子十分不快哩〔孛老云〕你可想些甚麼吃〔卜兒云〕我思量些羊䐗兒湯吃〔孛老云〕孩兒你對竇娥說做些羊䐗兒湯與婆婆吃〔張驢兒向古門云〕竇娥婆婆想羊䐗兒湯吃快安排將來〔正旦持湯上云〕妾身竇娥是也有俺婆婆不快想羊䐗湯吃我親自安排了與婆婆吃去婆婆也我這寡婦人家凡事也要避些嫌疑怎好收留那張驢兒父子兩箇非親非眷的一家兒同住豈不惹外人談議婆婆也你莫要背地裏許了他親事連我也累做不清不潔的我想這

婦人心好難保也呵〔唱〕

〔南呂一枝花〕他則待一生鴛帳眠那裏肯半夜空房睡他本是張郎婦又做了李郎妻有一等婦女每相隨並不說家克計則打聽些閒是非說一會不明白打鳳的機關使了些調虛囂撈龍的見識

〔梁州第七〕這一箇似卓氏般當罏滌器這一箇似孟光般舉案齊眉說的來藏頭蓋脚多怜悧道着難曉做出纔知舊恩忘却新愛偏宜墳頭上土脉猶濕架兒上又換新衣那裏有奔喪處哭倒長城那裏有浣紗時甘投大水那裏有上山來便化頑石可悲可恥婦人家直恁的無仁義多淫奔少志氣虧殺前人在那裏更休說本性難移

〔云〕婆婆羊肚兒湯做成了你吃些兒波〔張驢兒云〕等我拿去〔做接嘗科云〕這裏面少些鹽醋你去取來〔正旦下〕〔張驢兒放藥科〕〔正旦上云〕這不是鹽醋〔張驢兒云〕你傾下些〔正旦唱〕

〔隔尾〕你說道少鹽欠醋無滋味加料添椒纔脆美但願娘親蚤痊濟飲羹湯一杯勝甘露灌體得一個身子平安倒大來喜

〔孛老云〕孩兒羊肚湯有了不曾〔張驢兒云〕湯有了你拿過去〔孛老將湯云〕婆婆你吃些湯兒〔卜兒云〕有累你〔做嘔科云〕我如今打嘔不要這湯吃了你老人家吃罷〔孛老云〕這湯特做來與你吃的便不要吃也吃一口兒〔卜兒云〕我不吃了你老人家請吃〔孛老吃科〕〔正旦唱〕

〔賀新郎〕一箇道你請喫一箇道婆先喫這言語聽也難聽我可是氣也不氣想他家與咱家有甚的親和戚怎不記舊日夫妻情意也

曾有百縱千隨婆婆也你莫不爲黃金浮世寶白髮故人稀因此上把舊恩情全不比新知契則待要百年同墓穴那裏肯千里送寒衣〔孛老云〕我吃下這湯去怎覺昏昏沉沉的起來〔做倒科〕〔卜兒慌科云〕你老人家放精神着你札掙着些兒〔做哭科云〕兀的不是死了也〔正旦唱〕

〔鬬蝦蟆〕空悲戚沒理會人生死是輪迴感着這般病疾值着這般時勢可是風寒暑濕或是饑飽勞役各人證候自知人命關天關地別人怎生替得壽數非干今世相守三朝五夕說甚一家一計又無羊酒段匹又無花紅財禮把手爲活過日撒手如同休棄不是竇娥忤逆生怕傍人論議不如聽咱勸你認箇自家悔氣割捨的一具棺材停置幾件布帛收拾出了咱家門裏送入他家墳地這不是你那從小兒年紀指脚的夫妻我其實不關親無半點恓惶淚休得要心如醉意似癡便這等嗟嗟怨怨哭哭啼啼

〔張驢兒云〕好也囉你把我老子藥死了更待乾罷〔卜兒云〕孩兒這事怎了也〔正旦云〕我有什麼藥在那裏都是他要鹽醋時自家傾在湯兒裏的〔唱〕

〔隔尾〕這廝搬調咱老母收留你自藥死親爺待要唬嚇誰〔張驢兒云〕我家的老子倒說是我做兒子的藥死了人也不信〔做叫科云〕四鄰八舍聽着竇娥藥殺我家老子哩〔卜兒云〕罷麼你不要大驚小怪的嚇殺我也〔張驢兒云〕你可怕麼〔卜兒云〕可知怕哩〔張驢兒云〕你要饒麼〔卜兒云〕可知要饒哩〔張驢兒云〕你教竇娥隨順了我叫我三聲的的親親的丈

夫我便饒了他〔卜兒云〕孩兒也你隨順了他罷〔正旦云〕婆婆你怎說這般言語〔唱〕我一馬難將兩鞍鞴想男兒在日曾兩年匹配却教我改嫁別人其實做不得

〔張驢兒云〕竇娥你藥殺了俺老子你要官休要私休〔正旦云〕怎生是官休怎生是私休〔張驢兒云〕你要官休呵拖你到官司把你三推六問你這等瘦弱身子當不過拷打怕你不招認藥死我老子的罪犯你要私休呵你早些與我做了老婆倒也便宜了你〔正旦云〕我又不會藥死你老子情願和你見官去來〔張驢兒拖正旦卜兒下〕〔淨扮孤引祗候上詩云〕我做官人勝別人告狀來的要金銀若是上司當刷卷在家推病不出門下官楚州太守桃杌是也今早升廳坐衙左右喝攛廂〔祗候幺喝科〕〔張驢兒拖正旦卜兒上云〕告狀告狀〔祗候云〕拏過來〔做跪見孤亦跪科云〕請起〔祗候云〕相公他是告狀的怎生跪着他〔孤云〕你不知道但來告狀的就是我衣食父母〔祗候幺喝科孤云〕那箇是原告那箇是被告從實說來〔張驢兒云〕小人是原告張驢兒告這媳婦兒喚做竇娥合毒藥下在羊肚湯兒裏藥死了俺的老子這個喚做蔡婆婆就是俺的後母望大人與小人做主咱〔孤云〕是那一箇下的毒藥〔正旦云〕不干小婦人事〔卜兒云〕也不干老婦人事〔張驢兒云〕也不干我事〔孤云〕都不是敢是我下的毒藥來〔正旦云〕我婆婆也不是他後母他自姓張我家姓蔡我婆婆因為與賽盧醫索錢被他賺到郊外勒死我婆婆却得他爺兒兩箇救了性命因此我婆婆收留他爺兒兩箇在家養膳終身報他的恩德誰知他兩箇到起不良之心冒認婆婆做了接脚要逼勒小婦人做他媳婦小婦人元是有丈夫的服孝未滿堅執不從適值我婆婆患病着小婦人安排羊肚湯兒吃不知張驢兒那裏討得毒藥在身接過湯來只說少些鹽醋

支轉小婦人鬪地傾下毒藥也是天幸我婆婆忽然嘔吐不要湯吃讓與他老子吃纔吃的幾口便死了與小婦人並無干涉只望大人高擡明鏡替小婦人做主咱〔唱〕

〔牧羊關〕大人你明如鏡清似水照妾身肝膽虛實那羹本五味俱全除了外百事不知他推道嘗滋味喫下去便昏迷不是妾訟庭上胡支對大人也却教我平白地說甚的

〔張驢兒云〕大人詳情他自姓蔡我自姓張他婆婆不招俺父親接腳他養我父子兩箇在家做甚麼這媳婦年紀兒雖小極是箇賴骨頑皮不怕打的〔孤云〕人是賤蟲不打不招左右與我選大棍子打着〔祗候打正旦三次噴水科〕〔正旦唱〕

〔罵玉郎〕這無情棍棒教我挨不的婆婆也須是你自做下怨他誰勸普天下前婚後嫁婆娘每都看取我這般傍州例

〔感皇恩〕呀是誰人唱叫揚疾不由我不魄散魂飛恰消停纔蘇醒又昏迷挨千般打拷萬種凌逼一杖下一道血一層皮

〔採茶歌〕打的我肉都飛血淋漓腹中冤枉有誰知則我這小婦人毒藥來從何處也天那怎麼的覆盆不照太陽暉

〔孤云〕你招也不招〔正旦云〕委的不是小婦人下毒藥來〔孤云〕既然不是你與我打那婆子〔正旦忙云〕住住住休打我婆婆情願我招了罷是我藥死公公來〔孤云〕既然招了着他畫了伏狀將枷來枷上下在死囚牢裏去到來日判箇斬字押付市曹典刑〔卜兒哭科云〕竇娥孩兒這都是我送了你性命兀的不痛殺我也〔正旦唱〕

〔黃鍾尾〕我做了箇銜冤負屈沒頭鬼怎肯便放了你好色荒淫漏面賊想人心不可欺冤枉事天地知爭到頭競到底到如今待怎的情願認藥殺公公與了招罪婆婆也我若是不死呵如何救得你〔隨祗候押下〕

〔張驢兒做叩頭科云〕謝青天老爺做主明日殺了竇娥纔與小人的老子報的冤〔卜兒哭科云〕明日市曹中殺竇娥孩兒也兀的不痛殺我也〔孤云〕張驢兒蔡婆婆都取保狀着隨衙聽候左右打散堂鼓將馬來回私宅去也〔同下〕

〔音釋〕行音杭　合音鴿　克康美切　囂音梟　滌音體　濕傷以切　石繩知切　脆音翠　嘔歐上聲　戚倉洗切　疾精妻切　仡銀計切　得烹美切　夕星西切　匹鋪米切　日人智切　逆銀計切　拾繩知切　嚇黑平聲　鞴音備　實繩知切　笞青癡切　的音底　逼兵迷切　賊則平聲

第三折

〔外扮監斬官上云〕下官監斬官是也今日處決犯人着做公的把住巷口休放往來人閑走〔淨扮公人鼓三通鑼三下科劊子磨旗提刀押正旦帶枷上劊子云〕行動些行動些監斬官去法場上多時了〔正旦唱〕

〔正宮端正好〕沒來由犯王法不隄防遭刑憲叫聲屈動地驚天頃刻間遊魂先赴森羅殿怎不將天地也生埋怨

〔滾繡毬〕有日月朝暮懸有鬼神掌著生死權天地也只合把清濁

分辨可怎生糊突了盜跖顏淵爲善的受貧窮更命短造惡的享富貴又壽延天地也做得箇怕硬欺軟却元來也這般順水推船地也你不分好歹何爲地天也你錯勘賢愚枉做天哎只落得兩淚漣漣

〔劊子云〕快行動些悞了時辰也〔正旦唱〕

〔倘秀才〕則被這枷紐的我左側右偏人擁的我前合後偃我竇娥向哥哥行有句言〔劊子云〕你有甚麽話說〔正旦唱〕前街裏去心懷恨後街裏去死無冤休推辭路遠

〔劊子云〕你如今到法場上面有甚麽親眷要見的可教他過來見你一面也好〔正旦唱〕

〔叨叨令〕可憐我孤身隻影無親眷則落的吞聲忍氣空嗟怨〔劊子云〕難道你爺娘家也沒的〔正旦云〕止有箇爹爹十三年前上朝取應去了至今杳無音信〔唱〕蚤已是十年多不覩爹爹面〔劊子云〕你適纔要我往後街裏去是什麽主意〔正旦唱〕怕則怕前街裏被我婆婆見〔劊子云〕你的性命也顧不得怕他見怎的〔正旦云〕俺婆婆若見我披枷帶鎖赴法場飡刀去呵〔唱〕枉將他氣殺也麽哥枉將他氣殺也麽哥告哥哥臨危好與人行方便

〔卜兒哭上科云〕天那兀的不是我媳婦兒〔劊子云〕婆子靠後〔正旦云〕既是俺婆婆來了叫他來待我囑付他幾句話咱〔劊子云〕那婆子近前來你媳婦要囑付你話哩〔卜兒云〕孩兒痛殺我也〔正旦云〕婆婆那張驢兒把毒藥放在羊肚兒湯裏實指望藥死了你要霸佔我爲妻不想婆婆讓與他老子吃倒把他老子藥死了我怕連累婆婆屈招了藥死公公今日赴法場典刑婆婆此後

遇着冬時年節月一十五有瀽不了的漿水飯瀽半碗兒與我吃燒不了的紙錢與竇娥燒一陌兒則是看你死的孩兒面上〔唱〕

〔快活三〕念竇娥葫蘆提當罪愆念竇娥身首不完全念竇娥從前已往幹家緣婆婆也你只看竇娥少爺無娘面

〔鮑老兒〕念竇娥伏侍婆婆這幾年遇時節將碗涼漿奠你去那受刑法屍骸上烈些紙錢只當把你亡化的孩兒薦〔卜兒哭科云〕孩兒放心這個老身都記得天那兀的不痛殺我也〔正旦唱〕婆婆也再也不要啼啼哭哭煩煩惱惱怨氣衝天這都是我做竇娥的沒時沒運不明不闇負屈銜冤

〔劊子做喝科云〕兀那婆子靠後時辰到了也〔正旦跪科〕〔劊子開枷科〕〔正旦云〕竇娥告監斬大人有一事肯依竇娥便死而無怨〔監斬官云〕你有什麼事你說〔正旦云〕要一領淨席等我竇娥站立又要丈二白練挂在旗鎗上若是我竇娥委實冤枉刀過處頭落一腔熱血休半點兒沾在地下都飛在白練上者〔監斬官云〕這箇就依你打甚麼不緊〔劊子做取席站科又取白練挂旗上科〕〔正旦唱〕

〔耍孩兒〕不是我竇娥罰下這等無頭願委實的冤情不淺若沒些兒靈聖與世人傳也不見得湛湛青天我不要半星熱血紅塵灑都只在八尺旗鎗素練懸等他四下裏皆瞧見這就是咱萇弘化碧望帝啼鵑

（劊子云）你還有甚的說話此時不對監斬大人說幾時說那（正旦再跪科云）大人如今是三伏天道若竇娥委實寃枉身死之後天降三尺瑞雪遮掩了竇娥屍首（監斬官云）這等三伏天道你便有衝天的怨氣也召不得一片雪來可不胡說（正旦唱）

〔二煞〕你道是暑氣暄不是那下雪天豈不聞飛霜六月因鄒衍若果有一腔怨氣噴如火定要感的六出冰花滾似綿免着我屍骸現要什麼素車白馬斷送出古陌荒阡

（正旦再跪科云）大人我竇娥死的委實寃枉從今以後着這楚州亢旱三年（監斬官云）打嘴那有這等說話（正旦唱）

〔一煞〕你道是天公不可期人心不可憐不知皇天也肯從人願做甚麼三年不見甘霖降也只為東海曾經孝婦寃如今輪到你山陽縣這都是官吏每無心正法使百姓有口難言

（劊子做磨旗科云）怎麼這一會兒天色陰了也（內做風科劊子云）好冷風也（正旦唱）

〔煞尾〕浮雲為我陰悲風為我旋三椿兒誓願明題徧（做哭科云）婆婆也直等待雪飛六月亢旱三年呵（唱）那其間纔把你個屈死的寃魂這竇娥顯

（劊子做開刀正旦倒科）（監斬官驚云）呀真箇下雪了有這等異事（劊子云）我也道平日殺人滿地都是鮮血這個竇娥的血都飛在那丈二白練上並無半點落地委實奇怪（監斬官云）這死罪必有寃枉早兩椿兒應驗了不知亢旱三年的說話准也不准且看後來如何左右也不必等待雪晴便與我擡他屍首還了那蔡婆婆去罷（衆應科擡屍下）

〔音釋〕濁之娑切　跖音質　長音腸

第四折

〔竇天章冠帶引丑張千祇從上詩云〕獨立空堂思黯然高峯月出滿林烟非關有事人難睡自是驚魂夜不眠老夫竇天章是也自離了我那端雲孩兒可蚤十六年光景老夫自到京師一舉及第官拜參知政事只因老夫廉能清正節操堅剛謝聖恩可憐加老夫兩淮提刑肅政廉訪使之職隨處審囚刷卷體察濫官汚吏容老夫先斬後奏老夫一喜一悲喜呵老夫身居臺省職掌刑名勢劍金牌威權萬里悲呵有端雲孩兒七歲上與了蔡婆婆爲兒媳婦老夫自得官之後使人往楚州問蔡婆婆家他鄰里街坊道自當年蔡婆婆不知搬在那裏去了至今音信皆無老夫爲端雲孩兒啼哭的眼目昏花憂愁的鬚髮斑白今日來到這淮南地面不知這楚州爲何三年不雨老夫今在這州廳安歇張千說與那州中大小屬官今日免參明日蚤見〔張千向古門云〕一應大小屬官今日免參明日蚤見〔竇天章云〕張千說與那六房吏典但有合刷照文卷都將來待老夫燈下看幾宗波〔張千送文卷科竇天章云〕張千你與我掌上燈你每都辛苦了自去歇息罷我喚你便來不喚你休來〔張千點燈同祇從下竇天章云〕我將這文卷看幾宗咱一起犯人竇娥將毒藥致死公公我纔看頭一宗文卷就與老夫同姓這藥死公公的罪名犯在十惡不赦俺同姓之人也有不畏法度的這是問結了的文書不看他罷我將這文卷壓在底下別看一宗咱〔做打呵欠科云〕不覺的一陣昏沉上來皆因老夫年紀高大鞍馬勞困之故待我搭伏定書案歇息些兒咱〔做睡科魂旦上唱〕

〔雙調新水令〕我每日哭啼啼守住望鄉臺急煎煎把讎人等待慢

騰騰昏地裏走足律律旋風中來則被這霧鎖雲埋攛掇的鬼魂快

（魂旦望科云）門神戶尉不放我進去我是廉訪使竇天章女孩兒因我屈死父親不知特來託一夢與他咱（唱）

（沉醉東風）我是那提刑的女孩須不比現世的妖怪怎不容我到燈影前却攔截在門桯外（做叫科云）我那爺爺呵（唱）枉自有勢劍金牌把俺這屈死三年的腐骨骸怎脫離無邊苦海

（做入見哭科竇天章亦哭科云）端雲孩兒你在那裏來（魂旦虛下）（竇天章做醒科云）好是奇怪也老夫纔合眼去夢見端雲孩兒恰便似來我跟前一般如今在那裏我且再看這文卷咱（魂旦上做弄燈科）（竇天章云）奇怪我正要看文卷怎生這燈忽明忽滅的張千也睡着了我自己剔燈咱（做剔燈魂旦翻文卷科竇天章云）我剔的這燈明了也再看幾宗文卷一起犯人竇娥藥死公公（做疑怪科云）這一宗文卷我為頭看過壓在文卷底下怎生又在這上頭這幾時問結了的還壓在底下我別看一宗文卷波（魂旦再弄燈科竇天章云）怎麼這燈又是半明半闇的我再剔這燈咱（做剔燈魂旦再翻文卷科竇天章云）我剔的這燈明了我另拿一宗文卷看咱一起犯人竇娥藥死公公呸好是奇怪我纔將這文書分明壓在底下剛剔了這燈怎生又翻在面上莫不是楚州後廳裏有鬼麼便無鬼呵這樁事必有冤枉將這文卷再壓在底下待我另看一宗如何（魂旦又弄燈科竇天章云）怎生這燈又不明了敢有鬼弄這燈我再剔一剔去（做剔燈科魂旦上做撞見科竇天章舉劍擊桌科云）呸我說有鬼兀那鬼魂老夫是朝廷欽差帶牌走馬肅政廉訪使你向前來一劍揮之兩段張千虧你也睡的着快起來有鬼有鬼兀的不嚇殺老夫也（魂旦

唱〕

〔喬牌兒〕則見他疑心兒胡亂猜聽了我這哭聲兒轉驚駭哎你個竇天章直恁的威風大且受我竇娥這一拜

〔竇天章云〕兀那鬼魂你道竇天章是你父親受你孩兒竇娥拜你敢錯認了也我的女兒叫做端雲七歲上與了蔡婆婆爲兒媳婦你是竇娥名字差了怎生是我女孩兒〔魂旦云〕父親你將我與了蔡婆婆家改名做竇娥了也〔竇天章云〕你便是端雲孩兒我不問你別的這藥死公公是你不是〔魂旦云〕是你孩兒來〔竇天章云〕噤聲你這小妮子老夫爲你啼哭的眼也花了憂愁的頭也白了你劃地犯下十惡大罪受了典刑我今日官居臺省職掌刑名來此兩淮審囚刷卷體察濫官汚吏你是我親生之女老夫將你治不的怎治他人我當初將你嫁與他家呵要你三從四德三從者在家從父出嫁從夫夫死從子四德者事公姑敬夫主和妯娌睦街坊今三從四德全無劃地犯了十惡大罪我竇家三輩無犯法之男五世無再婚之女到今日被你辱沒祖宗世德又連累我的清名你快與我細吐真情不要虛言支對若說的有半釐差錯牒發你城隍祠內着你永世不得人身罰在陰山永爲餓鬼〔魂旦云〕父親停嗔息怒暫罷狼虎之威聽你孩兒慢慢的說一遍咱我三歲上亡了母親七歲上離了父親你將我送與蔡婆婆做兒媳婦至十七歲與夫配合纔得兩年不幸兒夫亡化和俺婆婆守寡這山陽縣南門外有個賽盧醫他少俺婆婆二十兩銀子俺婆婆去取討被他賺到郊外要將婆婆勒死不想撞見張驢兒父子兩個救了俺婆婆性命那張驢兒知道我家有個守寡的媳婦便道你婆兒媳婦既無丈夫不若招我父子兩個俺婆婆初也不肯那張驢兒道你若不肯我依舊勒死你俺婆婆懼怕不得已含糊許了只得將他父子兩個領到家中養他過

世有張驢兒數次調戲你女孩兒我堅執不從那一日俺婆婆身子不快想羊肚兒湯喫你孩兒安排了湯適值張驢兒父子兩個問病道將湯來我嘗一嘗說湯便好只少些鹽醋賺的我去取鹽醋他就闇地裏下了毒藥實指望藥殺俺婆婆要强逼我成親不想俺婆婆偶然發嘔不要湯吃却讓與老張吃隨即七竅流血藥死了張驢兒便道竇娥藥死了俺老子你要官休要私休我便道怎生是官休怎生是私休他道要官休告到官司你與俺老子償命若私休你便與我做老婆你孩兒便道好馬不鞴雙鞍烈女不更二夫我至死不與你做媳婦我情願和你見官去他將你孩兒拖到官中受盡三推六問吊拷綳扒便打死孩兒也不肯認怎當州官見你孩兒不認便要拷打俺婆婆我怕婆婆年老受刑不起只得屈認了因此押赴法場將我典刑你孩兒對天發下三椿誓願第一椿要丈二白練掛在旗鎗上若係冤枉刀過頭落一腔熱血休滴在地下都飛在白練上第二椿現今三伏天道下三尺瑞雪遮掩你孩兒屍首第三椿着他楚州大旱三年果然血飛上白練六月下雪三年不雨都是為你孩兒來〔詩云〕不告官司只告天心中怨氣口難言防他老母遭刑憲情願無辭認罪愆三尺瓊花骸骨掩一腔鮮血練旗懸豈獨霜飛鄒衍屈今朝方表竇娥冤〔唱〕

〔鴈兒落〕你看這文卷曾道來不道來則我這冤枉要忍耐如何耐我不肯順他人倒着我赴法場我不肯辱祖上倒把我殘生壞

〔得勝令〕呀今日箇搭伏定攝魂臺一靈兒怨哀哀父親也你現掌着刑名事親蒙聖主差端詳這文冊那廝亂綱常當合敗便萬剮了喬才還道報冤讎不暢懷

〔竇天章做泣科云〕哎我那屈死的兒則被你痛殺我也我且問你這楚州三年不雨可真個是為

你來〔魂旦云〕是爲你孩兒來〔竇天章云〕有這等事到來朝我與你做主〔詩云〕白頭親苦痛哀哉屈殺了你個青春女孩只恐怕天明了你且回去到來日我將文卷改正明白〔魂旦暫下〕〔竇天章云〕呀天色明了也張千我昨日看幾宗文卷中間有一鬼魂來訴冤枉我喚你好幾次你再也不應直恁的好睡那〔張千云〕我小人兩個鼻子孔一夜不曾閉並不聽見女鬼訴什麼冤狀也不曾聽見相公呼喚〔竇天章做叱科云〕嗯今蚤升廳坐衙張千喝攛廂者〔張千做幺喝科云〕在衙人馬平安擡書案〔稟云〕州官見〔外扮州官入參科〕〔張千云〕該房吏典見〔丑扮吏入參見科〕〔竇天章問云〕你這楚州一郡三年不雨是爲着何來〔州官云〕這個是天道亢旱楚州百姓之災小官等不知其罪〔竇天章做怒云〕你等不知罪麼那山陽縣有用毒藥謀死公公犯婦竇娥他問斬之時曾發願道若是果有冤枉着你楚州三年不雨寸草不生可有這件事來〔州官云〕這罪是前陞任桃州守問成的現有文卷〔竇天章云〕這等糊突的官也着他陞去你是繼他任的三年之中可曾祭這冤婦麼〔州官云〕此犯係十惡大罪元不曾有祠所以不曾祭得〔竇天章云〕昔日漢朝有一孝婦守寡其姑自縊身死其姑女告孝婦殺姑東海太守將孝婦斬了只爲一婦含冤致令三年不雨後于公治獄彷彿見孝婦抱卷哭於廳前于公將文卷改正親祭孝婦之墓天乃大雨今日你楚州大旱豈不正與此事相類張千分付該房僉牌下山陽縣着拘張驢兒賽盧醫蔡婆婆一起人犯火速解審毋得違悞片刻者〔張千云〕理會得〔下〕〔丑扮解子押張驢兒蔡婆婆同張千上稟云〕山陽縣解到審犯聽點〔竇天章云〕張驢兒〔張驢兒云〕有〔竇天章云〕蔡婆婆〔蔡婆婆云〕有〔竇天章云〕怎麼賽盧醫是緊要人犯不到〔解子云〕賽盧醫三年前在逃一面着廣捕批緝拿去了待獲日解審〔竇天章云〕張驢兒那蔡婆婆是你的後母麼〔張驢兒云〕母親好

冒認的委實是〔竇天章云〕這藥死你父親的毒藥卷上不見有合藥的人是那個的毒藥〔張驢兒云〕是竇娥自合就的毒藥〔竇天章云〕這毒藥必有一個賣藥的醫鋪想竇娥是個少年寡婦那裏討這藥來張驢兒敢是你合的毒藥麼〔張驢兒云〕若是小人合的毒藥不藥別人倒藥死自家老子〔竇天章云〕我那屈死的兒嘜這一節是緊要公案你不自來折辯怎得一個明白你如今冤魂却在那裏〔魂旦上云〕張驢兒這藥不是你合的是那個合的〔張驢兒做怕科云〕有鬼有鬼撮鹽入水太上老君急急如律令勅〔魂旦云〕張驢兒你當日下毒藥在羊肚兒湯裏本意藥死俺婆婆要逼勒我做渾家不想俺婆婆不吃讓與你父親吃被藥死了你今日還敢賴哩〔唱〕

〔川撥棹〕猛見了你這喫敲材我只問你這毒藥從何處來你本意待闇裏栽排要逼勒我和諧倒把你親爺毒害怎教咱替你躭罪責

〔魂旦做打張驢兒科〕〔張驢兒做避科云〕太上老君急急如律令勅大人說這毒藥必有個賣藥的醫鋪若尋得這賣藥的人來和小人折對死也無詞〔丑扮解子解賽盧醫上云〕山陽縣續解到犯人一名賽盧醫〔張千喝云〕當面〔竇天章云〕你三年前要勒死蔡婆婆賴他銀子這事怎麼說〔賽盧醫叩頭科云〕小的要賴蔡婆婆銀子的情是有的當被兩個漢子救了那婆婆並不曾死〔竇天章云〕這兩個漢子你認的他叫做什麼名姓〔賽盧醫云〕小的認便認得慌忙之際可不曾問的他名姓〔竇天章云〕現有一個在階下你去認來〔賽盧醫做下認科云〕這個是蔡婆婆〔指張驢兒云〕想必這毒藥事發了〔上云〕是這一個容小的訴稟當日要勒死蔡婆婆時正遇見他爺兒兩個救了那婆婆去過得幾日他到小的鋪中討服毒藥小的是念佛吃齋人不敢做昧心的事說道鋪中只有官料藥並無什麼毒藥他就睜着眼道你昨日在郊外要勒死蔡婆婆我拖你見

官去小的一生最怕的是見官只得將一服毒藥與了他去小的見他生相是個惡的一定拿這藥去藥死了人久後敗露必然連累小的一向逃在涿州地方賣些老鼠藥剛剛是老鼠被藥殺了好幾個藥死人的藥其實再也不曾合〔魂旦唱〕

〔七弟兄〕你只爲賴財放乖要當災〔帶云〕這毒藥呵〔唱〕原來是你賽盧醫出賣張驢兒買沒來由塡做我犯由牌到今日官去衙門在

〔竇天章云〕帶那蔡婆婆上來我看你也六十外人了家中又是有錢鈔的如何又嫁了老張做出這等事來〔蔡婆婆云〕老婦人因爲他爺兒兩個救了我的性命收留他在家養膳過世那張驢兒常說要將他老子接腳進來老婦人並不曾許他〔竇天章云〕這等說你那媳婦就不該認做藥死公公了〔魂旦云〕當日問官要打俺婆婆我怕他年老受刑不起因此咱認做藥死公公委實是屈招個〔唱〕

〔梅花酒〕你道是咱不該這招狀供寫的明白本一點孝順的心懷倒做了惹禍的胚胎我只道官吏每還覆勘怎將咱屈斬首在長街第一要素旗鎗鮮血灑第二要三尺雪將死屍埋第三要三年旱示天災咱誓願委實大

〔收江南〕呀這的是衙門從古向南開就中無個不冤哉痛殺我嬌姿弱體閉泉臺蚤三年以外則落的悠悠流恨似長淮

〔竇天章云〕端雲兒也你這冤枉我已盡知你且回去待我將這一起人犯并原問官吏另行定罪改日做個水陸道場超度你生天便了〔魂旦拜科唱〕

〔鴛鴦煞尾〕從今後把金牌勢劍從頭擺將濫官汚吏都殺壞與天子分憂萬民除害〔云〕我可忘了一件爹爹俺婆婆年紀高大無人侍養你可收恤家中替你孩兒盡養生送死之禮我便九泉之下可也瞑目〔竇天章云〕好孝順的兒也〔魂旦唱〕囑付你爹爹收養我妳妳可憐他無婦無兒誰管顧年衰邁再將那文卷舒開〔帶云〕爹爹也把我竇娥名下〔唱〕屈死的於伏罪名兒改〔下〕

〔竇天章云〕喚那蔡婆婆上來你可認的我麼〔蔡婆婆云〕老婦人眼花了不認的〔竇天章云〕我便是竇天章適纔的鬼魂便是我屈死的女孩兒端雲你這一行人聽我下斷張驢兒毒殺親爺姦佔寡婦合擬凌遲押付市曹中釘上木驢剮一百二十刀處死陞任州守桃杌幷該房吏典刑名違錯各杖一百永不敘用賽盧醫不合賴錢勒死平民又不合修合毒藥致傷人命發烟障地面永遠充軍蔡婆婆我家收養竇娥罪改正明白〔詞云〕莫道我念亡女與他滅罪消愆也只可憐見楚州郡大旱三年昔于公曾表白東海孝婦果然是感召得靈雨如泉豈可便推諉道天災代有竟不想人之意感應通天今日個將文卷重行改正方顯的王家法不使民冤

〔音釋〕黯衣減切　足臧取切　攛粗酸切　桯音汀　離去聲　妯音逐　娌音里　冊釵去聲　剮音寡　綮音計　責齋上聲　相去聲　胚鋪梅切

題目　秉鑑持衡廉訪法

正名　感天動地竇娥冤

感天動地竇娥寃雜劇

杏花莊王林告狀
倣米友仁筆

梁山泊李逵負荆
珍倣宋版印

梁山泊李逵負荊雜劇

元　康進之撰

明吳興臧晉叔校

第一折

〔沖末扮宋江同外扮吳學究淨扮魯智深領卒子上宋江詩云〕澗水潺潺遶寨門野花斜插滲青巾杏黃旗上七個字替天行道救生民某姓宋名江字公明綽號順天呼保義者是也曾爲鄆州鄆城縣把筆司吏因帶酒殺了閻婆惜迭配江州牢城路經這梁山過遇見晁蓋哥哥救某上山後來哥哥三打祝家莊身亡衆兄弟推某爲頭領某聚三十六大夥七十二小夥半垓來的小僂儸威鎮山東令行河北某喜的是兩個節令清明三月三重陽九月九如今遇這清明三月三放衆弟兄下山上墳祭掃三日已了都要上山若違令者必當斬首〔詩云〕俺威令誰人不怕只放你三日嚴假若違了半個時辰上山來決無乾罷〔下〕〔老王林上云〕曲律竿頭懸草稕綠楊影裏撥琵琶高陽公子休空過不比尋常賣酒家老漢姓王名林在這杏花莊居住開着一個小酒務兒做些生意嫡親的三口兒家屬婆婆早年亡化過了止有一個女孩兒年長十八歲喚做滿堂嬌未曾許聘他人俺這裏靠着這梁山較近但是山上頭領都在俺家買酒吃今日燒的鏇鍋兒熱着看有甚麽人來

〔淨扮宋剛丑扮魯智恩上〕〔宋剛云〕柴又不貴米又不貴兩個油嘴正是一對某乃宋剛這個兄弟叫做魯智恩俺與這梁山泊較近俺兩個則是假名託姓我便認做宋江兄弟便認做魯智深來到這杏花莊老王林家買一鍾酒吃〔見王林科云〕老王林有酒麽〔王林云〕哥哥有酒有酒家裏請坐〔宋剛云〕打五百長錢酒來老王林你認得我兩人麽〔王林云〕我老漢眼花不認的哥哥們

〔宋剛云〕俺便是宋江這個兄弟便是魯智深俺那山上頭領多有來你這裏打攪若有欺負你的你上梁山來告我我與你做主〔王林云〕你山上頭領都是替天行道的好漢並沒有這事只是老漢不認的太僕休怪休怪早知太僕來到只合遠接接待不及勿令見罪老漢在這裏多虧了頭領哥哥照顧老漢〔做遞酒科云〕太僕請滿飲此盃〔宋剛飲科〕〔王林云〕再將酒來〔魯智恩飲酒科云〕哥哥好酒〔宋剛云〕老王你家裏還有甚麼人〔王林云〕老漢家中並無甚麼人有個女孩兒喚做滿堂嬌年長一十八歲未曾許聘他人老漢別無甚麼孝順着孩兒出來與太僕遞鍾酒兒也表老漢一點心〔宋剛云〕既是閨女不要他出來罷〔魯智恩云〕哥哥怕甚麼着他出來〔王林云〕滿堂嬌孩兒你出來〔旦兒扮滿堂嬌云〕父親喚我做甚麼〔王林云〕孩兒你不知道如今有梁山上宋公明親身在此你出來遞他一鍾兒酒〔旦兒云〕父親則怕不中麼〔王林云〕不妨事〔旦兒做見科〕〔宋剛云〕我一生怕聞脂粉氣靠後些〔王林云〕孩兒與二位太僕遞一鍾兒酒〔旦做遞酒科〕〔宋剛云〕我也遞老王一鍾酒〔做與王林酒科〕〔宋剛云〕你這老人家這衣服怎麼破了把我這紅絹褡膊與你補這破處〔老王林接衣科〕〔魯智恩云〕你還不知道纔此這杯酒是肯酒這褡膊是紅定把你這女孩兒與俺宋公明哥哥做壓寨夫人只借你女孩兒去三日第四日便送來還你俺回山去也〔領旦下〕〔王林云〕老漢眼睛一對臂膊一雙只看着這個女孩兒似這般可怎麼了也〔做哭科〕〔正末扮李逵做帶醉上云〕吃酒不醉不如醒也俺梁山泊上山兒李逵的便是人見我生得黑起個綽號叫俺做黑旋風奉宋公明哥哥將令放俺三日假限踏青賞翫不免下山去老王林家再買幾壺酒吃個爛醉也呵〔唱〕

〔仙呂點絳唇〕飲與難酬醉魂依舊尋村酒恰問罷王留〔云〕俺問王留

道那裏有酒那廝不說便走俺喝道走那裏去被俺趕上一把揪住張口毛恰待要打那王留道休打休打爹爹有〔唱〕王留道兀那裏人家有

〔混江龍〕可正是清明時候却言風雨替花愁和風漸起暮雨初收俺則見楊柳半藏沽酒市桃花深映釣魚舟更和這碧粼粼春水波紋縐有往來社燕遠近沙鷗

〔云〕人道我梁山泊無有景致俺打那廝的嘴〔唱〕

〔醉中天〕俺這裏霧鎖着青山秀烟罩定綠楊洲〔云〕那桃樹上一個黃鶯兒將那桃花瓣兒啗阿啗阿啗的下來落在水中是好看也我曾聽的誰說來我試想咱哦想起來了也俺學究哥哥道來〔唱〕他道是輕薄桃花逐水流〔云〕俺綽起這桃花瓣兒來我試看咱好紅紅的桃花瓣兒〔做笑科云〕你看我好黑指頭也〔唱〕恰便是粉襯的這胭脂透〔云〕可惜了你這瓣兒俺放你趁那一般的瓣兒去我與你趕與你趕貪趕桃花瓣兒〔唱〕早來到這草橋店垂楊的渡口〔云〕不中則怕誤了俺哥哥的將令我索回去也〔唱〕待不吃呵又被這酒旗兒將我來相迤逗他他他舞東風在曲律杆頭

〔云〕兀那王林有酒麼不則這般白吃你的與你一抄碎金子與你做酒錢〔王林做採淚科云〕要他那碎金子做甚麼〔正末笑科云〕他口裏說不要可揣在懷裏老王將酒來〔王林云〕有酒有酒

〔做篩酒科〕〔正末云〕我吃這酒在肚裏則是翻也翻的不吃更待乾罷〔唱〕

〔油葫蘆〕往常時酒債尋常行處有十欠着九〔帶云〕老王也〔唱〕則你

這杏花莊壓盡他謝家樓你與我便熟油般造下春醅酒你與我花羔般煑下肥羊肉一壁廂肉又熟一壁廂酒正篘抵多少錦封未拆香先透我則待乘興飲兩三甌

〔天下樂〕可正是一盞能消萬種愁〔云〕老王也喒吃了這酒呵〔唱〕把煩惱都也波丟都丟在腦背後這些時吃一個沒了休〔帶云〕我醉了呵〔唱〕遮莫我倒在路邊遮莫我臥在甕頭〔做吐科云〕老王倈〔唱〕直醉的來在這搭裏嘔

〔云〕老王這酒寡快鏇熱酒來〔王林云〕老漢知道〔做換酒科哭云〕我那滿堂嬌兒也〔正末云〕快釃熱酒來〔王林又哭云〕我那滿堂嬌兒也〔正末云〕老王我不曾與你酒錢來你怎麼這般煩惱〔王林云〕哥哥不干你事我自有撇不下的煩惱哩你則吃酒〔正末唱〕

〔賞花時〕喒兩個每日尊前語話投今日呵為甚將咱佯不偢〔王林云〕你不知道我自嫁我的女孩兒為此着惱〔正末唱〕哎你箇呆老子暢好是忒搊搜〔云〕比似你這般煩惱休嫁他不的〔王林哭科云〕哎約我那滿堂嬌兒也〔正末唱〕你何不養着他到蒼顏皓首〔云〕你曉的世上有三不留麼〔王林云〕哥是那三不留〔正末云〕蠶老不中留人老不中留〔唱〕呆老子常言道女大不中留

〔云〕我問你那女孩兒嫁了個甚麼人〔王林云〕哥我那女孩兒嫁人我怎麼煩惱則是悔氣被一個賊漢奪將去了〔正末做打科云〕你道是賊漢是我奪了你女孩兒來〔唱〕

〔金盞兒〕我這裏猛睜眸他那裏巧舌頭是非只為多開口但半星

兒虛謬惱翻我怎干休一把火將你那草團瓢燒成爲腐炭盛酒甕摔做碎瓷甌（帶云）綽起俺兩把板斧來（唱）砍折你那蟠根桑棗樹活殺您那闊角水黃牛

（云）兀那老王你說的是萬事皆休說的不是我不道的饒你哩（王林云）太僕停嗔息怒聽老漢漫漫的說與你聽有兩個人來吃酒他說我一個是宋江一個是魯智深老漢便道正是梁山泊上太僕我無甚孝順我只一個十八歲女孩兒叫做滿堂嬌着他出來拜見與太僕遞一杯兒酒也表老漢的一點心我叫出我那女孩兒來與那宋江魯智深遞了三杯酒那宋江也回遞了我三鍾酒他又把紅搭膊揣在我懷裏那魯智深說這三鍾酒是肯酒這紅褡膊是紅定俺宋江哥哥有一百八個頭領單只少一個人哩你將這十八歲的滿堂嬌與俺哥哥做個壓寨夫人則今日好日辰俺兩個便上梁山泊去也許我三日之後便送女孩兒來家他兩個說罷就將女孩兒領去了老漢偌大年紀眼睛一對臂膊一雙則覷着我那女孩兒他平白地把我女孩兒強搶將去哥教我怎麼不煩惱（正末云）有甚麼見證（王林云）有紅褡絹膊便是見證（正末云）我待不信來那個士大夫有這東西老王你做下一瓮好酒宰下一個好牛犢兒只等三日之後我輕輕的把着手兒送將你那滿堂嬌孩兒來家你意下如何（王林云）哥你若送將我那女孩兒來家老漢莫要說一瓮酒一個牛犢兒便殺身也報答大恩不盡（正末唱）

【賺煞】管着你目下見讐人則不要口似無梁斗一句句言如劈竹（帶云）宋江俫（唱）不爭你這一度風流倒出了一度醜誓今番潑水難收到那裏問緣由怎敢便信口胡噥則要你肚囊裏揣着狀本熟不

要你將無來作有則要你依前來依後〔云〕我如今回去見俺宋公明數說他這厮過就着他辭了三十六大夥七十二小夥半垓來小僂儸同着魯智深一徑離了山寨到你莊上那時節我若叫你出來你可休似烏龜一般縮了頭再也不肯出來〔王林云〕老漢若不見他萬事休論我若見了他我認的他兩個恨不的咬掉他一塊肉來我怎麼肯不出見他〔正末云〕老王兀的不是俺宋江哥哥他道沒也老兒俺鬭你耍哩〔唱〕你可也休翻做了鑞鎗頭〔下〕

〔王林云〕李逵哥哥去了我也收拾過鋪面專等三日之後送滿堂嬌孩兒來家滿堂嬌孩兒則被你痛殺我也〔下〕

〔音釋〕潺鋤山切　滲森去聲　鄆云去聲　稕音準　鄰音隣　罩嘲去聲　瓣旁慢切　襯初艮切　迤音移　逗音豆　醅音胚　肉柔去聲　熟裳由切　篘叉搜切　盛音成　竹音肘　囑音鄒

第二折

〔宋江同吳學究魯智深領卒子上〕〔宋江詩云〕旗幟無非人血染燈油盡是腦漿熬鵶啅肝肺扎煞尾狗咽骷髏抖搜毛某乃宋江是也因清明節令放衆頭領下山踏青賞翫去了今日可早三日光景也在那聚義堂上三通鼓罷都要來齊小僂儸寨門首覷者看是那一個先來〔卒子云〕理會得〔正末上云〕自家李山兒的便是將着這紅褡膊見宋江走一遭來〔唱〕

〔正宮端正好〕抖搜着黑精神扎煞開黃髭髯則今番不許收拾俺可也磨拳擦掌行行裏按不住莽撞心頭氣

〔滾繡毬〕宋江咊這是甚所爲甚道理不知他主着何意激的我怒

氣如雷可不道他是誰我是誰俺兩箇半生來豈有些嫌隙到今日
卻做了日月交食不爭幾句閑言語我則怕惡識多年舊面皮展轉
猜疑
〔云〕小僂儸報復去道我李山兒來了也〔卒子做報科云〕喏報的哥哥得知有李山兒來了也〔
宋江云〕着他過來〔卒子云〕着過去〔做見科〕〔正末云〕學究哥哥喏帽兒光光今日做個新郎
袖兒窄窄今日做個嬌客俺宋公明在那裏請出來和俺拜兩拜俺有些零碎金銀在這裏送與嫂
嫂做拜見錢〔宋江云〕這廝好無禮也與學究哥哥施禮不與我施禮這廝胡言亂語的有甚麼說
話〔正末唱〕
〔倘秀才〕哎你箇刎頸的知交慶喜〔宋江云〕慶什麼喜〔正末唱〕則你那壓
寨的夫人在那裏〔指魯智深科云〕禿驢你做的好事來〔唱〕打乾淨毬兒不道
的走了你〔宋江云〕怎麼智深兄弟也有你那〔正末唱〕強賭當硬支持要見個到
底
〔宋江云〕山兒你下山去有什麼事何不就明對我說〔正末做惱不言語科〕〔宋江云〕山兒既然
不好和我說你就對學究哥哥根前說波〔正末唱〕
〔滾繡毬〕俺哥哥要娶妻這禿廝會做媒〔宋江云〕智深兄弟說你會做什麼媒
來〔魯智深云〕你看這廝到山下去噇了多少酒醉的來似踹不殺的老鼠一般知他支支的說甚麼
哩〔正末唱〕元來個梁山泊有天無日〔做拔斧斫旗科〕〔唱〕就恨不斫倒這
一面黃旗〔衆做奪斧科〕〔宋江云〕你這鐵牛有甚麼事也不查個明白就提起板斧來要斫倒

我杏黃旗是何道理〔學究云〕山兒你也忒口快心直哩〔正末唱〕你道我忒口快忒心直還待要獻勤出力〔做喊科云〕衆兄弟們都來〔宋江云〕都來做甚麼〔正末唱〕則不如做箇會六親慶喜的筵席〔宋江云〕做甚麼筵席〔正末唱〕走不了你箇撮合山師父唐三藏更和這新女壻郎君哎你箇柳盜跖看那個便宜

〔宋江云〕山兒你下山在那裏吃酒遇着甚人想必說我些甚麼你從頭兒說則要說的明白〔正末唱〕

〔倘秀才〕不爭你搶了他花朵般青春豔質這其間抛閃殺那艸橋店白頭老的〔宋江云〕這事其中必有暗昧〔正末唱〕這椿事分明甚暗昧生割捨痛悲悽〔帶云〕宋江唻〔唱〕他其實怨你

〔宋江云〕元來是老王林的女孩兒說我搶將來了休道不是我便是我搶將來那老子可是喜歡也是煩惱你說我試聽〔正末唱〕

〔叨叨令〕那老兒一會家便哭啼啼在那茅店裏〔帶云〕覷着山寨宋江好恨也〔唱〕他這般急張拘諸的立那老兒一會家便怒吽吽在那柴門外〔帶云〕哭道我那滿堂嬌兒也〔唱〕他這般乞留律曲的氣〔宋江云〕他怎生煩惱那〔正末唱〕那老兒一會家便悶沉沉在那酒甕邊〔帶云〕那老兒拿起瓢來揭開蒲墩留一瓢冷酒來汩汩的嚥了〔唱〕他這般迷留沒亂的醉那老兒託着一片蓆頭便慢騰騰放在土坑上〔帶云〕他出的門來看一看又不見來哭道我那

滿堂嬌兒也（唱）他這般壹留兀淥的睡似這般過不的也麼哥似這般過不的也麼哥（宋江云）這廝怎的（正末唱）他道俺梁山泊水不甜人不義

（宋江云）學究兄弟想必有那依艸附木冒着俺家名姓做這等事情的也不可知只是山兒也該討個顯證纔得分曉（正末云）自有有這紅褡膊不是顯證（宋江云）山兒我今日和你打個賭賽若是我搶將他女孩兒來輸我這六陽會首若不是我你輸些甚麽（正末云）哥你與我賭頭罷您兄弟擺一席酒（宋江云）擺一席酒到好了你須要配得上我的（正末云）罷罷罷哥倘若不是你我情願納這顆牛頭（宋江云）既如此立下軍狀學究兄弟收着（正末云）難道花和尚就饒了他（魯智深云）我這光頭不賭他罷省的你叫不利市（做立狀科）（正末唱）

【一煞】則爲你兩頭白麵搬興廢轉背言詞說是非這廝敢狗行狼心虎頭蛇尾不是我節外生枝囊裏盛錐誰着你奪人愛女逞己風流被咱都知（宋江云）你看黑牛這村沙樣勢那（正末唱）休怪我村沙樣勢平地上起孤堆

（宋江云）若不是我呵我不道的饒了你哩（正末唱）

【黄鍾尾】那怕你指天畫地能瞞鬼步線行針待哄誰又不是不精細又不是不伶俐（宋江云）我和你就下山去（正末唱）下山寨到那裏李山兒共質對認的真覷的實割你頭塞你嘴（宋江云）這鐵牛怎敢無禮（正末唱）非鐵牛敢無禮既賭賽怎翻悔莫說這三十六英雄一個個都是弟兄

輩〔云〕衆兄弟每都來聽着〔宋江云〕你着他聽什麽〔正末云〕俺如今和宋江魯智深同到那杏花莊上只等那老王林道出一個是字兒你那做媒的花和尚休要怪我一斧分開兩個瓢誰着你拐了一十八歲滿堂嬌單把宋江一個留將下待我親手伏侍哥哥這一遭〔宋江云〕你怎生伏侍我〔正末云〕我伏侍你我伏侍你一隻手揪住衣領一隻手揝住腰帶滴留撲摔個一字闊脚板踏住胸脯舉起我那板斧來覷着脖子上可乂〔唱〕便跳出你那七代先靈也將我來勸不得〔下〕

〔宋江云〕山兒去了也小僂儸鞴兩匹馬來某和智深兄弟親下山寨與老王林質對去走一遭〔詩云〕老王林出乖露醜李山兒將沒做有如今去杏花莊前看誰輸六陽魁首〔同下〕

〔音釋〕嗛與啣同　咽坤上聲　剺音利　拾繩知切　唻郎爹切　隙音豈　食繩知切　刎文上聲　當去聲　噇音床　日人智切　直征移切　力音利　席星西切　跖張恥切　便平聲　質張恥切　的音底　立音利　吽音烘　沓音杳　汩音谷　實繩知切　揝簪上聲　摔升擺切　得當美切　鞴音備

第三折

〔王林做哭上云〕我那滿堂嬌兒也則被你想殺我也老漢王林被那兩個賊漢將我那女孩兒搶將去了今日又是三日也昨日有那李逵哥哥去梁山上尋那宋江魯智深要來對證這一樁事哩老漢如今收拾下些茶飯等候則個〔做哭科云〕我那滿堂嬌兒說道今日第三日送他來家不知來也是不來則被你想殺我也〔宋江同智深正末上〕〔宋江云〕智深兄弟喒行動些你看那山兒俺在頭裏走他可在後面俺在後面走他可在前面敢怕我兩個逃走了那〔正末云〕你也等我一

等波聽見到丈人家去你好喜歡也〔宋江云〕智深兄弟你看他那廝迷言迷語的到那裏認的不是山兒我不道的饒了你哩〔正末唱〕

〔商調集賢賓〕過的這翠巍巍一帶山崖脚遥望見滴溜溜的酒旗招想悲歡不同昨夜論真假只在今朝〔云〕花和尚你也小脚兒這般走不動多則是做媒的心虛不敢走哩〔魯智深云〕你看這廝〔正末唱〕魯智深似窟裏拔蛇〔云〕宋公明你也行動些兒你只是拐了人家女孩兒害羞也不敢走哩〔宋江云〕你看他波〔正末唱〕宋公明似氈上拖毛則俺那周瓊姬你可甚麽王子喬玉人在何處吹簫我不合蹬翻了鶯燕友拆散了這鳳鸞交〔云〕我今日同你兩個來這杏花莊上呵〔唱〕

〔逍遥樂〕倒做了逢山開道〔魯智深云〕山兒我還要你遇水搭橋哩〔正末唱〕你休得順水推船偏不許我過河拆橋〔宋江做前走科〕〔正末唱〕當不的他納胯挪腰〔宋江云〕山兒你不記得上山時認俺做哥哥也曾有八拜之交哩〔正末唱〕哥也你只說在先時有八拜之交元來是花木瓜兒外看好不由咱不回頭兒暗笑待和你爭甚麽頭角辯甚的衷腸惜甚的皮毛〔云〕這是老王林門首哥也你莫言語等我去喚門〔宋江云〕我知道〔李逵叫門科〕老王老王開門來〔王林做打盹〕〔正末又叫科〕〔云〕老王開門來我將你那女孩兒送來了也〔王林做驚醒科云〕真個來了我開開這門〔做抱正末科云〕我那滿堂嬌兒也呸元來不是〔正末唱〕

〔醋葫蘆〕這老兒外名喚做半槽就裏帶着一杓是則是去了你那
一十八歲這箇滿堂嬌更做你家年紀老〔云〕俺叫了兩三聲不開門第三聲道
送將你那滿堂嬌女孩兒來了他開開門摟着俺那黑膊子叫道我那滿堂嬌兒也〔唱〕老兒也
似這般煩惱的無顛無倒越惹你揉眵抹淚哭嚎咷
〔云〕哥也進家裏來坐着〔宋江魯智深做入坐科〕〔正末云〕他是一個老人家你可休諕他我如
今着他認你也老王你過去認波〔王林云〕老漢正要認他哩〔宋江云〕兀那老子你近前來我就
是宋江我與你說那個奪將你那女孩兒去則要你認的是者我與山兒賭着六陽會首哩〔正末
云〕老王你認去可正是他麼〔王林做認科云〕不是他不是他〔宋江云〕可如何〔正末云〕哥也
你等他好好認咱怎麼先睜着眼嚇他這一嚇他還敢認你那兀的老王只爲你那女孩兒俺弟兄
兩個賭着頭哩老王兀那個不是你那女壻拐了滿堂嬌孩兒的宋江〔王林做再認搖頭科云〕不
是不是〔宋江云〕可何如〔正末唱〕
〔么篇〕你則合低頭就坐來誰着你掙睛先去瞧則你個宋公明威
勢忒生豪剛一瞅早將他魂靈嚇掉了這便是你替天行道則俺那
無情板斧肯擔饒
〔云〕老王你來兀那秃廝便是做媒的魯智深你再去認咱〔魯智深云〕你快認來〔王林做再認
科云〕不是不是那兩個一個是青眼兒長子如今這個是黑矮的那一個是稀頭髮臘梨如今這
個是剃頭髮的和尚不是不是〔魯智深云〕山兒我可是哩〔正末云〕你這秃廝由他自認你先么
喝一聲怎麼〔唱〕

〔幺篇〕誰不知你是鎭關西魯智深離五臺山纔落草便在黑影中摸索也應着只被你爆雷似一聲先諕倒那呆老子怕不知名號〔帶云〕適纔問他也待認來〔唱〕只見他頭搖側腦費量度〔宋江云〕既然認的不是智深兄弟我們先回山去等鐵牛自來支對〔正末云〕老王我的兒你再認去〔王林云〕哥我說不是他就不是他了教我再認怎的〔正末做打王林科〕〔王林云〕可憐見打殺老漢也〔正末唱〕

〔後庭花〕打這老子沒肚皮攬瀉藥偏不的我敦葫蘆摔馬杓〔宋江云〕小僂儸將馬來俺與魯家兄弟先回去也〔正末云〕你道是弟兄每將馬來先回山寨上去我道哥也你再坐一坐等那老子再細認波〔唱〕哥哥道鞴馬來還山寨〔帶云〕哎哥也羞的您兄弟〔唱〕恰便似牽驢上板橋惱的我怒難消踹匾了盛漿鐵落轆轤上截井索芭棚下灑副槽擲碎了舀酒瓢砍折了切菜刀

〔雙鴈兒〕就恨不一把火刮刮撥撥燒了你這草團瓢將人來險中倒氣得咱一似那鯽魚跳可不道家有老敬老家有小敬小〔宋江云〕智深兄弟咱和你回山寨去〔詩云〕堪笑山兒忒慕古無事空將頭共賭早早回來山寨中舒出脖子受板斧〔同魯智深下〕〔正末做歎科云〕嗨這的是山兒不是了也〔唱〕

〔浪裏來煞〕方信道人心未易知燈臺不自照從今後開眼見箇低高沒來由共哥哥賭賽着使不的三家來便廝靠則這三寸舌是俺斬身刀〔下〕

〔王林云〕李逵哥哥去了也他今日果然領將兩個人來着我認道是也不是元來一個是真宋江一個是真魯智深都不是拐我女孩兒的不知被那兩個天殺的拐了我滿堂嬌兒去則被你想殺我也〔宋剛做打嚏同魯智恩旦兒上云〕打嚏耳朵熱一定有人說可早來到杏花庄也我那太山在那裏我每原許三日之後送你女孩兒回家如今來了也〔王林做相見抱旦哭科云〕我那滿堂嬌兒也〔宋剛云〕太山我可不說謊准准三日送你令愛還家〔王林云〕多謝太僕擡舉老漢只是家寒急切裏不曾備的喜酒且到我女兒房裏吃一杯淡酒去待明日宰個小小雞兒請你〔魯智恩云〕老王我那山寨上有的是羊酒我教小僂儸趕二三十個肥羊擡四五十擔好酒送你〔王林云〕多謝太僕只是老漢沒的謝媒紅送你惶恐殺人也〔宋剛云〕俺們且到夫人房裏去吃酒來〔下〕〔王林云〕這兩個賊漢元來不是梁山泊上頭領他拐了我女孩兒左右弄做破罐子倒也罷了只可惜那李逵哥哥一片熱心賭着頭來這須不是耍處我如今將酒冷一碗熱一碗勸那兩個賊漢吃的爛醉到晚間等他睡了我悄悄驀上梁山報與宋公明知道搭救李逵有何不可〔詩云〕做甚麼老王林夜走梁山道也則爲李山兒恩義須當報但愁他一湧性殺了假宋江連累我滿堂嬌要帶前夫孝〔下〕

〔音釋〕脚音皎　杓繩昭切　眵抽支切　諕音夏　瞅楚九切　著池燒切　爆音豹　度多勞切　藥音耀　落音澇　索音嫂　中去聲　嚏音替　驀音陌

第四折

〔宋江同吳學究魯智深領卒子上云〕某乃宋江是也學究兄弟頗奈李山兒無禮我和他打下賭賽到那裏果然認的不是我與魯家兄弟先回來了只等山兒來時便當斬首小僂儸踏着山崗望

者這早晚山兒敢待來也（正末做負荊上云）黑旋風你好是沒來由也爲着別人輸了自己我今日無計所柰砍了這一束荊杖負在背上回山寨見俺公明哥哥去也呵（唱）

〔雙調新水令〕這一場煩惱可也遶人來沒來由共哥哥賭賽袒下我這紅納襖跌綻我這舊皮鞋心下暈猜（帶云）到山寨上哥哥不打則要頭（唱）怎發付脖項上這一塊

〔駐馬聽〕有心待不顧形骸（帶云）這碧湛湛石崖不得底的深澗我待跳下去休說一個便是十個黑旋風也不見了（唱）兩三番自投碧湛崖敬臨山寨行一步如上嚇魂臺我死後墓頂頭誰定遠鄉牌靈位邊誰咒生天界怎擘劃但得箇完全屍首便是十分采

〔攪箏琶〕我來到轅門外見小校鴈行排（帶云）往常時我來呵（唱）他這般退後趨前（帶云）怎麼今日的（唱）他將我佯呆不採（做偷瞧科云）哦元來是俺宋公明哥哥和衆兄弟都升堂了也（唱）他對着那有期會的衆英才一個個穩坐擡頦我說的明白道莽撞的廉頗請罪來死也應該

〔見科〕（宋江云）山兒你來了也你背着甚麼哩（正末云）哥哥恁兄弟山澗直下砍了一束荊杖告哥哥打幾下您兄弟一時間沒見識做這等的事來（唱）

〔沉醉東風〕呼保義哥哥見責我李山兒情願餐柴第一來看着咱兄弟情第二來少欠他膿血債休道您兄弟不伏燒埋由你便直打到梨花月上來若不打這頑皮不改

〔宋江云〕我元與你賭頭不曾賭打小僂儸將李山兒踹下聚義堂斬首報來〔正末云〕學究哥你勸一勸兒智深哥你也勸一勸兒〔學究同魯智深勸科〕〔宋江云〕這是軍狀我不打他則要他那顆頭〔正末云〕哥你道甚麼哩〔宋江云〕我不打你則要你那顆頭〔正末云〕哥哥你真個不肯打打一下是一下疼那殺的只是一刀倒不疼哩〔宋江云〕我不打你〔正末云〕不打謝了哥哥也〔做走科〕〔宋江云〕你走那裏去〔正末云〕哥哥道是不打我〔宋江云〕我和你打賭賽我則要你那六陽會首〔正末云〕罷罷罷他殺不如自殺借哥哥劍來待我自刎而亡〔宋江云〕也罷小僂儸將劍來遞與他〔正末做接劍科云〕這劍可不元是我的想當日跟着哥哥打圍獵射在那官道傍邊衆人都看見一條大蟒蛇攔路我走到根前並無蟒蛇可是一口太阿寶劍我得了這劍獻與俺哥哥懸帶數日前我曾聽得支楞楞的劍響想殺別人不想道殺害自己也〔唱〕

〔步步嬌〕則聽得寶劍聲鳴使我心驚駭端的個風團快似這般好器械一柞來銅錢恰便似砍麻稭〔帶云〕想您兄弟十載相依那般恩義都也不消說了〔唱〕還說甚舊情懷早砍取我半壁天靈蓋

〔王林衝上叫科云〕刀下留人告太僕那個賊漢送將我那女孩兒來了我將他兩個灌醉在家裏一徑的來報知太僕與老漢做主咱〔宋江云〕山兒我如今放你去若拿得這兩個棍徒將功折罪若拿不得二罪俱罰你敢去麼〔正末做笑科云〕這是揉着我山兒的痒處管教他甕中捉鱉手到拿來〔學究云〕雖然如此他有兩副鞍馬你一個如何拿的他住萬一被他走了可不輸了我梁山泊上的氣槪魯家兄弟你幫山兒同走一遭〔魯智深云〕那山兒開口便罵我禿厮曾做媒兩次三番要那王林認我是甚主意他如今有本事自去拿那兩個我魯智深決不幫他〔學究云〕你只看

聚義兩個字不要因這小忿壞了大體面〔宋江云〕這也說的是智深兄弟你就同他去拿那兩個頂名冒姓的賊漢來〔魯智深云〕既是哥哥分付您兄弟敢不同去〔同下〕〔宋剛魯智恩上云〕好酒俺們昨夜都醉了也今早日高三丈還不見太山出來敢是也醉倒了〔正末同魯智深王林上云〕賊漢你太山不在這裏〔做見就打科宋剛云〕兀那大漢你也通個名姓怎麼動手便打〔正末云〕你要問俺名姓若說出來直諕的你尿流屁滚我就是梁山泊上黑爹爹李逵這個哥哥是真正花和尚魯智深〔做打科唱〕

〔喬牌兒〕你頂着鬼名兒會使乖到今日當天敗誰許這滿堂嬌壓你那鶯花寨也不是我黑爹爹忒性歹

〔宋剛云〕這是真命強盜我們打他不過走走走〔做走科〕〔正末云〕這廝走那裏去〔做追上再打科〕〔唱〕

〔殿前歡〕我打你這喫敲材直著你皮殘骨斷肉都開那怕你會飛騰就透出青霄外早則是手到拿來你你你好一個魯智深不吃齋好一個呼保義能貪色如今去親身對證休嗔怪須不是我倚強凌弱還是你自攬禍招災

〔做拿住二賊科〕〔正末云〕這賊早拿住了也〔王林同旦兒做拜科〕〔魯智深云〕兀那老頭兒不要拜明日你同女兒到山寨來拜謝宋頭領便了〔同正末押二賊下〕〔王林云〕他們拿這兩個賊漢去了也今日纔出的俺那一口臭氣我兒等待明日牽羊擔酒親上梁山去拜謝宋江頭領走一遭〔旦兒做打戰科王林云〕我兒不要苦這樣賊漢有甚麼好處等我慢慢的揀一個好的嫁他便

了〔同下〕〔宋江同吳學究領卒子上云〕學究兄弟怎生李山兒同魯智深到杏花庄去了許久還不見來俺山上該差人接應他麼〔學究云〕這兩個賊子到的那裏不必差人接應只早晚敢待來也〔卒子做報科云〕喏報的哥哥得知兩位頭領得勝回來了也〔正末同魯智深押二賊上云〕那兩個賊漢擒拿在此請哥哥發落〔宋江云〕好宋江好魯智深你怎麼假名冒姓壞我家的名目小僂儸將他綁在那花標樹上取這兩副心肝與咱配酒梟他首級懸掛通衢警衆〔卒子云〕理會的

〔拿二賊下〕〔正末唱〕

〔離亭宴煞〕蓼兒洼裏開筵待花標樹下肥羊宰酒盡呵拚當再買涎鄧鄧眼睛剜滴屑屑手脚卸磣可可心肝摘餓虎口中將脆骨奪驪龍頷下把明珠握生擔他一場利害〔帶云〕智深哥哥〔唱〕我也則要洗清你這強打掙的執柯人〔帶云〕公明哥哥〔唱〕出脫你這乾風情的畫眉客

〔宋江云〕今日就聚義堂上設下賞功筵席與李山兒魯智深慶喜者〔詩云〕宋公明行道替天衆英雄聚義林泉李山兒拔刀相助老王林父子團圓

〔音釋〕劃胡乖切 行音杭 白巴埋切 頗平聲 應平聲 責齋上聲 蟒音莽 阿何哥切 柞音詐 稭音皆 揉與撓同 色篩上聲 磣初錦切 摘齋上聲 握歪上聲 客音楷

題目　杏花庄王林告狀

正名　梁山泊李逵負荊

梁山泊李逵負荆雜劇

賢嫂嫂成合金貫鏁
倣金一之筆

親哥哥配上玉連環
珍傚宋版印

下

蕭淑蘭情寄菩薩蠻
珍倣宋版印

蕭淑蘭情寄菩薩蠻雜劇

元 賈仲名撰

明 吳興臧晉叔校

第一折

〔沖末扮張世英上詩云〕雖無汗馬眠霜苦曾受囊螢映雪勞金榜一朝標姓字此時方顯讀書高小生姓張名世英字雲傑浙江温州府人氏自幼苦志勤學經史皆通所有蕭山縣友人蕭公讓有二子命小生作館賓到此兩月餘矣公讓待我甚厚今日舉家俱往墳頭拜掃獨留小生在書房閒坐小生乘暇往東村望幾個朋友釋悶去來〔下〕〔外扮蕭公讓引老旦崔氏上詩云〕龍出海時千尺浪鳳歸雲去萬條霞詩書不入時人耳金玉難藏烈士家自家姓蕭名讓字公讓祖居蕭山縣人氏嫡親的五口兒大嫂崔氏有兩個孩兒有個妹子小字淑蘭父母在時曾從師讀書深曉文義善能吟詠年方一十九歲容貌非常未曾許聘於人今日清明舉家俱往祖塋祭祀妹子身體有些不快不能去的留下管家嬤嬤并梅香看視問候湯粥俺祭掃畢便回來也手下人收拾春盛盒擔往山頭走一遭去〔同下〕〔正旦扮蕭淑蘭引梅香上云〕妾身姓蕭小字淑蘭父母早亡依兄嫂恩養兩月前家兄請温州張雲傑作館賓與家兄相處妾窺見那生外貌俊雅內性温良更兼才華藻麗非凡器也妾數日間行忘止食忘餐心在那生身上今日清明節令滿門家眷都去上墳妾託病不去欲引梅香往後花園中親與那生相見別有話說暗想情是人間何物也呵〔唱〕

〔仙呂八聲甘州〕傷春病染鬱悶沉沉鬼病懨懨相思郎漸碧窗唾漬稠粘幾縷柔絲空繫情滿院楊花不捲簾鬢嚲楚雲鬆懶對粧奩

〔混江龍〕曉來情厭收拾心事上眉尖把金錢暗卜龜卦時占杏臉胭消嬌淡淡柳腰香褪弱纖纖料應也是前生欠因無兄嫂有失拘鈐

〔油葫蘆〕這些時斗帳春寒起未忺睡不甜任教曉日壓重檐〔帶云〕那生好一表人物也〔唱〕將他那模樣兒心坎上頻頻墊名字兒口角頭時時念想他性格兒沉語話兒謙繡牀無意閑攀占懶把綵絨撏

〔天下樂〕我如今紙得金針却倒拈牙尖抵玉纖羅帕上淚痕千萬點恐梅香冷句兒劖怕妳娘閑話兒簽我則索強支吾陪笑臉

〔云〕梅香那生敢在書院裏喒和你去來〔梅香云〕這所在正是他書院〔張世英上云〕小生從東村裏探了幾個朋友回書院中温習經史去來〔做望見旦科云〕誰家女子來到這裏〔正旦唱〕

〔那吒令〕向湖山緊覘惹游絲滿臉惹游絲滿臉驚飛花亂颭驚飛花亂颭蕩殘紅數點〔旦見張科云〕先生萬福〔張不睬科〕〔正旦唱〕我禮忙迎情欲親他頭不擡身微欠真所謂君子謙謙

〔張世英云〕那壁小娘子是誰氏之家〔正旦云〕妾身乃蕭公讓之妹也知先生文學之士妾有所盼先生意下如何〔張世英云〕是何言哉蕭公待我爲嘉賓小生素無瑕玷你快轉去恐兄嫂回來

〔做躲科〕〔正旦唱〕

〔鵲踏枝〕則見他氣炎炎那裏也笑掀髯顯出些外貌威嚴內性清廉他避我遮遮掩掩抵多少等等潛潛

〔張世英云〕女人家不遵父母之命不從媒妁之言廉恥不拘與外人交言是何禮也〔正旦唱〕

〔寄生草〕你惱怎麼陶學士蘇子瞻改不了強文憋醋饑寒臉斷不了詩云子曰酸風欠離不了之乎者也腌窮儉想你也夢不到翔龍飛鳳五雲樓心則在鳴雞吠犬三家店

〔張世英怒科云〕早是我哩他人怎了全不怕當家尊嫂惡恩養劣兄嚴〔正旦唱〕

〔金盞兒〕這生不心忺倒憎嫌早則騰騰烈火飛紅燄將姻緣簿親檢自撕擄若得喒香腮容並貼玉體肯相沾怕甚麼當家尊嫂惡恩養劣兄嚴

〔張世英云〕女孩兒家休要弄險俺讀書人豈肯做這等非禮之事可不喪了行止倘被兄嫂察知何面目廝見豈不羞慚〔正旦唱〕

〔後庭花〕你道女孩兒家休弄險你讀書人不會諂為非事無行止見家兄有甚臉不索你話兒呫你須惡厭不由我腮斗兒上添笑靨

〔張世英云〕休道是兄嫂知道則那妳母梅香知呵早晚說與令兄如何隱得可不你我何安〔正旦唱〕

〔醉中天〕怕甚麼妳母舌兒塹梅香嘴兒尖恐早晚根前冷句兒添便知道也難憑驗家醜事必然羞掩放心波風流雙漸〔張世英云〕小生此間難住必尋退步〔正旦唱〕早則麼嬾折腰歸去陶潛

〔梅香云〕姐姐這秀才好淡弔麼〔正旦云〕好惶恐人也〔唱〕

〔賺煞〕秀才每難託志誠心好喫閑荒劍一條擔兩下裏脫尖有多少胡講歪談信口呫喬文物拘恥拘廉我看你瘦㾍㾍眼札眉苫多敢是家菜不甜野菜甜你也消不得俺嬌滴滴桃腮杏臉香馥馥玉温花艷則好去破窰中風雪斷虀鹽（下）

〔音釋〕慼平聲　鞾音朵　奩音廉　掐纏知切　鈐其炎切　忺希兼切　墊音店　占去聲　撏詞纖切　紝音壬　劖初銜切　簽音僉　哯癡聲切　颭占上聲　妁音酌　强音絳　㦬音鱉　撕音斯　呫店平聲　惡烏去聲　罯音掩　塹僉去聲　屌彫上聲　苫聲占切

第二折

〔張世英上云〕昨日蕭公舉家拜掃不想家中有蕭公之妹小生回書院來在後園中正遇此女乃出淫言相戲小生昨晚酒席間欲要說與蕭公又不好看相如今將學生放假三日且在書房中獨坐些兒好悶人也〔正旦扮嬤嬤上云〕老身是蕭公家管家的嬤嬤兩月前東人命温州張雲傑作館賓那秀才情通九經不料東人妹淑蘭留心於那生身上終日魂勞夢斷夜來清明滿家上墳惟淑蘭託疾不往意欲後園與那生相會不想那生胸襟正大半步無邪反將惡言相觸事不諧矣淑蘭惶愧昨夜廢寢忘餐推牀倒枕無計所許親與老身說知作了一詞名菩薩蠻着我送與那生看他是如何老身欲待行來又恐東人知道見責欲要不行可憐淑蘭自幼便失父母孤苦到今俺須索與他成就此事走一遭去〔唱〕

〔越調耍三台〕姐姐命親分付爲張秀才丁寧使俺忩穩放着個先

憂後喜我空懷着個有苦無甘煩惱這場非是攬惡風聲委實心慘
則爲他粉悴胭憔端的是香消也那玉減
〔紫花兒序〕姐姐怕不心勞意攘哥哥又不性躁情乖嫂嫂可要坐
守行監他如今看看衣褪漸漸裙攙春衫雙袖漫漫將淚揩不明不
暗幾時配上金釵接上瓊簪
〔做見張科云〕先生萬福〔張世英云〕嬤嬤何來莫非東人有命麼〔嬤嬤云〕非也老身花園中行
來信步至此先生元的無聊那〔唱〕
〔小桃紅〕你九經三史煞曾諳習典故觀通鑑課賦吟詩有風範更
非凡臨帖寫字知個濃淡把古今博覽將前人比勘那一事不詳參
〔云〕先生九經皆通無書不讀豈不曉三綱五常之理聖人言男子三十而娶又云不孝有三無後
爲大何不求一門親事老身當爲月老聘結良姻先生尊意如何〔張世英云〕嬤嬤言之甚善但小
生在此處館惟知守嚴父之訓讀聖人之書豈有求親之念哉〔嬤嬤唱〕
〔金蕉葉〕衠一味詩魔洒酣引不動狂心怪膽聖人言不孝有三絶
子嗣無後怎敢
〔云〕先生容稟東人有一妹小字淑蘭年方一十九歲未曾許聘他人先生意下若諾老身達知東
人招爲貴客先生如此聰明淑蘭更兼溫雅真淑女可配君子也〔張世英云〕小生今在蕭公門下
處館嬤嬤何出此言倘蕭公察知何面目立于蕭公門下〔嬤嬤唱〕
〔鬼三台〕我着些言語來探將他來賺他那裏急截舌緊攙秀才每

自古眼睛饞不似這生忒銅心鐵膽哎你個顏叔子秉燭真個堪柳下惠開懷沒店三酸溜溜魯論齊論醋滴滴周南召南

〔背云〕將這詞與他這生必然動念也〔做遞詞科云〕小姐有詞一章望先生改削〔張世英接看讀科云〕君心情遠迷蓬島妾心命薄連芳草芳草正淒淒君心知不知妾身輕似葉君意堅如鐵妾意爲君多君心棄妾何右詞寄菩薩蠻不才妾淑蘭謹奉文郎雲傑吟几電覽是幸就請回音再拜〔張世英云〕嬤嬤你乃蕭公管家老者蕭公共汝一家無外怎生持此淫詞戲我是何道理〔嬤嬤唱〕

〔調笑令〕說的我面慘轉羞慚你因甚相通這書一緘莫怪我等閑特故來搖撼赤緊的張橫渠不肯貪婪只待要坐取公侯伯子男氣昂昂闊論高談

〔張世英云〕昨朝行之今日如此似此小生當告辭有何面目立于蕭公之門恥見天下士大夫也〔嬤嬤唱〕

〔禿廝兒〕俺那崔氏女正紅愁綠慘你個張君瑞待面北眉南着我老紅娘將兩下裏做一擔擔請先生省言劖喃喃

〔聖藥王〕一迷裏口似潑釤怎撲揞那裏肯周而不比且包含本待成就您顛倒連累咱諕的我手忙脚亂似癡憨似尋虎窟覓龍潭

〔張世英怒科云〕既讀孔聖之書必達周公之禮閉了書房門便去與蕭公說知〔嬤嬤唱〕

〔絡絲娘〕將韓王殿忽然火爁藍橋驛平空水渰〔云〕你道既讀孔聖之書

必達周公之禮可知可知〔唱〕人前面古怪剛直假撇欠〔做冷笑科唱〕只怕您背地裏荒淫愚濫

〔張世英云〕看來都是你搬調這一樁事我則說與蕭公去〔嬤嬤攔科唱〕

〔雪裏梅〕空着我功退似游蠶早則罷暮四與朝三這生性狠情毒老身驚心戰膽姐姐也你敢愁添病感

〔張世英云〕這首詞便是指證蕭公見了必有話說〔嬤嬤云〕先生罷波〔做拜科唱〕

〔收尾〕請學士忍耐權時暫何必恁高聲怒喊直待教兄嫂逼臨了他着主人公葬送了俺〔下〕

〔張世英云〕誰想有此事小生必當退步恐蕭公知此難以分辯只除如此且往西與朋友家住數日在此壁間留詩一首使蕭公知之好往西與來接我也〔做寫科〕〔詩云〕感公清盼寄餘生三載交游兩月情別去難言心下事月明酒醒在西與琴書衣衾我皆不動只是單身去咱〔下〕〔蕭公讓上云〕今日無甚事書房中望雲傑閑話片時〔做到科云〕怎生不見雲傑必是望朋友去了〔做見壁詩科驚云〕此詩必有緣故莫非俺家孩兒每侍奉不周故使如此琴劍鋪陳皆不曾動他往西與去唯在朋友家停住可也容易我修一簡帖遣一僕到西與去請他若不如此雲傑平日與人寡合怎肯自回〔做寫書科云〕書已寫就了也便令人早接去〔詩云〕與雲傑交情非薄詳詩意有何不樂遣使者直至西與請回來便知下落〔下〕

〔音釋〕攙初銜切　揞音俺　銜音䑐　探平聲　賺音湛　緘鑑平聲　撼含去聲　婪音藍　擔平聲　釤音衫　喒音昝　憨音酣　爁音覽　渰衣監切

第二折

〔正旦抱病梅香扶上云〕妾身昨日與張秀才相見不想他如此古撇事不得諧今日着管家嬷嬷持菩薩蠻詞一首戲而挑逗誰想那生仍將惡語相犯嬷嬷回來說了越增愁懷數倍舉家盡知止瞞着兄嫂一會家尋思起來我心中好是煩惱人也呵〔唱〕

〔雙調五供養〕肌削玉釧鬆金陡恁的悶廣愁深空着我乾忍耻枉留心都是我忒輕浮欠檢束正好教他撒沁則索咬定牙兒噙這文君待駕車誰承望司馬抛琴

〔老旦上云〕妾身乃蕭公讓渾家崔氏是也聞知小姑感疾特來探望一遭〔做見科云〕姑姑因甚染病可請良醫調理服藥〔正旦唱〕

〔落梅風〕離魂魄似失心思昏沉悶圍愁浸白日裏忘餐夜廢寢自尋思不知因甚

〔老旦云〕姑姑因甚上得病說與我着人去對證取藥姑姑你休要隱諱恐怕日深一日難以調理〔正旦唱〕

〔喬牌兒〕嫂嫂待將咱病審我無語似害痳是前日打鞦韆鬭草處無拘禁脫衣時敢被風侵

〔老旦云〕雖是感冒怎生這等沉重茶飯也不思進些〔正旦唱〕

〔折桂令〕至如今茶不茶飯不飯心內陰陰有時節透頂炎炎有時節徹骨森森頭眩旋旋眼昏暗暗身倦沉沉一會家發增寒脾神凜

凜一會家添潮熱冷汗淋淋病來時難炙難針心疼時難忍難禁人問時難訴難分茶飯上不想不尋

（正旦做睡科老旦云）姑姑睡着了休驚醒他梅香恐要甚麼湯粥吃便與我說再來望他（下旦做夢張世英上科正旦云）先生萬福（張世英不語科正旦唱）

【慶宣和】信步謾將花徑臨掩映着柳影花陰害的我瘦骨岩岩死臨侵端的是爲您爲您

（張世英推旦科云）您休推睡裏夢裏（下正旦驚醒科唱）

【殿前歡】這生好不知音虛度了春宵一刻價千金空閑了瑣窗朱戶鴛鴦枕翡翠羅衾早則麼韓吏部李翰林一任教他恁誰想你睡夢裏也將人冷侵待古裏掂折了玉簪摔碎了瑤琴

（梅香云）姐姐你知道麼張秀才不會作別就往西與去了你哥哥修書差人請去哩（正旦云）既然如此我再作一詞瞞着哥哥封於書內寄與那生看他心意如何梅香將紙筆過來（梅香云）紙筆在此（正旦寫詞科唱）

【鴈兒落】把西興路黃犬尋南浦道青鸞任信手的聯成腸斷詞抵多少織就回文錦

【得勝令】早難道詩對會家吟他全沒些惜花心點勾般圈紅問描朱似刷畫兒臨表數句佳音字字胭脂滲書兩字泥金行行血淚浸

（云）寫就了也我念一徧不才妾蕭淑蘭病中作詞一闋詞寄菩薩蠻奉上文郎雲傑翰座謹望挽

回春色詞不盡言言不盡意〔詞云〕無情水滿西興渡多情人往西興去西興去路遙教奴魂夢勞今將心內苦聯作相思句君若見情詞同諧連理枝梅香你仔細與我放在書內不要着哥哥嫂嫂知道〔梅香云〕理會的〔正旦唱〕

〔鴛鴦煞〕病淹煎苦被東風禁淚連綿惟把春衫滲飯不湯匙繡不拈針暢道閨思添多愁懷轉深烟冷龍沉銀蠟消紅淋想起他這狠切的毒心好着我半晌沉吟倒替他磣〔下〕

〔音釋〕沁侵去聲　喑音陰　禁平聲　拈店平聲　摔音洒　滲森去聲　行音杭　浸音侵
淋林去聲　毒東盧切　磣森上聲

第四折

〔蕭公讓同老旦上云〕我修了書到西興去請那張雲傑不想書內有菩薩蠻詞一首是吾妹淑蘭所作寄情雲傑細審其故雲傑無心皆是吾妹所為況兼淑蘭染病也只為此大嫂我仔細想來莫若遣幣帛羔鴈酒禮花紅着官媒說合招贅雲傑為壻看我一雙父母同胞情分省教他人恥笑大嫂你心下如何〔老旦云〕你既主張了罷也免的出醜揚疾也見我祖宗家門清潔我意正如此擇吉日良辰一應合用禮物不要少了一則外人好看二則小姑寬心〔蕭公讓云〕事不宜遲收拾了便令媒人速去〔詩云〕兄妹本同胞那能不相惜去請西鄉人來作東牀客〔同下張世英上云〕小生張世英自到西興朋友家住經半月誰想蕭公為他令妹倒遣媒人來說親事使小生如之奈何古人云男子生而願為之有室女子生而願為之有家一來公讓如此美意二來男婚女聘人倫大禮不負此女初心況其家本名門何辱於小生今日便回蕭山去成就此事不為過也〔下〕〔正旦

同梅香上〕〔梅香云〕姐姐早則歡喜也哥哥下三千貫正財禮錢招張雲傑爲壻羔鴈茶禮斷送房奩盡行出辦足滿姐姐平生所望〔正旦云〕好慚愧也呵〔唱〕

〔黄鍾醉花陰〕離恨閑愁早塡滿俺主人非長是短謝兄嫂得團圞陪羔鴈花紅下正禮三千貫度量闊眼皮寬把斷送房奩全盡管

〔喜遷鶯〕納幣帛綾段不斷頭花擔盒盤堪觀披掛的遍身紅滿來往官媒一剗地錦繡攢人亂攛親屬交錯羅綺彌漫

〔淨扮官媒引鼓樂上請新郎科〕〔張世英上云〕這親事非吾樂就只爲令兄尊命不敢有違勉强而已〔正旦唱〕

〔出隊子〕這都是姻緣前判幸今生得聚完玉肩同並赴雲端素手相攜跨綵鸞清韻雙吹鳴鳳管

〔張世英云〕我張世英若非令兄相待之厚不負卿之初心豈敢玷汚名教致有今日〔正旦冷笑科唱〕

〔刮地風〕剗地亂講歪談一萬端尚古自苦澀寒酸聽笙簧一派聲撩亂翠擁珠攢舞態輕盈歌聲紓緩香篆靄絳蠟明低垂簾幔端的個畫堂深和氣暖受用千般

〔梅香云〕夜涼風定月朗天晴香清燈燦歌舞吹彈正好交杯勸盞一壁廂動樂者〔做奏樂交杯科〕〔正旦唱〕

〔四門子〕香馥馥合巹杯交換正良宵勝事攢碧天邊燦燦寒星煥

碾冰輪皓月團團樂意的酬儘興的挤貪歡娛自然嫌漏短樂意的酬儘興的挤索強似風亭月館

〔媒請兄嫂蕭公讓同老旦上相見科〕〔蕭公讓云〕雲傑男女匹配人道之大吾妹粧殘貌陋有辱足下皆由不忘雅意故得有此〔張世英云〕久賴公讓厚庇又得結姻於令妹深感不淺若非平昔之舊安敢如此但不知小生將何圖報耳〔蕭公讓云〕雲傑太謙下次人等掛起圖畫點上花燭再整筵宴樂此良夜〔做送酒科〕〔正旦唱〕

〔水仙子〕酒斟着鸚鵡盃光映着瑪瑙盤茶烹着丹鳳髓香浮着碧玉碗閑銀屏金孔雀綠嫩紅嬌隱錦褥繡芙蓉枝繁葉亂嵌玲瓏香毬掛金縷團梅紅羅鮫綃帳舞鳳飛鸞是是東隣女曾窺宋玉垣喜喜喜果相逢翡翠銀花幔早早早同心〻帶扣雙挽結交歡

〔張世英云〕小生暗想此係宿緣恐非人力所能謀也〔蕭公讓云〕此言最善這都是天意暗合人心豈不是個大喜事〔正旦唱〕

〔古寨兒令〕我這裏偷看不由人〻心歡沒褒彈忒丰韻表正形端趂着這風和月圓春夜煖逢天喜值紅鸞配宿緣成仙伴

〔蕭公讓云〕喒這江南風景如此夜宴月光照耀燈燭輝煌錦繡羅列圖畫張掛百味珍羞水陸俱備端的好富麗也〔做送酒科〕〔張世英云〕喒如此受用誠爲可樂小生便當盡醉豈敢推辭〔正旦唱〕

〔神仗兒〕荔枝漿乳酪蜜團甘蔗汁酥油餹拌薔薇露秋菊春蘭紫

蘇鹽薑醋薦款碧芥芽葱針寸段〔云〕梅香你看這生在書院相見之時許多道學身分今都到那裏去了〔唱〕細端詳俊沈嬌潘可不道尊瞻視正衣冠〔蕭公讓云〕小的每與我大吹大擂者〔做奏樂科〕〔媒念詩云〕碧漢飛雙鳳瑤池宿兩鴛洞房花燭夜人月共團圓〔正旦唱〕

〔尾聲〕錦片前程今美滿舞菱花一對青鸞早不入鳳臺閑玉管

〔音釋〕澁音瑟　馥房夫切　巹音謹　髓桑嘴切　嵌音闞　酪音澇　拌音伴

題目　賢嫂嫂合成金貫鎖

親哥哥配上玉連環

正名　張世英飽存君子志

蕭淑蘭情寄菩薩蠻

蕭淑蘭情寄菩薩蠻雜劇

銀臺門詐傳受禪文
倣周詢筆

錦雲堂暗獻連環計
珍倣宋版印

錦雲堂暗定連環計雜劇

元　　撰

明吳興臧晉叔校

第一折

(淨扮董卓領外扮李儒李肅卒子上詩云)擁兵入衞立奇功文武羣臣避下風九錫恩深猶未厭私心不老漢朝中某姓董名卓字仲頴乃隴西臨洮人也自幼爲將頗有邊功比因十常侍作亂何進薦某入朝遂至官封太師之職如今又加九錫一車馬二衣服三樂器四朱戶五納陛六虎賁七斧鉞八弓矢九秬鬯出稱警入稱蹕頒曰詔降曰制言曰宣語曰勅某每入朝但將這腰間的寶劍微露霜刃唬的文武百官人人失色且莫說我手下許多謀臣戰將則這個叫做李儒這個叫做李肅也都勇過賁育智賽孫吳名馬數千羣雄兵十萬隊以此橫行京兆威震長安覷奪漢家天下直如反掌耳止有王允那廝多有詭計一心常對着我我也常常防備他但是他行住坐臥我就着人跟隨着看他動靜早來通報今日俺在太師府閑坐有人來說那廝出了朝門不回私宅徑往太尉楊彪家去了則怕他兩個商量出甚麽計較來俺不免親身直至楊彪家覷破那廝走一遭去(詩云)從來此賊多姦計教咱如何不防備雖則人無害虎心爭奈虎有傷人意(下)(外扮楊彪領祗從上云)老夫姓楊名彪字文先弘農華陰人也現爲殿中太尉之職方今漢朝獻帝在位被那董卓專權擅作威福生殺由己文武百官皆凜凜不敢正目而視因此聖人懷憂無可奈何便好道主憂臣辱主辱臣死若不與主上分憂豈爲臣子之道老夫欲待乘其機會勦滅姦雄爭奈他家奴呂布英勇過人一時難以下手老夫想來則除是司徒王允此人足智多謀可與共事我如今約他

來商議早間着人請去了不見到來左右門首覷着若王司徒來時報復俺知道〔祗從云〕理會的〔正末扮王允上云〕老夫姓王名允字子師太原祁人也自舉孝廉以來謝聖恩可憐加爲大司徒之職爭奈董卓弄權將危漢室羣臣畏懼莫敢誰何今有太尉楊彪令人來請不知爲着甚事須索走一遭去慚愧老夫年邁無能虛叨爵祿也呵〔唱〕

〔仙呂點絳唇〕俺可也虛度春秋強捱昏晝空生受肥馬輕裘爲甚事擔消瘦

〔混江龍〕則爲這漢家宇宙好着俺兩條眉鎖廟廊愁恰便似花開值雨怎的箇葉落歸秋俺只問鴛鷺班中怎容的諸盜賊麒麟閣上是畫的甚公侯做官時都氣勃勃待超前立功處早退怯怯甘居後若得他一人定國也不枉萬代名留

〔云〕可早來到門首也令人報復去〔祗從做報科〕〔楊彪云〕道有請〔祗從云〕請進〔做見科正末云〕太尉請老夫來有何事商議〔楊彪云〕請司徒來別無甚事想楚漢爭雄創立江山四百餘載流傳至俺主獻帝艱難極矣今有董卓專權欺壓羣臣無計可奈老夫遍觀朝中足智多謀無如司徒者不知怎生出個妙策共立大功司徒意下如何〔正末唱〕

〔油葫蘆〕想當日楚漢興兵爭戰秋君與臣猶未剖他也曾中分天下指鴻溝〔楊彪云〕旣然中分天下怎獨是我漢朝成其王業流傳四百餘年這都誰人之力也〔正末唱〕這其間多虧了張子房說地談天口韓元帥握霧拏雲手那一個能戰敵那一個善討謀他把千年基業扶持就端的是分破帝

王憂〔楊彪云〕如今董卓專權威振中外想起當日各處諸侯勦兵百萬在于虎牢關下不曾得他一根折箭似此強橫如何勦除也〔正末唱〕

〔天下樂〕我則怕煩惱皆因強出頭想十八路諸也波侯題起來滿面羞〔楊彪云〕若不是劉關張三人破呂布一陣天下諸侯可不羞死也〔正末唱〕想當日虎牢關一時難措手到如今文官每盡拜降武將每皆逃走慣的那廝呵千自在百自由

〔楊彪云〕今日小官奉聖人的命請司徒來商議怎生出個計較擒拿董卓〔正末云〕太尉噤聲那賊臣董卓權重勢大非可容易勦滅況他耳目布滿朝端我等計議倘或漏洩豈不反取其禍〔楊彪云〕雖然如此奈吾等世為漢臣誓不與這賊並立但有可圖拚以身命殉之他非所懼也〔董卓領卒子冲上云〕某乃董卓是也我今日直至楊彪家中覷破這老賊去令人報復去道有董太師在於門首〔祗從做報科〕報的老爺得知有董太師來了也〔楊彪做驚科云〕果如司徒所料董太師來了也吾等便當出迎〔同出迎董卓見科云〕哦王司徒也在此你兩個這裏商議些甚麼哩〔楊彪云〕小官與王司徒偶因朝罷相遇敘些閒話而已並不曾商議甚的〔董卓云〕王允你兩個見我到門似有驚駭之色莫非要害我麼〔正末云〕俺等軀命皆在太師掌握豈敢有此〔唱〕

〔後庭花〕沒阿只你箇董太師掌大權〔董卓做笑科云〕我這權元也不小〔正末唱〕呂溫侯為帥首俺可也同商議待擇箇好日頭〔董卓云〕元來你們要擇個好日頭敢是商量請我吃酒麼〔正末云〕非也待請太師早登大位耳〔董卓笑云〕只怕孤家到不

得這地位〔正末唱〕見說的話相投〔董卓云〕若果有此日呵你等但說的我便依卿所奏也
〔正末唱〕便道是依卿所奏〔做背科唱〕只怕你這狠心腸無了休
〔董卓云〕楊太尉俺問你從古以來也有將平天冠讓人戴的麼〔楊彪云〕古語有云有道伐無道
湯放桀武王殺紂是也無德讓有德堯禪舜舜禪禹是也〔董卓云〕王司徒這等看來今日之事亦
可知矣〔正末唱〕
〔那吒令〕有一個虞舜帝他承唐祚温恭自守有一個秦始皇他併
周家強梁不久有一個新巨君他篡漢室狂乖出醜〔董卓云〕孤家為這一
事用了多少機謀一時不得成就以此心中好生着惱〔正末唱〕你如今怕甚麼計不成
怕甚麼謀難就便待要一勇性亂舉戈矛
〔董卓云〕孤家看來朝裏朝外唯我獨尊若要舉事之時那一個敢道個不字兒的俺就着他立生
災禍身家難保九族不留〔正末云〕王允夜觀乾象漢家氣數已盡太師功德巍巍當代漢而有天
下也只在這早晚了〔唱〕
〔鵲踏枝〕你可也強承頭大睜眸豈不見天象璇璣氣運周流〔董卓
做笑科云〕既然天象如此只怕孤家沒這福分〔正末云〕元來太師不知近日銀臺門內築一高臺
此非為禪授而何〔唱〕早築下高臺禪授休忘了俺兩個王允楊彪
〔董卓云〕孤家要圖大事這文武重臣順我者為恩逆我者為讎豈不切切的謹記於心也〔正末
唱〕
〔寄生草〕這本是服德非關力你休便將恩認做讎則願你仗龍泉

掃蕩風塵垢按龍韜補盡乾坤漏坐龍庭穩占江山秀〔董卓云〕此事只宜疾不宜遲也〔正末唱〕則願你順人和有爵自然香休得要逆天心無禍誰能勾

〔董卓云〕這事全仗你衆公卿扶持一扶持孤家自有重報〔楊彪云〕請太師放心略寬三五日選得吉辰衆公卿便來奉迎也〔董卓云〕太尉司徒孤家入朝以來手握重兵數百餘萬勇猛之將如呂布者非止一人生殺廢置但憑孤口要奪漢家天下如探囊取物亦有何難既是銀臺門已有築臺授禪之意俺如今且回府去整備平天冠等候便了雖然如此恐防日久變生只是早幾日的好〔詩云〕觀乾象漢已天亡況孤家久握朝綱也終防別生事故休遲緩自取其殃〔下〕〔楊彪云〕這匹夫好無禮也一心要侵奪漢家天下司徒計將奈何〔正末唱〕

〔金盞兒〕我本是一重愁翻做了兩重愁方信道是非只為多開口〔楊彪云〕司徒怎生定計擒拿此賊方可保安漢室江山〔正末唱〕待教我神機妙策苦搜求怎做的姜子牙能伐紂張子房會興劉〔楊彪云〕小官覷司徒也不弱於先賢只要先算計了呂布一人那董卓便易擒矣〔正末唱〕你待要勦除了董太師甚法兒所算了呂温侯

〔楊彪云〕此事全仗司徒用計〔正末做沈吟科云〕太尉你且放心容小官思忖來〔唱〕

〔賺煞〕攬這場强熬煎自尋此閑僝僽少不的三五夜蒼顏皓首〔楊彪云〕人年不滿百常懷千歲憂司徒我和你這煩惱何時是了也〔正末唱〕那些個百歲常懷千歲憂搜尋遍四大神州運機籌這功績難收可惜萬里江山一

日休〔楊彪云〕適在老賊之前約下三五日間便有分曉司徒須要早圖休得誤事〔正末唱〕

眼見的烏飛兔走爭柰這龍爭虎鬬將一箇悶弓兒拽扎在我心頭〔下〕

〔楊彪云〕王允此一去必然用計擒拿董卓保安漢室天下老夫悄悄的自去回聖人話便了〔詩云〕漢室江山誓共扶肯容賊子有狂圖計就月中擒玉兔謀成日裏捉金烏〔下〕

〔音釋〕洮音逃　比音避　賁音奔　鬯音唱　蹕音必　過平聲　華去聲　橫去聲　强欺養切　降奚江切　阿何哥切　璇音旋　璣音幾　重平聲　僝鋤山切　僽音驟

第二折

〔董卓李儒李肅卒子上詩云〕文武朝臣不見過銀臺門事竟如何只爲龍床難得坐一夜心焦白髮多某乃董卓是也頗柰王允等衆官好生無禮他每說早晚選定吉日便來迎俺登其大位我看黃曆上儘有好日子怎麽還不見來相請令人門首覷者若王允等衆官來時報復我知道〔卒子云〕理會的〔外扮太白星官抱布上云〕世俗的人跟貧道出家去來我着你個個成仙人人了道這裏也無人貧道乃上界太白星是也生居金地出在庚方鑒人間善惡無差辨世上榮枯有准因朝天帝回來觀見下方董卓弄權要謀漢家天下上蒼致怒衆神不喜故差貧道點化此人看他省的也不省的這是董卓門首〔做三笑科云〕董太師你好個大志氣也〔做三哭科云〕董太師你這早晚死也〔卒子做報科云〕報太師爺門首有個風魔的先生望着府門大笑三聲大哭三聲打着他不去特來報知〔董卓云〕有這等事待我親自出去試看咱〔做見科〕〔太白云〕呵呵呵董卓你這早晚死也〔董卓云〕這個正是風僧狂道令人與我拿住者〔做拿不住科〕〔董卓云〕我自己拏

這廝去〔做擲布科下〕〔董卓云〕哎喲打殺我也他怎生不見了且看打我的是什麼物件〔做取看科云〕元來是一疋布兩頭兩個口字中間裏有兩行字寫着道千里草青青卜曰十長生李儒你知道麼〔李儒云〕太師李儒仔細參詳不解此意則除是蔡邕學士他可懂的〔董卓云〕吾兒言者當也李肅與我喚將蔡邕來者〔李肅云〕蔡學士安在〔外扮蔡邕上云〕小官姓蔡名邕字伯喈祖居陳留郡人氏官拜學士之職有太師相請不知爲着甚事須索見去〔做報見科蔡邕云〕太師呼喚小官有何見諭〔董卓云〕蔡學士我正在府中閑坐有一個風魔的先生望着府門哭三聲笑三聲我出去看他被他拿一物件當頭打將過來正要着人拏他早化一道金光不見了如今他這物件現在於此我不解其意喚學士來試看咱〔蔡邕云〕既如此請借一看〔做看科云〕哦是一疋布可長一丈上面有兩行字千里草青青卜曰十長生〔做背科云〕這老賊當來必死在呂布之手則除是這般〔回云〕太師據蔡邕看來布上有兩行字千里草青青卜曰十長生千字下面着個里字千字上面着個草頭可不是個董字卜字下面着個曰字曰字下面着個十字可不是個卓字這是包藏着太師的尊諱這是一疋布兩頭兩個口字上下疊起可不是個呂字這是包藏着呂布二字布可長一丈是報太師有十全之喜皆憑呂布英雄此乃天意亦人力也〔董卓做笑科云〕學士言者當也我若成其大事這左丞相位兒就是你坐〔蔡邕云〕則怕太師忘了〔董卓云〕說的是常言道貴人多忘事就將此布你收的去我若成其大事拏將這布來這左丞相就是你的了也〔蔡邕云〕多謝太師小官告退出的這門來我蔡邕本爲父母之故不得已投託董卓門下如今拏這布悄悄的到王司徒府中與他商量走一遭去〔下〕〔董卓云〕蔡邕去了麼兀的不歡喜殺老夫也〔詩云〕憑着俺呂布孩兒成大事今日今時方信道人有善願果然是天必從之〔同衆下〕〔正末

上云〕老夫王允是也昨日楊太尉口傳密詔着老夫定計擒拏董卓老夫想來他權勢重大況兼呂布有萬夫不當之勇展轉尋思並無一計怎生是好天色晚了也不免掩上宅門再思想波〔蔡邕上云〕這是司徒門首我試喚門咱〔佐喚門科〕〔正末出看科云〕喚門的是誰〔蔡邕云〕是小官蔡邕〔做見科正末云〕學士為何至此〔蔡邕云〕丞相小官無事也不來那董太師在私宅中閑坐忽有一個乞化先生望着他府門大笑三聲大哭三聲太師大怒着人拏他被他將一物件望着太師打來化一道金光不見了這就是打的那物件司徒請看〔正末做接看科云〕原來是一疋布布上有兩行字千里草青青卜曰十長生那草字着個千字里字卜字着個曰字十字可不是董卓二字〔蔡邕云〕解的是〔正末做再看科云〕布上兩頭一個口字分明是藏着呂布二字但這布不長九尺又不長一丈一尺主何意思這個却解不過來〔蔡邕云〕有甚難解處這布足足一丈單主着董卓數足早晚死也若死必在呂布之手〔正末云〕學士差矣那呂布是董卓的養子他如何肯殺董卓〔蔡邕云〕董卓比丁建陽如何司徒你怎生立一人之下坐萬人之上調和鼎鼐燮理陰陽但能使呂布生心董卓不足圖矣小官不才願獻一策名曰連環計天色已晚小官告回〔下〕〔正末云〕學士去了也他說便說的好只是這連環計將何下手丟下一椿悶公事在俺心上兀的不傒倖殺人也呵〔唱〕

〔南呂一枝花〕急切裏稱不的王允心酬不了吾皇願擒不倒董太師立不起漢山川則着我算後思前將百計搜尋遍奈一時難布展憂的我神思竭默默無言愁的我魂膽喪兢兢打戰

〔云〕似這等憂愁着俺何時是了也〔唱〕

〔梁州第七〕憂的是防禍亂似防天之墜愁的是傍姦雄似傍虎而眠赤緊的翻騰世事雲千變霎時間朱顏易改皓首相纏懶懆的我渾如癡掙直似風顛恰便似悶弓兒在心下熬煎快刀兒腹內盤旋空着我王司徒實丕丕忠孝雙持怎當他董太師惡狠狠威權獨擅更和那呂温侯氣昂昂智勇兼全幾番告天柰天天相隔人寰遠偏不肯行方便可憐我一點丹心鐵石堅落的徒然〔云〕心中困倦且到後花園消散一回咱這是牡丹亭子上家僮取琴過來者〔家僮上遞琴科云〕琴在此〔正末做歎科云〕哀哉漢室將傾非人力可挽不免對月彈琴作歌一首〔做撫琴科〕〔歌曰〕吁嗟炎漢兮末運否姦臣弄權兮干戈起呂布驍勇兮爲爪牙虎牢一戰兮衆皆靡天子遷都兮入長安如鳥離巢兮魚失水三百餘年兮基業傾二十四帝兮今已矣老夫慷慨兮懷國讎恨不拔劍兮梟其頭爭柰年華兮值衰暮況復朝臣兮無可謀空承密詔兮在衣帶竟乏奇計兮能分憂日夜躊躇兮心欲碎臨風浩歎兮淚橫流〔旦兒扮貂蟬領梅香上云〕妾身貂蟬是也自從與呂布失散不想流落於此幸遇司徒老爺看待如親女一般只是這樁心事難以剖露如今月明人靜不免領着梅香後花園中燒香走一遭去〔梅香云〕姐姐你行動些〔正末做見避科唱〕

〔隔尾〕我則道忒楞楞宿鳥在花陰串原來是嬌滴滴佳人將竹徑穿把玉露蒼苔任蹅踐〔梅香云〕姐姐在這芍藥闌邊放下香桌兒好麼〔正末唱〕俺掩在湖山石這邊他行到芍藥闌那邊〔旦兒做氣喘科〕〔正末唱〕我見他手纖纖搭扶着丁香樹兒喘

〔旦兒云〕梅香將香來者〔梅香云〕姐姐請上香咱〔旦兒云〕池畔分開並蒂蓮可堪間阻又經年鶼鶼比翼難成就一炷清香禱告天妾身貂蟬本呂布之妻自從臨洮府與夫主失散妾身流落司徒府中幸得老爺將我如親女相待爭奈夫主呂布不知下落我如今在後花園中燒一炷夜香對天禱告願俺夫妻每早早的完聚咱柳影花陰月半空獸爐香裊散清風心間多少傷情事盡在深深兩拜中〔梅香云〕我替姐姐再燒一炷香天那俺曾聽的有人說來道是人中呂布女中貂蟬不枉了一對兒好夫妻若能得早早成雙可也拖帶梅香咱〔正末唱〕

〔四塊玉〕我則道他瘦懨懨苦病纏却元來悄促促躭閨怨方信道色膽從來大似天〔旦兒做泣科〕〔正末唱〕則見他淚痕兒界破殘粧面我可甚治家如治國他也不能守禮似守身都做的顧後不顧前

〔云〕貂蟬你在這裏做甚麼敢如此大膽也〔梅香云〕決撒了老爺都聽見了也〔旦兒云〕你孩兒在此不曾說甚麼則爲身子不快特來燒香〔正末云〕噤聲〔唱〕

〔罵玉郎〕還待要花言巧語將咱騙你恰纔個焚香拜告青天深深頂禮親發願似這等心又虔意又堅可則是保你身無倦

〔旦兒云〕你孩兒並無別願見此好天良夜一心則是拜月焚香不曾敢說些甚麼〔正末唱〕

〔感皇恩〕呀你說甚麼再遞絲鞭重整良緣是誰人打散了你這錦紋鴦分開了雙飛燕斫斷了並頭蓮害的你一生恨惹則爲這兩下情牽〔旦兒云〕你孩兒並無此言〔正末云〕你還賴哩〔唱〕我則問你遭間阻經離別是何年

(旦兒云)你孩兒則爲身子不快因此拜月焚香委實的並無別意(正末唱)

(採花歌)則你這腹中寃口中言聲聲道天公怎不把人憐(梅香云)俺姐姐並不曾說甚麼我若說謊就變一個哈叭狗兒(正末云)唗(唱)你道是呂布人中多俊雅貂蟬世上最妖姸

(旦兒云)你孩兒端的不曾說甚麼來(正末云)貂蟬我聽的你說則願夫妻每早早團圓那一個是你丈夫從實的說來若一字不實我打死你這小賤人決無乾罷(貂蟬跪云)望老爺停嗔息怒暫罷虎狼之威聽您孩兒慢慢的說來您孩兒不是這裏人是忻州木耳村人氏任昂之女小字紅昌因漢靈帝刷選宮女將您孩兒取入宮中掌貂蟬冠來因此喚做貂蟬靈帝將您孩兒賜與丁建陽當日呂布爲丁建陽養子丁建陽却將您孩兒配與呂布爲妻後來黃巾賊作亂俺夫妻二人陣上失散不知呂布去向您孩兒幸得落在老爺府中如親女一般看待眞個重生再養之恩無能圖報昨日與妳妳在看街樓上見一行步從擺着頭踏過來那赤兎馬上可正是呂布您孩兒因此上燒香禱告要得夫婦團圓不期被老爺聽見罪當萬死(正末云)貂蟬此言是實麼(旦兒云)老爺您孩兒並不敢說謊(正末云)嗨蔡學士你好能也兀的不是連環計却在這妮子身上(唱)

(絮蝦蟆)這的是天意隨人轉也顯得我忠心爲國專背地裏自欣然何須別尋空便何須更圖機變不索共他陣面不索和他交戰我這條妙計久遠我這條妙計長便蒼生要解倒懸社稷從此保全賊臣董卓弄權端的勢焰熏天若有半點風聲漏傳可不滅盡滿門良賤憂的咱憂的咱意攘情顛心似油煎誰承望俺家裏搜尋出這美

女嬋娟到來日開筵向脂粉叢中倒暗暗的藏着征戰這計謀怎脫免〔帶云〕貂蟬〔唱〕我着你夫妻美滿永遠團圓

〔云〕孩兒你若肯依着您父親一樁事呵我便着你夫妻每團圓也〔旦兒云〕老爺休道是一樁事就是十樁事也您孩兒依的但不知是那一樁事〔正末云〕我想春秋時節有個鱄諸之妻力贊夫主助成大功到我朝有個王陵之母伏劍而死遺其子事漢無生二心後來俱名登史冊人人傳頌你如今肯替父親出此一計使我得陰圖董卓重整朝綱便當着你夫妻們永遠團圓兒也你休顧那胖董卓一時春點污博一個救帝主萬代姓名香〔旦兒云〕父親我隨你要孩兒怎的〔正末云〕既然這等孩兒你且歸後堂中去〔旦兒云〕理會的欲教青史留遺跡敢惜紅顏別事人〔下〕〔正末云〕季旅那裏〔淨扮季旅上云〕自家不是別人是這王司徒堂侯官季旅的便是老爺呼喚不知有甚事須索見來〔做見科云〕老爺呼喚季旅那廂使用〔正末云〕季旅你與我一面分付掌酒宴的安排筵席伺候一面到太師府傍溫侯的私宅請呂布來者〔季旅云〕理會的〔下〕〔正末云〕季旅去了我料呂布必然來赴席也若來時我自有個主意正是不施萬丈深潭計怎得鰲魚上釣鈎〔下〕〔冲末扮呂布領卒子上詩云〕人又英雄馬又驍太師親賜赤麟袍世人問我名和姓曾見橫行出虎牢某姓呂名布字奉先在於虎牢關上殺退十八路諸侯威振天下官封溫侯之職見佐董太師門下名為養子寵冠羣臣除了征戰之外無過是吃酒耍子今日營中無事且看甚麼人來請我〔季旅上云〕自家季旅奉着司徒的言語請呂溫侯走一遭去可早來到私宅門首門上的報復去道有王司徒差官季旅要見〔卒子做報科〕〔呂布云〕着他過來〔卒子云〕差官進〔季旅做見科〕〔呂布云〕季旅你此來有甚事〔季旅云〕奉司徒之命道近日邊報頗稀特治小筵屈溫侯爺

一敘（呂布笑云）我道這老匹夫强不過你先去我便來也（季旅云）我季旅就回話去只望温侯爺早些命駕（下）（呂布云）季旅去了也左右收拾鞍馬就到王允府中赴宴走一遭去來（下）

（正末引季旅祗候上云）老夫王允早間着季旅請呂布去他說就來令人門外覷者若温侯來時快報知道（季旅云）理會的（呂布引卒子上云）這是王司徒府門首了左右接了馬者（季旅做報）（正末忙接科云）早知温侯來到只合遠接接待不及勿令見罪（呂布云）你是朝中老臣怎生行這等禮忒謙遜了只怕不當麽（正末云）不敢得温侯惼臨我老夫增光多矣令人擡上果桌來者（做擡果桌正末遞酒科云）奉先請滿飲此杯（呂布云）量呂布有何德能着老宰輔置酒張筵如此重待呂布何以克當（正末唱）

〔牧羊關〕想王允官銜小才藝淺怎當的公子登筵（呂布云）老宰輔你請我有何主意（正末云）我王允也別無他意只重奉先的威名耳（唱）願温侯家給千兵願温侯戶封八縣願温侯早掌元戎印願温侯早受帝王宣願温侯皂蓋飛頭上願温侯朱衣列馬前

（呂布做笑科云）多謝老宰輔盛意只怕呂布沒福（正末云）老夫幼習天文見漢家氣數盡矣太師功德巍巍指日之間必登高位只望温侯提拔王允咱（呂布云）老宰輔你但放心若太師成了大事這左丞相少不得是你做（正末做遞酒科云）多謝多謝請奉先滿飲此杯（呂布云）酒忒緊了待俺慢慢的飲幾杯（正末云）便好道筵前無樂不成歡樂令人傳語後堂中請出貂蟬小姐來者（旦兒領梅香上科云）父親呼喚您孩兒有何事（正末云）孩兒也呂布現在前廳上他帶了酒也你只推不認的與他遞一杯就歌一曲看他說甚麽（旦兒云）理會的（正末領旦兒見呂布科

云〕小姐把體面見了温侯者〔旦兒做拜科云〕温侯萬福〔呂布忙回禮科云〕小姐免禮〔正末云〕孩兒與温侯遞一杯兒酒〔旦兒云〕將酒來〔梅香云〕酒在此〔旦兒做送酒科云〕温侯請滿飲此杯〔呂布做接酒飲科云〕老宰輔呂布已醉有失禮體酒勾了也〔正末云〕奉先請寬懷暢飲便醉也何妨孩兒你唱個曲兒奉温侯的酒〔旦兒唱〕

〔雙調折桂令〕幼年間曾事君王不甫能出賜英雄得配鴛鴦只爲那半路風波三年阻隔兩地分張想當初避兵時干戈擾壤到如今太平年黎庶安康但願美滿成雙拜謝穹蒼早難道對面相逢便剗的忘了紅昌

〔呂布做打認科云〕這不是貂蟬他怎生得到這裏來〔正末背云〕果有此事這廝中計了也〔唱〕

〔隔尾〕一箇眼傳情羞掩芙蓉面一箇坐不穩難登玳瑁筵則見他佯帶酒推更衣且寬轉〔呂布云〕老宰輔乞恕呂布疎狂之罪〔正末唱〕請温侯穩便〔呂布做嘔科云〕呂布酒醉了混踐華堂豈不得罪〔正末唱〕有甚麼混踐〔云〕奉先請坐老夫前後執料去咱〔唱〕我口兒裏說話將身軀倒褪的遠〔虛下〕

〔呂布低云〕老宰輔去了也貂蟬〔旦兒應科〕〔呂布云〕妻也你怎生却在這裏〔旦兒云〕自從俺臨洮失散流落在司徒府中不想今日纔得相見奉先則被你痛殺我也〔旦兒做哭呂布掩泣科云〕貂蟬兀的不想殺我也〔正末冲上云〕你兩個說甚麼哩〔呂布同旦兒跪科〕〔正末唱〕

〔哭皇天〕被我偷睛兒早瞧見〔呂布云〕我呂布實是酒醉了也〔正末唱〕那兩個私情的忒自專〔旦兒云〕您孩兒並不曾敢說甚麼〔正末上〕噤聲〔唱〕你這賤媳

婦無斷送〔呂布云〕這都是呂布之罪不干他事〔正末唱〕你這新女壻省財錢覷的咱渾如芥蘚俺好意的張筵置酒你走將來賣俏行姦暢好是廝蹅蹅廝蹅蹅也波呂奉先〔呂布云〕老宰輔不知聽呂布慢慢的說一遍他本忻州木耳村人氏任昂之女小字紅昌因漢靈帝選入宮中掌貂蟬冠來故名貂蟬後靈帝賜與丁建陽當日呂布與建陽爲養子建陽將貂蟬配與呂布爲妻因黃巾賊作亂在陣上失散一向不知下落元來在老宰輔處因此呂布不勝分離之感只望老宰輔怎生可憐見着俺夫妻再得團圓呂布至死也不忘大德當效犬馬之報〔正末云〕我兒你有何言〔旦兒云〕委實如此只望父親恕罪〔正末云〕既如此溫侯請起〔唱〕說甚麽單絲不線我着你缺月再圓

〔云〕孩兒你自回後堂中去〔旦兒同梅香下〕〔正末唱〕

〔烏夜啼〕俺只道侯門一入如天遠〔云〕這個不是老夫的私宅〔呂布云〕不是老宰輔私宅可是那裏〔正末唱〕誰承望漢劉晨誤入桃源枉着你佳人受盡相思怨早兩箇攜手挨肩共枕同眠則待要寶轡驊騮再接紫絲鞭怎肯教錦鴛鴦深鎖黃金殿美前程新姻眷一任的春風院宇夜月庭軒

〔云〕溫侯你若不說老夫怎生得知我尋也尋不着這門親事我便選吉日良辰倒賠三千貫奩房斷送將貂蟬配與溫侯爲妻你意下如何〔呂布云〕多謝了老宰輔貂蟬的父親便是呂布的父親哩此恩必當重報也〔正末云〕溫侯可則一件則怕太師知道見王允之罪麽〔呂布云〕不妨事俺父親知道更是歡喜〔正末云〕既然這等呵將軍你放心老夫到來日再安排一個筵席敬請太師一來商議大事二來就題你這門親事有何不可〔呂布云〕太山爲您孩兒如此般用心呂布至死

也不敢忘報酒勾了也呂布告回〔正末云〕將軍勿罪〔呂布云〕不敢不敢我出的這門來還俺私宅去也〔詩云〕偶赴侯門宴依然逢故妻重諧雙鳳侶不似五羊皮〔下〕〔正末云〕呂布去了也季旅你再到太師府中道王允請太師飲宴他若不來時節你便道王允專請太師商議大事願無他阻〔季旅云〕理會的〔正末云〕我料董卓一武夫耳見說商議大事必然肯來〔唱〕

〔黃鍾尾〕到明朝安排下鴻門擺設重瞳宴准備着打鳳機關呂后筵用心腸使機見這權術要巧便奏笙歌列管絃花如錦酒似川我更謙下做軟善董太師酒性顛見紅顏決顧戀那其間我把這美貌貂蟬僞托獻暗暗的對天說呪願〔帶云〕你道我願甚的來〔唱〕則願的早滅了賊臣將俺那聖明來顯〔同季旅祗候下〕

〔音釋〕行音杭　鼐音柰　燮音屑　稱去聲　懆音竈　喘川上聲　間去聲　從去聲　解上聲　縛音專　强雖漾切　中去聲　推退平聲　斷端去聲　省生上聲　勝平聲

第二折

〔董卓領祗候上云〕某董卓是也前日太尉楊彪司徒王允他兩個說銀臺門築起一座高臺只在三五日間請某授禪怎麼這幾時還不見回話那楊彪老賊元是個倔强的人便也罷了難道王允也來欺我令人門首覷者但有衆公卿來時報復我家知道〔祗候云〕理會的〔季旅上云〕自家季旅的便是奉着俺老爺言語着我請董太師可早來到府門首左右報復去道有王司徒差官季旅在於門首〔祗候做報科〕〔董卓云〕着他進來〔祗候云〕着過去〔見科董卓云〕季旅你來怎麼〔季旅云〕俺王允着季旅來請太師爺飲宴〔董卓云〕季旅我心中自有大事要與衆公卿計議量

你那一席酒打甚麼緊你回去與那王允老頭兒道我不要你那酒吃〔季旅云〕太師爺俺王允曾說來道此酒不爲他設單請太師爺要商議大事哩〔董卓云〕哦原來要請我商議大事季旅你先回去我隨後便來也〔季旅云〕理會的出的府門來不敢久停久住回老爺的話去〔下〕〔董卓云〕季旅去了也令人安排車駕親到王允宅上赴宴走一遭去〔做暗笑科云〕若是酒筵間有些好歹就將這老匹夫結果了罷〔下〕〔正末領祗候上云〕老夫王允差季旅往太師府中請董卓去了想那老賊這早晚敢待來也〔唱〕

〔正宮端正好〕仗才能憑謀量不須動鬭劍長鎗無非是偎紅倚翠如屏障早擺設的都停當

〔滾繡毬〕爐焚着寶篆香酒斟着玉液漿奏笙歌樂聲嘹喨今日箇畫堂中別是風光雖然是錦繡鄉暗藏着戰鬭場則爭無虎賁郎將玳筵前擁出紅粧我只待窩弓藥箭擒狠虎布網張羅打鳳凰不比尋常

〔季旅上云〕自家季旅的便是適纔請了太師回俺老爺的話去〔做見科〕〔正末云〕季旅你請董太師如何〔季旅云〕奉老爺的言語去請董太師他初意甚是不喜見說商議大事他的面色就轉過來了說道你先去我隨後便來也〔正末云〕季旅你到門外覷者遠遠的望見太師頭踏快來報復我知道〔季旅云〕理會的〔董卓引李儒李肅卒子上詩云〕王家設宴莫猜疑就裏機關我自知若有半聲言不合踹平宅第作汚池某乃董太師是也今日王允請某飲酒衆將就屯軍在門首者〔衆應科〕〔季旅慌報云〕報的老爺得知有董太師來了也〔正末云〕老夫親自接待去咱〔跪見

科云〕有勞太師貴脚來踏賤地王允不及遠迎乞恕死罪〔董卓云〕王司徒你偌大的官職當街裏跪着外人觀看不雅請起〔正末云〕小官理當王允早是今日請的太師赴宴若遲三五日呵太師登了九五之位那時君臣名分就如天地隔絶再也不能展其僚寀之歡故此斗膽奉邀只望太師勿罪〔董卓做大笑科云〕只怕老夫到不得這地位〔正末云〕令人與我擡上果桌來者〔李旅做擡果桌正末遞酒科云〕太師請滿飲此杯〔董卓云〕佳者酒也要喫話也要說的明白你那銀臺門這事准在何日你若說的明白我便喫〔正末科云〕稟太師此事已有成議不出三日矣〔董卓云〕若只是三日打甚麼緊司徒將酒來我喫我喫〔做接飲正末再遞科云〕請太師連飲三杯做個定席酒〔董卓三飲科云〕我觀朝中公卿有不如意者輕則抉其眼割其舌重則斷其頭再重則滅其族唯有你這老頭兒禮度謙恭言詞卑遜甚合吾意古語有云謙謙終吉司徒之謂也〔正末云〕謝太師擡舉〔唱〕

〔伴讀書〕見太師言分朗教王允聽明降說道是指日當朝多興旺百司文武皆陞賞那其間新情舊意休偏向願太師福壽無疆

〔董卓云〕司徒孤家若成了大事管着你身居極品位列諸侯之上〔正末唱〕

〔笑和尚〕願太師暮登天子堂〔董卓云〕若果有這日李肅加爲甚麼官〔正末唱〕李肅做先鋒將〔董卓云〕是了吾兒呂布可加爲甚麼官〔正末唱〕呂布坐金頂蓮花帳〔董卓云〕這個正當〔做笑科云〕司徒你可要做甚麼官〔正末唱〕臣則是掌圖書佐廟廊又不曾擐甲冑戰沙場〔董卓云〕雖然如此你可端的要做甚麼官〔正末唱〕望太師着王允做一箇頭廳相

〔董卓云〕我道你爲甚麽請我可原來則爲這個官兒打甚麽緊我若是三五日成其大事這左丞相一定是你做〔正末做拜謝科云〕只願太師無忘今日之言也令人將酒來〔季旅云〕酒在此〔正末做奉酒科云〕太師請滿飲此盃〔董卓云〕住者這酒忒緊了天氣暄熱我身上有些困倦暫且歇息咱〔做盹科〕〔正末云〕季旅太師帶了酒也傳報後堂着梅香伏侍貂蟬小姐出來與太師打扇波〔季旅做喚科〕〔旦兒引梅香持扇上云〕父親喚您孩兒有何事〔正末云〕兒也董卓現在前廳上帶酒睡着了也你與他打扇去〔旦兒云〕理會的〔打扇科〕〔正末唱〕

〔滾繡毬〕油掠的鬢髻兒光粉搽的臉道兒香畫的來月眉新樣穿的是藕絲嫩新織仙裳若是這女豔粧勸玉觴殷勤的滿斟低唱十指露春筍纖長我則要削除漢帝心頭病便是你醫治姦邪海上方不索商量

〔董卓做醒科云〕呀這般透骨的涼風打扇的是甚麽人〔做見旦兒科云〕好女子也似此顏色人間少有敢則是天仙麽好女子也好女子也近前來我與你同飲幾杯〔旦兒做羞科〕〔正末背云〕這老賊兀的不中計了也〔唱〕

〔叨叨令〕見董卓廝琅琅將酒盞躬身放〔董卓云〕好美貌的女子我府裏雖有千數丫鬟並無一個能及之者怎麽這老頭兒有恁等好的〔正末唱〕他把那嬌滴滴豔質從頭相〔董卓做扯旦兒科云〕你便近着我些有何妨礙〔正末唱〕見貂蟬羞答答身子兒難親傍〔董卓做看旦兒科云〕好女子也〔正末唱〕那老賊涎鄧鄧的眼腦兒偷睛望〔董卓云〕好女子也你靠前些〔正末唱〕這廝早則中計也波哥早則

中計也波哥我推箇支分廚下離了筵上

〔董卓云〕我看這女子生的有沉魚落鴈之容閉月羞花之貌好女子也呵呀好涼風也呵小姐你近前來扇的緊着〔旦兒做捽扇科下〕〔董卓做趕科云〕王允恰纔那打扇的可是誰家女子〔正末云〕是王允的女孩兒未曾許配他人哩〔董卓云〕呀原來是司徒的女孩兒這等你怎着他與我打扇〔正末云〕古人敬客往往出妻獻子不以為嫌何況王允已將身許太師豈惜一女子乎〔董卓云〕司徒我三五日間成其大事則少這麼一個好夫人司徒你若肯與了我呵堪可兩全其美也〔正末云〕若不嫌小女殘粧貌陋願送太師為妾〔董卓云〕怎麼說做妾便做夫人只怕老夫消受不起〔顧取玉帶科云〕蒙司徒許諾敢以玉帶為聘〔正末受科云〕多謝太師〔董卓云〕司徒今日難同往日既是你的令愛與了我做夫人你久後就是國老皇丈哩我就是你的女壻女壻就是兒子你就是我的父親哩父親請坐受你兒子兩拜咱〔做拜正末忙答拜科〕〔董卓云〕我有一句不揣的話敢說麼〔正末云〕太師有何分付〔董卓云〕你既然將女孩兒許了我他就是我家的人了著他再出來遞一杯酒可不好那〔正末云〕太師分付敢不唯命季旅傳語後堂快喚貂蟬小姐出來〔旦兒上正末云〕兒也把體面與太師遞一杯酒者〔旦兒做遞酒科〕〔董卓笑云〕夫人遞酒休道是酒便是尿我也喫拏大鍾子來若沒大鍾子便脚盆也罷好女子好女子越看越生的好岳丈今日難同往日多承款待酒已勾了我喫不得了看定明日是個吉辰就送令愛過了門罷我則在太師府裏坐下專等岳丈送夫人來我也備一個小小席面管待岳丈休得錯過了佳期使我懸望〔正末云〕既然太師看得來日是個吉日良辰老夫倒貼三千貫房奩斷送將小女送過太師府中來也〔董卓云〕岳丈我聽的你對堂候官說喚什麼刁舌小姐恰纔見他說話是好好的舌

頭一些也不刁〔正末云〕不是刁舌小字喚做貂蟬〔董卓笑云〕公侯帶的冠是貂蟬冠令愛小字貂蟬這是明明該做我家夫人了〔梅香云〕俺小姐如今做了太師爺夫人太師爺戴了平天冠俺小姐也不叫貂蟬了〔董卓云〕我明日在太師府裏專等岳丈送貂蟬來過門我告回也〔下〕〔正末云〕董卓去了也李旅收拾車輛到來日傍晚送貂蟬小姐到太師府去來〔同下〕〔董卓領李儒李肅祗候女使上云〕李儒李肅我昨日分付你每安排筵席可齊整了麼〔李儒云〕齊備多時了〔董卓云〕王司徒今日送貂蟬小姐來與我做夫人就急的我一夜不曾睡早准備下拜堂過門的物件沒一些兒不停當天色漸晚敢待來也〔正末領旦兒奏鼓樂上〕〔正末云〕鼓樂響着令人報與太師知道有王允在於門首〔李儒做報科云〕報的太師得知有王司徒送親來也〔董卓云〕快有請〔做入見科〕〔董卓笑云〕岳丈你不失信我說你是個好人如今我夫人在那裏〔正末云〕在車兒上哩〔董卓云〕請下車來專房好好伏侍夫人到後堂中插戴去〔女使出迎旦兒下〕〔董卓云〕令人將酒來今日難同往日你便是我泰山岳丈〔做遞酒科云〕岳丈請滿飲此杯〔正末云〕王允不敢太師先請〔董卓云〕岳丈請〔正末飲科云〕王允飲過了〔回酒科云〕請太師滿飲一杯〔董卓云〕將來我飲一鍾遞一鍾喫到天明也不妨只是今晚還有些生活容老夫改日再做筵席罷〔正末云〕酒也勾了王允告回〔下〕〔董卓云〕岳丈勿罪李儒後堂中開宴我與夫人喫交杯酒去來〔同衆下〕〔呂布上云〕某乃呂布是也王司徒說道今夜送貂蟬來與我為妻不想到府門外細車兒盒擔鼓樂都進去了連王司徒也不出來莫非這老賊敢胡做麼我則在門首等着且待王允出來看他說甚麼〔正末上云〕那老賊回後堂中去了也〔唱〕

〔快活三〕見董卓帶春風入後堂〔呂布做迎科云〕老宰輔呂布在此等候多時也

〔正末云〕噤聲〔唱〕剗的你和夜月待西廂父子每都要帽光光做出這喬模樣

〔呂布云〕老宰輔你令愛原是呂布之妻流落在你府中昨日酒席上親口許了呂布今日可送進太師府裏去了是何道理〔正末唱〕

〔鮑老兒〕你這裏鼓舌搖脣說短長則俺那新媳婦在車兒上盼不見畫戟雕鞍舊日郎呪罵殺王丞相枉了你揚威耀武盡忠竭節定國安邦偏容他鵾鷄弄舌烏鴉展翅强配鸞凰

〔呂布云〕老司徒你令愛端的何處〔正末云〕溫侯不知昨日我請太師飲酒題你這樁親事太師十分大喜道喚媳婦出來我看看咱老夫不合喚出貂蟬拜了太師四拜誰想這老賊看見貂蟬顏色起了那一點禽獸的肚腸今日車兒來到府門首他就攛着許多女使將貂蟬邀下車兒擁入後堂去了溫侯也枉了你是一個大丈夫與妻子做不的個主要你何用那裏有做公公的將媳婦兒强納爲妾呸兀的不羞殺我也〔呂布云〕若是老宰輔不說我怎生得知這老匹夫原來行這等不仁的勾當兀的不氣殺我也〔正末唱〕

〔耍孩兒〕覷你箇呂溫侯本是英雄將則這條方天戟有誰人抵當也曾虎牢關外把姓名揚嚇的衆諸侯膽落魂亡你本是扶持社稷擎天柱平定乾坤架海梁你有仁義他無辭讓怎將那連雲相府生扭做行雨高唐

〔呂布云〕董卓老匹夫好無禮也我呂布與貂蟬本是綰角兒夫妻那老匹夫既認呂布爲義子豈

有這等家法〔正末云〕可知道沒有這等家法〔唱〕
〔二煞〕他斂黃金盡四方怕沒紅顏滿洞房怎麼禽獸般做的能淫蕩你當初把離愁泣訴華筵畔到今日將密愛輕分半壁廂還顧甚多恩養便不想臣能報國也索要夫與妻綱
〔呂布云〕老宰輔且請回府去我今夜晚間若見了貂蟬問他緣故我不道的饒了那老賊哩〔正末唱〕
〔煞尾〕雖然是女娘家不氣長從來個做男兒當自強若要你勃騰騰怒發三千丈則除今夜裏親見貂蟬細細的訪〔下〕
〔呂布云〕叵柰這老賊無禮強奪了我貂蟬更待乾罷如今直到後堂中尋那老賊去〔虛下〕〔董卓領旦兒女使上云〕我好快活也專房擡上果桌來等夫人與我遞一杯酒喫個爛醉也好助些春興〔旦兒做遞酒董卓連飲科云〕我再飲一杯夫人你也飲一杯專房一壁廂收拾鋪陳我與夫人歇息咱〔做睡科〕〔呂布上云〕這是老賊臥房前怎生得貂蟬出來我見一面可也好也〔旦兒云〕這老賊醉了也我聽的人說這花園中有一個小角門兒通着呂布的私宅我試看咱果然有個小角門兒我推開這門來〔呂布云〕這來的莫不是貂蟬麼待我叫他一聲貂蟬〔旦兒云〕兀的不是奉先〔做見科呂布云〕兀的不是貂蟬〔旦兒云〕呂布羞殺我也我的車兒來到你私宅門首被太師着許多人將我邀進府中去那裏有公公納媳婦的道理奉先你是個男子漢頂天立地噙齒戴髮與老婆做不的主要你何用啞你羞麼〔詩云〕我是年少青春一女流今番說與你因由總然掬盡西江水啞難洗今朝臉上羞〔呂布云〕妻也這事我盡知道了轉過這角門兒那壁是我宅

子咱兩個說話去來〔董卓做醒科云〕夫人夫人可怎生不見夫人他往那裏去了〔做尋科云〕呀這小角門可怎生開着這壁却是吾兒呂布的私宅我試尋咱夫人那裏〔旦兒云〕奉先兀的不是老賊來了也〔呂布云〕不妨事我躲在這影壁邊聽他說甚麼着這老賊喫我一拳〔董卓云〕夫人你可怎生到呂布宅裏去莫非這畜生敢來調戲你麼〔做見科云〕元來這畜生有這裏呂布我不殺你誓不姓董〔呂布做打董卓科云〕着打倒這老賊也不中我索走走走〔下〕〔董卓做倒〕〔旦兒忙扶起董卓科云〕哎呀這畜生打死我也李肅安在〔李肅上云〕太師呼喚李肅有何分付〔董卓云〕李肅可柰呂布這畜生無禮公然來調戲我的夫人被我撞見他倒把我一拳打倒在地他走了也你與我拏那畜生去小心在意疾去早來〔李肅云〕得令怎麼有這等事我如今擒拏呂布走一遭去正是恨小非君子無毒不丈夫〔下〕〔董卓云〕李肅拏這畜生去了也不怕這畜生不來夫人我渾身跌得疼痛你好生扶着我回後堂中去〔旦兒云〕幸得太師早來不曾被那廝點污太師且自保重者〔做扶下〕

〔音釋〕當去聲　將去聲　屯音豚　擐音患　養去聲　與去聲

第四折

〔李肅戎裝上詩云〕太山頂上刀磨缺北海波中馬飲枯男兒三十不遂意枉做堂堂大丈夫某乃白袍李肅是也王允將貂蟬許了俺太師做夫人誰想呂布這畜生窺見美色公然敢來調戲他被俺太師撞破他倒打上一拳逃走去了沒些尊卑端的情理難容如今太師着我披袍貫甲插箭彎弓務要擒拏呂布以雪其恨不免沿路尾着他馬跡追趕去來〔下〕〔正末上云〕老夫王允設此連環之計未知如何也呵〔唱〕

〔雙調新水令〕空着我兩頭三面用心機則爲這漢江山有人希覬偏生的銅壺傳漏永皓月上窗遲徹夜徘徊睡不到眼兒內〔云〕這早晚夜半也可怎生無個信息來〔唱〕

〔駐馬聽〕董太師燕約鶯期歡喜殺肉重千斤新女壻呂溫侯鸞孤鳳隻煩惱殺情分兩處舊嬌妻貂蟬女淚珠兒滴滿了鳳凰杯呂溫侯怒風兒吹散了鴛鴦會因此上自驚疑則怕那一枝洩漏春消息

〔呂布上云〕俺呂布一拳打倒那老賊他必然差人來拏我俺且躲在王司徒府中與他商議務要殺了那老賊奪回貂蟬纔稱我平生之願這是司徒府門首待我喚咱開門來開門來〔正末云〕這喚門的好似呂布的聲音這廝敢中計也〔唱〕

〔步步嬌〕猛聽的門外人聲自慚愧若不是中了咱家計怎這等廝琅琅連扣擊〔再做聽科唱〕現如今夜靜更闌是阿誰忙出去問真實〔云〕我開開這門看是誰咱〔呂布云〕老宰輔是您孩兒呂布〔正末唱〕則見他氣丕丕的斜倚着門兒立

〔云〕溫侯請入家裏來說話這早晚爲何事到此〔呂布云〕老宰輔因爲那老賊不仁被呂布一拳打倒了也特來和老宰輔說知似這等姦臣賊子要他何用不若商量一個計策使我呂布得報此讎〔正末唱〕

〔胡十八〕據着我王允的心怎不替你箇奉先氣枉了你廝幫助廝扶持普天下不似那箇老無知行這般所爲驢馬的見識這便是出

氣力出氣力落來的

（呂布做憤怒科云）我如今一不做二不休這老賊必死於呂布之手（正末云）奉先且不要發惱再慢慢的商議波（李肅上云）某李肅奉太師的將令着我擒拿呂布一路尾着他追來這是王允的私宅想是他躲在這裏我試喚門咱司徒開門來開門來（呂布云）老宰輔兀的不是李肅喚門哩必然那老賊着他來拏我怎生是了（正末云）不妨事你且躲在壁衣後面待我開門去（做出見科）（李肅云）王司徒是何道理你的女孩兒送與太師便則與太師若與呂布便則與呂布怎麼不明不白着他父子每胡廝鬧了一夜被呂布一拳將太師打倒在地半晌爬不起來如今奉太師的命着我領兵擒拿呂布一路趕着見他進你這宅子裏來了你快快獻出來休要庇護他莫說太師了不得着惱便是我李肅也不道的饒了你這老頭兒哩（正末云）將軍息怒我想你祖公公李通也曾在雲臺門聚二十八將漸臺上誅了王莽扶立起後漢一十二帝到今二百餘年天下多虧了你那祖公公李通將軍你本是忠臣之後怎生在那賊臣手下久後擔着萬代臭罵可不連你那祖公公李通忠孝之名都展污了想貂蟬原是呂布之妻董卓見他生得有些顏色強要納他為妾將軍若是你的妻子董卓也強奪了你可意下如何（李肅云）老司徒你若不說我怎得知道原來是這老賊無恥倒是呂布兄弟還容忍得過若我白袍李肅呵殺了那老賊多時也如今呂布兄弟在那裏待我助他一臂之力同殺那老賊去（正末云）溫侯你此時還不出來待要怎的（呂布做出見拜科云）哥哥你兄弟險氣殺了也（李肅做扶起科云）兄弟原來是這老賊無禮我助你一臂之力同殺那老賊去（正末云）將軍既有此心可隨我同見聖人去來（同下）（楊彪領卒子上云）老夫楊彪是也只為董卓專權謀遷漢室着老夫晝夜躊躇無計所出這幾日連王司徒也

不見來好是煩惱人也〔正末同呂布李肅上云〕此間是楊太尉門首令人報復去道有王司徒要見〔卒子做報入見科〕〔楊彪云〕司徒這等慌慌促促而來却是爲何〔正末云〕今有呂布李肅共肯出力擒拿董卓老夫特來和老太尉計議二位將軍現在門外〔楊彪云〕既如此何不請進〔呂布李肅做入見科〕〔楊彪云〕難得二位將軍有如此忠義之心若肯扶助漢家擒拏董卓小官即當奏知聖人自有加官重賞〔李肅云〕告老太尉得知俺呂布兄弟將董卓打上一拳已做騎虎之勢不兩立了但是董卓威權太盛滿朝中那一個不是他爪牙心腹此舉若非萬全反取其禍老太尉當與司徒作速定計如迅雷一發不及掩耳方能成事我兩個無過是一勇之夫但有出力去處自當效命生死不辭〔楊彪云〕將軍說的極是吾與司徒已有密計了請先到銀臺門下藏伏只等宣出詔書二位將軍便一齊向前誅討漢賊則莫大之功成不朽之名立矣〔李肅同呂布先下〕〔楊彪云〕喜得呂布與董卓有隙豈非天敗只是銀臺門授禪的事須要着人去迎請董卓入朝還該着那一個官兒去纔好〔正末云〕必須蔡邕學士去此賊纔不生疑〔楊彪云〕是令人快請蔡邕學士來者〔卒子云〕蔡學士有請〔蔡邕上詩云〕自小生來好撫琴高山流水號知音當時不見螳螂事錯怪東君有殺心小官蔡邕是也楊太尉着人相請須索走一遭去〔卒子做報科〕〔蔡邕見云〕二位大人召小官來有何事也〔楊彪云〕今日特奉密詔着學士迎請董卓入朝授禪若得賺入朝門擒拏了董卓學士之功非同小可〔蔡邕云〕大人放心小官憑三寸不爛之舌說董卓入朝必無他阻只要二位大人小心着意共立大功便了〔正末云〕且喜蔡學士肯去迎請董卓吾等即當奏知聖人須下詔書不可遲也〔同楊彪下〕〔蔡邕做行科云〕驀過長街轉過短陌此間是太師府門首我索喚門咱門裏有人麼〔董卓引李儒祗候上云〕李儒是誰喚門哩〔李儒做聽科云〕是

學士蔡邕喚門〔董卓云〕是蔡邕喚門李儒開了這角門兒着他入來〔李儒云〕我開開這門學士請進〔做見科〕〔董卓云〕蔡邕此一來爲何〔蔡邕做跪科云〕稟上太師今日是黄道吉日滿朝衆公卿都在銀臺門敦請太師入朝授禪〔董卓做笑科云〕好好好我也有這一日學士你是第一功令人將朝服來〔李儒做看朝服科云〕今日不可入朝這朝服都被蟲鼠咬壞了也若入朝必然不利〔董卓云〕蔡邕我不入朝去了我這朝服遍身都着蟲鼠咬壞恐不中麼〔蔡邕云〕太師此乃是鼎新革故欲換袞龍袍耳〔董卓云〕蔡邕你是我心腹之人言者當也我到銀臺門內便當換了袞龍袍要那舊朝服何用蔡邕說的是李儒說的不是令人開了中門者〔李儒做看科云〕太師今日不可出門被蜘蛛羅網罩定府門內外此一去恐遭羅網之災〔董卓云〕蔡邕我不去了這其間必然有甚麼詐僞故見此不吉之兆〔蔡邕云〕太師這也喚做鼎新革故若到的銀臺門登了寶位便當遮羅天下這一座私宅也不要他了〔董卓云〕學士說的是李儒說的不是令人與我輛起車來〔李儒做看云〕呀怎麼駟馬車折其一輪此事大不利太師今日不可登車這一去敢有去的路無有來的路也〔蔡邕云〕太師到的銀臺門衆公卿接着便乘五輅之車何止駟馬這個也喚做鼎新革故〔董卓云〕學士說的是李儒說的不是若敢再言必當斬首〔李儒云〕罷罷罷我百般的阻當不肯聽從你此一去必遭喪身滅族之禍那其間休說李儒不曾諫你〔做歎科云〕你的事敗我也要這性命做甚麼就今日辭别了太師不如撞車而死免遭賊人之手〔做撞死科〕〔下〕〔祗候報云〕報的太師得知有李儒撞車而死也〔董卓云〕嗨李儒撞車死了李儒孩兒也你好沒福你好沒福〔做行科云〕蔡邕來到朝門之外怎麼不見百官接駕〔蔡邕云〕文武百官都在銀臺門裏接待哩〔董卓云〕這等我下了車步行進銀臺門去〔蔡邕云〕蔡邕先去報知領大小官員出來迎接

也〔董卓云〕你說的是你說的是〔蔡邕云〕我入的這門來令人關上門者〔下〕〔董卓云〕可怎生蔡邕進去將門倒關上了此事有變我且回去〔正末同楊彪蔡邕領卒子上〕〔正末云〕兀那賊臣董卓你那裏去你知罪麼〔董卓云〕兀那王允我有何罪〔正末云〕蔡邕你高高的讀那詔書賊臣聽者〔蔡邕讀詔書科云〕皇帝詔曰朕以涼德忝嗣丕基常隕墜是懼往者大將軍何進謀除閹宦妄召賊臣遂擁兵入朝竊弄威柄朕實悔悼于厥心幸賴祖宗之靈天殛其惡可着焚屍通衢以警中外其餘徒黨咸赦勿問故茲詔示〔董卓云〕這事不中只索逃命走走走〔李肅領卒子上云〕兀那老賊走那裏去喫我一鎗〔董卓云〕好李肅好李肅你怎敢刺我吾兒呂布安在〔呂布冲上云〕老賊休走喫我一戟〔呂布做刺董卓跌倒科云〕呸好悔氣遇這等兩個孝順兒子一發連夫人貂蟬也着他拏繩子來綑縛了我罷〔李肅呂布做綁董卓科〕〔楊彪云〕今日誅了董卓保安了漢室江山多虧了老司徒的妙計也〔正末唱〕

〔鴈兒落〕他下的你下的你有義他無義人無害虎心虎有傷人意

〔楊彪云〕那董卓自謂威權在手覷得漢家天下旦夕可圖豈知有這今日〔正末唱〕

〔得勝令〕方信道天網自恢恢業重禍相隨他認做威福長堪假怎知道江山不可移今日個燃臍也是他自做下滔天罪我和你揚眉不枉了捨殘生救主危

〔楊彪云〕今日此舉若非司徒定計豈能成功小官即當奏知聖人重加封賞〔正末云〕托賴天子洪福王允何功之有〔唱〕

〔掛玉鉤〕這都是天地神靈暗護持因此上感動的英雄輩〔楊彪云〕

我想董卓倚特呂布結爲養子怎麼就肯歸順朝廷共討此賊却是爲何〔正末唱〕誰承望義
女貂蟬正是呂布妻他不合相調戲〔楊彪云〕這事我已盡知了但呂布一個便要
報讎那李肅也是董卓的養子爲何都肯順俺〔正末云〕那董卓爲貂蟬之故差李肅擒拏呂布到我
府中被我把幾句忠義的說話激發他連李肅也不忿其事因此拔刀相助得成大功皆二人之力也
〔唱〕呂布有蓋世威李肅有冲天氣若非他歸順了皇朝誰與咱勦
滅這姦賊
〔楊彪云〕既如此小官便當奏知聖人敘功行賞者〔下〕〔蔡邕云〕當日蔡邕曾說來道這董卓必
死于呂布之手若要離間他父子必用美女連環之計不知老司徒可還記得否〔正末云〕果然如
學士所料〔唱〕
〔水仙子〕元來那風道人擲布本仙機蔡學士你爲謀蚤預知董太
師果斷送在連環計呂溫侯有膽力如今個楊太尉奏上丹墀〔楊彪
上云〕你衆官望闕跪者聽聖人的命〔正末同衆跪科〕〔楊彪云〕卓本關西一武騎自恃雄豪足蓋
世親提健卒入朝來眼底全無漢皇帝攬權擅威行不道納用子妻如狗彘腹心牙爪盡崩離已知此
虜爲天棄即今斬首銀臺門焚屍長安正厥罪蔡邕學士多智謀往來其間用遊說特加禮部侍郎銜
兼掌中書知誥制呂布討賊建首功封王出鎮幽燕地其妻貂蟬亦國君隨夫之爵身榮貴李肅曾是
卓家奴晚能自拔來歸義可以驃騎大將軍仍領羽林作環衞老臣王允懷主憂當筵巧使連環計是
用報卿左丞相與國同休永無替〔衆謝恩科〕〔王允云〕臣允老矣恐不能久在朝端扶助主上〔唱〕
願聖主千年壽保皇家萬代基容王允可便拂袖而歸〔衆下〕

〔音釋〕 覬音記 隻張耻切 摯巾以切 質繩知切 立音利 識傷以切 力音利 的音底 輅音路 闍音醃 殛音急 賊則平聲 騎去聲 說音稅

題目 銀臺門詐傳授禪文

正名 錦雲堂暗定連環計

錦雲堂暗定連環計雜劇

莽湯哥嶮釘遠鄉牌

羅李郎大鬧相國寺
倣劉榮祖筆
珍倣宋版印

羅李郎大鬧相國寺雜劇

元　張國寶撰
明吳興臧晉叔校

楔子

〔沖末扮蘇文順同外扮孟倉士上〕〔蘇文順詩云〕坐守寒窗二十春虀鹽樂道不知貧腹中曉盡古今事命裏不如天下人小生蘇文順便是這一個是我同堂學業八拜交的弟兄是孟倉士祖居陳州人氏嫡親的三口兒近新來渾家亡逝已過撇下這個女孩兒叫做定奴兒弟早年喪妻撇下這個小廝叫做湯哥我又有個結義的哥哥平日織造羅段為生又在羅家入贅他姓李人順口兒都喚他做羅李郎俺弟兄兩人學成滿腹文章待去上朝取應爭奈無有盤纏將這一雙男女質當些小鈔物進取功名去也孟家兄弟俺和你須索求告羅李郎走一遭去來〔孟倉士云〕哥哥請小弟隨往〔下〕〔正末扮羅李郎丑扮侯興上云〕老夫陳州人氏姓李名玉字和之年幼時織造羅段為生又在羅家入贅人口順都喚我做羅李郎婆婆早年亡過這個小的是侯興他在我家三輩兒了他的公公伏侍我的公公他的父親伏侍我的父親生下這個小的伏侍老夫〔侯云〕老爹你也好與我一紙從良的文書了〔正末云〕你看這廝波我有兩個結義弟兄一個是蘇文順一個是孟倉士他兩個學成滿腹文章待要上朝取應來辭別老夫侯興門首看着您叔父來時報復我知道〔蘇孟引淨扮湯哥旦扮定奴上云〕兄弟早來到他家門首也〔見侯興科云〕侯興你報哥哥去道蘇文順孟倉士在于門首〔侯興報科云〕老爹門外二位叔父來了〔正末云〕道有請〔見科〕〔蘇文順云〕哥哥您兄弟一徑的來俺二人待要上朝取應爭奈盤纏缺少起身不得止有這一對孩

兒我的女孩兒喚做定奴兄弟的孩兒喚做湯哥在哥哥跟前質當些少盤纏上朝取應去〔正末云〕既然兄弟上朝取應去侯興取兩個銀子來〔侯興云〕銀子在此〔正末云〕兄弟這兩錠銀子送二位做盤纏休嫌輕意〔蘇文順云〕你兄弟二人在哥哥面前還立了一紙文書纔是〔正末云〕既為友義豈論錢財〔唱〕

〔仙呂端正好〕咱意相投情相睦索甚立質當文書〔蘇文順云〕則望哥哥看覷這兩個孩兒〔正末唱〕您兒女就是咱兒女我怎肯兩樣三般覷

〔蘇孟二悲科云〕孩兒呵也是我出于無奈〔正末唱〕

〔么篇〕你則放心懷應舉求官去相別後便進長途更休辭跋涉躭辛苦拋家業赴皇都憑才藝仗詩書同射策覲鑾輿登御宴飲芳醑衣紫綬帶金魚我言語並無虛則願你早上青霄路〔下〕

〔蘇文順云〕咱兄弟蒙賜盤纏兩個兒女又蒙看覷則今日拜辭了哥哥收拾琴劍書箱上朝取應走一遭去也〔詩云〕為功名無奈相催便登程趲赴春闈〔孟倉士詩云〕可憐我一家骨肉淚盈盈兩處偷垂〔同下〕

〔音釋〕睦音暮　醑音胥

第一折

〔正末引侯興旦兒倈兒上云〕過日月好疾也呵自從兩個兄弟去了可早二十年光景撇下兩個孩兒定奴湯哥老夫與他婚配成家所生一子立春日生就喚名受春兩個兄弟不知幾時回來則被這湯哥孩兒逐日飲酒非為不依公道兀的不害殺我也〔唱〕

〔仙呂點絳唇〕蝸角蠅頭利名營勾空生受浮世悠悠歲月頻回首

〔混江龍〕假若便功名成就算來則是抱官囚掙闥的封妻蔭子拜相封侯可正是今日不知明日事前人田土後人收到頭來只落得個誰消受如風中秉燭似水上浮漚

〔油葫蘆〕身似飄飄不纜舟幾時得巴到岸口想當初莊子嘆骷髏一朝身死無人救三寸氣在千般有今日春明日秋金烏玉兔東西走斷送一生休

〔帶云〕想老夫少年時做家呵〔唱〕

〔天下樂〕俺也曾蚤起遲眠使計謀營也波求肯罷手使行錢在城打着課頭村裏有大葉桑闊角牛每年家田蠶百倍收

〔外扮酒家上云〕湯舍湯舍在家裏麼〔正末云〕侯興做甚麼鬧炒〔侯興看科云〕老爹門首有人叫湯舍討酒錢〔正末云〕咱家誰做官來叫湯舍〔侯興云〕討酒錢哩〔正末云〕他少多少錢〔侯興出門問云〕他少你多少錢〔外云〕少一千餅酒錢〔侯興云〕老爹少他一千餅酒錢〔正末唱〕

〔後庭花〕逐朝家飲興酬全不將學業修教你向芸窗下把書埋首却元來糟房中酒浸頭直恁般好風流半年不勾早吃下一千餅香糯酒

〔云〕侯興該多少一餅算還了罷〔侯興問云〕多少錢一餅〔外云〕兩貫一餅〔侯興云〕你算該多

少〔外云〕兩貫一𨋥二𨋥四貫四𨋥八貫八𨋥十六貫〔做咳嗽呵云〕是這等算還我〔侯興云〕還了你錢你去罷〔外下〕〔外扮樂人上云〕湯舍在家麼〔正末云〕侯興怎麼又這般鬧炒〔侯興看科云〕你要甚麼〔外云〕我討樂歌錢〔侯興云〕老爹討樂歌錢的〔正末云〕怎生喚做樂歌錢〔侯興云〕阿這老爹一竅也不通樂歌錢是和小娘每吃酒耍子樂人彈唱伏侍的〔正末唱〕

〔醉中天〕這廝結纜着章臺柳鋪買下謝家樓我但到官陳詞見的勾〔帶云〕若不受狀呵〔唱〕我將皇城叩索共那五奴虔婆出頭這債到底俺湯哥兒承受休休休免得定刑名笞杖徒流

〔一半兒〕你這般借錢取債結交游做大粧幺不害羞知你那爺貧也富也活也死也那無共有你那一日不秦樓正是幾處笙歌幾處愁

〔云〕侯興你算還他罷〔侯興問云〕該多少〔外云〕該二千貫〔侯興云〕怎生少借多〔外云〕實實的少這些我不說謊〔侯興云〕我還了你錢你這廝下次再不要賒與他則要見錢〔外下〕〔丑扮廝打上云〕打下牙來了也〔正末云〕又是甚麼人鬧炒〔侯興看科云〕老爹湯舍打殺人也〔正末云〕在那裏〔侯興云〕在門首〔正末云〕我自去看〔見丑問云〕哥哥你怎地來〔丑云〕您湯哥打下了我門牙我沃了來〔正末云〕侯興他打下牙來你怎生說打死人〔侯興云〕打下牙來害了破傷風不要死那〔正末云〕哥哥家裏來〔唱〕

〔醉扶歸〕常教我兩葉眉兒皺一點赤心愁却不道父母惟其疾病憂常落在別人彀〔云〕侯興拿一錠銀子來〔侯興銀科〕〔正末唱〕與你這一錠銀

饒過罷手〔云〕哥哥若忙呵便回去若閑呵等我尋那廝去〔唱〕若來時不道的輕放了那賊禽獸

〔丑云〕老的我回去也〔做出門科云〕打了一個門牙得了一錠銀子早着他都打下了也好那〔一下〕〔正末云〕俫興你不問那裏尋將那廝來者〔淨做醉科上云〕衆弟兄少罪少罪一席好酒我湯哥今日有一個新下城的旦色喚做甚麽宜時秀好個姐姐感承我那衆弟兄作成我入馬衆弟兄安排酒買了二十瓶推倒十瓶瀽了五瓶打了三瓶丟了二瓶不覺怎麽醉了好姐姐唱了一日不會聽得一句知他唱的是甚麽則記的臨上馬鍾剛唱了一句〔做唱科〕零落了梧桐葉兒則唱了這一句我又吃了八十四鍾〔俫興見科云〕小哥你醉了也〔淨打俫科云〕我幾曾醉〔俫扶科云〕小哥你醉了老爹叫我來尋你咱家去來〔做入門見正末科〕〔正末云〕這廝兀的不醉了也〔唱〕

〔後庭花〕你因酒上沒做有爲花上恩變做仇你交財上不應口爭氣處打破頭這四件忒精熟諸般懶就這便是你男兒得志秋

〔淨云〕老爹掙闘了許來大家私您孩兒正好快活哩可不道飲酒只待飲深甌帶花須帶大開頭

〔正末唱〕

〔金盞兒〕你待縱酒飲深甌花帶大開頭因花爲酒添憔瘦還道是有花方酌酒無月不登樓早辰間因酒病到晚來爲花愁可不道野花村務酒〔帶云〕定奴兒靠後〔唱〕知滋味便合休

〔云〕誰着你又吃醉了倘着須要痛決〔淨倘下科〕〔旦兒云〕父親看定奴面上饒了湯哥者〔淨

叫疼科〕〔正末云〕你看這廝波誰曾打着你來〔淨云〕你打幾下倒好〔正末云〕怎生打幾下倒好〔淨云〕父親今日打您孩兒幾下明日我那衆弟兄知道呵湯哥着他老爹打了一頓衆人安排酒軟痛又是一醉〔正末云〕你看他波你從今須斷了酒者〔淨云〕父親教我斷酒我不敢不斷我則告寬我三日假〔正末云〕怎生告三日假〔淨云〕頭一日殺五個羊請衆弟兄每來吃一醉喚做辭酒第二日再安排一席可便是斷酒第三日再安排一席喚做開酒〔正末云〕你看這廝波你快與我斷了酒者〔淨云〕你孩兒再吃酒賭一個痛兒〔正末云〕你賭甚麼兒〔淨云〕你孩兒再吃酒我就吃蜜蜂兒的屎〔正末唱〕

〔賺煞〕你少不的賣了莊田折了孳畜將我這逆耳良言不瞅愚濫荒淫出盡醜我一片斡家心話不相投沒來由枉把你收留莫爲兒孫作馬牛你戀着紅裙翠袖折倒的你黃乾黑瘦〔帶云〕古人言的不錯呵要兒自養要穀自種〔唱〕這是我養別人兒女下場頭〔下〕

〔淨尋思科云〕且慢者我敢不是羅李郎的兒子我待要問人問誰的是家中有個侯興年紀大似我他必然知道我問他一聲怕做甚麼〔喚云〕侯興你來我和你說話〔侯興云〕小哥也你有甚麼說話〔淨云〕侯興你在家中許多年家中事務你知的詳細恰纔老的去時怎生說兒要自養穀要自種我則怕不是羅李郎的兒子麼〔侯興云〕我家老爹則養的一個你是他的親兒〔淨云〕侯興你若不說實情我關上這門一頓打殺你〔侯興云〕小哥你不是他的親兒子倒是我老侯的親兒子不成〔淨云〕拿棍子來你快說〔侯興云〕小哥你不要燥暴我且門外看一看〔看科云〕前後無人〔入門云〕小哥我說則說你休忘了侯興〔淨云〕侯興哥哥你若和我說時我不忘了你〔侯興

云〕可知不是羅李郎的兒子你父親在京師做大官哩你只管在這裏要討這許多不自在吃你不如去京師尋你父親可不好那你則尋着時休忘了我侯興〔淨云〕你那裏是我哥就是我父母一般則今日辭了哥哥便索往京師尋我父親走一遭去也〔下〕

〔音釋〕勾去聲 閤音債 纜覽去聲 糯囊佐切 穀巧去聲 沃音屋 熟裳由切 畜丑去聲 懆音竈

楔子

〔侯興做報科云〕老爹禍事也禍事也〔正末上云〕做甚麽大驚小怪的〔侯興云〕老爹頭裏打小哥時打了他幾下倒也罷了臨了說上兩句兒要自養穀要自種小哥正坐中間不知那個不得好死的歹弟子孩兒道小哥不是羅李郎的兒子你父親在京師做大官哩他忿着一口氣往京師尋他父親去了也〔正末云〕是誰那般道來〔侯興云〕莫不我侯興說謊〔正末云〕侯興槽頭快馬鞴上一匹多帶些錢物不問那裏與我尋將來〔唱〕

〔仙呂賞花時〕我不是引的狼來屋裏窩尋的蚰蜒鑽耳朵問甚麽山嶮峻路嵯峨山遙水闊我則你手裏要湯哥〔下〕

〔侯興云〕老爹教我趕湯哥去我如今拿着兩個假銀子騎着一匹快馬到的前途趕上他與他這兩錠假銀子有人拿住他也是死的我上的這馬不問那裏趕將去〔下〕〔淨上云〕事要前思免勞後悔一時間忿着一口氣走將出來往日我四城門也不曾出如今要往京師尋俺父親去知道是那裏去怎生得個人趕我回去可也是好〔侯興上云〕我騎着快馬怎麽百般不肯走我加上幾鞭子把馬打動些〔淨云〕遠遠來的不是侯興〔喚科云〕侯興哥哥〔侯興云〕誰叫我哩〔淨云〕侯興

哥哥我叫你哩〔侯興云〕原來是小哥〔做跪跌科〕〔淨云〕哥哥你不騎着馬哩〔侯興云〕我忘記了下馬〔淨云〕敢是老爹叫你來趕我回家裏去我回去我回去〔侯興做攔科云〕小哥你那裏去你家去便是死的〔淨云〕怎麼回家去便是死的我老爹怎麼說來〔侯興云〕老爹說你拐了金銀錢鈔官府中告下狀來正捉拿你哩〔淨云〕我要往京師去無有盤纏怎生是好〔侯興云〕小哥我隨身有帶的東西在這裏我與了小哥你則休忘了我〔淨云〕哥哥有甚盤纏與我些怎敢忘了你〔侯興云〕小哥我與你春衣一套銀子兩錠鞍馬一副〔淨云〕怎生馬揣在懷裏〔侯興云〕小哥是懷馬兒你慢慢的去到的京師尋着你父親休忘了侯興你去你去〔淨云〕有了盤纏我須索往京師尋俺父親走一遭去也〔下〕〔侯興云〕湯哥若到前路無了盤纏使銀子呵着人拿住也是個死我到家裏說了氣殺那老子也是個死可不定奴兒與我做了老婆家緣過活都是我的憑着我一片好心天也與我半碗飯吃〔下〕

〔音釋〕鞴音備　蚰音由　蜒音延　嶮與險同　嵯音磋　闒音纇

第二折

〔外扮銀匠上云〕自家是個銀匠清早起來開開鋪兒看有甚麼人來〔淨上云〕一路上將盤纏都使盡了則有這兩個銀子拿去銀匠鋪裏換些錢鈔使用〔見科云〕哥哥作揖〔外云〕你待怎地〔淨云〕我有一錠銀子換些盤纏使用你要也不要〔外云〕將來我看〔淨云〕這不是銀子你看〔外看科云〕哥哥你再有麼〔淨云〕我這裏還有一個〔外云〕將來我看好也原來是假銀子明有禁例我和你見官府去來〔淨云〕侯興也元來哄我則被你歹弟子孩兒兀的不害殺我也〔同下〕

〔正末引旦兒倈兒上云〕自從湯哥兒去了心中多少憂慮也呵〔唱〕

〔南呂一枝花〕這些時悶懨懨心不歡愁戚戚情不樂直爭爭髮似揪熱烘烘面如燒心痒難揉都爲他無消耗湯哥兒那裏去了去不到半月十朝只恁的魚沉鴈杳

〔梁州第七〕把不定心喬意怯立不定肉顫身搖出門去沒一個人知道恰便似石沉大海鐵墜江濤知他在何方歸着甚處流落只爲他孤身去梗泛萍漂撇的俺三口兒夢斷魂勞（帶云）湯哥兒自從去了你呵〔唱〕我是你堂上尊撇的來這般懺懺焦焦懷內子（帶云）道俺爹爹這早晚不來家呵〔唱〕也這般煩煩惱惱哎連你這嬌滴滴脚頭妻也這般灑灑瀟瀟我如今與他定約侯興與那廝若是尋來到（帶云）你若回來呵〔唱〕我合道處再不道任憑他把銅斗兒家私使盡了常言道口是心苗

〔侯興悲科上云〕我那湯哥也我那裏有這淚我只說湯哥死了那老的是氣性大的人氣殺那老的家緣過活都是我的定奴兒也是我老婆〔見科云〕老爹侯興來了也〔正末云〕侯興你來了您哥哥在那裏〔侯興云〕哥哥便來也〔正末云〕湯哥兒你怎不家裏來〔唱〕

〔四塊玉〕這廝便虛話多實心少謊的我半晌家如同熱油澆（帶云）侯興你哥哥在那裏教他過來〔唱〕你有和無打快疾忙道他可又不肯言不肯告則被你將人傒倖倒

〔侯興云〕老爹我說則說你休煩惱老爹使侯興飛馬趕去一趕就趕上了小哥那小哥見了我呵道侯興老爹着你趕我來我說是老爹着我趕你小哥回家去罷小哥說我四五日不曾吃飯那邊

賣的油煠骨朵兒你買些來我吃我侯興買了五貫錢的油煠骨朵兒小哥一頓吃完就脹死了〔正末云〕哎喲苦痛殺我也〔做氣倒科〕〔侯興云〕老爹甦醒者〔正末醒起悲科〕〔唱〕

〔紅芍藥〕怎想他抛家失業被病纏縛只因他半世虛飄不爭你便奄然客死在荒郊却將俺斷送了根苗閃下你白頭爺死去了定奴兒痛哭號咷受春兒不住把魂招哎黑婁婁那一口涎潮

〔帶云〕湯哥兒那裏去了〔唱〕

〔菩薩梁州〕不由我不峨峨的身搖拂拂的心跳烘烘的氣倒悠悠的魄散魂消天那惡風兒吹折嫩枝條嚴霜偏打枯根草我別無人則把你個孩兒靠兒呵你休做了猫兒向屋頭溺似你這血氣方剛怎便夭倒教我衰老子爲兒穿孝

〔帶云〕定奴孩兒快設靈位香桌來〔唱〕

〔牧羊關〕我安了靈位排了果桌向大門外將紙錢忙燒一靈兒蕩蕩悠悠冥冥杳杳〔帶云〕我那定奴兒呵〔唱〕你現放着父死無人葬怎做得家富小兒嬌〔悲科〕哎可憐我孤影空相弔那裏也養小防備老

〔做燒紙起旋風科〕〔正末唱〕

〔梧桐樹〕教我戰篤速如發瘧汗淋漓似水澆見一個旋風兒足律律將人繞莫不是作念的你湯哥鬧

〔侯興詐倒科作魂云〕我是湯哥來了也〔正末云〕你來做甚麼〔侯興云〕老爹我不幸死了我囑

付你的言語你記者我有三件事遺留的話不要違我的〔正末云〕孩兒可是那三件事〔侯興云〕頭一件事家緣過活分與侯興一半〔正末云〕這是誰說來〔侯興云〕是我湯哥說來〔正末云〕依的〔侯興云〕第二件侯興伏侍多年了與他一紙從良的文書〔正末云〕誰說來〔侯興云〕是我湯哥說來〔正末云〕依的依的〔侯興云〕第三件把定奴與侯興做老婆〔正末云〕是誰說來〔侯興云〕我說來〔做醒科云〕老爹我恰纔怎生來〔正末云〕恰纔湯哥附着你來〔侯興悲科云〕我那有靈聖的哥哥不知說甚麼來〔正末云〕你哥哥分付三件事〔侯興云〕可是那三件事〔正末唱〕

〔隔尾〕要從良便寫約無差錯〔侯興云〕我不要〔正末云〕我道你是家生孩兒一定不要〔唱〕他要家私停分有下梢〔侯興云〕我也不要〔正末云〕哦你也不要〔侯興云〕老爹這是兩件第三件怎麽說哩〔旦兒云〕老爹你是必休說〔正末唱〕定奴兒與你爲妻你可是要也不要〔侯興云〕這件我若不要害疔瘡〔正末唱〕窨約想度把我半世兒清名誤賺了

〔云〕老夫這一會身體有些不快定奴孩兒燒些湯來我吃〔旦兒下科〕〔正末唱〕

〔牧羊關〕我腦袋似石頭墜身軀似繩索縛但行着不覺低高這的是些悶都在心頭氣刺着肋梢你喚醫人忙裏藥請大夫把病來調我澁的難行立轟的則待倒

〔云〕定奴孩兒拿些湯來我吃〔旦兒拿粥上〕〔正末接科〕〔侯興怒云〕我罵你老不才我的媳婦你如何撚他手〔做推正末倒科〕〔侯興云〕老婆收拾些家私錢物咱和你走了罷〔扯旦兒同下〕

〔正末醒科云〕街坊救人咱俫與遏盜家私拐帶我媳婦兒走了料想湯哥也不曾死我收拾些盤纏封鎖了門戶央街坊看一看我不問那裏好歹尋着我那孩兒去來〔内云〕老的你四城門也不曾出你可那裏尋他去〔正末云〕哥也你放心者〔唱〕

〔尾煞〕問甚麽家家門外長安道買賣歸來汗未消打聽的湯哥有些音耗那搨裏遇着那搭裏撞着我把那背義的奴胎不道的素放了〔下〕

〔音釋〕樂音澇　揉與撓同　顫音戰　落音澇　慠音鰲　約音杳　煠音查　縛房包切
咷音逃　涎徐煎切　溺泥叫切　瘧音要　旋去聲　錯音草　窨音陰　度多勞切
藥音耀　澁音瑟　轟音烘　堝音窩　着池燒切

第三折

〔蘇文順引張千上詩云〕白髮刁騷兩鬢侵老來灰盡少年心雖然博得官兒做爭奈家鄉沒信音老夫蘇文順自離了羅李郎哥哥早二十年光景也從別後到于帝都闕下謝聖恩可憐累遷尚書左丞之職求歸不允因此二十多年不曾差人回去討問我定奴兒消息我想來羅李郎是我八拜交的哥哥料他看承就似他自家骨血一般必然不至流落我兄弟孟倉士做到禮部侍郎也不放歸去他也不曾通一個家信總是這主意我如今奉聖人命勅修相國寺只等修造完備御駕要來降香但老夫年紀高大無人伏侍張千你去街市上有賣的或兒或女買一個來與我喂眼二來與我執唾盂疾去早來〔張千云〕理會的〔同下〕〔丑扮甲頭上云〕自家是勅修相國寺甲頭管着這做工的衆多夫役放他吃飯去了怎生不見做工〔衆夫役上磨磚科〕〔甲頭云〕怎麽則少湯哥在

那裏〔淨孛籃挑土篋上云〕做子弟的看樣也湯哥你不信好人言果有恓惶事我往常是怎生來

〔唱〕

〔商調金菊香〕往常時秦樓謝館飲金巵柳陌花街占表子爺娘道着風過耳烟花擔沉的來無似則被你壓殺我也那土筐兒

〔正末上云〕老夫羅李郎自離了陳州迤逞行來又早許多程途了也〔唱〕

〔商調集賢賓〕出陳州五里巴堠子無明夜到京師指東畫西去了義子走南料北不見孩兒也不索喚師婆擂鼓邀神請山人占卦揲蓍則我這眉尖悶鎖無鑰匙空教我抹淚揉眵只被他明明的搶了媳婦停停的要了家私

〔逍遙樂〕閃的我單身獨自又不敢對人聲揚只自己感嘆嗟咨潑性命似風裏游絲〔帶云〕你若死呵〔唱〕落得一碗涼漿一陌紙街坊論說隣里計較弟兄笑恥

〔云〕來到這柳陰下暫歇一歇我一會家想起來我那好聰明的兒也拆白道字頂針續麻無般不曉無般不會〔唱〕

〔梧葉兒〕冬賞紅鑪閣閑吟白雪詩到春來賞紅杏染胭脂到夏把荷蓮採滿斟着金屈卮若到的暮秋時〔帶云〕湯哥兒咪〔唱〕再唱甚麼零落了梧桐葉兒

〔云〕天色晚了也須索進城去來〔唱〕

〔後庭花〕人都道你是教師人都道你是浪子上長街百十樣風流
事到家中一千場五代史自尋思全不肯改志引興兒共保兒穿茶
坊入酒肆把家財胡亂使占猱兒養弟子我良言須逆耳
〔雙鴈兒〕白頭翁先哭少年兒想天公也有私教老拙遭逢着這場
事遠遠的不避辭特特的來到此
〔云〕我進得城來這是一個客店小二哥在那裏〔丑扮店小二上云〕誰叫誰叫〔正末云〕小二哥
我這包裹寄一寄我就在這裏安歇天色還早哩那裏有甚麼遊玩去處待我去閒走一走〔小二
云〕有一座相國寺那裏好去游玩〔正末云〕小二哥照顧包裹我回來只在這裏宿歇〔小二云〕
你行李在我家裏不妨事你自去我安排下茶飯等你〔正末唱〕
〔金菊香〕恰離了招商打火店門兒早來到物穰人稠土市子好門
面好鋪席好庫司門畫雞兒行行買賣忒如斯
〔云〕來到這所在是好一座寺院也〔唱〕
〔幺篇〕彩畫的紅近着白青間着紫無褒彈無破綻沒瑕疵托賴着
一人有慶兆民賴之是當今勑賜保護着玉葉共金枝
〔做見甲頭科問云〕這一火人都是爲甚麼來〔甲頭云〕這些都是犯罪該死的聖恩免死着在相
國寺做工老的你問他怎麼〔正末云〕我待捨些飯與他每吃哥哥可是敢麼〔甲頭云〕那裏不是
積福處則管捨不妨事〔正末見雜當云〕哥哥與你些碎銀子你蒸下多少飯我都要〔雜當云〕則
有三扇饅頭〔正末云〕少呵再來取〔正末散飯科唱〕

〔幺篇〕見這遭囚夫役兩行兒我買了恰下甑的饅頭三扇子一人兩個休怨咨但願聖主寬慈須有恩赦到來時

〔云〕到這個哥哥跟前可無了等我再拿來時與你四個休怪休怪〔淨云〕噯你看我造物低剛分到我跟前可無了〔正末辭甲頭下科云〕哥哥休怪我明日再來〔甲頭云〕老的生受了 〔淨做認正末科云〕 這老的莫不是我父親羅李郎怎麼到這裏是不是我叫他一聲〔叫云〕羅李郎父親〔正末云〕誰叫老漢〔甲頭云〕並不曾有人叫你〔正末云〕是老漢年紀高大了則聽得有人叫羅李郎哥哥休怪老漢回去也〔淨云〕正是我的父親羅李郎我再叫他一聲羅李郎父親〔正末云〕誰叫老漢哩老漢陳州人氏則我便是羅李郎〔甲頭云〕不曾有人叫〔正末云〕不曾有人叫老漢回店中去也〔淨云〕正是我的父親再喚他一聲羅李郎父親〔正末唱〕

〔醋葫蘆〕不知是那個小廝一聲聲喚這老子和那熬煎我的須索辨個雄雌〔淨云〕是我叫你來〔正末唱〕我這裏孜孜的端詳了多半時好和我那亡過的湯哥相似是神是鬼遠些兒

〔淨云〕父親我是人〔正末云〕你道你是人我叫你三聲一聲高似一聲便是人一聲低似一聲便是鬼〔淨云〕父親你叫〔正末叫云〕湯哥兒〔淨應云〕哦〔正末再叫云〕湯哥兒〔淨應云〕哦 〔正末又叫云〕 湯哥兒〔淨低應科〕〔正末云〕有鬼也〔唱〕

〔幺篇〕兒呵我為你多念些經剩烈些紙我不合一路上作念你許多時離鄉背井將你來僝僽死須不干是你爹爹不是可憐殺孤魂無主遠鄉兒

〔淨云〕父親我不是鬼是人〔正末細認科云〕兒也你爲甚麼披枷帶鎖的〔淨云〕父親聽你孩兒慢慢說來當初一日父親着侯興尋將你兒來要打不曾打父親說道穀要自種兒要自養我問侯興道老爹說穀要自種兒要自養我敢不是老爹親兒麼侯興道小哥你可知不是他的親兒你父親現在京師做大官比似在此受氣你尋你父親去您孩兒忿那一口氣出的城門衣服盤纏一些沒有恰待要回家來又不敢來正煩惱間侯興趕上我道侯興父親使你來趕我我回去罷侯興道你往那裏去你剗地不知道哩老爹在官府告下狀來說你拐帶金銀財物使人捉拿你哩我便道似此怎生是好侯興便與了我兩錠銀子做盤纏誰想是假銀子把我拿到官司三推六問吊拷綳扒打的孩兒招了本該死罪謝得天恩大赦免死發在這相國寺做工父親你救孩兒咱〔正末云〕侯興回來說你死了又拿回一個骨殖匣子寄在人家因我有病把定奴母子拐的走了我因此纔來尋你〔唱〕

〔幺篇〕那廝却有一二咱家無三思將那謊局段則向俺跟前使那廝正是咬人狗兒不露齒其餘都不是那匣子裏却是誰的骨殖兒

〔淨云〕父親你只是搭救你兒咱〔正末云〕兒也我捨了半個家當好歹搭救你你這般受苦目下怎生得個自在〔淨云〕父親我得做個甲頭便得自在〔正末云〕你便怎生得做甲頭〔淨云〕父親你與他些錢物買這甲頭與孩兒做您孩兒便得自在〔正末見甲頭云〕哥哥這個是我的孩兒我與你些錢物把這甲頭賣與我孩兒做罷〔甲頭云〕這裏街上沒有賣甲頭的罷也只要銀子你有十兩銀子與我我就今日賣與湯哥做了甲頭我替他當夫役〔淨做甲頭科云〕衆夫役快做工〔正末云〕孩兒你放心我好歹救你但只要拿住侯興這賊奴方得稱心也〔唱〕

〔浪裏來煞〕我捨着金鐘撞破盆好鞋踏臭屎但得個軸頭兒也有抹着時我拚的撇皇城撾怨鼓插狀子怕甚麽金瓜武士我和那潑奴胎情願打官司〔衆下〕

〔音釋〕盂音余 迤音移 邐音里 堠音后 揲音舌 蓍音詩 鑰音藥 眵抽支切 猱音撓 褒音包 甑晶去聲 僝鋤山切 僽音驟 三去聲 撾莊瓜切

第四折

〔蘇文順引張千俫兒上云〕自家蘇文順前日教張千買了個小廝執着銀唾盂還不勾一兩日他將唾盂兒不見了必然遞盜與他大的拿去張千把這小廝吊將起來〔張千吊俫科〕〔淨上云〕自從做了甲頭好生自在我前後游玩一回來到這門首〔俫兒云〕兀的不是俺爹爹〔淨驚看科云〕受春兒也你怎生在這裏〔俫云〕侯興拐出我來買與這老爹家〔蘇文順云〕張千拿過那廝來〔張千拿淨跪科〕〔蘇文順云〕你是甚麽人我吊的小廝干你甚事〔淨云〕這個小的是我的孩兒〔蘇文順云〕是了這唾盂是這小廝遞盜與他了把這廝也吊起來〔吊淨科〕〔淨云〕嗨正是官高必險天那教誰人救我也〔正末上云〕誰想這裏得見我孩兒我好歹救他去來〔唱〕

〔雙調新水令〕爲湯哥哭的我眼睛昏教我在他鄉有家難奔花發時起怪風月圓後長浮雲但有個兒孫誰待受這愁困

〔步步嬌〕想着我前世裏原無兒孫分遭逢着寡宿孤辰運我全然不受貧想着那犛車後拖麻的是誰家胤我死後誰與我上新墳這煩惱何時盡

〔沉醉東風〕我與你送茶飯廚中有人他把我廝禁持眼裏無珍我心慈他心狠全無些些父子情分則願得鐵鎖沉枷早離身我落一覺安眠睡穩

〔胡十八〕恰過了六市來到三門揉開我這汪淚眼打拍我這老精神想着他行不住叫聲頻莫不是他錯認到今日忘魂不由我嗔忿忿不由我怒氳氳

〔倈云〕那來的不是我羅李郎爺爺待我叫他一聲羅李郎爺爺你救我咱〔正末云〕好奇怪怎麼又有人叫我〔唱〕

〔川撥棹〕誰家的小魔軍兩三番迤逗人我這裏扭項回身吃我會搶問你暢好是不知個高低遠近向前來審問的真

〔倈云〕羅李郎爺爺你救我咱〔正末唱〕

〔七弟兄〕我只道是甚人原來是受春你為何因因甚的違條犯法遭推問見他撲簌簌眼裏搵啼痕教我滴屑屑手脚難停穩

〔搗練子〕兀的不驚了七魄諕了三魂〔淨云〕老爹快來救我〔正末云〕怎麼又是一個叫我〔看科〕〔唱〕我則見湯哥兒吊得不沾塵告哥哥說個緣因怎生的惹禍根

〔張千云〕這老子他是你甚麼親眷老無知這裏是甚麼所在〔正末唱〕

〔梅花酒〕這哥哥恁地狠沒些些兒淹潤一剗地沙村倒把人尋趁〔張

千云〕我打你這個老弟子孩兒〔做打科〕〔正末唱〕軟肋上粗棍子搠面皮上大拳墩〔張千云〕兀那老的你和他甚麼親他是你甚麼人〔正末唱〕又不是世故人他是我小兒孫〔張千云〕你可是他甚麼人〔正末唱〕我須是他老家尊

〔張千云〕元來你們一家兒都在這裏〔正末唱〕

〔收江南〕哥也更怕我不因親者強來親單饒了他兩個與些金銀〔張千云〕我不敢要銀子你自家告相公去〔正末唱〕哥哥是心直口快射糧軍哥哥是好人我這裏低腰曲脊進衙門

〔正末見官科唱〕

〔乾荷葉〕老漢是愚民特地來訴詞因〔蘇文順云〕那老的那裏人氏〔正末云〕我聽這官人聲氣也是我陳州人〔唱〕我可便家住在陳州郡總饒你滿園春萬花新爭如得見當鄉人〔正末做認科〕〔蘇文順云〕你敢認的我麼〔正末唱〕你暢好是安樂也蘇文順

〔蘇文順云〕那壁敢是羅李郎哥哥麼哥哥你在那裏來〔相見科〕〔正末云〕門外有個親眷在那裏吊着哩〔蘇文順云〕張千將那吊着的人與我放下來〔正末云〕兄弟我自己解去〔做解科〕〔云〕這壁有個親眷你進去拜他去〔淨云〕老爹我那得親眷來〔正末唱〕

〔沽美酒〕拜了呵再不着榆木枷壓項筋粗鐵鎖束腰身穩情取白馬紅纓彩色新將你那破衣服重加整頓施禮數敘寒温

〔正末引淨入拜科〕〔蘇文順云〕這拜的是誰〔正末唱〕

〔太平令〕拜的你不須審問〔蘇文順云〕哥哥他是誰〔正末唱〕他便是定奴的女壻郎君您去了二十載不通音信十八上纔成秦晉〔蘇文順云〕哥哥你怎生匹配他兩個來〔正末唱〕我也曾勘婚過門便就親結果了他夫妻和順

〔淨云〕老爹我拜的是誰〔正末云〕是你丈人〔淨云〕是我丈人我恰纔在他門前作贅來〔孟倉士上云〕小官孟倉士是也奉聖人的命着小官代來降香早到這相國寺前了左右接了馬者〔見蘇文順科云〕哥哥連日少會〔蘇文順云〕兄弟這裏有個大恩人你相見咱〔見正末科〕〔正末云〕原來是兄弟孟倉士〔蘇文順云〕門首怎生喧閙〔張千云〕拿住一個偷馬的賊連銀唾盂也追出來了〔蘇文順云〕與我拿過來者〔見科〕〔正末云〕兀的不是侯興這個不是定奴孩兒〔蘇文順見定奴孟見淨各悲科〕〔正末云〕兄弟且休煩惱〔唱〕

〔川撥棹〕那的是痛歡欣去時節曾議論你兩個苦志修文溫故知新這的是顯耀男兒氣分只願你早成名天下聞

〔云〕受春孩兒過來見你老爺〔孟倉士云〕這小的是誰〔正末唱〕

〔亂柳葉〕這孩兒是你的親孫這官人是你的家尊哎你個定奴兒快疾將你爺來認早是我希颩胡都喜則管裏迷丟答都問我須是匹配你的大媒人

〔淨云〕今日俺親爺見親兒親兒見親爺怎不歡喜老爹你過來干你甚事〔推正末科〕〔旦兒云〕今日親爺見親女親女見親爺怎不歡喜老爹你過來干你甚事〔推正末做悲科唱〕

〔水仙子〕我好生的和勸到半時辰親的原來則是親親兒親女把親爺認中間裏干閃下老業人我死後做了個無主孤魂他雖是生身父我也有養育恩二十年枉受辛勤〔蘇文順云〕兄弟羅李郎哥哥有大恩於咱他年老無兒咱兩家奉養到老侯興送法司問罪天下喜事無過父子團圓殺羊造酒做個慶喜筵席〔正末云〕我此一來呵〔唱〕

〔收尾〕到長安受盡多勞頓也則爲故人義分你兩個養兒女的都到了家可惜我侯興的乾折了本

〔音釋〕轝音余　胤音孕　覺音叫　氳於君切　逗音豆　搠聲卯切　勘坎去聲　贅音綴　颩音磋

題目　莽湯哥嶮釘遠鄉牌

正名　羅李郎大鬧相國寺

羅李郎大鬧相國寺雜劇

窮秀才賣的親兒男
倣何大夫筆

看財奴買寃家債主
珍倣宋版印

看錢奴買寃家債主雜劇

元　　撰

明吳興臧晉叔校

楔子

〔正末扮周榮同旦兒張氏倈兒上云〕小生汴梁曹州人氏姓周名榮祖字伯成渾家張氏孩兒長壽小生先世廣有家財因祖父周奉記敬重釋門起蓋一所佛院每日看經念佛祈保平安至我父親一心只做人家爲修理宅舍這木石磚瓦無處取辦遂將那所佛院盡毀廢了比及宅舍工完我父親得了一病百般的醫藥無効人皆以爲不信佛教之過我父親亡後家私裏外都是小生掌把小生學成滿腹詩書現今黃榜招賢開放選場大嫂我待要應舉走一遭去你意下如何〔旦兒云〕秀才不知好着俺領了長壽孩兒一路同去麼〔正末云〕這也使的大嫂有俺那祖財攜帶不去且埋在後面牆下房廊屋舍着行錢看守着俺和你帶了孩兒上朝取應去但得一官半職改換家門可不好也〔旦兒云〕既如此便當收拾行李隨你同去則個〔正末云〕大嫂想俺祖上信佛俺父親偏不信佛到今日都有報應也呵〔唱〕

〔仙呂賞花時〕也曾將釋典儒宗細講習無非是積善脩心爲第一則俺這家豪富祖先積他爲甚施仁布德也則要博一個孝子和賢妻

〔幺篇〕可不道湛湛青天不可欺舉意之前悔後遲空內有神祇〔帶云〕俺父親呵〔唱〕不合與心兒折毀今日個客路裏怨他誰〔同下〕

〔音釋〕習星西切 一音以 積將洗切 德當美切 祇音其

第一折

〔外扮靈派侯領鬼力上詩云〕赫奕丹青廟貌隆天分五岳鎮西東時人不識陰功大但看香烟散滿空吾神乃東嶽殿前靈派侯是也想東嶽泰山者羣仙之祖萬峯之尊天地之孫神靈之祚在于兖州地分古有金輪皇帝妻乃彌輪仙女夜夢呑二日覺而有孕所生二子長曰金虹氏次曰金蟬氏金虹氏乃東嶽聖帝是也聖帝在長白山有功封為古歲太嶽真人漢明帝時封為泰山元帥管十八地獄七十四司生死之期自唐虞三代歷秦漢以來有都天府君之位在唐武后垂拱三年七月初一日封為東嶽之神至開元十三年加為天齊王宋真宗朝封為東嶽天齊大生神聖帝這的是天地循環周而復始便好道不孝謾燒千束紙虧心空爇萬爐香神靈本是正直做不受人間枉法贓如今陽世有一人乃是賈仁此人在吾神廟中埋天怨地告訴神明只說不憐憫他想他今日必然又來告訴吾神自有個顯應這早晚敢待來也〔淨扮賈仁上詩云〕又無房舍又無田每日城南窰裏眠一般帶眼安眉漢何事手中偏沒錢小可曹州人氏賈仁的便是幼年間父母雙亡別無甚親眷則我單身獨自人見我十分過的艱難都喚我做窮賈兒想人生世間有那等富貴奢華喫好的穿好的用好的他也是一世人偏賈仁喫了那早起的無那晚夕的每日燒地眠炙地臥衣不遮身食不充口可也是一世人天那你也睜開眼波兀的不窮殺賈仁也我每日家不會做甚麼營生則是與人家挑土築牆和泥托坯擔水運漿做坌工生活度日到晚來在那破窰中安身今日替人家打着一堵兒牆打起半堵兒只為氣力不加還有半堵兒牆不會打的我如今困乏了且歇一歇這裏有一所東嶽靈派侯廟我去那廟中訴我這苦楚去天那兀的不窮殺賈仁也〔做到廟跪

科云〕我也無那香只是捻土爲香禱告神靈可憐見小人是賈仁想有那等騎鞍壓馬穿羅着錦喫好的用好的他也是一世人我賈仁也是一世人偏我衣不遮身食不充口喫了早起的無那晚夕的燒地眠炙地臥窮殺賈仁也上聖但有些小富貴我也會齋僧布施蓋寺建塔修橋補路惜孤念寡敬老憐貧我可也捨的則是聖賢可憐見我說話中間覺得身體有些困倦我且在這廈簷下暫時歇息咱〔做睡倒科〕〔靈派侯云〕鬼力與我攝過賈仁來者〔問云〕兀那賈仁你爲何在吾神廟中埋天怨地怪恨神靈你主何緣故〔賈仁做拜科云〕上聖可憐見小人怎敢埋天怨地我想賈仁生于人世之間衣不遮身食不充口喫了早起的無那晚夕的燒地眠炙地臥窮殺賈仁也上聖可憐見但與我些小衣祿食祿我賈仁也會齋僧布施蓋寺建塔修橋補路惜孤念寡敬老憐貧我可也捨的上聖則是可憐見咱〔靈派侯云〕這椿可是增福神該管鬼力與我喚的增福神來者〔正末扮增福神上云〕小聖增福神是也掌管人間生死貴賤高下六科長短之事十八地獄七十四司我想塵世人心性迷癡不知爲善只看那奈河潺潺金橋之上並無一人也呵〔唱〕

〔仙呂點絳唇〕這等人輕視貧乏不恤鰥寡天生下一種姦猾將神鬼都瞞諕

〔正末云〕常言道人間私語天聞若雷暗室虧心神目如電信有之也〔唱〕

〔混江龍〕你休要虛貪聲價但存的那心田一寸是根芽不肯道甘貧守分都則待僥倖成家自拏着殺子殺孫笑裏刀怎留的好兒好女眼前花你則看那陽間之事正和俺陰府無差明明折挫暗暗消乏這等人動則是忘人恩背人義昧人心管甚麼敗風俗殺風景傷

風化怎能勾長享着肥羊法酒異錦的這輕紗
(做見科云)上聖呼喚小神有何法旨(靈派侯云)今陽世間有一賈仁每日在吾廟中埋天怨地
怪恨俺神靈你與我問他去(正末云)理會的(做問科云)兀那賈仁是你怪恨俺這神靈來麽(
賈仁云)上聖可憐見俺賈仁怎敢怪恨您這神靈我則說世上有那等富貴的人有衣穿有食喫
又有錢鈔使他也是一個人偏我賈仁衣不遮身食不充口喫了早起的無那晚夕的燒地眠炙地
臥兀的不窮殺賈仁也則怨我小人的命薄怎敢埋天怨地上聖可憐見但與我些小衣祿食祿我
也會齋僧布施蓋寺建塔修橋補路惜孤念寡敬老憐貧我可也捨的上聖則是可憐見咱(正末
云)噤聲(回云)上聖此人平日之間不敬天地不孝父母毀僧謗佛殺生害命當受凍餓而死上
聖管他做甚麽(靈派侯云)尊神則怕注的他這衣祿食祿差了麽(正末唱)
(油葫蘆)那一個紅臉兒的閻王不是耍揑胎兒依正法則他注生
的分數幾曾差這等人向官員財主裏難安插好去那驢騾狗馬裏
剛投下又不曾將他去油鍋裏煠又不曾將他去劍樹上殺據着那
阿鼻地獄天來大但得個人身體便可也不虧他
(靈派侯云)尊神論此等人在世不知怎生貪財好賄害衆成家也(正末唱)
(天下樂)這等人何足人間掛齒牙他前世裏奢華那一片貪財心
沒亂煞則他油鍋內見錢也去撾富了他這一輩人窮了他那數百
家今世裏受貧窮還報他
(賈仁云)上聖休聽增福神說念小人不是這樣人也是個看經念佛喫齋把素行善事的人上聖

怎生可憐見與小人些小富貴可也好也〔正末云〕你這廝平昔之間紐曲作直拋撒五穀傷殘物命害衆成家你怎生能勾發跡那〔靈派侯云〕尊神此人前生拋撒淨水作賤五穀既然這等今世凍死餓死也不爲過〔正末唱〕

〔那吒令〕你前世裏造下今世裏折罰前世裏狡猾今世裏叫化前世裏拋撒今世裏餓殺〔賈仁云〕我平昔間也是個敬天地尊法度和弟兄睦六親信佛法禮三光孝父母不偷盜我是個心慈好善的人現如今喫長齋哩上聖但是與我些小富貴我做本分營生買賣去也〔正末唱〕你使的是造惡心但說的是虧心話不肯做本分生涯

〔靈派侯云〕正是虧心折盡平生福行短天教一世貧吾神自有點檢怎瞞的過也〔正末唱〕

〔鵲踏枝〕虧心也儘由他造惡也怎瞞咱上面有湛湛青天下面有漫漫黃沙請上聖鑒察枉將他救拔俺可便管他甚貧富窮達

〔賈仁云〕上聖我爺娘在時也還奉養他好好的從亡化之後不知甚麼緣故顛倒一日窮一日了我也在爺娘墳上燒錢裂紙澆茶奠酒我這淚珠兒至今不曾乾至是一個孝順的人〔正末云〕噤聲〔唱〕

〔寄生草〕你爺娘在生時躭饑餓死了也奠甚茶則您那淚珠兒滴盡空瀟灑灑了此漿水飯那裏肯道停時霎巴的那紙錢灰燒過無牽掛你可便澆了那百壺漿也濕不透墓門前澆的那千鍾茶怎流得到黃泉下

〔靈派侯云〕尊神這等窮兒乍富瞞心昧己欺天誑地只要損別人安自己正是一世兒不能勾發跡的〔正末唱〕

〔六幺序〕這人沒錢時無些話纔的有便說誇打扮似大戶豪家你看他聳起肩胛迸定鼻凹沒半點和氣謙洽每日在長街市上把青驄跨只待要弄柳拈花馬兒上紐捏着身子兒詐做出那般般樣勢種種村沙

〔幺篇〕則說街狹更嫌人雜把玉勒牢拿玉鞭忙加攛行花踏喧喧嘩嘩問甚麽先達那肯道攀鞍下馬直將窮民來傲慢殺〔賈仁云〕上聖我賈仁不是這等人你但與我些小富貴我也會和街坊敬隣里識尊卑知上下只願上聖可憐見咱〔正末唱〕他雖則消乏也是你隣家須索將禮數酬答則你那自尊自貴無高下真乃是井底鳴蛙似這等待窮民肚量些兒大則你那酸寒乞儉怎消得富貴榮華

〔靈派侯云〕尊神據着賈仁埋天怨地正當凍死餓死便好道天不生無祿之人地不長無名之草吾等體上帝好生之德權且與他些福力咱〔正末云〕既如此待小聖看去波〔做看科云〕上聖據着這廝正當凍死餓死今奉上聖法旨權且借些福力與他看的有曹州曹南周家莊上他家福力所積陰功三輩為他一念差池合受折罰我如今將那家的福力權且借與他二十年待到二十年後着他雙手兒交還本主便了〔靈派侯云〕這個使的〔正末云〕兀那賈仁〔賈仁做應科〕〔正末云〕你本當凍死餓死上聖可憐見借與你些福力今有曹州曹南周家莊上所積陰功三輩只因

一念差池合受折罰我如今將那家福力權且借與你二十年待到二十年後你兩隻手兒交付還他那本主你記者比及你去呵索錢的可早等着你也（賈仁做拜謝科云）謝上聖濟拔之恩我便做財主去也（正末云）噤聲（唱）

〔賺煞〕則你這成家子未安身那一個破家鬼先生下（賈仁云）我若做了財主呵穿一架子好衣服騎着一匹好馬去那三山骨上贈上他一鞭那馬不剌剌（正末云）做甚麼（賈仁云）沒我則這般道（正末做笑科唱）我則是借與你那錢龍兒入家有限次的光陰你權掌把（賈仁云）上聖可憐見不知借與我幾十年（正末唱）我則是借與你二十年仍舊還他（賈仁云）上聖怎麼可憐見則借得小人二十年左右是個小字兒高處再添上一畫借的我三十年可也好也（正末云）噤聲這廝還不足哩（唱）你還待告增加怎知這禍福無差貧和富都是前緣非浪假為甚麼桃花向三月奮發菊花向九秋開罷（帶云）你道為甚麼那（唱）也則為這天公不放一時花

（靈派侯云）兀那賈仁據着你正當凍死餓死吾神體上帝好生之德權且借與你二十年福力二十年之後交還與那本主便好道善有善報惡有惡報不是不報時辰未到天若不降嚴霜松柏不如蒿草神明若不報應積善不如作惡莫瞞天地莫瞞心心不瞞時禍不侵十二時中行好事災星變做福星臨（做揮手科云）賈仁你休推睡裏夢裏（並下）（賈仁做醒科云）哎呀一覺好睡也原來是南柯一夢恰纔上聖分明的對我說曹州曹南周家莊上的福力借與我二十年我如今便做財主財主也知他在那裏便好道夢是心頭想信他做甚麼還有半堵牆兒不會打的哩我可去打

那半堵牆兒去天那兀的不窮殺賈仁也(下)

〔音釋〕爇如月切 坯鋪梅切 坌滂悶切 潺鋤山切 乏扶加切 滑呼佳切 諕音夏
分去聲 僥音交 忘去聲 俗詞沮切 法方雅切 插抽鮓切 煠之沙切 殺雙
鮓切 阿何哥切 鼻音疲 賄音晦 煞雙鮓切 撾莊瓜切 罰扶加切 撒殺賈
切 察抽鮓切 拔邦佳切 達當加切 灑商鮓切 霎雙鮓切 胛江雅切 凹汪
掛切 洽奚佳切 狹奚佳切 雜音咱 踏當加切 答音打 長音掌 刺音辣
發方雅切

第二折

〔外扮陳德甫上詩云〕耕牛無宿料倉鼠有餘糧萬事分已定浮生空自忙小可姓陳雙名德甫乃本處曹州曹南人氏幼年間攻習詩書頗親文墨不幸父母雙亡家道艱難因此將儒業廢棄與人家做個門館先生度其日月此處有一人是賈老員外有萬貫家財鴉飛不過的田產物業油磨坊解典庫金銀珠翠綾羅段疋不知其數他是個巨富的財主這裏可也無人一了他一貧如洗專與人家挑土築牆和泥托坯擔水運漿做坌工生活常是喫了早起的無那晚夕的人都叫他做窮賈兒也不知他福分生在那裏這幾年間暴富起來做下潑天也似家私只是那員外雖然做個財主爭奈一文也不使半文也不用別人的東西恨不得擘手奪將來自己東西捨不的與人若與人呵就心疼殺了也小可今日正在他家坐館這館也不是教學的館無過在他解典庫裏上些帳目那員外空有家私寸男尺女皆無數次家常與小可說街市上但遇着賣的或男或女尋一個來與我兩口兒喂眼小可已曾分付了店小二着他打聽着但有呵便報我知道今日無甚事到解典庫中

看看去〔下〕〔淨扮店小二上詩云〕酒店門前三尺布人來人往圖主顧做下好酒一百缸倒有九十九缸似頭醋自家店小二的便是俺這酒店是賈員外的他家有個門館先生叫做陳德甫三五日來算一遭帳今日下着這般大雪我做了一缸新酒不供養過不敢賣待我供養上三盃酒〔做供酒科云〕招財利市土地俺這酒一缸勝是一缸俺將這酒帘兒掛上看有甚麼人來〔正末周榮祖領旦兒俫兒上云〕小生周榮祖嫡親的三口兒家屬渾家張氏孩兒長壽自應舉去後命運未通功名不遂這也罷了豈知到的家來事事不如意連我祖遺家財埋在牆下的都被人盜去從此衣食艱難只得領了三口兒去洛陽探親圖他救濟偏生這等時運不遇而回正值暮冬天道下着連日大雪這途路上好苦楚也呵〔旦兒云〕秀才似這等大風大雪俺每行動些兒〔俫兒云〕爹爹凍餓殺我也〔正末唱〕

〔正宮端正好〕赤緊的路難通俺可也家何在休道是乾坤老山也頭白似這等凍雲萬里無邊屆肯分的俺三口兒離鄉外〔帶云〕大嫂你看好大雪也〔唱〕

〔滾繡毬〕是誰人碾瓊瑤往下篩是誰人翦冰花迷眼界恰便似玉琢成六街三陌恰便似粉粧就殿閣樓臺〔帶云〕似這雪呵〔唱〕便有那韓退之藍關前冷怎當便有那孟浩然驢背上也跌下來〔帶云〕似這雪呵〔唱〕便有那剡溪中禁回他子猷訪戴則俺這三口兒兀的不凍倒塵埃〔做寒戰科帶云〕勿勿勿〔唱〕眼見的一家受盡千般苦可甚麼十謁朱門九不開委實難捱

〔旦兒云〕秀才似這般風又大雪又緊俺且去那裏避一避可也好也〔正末云〕大嫂俺到那酒務兒裏避雪去來〔做見科云〕哥哥支揖〔店小二云〕請家裏坐喫酒去秀才你那裏人氏〔正末云〕哥哥我那得那錢來買酒喫小生是個窮秀才三口兒探親去來不想遇着一天大雪身上無衣肚裏無食一逕的來這裏避一避兒哥哥怎生可憐見咱〔店小二云〕那一個頂着房子走哩你們且進來避一避兒〔正末做同進科云〕大嫂你看這雪越下的緊了也〔唱〕

〔倘秀才〕餓的我肚裏饑失魂喪魄凍的我身上冷無顏落色這雪呵偏向俺窮漢身邊亂灑來〔帶云〕大嫂〔唱〕你看雪深埋脚面風緊透人懷我怎將這孩兒的手揣

〔店小二做歎科云〕你看這三口兒身上無衣肚裏無食偌大的風雪到俺店肆中避避那裏不是積福處我早晨間供養的利市酒三鍾兒我與那秀才鍾喫兀那秀才俺與你鍾酒喫〔正末云〕哥哥我那裏得那錢鈔來買酒喫〔店小二云〕俺不要你錢鈔我見你身上單寒與你鍾酒喫〔正末云〕哥哥說不要小生錢則這等與我鍾酒喫多謝了哥哥〔做喫酒科云〕好酒也〔唱〕

〔滾繡毬〕見哥哥酒斟着磁盞臺香濃也勝琥珀哥哥也你莫不道小人現錢多賣問甚麽新釀茅柴〔帶云〕這酒呵〔唱〕賽中山宿醞開笑蘭陵高價擡不枉了喚做那鳳城春色〔帶云〕我飲一盃呵〔唱〕恰便似重添上一件綿帛〔帶云〕這雪呵〔唱〕似千團柳絮隨風舞〔帶云〕我恰纔嚥下這盃酒去呵〔唱〕可又早兩朵桃花上臉來便覺的和氣開懷

〔旦兒云〕秀才恰纔誰與你酒喫來〔正末云〕是那賣酒的哥哥見我身上單寒可憐見我與了我

鍾酒喫〔旦兒云〕我這一會兒身上寒冷不過你怎生問那賣酒的討一鍾酒兒與我喫可也好也〔正末云〕大嫂羞人答答的教我怎生問他討酒喫〔做對店小二揖科云〕哥哥我那渾家問我那裏喫酒來我便道賣酒的哥哥見我身上單寒與了我一鍾酒兒喫他便道我身上冷不過怎生再討得半鍾酒兒喫可也好也〔店小二云〕你娘子也要鍾酒喫來來來俺捨這鍾酒兒與你娘子喫罷〔正末云〕多謝了哥哥大嫂我討了一鍾酒來你喫你喫〔倈兒云〕爹爹我也要喫一鍾〔正末云〕兒也你着我怎生問他討那〔又做揖科云〕哥哥我那孩兒道爹爹你那裏得這酒與妳妳喫來我便道那賣酒的哥哥又與了我一鍾兒喫我那孩兒便道怎生再討的鍾兒我喫可也好也〔店小二云〕這等你一發搬在俺家中住罷〔正末云〕哥哥那裏不是積福處〔店小二云〕來來來俺再與你這一鍾兒酒〔正末云〕多謝了哥哥孩兒你喫你喫〔店小二云〕比及你這等貧呵把這小的兒與了人家可不好〔正末云〕我怕不肯但未知我那渾家心裏何如〔店小二云〕你和你那娘子商量去〔正末云〕大嫂恰纔那賣酒的哥哥道似你這等饑寒將你那孩兒與了人可不好〔旦兒云〕若與了人倒也强似凍餓死了只要那一分人家養的活便與他去罷〔正末做見店小二云〕哥哥俺渾家肯把這個小的與了人家也〔店小二云〕秀才你真個要與人〔正末云〕是與了人罷〔店小二云〕我這裏有個財主要我如今領你去〔正末云〕他家裏有兒子麽〔店小二云〕他家兒女並沒一個兒哩〔正末唱〕

〔倘秀才〕賣與個有兒女的是孩兒命衰賣與個無子嗣的是孩兒大釆撞着個有道理的爹娘呵是孩兒修福來〔帶云〕哥哥〔唱〕你救孩兒一身苦強似把萬僧齋越顯的你個哥哥敬客

(店小二云)既是這等你兩口兒則在這裏我叫那買孩兒的人來(做向古門叫科云)陳先生在家麽(陳德甫上云)店小二你喚我做甚麽(店小二云)你前日分付我的事如今有個秀才要賣他小的你看去(陳德甫云)在那裏(店小二云)則這個便是(陳德甫做看科云)是一箇有福的孩兒也(正末云)先生支揖(陳德甫云)君子恕罪敢問秀才那裏人氏姓甚名誰因何就肯賣了這孩兒(正末云)小生曹州人氏姓周名榮祖字伯成因家業凋零無錢使用將自己親兒情願過房與人爲兒先生你可作成小生咱(陳德甫云)兀那君子我不要這孩兒這裏有個賈老員外他寸男尺女皆無若是要了你這孩兒他有潑天也似家緣家計久後都是你這孩兒的你跟將我來(正末云)不知在那裏住我跟將哥哥去(旦兒同倈兒下)(店小二云)他三口兒跟的陳先生去了也待我收拾了鋪面也到員外家看看去(下)(賈仁同卜兒上云)兀的不富貴殺我也常言道人有七貧八富信有之也自家賈老員外的便是這裏也無人自從與那一分人家打牆鉋出一石槽金銀來那主人家也不知道都被我悄悄的搬運家來蓋起這房廊屋舍解典庫粉房磨房油房酒房做的生意就如水也似長將起來我如今旱路上有田水路上有船人頭上有錢那一個敢叫我做窮賈兒皆以員外呼之但是一件自從有這家私娶的個渾家也有好幾年了爭柰寸男尺女皆無空有那鵶飛不過的田產教把那一個承領(做歎科云)我平昔間一文也不使半文也不用我可不知怎生來這麽慳悋苦剋若有人問我要一貫鈔呵哎呀就如挑我一條筋相似如今又有一等人叫我做慳賈兒這也不必題起我這解典庫裏有一個門館先生叫做陳德甫他替我家收錢舉債我數番家分付他或兒或女尋一個來與我兩口兒喂眼(卜兒云)員外你既分付了他必然訪得來也(賈仁云)今日下着偌大的雪天氣有些寒冷下次小的每少少的釃些熱酒兒來則

撕隻水鷄腿兒來我與婆婆喫一鍾波（陳德甫同正末旦兒倈兒上云）秀才你且在門首等着我先過去與員外說知（做見科賈仁云）陳德甫我數番家分付你教你尋一個小的怎這般不會幹事（陳德甫云）員外且喜有一個小的哩（賈仁云）有在那裏（陳德甫云）現在門首（賈仁云）他是個甚麼人（陳德甫云）他是個窮秀才（賈仁云）秀才便罷了甚麼窮秀才（陳德甫云）這個員外有那個富的來賣兒女那（賈仁云）你教他過來我看（陳德甫出云）兀那秀才你過去把體面見員外者（正末做揖科云）先生你須是多與我些錢鈔（陳德甫云）你要的他多少這事都在我身上（正末云）大嫂你看着孩兒我見員外去也（做入見科云）員外支揖（賈仁云）兀那秀才你那裏人氏姓甚名誰（正末云）小生曹州人氏姓周名榮祖字伯成（賈仁云）住了我兩個眼裏偏生見不的這窮廝陳德甫你且着他靠後些餓虱子滿屋飛哩（陳德甫云）秀才你依着員外靠後些他那有錢的是這等性兒（正末做出科云）大嫂俺這窮的好不氣長也（賈仁云）陳德甫咱要買他這小的也索要立一紙文書（陳德甫云）你打個稿兒（賈仁云）我說與你寫立文書人周秀才因為無錢使用口食不敷難以度日情願將自己親兒某人年幾歲賣與財主賈老員外為兒（陳德甫云）誰不知你有錢只叫員外勾了又要那財主兩字做甚麼（賈仁云）陳德甫是你擡舉我哩我不是財主難道叫我窮漢（陳德甫云）是是是財主財主（賈仁云）那文書後頭寫道當日三面言定付價多少立約之後兩家不許反悔若有反悔之人罰寶鈔一千貫與不悔之人使用恐後無憑立此文書永遠為照（陳德甫云）是了反悔之人罰寶鈔一千貫他這正錢可是多少（賈仁云）這個你莫要管我我是個財主他要的多少我指甲裏彈出來的他可也喫不了（陳德甫云）是是是我與那秀才說去（做出科云）秀才員外着你立一紙文書哩（正末云）哥哥可怎生

寫那〔陳德甫云〕他與你個稿兒今有過路周秀才因爲無錢使用將自己親兒年方幾歲情願賣與財主賈老員外爲兒〔正末云〕先生這財主兩字也不消的上文書〔陳德甫云〕他要這等寫你就寫了罷〔正末云〕便依着寫〔陳德甫云〕這文書不打緊有一件要緊他說後面寫着如有反悔之人罰寶鈔一千貫與不反悔之人〔正末云〕先生那反悔的罰寶鈔一千貫我這正錢可是多少〔陳德甫云〕知他是多少秀才你則放心恰纔他也曾說來他說我是個巨富的財主要的多少他指甲裏彈出來的着你喫不了哩〔正末云〕先生說的是將紙筆來〔旦兒云〕秀才喒這思養錢可曾議定多少你且慢寫着〔正末云〕大嫂恰纔先生不說來他是個巨富的財主他那指甲裏彈出來的俺每也喫不了則管裏問他多少怎的〔唱〕

〔滚繡毬〕我這裏急急的研了墨濃便待要輕輕的下了筆劃〔倈兒云〕爹爹你寫甚麼哩〔正末云〕我兒也我寫的是借錢的文書〔倈兒云〕你說借那一個的〔正末云〕兒也我寫了可與你說〔倈兒云〕我知道了也你在那酒店裏商量你敢要賣了我也〔正末唱〕呀兒也這是我不得已無如之奈〔倈兒做哭科云〕可知道無奈則是活便一處活死便一處死怎下的賣了我也〔正末哭云〕呀兒也想着俺子父的情呵〔唱〕可着我班管難擡這孩兒情性乖是他娘腸肚摘下來今日將俺這子父情可都撇在九霄雲外則俺這三口兒生扢扎兩處分開〔旦兒云〕怎下的撇了我這親兒兀的不痛殺我也〔正末哭唱〕做娘的傷心慘慘刀剜腹做爹的滴血簌簌淚滿腮恰便似郭巨般活把兒埋〔做寫科云〕這文書寫就了也〔陳德甫云〕周秀才你休煩惱我將這文書與員外看去〔做入科

云〕員外他寫了文書也你看〔賈仁云〕將來我看今有立文書人周秀才因爲無錢使用口食不敷難以度日情願將自己親兒長壽年七歲賣與財主賈老員外爲兒寫的好寫的好陳德甫你則叫那小的過來我看看咱〔陳德甫云〕我領過那孩兒來與員外看〔見正末云〕秀才員外要看你那孩兒哩〔正末云〕兒也你如今過去他問你姓甚麼你說我姓賈〔倈兒云〕我姓周〔正末云〕姓賈〔倈兒云〕便打殺我也則姓周〔正末哭科云〕兒也〔陳德甫云〕我領這孩兒過去員外你看好個孩兒也〔賈仁云〕這小的是好一個孩兒也我的兒也你今日到我家裏那街上人問你姓甚麼你便道我姓賈〔倈兒云〕我姓周〔賈仁云〕姓賈〔倈兒云〕我姓周〔做打科云〕這弟子孩兒養殺也不堅婆婆你問他〔卜兒云〕好兒也明日與你做花花襖子你穿有人問你姓甚麼你道我姓賈〔倈兒云〕便做大紅袍與我穿我也則是姓周〔卜兒打科云〕這弟子孩兒養殺也不堅的〔陳德甫云〕他父母不曾去哩可怎麼便下的打他〔倈兒叫科云〕爹爹他每打殺我也〔正末做聽科云〕我那兒怎生這等叫他可敢打俺孩兒也〔唱〕

〔倘秀才〕俺兒也差着一個字千般的見責〔云〕那員外好狠也〔唱〕那員外伸着五個指十分的便摑打的他連耳通紅半壁腮說又不敢高聲語哭又不敢放聲來他則是偷將那淚揩

〔做叫科云〕陳先生陳先生陳先生早打發俺每去波〔陳德甫出見云〕是我着員外打發你去〔正末云〕先生天色漸晚誤了俺途程也〔陳德甫入見科云〕員外且喜且喜有了兒也〔賈仁云〕陳德甫那秀才去了麼改日請你喫茶〔陳德甫云〕哎呀他怎麼肯去員外還不曾與他恩養錢哩〔賈仁云〕甚麼恩養錢隨他與我些便罷〔陳德甫云〕這個員外他爲無錢纔賣這個小的怎麼倒要他恩養

錢那〔賈仁云〕陳德甫你好沒分曉他因爲無飯的養活兒子纔賣與我如今要在我家喫飯我不問他要恩養錢他倒問我要恩養錢〔陳德甫云〕好說他也辛辛苦苦養這小的與了員外爲兒專等員外與他些恩養錢做盤纏回家去也〔賈仁云〕陳德甫他若不肯便是反悔之人你將這小的還他去教他罰一千貫寶鈔來與我〔陳德甫云〕怎麼倒與你一千貫鈔員外你則與他些恩養錢去〔賈仁云〕陳德甫那秀才敢不要都是你搗鬼〔陳德甫云〕怎麼是我搗鬼〔賈仁云〕陳德甫看你的面皮待我與他些下次小的每開庫〔陳德甫云〕好了員外開庫哩周秀才你這一場富貴不小也〔賈仁云〕拏來你兜着你兜着〔陳德甫云〕我兜着與他多少〔賈仁云〕與他一貫鈔〔陳德甫云〕他這等一個孩兒怎麼與他一貫鈔忒少〔賈仁云〕一貫鈔上面有許多的寶字你休看的輕了你便不打緊我便似挑我一條筋哩倒是挑我一條筋也熬了要打發出這一貫鈔更覺艱難你則與他去他是個讀書的人他有個要不要也不見的〔陳德甫云〕我便依着你且拏與他去〔做出見科云〕秀才你休慌安排茶飯哩這個是員外打發你的一貫鈔〔旦兒云〕我幾盆兒水洗的孩兒偌大可怎生與我一貫鈔便買個泥娃娃兒也買不的〔正末云〕想我這孩兒呵〔唱〕

〔滾繡毬〕也曾有三年乳十月胎似珍珠掌上擡甚工夫養得他偌大須不是半路裏拾的嬰孩〔做歎科唱〕我雖是窮秀才他覷人忒小哉那些些個公平買賣量這一貫鈔值甚錢財〔帶云〕員外你的意思我也猜着你了〔陳德甫云〕你猜着甚的〔正末唱〕他道我貪他香餌終吞鈎我則道留下青山怕沒柴拚的個搠筆巡街

〔旦兒云〕還了我孩兒我們去罷〔陳德甫云〕你且慢些我見員外去〔正末云〕天色晚也休鬭小

生耍〔陳德甫入科云〕員外還你這鈔〔賈仁云〕陳德甫我說他不要麽〔陳德甫云〕他嫌少他說買個泥娃娃兒也買不的〔賈仁云〕那泥娃娃兒會喫飯麽〔陳德甫云〕員外不是這等說那個養兒女的算飯錢來〔賈仁云〕陳德甫也着你做人哩常言道有錢不買張口貨因他養活不過方纔賣與人我不要他還飯錢也勾了倒要我的寶鈔我想來都是你背地裏調唆他我則問你怎麽與他鈔來〔陳德甫云〕我說員外與你鈔〔賈仁云〕可知他不要哩你輕看我這鈔了我教與你你把這鈔高高的擡着道兀那窮秀才賈老員外與你寶鈔一貫〔陳德甫云〕擡的高殺也則是一貫鈔員外你則快些打發他去罷〔賈仁云〕罷罷罷小的每開庫再拏一貫鈔來與他〔做與鈔科〕〔陳德甫云〕員外你問他買甚麽東西哩一貫一貫添〔賈仁云〕我則是兩貫再也沒的添了〔陳德甫云〕我且拏與他去秀才你放心員外安排茶飯哩秀才那頭裏是一貫鈔如今又添你一貫鈔〔正末云〕先生可怎生只與我兩貫我幾盆兒水洗的孩兒偌大先生休鬬小生耍〔陳德甫云〕嗨這都是領來的不是了我再見員外去〔做入科云〕員外他不肯〔賈仁云〕不要閑說白紙上寫着黑字兒哩若有反悔之人罰寶鈔一千貫與不悔之人使用這便是他反悔你着他拏一千貫鈔來〔陳德甫云〕他有一千貫時可便不賣這小的了〔賈仁云〕哦陳德甫你是有錢的你買麽快領了去着他罰一千貫鈔來與我〔陳德甫云〕員外你添也不添〔賈仁云〕不添〔陳德甫云〕你真個不添〔賈仁云〕真個不添〔陳德甫云〕員外你又不肯添那秀才又不肯去教我中間做人也難便好道君子成人之美不成人之惡罷罷罷員外我在你家兩個月該與我兩貫飯錢我如今問員外支過輳着你這兩貫共成四貫打發那秀才回去〔賈仁云〕哦要支你的飯錢湊上四貫鈔打發那窮秀才去這小的還是我的陳德甫你原來是個好人可則一件你那文簿上寫的明白道陳德甫先

借過兩個月飯錢計兩貫〔陳德甫云〕我寫的明白了〔做出見科云〕來來來秀才你可休怪員外是個慳吝苦尅的人他說一貫也不添我問他支過兩月的館錢湊成四貫鈔送與秀才這的是我替他出了兩貫哩秀才休怪〔正末云〕這等可不難為了你〔陳德甫云〕秀才你久後則休忘了我陳德甫〔正末云〕賈員外則與我兩貫錢這兩貫是先生替他出的這等呵倒是先生齎發了小生也〔唱〕

〔倘秀才〕如今這有錢的度量呵做不的三江也那四海便受用呵多不到十年五載我罵你個勒揹窮民狠員外或是有人家典段疋或是有人家當鐶釵你則待加一倍放解

〔賈仁做出瞧科云〕這窮廝還不去哩〔正末唱〕

〔賽鴻秋〕快離了他這公孫弘東閣門桯外 〔旦兒云〕秀才俺今日撇下了孩兒不知何日再得相見也〔正末云〕大嫂去罷〔唱〕再休想漢孔融北海開尊待〔陳德甫云〕秀才這兩貫鈔是我與你的〔正末云〕先生此恩異日必當重報〔唱〕多謝你范堯夫肯付舟中麥〔帶云〕那員外呵〔唱〕怎不學龐居士豫放來生債〔賈仁做揪住怒科云〕這廝罵我好無禮也〔正末唱〕他他他則待搯破我三思臺〔賈仁做推正末科云〕你這窮弟子孩兒還不走哩〔正末唱〕他他他可便擷破我天靈蓋〔賈仁云〕下次小的每呼狗來咬這窮弟子孩兒〔正末做怕科云〕大嫂我與你去罷〔唱〕走走走早跳出了齊孫臏這一座連環寨

〔陳德甫云〕秀才休怪你慢慢的去休和他一般見識〔旦兒云〕秀才俺行動些兒波〔正末唱〕

〔隨煞〕別人家便當的一周年下架容贖解〔帶云〕這員外呵〔唱〕他巴到那五個月還錢本利該納了利從頭兒再取索還了錢文書上廝混賴似這等無仁義愚濁的却有財偏着俺有德行聰明的嚼虀菜這八個字窮通怎的排則除非天打算日頭兒輪到來發背疔瘡是你這富漢的災禁口傷寒着你這有錢的害有一日賊打劫火燒了您院宅有一日人連累抄沒了舊錢債恁時節合着鍋無錢買米柴忍饑餓街頭做乞丐這纔是你家破人亡見天敗〔賈仁云〕你這窮弟子孩兒還不走哩〔正末云〕員外〔唱〕你還這等苦尅瞞心罵我來直待要犯了法遭了刑你可便恁時節改〔同旦兒下〕

〔賈仁云〕陳德甫那廝去了也他去則去敢有些怪我〔陳德甫云〕可知哩〔賈仁云〕陳德甫生受你本待要安排一盃酒致謝我可也忙不得工夫後堂中盒子裏有一個燒餅送與你喫茶罷〔同下〕

〔音釋〕帘音廉　白巴埋切　屆音戒　陌音賣　魄鋪買切　色篩上聲　珀鋪買切　醞音運　帛巴埋切　客楷上聲　鉋音袍　撕音司　劃胡乖切　簌音蘇　責齋上聲　摑乖上聲　揩楷平聲　思去聲　搠聲卯切　載上聲　桯音汀　麥音賣　三去聲　擷音跌　索篩上聲　宅池齋切　丐音蓋

第二折

〔小末扮賈長壽領與兒上詩云〕一生衣飯不會愁贏得人稱賈半州何事老親能舍病教人終日

皺眉頭自家賈長壽的便是父親是賈老員外叫做賈仁母親亡化已過靠着祖宗福德有潑天也似的家緣家計俺父親則生的我一個人口順都喚我做錢舍豈知俺父親他一文也不使半文也不用這等慳吝的緊俺枉叫做錢舍不得錢在手裏不曾用的個快活近日俺父親染病不能動止興兒我許下東嶽泰安神州燒香去與俺父親說知多將些錢鈔等我去還願與兒跟着我見父親去來（下）（小末同興兒扶賈仁上云）哎呀害殺我也（做數科云）過日月好疾也自從買了這個小的可早二十年光景我便一文不使半文不用這小的他却癡迷愚濫只圖穿喫看的那錢鈔便土塊般相似他可不疼怎知我多使了一個錢便心疼殺了我也（小末云）父親你可想甚麼喫那（賈仁云）我兒也你不知我這病是一口氣上得的我那一日想燒鴨兒喫我走到街上那一個店裏正燒鴨子油渌渌的我推買那鴨子着實的撾了一把恰好五個指頭撾的全全的我來到家我說盛飯來我喫一碗飯我咂一個指頭四碗飯咂了四個指頭我一會渴睡上來就在這板櫈上不想睡着了被個狗餂了我這一個指頭我着了一口氣就成了這病罷罷罷我往常間一文不使半文不用我今病重左右是個死人了我可也破一破慳使些錢我兒我想荳腐喫哩（小末云）可買幾百錢（賈仁云）買一個錢的荳腐（小末云）一個錢只買得半塊荳腐把與那個喫與兒你買一貫鈔罷（興兒云）他則有五文錢的荳腐記下帳明日討還罷（賈仁云）我兒你則依着我（小末云）便依着父親只買十個錢的來（賈仁云）我兒恰纔見你把十個錢都與那賣荳腐的了（小末云）他還欠着我五文哩改日再討（賈仁云）寄着五文你可問他姓甚麼左隣是誰右隣是誰（小末云）父親你要問他隣舍怎的（賈仁云）他假似搬的走了我這五個錢問誰討（小末云）直是這等父親你孩兒趁父親在日畫一軸喜神着子孫後代供養着（賈仁云）我兒也畫喜神特不

要畫前面則畫背身兒〔小末云〕父親你說的差了畫前面纔是可怎麼畫背身的〔賈仁云〕你那裏知道畫匠開光明又要喜錢〔小末云〕父親你也忒算計了〔賈仁云〕我兒我這病覷天遠入地近多分是死的人了我兒你可怎麼發送我〔小末云〕若父親有些好歹呵您孩兒買一個好杉木棺材與父親〔賈仁云〕我的兒不要買杉木價高我左右是死的人曉的甚麼杉木柳木我後門頭不有那一個喂馬槽儘好發送了〔小末云〕那喂馬槽短你偌大一個身子裝不下〔賈仁云〕哦槽可短要我這身子短可也容易拏斧子來把我這身子攔腰剁做兩段折疊着可不裝下了我兒也我囑付你那時節不要咱家的斧子借別人家的斧子剁〔小末云〕父親俺家裏有斧子可怎麼問人家借〔賈仁云〕你那裏知道我的骨頭硬若使我家斧子剁捲了刃又得幾文錢鋼〔小末云〕直是這等父親恁孩兒要上廟與父親燒香去與我些錢鈔〔賈仁云〕我兒你不去燒香罷了〔小末云〕孩兒許下香願多時了怎好不去〔賈仁云〕哦你許下願來這等與你一貫鈔去〔小末云〕少〔賈仁云〕兩貫〔小末云〕少〔賈仁云〕罷罷罷與你三貫可忒多了我兒這一樁事要緊我死之後休忘記討還那五文錢的荳腐〔下〕〔興兒云〕小哥不要聽那老員外你自去開了庫拏着十個金子十個銀子一千貫鈔我跟着你燒香去來〔小末云〕興兒你說的是我開了庫取了十個金子十個銀子一千貫鈔到廟上燒香去來〔同興兒下〕〔淨扮廟祝上詩云〕官清司吏瘦神靈廟主肥有人來燒紙則搶大公雞小道是東嶽泰安州廟祝明日三月二十八日是東嶽聖帝誕辰多有遠方人來燒香我掃的廟宇乾淨看有甚麼人來〔正末同旦兒上云〕叫化咱叫化咱可憐見俺無捱無倚無主無靠賣了親兒無人養濟長街市上可有那等捨貧的爹爹妳妳呵〔唱〕

〔商調集賢賓〕我可便區區的步行離了汴梁〔帶云〕這途路好遠也〔唱〕

過了些山隱隱更和這水茫茫盼了些州城縣鎮經了些店道村坊遙望那東岱嶽萬丈巔峯怎不見泰安州四面兒牆匡（云）婆婆這前面不是東嶽爺爺的廟哩（唱）這不是仁安殿蓋造的接上蒼掩映着紫氣紅光正值他春和三月天（帶云）婆婆（唱）早來到仙闕五雲鄉

〔逍遙樂〕這的是人間天上燒的是御賜名香蓋的是那勅修的這廟堂我則見不斷頭客旅經商還口願百二十行聽的道是兒願爹爹壽命長又見那校椅上頂戴着親娘我這裏千般感歎萬種徬徨百樣思量

（帶云）廟官哥哥俺兩口兒一徑來還願的趕燒炷兒頭香暫借一坨兒田地與我歇息咱（廟祝云）這老人家好苦惱也既是還香願的我也做些好事你老兩口兒就在這一塌兒乾淨處安歇明日絕早起來燒了頭香去罷（正末云）謝了哥哥婆婆我和你在此安歇明日趕一炷頭香咱（旦兒云）佛囉俺那長壽兒也（小末同興兒上云）興兒你看這廟上人好不多哩（興兒云）小哥咱每來遲那前面早下的滿了也（小末云）天色已晚我們揀個乾淨處安歇興兒這搭兒乾淨處被兩口叫化的倒在這裏你打起那叫化的去（興兒云）兀那叫化的你且過一壁（正末云）你是那個（興兒云）這弟子孩兒錢舍也不認的（做打科）（正末云）哎呀錢舍打殺我也（廟祝云）這廝無禮甚麼錢舍家有家主廟有廟主他老子那裏做官來叫做錢舍徒弟拏繩子來綁了他送官去（興兒云）廟官你不要鬧我與你一個銀子借這塌兒田地等俺歇息咱（廟祝云）哦你與我這個銀子借這裏坐一坐我正罵那老弟子孩兒你便讓錢舍這裏坐一坐兒自家討打喫（正末云）

俺這無錢的好不氣長也〔旦兒云〕老的咱每依着他那邊歇罷〔正末唱〕

〔金菊香〕這的是雕梁畫棟聖祠堂又不是錦帳羅幃你的臥房怎這般廝推廝搶趕我在半壁廂〔興兒云〕你這老弟子孩兒口裏嘮嘮叨叨的還說甚麽哩〔正末唱〕你你你全不顧我這鬢雪鬢霜〔云〕你這廝還要打誰婆婆你向前着我不信〔唱〕你可敢便打打打這個八十歲病婆娘

〔云〕廟官哥哥一個甚麽錢舍將俺老兩口兒趕出來了〔廟祝云〕他是錢舍你兩個讓他些便了俺明日要早起自去睡也〔下〕〔小末云〕你這老弟子孩兒你告訴那廟官便怎的我富漢打殺你這窮漢只當拍殺個蒼蠅相似〔正末唱〕

〔醋葫蘆〕你道是沒錢的好受虧有錢的好使強你和俺須同村共疃近隣莊〔興兒云〕你這叫化的還强嘴哩〔正末唱〕俺也是錢裏生來錢裏長怎便打的俺一個不知方向你須不是泰安州官府到此壓壇場

〔興兒云〕官便不是官叫做錢舍〔正末云〕俺這無錢的好不氣長也〔旦兒云〕老的你與他爭甚麽俺每將就在那邊歇罷〔正末唱〕

〔梧葉兒〕這都是俺前生業可着俺便今世當莫不是曾燒着甚麽斷頭香揾不住腮邊淚撓不着心上痒割不斷俺業情腸〔帶云〕哎〔唱〕俺那長壽兒也我端的可便纔合眼又早眠思夢想

〔賈仁扮魂子上云〕自家賈仁的便是那正主兒來了俺今日着他父子團圓雙手交還了罷〔做歎科云〕那小的那裏知道是他的老子這老子那裏知道是他的兒子我與他說知兀的老子那

個不是你的兒子〔正末做認科云〕俺那長壽兒也〔小末打科〕〔賈仁又上云〕兀那小的那個不是你老子〔小末做叫科云〕父親父親〔正末應云〕哎哎哎〔小末云〕與兒與我打這老弟子孩兒〔興兒云〕這叫化的好無禮也〔正末云〕你叫我三聲父親我應你三聲你怎生打我那〔唱〕

〔後庭花〕你不肯冬三月開暖堂你不肯夏三月捨義漿則你那情狠身中病則你那心平便是海上方您爺呵休想道得安康穩情取無人埋葬淚汪汪甚人來守孝堂急慌慌爲親爺來獻香我痛殺殺身軀兒無倚仗他絮叨叨還口願都是謊

〔柳葉兒〕他也似個人模人樣衠一片不本分的心腸有一朝打在你頭直上天開眼無輕放天還報有災殃穩情取家破人亡

〔小末云〕天色明了也興兒隨俺燒香去來〔做上香科云〕東嶽爺爺可憐見俺父親患病在床但得神明保祐指日平安俺賈長壽情願燒三年香望東嶽爺爺鑒察咱〔正末同旦兒打嚏科云〕阿嚏〔小末云〕則願俺的父親無病無痛〔正末又打嚏科云〕阿嚏〔小末云〕則願俺的父親無災無難〔正末又打嚏科云〕阿嚏〔卜兒云〕老的喒們早些燒香去〔正末做拜科云〕東嶽爺爺則願俺長壽兒無病無痛〔小末做打嚏科云〕阿嚏〔正末云〕則願俺長壽兒無災無難〔小末又做打嚏科云〕阿嚏〔正末云〕則願俺長壽兒早早相見咱〔小末又做打嚏科云〕阿嚏〔興兒上云〕阿嚏阿嚏〔廟祝上云〕阿嚏阿嚏〔小末云〕興兒打那老弟子孩兒〔興兒云〕你這叫化的快走過一邊去〔正末做哭科云〕俺那長壽兒也〔唱〕

〔高過浪來里煞〕但得見親生兒俺可也不似這悽惶他他他明欺

負俺無人侍養〔做哭科云〕俺那長壽兒也〔唱〕想着俺長壽年來也和他都一般家血氣方剛〔帶云〕婆婆〔唱〕則俺這受苦的糟糠賣兒呵也合將咱攔當俺可甚麼養小防備老栽樹要陰涼想着俺那忤逆的兒郎便成人也不認的爺娘有一日激惱了穹蒼要整頓着綱常你可不怕那五六月的雷聲骨碌碌只在半空裏響〔同旦兒下〕

〔小末云〕與兒燒罷香也隨俺回家去來〔同下〕

第四折

〔店小二上詩云〕不是自家沒主顧爭柰酒酸長似醋這回若是又酸香不如放倒望竿做荳腐自家店小二的便是開開門面挑起望子看有甚麼人來〔正末同旦兒上云〕婆婆俺燒罷香也回家去來〔旦兒云〕老的俺和你行動些兒咱〔正末唱〕

〔越調鬬鵪鶉〕賽五嶽靈神爲一人聖慈總四海神州受千年祭祀護百二十河掌七十四司獻香錢火醮紙積善的長生造惡的便死

〔紫花兒序〕一個那顏回短命一個那盜跖延年一個那伯道無兒人都道威靈有驗正直無私現如今神祠東岱嶽新添一個速報司大剛來禍無虛至只要你惡事休行擇其善者從之

〔旦兒做心疼科正末云〕婆婆你做甚麼〔旦兒云〕老的也我一陣急心疼你那裏討一杯兒酒來我喫〔正末云〕你害急心疼我去那酒店裏討一鍾酒去咱哥哥俺這婆婆害急心疼有酒麼教化一鍾兒〔店小二云〕老人家你那婆婆害急心疼呵對門那一家兒有這急心疼的藥施捨與人你

問他討一服去〔正末云〕是真個俺去對門討一服兒急心疼藥去來〔同旦兒下〕〔店小二云〕大清早起利市也不曾發這兩個老的就來教化酒喫被我支他對門討藥去了便心疼殺他也不干我事我自前後執料去也〔下〕〔陳德甫上云〕自家陳德甫的便是過日月好疾也自從賈老員外買了那個小的今經可早二十年光景了老員外一生慳吝苦克今亡逝已過那小的長立成人比他父親在日家私越增添了他父親在日人都叫他做錢舍如今那小的仗義疎財比老員外甚是不同人都叫他做小員外老夫一向在他家上些帳目這幾年間精神老憊只得辭了館開着一個小小藥鋪施捨些急心疼的藥雖則普濟貧人然也有病好的酬謝我些藥錢我老夫也不敢辭好將來做藥本今日鋪裏閑坐看有甚麼人來〔正末同旦兒上見科云〕先生可憐見我那婆婆害急心疼說先生施的好藥老漢不揣求一服兒咱〔做揖科陳德甫云〕老人家免禮有有有我這一服藥與你那婆婆喫了登時間就好則要你與我傳名我叫做陳德甫〔正末云〕多謝了先生叫做陳德甫陳德甫婆婆這陳德甫名兒好熟也〔旦兒云〕老的喒賣孩兒時做保人的不是陳德甫〔正末云〕是真個我過去認他波〔做認科云〕陳德甫先生元來你也這般老了也〔陳德甫云〕這老兒就來詐熟也〔正末唱〕

〔小桃紅〕你這般雪盔白髮鬢如絲〔陳德甫云〕你說的是幾時的話〔正末唱〕我說的是二十年前事〔陳德甫云〕兀那老的你那裏人氏姓甚名誰〔正末唱〕你問我姓甚名誰那裏人氏〔陳德甫云〕你因何認的老夫來〔正末唱〕說起來痛嗟咨常言道聞鍾始覺山藏寺這搭兒裏曾賣了一個小廝〔陳德甫云〕你莫不是賣兒子的周秀才麼〔正末唱〕我常記的你個恩人名字〔陳德甫云〕你還記的

我齎發你那兩貫錢麼〔正末唱〕我怎敢便忘了你那周急濟貧時
〔陳德甫云〕秀才你歡喜咱你那孩兒賈長壽如今長立成人了也〔正末云〕賈員外好麼〔陳德甫云〕老員外亡化過了也〔正末云〕死的好死的好打俺孩兒的那婦人有麼〔陳德甫云〕那婆婆又早些死了也〔正末云〕死的好死的好〔唱〕
〔鬼三台〕則他這龐居士世做的虧心事恨不把窮民勒死滿口假悲慈可曾有半文兒布施〔帶云〕想他兩貫鈔強買俺孩兒時節還要與俺算飯錢哩〔唱〕空掌着精金響鈔百萬資偏沒個寸男尺女爲繼嗣俺倒不如郭巨埋兒也強似明達賣子
〔云〕陳先生俺那長壽孩兒好麼〔陳德甫云〕賈員外的萬貫家財都是你的孩兒賈長壽掌把着人皆叫他做小員外哩〔正末云〕陳先生可憐見着俺那孩兒來廝見一面可也好也〔陳德甫云〕你要見他待我尋他去〔小末上云〕自家賈長壽的便是自從泰安山燒香回來父親亡逝過了如今營葬已畢無甚麼事去望陳德甫叔叔走一遭〔做撞見科云〕叔叔我一徑來望你也〔陳德甫云〕小員外你歡喜咱〔小末云〕俺喜從何來〔陳德甫云〕我老實的說與你知你當初元不是賈老員外的兒子你父親是周秀才偶然打員外家經過我是保見人將你賣與那員外爲兒你今日長立成人現有你的一雙父母在這裏要與你相見我說兀的做甚二十年來把你瞞老夫說着尚心酸可憐你生身父母饑寒死直與陌路傍人做一般〔做見科云〕則這兩個便是你的父親母親你拜他咱〔小末做認科云〕這是我父親母親住住泰安神州我打的不是你來〔正末云〕婆婆泰安神州打俺的不是這廝麼〔旦兒云〕俺認的他正叫做錢舍哩〔正末唱〕

〔調笑令〕俺待和這廝廝㨾的見官司不倸俺只問你這般毆打親爺甚意思無非倚恃着錢神把俺相輕視〔小末云〕俺實是不認的你〔正末云〕噤聲到今日呵〔唱〕可早知一家無二父子們廝見非同造次〔帶云〕婆婆〔唱〕想他也只是個忤逆的孩兒

〔陳德甫云〕端的是怎生來老人家請息怒〔正末云〕我告他去〔陳德甫云〕小員外似此怎了也〔小末云〕叔叔你不知道我在泰安神州打了他來他如今要告我去我如今與他些東西買囑他罷〔陳德甫云〕與他甚麼東西〔小末出砌末科云〕我與他一匣子金銀只買一個不言語〔陳德甫云〕怎麼買個不言語〔小末云〕他若不告我我便將這一匣子金銀都與他若告我我拚的把這金銀官府上下打點使用我也不見的便輸與他〔陳德甫云〕小員外你放心我和他說去〔見正末云〕老人家你見這一匣金銀麼那小員外要與你買個不言語〔正末云〕怎生是買個不言語〔陳德甫云〕你若是不告他呵把這匣金銀與你你若告他呵將這金錢去官府上下打點使用他也沒事兩椿兒隨你自揀去〔正末云〕婆婆孩兒在泰安神州打俺時節他也不認的俺〔旦兒云〕你個愛錢的老弟子孩兒〔正末云〕將鑰匙來開了這鎖待我看這銀子咱〔做看驚科云〕這銀子上鑿着周奉記周奉記可不原是俺家的來〔陳德甫云〕怎生是你家的〔正末云〕俺祖公公正叫做周奉記哩〔唱〕

〔幺篇〕猛覷了這字是俺正明師想祖上留傳到此時是兒孫合着俺兒孫使若不沙怎題着公公名氏〔帶云〕賈員外賈員外〔唱〕虧了他二十年用心把鑰匙也則是看守俺祖上的金貲

〔店小二上云〕聞得小員外認着了他親爺親娘我去看咱〔做見科云〕老人家你那婆婆害急心疼可好了麼〔正末云〕多謝哥哥俺婆婆好了也想起二十年前曾在你店裏你不捨與我三鍾兒酒喫麼〔店小二云〕小子沒記性這遠年的帳都忘了也〔正末云〕孩兒你依着我者陳德甫先生二十年前曾爲你齎發俺兩貫鈔俺如今將這兩個銀子謝他〔陳德甫云〕我則是兩貫鈔怎好換你兩個銀子那賈老員外一生愛錢也不曾賺得這等厚利這個我老夫決不敢當〔正末唱〕

〔天淨沙〕若不是陳先生肯把恩施俺周榮祖爭些兒雪裏停屍則這兩貫鈔俺念茲在茲常恐怕報不得你故人之賜又何須苦苦推辭

〔陳德甫云〕多謝了老員外〔正末云〕賣酒的哥哥我當日喫了你三鍾酒如今還你這一個銀子〔店小二云〕這個小子也不敢受〔正末唱〕

〔禿廝兒〕論你個小本錢茶坊酒肆有甚麼大度量仗義輕施你也則可憐俺饑寒窮路不自支如今這銀一個酬謝你酒三巵也見俺的情私

〔店小二云〕這等小子收了多謝老員外〔正末云〕孩兒這多餘的銀子你與我都散與那貧難無倚的可是爲何這二十年來俺罵的那財主每多了也〔唱〕

〔聖藥王〕爲甚麼罵這廝罵那廝他道俺貧兒到底做貧兒又誰知彼一時此一時這家私原是俺家私相對喜孜孜

〔小末云〕父親您孩兒都依你便了〔旦兒云〕俺一家兒同到泰安神州回香去來〔正末唱〕

〔收尾〕這的是貧窮富貴皆輪至〔做笑科〕〔陳德甫云〕老員外你笑甚的來〔正末云〕俺不笑別的〔唱〕笑則笑賈員外一文不使單爲這口啣墊背幾文錢險送了拽布拖麻孝順子

〔靈派侯上云〕周榮祖你如今省悟了麽這二十年光景你可都看見了也〔正末同衆拜伏科云〕是那方神聖降臨愚民不知乞賜指示〔靈派侯云〕吾神乃靈派侯是也你一行人都跪者聽吾神分付〔詞云〕想爲人稟命生于世但做事不可瞞天地貧與富前定不能移笑愚夫枉使欺心計周秀才賣子受艱難賈員外慳吝貪財賄若不是陳德甫仔細說分明怎能勾周奉記父子重相會〔一同下〕

〔音釋〕跖音執　憊音敗　捰羅上聲　造音糙　巵音支　墊音店　重平聲

題目　窮秀才賣嫡親兒男

正名　看錢奴買寃家債主

看錢奴買寃家債主雜劇

李山兒生死報恩人

都孔目風雨還牢末
倣陳容筆
珍倣宋版印

都孔目風雨還牢末雜劇

元　李致遠撰
明吳興臧晉叔校

楔子

〔沖末扮宋江領卒子上〕〔詩云〕自幼鄆城爲小吏因殺娼人遭迭配宋江表字本公明綽號順天呼保義我乃宋江是也山東鄆城縣人幼年爲把筆司吏因帶酒殺了娼妓閻婆惜迭配江州牢城路打梁山泊經過有我結義哥哥晁蓋知我平日度量寬洪但有不得已的英雄好漢見了我時便助他些錢物因此天下人都叫我做及時雨宋公明晁蓋哥哥并衆頭領讓我坐第二把交椅哥哥三打祝家庄身亡之後衆兄弟讓我爲頭領今東平府有二人乃是劉唐史進這兩個都一身好本事他二人有心待要上梁山泊來爭奈不曾差人招安去我今差山兒李逵下山去請劉唐史進走一遭小僂儸說與山兒李逵着他小心在意疾去早來〔詩云〕囑付他兩次三番休違限便索回還招安了劉唐史進一齊的同上梁山〔下〕〔丑扮孤引張千上〕〔詩云〕做官都說要清名偏我要錢不要清縱有清名沒錢使依舊連官做不成小官姓尹名亨字伯通幼年進士及第累蒙擢用今陞東平府府尹之職今日陞廳坐起早衙張千說與六房吏典有該僉押的文案將來小官發落〔正末扮李孔目同外扮史進上云〕小生東平府人氏姓李名榮祖幼年頗看詩書今在東平府做着個把筆六案都孔目這個兄弟是史進在這衙門中爲五衙都首領今日相公坐起早衙有合稟的事務須索見相公走一遭去〔正末入見科〕〔孤云〕李孔目有該僉押的文案將來僉押〔正末云〕這一宗文卷是李得打死人命事看來是個過誤殺傷不該抵命則等大人發落〔孤云〕將那李得

拿上來〔正末云〕史進與我拿上廳來〔史進云〕理會的〔淨扮李得上云〕某李得是也這裏也無人某乃梁山泊好漢山兒李逵更改了名字叫做李得不想打街市經過見一個年紀小的打那年紀老的我心中不忿將那年紀小的揪過來只一拳誰想拳頭上沒眼把他打死了被巡捕官軍將我拿住解在東平府來今日大人要結斷怎生是好〔做見科正末云〕李得你來了也〔李云〕孔目哥哥怎生可憐見〔正末云〕李得你本是致傷人命我心裏見你英雄好漢我好歹要救你如今相公問你呵你只說誤傷人命不該死罪我就好番案了〔史進云〕兀那李得你依著孔目的言語要救你性命哩〔李云〕若是救了小人的性命我今生今世報答不得你我轉生來世做驢做馬報答孔目哥哥〔李入見跪科孤云〕這個便是李得〔正末云〕這個便是〔孤云〕兀那李得你怎生打死人來說你那根因〔李云〕大人可憐見小人見長街市上一個年紀小的打那年紀老的小人路見不平揪過那小的來則一拳打死了那年紀小的素無讎隙誤傷其命望大人可憐超生〔孤云〕這正是誤傷人命免他一死杖脊八十迭配沙門島去〔正末云〕去了他那枷杖斷八十者〔張千行杖科〕六十七十八十〔孤云〕便差個快走的解子解赴沙門島去〔張千云〕理會的〔李云〕我出的這門來多虧了孔目哥哥救我性命哥我問你那個孔目姓甚麼那裏居住〔張千云〕他是李榮祖在這大街街東裏居住〔李云〕小人知道了哎李逵也你好莽也若不是孔目救了我這性命呵可怎生了的我如今先到李孔目門首等候著此恩必當重報正是虎着重箭難展爪魚經鐵網怎番身運去遭逢無義漢時來報答有恩人〔下〕〔孤云〕再有甚麼文案將來我看〔正末云〕這一宗文卷是衙門中五衙都首領劉唐誤了一個月假限〔孤云〕張千與我拿過劉唐來者〔張千云〕劉唐那裏〔淨扮劉唐上云〕自家劉唐的便是誤了一月限期大人呼喚須索見去咱〔正末云〕劉唐

你見大人去〔劉唐云〕哥哥怎生方便劉唐咱〔正末云〕大人怪你一時間分說不過你且見去〔一劉唐見跪科〕〔孤云〕劉唐你怎生誤了一個月限期〔劉唐云〕小人則誤了二十日假限〔正末云〕他有假帖在此〔孤看帖科云〕假帖上誤了一個月限這廝說謊〔劉唐云〕大人路途遙遠風雨阻隔因此上誤了假限大人可憐見〔孤云〕李孔目劉唐說風雨阻隔路途遙遠誤限這怎麼說〔正末云〕小人不敢主張任大人決斷〔孤云〕休說他誤了假限論說謊也該打四十張千拿下去杖脊四十〔張千打科云〕一十二十三十四十〔孤云〕搶出去〔劉唐出門科云〕哎喲打了我這一頓大人有心要饒我李孔目不肯說個方便你妬我爲冤我妬你爲讎你便是廳上的孔目我便是泥鞋窄襪走隸公人李孔目你常踏着吉地行哩有朝一日文卷有些差錯大人見怪拿下你來嗒兩個休軸頭廝抹着正是恨小非君子無毒不丈夫〔下〕〔孤云〕李孔目再有甚麼文卷〔正末云〕此外別無文卷〔孤云〕既無文卷張千牽馬來我回私宅去也〔下〕〔正末云〕史進兄弟衙門中無甚事今日是你嫂嫂生辰之日我回家去與他遞一杯壽酒去來〔唱〕

〔仙呂賞花時〕每日衙中案事勤無事街頭飲數巡與妻子作生辰更和着這幾個弟兄識認把一杯酒同樂太平春〔同下〕

〔音釋〕鄆雲去聲　扳音班　窄齋上聲

第一折

〔正末同旦趙氏搽旦蕭娥兩倈兒上〕〔正末云〕小生李榮祖現爲東平府都孔目嫡親的五口兒家屬大嫂趙氏二嫂蕭娥他原是個中人我替他禮案上除了名字棄賤從良就嫁我做個次妻這孩兒叫做僧住女兒叫做賽娘今日是大嫂生辰之日小的每安排酒來我與大嫂遞一杯酒者〔

做把盞科云）大嫂飲一杯壽酒家私裏外多虧了你（旦云）孔目官府上下多生受你孔目先飲

（正末云）大嫂請（旦做飲科）（正末云）二嫂也飲一杯（搽旦背云）一般都是夫妻如何也飲一

盃（回云）孔目我今日不耐煩吃酒也不吃罷（李上云）某行不更名坐不改姓自家是宋江手下

第十三個頭領山兒李逵便是奉宋江哥哥的將令差我下山請劉唐史進同上梁山泊去誰想打

死了平人本該抵命若不是李孔目救了我呵那得山兒這性命來我如今到他家中拜謝孔目走

一遭去問人來這個門兒便是孔目哥哥在家麼（正末云）是誰喚門哩俺住開門去（倈做開門

科云）我開開這門你是甚人（李云）小哥這裏敢是李孔目宅上麼（倈云）這裏便是（李云）小

哥煩你去報有一朋友來拜望（倈報云）父親有一位朋友在門首（正末云）請進來（李進見科）

（正末云）呀我道是誰原來是李得你來怎麼（李云）李得是該死之人多虧哥哥救了性命特來

拜謝哥哥（正末云）你也姓李我也姓李道不的一般樹上兩般花五百年前是一家你多大年紀

了（李云）小人二十五歲（正末云）我三十歲不是我要便宜我有心認你做個兄弟你意下如何

（李云）哥哥您兄弟願隨驢把馬也（正末云）兄弟你表德喚做甚麼（李云）您兄弟不是歹人我

不是李得（正末云）你不是李得可是誰（李云）您兄弟是梁山泊宋江手下第十三個頭領則我

便是山兒李逵（搽旦背聽科云）哎原來李孔目結交梁山泊強盜我聽者看他再說甚麼（正末

背云）哎原來是梁山泊好漢我待番悔來則怕兄弟心中不穩實到如今也罷兄弟我無甚麼相

送大嫂將你那一隻金釵與兄弟權爲路費（做與釵科）（李云）量兄弟有何德能受哥哥路費恩

義難忘（正末云）兄弟拜義如親禮輕義重笑納爲幸（李云）多謝了哥哥兄弟無物回答這一對

匾金環與哥哥權爲謝禮（正末云）兄弟我不要你自拿去做盤費（李背云）哥哥不要則除是這

般〔回云〕則今日辭別了哥哥便索回去也〔拜別科〕〔正末云〕兄弟一路上小心在意〔李云〕我出的這門來哥哥你放心日後有事必當重報〔詩云〕我本爲請史進早赴梁山遇孔目救我回還待日後當圖重報暗留下一對金環〔下〕〔正末云〕僧住關上門去〔倈云〕我關上門去〔做見環科云〕地下一對環子我拾將起來與俺爹爹看去〔做見正末科云〕爹爹我纔關門去拾得一對金環爹爹試看咱〔正末云〕將來我看〔做看科正末云〕吔誰想他見我不受這匾金環故意丟下去了僧住你將着這環子不論前街後巷尋着交與他去〔倈云〕他去了好多時那裏尋去〔搽旦云〕僧住你手兒的拿來我看〔做接環見末科云〕孔目你好沒正經小孩子家拿着金環子那裏趕那人去〔正末云〕這等二嫂你且收着這金環待他來時交付與他〔搽旦收環科下正末見旦云〕大嫂我在衙門中斷了一椿事李得打死平人我救他的性命杖了八十他無甚麼謝我將着一雙匾金環子與我他見我不受丟下了我教僧住趕他不上拿回來了〔搽旦上云〕我在這窗外聽他兩口兒再說甚麼〔旦云〕那匾金環在那裏〔正末云〕遞與二嫂收了〔旦云〕他到俺家幾日光景怎生與他收着孔目你尋思咱你取回來者〔正末云〕若取回來不生分了他心過幾日慢慢取罷〔同下〕〔搽旦上云〕我原是此處一個上廳行首爲當不過官身納了官衫帔子禮案上除了名字脫賤爲良嫁了李孔目爭奈舊性不改這府衙裏有個典吏姓趙我瞞着孔目和他暗暗的來往我着人叫他去了這早晚還不見來〔淨扮趙令史上云〕自家姓趙在這東平府做個典吏有這李孔目第二個渾家蕭娥他是個中人他原舊和我作伴他今日又着人來喚我須索走一遭去可早來到也〔做咳嗽搽旦見科云〕趙令史你來了也進來家裏坐〔趙令史云〕李孔目在家麼〔搽旦云〕孔目往衙門中去了〔趙令史云〕今日叫我來你家做甚麼〔搽旦云〕我有一件小事請你來咱兩

個計議近日李孔目衙門中救了一個死罪犯人就認他做兄弟與他一隻金釵做盤纏那人回奉一雙匾金環子〔趙令史云〕二嫂何水無魚何官無私孔目既然救了他性命那人怎得不來相謝〔搽旦云〕令史我聽的那人說來他是梁山泊好漢宋江手下第十三個頭領山兒李逵便是〔趙令史云〕那梁山泊果然有個李逵原來孔目結交賊人二嫂你曉的拿賊要贓拿姦要雙如今那匾金環子在誰人收着〔搽旦云〕李孔目交與我收着哩〔趙令史云〕將來我看〔搽旦出環科〕〔趙令史云〕好一雙匾金環可不是梁山泊賊人帶的那人怎生模樣你記的麼〔搽旦云〕那人身材長大面皮黑色一部鬍鬚〔趙令史云〕可不是梁山泊賊人黑旋風山兒李逵如今上司畫影圖形排門粉壁捉拿他哩你如今將着這環子衙門中出首去我在大人案下替你分說二嫂我在那裏等你疾便早來〔搽旦云〕令史你如今先去衙門中等着我便來出首〔趙令史云〕我先去你快些來〔同下〕〔孤引趙令史劉唐史進上云〕下官府尹今日陞廳坐起早衙張千喝攛箱〔張千云〕在衙人馬平安〔搽旦云〕來到衙門首了寃屈也〔孤云〕張千拿過那婦人來〔搽旦見跪科〕〔孤云〕兀那婦人你告甚麼〔搽旦云〕婦人是李孔目第二個渾家李孔目結勾梁山泊賊人山兒李逵與他一隻金釵那賊漢回了四兩重一雙匾金環子大人不信呵則這便是金環〔孤云〕金環子正是梁山泊賊人帶的〔趙令史上云〕相公李孔目是執法吏怎麼交結強賊相公勾將他來仔細推問他果若是執法犯法此罪非小〔孤云〕便與我拿將來今日該誰當直〔史進云〕該史進當直〔劉唐爭科云〕該劉唐當直〔史進云〕劉唐該是我〔劉唐云〕史進你須與李孔目是一路人〔史進云〕哥是你當直罷〔孤云〕劉唐便與我拿將李孔目來者〔劉唐云〕理會的我出的這門來李孔目原來你也犯下了便好道讎人相見分外眼明我領着大人的言語拿李孔目去來〔下〕〔史

進云〕你看劉唐挾那舊讎拿哥哥去了爭奈嫂嫂染病我親自看哥哥走一遭去〔下〕〔趙令史云〕相公衙門無事請轉廳〔孤云〕趙令史我且轉廳等拿將李孔目來快報我知道〔同下〕〔正末同旦抱病上云〕我李孔目不想大嫂染病服藥不效不知是甚麼症候〔旦云〕孔目我這病覷天遠入地近眼見的無那活的人也〔正末云〕大嫂且自將息你那身子我好是煩惱也呵〔唱〕

〔仙呂點絳唇〕刷卷纔回從頭省會來家內大嫂又染病躭疾空着我兩下裏難支對

〔混江龍〕則為這虛名薄利生憂的鬢邊白髮故人稀孩兒又語言焦聒大嫂又性命顛危都則為一二載烟花新眷愛送了俺二十年兒女舊夫妻他與我生男長女立計成家如今便眼睜睜親看見摟着別人睡他便心腸似鐵怎不的怒氣如雷

〔旦云〕孔目我這病是憂思愁慮上得來的〔正末唱〕

〔油葫蘆〕俺家積趲下乾柴糴下米喒可便少甚的〔帶云〕大嫂這病若痊可了呵〔唱〕我可便謝天謝地謝神祇我不願金玉重重貴只願的兒女年年會我這裏自窨約多半日更有城中房店田中地我可便愁着不愁衣

〔天下樂〕你還待不吃不穿強支持我只要你將也波息這病體〔帶云〕僧住兒也〔唱〕你姨姨早晚在那裏〔倈云〕敢是請太醫去了也〔正末云〕多早晚去了〔倈云〕早辰間去了〔正末唱〕我晝卯呵來的早他請太醫直恁般遲我看

他請不來說箇甚的
〔旦云〕孔目你如今娶了這個婦人將俺那二十年兒女情分都拋撇的無了你則是向那婦人〔
正末唱〕
〔那吒令〕你恁般病也是自己害的我但開口便說順着小的他雖
不中你也不是箇善的那婆娘重一斤你十六兩無偏墜不由我冷
笑微微
〔鵲踏枝〕你駡他潑東西我心知您兩箇等秤稱來都一般輕重高
低誰與你挑唇料嘴辨別箇誰是誰非
〔云〕怎生這早晚不見二嫂來〔劉唐拏鎖條史進隨上云〕劉唐哥李孔目哥哥一時間不是了哥
哥休記舊讎〔劉唐云〕史進這是他自犯下來的教我怎生回護他早來到他門首我喚門去〔史
進云〕等兄弟喚門去哥哥開門來〔劉唐怒云〕怕驚了他家產婦過來等我叫李孔目開門開門
〔正末云〕甚麼人這等大驚小怪待我開開這門〔做見科〕〔正末云〕劉唐史進你做甚麼大驚小
怪的〔劉唐云〕怎生大驚小怪的你家裏不敢那〔正末唱〕
〔寄生草〕哎你箇狠公吏休唱叫〔帶云〕劉唐靠前來你看波〔唱〕俺家裏有
不快的〔劉唐云〕衙門中勾你哩〔正末唱〕為甚麼苫眉努目閑淘氣你來我
去無此二禮揎拳攞袖喬聲勢適纔箇打門時叫的你嘴皮乾〔帶云〕有
一日到衙門中呵〔唱〕我敢粗棍子杵的你腰節碎
〔劉唐云〕你要打我且等我今日鎖你一鎖〔正末云〕我伸與你脖子你敢鎖我麼〔劉唐云〕我怎

麽不敢鎖你〔正末云〕鎖可容易開可難大嫂只怕我有錯了的文案折證的明白我便來家也〔一同下〕〔旦云〕孔目不知爲甚麽勾當只怕那小婦告下狀來我又不快眼見的無那活的人也〔下〕〔孤引趙令史上云〕 差的劉唐勾李孔目去了這早晚還不見來〔劉唐史進拿正末上做見科〕〔劉唐云〕大人勾將李孔目來了也〔孤云〕張千拏過那婦人來〔張千拿搽旦跪科〕〔正末云〕大人有的事罪坐家長容小人自認怎生勾的二嫂來〔做問科云〕二嫂〔搽旦云〕大嫂迷了眼怎生叫二嫂〔正末云〕你有甚事在這裏〔搽旦云〕是你犯下事怕不連累着我那〔孤云〕李孔目你知罪麽〔正末云〕小人不知罪〔孤云〕李孔目有首告你結交强賊受了匾金環一雙你是執法的人怎生犯下這等勾當〔正末云〕大人可憐見小人是知法的人怎敢結交强賊並無此事〔一趙令史云〕 大人不打不招〔孤云〕與我打着者〔劉唐打末科〕〔孤云〕你從實招了罷〔正末唱〕

〔醉中天〕那裏有令史每結勾强賊理如今世上媳婦論丈夫的稀這金環也只在我家權頓寄我應當吃不出首的官司罪他亂打拷教我招承箇甚的一壁廂官司又臨逼我可甚家有賢妻

〔孤云〕劉唐與我打着者〔做打科〕〔正末云〕我那裏受的這般苦楚我知道了這婦人當初與趙令史有姦也要娶他來這是我的不是了也〔唱〕

〔後庭花〕告你箇掌王法的党太尉告你箇葫蘆提的包待制哎你箇有丈夫的蕭行首天也送了我的匾金環柳盜蹠一枝起一層皮暢好是腕頭着力可正官不威牙爪威直恁般有氣勢打到有五六十你休學俺做小的將普天下小婦每拘刷來一搭裏砧刀上剁做

肉泥大鍋裏熬做汁

(帶云)您不信試嘗波(唱)

(青哥兒)他則是一般一般滋味我吃了六問六問三推我如今手摑着胸膛悔後遲我當初憑着良媒取到我家裏換套兒穿衣揀口兒吃食這婆娘飽病難醫把贓物收執早報與官知斷送我頭皮我勸你這一火良吏再休把妓女娶爲妻則我是傍州例

(趙令史云)李孔目休閑說你招了罷(正末云)罷罷罷是我結勾强人來(孤云)既如此將李孔目下入死囚牢中去者(劉唐云)理會的上了枷送入牢中去(做枷押正末出門科)(街坊領俫兒上云)李孔目在衙門中我送這一雙兒女去可早來到也(做見科云)李孔目我每是街坊隣舍你大渾家亡化過了這是他一雙兒女我交付與你我回去也(下)(正末云)多謝多謝只因這婦人呵氣死我兒女夫妻罷罷罷(唱)

(賺煞)析倒了銅斗兒好家緣錦片似莊宅地他一剗的瞞心昧己湛湛青天不可欺誰承望財散人離見兒女哭啼啼(云)我眼見的無那活的人也這兩個孩兒要在他手裏過日子只得回嗔作喜告他一告二嫂(唱)我則索把你來央及你是必擡舉他來長大日(搽旦云)你放心的死我知道(正末唱)誰承望匾金環事起則爲我貪圖些小利(帶云)李孔目也(唱)今日箇得便宜翻做了落便宜(下)

(孤云)兀那婦人你隨衙聽候另日發落(詩云)莫怪咱貪酷王法無私曲只因趙令史送了李孔

目一對匾金環入官充罰贖若是蕭娥没老公今夜衙裏宿〔衆隨下〕

〔音釋〕帔音備　刷雙寡切　疾精妻切　的音底　祇音其　窨音蔭　約音杳　日人智切　十繩知切　息喪擠切　苫聲占切　揎音宣　攞羅上聲　逼音彼　黹張恥切　力音利　砧音針　汁張恥切　摑乖上聲　食繩知切　執張恥切　宅池齋切　剗音產　及更移切

第二折

〔劉唐上詩云〕手拿無情棒懷揣滴淚錢曉行狠虎路夜伴死尸眠自家劉唐便是今日李孔目結勾梁山泊强賊山兒李逵受了他一付匾金環招伏已定下在牢裏當初我誤了假限直聽打了我四十今日他也犯下來了下在牢裏與我拿出來〔史進拿正末上〕〔劉唐云〕舊規犯人入牢先吃三十殺威棒〔史進云〕這三十殺威棒就打死了看史進面皮饒了他罷〔劉唐云〕他今日也有哀告我的日子〔正末云〕哥哥休記舊恨〔劉唐云〕我不和你一般見識且入牢去〔正末入牢科〕〔劉唐云〕兀那李孔目我這一回有些悶倦你唱個曲兒我聽〔正末云〕我有甚麼心腸還唱曲兒〔劉唐云〕你若不唱我一頓棍子就打死你〔正末云〕哥哥小曲兒也罷〔劉唐云〕你不要唱舊的你當初怎生娶那小渾家他又怎生出首你都要唱在裏面〔正末云〕哥我唱我唱〔唱〕

〔中呂普天樂〕劉唐你是狠爹爹整折倒了我三箇月都則爲偷寒送煖我和他義斷恩絕那婆娘銜一味嫉妬心無半米着疼熱指望和意同心成家業到送的俺子父每兩處分別那婆娘這其間知他是醒也醉也我如今知他是死也活也僧住賽娘兒呵知

他是有也沒也
〔劉唐云〕史進我如今吃飯去你休解了他繩索我便來〔下〕〔史進云〕哥哥你當初上花臺做子弟怎生受用快活你說一遍我試聽咱〔正末云〕兄弟一言難盡我說你聽〔唱〕
〔商調集賢賓〕想着俺二十年把筆將儒業學〔帶云〕兄弟我為這婦人呵〔唱〕折倒了銅斗兒好窠巢怎承望浪包婁官司行出首送的箇李孔目坐禁囚牢豈不聞天網恢恢也是我自受自作赤緊的有疼熱大渾家亡過了想俺那小冤家苦痛嚎啕我不合癡心娶妓女倒將犯法罪名招
〔逍遙樂〕送的俺一家兒四分五落又不敢聲揚我則索心中暗約沒來由惹下風雹撞着這冤業難消又不曾把神靈觸忤着怎做的犯法違條我如今身纏鐵鎖項帶沉枷你教我怎得消搖
〔云〕兄弟也我且歇息一會咱〔做睡科〕〔史進云〕哥哥睡了我也歇息者〔二倈送飯上云〕我是李孔目的孩兒與俺爹爹送飯可早來到也爹爹爹爹〔正末醒科云〕兀的不是僧住賽娘的聲音史進兄弟〔史進醒科云〕哥哥怎的〔正末唱〕
〔醋葫蘆〕我恰纔困騰騰盹睡着牢門外誰唱叫聽多時認的語聲高為甚兩三番把兄弟廝定攬多敢是小冤家來到告兄弟休得怕勤勞
〔史進云〕這叫門的不是你兩個孩兒那〔正末云〕兄弟是僧住賽娘送飯來〔史進云〕我出去開

開這門〔做見科云〕真個是孩兒送飯來〔倈哭科〕〔詩云〕牢子哥哥把門開怎不教我淚盈腮兩個冤家別無事只爲負屈親爺送飯來〔史進哭科云〕孩兒痛殺我也你在這裏將飯來我拿與你老子吃去我關上這門哥哥孩兒送飯來你吃些〔做喂科〕〔正末唱〕

〔幺篇〕我將這一匙飯口內挑孩兒在牢門外叫了幾遭我爲甚兩下裏自量度〔倈叫科云〕爹爹〔正末唱〕孩兒我可也剛應的一聲猛搶了〔做噴史進身上科〕〔唱〕展汚了你衣服便休嗔鬧告兄弟可憐見且躭饒〔史進云〕汚了衣服不打緊哥哥你有甚麼言語〔正末云〕兄弟我眼見的無那活的人也着孩兒過來我看一看死也死的甘心〔史進云〕哥哥我着孩兒進來我開開這門孩兒跟我進來看你父親去〔史進引倈見末云〕〔倈云〕爹爹我送飯來〔正末云〕孩兒兀的不痛殺我也僧住你那頭上怎麼破了來〔倈云〕是二娘打破了來〔正末哭云〕孩兒兀的不痛殺我也〔唱〕

〔梧葉兒〕把孩兒相凌辱折倒的黃瘦了使不的你家富小兒驕頭上蝨如噴飯我心中如刀攪把衣服扯得似紙提條〔帶云〕哎喲僧住賽娘兒也〔唱〕這是兒女每沒爺娘的下稍

〔劉唐上云〕吃了幾杯酒牢中看賊去來開門來〔史進云〕劉唐來了也教孩兒且躱在一壁者〔做躱科〕〔史進云〕我開開這門哥哥來了也〔劉唐云〕史進你敢把囚人放了繩索來〔史進云〕您兄弟怎麼敢〔劉唐云〕我試看去〔做看科云〕兀的不鬆了繩索也這兩個小的是誰家的業種〔做打末倈科〕〔正末云〕哥哥只打我罷饒了這兩個小的〔唱〕

〔後庭花〕你看我痛煞煞怎動搖脊梁上粗棍子拷〔劉唐云〕這兩個業種

是那裏來的〔正末唱〕把僧住支殺的拖將去連賽娘合撲的帶了一交哥哥你莫心焦把往事從頭還報白日裏非草草牢獄中鬧炒炒將軍柱釘頭髮稍十字下滾肚索緊邦邦匣定脚

〔雙鴈兒〕我可甚上牀猶自想明朝養小來防備老不隄防哥哥驀來到哥哥你休躁暴孩兒難打熬

〔搽旦上云〕我在家中打那兩個業種一會兒不見了他我往牢裏看李孔目去牢子哥哥開門〔劉唐云〕甚麼人叫門我開開這門〔搽旦云〕哥哥我來看李孔目哩〔劉唐云〕你進去你那兩個小的也在這裏〔搽旦見科云〕好也你兩個小業種原來在這裏〔正末唱〕

〔柳葉兒〕這都是後堯婆兇惡把孩兒打拷搥揉狠牢子又來添繩索教我怎禁着哎你箇女多嬌則被你斷送我也地網天牢

〔劉唐云〕史進把李孔目下在後牢裏去〔史進云〕理會的〔史牽入科〕〔正末唱〕

〔浪裏來煞〕我眼見的一命拋也留不得三更到孩兒也你則去街坊鄰里宿今宵赤緊的着疼熱的親娘亡化早害的人七顛八倒天那這都是我五行中惡限怎生逃〔史進押末下〕

〔搽旦云〕劉唐哥哥我央及你我與你兩錠銀子你把李孔目盆吊死了可不好〔劉唐云〕你放心都在我身上〔搽旦云〕你若盆吊死了李孔目我再相謝若死了時和我說一聲兒〔下〕〔劉唐云〕要活的難要死的可容易那李孔目如今是我手裏物事搓的圓揑的匾拚得將他盆吊死了一來賺他幾個銀子使用二來也償了我平生心願我且吃杯酒去再來下手不為遲哩〔下〕

〔音釋〕月魚夜切 絕藏靴切 銜音腌 熱仁蔗切 業音夜 別皮耶切 學奚交切 巢鋤嘲切 作音早 嚎音豪 啕音逃 落音澇 罷巴毛切 着池燒切 眺頻上聲 度多勞切

第三折

〔劉唐上云〕我把李孔目盆弔死了如今拖他出去丟在死人坑裏〔做背屍出放下科云〕把李孔目屍首丟在這坑裏呀兀的不下雨了我回去罷〔下〕〔正末做醒科〕〔唱〕

〔雙調新水令〕一靈真性離了軀腔又被雨和風半空飄蕩我這裏頭暝眩眼獐狂七魄俱亡剗的醒回來怎承望

〔倈上云〕聽的人說俺爹爹死了我去看咱〔做見科云〕兀的不是俺爹爹〔做叫科〕〔正末唱〕

〔沉醉東風〕又不是夢兒中精神恍惚又不是身死後魂氣悠揚又不是實丕丕地獄間又不是虛飄飄天堂上多喒在鬼門關被叫轉還鄉待我手摸着心頭暗酌量畢竟個是真是謊

〔倈叫〕〔正末做開眼科〕〔唱〕

〔胡十八〕是那個扳我脊梁是那個摸我胸膛是那個把頭髮來揪肐膊來搪是那個喳喳的高叫在耳邊廂原來是僧住和賽娘他救到有半餉也則為父子每情切切因此上兒女每意慌慌

〔倈云〕爹爹你適纔已死了也是我每叫轉來的〔正末云〕兒也〔唱〕

〔喬牌兒〕這幾時在那方怎不見頻來往莫不是晨昏茶飯無人掌

瘦的你也損傷

〔倈云〕不要說起茶飯那二娘不打我也還好過〔正末哭科〕〔唱〕

〔落梅風〕苦也囉你沒了親娘偏留着二娘把你來打的個不成模樣常言道隔層肚皮隔垜牆怎想他知疼着痒

〔搽旦上云〕劉唐弔死了李孔目則怕他說謊我自看去兀的不是李孔目孔目也我來看你哩〔做哭科〕〔正末唱〕

〔沽美酒〕他他他假提着淚兩行怎覰他這趨蹌〔搽旦云〕孔目也我送衣服與你穿〔正末唱〕你大古是送千里寒衣女孟姜可教我忙也那不忙穿不的你那好衣裳

〔太平令〕令史呵賽張鼎千般智量哎你個蕭行首八步周行儘着你風流情況做出些輕狂勢相我這裏左想右想不見了僧住賽娘〔搽旦云〕這不是僧住賽娘〔正末唱〕兒也和俺李孔目一般悲愴

〔搽旦云〕孔目你敢餓了我去備些茶飯來與你吃〔下〕〔正末唱〕

〔川撥棹〕那婆娘他覰咱如糞壤公然的作禍爲殃巴不得中箭着鎗還有甚心忙意慌待將咱好供養

〔七弟兄〕這場去向又做出甚商量浪包婁轉眼機謀廣惡公人狠似虎和狼恨不的把我潑殘生逼勒登時喪

〔搽旦叫科〕劉唐劉唐〔劉唐上云〕孔目娘子你叫我怎麽〔搽旦云〕我央及你盆弔死李孔目怎

生又活了〔劉唐云〕要活的難要死的易我着他還牢去〔搽旦云〕若死了呵我再與你一錠銀子〔下〕〔劉唐云〕這打不死的賊果然又活了你依還牢裏去〔正末云〕劉唐哥我也曾替你同在衙門中來直這般狠也〔唱〕

〔梅花酒〕哀告你個劉唐可憐我媳婦先亡兒女悽惶我又遭着官防你也曾共府同堂豈沒半點情腸只指望旱苗逢澍雨怎忍教枯草打嚴霜願哥哥做主張暫寬我片時光便今生死甘當來世裏把恩償

〔劉唐云〕你是死罪重犯則除死罷了不死怎麼放得你在外面快還牢去〔做拖末科〕〔正末唱〕

〔收江南〕呀他把我死羊般拖迸入牢房依舊硬邦邦匣定在囚牀便鐵石人看見也心傷非是俺口強則不如早些兒死了落可便早收場

〔劉唐拖正末科〕〔正末唱〕

〔鴛鴦煞〕橫拖倒拽牢門上前合後偃回頭望囑付了僧住叮嚀與賽娘暢道拖出我牢門和你娘墳同葬燒一陌紙澆一碗涼漿欲要俺父子每團圓則除是做一個夢兒想〔劉唐拖正末同下〕

〔音釋〕瞑音面　眩虛眷切　搪音唐　餉賞去聲　蹌音蹡　澍音樹　迸本去聲

第四折

〔李逵上詩云〕上山鞋履不聞聲下山鑼鼓便齊鳴驀然一陣風來處知是强人帶血腥某山兒李

逵是也今有李孔目爲我下在死囚牢裏我問宋江哥哥告了一個月假限將着一包袱金珠財寶下山去搭救李孔目走一遭去（詩云）拜辭了宋江哥哥並不辭道路奔波此一去亡生捨死救孔目出地網天羅（下）（史進上云）自家史進便是如今李孔目被劉唐盆吊死了誰想又活了復還入牢中我須看他走一遭去（外扮阮小五冲上）（詩云）澗水潺潺繞寨門野花斜插滲青巾帶糟渾酒輪盆飲葉子黃金整秤分某乃宋江手下頭領綽號活閻羅阮小五的便是奉宋江哥哥將令着我持兩紙書招安史進劉唐我遠遠的跟着說這個人是史進我試問咱（做見科云）敢問尊兄貴姓（史進云）在下史進（阮小五云）既是史大哥俺宋頭領着我送書來請哥哥上山（史進接書科）（劉唐撞上扭住云）好也你原來結交梁山泊好漢（史慌科云）不是不是（阮小五云）此位是誰（劉唐云）在下劉唐（阮小五云）宋頭領也有書與哥哥（史扯劉科云）好也你原來結勾梁山泊强人（劉唐云）罷罷罷俺一同到牢中救了李孔目同上梁山見及時雨去來（同下）（扶末阮隨上科）（正末唱）

〔中呂粉蝶兒〕躲離逃災行行裏兩步一驀行不動東倒西歪則我這五魂絕七魄散撇在九霄雲外流淚盈腮恰便似蝴蝶兒滾成一塊

〔醉春風〕則我這兩隻脚似騰空魂靈兒如渡海想着那婆娘一片狠心腸暢好是歹歹這都潑令史使的機謀狠公人出的氣力爭些兒李孔目被他殘害

（李逵冲上云）留下買路錢者（劉史做躲阮小五拔刃科云）來人休得造次（正末云）兀的不諕

殺我也〔唱〕
〔上小樓〕你可便恰纔到來他便待將咱殺壞諕的我戰戰兢兢悠悠蕩蕩跪在塵埃猛擡頭覷覷了失驚打怪〔帶云〕我道是誰〔唱〕原來是匾金環故人猶在

〔云〕太保你認的我麼〔李逵云〕你是誰〔正末云〕我是李孔目〔李逵云〕誰是李孔目〔正末云〕則我便是李孔目〔李逵詩云〕我聽言罷笑盈腮慌忙扶上土坡臺雲影萬重疑是夢月明千里故人來哥哥你認的兄弟麼則我便是山兒李逵〔正末唱〕

〔十二月〕這一場天來大利害則爲那匾金環惹禍招災〔李逵云〕哥哥你既在牢裏怎能勾出來〔正末唱〕這都是劉唐打開了牢獄史進救了我屍骸今日得遇你箇英雄劍客恰便似鬼使神差

〔李逵云〕哥哥這事怎生犯了來〔正末唱〕

〔堯民歌〕則被那浪包婁出首不須猜〔李逵云〕官府怎麼就信了他〔正末唱〕則這匾金環早做了我犯由牌〔李逵云〕那小婦好狠也〔正末唱〕爲受了些磣可可濕肉伴乾柴〔李逵云〕不想今日遇着兄弟還有性命也〔正末唱〕恰便似九重天飛下紙赦書來好教我傷也波懷都是命合該到今朝纔跳出這連環寨

〔李逵云〕哥哥你怎生得出這牢門來〔正末云〕兄弟這裏有兩個大恩人你和他相見咱〔李逵云〕在那裏〔正末云〕兩個兄弟來與李逵兄弟相見者〔劉史上見科〕〔李逵云〕二位是誰〔正

末云）這個便是劉唐史進（李逵云）兩位哥哥當日我到東平府來改名李得本奉宋頭領將令着我下山招安你兩個不想爲打死了人是李孔目救我性命迭配沙門島去不曾見的你哩（劉唐云）俺一齊上梁山見宋江哥哥去（趙令史搽旦倈兒同上）（搽旦云）趙令史有這兩個業種被他牽帶不便不如在這曠野裏你將他勒死了罷（趙令史云）我知道（做勒科）（李逵云）兀的不有人來也俺趕將去（趙令史云）有人來了俺走走走（同搽旦下）（李逵同劉史趕下）（阮小五云）李山兒趕人去了有兩個小的勒死在這裏想那人也是不良的（正末做看科云）兀的不是僧住賽娘被姦夫淫婦勒死了我索救孩兒咱（唱）

（快活三）我連忙將繩解開早是我快疾來猛然見了覷明白險些兒活驚殺

（朝天子）早是我到來救的你醒來怎忍見屈死在荒郊外想着他淫婦姦夫其情忒歹只待要斬絕了咱家代他使着毒害做這場佈擺據情理難容貸天也不蓋地也不載哎則俺那賢惠嫂今何在

（李逵同劉史拿趙令史搽旦上云）哥哥拿住姦夫淫婦了也將他兩個剖腹剜心俺做按酒（阮小五云）將這兩個潑男女拿到梁山上殺壞與李孔目同見我宋頭領去（正末唱）

（耍孩兒）你將咱做死的般相看待怎知道還能鬧閻却元來你也自投下捨身崖倒要我替你扛擡蕭娥呵你在丈夫面上偏生狠令史呵你在官府前頭使盡乖到今日還咱債可不道讎人相見分外明白

〔二煞〕想着你黑的是心白的是財只要圖人性命將人害且看鬼門關上誰先到枉死城中那個該畢竟是行短的天教敗少不得將你心肝百葉做七事家分開

〔宋江一行冲上云〕某宋江是也昨差阮小五招安劉唐史進去了又差山兒李逵救李孔目都不見上山來小僂儸踏着山岡看他來時報復我家知道〔正末同李阮劉史拿趙令史搽旦倈兒上見宋江科〕〔李逵云〕哥哥你兄弟來了也〔宋江云〕你每都來了也誰是李孔目劉唐史進〔李逵云〕這個是李孔目這個是劉唐這個是史進〔宋江云〕兀那綁縛的是誰〔李逵云〕這婦人是出首李家兄弟的叫做蕭娥〔阮小五云〕燒鵝倒也好配酒〔李逵云〕那廝是趙令史是這婦人的姦夫〔宋江云〕那兩個小的呢〔李逵云〕這叫僧住賽娘是李家兄弟一雙兒女〔宋江云〕李孔目劉唐史進都做山上頭領將這兩個潑男女剖腹剜心與李孔目雪恨報仇一面殺羊造酒做個慶喜筵席〔正末同劉史拜科云〕多謝了哥哥〔唱〕

〔煞尾〕謝仁兄拔救死再生似枯枝得雨花再開將姦夫淫婦都殺壞方顯的義氣仁風播四海

〔宋江詩云〕俺梁山泊遠近馳名要替天行道公平忠義堂施呈氣概結交盡四海豪英差李逵下山探聽到東平偶見相爭只一拳將人打死被官司拷打招承論律法本該抵命李孔目搭救殘生李山兒知恩圖報送金環聊表微情被小婦當官出首將孔目熬盡嚴刑阮小五入牢打探兼請他劉史同行蕭行首剜心剖腹趙令史號令山城今日個英雄聚會一個個上應罡星早准備慶喜筵席顯見的天理分明

〔音釋〕活音和　殺音晒　潺鋤山切　滲森去聲　貸音泰　剜碗平聲　鬧爭去聲　閏音
僨　罡音剛

題目　李山兒生死報恩人
正名　都孔目風雨還牢末

都孔目風雨還牢末雜劇

涇河岸三娘訴恨
倣王左手筆

洞庭湖柳毅傳書
珍倣宋版印

洞庭湖柳毅傳書雜劇

元　尚仲賢撰
明吳興臧晉叔校

楔子

〔外扮涇河老龍王領水卒上〕〔詩云〕羲皇八卦定乾坤左右還須輔弼臣死後親承天帝命獨魁水底作龍神吾神乃涇河老龍王是也我孩兒涇河小龍有洞庭湖老龍的女兒叫做龍女三娘娶為小龍媳婦琴瑟不和使我心中甚是不樂且待小龍孩兒來看有甚麼說話〔淨扮小龍上詩云〕堂堂作靈聖小鬼害癆病身邊沒陰人就死也乾淨小聖乃涇河小龍是也有我父老龍與我娶了個媳婦是龍女三娘我與他前世無緣不知怎麼說但見了他影兒煞是不快活我今到父王面前搬唆幾句言語撚他去了卻不好哩〔做見科云〕父親你與我娶了個媳婦他性兒乖劣至今不與我相和倚恃他父叔神通發猛的要降着我連父親也不看在眼裏這等不賢之婦我要他怎的〔老龍云〕有這樣事叫那小賤人來我自有處治〔水卒云〕理會的龍女三娘安在〔正旦扮龍女上云〕妾身是洞庭湖龍女三娘俺父親母親將我嫁與涇河小龍為妻頗奈涇河小龍為婢僕所惑日見厭薄因此上俺兩個琴瑟不和今日公公呼喚不知有甚事須索走一遭去〔做見科云〕公公喚您媳婦兒有何事〔老龍云〕你怎生性子乖劣不與小龍相和若是回心轉意便罷若不肯時我便有發落你處不道的輕輕饒了你也〔正旦做跪科云〕公公非關媳婦兒事這都是小龍聽信婢僕無端生出是非媳婦也是龍子龍孫豈肯反落魚鰕之手〔老龍云〕唗你看他我面前尚然口強難怪我小龍兒也鬼卒與我剝下他冠袍送他涇河岸邊牧羊去〔詩云〕夫妻何事不相投罰

去看羊過幾秋饒他掬盡涇河水難洗今朝一面羞〔下〕〔正旦做歎科云〕嗨着我向涇河岸上牧羊去我怎生受的這般苦楚艱難也呵〔唱〕

〔仙呂端正好〕我則爲空負了雨雲期却離了滄波會這一場抵多少水盡鵝飛早是我受不過狠毒的兒夫氣更那堪不可公婆意

〔幺篇〕因此上撥下這牧羊差粧出這撈龍計想他每無恩義本性難移着我向野田衰艸殘紅裏離鳳閣近漁磯蓬蟬鬢蹙蛾眉愁荏苒淚淋漓想父母共親戚哎天那知他何日得重完備〔下〕

〔音釋〕 唆音梭　撚尼蹇切　降奚江切　强音絳　看平聲　那音挪　荏壬上聲　苒音冉

戚倉洗切　重平聲

第一折

〔沖末扮柳毅老旦扮卜兒上〕〔卜兒詩云〕教子攻書志未酬桑榆暮景且淹留月過十五光明少人到中年萬事休老身姓張夫主姓柳早年亡逝身邊止有一子名喚柳毅今年二十三歲了奈因家貧不曾婚娶孩兒幾時是你那崢嶸發達的時節也〔柳毅云〕母親恁孩兒學成滿腹文章如今春榜動選場開您孩兒欲要進取功名去但得一官半職榮耀門閭母親意下何如〔卜兒云〕孩兒進取功名是你讀書的本等則要你着志者〔柳毅云〕則今日是吉日良辰辭别了母親便索長行也〔做拜别科〕〔下〕〔卜兒云〕孩兒去了也眼望旌捷旗耳聽好消息〔下〕〔正旦上云〕妾身是龍女三娘俺公公信着那涇河小龍業畜的言語着我在涇河岸上牧羊這那裏是個羊都是些懶行雨的雨工雨工則今日風雲未遂我與你俱淪落在水濱河嘴恰好是一樣煩惱也呵〔唱〕

〔仙呂點絳唇〕魂斷頻哭夢回不覩逢春暮甚日歸湖備把這離愁訴

〔混江龍〕往常時淩波相助則我這翠鬟高插水晶梳到如今衣裳襤褸容貌焦枯不學他蕭史臺邊乘鳳客却做了武陵溪畔牧羊奴思往日憶當初成繾綣效歡娛他鷹指爪蟒身軀忒躁暴太麄踈但言語便喧呼這琴瑟怎和睦〔帶云〕俺那龍呵〔唱〕可曾有半點兒雨雲期〔云〕想着我在洞庭湖裏怎生受用快活如今折得這般兀的不愁殺人也〔唱〕敢只是一剗的雷霆怒則我也不戀您榮華富貴情願受鰥寡孤獨

〔油葫蘆〕則我這頭上風沙臉上土洗面皮惟淚雨髩髮鬔鬆除是冷風梳他不去那巫山廟裏尋神女可教我在涇河岸上學蘇武這些時坐又不安行又不舒猛回頭凝望着家何處只落的一度一嗟吁〔云〕我修的一封家書在此怎得個便人寄去可也好〔唱〕

〔天下樂〕俺家在南天水國居就兒裏非無尺素書奈衡陽不傳鴻鴈羽黄犬又筋力疲錦鱗又性格愚幾遍家待相通常間阻

〔柳毅上詩云〕客裏愁多不記春聞鶯始覺柳條新年年下第東歸去羞見長安舊主人小生柳毅是也如今是大唐儀鳳二年上朝應舉命運不利落第東歸有一故人在於涇河縣作宦小生就順路去訪他一遭此間乃是涇河岸側遠遠望見一個婦女牧羊好生奇怪〔做看科云〕你看他嚬眉凝睇如有所待不免向前問他一聲小娘子拜揖〔正旦云〕先生萬福請問仙鄉何處高姓大名因

甚到此〔柳毅云〕小生淮陰人氏姓柳名毅爲應舉下第偶然打此處經過小娘子你姓甚名誰爲何在此牧羊也〔正旦云〕妾身是洞庭湖龍女三娘俺父親將我嫁與涇河小龍爲妻頗柰涇河小龍躁暴不仁爲婢僕所惑使琴瑟不和俺公公着我在這涇河岸上牧羊每日早起夜眠日炙風吹折倒的我憔瘦了也我如今修下家書一封爭柰沒人寄去恰好遇着先生相煩稍帶與俺父親但不知先生意下肯否〔柳毅云〕我乃義夫也聞子之言氣血俱動有何不肯只是小娘子當初何不便隨順了他免得這般受苦〔正旦云〕先生你不知聽我說一遍〔唱〕

〔那吒令〕爲一言半語受千辛萬苦受千辛萬苦想十親九故想十親九故在三江五湖可憐我差遲了這夫婦情錯配了這姻緣簿都則爲俺那水性的兒夫

〔柳毅云〕小娘子你那夫主怎生利害你說一遍與我聽咱〔正旦唱〕

〔鵲踏枝〕嗔忿忿腆着胸脯惡哏哏豎着髭鬚但開口吐霧吹雲那裏是噀玉噴珠輕咳嗽早呼風喚雨誰不知他氣捲江湖

〔柳毅云〕小娘子你家在那裏住離此涇河多遠哩〔正旦唱〕

〔寄生艸〕妾身離鄉故到外府遶着這野塘千里紅塵步遙隔着殘霞一縷青紗霧望不見寒波萬頃白蘋渡〔柳毅云〕我看小娘子中注模樣想也決不是以下人家莫非在鵁鶄殿中生長的麼〔正旦唱〕休道是妾身鵁鶄殿中生多則在儂家鸚鵡洲邊住

〔柳毅云〕呀小娘子據你這般說你家在洞庭湖水中我便要替你稍書塵凡隔絕怎生到得那處

〔正旦出書金釵科云〕既蒙先生許諾我自有路徑指引你去俺那洞庭湖口上有一座廟宇香案邊有一株金橙樹里人稱爲社橘你可將我這一根金釵兒擊響其樹俺那裏自有人出來〔唱〕

〔幺篇〕則俺那裏近沙浦有廟宇到廟前將定金釵股香案邊擊響金橙樹覷水中閃出金沙路走將那巡海的夜乂來敢背將你個寄信的先生去

〔柳毅云〕既如此我與你做個傳書使者但你異日歸於洞庭是必休避我也〔正旦云〕豈但不避大恩人便是我親戚一般哩〔唱〕

〔賺煞〕俺爲甚麼懶上鳳凰臺羞對鴛鴦浦則爲那霹靂火無情的丈夫是則是海藏龍宮曾共逐世不曾似水如魚謾躊躇影隻形孤只我這淚點兒多如那落花雨多謝你有心腸的鴈足可着我便乘龍歸去〔做拜科〕〔唱〕全在這寄雙親和淚一封書〔下〕

〔柳毅云〕知他是神是鬼且將這書直至洞庭湖廟前走一遭去〔詩云〕涇河岸偶遇三娘訴離愁兩淚行行如今去洞庭湖上將此書寄與龍王〔下〕

〔音釋〕過平聲　哭音苦　襤音藍　褸音呂　繾音遣　綣音眷　睦音暮　阿何哥切　鰥音關　獨東盧切　朝音潮　睇音地　哏狠平聲　噀詢去聲　嘖平聲　鳷音支　長音掌　使去聲　藏去聲　逐長如切　足臧取切　行音杭

第二折

〔柳毅上云〕小生柳毅自離了龍女三娘可早來到這洞庭湖也元來這湖口上果然有一座廟宇

廟前有一株金橙樹這等看起來那龍女所云真不虛矣我如今取出這金釵兒擊響此樹咱〔做擊科〕〔淨扮夜义上詩云〕湖上顯神通作浪與興風不識蝦元帥唯言鱉相公小聖乃巡海夜义是也不知甚人擊響金橙樹小聖分開水面我是看咱兀那廝你是何人爲甚麼擊響這金橙樹〔柳毅云〕小生是淮陰秀才叫做柳毅我要見你洞庭君自有說的話哩〔夜义云〕兀那秀才你合着眼跟的我去來〔同下〕〔外扮洞庭君同老旦扮夫人上云〕吾神乃洞庭湖老龍是也今有我女孩兒龍女三娘嫁與涇河小龍爲妻自從去後音信皆無使我甚是放心不下今日時當卓午我聽太陽道士講道德經未完傳報有人擊響金橙樹我已着巡海夜义問去了這早晚敢待來也〔夜叉同柳毅上〕〔夜义云〕兀那秀才你則在這裏候着〔柳毅云〕理會的〔夜义做報科云〕喏報的上聖得知有一秀才擊響金橙樹他說要親見上聖自有說話〔洞庭君云〕着他過來〔柳毅見驚拜科〕〔老龍云〕水府幽深寡人暗昧秀才你是那裏人氏涉險而來何以教我〔柳毅云〕小生淮陰人氏姓柳名毅因落第東歸偶打涇河岸過見一婦人乃是龍女三娘在那裏牧羊折倒的容顏憔瘦全不似往日了着我稍帶一封家書來尊神請看〔做遞書洞庭君接與夫人同看做驚悲科〕〔老龍云〕有這等事〔做謝科云〕秀才多虧你也寄書到此遠路勞神〔夫人哭云〕嗨我的兒似此呵怎了也〔洞庭君云〕住住住夫人休得大驚小怪恐防兄弟火龍知道兀那秀才且請到明珠宮少坐左右一壁安排茶飯款待秀才也〔夜义同柳毅暫下〕〔外扮錢塘君上詩云〕滿目霞光籠宇宙潑天波浪滲人魂鼻中衝出千條焰翻身捲起萬堆雲吾神乃火龍是也哥哥是洞庭老龍爲甚將俺閉居在此只因俺在唐堯之時差行了兩害得天下洪水九年因此一向罰在這錢塘水簾洞受罪今日無甚事到洞庭湖探望哥哥走一遭去可早來到也夜义報復去道我來了也〔夜义做報科

云〕喏報的上聖得知有錢塘火龍來了也〔洞庭君云〕道有請〔夜叉云〕請進〔做見科云〕哥哥嫂嫂小聖來了也〔洞庭君云〕兄弟請坐〔錢塘君云〕哥哥這海藏裏怎生有一陣生人氣〔洞庭君云〕兄弟俺這裏有一凡間秀才說着緊要的事兄弟你且迴避咱〔錢塘君云〕您兄弟知道我出的這門來且不去我在這裏聽他說甚麼〔洞庭君云〕夫人適間柳先生說俺女孩兒折倒的憔悴了也〔夫人云〕俺女孩兒書上明說涇河小龍惑于嬖妾琴瑟不和罰在涇河岸上牧羊〔做悲科云〕想我女孩兒怎麼受得這般羞辱大王何不早早差人接取回家〔洞庭君云〕夫人說輕些則俺錢塘兄弟在此倘或被他知道撥動他這個性子可怎了也〔錢塘君云〕原來是這等頗柰涇河小龍無禮着俺龍女三娘在于涇河岸上牧羊辱沒我的面皮哥哥你便瞞我我却忍不得了也則今日點就本部下水卒我頓開鐵鎖直遶天堂親見上帝訴我衷腸說他無義業畜怎敢着俺龍女牧羊忙將水卒點不索告龍王管取涇河岸翻作漢洋江〔下〕〔夜叉云〕喏報的上聖得知有火龍領本部下水卒與涇河小龍鬬勝去了也〔洞庭君云〕這等可怎麼了那柳秀才且莫要使他知道恐怕這一場廝殺非小驚動上客不當穩便一壁點起水卒接應兄弟去走一遭〔詩云〕聽言罷忙離海藏駕雲霧空中自降若走了涇河小龍直趕到九重天上〔同夫人夜叉下〕〔小龍領水卒上云〕我是涇河小龍是也為因龍女三娘不肯隨順罰他在涇河岸上牧羊不知那一個天殺的與他寄信回去今有錢塘火龍到來要和我鬬勝大小水卒聽吾神旨擺開陣勢火龍這早晚敢待來也〔錢塘君上云〕水卒一字兒擺開者兀那業畜量你到的那裏我與你交戰咱〔調陣子科〕〔小龍云〕我近不的他走走走〔下〕〔錢塘君云〕這廝神通淺短法力低微近不的吾神走了也我不管那裏趕將他去〔下〕〔小龍慌上云〕三十六計走為上計我近不的他我如今走那裏去只得變做個小蛇

兒往這淤泥裏趕了罷〔錢塘君再上云〕趕到這裏可怎生不見了〔做看科云〕元來這廝害怕變做個小蛇兒趕在這淤泥裏便待乾罷我且拏起來只一口將他吞於腹中看道可還有本事爲非作歹哩我如今收兵奏凱回俺哥哥話去也〔下〕〔涇河老龍上云〕吾神涇河老龍是也今有錢塘火龍與俺小龍鬬勝未知勝敗我使的雷公電母看去了這早晚敢來報捷也〔正旦改扮電母兩手持鏡上云〕這一場廝殺非同小可也呵〔唱〕

〔越調鬬鵪鶉〕他兩箇天北天南海西海東雲閉雲開水淹水衝烟罩烟飛火燒火烘卒律律電影重古突突霧氣濃起幾箇骨碌碌的轟雷更一陣撲簌簌的怪風

〔紫花兒序〕險驚殺了負薪的樵子慌殺了採藥的仙童諕殺了撒網的漁翁全不見紅蓮映日翠蓋迎風遮籠都是那鬼卒神兵四下攻則俺這兩隻脚爭些兒踏空可擦擦墜落紅塵〔帶云〕報報報喏〔唱〕兀的不跌破了我青銅

〔老龍云〕電母你從那雲霧中來看道那一家喜色旺氣雷公電母顯靈通掣電轟雷縹緲中兩陣相持分勝敗盡在來神啓口中這場廝殺是那一家敗那一家勝電母你可喘息定了慢慢的說一遍咱〔電母云〕端的這一場好鬬勝也〔唱〕

〔小桃紅〕那小龍大開水殿飲金鍾廝琅琅幾部笙歌送不覺的天邊黑雲重昏鄧鄧敢包籠忽剌剌半空霹靂聲驚動古都都揭了瓦隴吸哩哩提了斗栱滴溜溜旱翻過水晶宮

〔老龍云〕那火龍大施勇烈俺小龍不忿爭强這壁廂火光燦燦接天關那壁廂風雨颼颼迷地角端的是江翻海沸地震山搖火龍怎生發怒小龍怎的支持電母你慢慢的再說一遍與我聽　〔電母唱〕

〔紫花兒序〕忽的呵陰雲伏地渰的呵洪水滔天騰的呵烈火飛空涇河龍逃歸碧落錢塘龍趕上蒼穹兩條龍的威風怕不喊殺了鱉大夫黿將軍鼉相公這其間各賭神通早翻過那海島十洲只待要拔倒了華岳三峯

〔老龍西江月詞云〕那火龍倚仗他狂烟烈火俺小龍施展他驟雨飄風火來雨去勢洶洶各自當場賣弄火起雨能相滅雨飛火又來攻二龍爭鬭在長空還是誰家最勇俺小龍神通廣大變化多般量火龍到的那裏你且喘息定了再說一遍〔電母唱〕

〔鬼三台〕兩條龍身軀縱震的那乾坤動惡哏哏健勇赤焰焰滿天紅一撞一衝則教你心如鉄石也怕恐便有那銅山鉄壁都沒用錢塘龍逆水忙截涇河龍淤泥裏便劗

〔老龍云〕當日那龍女三娘在涇河岸上牧羊他父母都在洞庭湖中相隔遥遠若沒個人與他寄信怎生知道你慢慢的再說一遍〔電母云〕上聖不厭絮煩聽俺說來〔唱〕

〔調笑令〕尀柰那業龍說與俺老家公則爲這龍女三娘惹下禍叢想他在涇河岸上愁千種悶懨懨蹙損眉峯暗修下訴控雙親書一封哭啼啼盼殺賓鴻

〔帶云〕這寄書人俺也打聽來他是淮陰人氏叫做柳毅〔唱〕

〔禿廝兒〕恰是這三娘命通更和那柳毅兩下相逢可是他從頭至尾言始終寄書到洞庭中也麽龍宮

〔老龍云〕原來是凡人柳毅與他寄書到洞庭湖去不知他那父母見了書呈可是怎生〔電母唱〕

〔聖藥王〕爺讀了怒滿胸娘聽了珠淚傾是他那哭聲兒吹入翠簾籠錢塘龍忿氣雄粗鐵索似撚葱早磕塔頓開金鎖走蛟龍撲騰的飛過日華東

〔老龍云〕那火龍雖則英勇俺涇河龍呼的風喚的雨騰的雲駕的霧部下有水卒鬼兵神通變化怎的便弱與他你再說一遍我試聽咱〔電母唱〕

〔拙魯速〕則喒這水卒有兩三重鬼兵有數百種並沒那半星兒放鬆一謎裏便沖無非是魚鱉黿鼉共隨從緊攔縱陣面上交攻將他來苦淹淹廝葬送

〔幺篇〕落陣處亂蓬蓬着傷處鬧茸茸他每都扣斷了紅絨搭撒了熟銅絃絶了雕弓劍缺了霜鋒將他來難移難動没歇没空廝推廝擁劈丟撲鼕水心裏打沐桶

〔老龍做悲科云〕誰想俺家輸了也兀那電母如今俺小龍在那裏〔電母云〕還想小龍哩他趕的慌了變做一條小蛇藏在淤泥裏面被火龍一口吞入腹中好可憐人也〔唱〕

〔收尾〕則他走金蛇電影內將神威弄你覷那霸橋北涇河岸東俺

只見淹淹的血水渲做江湖和着這滾滾的屍骸煉做坵塚〔下〕〔老龍云〕誰想我水府事情倒落凡人之手坑殺俺小龍兒也且索寧奈慢慢尋個計策報讐便了〔詩云〕何處一迂儒公然敢寄書滅我潛龍種搶去牧羊奴恨小非君子無毒不丈夫終當逞威力填滿洞庭湖〔下〕

〔音釋〕滲森去聲 淤音于 罩嘲去聲 轟音烘 空去聲 掣音徹 刺音辣 鼉音陀 竇音拱 種上聲 傾逼容切 撧疽且切 從去聲 茸音戎 熟裳由切 搭匡雅切 渲疎選切

第三折

〔洞庭君領水卒上云〕吾神乃洞庭老龍是也有兄弟錢塘火龍與涇河小龍鬬勝去了未知勝敗如何這早晚敢待來也〔夜叉上報云〕喏報的上聖得知有火龍得勝回來也〔洞庭君云〕快擺隊伍迎接去〔錢塘君上見科云〕哥哥您兄弟得勝回來也〔洞庭君云〕不害生靈麼〔錢塘君云〕六十萬〔洞庭君云〕不傷禾稼麼〔錢塘君云〕八百里〔洞庭君云〕薄情郎安在〔錢塘君云〕你問他怎麼被吾吞在腹中了也〔洞庭君云〕這個也罷他須不仁你也太急性子若上帝不見諒時怎麼是好〔錢塘君云〕哥哥也與你出了這口氣您兄弟沒有使性處忍不的了也〔洞庭君云〕兄弟有句話與你商量想當初若不是柳秀才寄書來豈有咱女孩兒的性命道不的個知恩報恩左右與我請將柳秀才來者〔夜叉云〕柳秀才有請〔柳毅上云〕小生柳毅自從來到洞庭湖在這海藏裏住了好幾日龍王呼喚不知有甚事須索見去〔做見科〕〔洞庭君云〕兀那秀才多虧你稍書來救了我的龍女三娘如今就招你為壻你意下如何〔柳毅背云〕想着那龍女三娘在涇河岸上牧羊

那等模樣憔悴不堪我要他做甚麼〔回云〕尊神說的是什麼話我柳毅只為一點義氣涉險寄書若殺其夫而奪其妻豈足為義士且家母年紀高大無人侍奉情願告回〔錢塘君做怒科云〕秀才料想我姪女兒儘也配得你過你今日允了便罷不允我與你俱為糞壤休想復還〔柳毅笑云〕錢塘君差了也你在洪波中揚鬐鼓鬣掀風作浪儘由得你今日身被衣冠酒筵之上却使不得你那虫蟻性兒〔錢塘君作揖謝云〕俺一時醉中失言甚是得罪只望秀才休怪〔洞庭君云〕兄弟如此纔是既然秀才堅執不肯我豈可强他左右與我請出龍女三娘拜謝他寄書之恩再將些金珠財寶相送回去者〔夜叉云〕理會的龍女三娘有請〔正旦上云〕自從俺那叔父錢塘火龍救的我重到這洞庭湖裏來我這一場多虧了寄書的柳毅秀才今日父親在水殿上安排筵席管待那秀才喚我出來必然是着我謝他我想這恩德如同再生一般豈是一拜可能酬答也呵〔唱〕

〔商調集賢賓〕則俺那寄書來的秀才錯立了身怎能勾平步上青雲則為他長安市不登虎榜救的我涇河岸脫離羊羣他本望至公樓獨占鰲頭今日向洞庭湖跳過了龍門則我這重疊疊疊的眷姻可也堪自哂若不成就燕爾新婚我則待收拾些珍寶物報答您大恩人

〔做行科唱〕

〔金菊香〕則我這凌波襪小上堦痕手提着瀝水湘裙與你入殿門在這渾金椅前〔做見二親科唱〕參了二親那一場電走雷奔〔做見錢塘科〕

〔唱〕駕風雲的叔父你可也索是勞神

〔錢塘君云〕姪女兒不苦了我只怕苦了你也〔洞庭君云〕你若非柳先生怎有今日你過來拜謝了他者〔正旦唱〕

〔梧葉兒〕我這裏掩着袂忙趨進改愁顏做喜欣〔做拜謝科〕〔唱〕施禮罷敘寒温你水路上風波惡旱路上程限緊似這等受辛勤你索是遠路風塵的故人

〔柳毅云〕這一位女娘是誰〔洞庭君云〕則這個便是我的女孩兒龍女三娘〔柳毅云〕這個是龍女三娘比那牧羊時全別了也早知這等我就許了那親事也罷〔正旦做斜看嘆云〕嗨可不道悔之晚矣〔唱〕

〔後庭花〕俺滿口兒要結姻他舒心兒不勘婚信口兒無回話剗的偷睛兒橫覷人我這裏兩眉顰他則待暗傳芳信對面的辭了親就兒裏相逗引俺叔父敢則嗔那其間怎的忍吼一聲風力緊吐半天烟霧昏輕喝處攝了你魂但抹着可更分了你身你見他狠不狠他從來恩不恩

〔柳毅云〕小生凡人得遇天仙豈無眷戀之意只爲母親年老無人侍養因此辭了這親事也是出于不得已耳〔正旦唱〕

〔柳葉兒〕秀才也敢教你有家難奔是是是熬不出寡宿孤辰誰着你自攬下四海三江悶你端的心兒順意兒真秀才也便休愁暮雨朝雲

〔洞庭君云〕秀才既要回去寡人設有小筵以表謝意一壁廂奏動鼓樂我兒你送秀才一杯酒者
〔正旦做送酒科唱〕
〔醋葫蘆〕既不得共歡娛伴繡衾還待要獻殷勤倒玉樽只怕他閣着酒杯兒未飲早醉醺醺〔洞庭君歌云〕上天配合兮生死有途彼不當婦兮此不當夫腹心煩苦兮涇水之隅風霜滿鬢兮雨雪羅襦賴明公兮引素書令骨肉兮家如初永言珍重兮無時無〔內奏樂科〕〔夜叉云〕這是貴主還宮之樂〔正旦唱〕你道是貴主還宮安樂穩單閃的他不偢不問哎這其間可不埋怨殺你個洞庭君
〔錢塘君云〕姪女兒再奉一杯一壁廂將鼓樂響動者〔歌云〕大天蒼蒼兮大地茫茫人各有志兮何可思量狐神鼠聖兮薄社依牆雷霆一發兮其孰敢當荷真人兮信義長令骨肉兮還故鄉願言配德兮何時忘〔內奏樂科〕〔夜叉報云〕這是錢塘破陣之樂〔正旦唱〕
〔金菊香〕這的是錢塘破陣樂紛紛半入湖風半入雲能得筵前幾度聞〔錢塘君云〕秀才你便就了這樁親事也不辱沒了你〔正旦唱〕還賣弄劍舌鎗唇兀的不羞殺你大媒人
〔云〕水卒那裏將過寶物來〔夜叉捧砌末上正旦云〕秀才我別無所贈有這些珠寶送與你回家去侍奉老母莫嫌輕微也〔柳毅云〕多謝小娘子〔正旦唱〕
〔浪裏來煞〕這薄禮呵請先生休見阻送行者寧無贐則爲你假乖張不就我這門親害的來兩下裏憔悴損我則索向龍宮納悶怎禁他水村山館自黃昏〔下〕

〔柳毅云〕則今日辭別了尊神小生回家去也〔錢塘君云〕你若是再來時便當相看休忘了此會者〔柳毅詩云〕感龍王許配良姻奈因咱衰老萱親若非是前生緣薄怎捨得年少佳人〔下〕〔洞庭君云〕柳毅去了也既然這般呵今日雖不成這樁親事後日還要將機就機報答他的大恩〔錢塘君云〕哥哥說的有理我恰纔硬做媒人的不是如今還要軟軟地去曲成他正是姻緣姻緣事非偶然一時不就且待三年〔同下〕

〔音釋〕 鬐音其 鬣音列 强欺養切 離去聲 哂身上聲 勘坎去聲 逗音豆 奔去聲 樂音澇 令平聲 贐音信 分去聲

第四折

〔卜兒上云〕自家是柳毅的母親自從俺孩兒求官去了音信皆無使老身甚是牽掛天那不知孩兒甚日回來也〔柳毅上云〕小生柳毅自洞庭湖回來早到俺家門首無人報復徑自過去〔做入見科云〕母親您孩兒來家了也〔卜兒云〕孩兒你來家也可得了個甚麼官那〔柳毅云〕母親你孩兒下第東歸在于涇河岸上有龍女三娘着我寄書去到洞庭湖中見了龍王看了書中意思待招您孩兒做女壻我堅執不肯將着些寶貨相謝了您孩兒因此擔閣這幾多時有失奉養母親休罪〔卜兒云〕這個也罷自你去後我終日思念你近新來與你定得一門親事乃是范陽盧氏之女則今日是好日辰就取親過門休誤了這佳期者〔柳毅云〕母親尊命孩兒豈敢有違但是當初龍女三娘要招我為壻我雖不曾應承却心兒裏有他來何忍更娶別人〔卜兒云〕孩兒你休要如此只依了我罷〔正旦同媒上〕自家龍女三娘是也當初受柳秀才活命之恩一心要報他俺父母相憐使我假作盧氏之女與柳秀才為妻豈知有今日也呵〔唱〕

〔雙調新水令〕誰想並頭蓮情斷藕絲長撥調的俺趁波逐浪正是相逢沒話說不見却思量全不肯惜玉憐香則他那古憋性尚然強

〔內吹打科〕〔正旦云〕這是什麼響〔媒云〕這是成親的鼓樂哩〔正旦唱〕

〔駐馬聽〕高點起畫燭熒煌我則道爲雨爲雲會洞房細聽的仙音嘹喨我幾番的和愁和悶到華堂離了那平湖十里芰荷香誰想他禹門三月桃花浪〔帶云〕柳毅也我想你怎生認的我來〔唱〕情慘傷則教你熱心腸看不破這勾當

〔媒入報柳毅成親拜母科〕〔柳看旦驚云〕呀緣何新婦面貌與龍女三娘一般的〔問媒云〕小娘子是那裏盧氏〔媒云〕是范陽盧氏〔正旦唱〕

〔夜行船〕他那裏絮叨叨則管問行藏喒兩個相見在涇陽欲待對官人說個明降又恐怕肉身人道我荒唐不俊眼的襄王對面兒猶疑夢想

〔云〕柳官人你怎麼不憶舊了〔柳毅云〕我與小娘子素不相知有什麼憶舊來〔正旦做微笑科〕

〔云〕柳官人你好眼大也〔唱〕

〔沽美酒〕我也曾做人奴去牧羊多謝你寄音書與俺老爺娘救的我避難逃災還故鄉每日家眠思坐想無明夜受恓惶

〔太平令〕你怎不記涇河隄傍〔柳毅云〕則你是誰〔正旦唱〕我便是龍女三娘不道我愁容苦相也伴你牙床錦帳今日個吉祥樂康受享呀同

歸那龍宮海藏

（柳毅云）天下有這等奇事母親這個新婦那裏真姓盧來就是孩兒當日在涇河岸上替他寄書的龍女三娘冒姓盧氏與孩兒成其夫婦豈不是前生前世的姻緣也（卜兒云）這等孩兒早則喜也（正旦云）柳官人我問你當初涇河岸相遇之時你說他日倘過洞庭慎無相避此言果有意乎

（柳毅云）我與你素不相識一旦爲你寄書因而戲言豈意遂爲眷屬（正旦唱）

〔鴈兒落〕則爲你恩人不敢忘幸得我賤妾猶無恙因此上冒盧家住范陽特故的嫁柳氏來淮上

〔得勝令〕呀管教你共醉紫霞觴並綰紫游韁（柳毅云）你如今既到人間怎生還去得你處（正旦指天云）疾柳官人你覷者（唱）豈不見天際秋虹起（帶云）婆婆請就登橋（唱）少什麽藍橋飲玉漿（做扶母科）（唱）扶着你萱堂但覺的兩耳畔波濤嚮早過了扶桑猛聞的洞庭湖橘柚香

（洞庭君夫人錢塘君引鼓樂出接科云）親家母請進（洞庭君指柳毅云）柳秀才你索喜也（指旦云）我兒你索喜也（錢塘君笑科云）柳先生你這點義氣在那裏與我姪女兒做了親來（柳毅同正旦拜科云）大王誰想柳毅有今日也（正旦唱）

〔鴛鴦尾煞〕我向洞庭湖躲過愁風浪纔能勾綺羅叢遇着呆張敞則落的浪蘸蛟綃雲鎖霓裳昨日呵虧你那有信行的先生今日呵穩做了無反覆的新郎向畫閣蘭堂描寫在流蘇帳說不盡星斗文章都裁做風流話兒講

〔洞庭君詞云〕姻緣本人物非殊宿緣在根蔕難除到今日巧成夫婦方顯得究竟如初不至誠羞稱鱗甲有信行能感豚魚這的是涇河岸三娘訴恨結末了洞庭湖柳毅傳書

〔音釋〕思去聲　應平聲　憋音鱉　當去聲　難去聲　傍去聲　相去聲　柚音又　鰷知濫切　行去聲

題目　涇河岸三娘訴恨
正名　洞庭湖柳毅傳書

洞庭湖柳毅傳書雜劇

拋家失業李彥和
倣文與可筆

風雨像生貨郎旦
珍倣宋版印

風雨像生貨郎旦雜劇

元　撰

明吳興臧晉叔校

第一折

〔外旦扮張玉娥上云〕妾身長安京兆府人氏喚做張玉娥是箇上廳行首如今我這在城有箇員外李彥和與我作伴他要娶我怎奈我身邊又有一箇魏邦彥我要嫁他聽知的他近日差使出去我已央人尋他去了這早晚敢待來也〔淨扮魏邦彥上詩云〕四肢八節剛是俏五臟六腑却無才村在骨中挑不出俏從胎裏帶將來自家魏邦彥的便是這在城有箇上廳行首張玉娥我和他作伴多時他常要嫁我今日他使人來尋我不知有甚事須索見他去來〔做見科云〕大姐你喚我做甚麼〔外旦云〕魏邦彥我和你說聽知的你出去打差如今有這李彥和要娶我我和你說的明白一個月以裏我便嫁你一個月以外我便嫁別人你可休怪我〔淨云〕你也說的是我今日去准准一個月我便趕回來也我出的這門來〔外旦云〕呀可早一個月也〔淨回云〕你這說謊的弟子〔下〕〔外旦云〕魏邦彥去了也怎生不見李彥和來〔冲末扮李彥和上詩云〕耕牛無宿草倉鼠有餘糧萬事分已定浮生空自忙自家長安人氏姓李名英字彥和在城開着座解典鋪嫡親的三口兒家屬渾家劉氏孩兒春郎年纔七歲有妳母張三姑他是潭州人在城有個上廳行首張玉娥我和他作伴他一心要嫁我我一心待娶他爭奈我渾家不容我今日到他家中走走去〔做見科云〕大姐這幾日不曾來休怪〔外旦云〕有你這樣人我倒要嫁你你倒不來娶我〔李彥和云〕也等我揀個吉日良辰好來娶你〔外旦云〕子丑寅卯今日正好只今日過了門罷〔李彥和云〕大姐待我

回去和大嫂說的停當纔來娶你我如今且回我那家中去也〔下〕〔外旦云〕我要嫁他他倒不肯只今日我收拾一房一臥嫁李彥和走一遭去〔下〕〔正旦扮劉氏領俫兒上云〕妾身姓劉夫主是李彥和孩兒春郎年纔七歲開着座解典庫俺夫主守着個匪妓張玉娥每日不來家我到門首望着看他來說些甚麼〔李彥和上云〕我李彥和這幾日不曾回家有這婦人屢屢要嫁我爭奈不曾與我渾家商量我過去見我渾家去〔做見科云〕大嫂我來家也〔正旦云〕李彥和你每日只是貪花戀酒不想着家私過活幾時是了也呵〔唱〕

〔仙呂點絳唇〕你把解庫存活草堂工課都躭閣終日波波白日休空過

〔混江龍〕到晚來早些來箇直至那玉壺傳點二更過〔李彥和云〕大嫂你可憐見我實不相瞞這婦人他一心待要嫁我哩〔正旦唱〕你教我可憐見你待敢是無奈之何你比着東晉謝安才藝淺比着江州司馬淚痕多也只為婚姻事成抛趓勸不醒癡迷楚子直要娶薄倖巫娥〔李彥和云〕我好也要娶他歹也要娶他〔正旦云〕你真個要娶他兀的不氣殺我也〔唱〕

〔油葫蘆〕氣的我粉臉兒三閭投汨羅只他那情越多把雲期雨約枉爭奪你望着巫山廟滿斗兒燒香火怎知高陽臺一路上排鍬钁休這般枕上說都是他栽下的科他是箇萬人欺千人貨你只待娶做小家婆

〔天下樂〕你正是引的狼來屋裏窩娶到家也不和我怎肯和他輪

車兒伴宿爭競多你不來我行呵我房兒中作念着你來我行呵他空窗外呪罵我〔帶云〕喒兩個合口唱叫〔唱〕你中間裏圖甚麼

〔李彥和云〕大嫂他須不是這等人我也不是這等人〔正旦唱〕

〔那吒令〕休信那黑心腸的玉娥他每便喬趨搶取撮休犯着黃蘗肚小麼數量着噥過緊忙裏做作似蝎子的老婆你便有洛陽田平陽果鈔廣銀多

〔鵲踏枝〕有時節典了庄科准了綾羅銅斗兒家私恰做了落葉辭柯那其間便是你鄭孔目風流結果只落得酷寒亭剛留下一箇蕭娥

〔李彥和云〕大嫂那婦人生得十分大有顏色怎教我不愛他〔正旦唱〕

〔寄生草〕你愛他眼弄秋波色眉分青黛蛾怎知道誤功名是那額點芙蓉朵陷家緣唇注櫻桃顆啜人魂舌吐丁香唾只怕你飛花兒支散養家錢旋風兒推轉團圓磨

〔李彥和云〕那裏有這等說話我如今務要娶他哩〔正旦云〕你既要娶他你娶你娶〔外旦上云〕妾身張玉娥收拾了一房一臥嫁李彥和去來到門首沒人在這裏不免喚他一聲李彥和李彥和〔李彥和云〕有人喚門待我看去〔出見科云〕大姐你真個來了也〔外旦云〕你耳朵裏塞着甚麼不聽得我喚門來我如今過去拜你那老婆頭一拜受禮第二拜欠身第三第四拜還禮他依便依不依呵我便家去也〔李彥和云〕你不要性急等我過去和他說你且在這裏〔入云〕大嫂張玉娥

來了也他說來拜你頭一拜受禮第二拜欠身第三第四拜要還禮你若不還他禮他要唱叫起來
就不像體面了〔正旦云〕我還他禮便罷〔外旦見科云〕姐姐請坐受你妹子禮李彥和頭一拜也
〔李彥和云〕我知道〔外旦云〕這是第二拜也〔李彥和云〕是大嫂欠身哩〔外旦做連拜怒科云〕
什麼勾當釘子定着他哩怎麼不還禮〔李彥和云〕嗨婦女家不學三從四德我男子漢說了話你
也該依着我〔正旦唱〕

〔後庭花〕你踏踏的我忒太過這妮子欺負的我我沒奈何支使的大媳婦都隨順偏不着小渾家先拜我他那裏鬧鑊鐸我去那窗兒前瞧破那賤人俏聲兒訴一和俺這廝側身兒摟抱着將衫兒腮上抹指尖兒彈淚顆

〔柳葉兒〕你道他爲甚來眉峯暗鎖則要我慶新親茶飯張羅〔云〕李彥和他那夥親眷我都認的〔李彥和云〕可是那幾個〔正旦唱〕都是些胡姑姑假姨姨廳堂上坐待着我供玉饌飲金波可不道誰扶侍你姐姐哥哥

〔李彥和云〕你也忒心多大人家婦女怎不學些好處〔正旦唱〕

〔金盞兒〕俺這廝偏意信調唆這弟子業口沒遭磨有情人惹起無明火他那裏精神一撥顯僂儸他那裏尖着舌語剌剌我這裏掩着面笑呵呵〔外旦云〕你休嘲撥着俺這花奶奶〔正旦唱〕你道我嘲撥着你箇花奶奶〔外旦云〕我就和你廝打來〔正旦唱〕我也不是箇善婆婆

〔打科〕〔外旦做惱科云〕李彥和你來搭殺不成團我和你說你若是愛他便休了我若是愛我便

休了他你若不依着呵俺家去也〔李彥和云〕二嫂他是我兒女夫妻你着我怎麼下的〔外旦云〕你不依我還向他哩〔李彥和云〕二嫂他是我兒女夫妻你着我怎麼下的〔外旦云〕這等你放我家去罷〔李彥和云〕住住住你着我怎麼開口說〔見正旦科云〕大嫂二嫂說來若是我愛你便休了他若是愛他只得休了你〔正旦云〕兀的不氣殺我也〔作氣死〕〔李彥和救科云〕大嫂精細着

〔正旦醒科〕〔唱〕

〔賺煞〕氣勃勃堵住我喉嚨骨嚕嚕潮上痰涎沫氣的我死沒騰軟癱做一垜拘不定精神衣怎脫四肢沉寸步難那若非是小孤撮叫我一聲娘呵兀的不怨恨沖天氣殺我你沒事把我救活可也合自知其過你守着業屍骸學莊子鼓盆歌〔死科下〕

〔李彥和悲科云〕我那大嫂也〔外旦云〕李彥和你張着口號甚的有便置沒便棄〔李彥和云〕這是甚麼說話大嫂亡逝已過便須高原選地破木造棺埋殯他入土大嫂只被你痛殺我也〔下〕〔外旦云〕這也是我脚跡兒好處一入門先妨殺了他大老婆何等自在何等快活那李彥和雖然娶了我不知我心下只不喜他想那魏邦彥這些時也來家了我如今暗地裏央着人去與他說知這早晚敢待來也〔淨上云〕自家魏邦彥的便是前月打差便去囙耐張玉娥無禮投到我來家早嫁了別人如今又使人來尋我不知有甚麼事我見他去此間就是家裏有人麼〔外旦出見淨科云〕你來家裏來〔淨云〕敢不中麼〔外旦云〕不妨事〔淨云〕你嫁了人喚我怎的〔外旦云〕我和你有說的話〔淨云〕有甚麼說話〔外旦取砌末付淨科云〕我雖是嫁了他心中只是想着你我如今收拾些金銀財寶悄地交付了你可便先到洛河邊尋下一隻小船等着我在家點起一把火燒

了他房子俺同他躲到洛河邊你便假做稍公載俺上船到的河中間你將李彥和推在河裏把三姑和那小廝也都勒死了喒兩個長遠做夫妻可不好那〔淨云〕你那是我老婆就是我的娘哩我先去在洛河邊等你明日早些兒來〔下〕〔外旦云〕魏邦彥去了也我如今不免點火去在這房後邊放起火來〔詩云〕那怕他物盛財豐頃刻間早巳成空這一把無情毒火豈非是沒毛大蟲〔下〕

〔音釋〕活音和　閣哥上聲　過平聲　汨音密　奪音多　鍬[illegible]消切　鍋音戈　行音杭
撮磋上聲　作音左　旋去聲　鐸東挪切　着池何切　抹磨上聲　嘲之梢切　掿音鬧　沫音磨　脫音妥　那音挪

第二折

〔李彥和同外旦慌上云〕好大火也二嫂怎生是好房廊屋舍金銀錢鈔都燒的無有了〔看介云〕呀又早延着官房了也不知妳母張三姑與春郎孩兒在那裏〔叫介云〕三姑三姑〔副旦扮張三姑背俫兒慌上云〕走走走早是我遭喪失火更那堪背井離鄉穿林過澗雨驟風狂頭直上打的淋淋漉漉渾身濕脚底下踹着滑滑擦擦濫泥漿綠水青山望渺茫道傍衰柳半含黃晚來更作廉纖雨不許愁人不斷腸〔唱〕

〔雙調新水令〕我只見片雲寒雨暫時休〔帶云〕苦也苦也〔唱〕却怎生直淋到上燈時候這風一陣一短歎這雨一點一聲愁都在我這心頭心上事自僝僽

〔李彥和云〕三姑你行動些〔外旦云〕我平生是快活的人幾曾受這般苦楚來〔副旦唱〕

〔步步嬌〕送的我背井離鄉遭災勾這賤才敢道辭生受斷不得哄

漢子的口都是些即世求食鬼狐猶〔外旦云〕我幾曾在黑地行走教我受這般的苦也〔副旦云〕你道你不曾黑地裏行呵〔唱〕喒如今顧不得你臉兒羞〔云〕你也曾隱着名姓靠着房門你也曾賣嘴料舌推天搶地你也曾挾着氈被挑着燈毬〔唱〕可也曾半夜裏當祗候

〔外旦怒科〕你怎麼嘴兒舌兒的罵我〔李彥和云〕三姑你也饒他一句兒那裏便罵殺了他〔副旦唱〕

〔鴈兒落〕只管裏絮叨叨沒了收氣撲撲尋敵鬭有多少家喬斷案只是罵賊禽獸

〔外旦云〕難道你不聽得任憑這老乞婆臭歪剌罵我哩〔李彥和云〕三姑罷麼〔副旦唱〕

〔得勝令〕你還待要鬧啾啾越激的我可也怒齁齁我比你遲到蚰蜒地你比我多登些花粉樓寃讐今日箇落在他人彀憂愁只是我燒香不到頭

〔李彥和云〕二嫂我走了這一夜也略歇一歇咱〔外旦云〕也說的是李彥和你着三姑把我這褐袖來曬一曬〔李彥和喚副旦科云〕三姑將這褐袖來曬一曬〔副旦云〕不須曬胡亂穿罷〔三喚科〕〔李彥和云〕三姑我着你曬一曬真當不肯〔外旦怒云〕你個潑弟子我教你與我曬一曬怎麼不肯〔副旦唱〕

〔沽美酒〕逞末淚不即留只管裏賣風流看他這天淡雲開雨乍收可便去尋一箇宿頭覓一碗漿水飯潤咱喉

〔太平令〕住了雨也曬甚娘褐袖只願的下雹子打你娘驢頭〔外旦罵介云〕這潑婦我打不的你那〔打介〕〔副旦唱〕只見他百忙裏眉稍一皺公然的指尖兒把頰腮剜透似這般左慫右慫只不如罷手俺也須是那爺娘皮肉

〔李彥和云〕來到這洛河岸邊又不知水淺水深怎生過去〔外旦推李科〕這裏敢水淺〔李彥和驚云〕險些兒推我一交不弔下河裏去〔副旦叫云〕救人救人〔唱〕

〔川撥棹〕慌走到岸邊頭倉卒間怎措手風雨颼颼地上澆油扭頸回眸那裏尋箇稍公搭救我將他衣領揪他忙將我膂膊𢷬

〔外旦又推李〕〔副旦扶住科〕〔李彥和云〕三姑我好好的走你倒扯着我〔副旦云〕你不是我呵〔唱〕

〔殿前歡〕這一片水悠悠急忙裏覓不出釣魚舟虛飄飄恩愛難成就怕不的錦鴛鴦立化做輕鷗他他他趁西風卒未休把你來推落在水中浮〔外旦云〕他自吃醉了這等脚高步低立也立不住干我甚麼事說我推他要你來嚼舌〔副旦唱〕抵多少酒淹濕春衫袖〔李彥和云〕這裏水淺咱過去了罷〔副旦唱〕現渰的眼黃眼黑你尚兀自東見東流

〔淨扮稍公上云〕官人娘子我這裏是擺渡的船你每快上來〔外旦和淨打手勢科〕〔副旦云〕哥哥你休上船去這婆娘眼腦不好敢是他約着的漢子哩〔做扯李科〕〔李彥和云〕你放手不妨事我上的這船來自有分曉〔淨推李下河〕〔副旦扯住淨〕〔淨勒殺副旦科〕〔丑扮稍公上救喊云〕

拿住這殺人賊〔副旦揪住丑云〕有殺人賊〔淨同外旦走科〕〔丑云〕苦也娘子不干我事勒殺你的是那個稍公他走了也我是來救你的你休認差了也〔副旦唱〕

〔水仙子〕我不見了烟花潑賤猛撞頭錯摑打了別人怎罷能休春郎兒怎扯住咱襟袖頭髮揪了三四綹〔丑云〕是我救娘子來〔副旦唱〕聽的鄉談語音滑熟打疊了心頭恨撲散了眼下愁哥哥也你可是行在灘州

〔沖末扮孤上云〕林下曬衣嫌日淡池中濯足恨波渾花根本艷公卿子虎體鴛班將相孫老夫完顏女直人氏拈各千戶的便是俺因公幹來到這洛河岸上一簇人爲甚麼炒鬧兀的不是撑船的稍公你怎麼大驚小怪的〔丑云〕大人不知恰纔一個人把這個婦人恰待要勒死他恰好撞着小人救活他性命這個小的敢是他兒子〔孤云〕他肯賣那小的麼他若肯賣呵我賣了這小的你問他去〔丑問副旦云〕兀那娘子那邊有個過路的官人問你肯賣這小的他要買〔副旦做沉吟科云〕我如今進退無路領這春郎兒去少不得餓死不如賣與他罷稍公我情願賣這小的〔孤云〕兀那婦人你那裏人氏姓甚名誰將這生時年月說與我聽〔副旦云〕長安人氏省衙西住坐這孩兒父親是李彥和我是妳母張三姑這孩兒小名喚做春郎年方七歲胸前一點硃砂記〔孤云〕你要多少銀兩〔副旦云〕隨大人與多少〔孤云〕將一個銀子來與他〔祗從取砌末與副旦接科云〕謝了大人怎生得個立文書的人來可也好那〔淨扮孛老上云〕老漢姓張是張撇古憑說唱貨郎兒爲生來到這洛河岸上只見一簇人不知爲何我試看咱〔丑見孛老兒問科云〕老人家你識字麼這裏有個婦人要賣這個小的無一個寫文書的人你若識字這文書要你寫一寫〔孛老云〕我

識字我與他寫〔見科孤云〕兀那老的你識字替他寫一紙文書波〔孛老喚副旦云〕娘子是你實這小的你說將來〔副旦云〕長安人氏省衙西住坐父親李彥和妳母張三姑孩兒春郎年方七歲胸前一點硃砂記情願賣與拈各千戶爲兒恐後無憑立此文書爲照〔孛老云〕我曉得了依着你寫立文書人張三姑寫文書人張㪍古〔遞與孤科〕〔孤云〕文書寫的明白了也你都畫了字兀那婦人你孩兒賣與我了你却往那廂去〔副旦云〕我無處去〔孛老云〕既然你無處去我又無兒無女你肯與我做個義女兒我養活你你意下如何〔副旦云〕我情願跟隨老的去〔孤云〕跟他去也好〔副旦囑倈兒科云〕春郎兒我囑付你者〔唱〕

〔鴛鴦尾煞〕乞與你不痛親父母行施恩厚我扶侍義養兒使長多生受你途路上驅馳我村疃裏淹留暢道你父親此地身亡你是必牢記着這日頭大廝八做箇週年分甚麼前和後那時節遙望着西樓與你爺燒一陌兒紙看一卷兒經奠一杯兒酒

〔同孛老下〕〔孤云〕那老兒領着婦人去了老夫也引着這孩兒抱上馬還我私宅中去來〔下〕〔丑哭科云〕好苦惱子也只一個婦人領着個小的幾乎被人勒殺恰好撞見我我救了他性命他又把這個小的賣與那個官人那個官人又將他那個小的領着去了這等孤孤淒淒怎教我不要傷感〔做跌倒起科云〕呸可干我甚麼事〔詩云〕隨他自賣男隨他自認女我只去做稍公不管風和雨〔下〕

〔音釋〕僝鋤山切 僽音驟 覓音薄 刓烏官切 瞅楚九切 肉柔去聲 卒粗上聲 摑乖上聲 熟音柔 拈尼兼切 㪍音鱉 長音掌 疃湯卯切

第二折

〔孤抱病同春郎上云〕自家拈各千戶的便是自從我在那洛河邊買的這春郎孩兒過日月好疾也今經可早十三年光景孩兒生的甚是聰明智慧他騎的劣馬拽的硬弓承襲了我這千戶官職我如今年老躭着疾病不能痊可眼見的無那活的人也我把這一樁事趂我精細對孩兒說了罷我若不與他說知呵那生那世又折罰的我無男無女也〔喚小末科云〕春郎孩兒你近前來我有句話與你說〔小末云〕阿爺有甚話對你孩兒說呵怕做甚麼〔孤云〕你本不是我這女直人你的那父親是長安人姓李名彥和你的妳母叫做張三姑將來賣與我爲兒你那其間方纔七歲兒也我如今擡舉的你成人長大頂天立地噙齒戴髮承襲了我的官職孩兒也你久已後不可忘了我的恩念〔小末悲科〕阿爺不說你孩兒怎生知道〔孤云〕孩兒我一發着你明白這個是過房你的文書你將的去我死後你去催攢窩脫銀就跟尋你那父親去咱〔小末云〕理會的〔孤云〕我這一會兒昏沉上來扶我到後堂中去咱〔小末扶科云〕阿爺精細者〔孤詩云〕衣絕祿盡是前緣知命須當不怨天從今父子分離去再會人間甚歲年孩兒我顧不得你了也〔做死科〕〔下〕〔小末悲科云〕阿爺亡逝已過高原選地破木造棺埋殯了阿爺不敢久停久住催攢窩脫銀走一遭去父親也只被你痛殺我也〔下〕〔李彥和上云〕不聽好人言果有恓惶事自家李彥和便是自從那姦夫姦婦推我在洛河裏誰想那上流頭流下一塊板來我抱住那板得渡過岸上救了這性命如今可早十三年光景也春郎孩兒和張三姑不知下落家緣家計都被火燒的光光了無計可生與這大戶人家放牛討碗飯吃我在這官道傍放牛〔做喝科云〕且把這牛來趕在一壁我在這柳陰直下坐一坐看有甚麼人來〔副旦背骨殖手拿擔兒上云〕好是煩惱人也自從在洛河邊姦夫姦婦

把哥哥推在河裏把我險些勒死把春郎孩兒與了那拈各千戶可早十三年光景也不知孩兒生死如何我跟着唱貨郎兒張撇古老的謝那老的教我唱貨郎兒度日把我鄉談都改了如今這老的亡化已過臨死時曾囑付我你不忘我這恩念把我這骨殖送的洛陽河南府去我今背着老的骨殖行了幾日知他幾日得到也呵（唱）

〔正宮端正好〕口角頭餓成瘡脚心裏踏成趼行一步似火燎油煎記的那洛河岸一似亡家犬拿住俺將麻繩纏

〔滾繡毬〕見一箇旋風兒在這榆柳園古道邊足律律往來打轉刮的些紙錢灰飛到跟前是神祇是聖賢你也好隨時遷變居廟堂索受香煙可知道今世裏令史每都撾鈔和這古廟裏泥神也愛錢怎能勾達道昇仙

〔倘秀才〕沿路上身輕體健這搭兒劬乏力軟到廟兒外不曾撒紙錢爺爺你厮餘閏厮哀憐我這老婦人呪願

〔云〕三條道兒不知望那條道兒上去我試問人咱（見李做問科云）敢問哥哥這個是那河南府的大路麼（李彥和云）正是（副旦云）三條道兒該往那條道兒上去（李彥和云）你往那中間那條路上去便是（副旦云）生受哥哥（李彥和做認驚叫科云）張三姑（副旦回科云）誰叫我來（三喚科）（李彥和云）三姑是我喚你來（副旦云）你是誰（李彥和云）三姑則我是李彥和（副旦驚科云）有鬼也（唱）

〔上小樓〕諕的我身心恍然負急處難生機變我只索念會呪語數

會家親誦會真言這幾年便着把哥哥追薦作念的箇死魂靈眼前活現

〔李彥和云〕我不是鬼我是人〔副旦唱〕

〔幺篇〕對着你呪願休將我顧戀有一日拿住姦夫攝到三姑替你通傳非是我不意專不意堅搜尋不見是早起店兒裏吃羨湯不曾澆奠

〔李彥和云〕三姑我不曾死我是人〔副旦云〕你是人呵我叫你你應的一聲高似一聲是鬼呵一聲低似一聲〔叫科〕李彥和哥哥〔李彥和做應科〕〔三喚〕〔做低應科〕〔副旦云〕有鬼也〔李彥和云〕我鬭你耍來〔做打悲認科〕〔李彥和云〕三姑我的孩兒春郎那裏去了也〔副旦云〕沒的飯食養活他是我賣了也〔李彥和做悲科云〕元來是你賣了知他如今死的活的可不痛殺我也你如今做甚麼活計穿的衣服這等新鮮全然不像個沒飯吃的你可對我說〔副旦云〕我唱貨郎兒爲生〔李彥和做怒科云〕兀的不氣殺我也我是甚麼人家我是有名的財主誰不知道李彥和名兒你如今唱貨郎兒可不辱沒殺我也〔做跌倒〕〔副旦扶起科云〕休煩惱我便辱沒殺你哥哥你如今做甚麼買賣〔李彥和云〕我與人家看牛哩不比你這唱貨郎的生涯這等下賤〔副旦唱〕

〔十二月〕你道我生涯下賤活計蕭然這須是衣食所逼名利相牽你道我唱貨郎兒辱沒殺你祖先怎比的你做財主官員

〔堯民歌〕與人家耕種洛陽田早難道笙歌引入畫堂前趂一村桑梓一村田早難道玉樓人醉杏花天牽也波牽牽牛執着鞭杖敲落

桃花片〔云〕哥哥你肯跟我回河南府去憑着我說唱貨郎兒我也養的你到老何如〔李彥和云〕罷罷罷我情願丢了這般好生意跟的你去〔副旦云〕你可辭了你那主人家去〔李彥和向古門云〕主人家我認着了一個親眷我如今回家去也牛羊都交還與你並不曾少了一隻〔副旦云〕跟的我去來波〔唱〕

〔隨尾〕祆廟火宿世緣牽牛織女長生願多管爲殘花幾片誤劉晨迷入武陵源〔同下〕

〔音釋〕 跰音蹇　纏去聲　祇音其　撾莊瓜切　祆音軒

第四折

〔淨扮館驛子上詩云〕驛宰官銜也自榮單被承差打滅我威風如今不貪這等衙門坐不如依還着我做差公自家是個館驛子一應官員人等打差的都到我這驛裏安下我在這館驛門首等候看有什麼人來〔小末扮春郎冠帶上引祗從云〕小官李春郎的便是自從阿爺亡逝以後埋殯了也小官隨處催攢窩脫銀兩早來到這河南府地面左右接了馬者館驛子有甚麼乾淨的房子我歇宿一夜〔驛子云〕有有有頭一間打掃的潔潔淨淨請大人安歇〔小末云〕你這裏有甚麼樂人耍笑的喚幾個來伏侍我我多有賞賜與他〔驛子云〕我這裏無樂人只有子妹兩個會說唱貨郎兒喚將來伏侍大人〔小末云〕便是唱貨郎兒的也罷與我喚將來〔驛子云〕理會的我出的這門來則這裏便是唱貨郎兒的在家麼〔副旦同李彥和上云〕哥哥你叫我做甚麼〔驛子云〕有個大人在館驛裏喚你去說唱多有賞錢與你哩〔李彥和云〕三姑咱和你走一遭去來〔副旦唱〕

〔南呂一枝花〕雖則是打牌兒出野村不比那吊名兒臨拘肆與別人無夥伴單看俺當家兒哥哥你索尋思錦片也排着節使都只待奏新聲舞柘枝揮霍的是一錠錠響鈔精銀擺列的是一行行朱脣倈皓齒

〔梁州第七〕正遇着美遨遊融和的天氣更兼着沒煩惱豐稔的年時有誰人不想快平生志都只待高張繡幙都只待爛醉金巵我本是窮鄉寡婦沒甚的豔色嬌姿又不會賣風流弄粉調脂又不會按宮商品竹彈絲無過是趕幾處沸騰騰熱鬧場兒搖幾下桑琅琅蛇皮鼓兒唱幾句韻悠悠信口腔兒一詩一詞都是些人間新近希奇事紐揑來無詮次倒也會動的人心諧的耳都一般喜笑孜孜

〔驛子報云〕稟大人說唱的來了也〔小末云〕着他過來〔驛子云〕快過去〔做見科〕〔小末云〕你兩個敢是子妹麽且在門首等着喚着你便過來〔副旦云〕理會的〔出科〕〔小末云〕驛子有甚麽茶飯看些來我食用咱〔驛子云〕有有有〔做托肉上科云〕大人一簽燒肉請大人食用〔小末做割肉科云〕我割着這肉吃怕不在這裏快活受用想起我那父親和妳母張三姑來不由我心中不煩惱我怎麽吃的下〔李彥和做打噎科云〕那個說我〔小末云〕兀那驛子你喚將那子妹兩個來〔喚科〕〔小末云〕兀那兩個將這一簽兒肉出去你兩個吃了時可來伏侍我〔副旦接科〕謝了相公〔李彥和云〕妹子也喒不要吃包到家裏去吃〔小末云〕嗨展污了我這手也〔做拿紙揩手科云〕兀那說唱的將這油紙拿出去丟了者〔李彥和做拾紙科云〕理會的我出的這門來這張

紙上怎麼寫的有字妹子喒試看咱〔念科云〕長安人氏省衙西住坐父親李彥和妳母張三姑孩兒春郎年七歲胸前一點硃砂記情願過房與拈各千戶為兒恐後無憑立此文書為照立文書妳母張三姑寫文書人張㩮古妹子也這文書說着俺一家兒敢是你賣孩兒的文書麼〔副旦云〕正是〔李彥和做悲科云〕妹子也你見這官人麼他那模樣動靜好似俺孩兒春郎爭奈俺不敢去認他可怎了也〔副旦云〕哥哥你放心張㩮古那老的為俺這一家兒這一樁事編成二十四回說唱他若果是春郎孩兒呵他聽了必然認我〔李彥和云〕這個也好〔小末喚科云〕兀那兩個你來說唱與我聽者〔副旦做排場敲醒睡科詩云〕烈火西燒魏帝時周郎戰鬭苦相持交兵不用揮長劍一掃英雄百萬師這話單題着諸葛亮長江舉火燒曹軍八十三萬片甲不回我如今的說唱是單題着河南府一樁奇事〔唱〕

〔轉調貨郎兒〕也不唱韓元帥偷營劫寨也不唱漢司馬陳言獻策也不唱巫娥雲雨楚陽臺也不唱梁山伯也不唱祝英臺〔小末云〕你可唱甚麼那〔副旦唱〕只唱那娶小婦的長安李秀才

〔云〕怎見的好長安〔詩云〕水秀山明景色幽地靈人傑出公侯華夷圖上分明看絕勝寰中四百州〔小末云〕這也好你慢慢的唱來〔副旦唱〕

〔二轉〕我只見密臻臻的朱樓高廈碧聳聳青簷細瓦四季裏常開不斷花銅駝陌紛紛鬭奢華那王孫士女乘車馬一望繡簾高掛都則是公侯宰相家

〔云〕話說長安有一秀才姓李名英字彥和嫡親的二口兒家屬渾家劉氏孩兒春郎妳母張三姑

那李彥和共一娼妓叫做張玉娥作伴情熟次後娶結成親〔歎介云〕嗨他怎知才子有心聯翡翠佳人無意結婚姻〔小末云〕是唱的好你慢慢的唱咱〔副旦唱〕

〔三轉〕那李秀才不離了花街柳陌占場兒貪杯好色看上那柳眉星眼杏花腮對面兒相挑泛背地裏暗差排拋着他渾家不睬只教那媒人往來閙家擘劃諸般綽開花紅布擺早將一箇潑賤的煙花娶過來

〔云〕那婆娘娶到家時未經三五日唱叫九千場〔小末云〕他娶了這小婦怎生和他唱叫你慢慢的唱者我試聽咱〔副旦唱〕

〔四轉〕那婆娘舌刺刺挑茶斡刺百枝枝花兒葉子望空裏揣與他箇罪名兒尋這等閑公事他正是節外生枝調三斡四只教你大渾家吐不的嚥不的這一箇心頭刺減了神思瘦了容姿病懨懨睡損了裙兒裡難扶策怎動止忽的呵冷了四肢將一箇賢會的渾家生氣死

〔云〕三寸氣在千般用一旦無常萬事休當日無常埋葬了畢果然道福無雙至日禍有併來時只見這正堂上火起刮刮匝匝燒的好怕人也怎見的好大火〔小末云〕他將大渾家氣死了這正堂上的火從何而起這火可也還救的麼兀那婦人你慢慢的唱來我試聽咱〔副旦唱〕

〔五轉〕火逼的好人家人離物散更那堪更深夜闌是誰將火焰山移向到長安燒地戶燎天關單則把凌煙閣留他世上看恰便似九

轉飛芒老君煉丹恰便似介子推在綿山恰便似子房燒了連雲棧
恰便似赤壁下曹兵塗炭恰便似佈牛陣舉火田單恰便似火龍鏖
戰錦斑爛將那房簷扯脊梁扳急救呵可又早連累了官房五六間
〔云〕早是焚燒了家緣家計都也罷了怎當的連累官房可不要去抵罪正在愴惶之際那婦人言
道喒與你他府他縣隱姓埋名逃難去來四口兒出的城門望着東南上慌忙而走早是意急心慌
情冗冗又值天昏地暗雨漣漣〔小末云〕火燒了房廊屋舍家緣家計都燒的無有了這四口兒可
往那裏去你再細細的說唱者我多有賞錢與你〔副旦唱〕
〔六轉〕我只見黑黯黯天涯雲布更那堪濕淋淋傾盆驟雨早是那
窄窄狹狹溝溝塹塹路崎嶇知奔向何方所猶喜的消消灑灑斷斷
續續出出律律忽忽嚕嚕陰雲開處我只見霍霍閃閃電光星炷怎
禁那𩙪𩙪飋飋風風點點滴滴雨送的來高高下下凹凹凸凸一搭模
糊早做了撲撲簌簌濕濕淥淥踈林人物倒與他粧就了一幅昏昏
慘慘瀟湘水墨圖
〔云〕須臾之間雲開雨住只見那晴光萬里雲西去洛河一派水東流行至洛河岸側又無擺渡船
隻四口兒愁做一團苦做一塊果然道天無絕人之路只見那東北上搖下一隻船來豈知這船不
是收命的船倒是納命的船原來正是姦夫與那淫婦相約一壁附耳低言你若算了我的男兒我
便跟隨你去〔小末云〕那四口兒來到洛河岸邊既是有了渡船這命就該活了怎麼又是淫婦姦
夫預先約下要算計這個人來〔副旦唱〕

〔七轉〕河岸上和誰講話向前去親身問他只說道姦夫是船家猛將咱家長喉嚨掐磕搭地揪住頭髮我是箇婆娘怎生救拔也是他合亡化撲鼕的命掩黃泉下將李春郎的父親只向那翻滾滾波心水淹殺

〔云〕李彥和河內身亡張三姑爭忍不過比時向前將賊漢扯住絲縧連叫道地方有殺人賊殺人賊倒被那姦夫把咱勒死不想岸上閃過一隊人馬來爲頭的官人怎麼打扮〔小末云〕那姦夫把李彥和推在河裏那三姑和那小的可怎麼了也〔副旦唱〕

〔八轉〕據一表儀容非俗打扮的諸餘裏俏簇纁雲胸背鴈銜蘆他繫一條兔鶻兔鶻海斜皮偏宜襯連珠都是那無瑕的荊山玉整身軀也麼哥繒髭鬚也麼哥打着鬢鬍走犬飛鷹駕着鴉鶻恰圍場過去過去折跑盤旋驟着龍駒端的箇疾似流星度那行朝也麼哥恰渾如也麼哥恰渾如和番的昭君出塞圖

〔云〕比時小孩兒高叫道救人咱那官人是個行軍千戶他下馬詢問所以我三姑訴說前事那官人說既然他父母亡化了留下這小的不如賣與我做個義子恩養的長立成人與他父母報恨雪冤他隨身有文房四寶我便寫與他年月日時〔小末云〕那官人救活了你的性命你怎麼就將孩兒賣與那官人去了你可慢慢的說者〔副旦唱〕

〔九轉〕便寫與生時年紀不曾道差了半米未落筆花箋上淚珠垂長吁氣呵軟了毛錐悽惶淚滴滿了端溪〔小末云〕他去了多少時也〔副旦唱〕

十三年不知箇信息(小末云)那時這小的幾歲了(副旦唱)相別時恰纔七歲(小末云)如今該多少年紀也(副旦唱)他如今剛二十(小末云)你可曉的他在那裏(副旦唱)恰便似大海內沉石(小末云)你記的在那裏與他分別來(副旦唱)俺在那洛河岸上兩分離知他在江南也塞北(小末云)你那小的有甚麼記認處(副旦唱)俺孩兒福相貌雙耳過肩墜(小末云)再有甚麼記認(副旦云)有有有(唱)胸前一點硃砂記(小末云)他祖居在何處(副旦唱)他祖居在長安解庫省衙西(小末云)他小名喚做甚麼(副旦唱)那孩兒小名喚做春郎身姓李

(小末云)住住住你莫非是妳母張三姑麼(副旦云)則我便是張三姑官人怎麼認的老身(小末云)你不認的我了則我便是李春郎(副旦云)官人莫作笑休鬬老身耍(小末云)三姑我非作笑我乃李彥和之子李春郎是也(做解胸前與看科)(副旦云)果然是春郎了也則這個便是你父親李彥和(李彥和做打悲認科云)孩兒則被你想殺我也不知你在那裏得這發達崢嶸來(小末云)父親孩兒這官就是承襲拈各千戶的誰知有此一端異事如今拚的棄了官職普天下尋去定要拿的那姦夫淫婦報了冤讐方稱你孩兒心願(祗從拿淨外旦上科云)稟爺這兩個名下欺侵窩脫銀一百多兩帶累小的們比較不知替他打了多少如今拿他來見爺依律處治也與小的們銷了一件未完(小末云)律上凡欺侵官銀五十兩以上者即行處斬這罪是決不待時的(李彥和做認科云)兀的不是洛河邊假粧船家推我在水裏的(副旦云)這不是張玉娥潑婦那(淨做畫符科云)有鬼有鬼太上老君急急如律令敕(祗從喝科)(外旦云)敢是拿我們到東岳廟裏來一剗是鬼那(小末云)元來正是那姦夫淫婦今日都拿著了左右快將他綁起來待我親

自斬他也與我亡過母親出這口怨氣〔副旦唱〕

〔煞尾〕我只道他州他府潛逃匿今世今生沒見期又誰知冤家偏撞着冤家對〔淨云〕元來這就是李春郎這就是張三姑當日勸他不死就該有今日的悔氣了〔做叩頭科云〕大人可憐見饒了我老頭兒罷這都是我少年間不曉事做這等勾當如今老了一口長齋只是念佛不要說殺人便是蒼蠅也不敢拍殺一個況是你一家老小現在我當真謀殺了那一個來可憐見放赦了老頭兒罷〔外旦云〕你這叫化頭討饒怎的我和你開着眼做合着眼受不如早早死了生則同衾死則共穴在黃泉底下做一對永遠夫妻有甚麼不快活〔副旦唱〕你也再沒的怨誰我也斷沒的饒伊〔小末斬淨外旦科下〕〔副旦唱〕要與那亡過的娘親現報在我眼兒裏

〔李彥和云〕今日個天賜俺父子重完合當殺羊造酒做個慶喜的筵席孩兒你聽者〔詞云〕這都是我少年間誤作差爲娶匪妓當局者迷一碗飯二匙難並氣死我兒女夫妻潑烟花盜財放火與姦夫背地偷期扮船家陰圖害命整十載財散人離又誰知蒼天有眼偏爭他來早來遲到今日冤冤相報解愁眉頓作歡眉喜骨肉團圓聚會理當做慶賀筵席

〔音釋〕當去聲 使去聲 柘音蔗 倈離靴切 稔音甚 策釵上聲 伯音擺 陌音賣 色篩上聲 劃胡乖切 斡烏括切 剌音辣 秩音至 棧音綻 鏖阿高切 黯衣減切 塹僉去聲 崎音欺 嶇音區 續詞疽切 律音慮 凹音邀 凸音迭 簌蘇上聲 淥音慮 掐張雅切 髮方雅切 拔邦加切 殺雙鮓切 俗詞疽切 簇聰疎切 鶻紅姑切 玉于句切 息喪擠切 十繩知切 石繩知切 北邦每切

相去聲　稱去聲　瞖女計切　重平聲　席星西切

題目　拋家失業李彥和
正名　風雨像生貨郎旦

風雨像生貨郎旦雜劇

清安觀邂逅說親

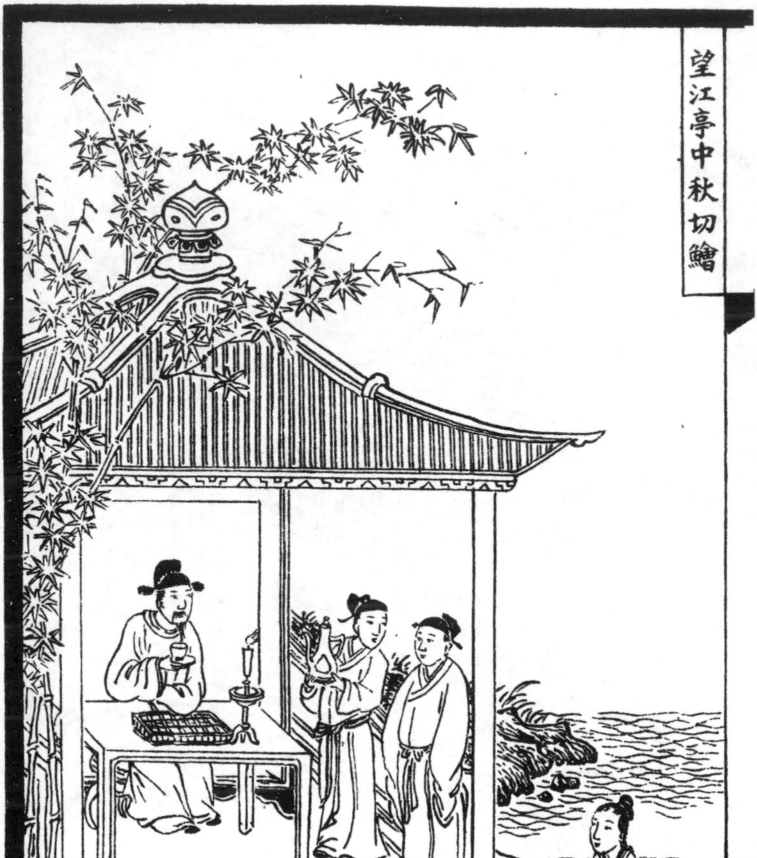
望江亭中秋切鱠
珍倣宋版印

望江亭中秋切鱠雜劇

元大都關漢卿撰
明吳興臧晉叔校

第一折

(旦兒扮白姑姑上云)貧道乃白姑姑是也從幼年間便捨俗出家在這清安觀裏做着個住持此處有一女人乃是譚記兒生的模樣過人不幸夫主亡逝已過他在家中守寡無男無女逐朝每日到俺這觀裏來與貧姑攀話貧姑有一個姪兒是白士中數年不見音信皆無也不知他得官也未使我心中好生記念今日無事且閉上這門者(正末扮白士中上)(詩云)昨日金門去上書今朝墨綬已懸魚誰家美女顏如玉綵毬偏愛擲貧儒小官白士中前往潭州為理路打清安觀經過觀中有我的姑娘是白姑姑在此做住持小官今日與白姑姑相見一面便索赴任來到門首無人報復我自過去(做見科云)姑姑您姪兒除授潭州為理一徑的來望姑姑(姑姑云)白士中孩兒也喜得美除我恰纔道罷孩兒果然來了也孩兒你媳婦兒好麼(白士中云)不瞞姑姑說您媳婦兒亡逝已過了也(姑姑云)姪兒這裏有個女人乃是譚記兒大有顏色逐朝每日在我這觀裏與我攀話等他來時我圓成與你做個夫人意下如何(白士中云)姑姑莫非不中麼(姑姑云)不妨事都在我身上你壁衣後頭趓者我咳嗽為號你便出來(白士中云)謹依來命(下)(姑姑云)這早晚譚夫人敢待來也(正旦扮譚記兒上云)妾身乃學士李希顏的夫人姓譚小字記兒不幸夫主亡化過了三年光景我寡居無事每日只在清安觀和白姑姑攀些閑話我想做婦人的沒了丈夫身無所主好苦人也呵(唱)

〔仙呂點絳唇〕我則爲錦帳春闌繡衾香散深閨晚粉謝脂殘到的這日暮愁無限

〔混江龍〕我爲甚一聲長嘆玉容寂寞淚闌干則這花枝裏外竹影中間氣吁的片片飛花紛似雨淚灑的珊珊翠竹染成斑我想着香閨少女但生的嫩色嬌顏都只愛朝雲暮雨那個肯鳳隻鸞單這愁煩恰便似海來深可兀的無邊岸怎守得三貞九烈敢早着了鑽懶幫閑

〔云〕可早來到也這觀門首無人報復我自過去〔做見姑姑科云〕姑姑萬福〔姑姑云〕夫人請坐〔正旦云〕我每日定害姑姑多承雅意妾身有心跟的姑姑出家不知姑姑意下何如〔姑姑云〕夫人你那裏出得家這出家無過草衣木食熬枯受淡那白日也還閑可到晚來獨自一個好生孤恓夫人只不如早早嫁一個丈夫去好〔正旦唱〕

〔村裏迓鼓〕怎如得您這出家兒清靜到大來一身散誕自從俺兒夫亡後再沒個相隨相伴俺也曾把世味親嘗人情識破怕甚麼塵緣羈絆俺如今罷掃了蛾眉淨洗了粉臉卸下了雲鬟姑姑也待甘心捱您這粗茶淡飯

〔姑姑云〕夫人你平日是享用慣的且莫說別來只那一頓素齋怕你也熬不過哩〔正旦唱〕

〔元和令〕則您那素齋食剛一餐怎知我麄米飯也曾慣俺從今把心猿意馬緊牢拴將繁華不掛眼〔姑姑云〕夫人你豈不知雨裏孤村雪裏山看時

容易畫時難早知不入時人眼多買胭脂畫牡丹夫人你怎生出的家來〔正旦唱〕您道是看時容易畫時難俺怎生就住不的山坐不的關燒不的藥煉不的丹〔姑姑云〕夫人放着你這一表人物怕沒有中意的丈夫嫁一個去只管說那出家做甚麼這須了不的你終身之事〔正旦云〕嗨姑姑這終身之事我也曾想來若有似俺男兒知重我的便嫁他去也罷〔姑姑做咳嗽科〕〔白士中見旦科云〕祗揖〔正旦回禮科云〕姑姑兀的不有人來我索回去也〔姑姑云〕夫人你那裏去我正待與你做個媒人只他便是你夫主可不好那〔正旦云〕姑姑這是甚麼說話〔唱〕

〔上馬嬌〕咱則是語話間有甚干姑姑也您便待做了筵席上撮合山〔姑姑云〕便與您做個撮合山也不誤了你〔正旦唱〕怎把那隔牆花強攀做連枝看〔做走介〕〔姑姑云〕關了門者我不放你出去〔正旦唱〕把門關將人來緊遮攔

〔勝葫蘆〕你却便引的人來心惡煩可甚的撒手不爲姦你暗埋伏隱藏着誰家漢俺和你幾年價來往傾心兒契合則今日索分顏〔姑姑云〕你兩個成就了一對夫妻把我這座清安觀權做高唐有何不可〔正旦唱〕

〔么篇〕姑姑你只待送下我高唐十二山枉展汚了你這七星壇〔姑姑云〕我成就了你錦片也似夫妻美滿恩情有甚麼不好處〔正旦唱〕說甚麼錦片前程真個罕〔姑姑云〕夫人你不要這等粧么做勢那個着你到我這觀裏來〔正旦唱〕一會兒甜言熱趲一會兒惡叉白賴姑姑也只被你直着俺兩下做人難〔姑姑云〕兀那君子誰着你這裏來〔白士中云〕就是小娘子着我來〔正旦云〕你倒將這言語贓

誣我來我至死也不順隨你〔姑姑云〕你要官休也私休〔正旦云〕怎生是官休怎生是私休〔姑姑云〕你要官休呵我這裏是個祝壽道院你不守志領着人來打攪我告到官中三推六問枉打壞了你若是私休你又青春他又少年我與你做個撮合山媒人成就了您兩口兒可不省事〔正旦云〕姑姑等我自尋思咱〔姑姑云〕可知道來千求不如一嚇〔正旦云〕好個出家的人偏會放刁姑姑他依的我一句話兒我便隨他去罷若不依着我呵我斷然不肯隨他〔白士中云〕休道一句話兒便一百句我也依的〔正旦唱〕

〔後庭花〕你着他休忘了容易間則這十個字莫放閑豈不聞芳槿無終日貞松耐歲寒姑姑也非是我要拿班只怕他將咱輕慢我我我攛斷的上了竿你你你掇梯兒着眼看他他他把鳳求凰暗裏彈我我我背王孫去不還只願他肯肯肯做一心人不轉關我和他守守守白頭吟非浪侃

〔姑姑云〕你兩個久後休忘我做媒的這一片好心兒〔正旦唱〕

〔柳葉兒〕姑姑也你若題着這椿兒公案則你那觀名兒喚做清安你道是蜂媒蝶使從來慣怕有人擔疾患到你行求丸散你則與他這一服靈丹姑姑也你專醫那枕冷衾寒

〔云〕罷罷罷我依着姑姑成就了這門親事罷〔姑姑云〕白士中這椿事虧了我麼〔白士中云〕你專醫人那枕冷衾寒虧了姑姑您孩兒只今日就攜着夫人同赴任所另差人來相謝也〔正旦云〕既然相公要上任去我和你拜辭了姑姑便索長行也〔姑姑云〕白士中你一路上小心在意者您

兩口兒正是郎才女貌天然配合端不枉了也〔正旦唱〕

〔賺煞尾〕這行程則宜疾不宜晚休想我着那別人絆翻不用追求相趁趕則他這等閑人怎得見我容顏姑姑也你放心安不索恁語話相關收了纜撅了樁踹跳板掛起這秋風布帆是看那碧雲兩岸落可便輕舟已過萬重山〔同白士中下〕

〔姑姑云〕誰想今日成合了我姪兒白士中這門親事我心中可煞喜也〔詩云〕非是貧姑硬主張為他年少守空房觀中怕惹風情事故使機關配白郎〔下〕

〔音釋〕擲音直　幫音邦　絆音扮　卸音瀉　慣光患切　拴尸關切　罕呵趕切　嚇音黑
槿音謹　攛粗酸切　侃看上聲　散上聲　撅與掘同　樁音莊　踹抽拐切

第二折

〔淨扮楊衙內引張千上詩云〕花花太歲為第一浪子喪門世無對普天無處不聞名則我是權豪勢宦楊衙內某乃楊衙內是也聞知有亡故了的李希顏夫人譚記兒大有顏色我一心要他做個小夫人頗奈白士中無理他在潭州為官未經赴任便去清安觀中央道姑為媒倒娶了譚記兒做夫人常言道恨小非君子無毒不丈夫論這情理教我如何容得他過他妬我為冤我妬他為讎小官今日奏知聖人有白士中貪花戀酒不理公事奉聖人的命差人去標了白士中首級小官就順着道此事別人去不中只除非小官親自到潭州取白士中首級伏命方纔萬無一誤聖人准奏賜小官勢劍金牌張千你分付李稍駕起小舟直到潭州取白士中首級走一遭去來〔詩云〕一心要娶譚記兒教人日夜費尋思若還奪得成夫婦這回方是運通時〔下〕〔白士中上云〕小官白士中

自到任以來只用清靜無事爲主一郡黎民各安其業頗得衆心單只一件我這新娶譚夫人當日有楊衙內要圖他爲妾不期被我娶做夫人同往任所我這夫人十分美貌不消說了更兼聰明智慧事事精通端的是佳人領袖美女班頭世上無雙人間罕比聞知楊衙內至今懷恨我我也恐怕他要來害我每日懸懸在心今早坐過衙門別無勾當且在這前廳上閑坐片時休將那段愁懷使我夫人知道〔院公上詩云〕心忙來路遠事急出家門夜眠侵早起又有不眠人老漢是白士中家的一個老院公我家主人今在潭州爲理被楊衙內暗奏聖人賜他勢劍金牌標取我家主人首級俺老夫人得知差我將着一封家書先至潭州報知這個消息好預做准備說話之間可早來到潭州也不必報復我自過去〔見科〕相公將息的好也〔白士中云〕院公你來做甚麼〔院公云〕奉老夫人的分付着我將着這書來送相公親拆〔白士中云〕有母親的書呵將來我看〔院公做遞書科云〕書在此〔白士中看書科云〕書中之意我知道了嗨果中此賊之計院公你吃飯去〔院公云〕理會的〔下〕〔白士中云〕誰想楊衙內爲我娶了譚記兒挾着讎恨朦朧奏過聖人要標取我的首級似此如之奈何兀的不悶殺我也〔正旦上云〕妾身譚記兒自從相公理任以來俺在這衙門後堂居住相公每日坐罷早衙便與妾身攀話今日這早晚不見回來我親自望相公走一遭去波〔唱〕

〔中呂粉蝶兒〕不聽的報喏聲齊大古裏坐衙來恁時節不退你便要接新官也合通報咱知又無甚緊文書忙公事可着我心兒裏不會轉過這影壁偷窺可怎生獨自個死臨侵地

〔云〕我且不要過去且再看咱呀相公手裏拏着一張紙低着頭左看右看我猜着了也〔唱〕

〔醉春風〕常言道人死不知心則他這海深也須見底多管是前妻將書至知他娶了新妻他心兒裏悔悔你做的個棄舊憐新他則是見咱有意使這般巧謀姦計

〔做見科云〕相公〔白士中云〕夫人有甚麼勾當自到前廳上來〔正旦云〕敢問相公爲甚麼不回後堂中去敢是你前夫人寄書來麼〔白士中云〕夫人並無什麼前夫人寄書來我自有一椿兒攏不下的公事以此納悶〔正旦云〕相公不可瞞着妾身你定有夫人在家今日稍書來也〔白士中云〕夫人不要多心小官並不敢欺心也〔正旦唱〕

〔紅繡鞋〕把似你則守着一家一計誰着你收拾下兩婦三妻你常好是七八下裏不伶俐堪相守留着相守可別離與個別離這公事合行的不在你

〔白士中云〕我若無這些公事呵與夫人白頭相守小官之心惟天可表〔正旦云〕我見相公手中將着一張紙必然是家中寄來的書相公休瞞妾身我是猜這書中的意咱〔白士中云〕夫人你是猜波〔正旦唱〕

〔普天樂〕棄舊的委實難迎新的終容易新的是半路裏姻眷舊的是綰角兒夫妻我雖是個婦女身我雖是個裙釵輩見別人眨眼擡頭我早先知來意不是我賣弄所事精細〔帶云〕相公你瞞妾身怎的〔唱〕你休等的我恩斷意絕眉南面北恁時節水盡鵝飛

〔白士中云〕夫人小官不是負心的人那得還有前夫人來〔正旦云〕相公你說也不說〔白士中

云〕夫人我無前夫人你着我說甚麼〔正旦云〕既然你不肯說我只覓一個死處便了〔白士中云〕住住住夫人你死了那裏發付我那我說則說夫人休要煩惱〔正旦云〕相公你說我不煩惱〔白士中云〕夫人不知當日楊衙內曾要圖謀你爲妾不期我娶了你做夫人他懷恨小官在聖人前妄奏說我貪花戀酒不理公事現今賜他勢劍金牌親到潭州要標取我的首級這個是家中老院公奉我老母之命稍此書來着我知會我因此煩惱〔正旦云〕原來爲這般相公你怕他做甚麼〔白士中云〕夫人休惹他則他是花花太歲〔正旦唱〕

〔十二月〕你道他是花花太歲要強逼的我步步相隨我呵怕甚麼天翻地覆就順着他雨約雲期這椿事你只睜眼兒覷者看怎生的發付他賴骨頑皮

〔堯民歌〕呀着那廝得便宜翻做了落便宜着那廝滿船空載月明歸你休得便乞留乞良搥跌自傷悲你看我淡粧不用畫蛾眉今也波日我親身到那裏看那廝有備應無備

〔白士中云〕他那裏必然做下准備夫人你斷然去不得〔正旦云〕相公不妨事〔做耳喑科〕則除是恁的〔白士中云〕則怕反落他勾中夫人還是不去的是〔正旦云〕相公不妨事〔唱〕

〔煞尾〕我着那廝磕着頭見一番恰便似神羊兒忙跪膝直着他船橫纜斷在江心裏我可便智賺了金牌着他去不得〔下〕

〔白士中云〕夫人去了也據着夫人機謀見識休說一個楊衙內便是十個楊衙內也出不得我夫人之手正是眼觀旌節旗耳聽好消息〔下〕

〔音釋〕慧音惠　喏音惹　綰灣上聲　嘶音斷　只張恥切　便平聲　日人智切　應平聲

磕音可　膝畏擠切　纜音濫　賺音湛

第三折

〔衙內領張千李稍上〕〔衙內云〕小官楊衙內是也頗奈白士中無理量你到的那裏豈不知我要取譚記兒為妾他就公然背了我娶了譚記兒為妻同臨任所此恨非淺如今我親身到潭州標取白士中首級你道別的人為甚麼我不帶他來這一個是張千這一個是李稍這兩個小的聰明乖覺都是我心腹之人因此上則帶的這兩個人來〔張千去衙內鬢邊做拏科〕〔衙內云〕哏你做什麼〔張千云〕相公鬢邊一個蝨子〔衙內云〕這廝倒也說的是我在這船隻上個月期程也不曾梳篦的頭我的兒好乖〔李稍去衙內鬢上做拏科〕〔衙內云〕李稍你也怎的〔李稍云〕相公鬢上一個狗鼈〔衙內云〕你看這廝〔親隨李稍同去衙內鬢上做拏科〕〔衙內云〕弟子孩兒直恁的般多〔李稍云〕親隨今日是八月十五日中秋節令我每安排些酒果與大人翫月可不好〔張千云〕你說的是〔張千同李稍做見科云〕大人今日是八月十五日中秋節令對着如此月色孩兒每與大人把一杯酒賞月何如〔衙內做怒科云〕哏這個弟子孩兒說什麼話我要來幹公事怎麼教我吃酒〔張千云〕大人您孩兒每並無歹意是孝順的心腸大人不用孩兒每一點不敢吃〔衙內云〕親隨你若吃酒呢〔張千云〕我若吃一點酒呵吃血〔衙內云〕正是休要吃酒李稍你若吃酒呢〔李稍云〕我若吃酒害疔瘡〔衙內云〕既是您兩個不吃酒也罷也罷我則飲三杯安排酒果過來〔張千云〕李稍擡果卓過來〔李稍做擡果卓科云〕果卓在此我執壺你遞酒〔張千云〕我兒斟滿着〔做遞酒科云〕大人滿飲一杯〔衙內做接酒科〕〔張千倒褪自飲云〕〔衙內云〕親隨你怎麼自吃

了〔張千云〕大人這個是擷毒的醆兒這酒不是家裏帶來的酒是買的酒大人吃下去若有好歹藥殺了大人我可怎麼了〔衙內云〕說的是你是我心腹人〔李稍做遞酒科云〕你要吃酒弄這等嘴兒待我送酒大人滿飲一杯〔衙內接科〕〔李稍自飲科〕〔衙內云〕你也怎的〔李稍云〕大人他吃的我也吃的〔衙內云〕你看這廝我且慢慢的吃幾杯親隨與我把別的民船都趕開者〔正旦拿魚上云〕這裏也無人妾身白士中的夫人譚記兒是也粧扮做個賣魚的見楊衙內去好魚也這魚在那江邊遊戲趁浪尋食却被我駕一孤舟撒開網去打出三尺錦鱗還活活潑潑的亂跳好鮮魚也〔唱〕

〔越調鬭鵪鶉〕則這今晚開筵正是中秋令節只合低唱淺斟莫待他花殘月缺見了的珍奇不消的咱說則這魚鱗甲鮮滋味別這魚不宜那水煮油煎則是那薄批細切

〔云〕我這一來非容易也呵〔唱〕

〔紫花兒序〕俺則待稍關打節怕有那慣施捨的經商不請言賒則俺這籃中魚尾又不比案上羅列活計全別俺則是一撒網一蓑衣一篛笠先圖些打捏只問那肯買的哥哥照顧俺也些些

〔云〕我纔住這船上的岸來〔做見李稍云〕哥哥萬福〔李稍云〕這個姐姐我有些面善〔正旦云〕你道我是誰〔李稍云〕姐姐你敢是張二嫂麼〔正旦云〕我便是張二嫂你怎麼不認的我了你是誰〔李稍云〕則我便是李阿鱉〔正旦云〕你是李阿鱉〔正旦做打科云〕兒子這些時吃得好了我想你來〔李稍云〕二嫂你見我親麼〔正旦云〕兒子我見你可不知親哩你如今過去和相公說一

聲着我過去切鱠得些錢鈔養活我來也好〔李稍云〕我知道了親隨你來〔張千云〕弟子孩兒喚我做什麼〔李稍云〕有我個張二嫂要與大人切鱠〔張千云〕甚麼張二嫂〔正旦見張千科云〕媳婦孝順的心腸將着一尾金色鯉魚特來獻新望與相公說一聲咱〔張千云〕也得也得我與你說去得的錢鈔與我些買酒吃你隨着我來〔做見衙內科云〕大人有個張二嫂要與大人切鱠〔衙內云〕甚麼張二嫂〔正旦見科云〕相公萬福〔衙內做意科云〕一個好婦人也小娘子你來做甚麼〔正旦云〕媳婦孝順的心腸將着這尾金色鯉魚一徑的來獻新可將砧板刀子來我切鱠哩〔衙內云〕難的小娘子如此般用意怎敢着小娘子切鱠俗了手李稍拿了去與我薑辣煎燂了來〔李稍云〕大人不要他切就村了〔衙內云〕多謝小娘子來意擡過果卓來我和小娘子飲三杯將酒來娘子滿飲一杯〔張千做吃酒科〕〔衙內云〕你怎的〔張千云〕你請他他又請你你又不吃他又不吃可不這杯酒冷了不如等親隨乘熱吃了倒也乾淨〔衙內云〕唗靠後將酒來小娘子滿飲此杯〔正旦云〕相公請〔張千云〕你吃便吃不吃我又來也〔正旦做跪衙內科〕〔衙內扯正旦科云〕小娘子請起我受了你的禮就做不得夫妻了〔正旦云〕媳婦來到這裏便受了禮也做得夫妻〔張千同李稍拍卓科云〕妙妙妙〔衙內云〕小娘子請坐〔正旦云〕相公你此一來何往〔衙內云〕小官有公差事〔李稍云〕二嫂專為要殺白士中來〔衙內云〕唗你說什麼〔正旦云〕相公若拿了白士中呵也除了潭州一害只是這州裏怎麼不見差人來迎接相公〔衙內云〕小娘子你却不知我恐怕人知道走了消息故此不要他們迎接〔正旦唱〕

〔金蕉葉〕相公你若是報一聲着人遠接怕不的船兒上有五十座笙歌擺設你為公事來到這些不知你怎生做兀的關節

（衙內云）小娘子早是你來的早若來的遲呵小官歇息了也（正旦唱）
〔調笑令〕若是賤妾晚來些相公船兒上黑鼾鼾的熟睡歇則你那金牌勢劍身傍列見官人遠離一射索用甚從人攔當者俺只待拖狗皮的拷斷他腰截

（衙內云）李稍我央及你你替我做個落花媒人你和張二嫂說大夫人不許他許他做第二個夫人包髻團衫繡手巾都是他受用的（李稍云）相公放心都在我身上（做見正旦科云）二嫂你有福也相公說來大夫人不許你許你做第二個夫人包髻團衫袖腿綳（正旦云）敢是繡手巾（李稍云）正是繡手巾（正旦云）我不信等我自問相公去（正旦見衙內科云）相公恰纔李稍說的那話可真個是相公說來（衙內云）是小官說來（正旦云）量媳婦有何才能着相公如此般錯愛也（衙內云）多謝多謝小娘子就靠着小官坐一坐可也無傷（正旦云）妾身不敢（唱）

〔鬼三台〕不是我誇貞烈世不曾和個人兒熱我醜則醜刁决古撇不由我見官人便心邪我也立不的志節官人你救黎民爲人須爲徹拏濫官殺人須見血我呵只爲你這眼去眉來（正旦與衙內做意兒科唱）使不着我那冰清玉潔

（衙內做喜科云）勿勿勿（張千與李稍做喜科云）勿勿勿（衙內云）你兩個怎的（李稍云）大家耍一耍（正旦唱）

〔聖藥王〕珠冠兒怎戴者霞帔兒怎掛者這三簷傘怎向頂門遮喚侍妾簇捧者我從來打魚船上扭的那身子兒別替你穩坐七香車

〔衙內云〕小娘子我出一對與你對羅袖半翻鸚鵡盞〔正旦云〕妾對玉纖重整鳳凰衾〔衙內拍卓科云〕妙妙妙小娘子你莫非識字麽〔正旦云〕妾身略識些撇豎點劃〔衙內云〕小娘子既然識字小官再出一對雞頭個個難舒頸〔正旦云〕妾對龍眼團團不轉睛〔張千同李稍拍卓科云〕妙妙妙〔正旦云〕妾身難的遇着相公乞賜珠玉〔衙內云〕哦你要我贈你什麽詞賦有有有李稍將紙筆硯墨來〔李稍做拿砌末科云〕相公紙墨筆硯在此〔衙內云〕我寫就了也詞寄西江月〔正旦云〕相公表白一遍咱〔衙內做念科云〕夜月一天秋露冷風萬里江湖好花須有美人扶情意不堪會處仙子初離月浦嫦娥忽下雲衢小詞倉卒對君書付與你個知心人物〔正旦云〕高才高才我也回奉相公一首詞寄夜行船〔衙內云〕小娘子你表白一遍咱〔正旦做念科云〕花底雙雙鶯燕語也勝他鳳隻鸞孤一霎恩情片時雲雨關連着宿緣前註天保今生爲眷屬但則願似水如魚冷落江湖團圞人月相連着夜行船去〔衙內云〕妙妙妙你的更勝似我的小娘子俺和你慢慢的再飲幾杯〔正旦云〕敢問相公因甚麽要殺白士中〔衙內云〕小娘子你休問他〔李稍云〕張二嫂俺相公有勢劍在這裏〔衙內云〕休與他看〔正旦云〕這個是勢劍衙內見愛媳婦借與我拏去治三日魚好那〔衙內云〕便借與他〔張千云〕還有金牌哩〔正旦云〕這個是金牌衙內見愛我與我打戒指兒罷再有什麽〔李稍云〕這個是文書〔正旦云〕這個便是買賣的合同〔正旦做袖文書科云〕相公再飲一杯〔衙內云〕酒勾了也小娘子休唱前篇則唱幺篇〔做醉科〕〔正旦云〕冷落江湖團圞人月相隨着夜行船去〔親隨同李稍做睡科〕〔正旦云〕這厮都睡着了也〔唱〕

〔秃厮兒〕那厮也忒懵懂玉山低趄着鬼祟醉眼乜斜我將這金牌虎符都袖褪者喚相公早醒些快迭

〔絡絲娘〕我且回身將楊衙內深深的拜謝您娘向急颭颭船兒上去也到家對兒夫盡分說那一番週搯

〔帶云〕慚愧慚愧〔唱〕

〔收尾〕從今不受人磨滅穩情取好夫妻百年喜悅俺這裏美孜孜在芙蓉帳笑春風只他那冷清清楊柳岸伴殘月〔下〕

〔衙內云〕張二嫂張二嫂那裏去了〔做失驚科云〕〔李稍云〕張二嫂怎麼去了看我的勢劍金牌可在那裏〔張千云〕就不見了金牌還有勢劍共文書哩〔李稍云〕連勢劍文書都被他拿去了

〔衙內云〕似此怎了也〔李稍唱〕

〔馬鞍兒〕想着想着跌脚兒叫〔張千唱〕想着想着我難熬〔衙內唱〕酩子裏愁腸酩子裏焦〔衆合唱〕又不敢着傍人知道則把他這好香燒好香燒咒的他熱肉兒跳

〔衙內云〕這廝每扮戲那〔衆同下〕

〔音釋〕

篦音避　釃音篩　攝音設　趁嗔去聲　節音姐　缺區也切　說書惹切　別皮耶切　切音且　列郎夜切　别邦耶切　蒻饒去聲　笠音利　揑尼夜切　鱠音桂　㸑鑽上聲　接音姐　設商者切　黑亨美切　齁吼平聲　歇希也切　射音社　當上聲　者平聲　拷音考　截藏斜切　綳音崩　烈郎夜切　熱仁蔗切　徹昌惹切　血希也切　潔飢也切　帔音配　劃音畫　物音務　屬繩朱切　趄青夜切　祟音歲　乜彌嗟切　褪吞去聲　迭音爹　颭占上聲　搯音者　滅迷夜切　悅魚夜切

月魚夜切　酩命上聲

第四折

（白士中領祗候上云）小官白士中因爲楊衙內那廝妄奏聖人要標取小官首級且喜我夫人施一巧計將他勢劍金牌智賺了來今日端坐衙門看那廝將着甚的好來奈何的我左右門首覷者倘有人來報復我知道（衙內同張千李稍上）（衙內云）小官楊衙內是也如今取白士中的首級去可早來到門首我自過去（做見白士中科云）令人與我拿下白士中者（張千做拿科）（白士中云）你憑着甚麼符驗來拏我（衙內云）我奉聖人的命有勢劍金牌被盜失了我有文書（白士中云）有文書也請來念與我聽（衙內做讀文書科云）詞寄西江月（白末做搶科云）這個是淫詞（衙內云）這個不是還別有哩（衙內又做讀文書科云）詞寄夜行船（白末做搶科云）這個也是淫詞（衙內云）這廝倒挾制我不妨事又無有原告怕他做甚麼（正旦上云）妾身白士中的夫人譚記兒頗奈楊衙內這廝好無理也呵（唱）

（雙調新水令）有這等倚權豪貪酒色濫官員將俺個有兒夫的媳婦來欺騙他只待強拆開我長攙攙的連理枝生擺斷我顫巍巍的並頭蓮其實負屈銜冤好將俺窮百姓可憐見

（正旦做見跪科云）大人可憐見有楊衙內在半江心裏欺騙我來告大人與我作主（白士中云）司房裏責口詞去（正旦云）理會的（下）（白士中云）楊衙內你可見來有人告你哩你如今怎麼說（衙內云）可怎麼了我則索央及他相公我自有說的話（白士中云）你有甚麼話說（衙內云）相公如今你的罪過我也饒了你你也饒過我罷則一件說你有個好夫人請出來我見一面（白

士中云〕也罷也罷左右擊雲板後堂請夫人出來〔左右云〕夫人相公有請〔正旦改粧上云〕妾身白士中的夫人如今過去看那廝可認的我來〔唱〕

〔沉醉東風〕楊衙內官高勢顯昨夜箇說地談天只道他仗金牌將夫壻誅恰元來擊雲板請夫人見只聽的叫吖吖嚷成一片抵多少笙歌引至畫堂前看他可認的我有些面善

〔與衙內見科〕〔云〕衙內恕生面少拜識〔唱〕

〔鴈兒落〕只他那身常在柳陌眠脚不離花街串幾年聞姓名今日逢顏面

〔得勝令〕呀請你個楊衙內少埋寃〔衙內云〕這一位夫人好面熟也〔李稍云〕元的不是張二嫂〔衙內云〕嗨夫人你使的好見識直被你瞞過小官也〔正旦唱〕誂的他半晌只茫然又無那八棒十枷罪止不過三交兩句言這一隻魚船只費得半夜工夫纏俺兩口兒今年做一個中秋八月圓

〔外扮李秉忠冲上云〕小官乃巡撫湖南都御史李秉忠是也因爲楊衙內妄奏不實奉聖人的命着小官暗行體訪但得真情先自勘問然後具表申奏來到此間正是潭州衙舍白士中楊衙內您這樁事小官盡知了也〔正旦唱〕

〔錦上花〕不甫能擇的英賢配成姻眷沒來由遇着無徒使盡威權我只得親上漁船把機關暗展若不沙那勢劍金牌如何得免

〔幺篇〕呀只除非天見憐奈天天又遠今日個幸對清官明鏡高懸

似他這強奪人妻公違律典既然是體察端的怎生發遣

（李秉忠云）一行人俱望闕跪者聽我下斷（詞云）楊衙內倚勢挾權害良民罪已多年又與心奪人妻妾敢妄奏聖主之前譚記兒天生智慧賺金牌親上漁船奉勑書差咱體訪爲人間理枉伸冤將衙內問成雜犯杖八十削職歸田白士中照舊供職賜夫妻偕老團圓（白士中夫妻謝恩科）

（正旦唱）

（清江引）雖然道今世裏的夫妻夙世的緣畢竟是誰方便從此無別離百事長如願這多謝你個賽龍圖恩不淺

（音釋）攙楚銜切　顫音戰　諕音夏　晌音賞　纏去聲　勘坎去聲

題目　清安觀邂逅說親

正名　望江亭中秋切鱠

望江亭中秋切鱠雜劇

珍倣宋版印

甘河鎮一地斷葷腥

馬丹陽三度任風子

馬丹陽三度任風子雜劇

元　馬致遠撰

明吳興臧晉叔校

第一折

〔沖末扮馬丹陽上詩云〕雪瓮冰虀滿筯黃沙餅豆粥隔籬香就中滋味無人識傲殺羊羔乳酪漿貧道祖居寧海萊陽人也俗姓馬名從義乃伏波將軍馬援之後錢財過萬倍之餘田宅有半州之盛家傳祕行世積陰功初蒙祖師點化不得正道把我魂魄攝歸陰府受鞭笞之苦忽見祖師來救化作天尊令貧道似夢非夢方覺死生之可懼也因此遂棄其金珠拋其眷屬身掛一瓢頂分三髻按天地人三才之道正一髻受東華帝君指教去其四罪是人我是非右一髻受純陽真人指教去其四罪是富貴名利左一髻受王祖師指教去其四罪是酒色財氣方成大道正授白雲洞主丹陽抱一無為普化真人陰符中道人身難得中土難逢假是得生正法難遇貧道昨宵看見青氣沖天下照終南山甘河鎮有一人任屠此人有半仙之分因而稟過祖師前去點化他若到的甘河鎮將一方之地都化的不吃腥葷你道為何此人是屠戶之家他見我化的一方之地都吃了齋素攪了他買賣他必然來傷害我性命他若來時點化此人歸于正道〔詩云〕我與他閻王簿上除生死紫府宮中立姓名指開海角天涯路引得迷人大道行〔下〕〔正末扮任屠同旦李氏上云〕自家終南山甘河鎮人氏姓任是個操刀屠戶嫡親的兩口兒家屬渾家李氏近新來生了一個小廝兒今日是我生辰之日又是孩兒滿月眾兄弟送些禮物來大嫂你去安排酒食茶飯等待兄弟每這早晚敢待來也〔旦云〕理會的〔眾屠戶上云〕俺都是甘河鎮屠戶俺有一個哥哥是任屠俺的本錢是

他的近新來不知是那裏走的個師父來頭揜着三個丫髻化的俺這一方之人盡都吃了齋素俺屠行買賣都遲了本錢消折今日是任屠哥哥生辰之日又是他孩兒滿月一來與哥哥做生日二來問哥哥借些本錢說話中間可早來到了也〔衆見正末科云〕哥哥你兄弟來遲也〔正末云〕恰纔道罷兄弟每早來了也量任屠有何德能動勞列位請坐〔衆云〕哥哥請坐〔正末云〕大嫂將酒來兄弟每慢慢飲一杯〔衆云〕俺兄弟每又無厚禮倒來定害哥哥嫂嫂〔正末云〕兄弟一回相見一回老能有幾年做弟兄也呵〔唱〕

〔仙呂點絳脣〕朋友相憐弟兄錯見任屠面今日何緣因賤降來宅院

〔混江龍〕俺屠家開宴端的是肉如山岳酒如川都是些吾兄我弟等輩齊肩直吃的月上花稍傾盡酒風吹荷葉倒垂蓮客喧席上酒到跟前何曾摘厭並不推言一盞盞接入手可都乾乾的嚥賣弄他掂斤播兩撥萬輪千

〔衆云〕酒勾了俺吃不得了也〔正末云〕衆兄弟可早醉也〔唱〕

〔油葫蘆〕你着那些札手風喬人酒量淺他喫不的一謎裏灑他將那喫不了的牛肉着指頭塡恰便似餓狼般撞入肥羊圈乞兒般鬧了悲田院吃的來眼又睁撐的來氣又喘都是猪脖臍狗奶子喬親眷都坐滿一圓圈

〔天下樂〕可正是畫戟門排見醉仙〔帶云〕大嫂〔唱〕則我這家緣不少

了你喫共穿生下這魔合羅般好兒天可憐花謝了花再開月缺了月再圓咱人老何曾再少年

（衆云）你兄弟都折少本錢問哥哥再借些鈔做本錢（正末云）大嫂兄弟每無本錢呵借與他些

（旦云）喒那裏得那錢來你好忒自專也（正末唱）

〔那吒令〕非任屠自專大河裏有船相知每共言囊橐裏有錢（旦云）俺那裏有那錢來（正末云）你這般惡乂白賴的（唱）哎這婆娘不賢頭直上有天任屠非自誇你親曾見做屠戶的這些衚衕

〔鵲踏枝〕一箇道少人錢一箇道缺盤纏怕不待鼓腦爭頭爭奈他赤手空拳俺這裏謝天葫蘆提過遣喒比他稍有些水陸莊田

（云）大嫂去後面看些茶飯來（旦云）理會的（下）（正末云）我開了這箱子取出些錢鈔來與你一家兩錠做本錢兄弟也我去年借與你許多本錢都那裏去了（衆云）哥哥不知去年借的本錢都折了近新來不知那裏走將一個先生來化的這甘河鎮一方之地都吃了齋素因此上折了本錢（正末唱）

〔寄生草〕你道他都修善不喫羶你道是先生每鬧了終南縣道上每住滿全真院莊家每閑看神仙傳姑姑每屯滿七真堂我道來搖車兒攞滿三清殿

（衆云）哥哥似這等屠戶人家都吃了齋着喒每怎生做買賣（正末云）你休鬧可不道攬人買賣如殺父母如今那個敢殺那先生去（衆云）俺去（正末云）你如今白廝打嬴的便殺那先生去（一

衆云〕說的是說的是俺衆人打你一個〔正末云〕打將來〔做打科衆倒科〕〔正末云〕你都近不的我〔唱〕

〔金盞兒〕一箇拳來到眼跟前輕躲過臂忙搧一箇被我搬的一似風車兒轉一箇拳來先躲過似放過一蠶椽這一箇明堂裏可早乂翻背這一箇嘴縫上中直拳這一箇撲的腮揾土這一箇亭的脚稍天

〔衆云〕哥哥俺近不的你是你去〔正末云〕我去〔衆云〕雖然這等還怕那先生有神通你到那裏小心在意者〔正末云〕兄弟每我明日五更前後便去殺那先生你放心者〔唱〕

〔賺煞尾〕想着我撲乳牛力氣全殺劣馬心非善但提起身輕體健俺兩個若還廝撞見不着那廝巧語花言遮莫你駕雲軒平地升仙將我這搊膽剜心手段展須直趕到玉皇殿前撞入那月宮裏面我把他死羊般拖下九重天〔下〕

〔衆云〕哥哥醉了也俺衆人回家去來〔下〕

〔音釋〕 笞音癡　葷音昏　宅池齋切　掂店平聲　謎迷去聲　瀽音蹇　圈去聲　槖音托　衎音杭　衏音院　擅扇平聲　屯音豚　搧扇平聲　揾温去聲　剜碗平聲

第二折

〔馬丹陽上云〕貧道馬丹陽離了仙鄉來此終南縣甘河鎮化一草庵居住不勾半年將此一方的人都化的吃了齋素果然這任屠殺生太衆性如烈火如今要殺貧道或白晝而來或黑夜而至可

用俺神通秘法點化此人俗說能化一羅刹莫度十七斜我教他眼前見些惡境頭然後點化此人這早晚敢待來也〔正末同旦上云〕我昨日和衆兄弟每打賭賽今日殺那先生去我昨日吃的酒多了些今日宿酒未醒我索殺那先生走一遭去〔唱〕

〔正宮端正好〕添酒力晚風涼助殺氣秋雲暮尙兀自脚趔趄醉眼模糊他化的俺一方之地都食素單則是俺這殺生的無緣度

〔旦云〕你這早晚往那裏去〔正末云〕我要殺那先生去〔唱〕

〔滾繡毬〕你可也休怕怖我心中不悦忽常言道避着不做〔旦云〕他是個出家人和你往日無寃近日無讎你殺他怎的〔正末云〕任大嫂你莫不養着那先生來〔旦云〕哑你聽是甚言語〔正末唱〕你莫不和馬丹陽是綰角兒妻夫〔旦云〕我看你到那裏怎的〔正末唱〕我到那裏一隻手揪住繫腰一隻手揝住道服把那廝輕輕擡舉滴溜撲攛下街衢我是箇敲牛宰馬任風子〔旦云〕你休去帶累我也〔正末唱〕帶累你抱姪攜男魯義姑我言語無虛

〔旦云〕我苦勸你不聽我言語〔正末唱〕

〔倘秀才〕你道是苦勸着不依你箇婦女那先生壞衣飯如殺父母自古無毒不丈夫〔云〕大嫂喒那孩兒在那裏〔旦云〕孩兒在家睡哩〔正末唱〕則那親生子快啼哭你與我覷去

〔旦云〕我好也要你家去歹也要你家去〔正末云〕大嫂那先生和我往日無寃近日無讎我沒來由殺他怎的那莊裏有幾個頭口兒我則怕別的屠戶趕了去我只推殺那先生其實趕頭口去你

家去磨下刀燒下湯我便趕將頭口來也〔旦云〕哦可知道殺人償命欠債還錢你這般說纔是我如今便去燒的湯熱磨的刀快你早些兒來家〔下〕〔正末云〕婆娘家性如水我三兩句話說的他回去了我今去殺那先生去可早來到也我跳過這牆去〔唱〕

〔滾繡毬〕我騙土牆騰的跳過來轉茅簷厭的行過去退身在背陰黑處〔帶云〕兀的不有人來也〔唱〕莫不是馬丹陽先有埋伏我則見悄悄的有人言原來是瀟瀟的風弄竹晃的這月華明閃雲來雲去似人行竹影扶踈原來這害丹陽刺客心頭怕殺劣馬賊人膽底虛使不着膽大心麤

〔云〕我自過去〔做見科〕〔丹陽云〕任屠你來了也〔正末背云〕好奇怪他怎生認的我〔回云〕我來了也〔丹陽云〕你來做甚麼〔正末云〕我來殺你哩〔丹陽云〕我是個出家人與你往日無冤近日無讎你如何來殺我〔正末云〕我是個屠戶之家你化的一方之地都不吃葷腥壞了俺屠行買賣我因此來殺你〔丹陽云〕你道我化的這一方之地都不吃葷腥壞了你這買賣因此來殺貧道是我攪了你買賣也罷也罷貧道受死你與我快性者〔正末云〕你有甚麼神通廣大使出來〔丹陽云〕貧道那裏有神通〔正末唱〕

〔倘秀才〕遮莫你攝伏下北極真武便請下東華帝主我道你敢是箇南方左道術便有甚縮地法混天書我與你箇快取

〔外扮神子仗劍上〕〔做扳末科〕〔正末唱〕

〔窮河西〕我這裏觀絕了悠悠的五魂也無原來這丹陽師父領着

一箇護身符他不是跨鶴來可怎生有這般翅羽他把我當攔住則我這潑性命向他跟前怎生過去

〔神子殺正末科下〕〔正末云〕有殺人賊也〔丹陽云〕任屠你做甚麼〔正末云〕哎喲有殺人賊也還我頭來〔丹陽云〕你纔要殺我倒問我要頭你自摸你那頭去〔正末云〕師父放任屠回家去罷〔丹陽云〕你要去自去誰當着你哩〔正末云〕師父我來時一條路如今三條路不知往那條路去〔丹陽云〕你來處來去處去休迷了正道〔正末云〕是是來處來去處去〔做尋思科云〕父母生我是來處來我若死了便是去處去他着我休迷了正道這先生敢教我跟他出家去罷罷罷稽首任屠情愿跟師父出家〔丹陽云〕你要出家你可是甚麼善男善女你恰纔提短刀越牆而過要殺我如今可要跟我出家你聽者〔詩云〕將你那嬌妻幼子都休顧便有玉海金山也不慕一心唯想你生身何處來我方纔指與你條大道長生路俺這神仙則許神仙做你那凡夫則尋凡夫去〔正末唱〕

〔叨叨令〕師父道神仙則許神仙做凡夫則尋你凡夫去爺娘枉說爺娘苦〔云〕則是我那魔合羅孩兒嗨父母恩養尚且報不的量他打甚麼不緊〔唱〕常言道兒孫自有兒孫福〔云〕兒女是金枷玉鎖歡喜冤家師父稽首〔唱〕任屠却須省得也麼哥却須省得也麼哥告師父指與我一道長生路

〔丹陽云〕任屠你堅心要出家麼〔正末云〕情愿與師父做個徒弟〔丹陽云〕任屠你既要出家拋棄了你那妻子方可出家〔正末云〕你徒弟既要出家量他打甚麼不緊徒弟都捨了也〔丹陽云〕你真個要出家我與你十戒一戒酒色財氣二戒人我是非三戒因緣好惡四戒憂愁思慮五戒口

慈心毒六戒吞腥啖肉七戒常懷不足八戒克己厚人九戒馬劣猿顛十戒怕死貪生此十戒是萬罪之緣萬惡之種既要學道必當戒之將你俗衣盡都去了身穿着道袍腰繫着雜絛絲每日在菜園中修行辦道早晨打五百桶水日中打五百桶水天晚打五百桶水繳轆轤俱攏兒撥畦兒打勤勞受辛苦口誦道德經云道可道非常道名可名非常名〔詩云〕你那氣無强弱志為先努力須行莫換肩離得這番凡境界着你生身別上一重天〔正末云〕師父着我早晨打五百桶水午間打五百桶水晚夕打五百桶水一日一千五百桶水量這眼小井却不打的乾了那〔唱〕

〔三煞〕從今後栽下這五株綠柳侵門戶種下這三徑黃花近草廬學師父伏虎降龍跨鸞乘鳳誰待要宰馬敲牛殺狗屠驢謝師父救了我這蠢蠢之物泛泛之才落落之徒雖然愚魯從小裏看過文書

〔二煞〕高山流水知音許古木蒼烟入畫圖學列子乘風子房歸道陶令休官范蠡歸湖雖然是平日凡胎一旦修真無甚功夫撇下這砧刀什物情取那經卷藥葫蘆

〔煞尾〕再誰想泥猪疥狗生涯苦玉兔金烏死限拘修無量樂有餘朱頂鶴獻花鹿唳野猿嘯風虎雲滿窗月滿戶花滿蹊酒滿壺風滿簾香滿爐看讀玄元道德書習學清虛莊列術小小茅庵是可居春夏秋冬總不殊春景園林賞花木夏日山間避炎暑秋天籬邊玩松菊冬雪檐前看梅竹皓月清風為伴侶酒又不飲色又無財又不貪氣不出我準備麻繩拽轆轤提挈荆筐擔糞土鋤了田苗種了菜蔬

老做莊家小做屠〔帶云〕我兀的到這中年做你一個徒弟〔唱〕哎師父我可也打的你那勤勞受的你那苦〔下〕

〔丹陽云〕且喜任屠仙胎可在便要出家看他修行如何再傳祕法點化他成仙了道〔詞云〕任屠不是我故意的磨滅經年也只爲脩仙事全要精專待他時有一日功成行滿纔許你離塵世證果朝元〔下〕

〔音釋〕剎音察　趔郎耶切　趄且去聲　忽音虎　做租去聲　揝簪上聲　攛音爨　哭音苦　厭平聲　伏房夫切　竹音主　麤與粗同　術繩朱切　轆音鹿　轤音盧　畦音奚　物音務　鹿音路　唳音利　蹊音奚　木音暮　菊音矩　出音杵

第三折

〔旦上云〕妾身任屠渾家是也自從那日任屠吃了幾杯酒被他衆人攛掇着打賭賽殺那先生去了至今不見來家則怕他落在人彀中又聽的說他出了家我如今鎖了門抱着孩兒去小叔叔家問一聲早來到也小叔叔開門來〔小叔上云〕誰叫門哩我開開這門呀嫂嫂你那裏去來〔旦云〕小叔叔自從你哥哥任屠殺那先生去了至今不見回來〔小叔云〕俺哥哥往那裏去了〔旦云〕聽的說道跟着那先生出家去了我如今抱着孩兒不問那裏尋將他去〔小叔云〕我和嫂嫂尋俺哥哥去來〔同下〕〔丹陽上云〕貧道馬丹陽自從任屠跟我出家可早數日光景了今日任屠的魔頭至也我且看他如何發付那〔正末挑荊筐上云〕道可道非常道名可名非常名〔做放下擔子科云〕自從跟着師父出家打水澆畦口裏念道可道非常道名可名非常名脫離了酒色財氣人我是非倒大來好幽哉快活也呵〔唱〕

〔中呂粉蝶兒〕每日在園內修持栽排下久長活計若不是我參透玄機則這利名場風波海虛躭了一世喫的是淡飯黃虀淡則淡淡中有味

〔醉春風〕石鼎內烹茶芽瓦缾中添淨水聽得一聲雞叫五更初我又索起起識破這眨眼流光迅指急景轉頭浮世

〔小叔同旦上云〕嫂嫂敢在這個菜園兒裏〔旦做見正末科云〕兀的不是任屠好也你怎生這般模樣〔正末云〕稽首你尋我做甚麼〔唱〕

〔紅繡鞋〕我自撇下酒色財氣誰曾離茶藥琴棋〔旦云〕你住這裏做甚麼營生〔正末唱〕聽杜鵑一聲聲叫道不如歸〔旦云〕你莫不游閬苑瑤池來〔正末唱〕也不曾游閬苑又不曾赴瑤池〔旦云〕你可在那裏〔正末唱〕止不過在終南山色裏

〔小叔云〕哥哥你想起甚麼來真個在這裏〔旦云〕任屠你在這裏做甚麼喒家去來〔正末云〕大嫂我如今不比往日了〔唱〕

〔石榴花〕每日把轆轤繩直繳到衆星稀我可甚愛月夜眠遲則我這春裏夏裏秋裏冬裏受驅馳〔旦云〕你可休後悔〔正末唱〕更怕甚後悔又無人把我央及〔旦云〕早是我哩若是別人家婦人呵怎了〔正末唱〕哎你箇婆娘婦女誇強會直尋到這搭兒田地想當日范杞良築在長城內乾迤逗的箇美女送寒衣

〔鬬鵪鶉〕又不比那萬水千山〔旦云〕我從來三從四德〔正末云〕着別人說波〔唱〕賣弄他三從四德　〔旦云〕任屠你撇下嬌妻幼子家緣家計跟着那先生出家幾時能勾做神仙我好也要你去歹也要你去〔正末云〕這婆娘好是無禮也你不家去我敢打你〔唱〕　我這裏便揚起我這拳頭〔旦挨正末科云〕你打你打可又不敢打我〔正末唱〕　他那揣與我箇面皮〔帶云〕稽首〔唱〕　常言道今世饒人不算癡喒兩箇元是善知識〔旦云〕任屠喒家去來〔正末唱〕　世來到林下山間再休想星前月底

〔旦云〕任屠可不道夫唱婦隨夫榮妻貴哩〔正末唱〕

〔上小樓〕你道是夫唱婦隨夫榮妻貴我從那早起晚息撅菜挑葱打水澆畦〔旦云〕你若不家去我就在這裏覓個死處〔正末唱〕你待要向這裏撒滯殢尋個自縊〔帶云〕不中〔唱〕赤緊的菜園中撇葱般人脆

〔旦云〕我和你一同家去來〔小叔云〕哥哥依着嫂嫂我每家去來〔正末唱〕

〔么篇〕往常時你勸我今日箇我勸你那時昧己瞞心劈兩分星細切薄批〔小叔云〕自從哥哥來了俺這買賣都折了本也〔正末唱〕　你道是這幾日做屠的傷折了本利　〔帶云〕兄弟喒宰一個牲口兒與他個快性者要往人口裏過度的茶飯打當的乾淨可不道個謹行儉用十年不富天之命也任屠也你出了家也〔唱〕　你管他甚麽猪肥羊貴

〔旦云〕你在家裏則是宰的幾個牲口兒誰敢勞動着你挑着這等重擔子受這等苦楚〔正末唱〕

〔滿庭芳〕這擔兒便輕如您的你道我擔荆筐受苦比你那擔火院

便宜〔帶云〕擔着這的呵〔唱〕止不過兩頭來往一般興廢不強似你躭是
躭非〔旦云〕你敢待學張子房從赤松子脩仙學道那〔正末唱〕我雖不似張子房休
官棄職我待學陶淵明歸去來兮咱兩箇都休罪我和你便今番廝
離〔旦云〕你着我那裏去那〔正末云〕由你波〔唱〕遮莫你做張郎婦李郎妻
〔旦云〕你不家去呵與我個倒斷你休了我者〔小叔云〕說的是哥哥你若休了嫂嫂我就收了罷
〔正末云〕你要休書等我問師父去〔旦云〕你當初娶我時可不曾問師父〔小叔云〕也罷就着師
父與我做個媒人〔正末見丹陽科云〕師父俺渾家問你徒弟要休書我休呵好不休呵好借問師
父紙墨筆硯〔丹陽云〕你媳婦問你要休書怎麽問我要紙墨筆硯我這紙筆是寫黄庭道德經的
怎麽與你將經紙寫休書從那裏起你那一念妻是你的誰誰是你的妻休呵在的你不休不在你
〔正末云〕師父說休呵便在我不休呵不在我罷罷罷我知道了也師父則是教我休了的是〔唱〕
〔普天樂〕我世跳出虎狼叢拜辭了鴛鴦會〔云〕我要寫又無紙〔旦云〕我這
裏有手帕〔正末唱〕這手帕中做布撚好做鋪尺菜園中無紙筆將手帕
鋪在田地就着這水渠中插手在青泥內打與你箇泥手模便當休
離咱兩箇恩斷義絶花殘月缺再誰戀錦帳羅幃
〔旦扯正末云〕任屠你好下的也〔正末云〕你休煩惱聽我說與你〔唱〕
〔耍孩兒〕想咱人生在六合乾坤内活到七十歲有幾人身幻化比
芳菲人愁老花怕春歸人貧人富無多限花落花開有幾日則是這
三寸元陽氣貫串着凡胎濁骨使作着肉眼愚眉

〔二煞〕一來我女色再不貪二來香醪再不吃堆金積玉成何濟人生一世心都愛誰爲三般事不迷世跳出紅塵內我則尋泛游槎天涙下爛斧柯仙棋

〔三煞〕我則要仙鶴出入隨誰戀你香腮左右偎你那繡衾不如我這粗紬被我閑彈夜月琴三弄誰待細看春風玉一圍喒兩箇分連理你愛的是百年姻眷我怕的是六道輪迴

〔旦云〕任屠你好下的也〔正末云〕你回去了罷〔唱〕

〔四煞〕我則見匆匆月出東厭厭日落西秋鴻春燕相催逼〔小叔云〕哥哥你看這花朵兒渾家怎生割捨的出了家〔正末唱〕玉天仙妻兒你是你〔旦云〕任屠你看這孩兒〔正末唱〕將來魔合羅孩兒〔做摔科〕知他誰是誰〔旦哭云〕任屠你怎麼把孩兒摔殺了〔正末唱〕我見他揾不住腮邊涙休想他水泡般性命顧不的你花朵似容儀

〔旦云〕你休了我罷怎生把孩兒摔死了我兒也〔正末唱〕

〔五煞〕由你待叫吖吖叫到明哭啼啼哭到黑打悲歌休想我有還俗意〔旦云〕任屠喒家去罷〔正末唱〕哎你箇綠豆皮兒姐姐疾忙退〔小叔云〕哥哥跟俺嫂嫂家去罷〔正末唱〕哎你箇無梁桶的哥哥枉了提休則管閑淘氣絮的你口困休想我心回

〔煞尾〕由你死共死活共活我二則二一則一我休了嬌妻摔殺幼

子你便是我親兄弟跳出俺那七代先靈將我來勸不得〔下〕

〔旦云〕小叔叔任屠不肯回家去把孩兒又摔殺了可怎生了也〔小叔云〕真個苦惱你不還俗便罷又將孩兒摔死了這般下的嫂嫂你如今真個不好過日子不如跟着我一同回去住罷〔同下〕

〔丹陽云〕此人省悟了菜園中摔死了幼子休棄了嬌妻功行將至再教他見妻子惡姻緣然後引度他歸于正道未爲遲也〔下〕

〔音釋〕 躭音擔 迅音信 閬音浪 繳音皎 及更移切 迤音移 逗音豆 德當美切 識傷以切 撅與掘同 殢音膩 縊音記 攛粗且切 日人智切 的音底 職張恥切 撚尼蹇切 尺音恥 筆邦每切 幻音患 串川去聲 喫音恥 逼音彼 摔音洒 泡音砲 黑亨美切 一銀計切 得當美切

第四折

〔正末上云〕自從跟着師父出家在這菜園裏打勤勞脩行辦道可早十年光景也〔唱〕

〔雙調新水令〕我雖不曾倒騎鶴背上青霄今日箇任風子積功成道編四圍竹寨籬蓋一座草團瓢近着這野水溪橋再不聽紅塵中是非鬧

〔駐馬聽〕散誕逍遙雖不會閬苑仙家採瑞草又無甚憂愁煩惱海山銀闕赴蟠桃新種下黃花三徑有誰澆白雲滿地無人掃人道我歸去早春花秋月何時了

〔六賊上云〕奉師父法旨魔障任屠走一遭去可早來到也任屠開門來〔正末唱〕

〔川撥棹〕那裏這般有賊盜菴門前誰鬧炒俺這裏松柏週遭山川圍着疎竹瀟瀟落葉飄飄有人來到言語低高則道是鶴鳴九臯開開門覷了山菴中靜悄悄

〔六賊云〕任屠我問你要些金珠財寶〔正末云〕俺出家人那裏得金珠財寶〔六賊云〕兀的不是〔正末云〕敢是俺師父的你要將去〔六賊云〕我問你要那猿〔正末云〕俺出家人那裏得那猿來〔六賊云〕兀的不是〔正末云〕敢是俺師父的你要將去〔六賊云〕我問你要那馬〔正末云〕我出家人那裏得那馬來〔六賊云〕兀的不是〔正末云〕敢是俺師父的你要將去〔唱〕

〔鴈兒落〕我只道人不知鬼不覺却元來你空叫咱空鬧〔帶云〕金珠財寶都將的去師父來問我說些甚麼哥哥你姓甚名誰〔六賊云〕我名可名無姓名〔正末唱〕你道是名可名無姓名〔帶云〕俺出家的東西你將的去〔唱〕可正是道可道非常道

〔六賊云〕任屠你怎生罵我〔做揪住科〕〔正末唱〕

〔得勝令〕呀走將來揪住呂公絛〔六賊推倒正末科〕〔正末唱〕哎喲險跌破許由瓢鶴泣霜天表猿啼夜月高他將那駿馬牽着〔帶云〕那馬嘶喊咆哮回頭有顧主之心〔唱〕可正是馬有垂韁報〔帶云〕稽首〔唱〕把性命相饒怎生教人無刎頸交

〔六賊下〕〔倈兒上云〕自家是任屠的孩兒十年前在菜園中摔殺了我如今問他索命走一遭去任屠開門來〔正末云〕又是誰叫門我開開這門小哥哥做甚麼〔倈云〕我問你要件東西〔正末云〕你要甚麼那〔倈云〕我要你那絛兒〔正末云〕你將的去了我可繫甚麼那〔倈云〕你不與我

我就殺了你〔正末云〕你要將的去〔俫云〕我再問你要件東西〔正末云〕你又要甚麼那〔俫云〕我要你那領袍〔正末云〕你將的去了我可穿甚麼那〔俫云〕你不與我我就殺了你〔正末云〕你要呵將的去〔俫云〕我再問你要件東西〔正末云〕你又要甚麼那〔俫云〕我問你要那顆頭〔正末云〕哥哥也連着筋哩哥哥也我和你有甚麼讎〔俫云〕你記的十年前菜園中摔死了我今日償我命來快將頭來〔正末唱〕

〔川撥棹〕諕的我五魂消怎隄防笑裏刀他待顯耀雄豪亂下風颮天也我幾時能勾金蟬脫殼可不道家有老敬老有小敬小

〔俫云〕將頭來〔正末唱〕

〔七弟兄〕我這裏勸着道着他不採分毫別人的首級他強要他小心兒不肯自量度可不道君子不奪人之好

〔俫云〕將頭來〔正末唱〕

〔梅花酒〕你敢忍不的也我敢顯躁暴我敢搯住你那頭稍我敢爛膌膌打碎你腦我敢各支支撧折你腰〔俫云〕你撧波〔正末云〕稽首〔唱〕師父道且忍着我又不曾宴蟠桃又不曾煉丹藥不死呵幾時了

〔收江南〕呀我則索咬着牙又喫你這殺人刀〔俫殺正末科〕〔下〕〔正末云〕有殺人賊也〔丹陽上云〕任屠你省也麼〔正末唱〕原來是馬丹陽使的這圈套險把箇潑殘生傾在小兒曹師父又撞着我則索終朝每日打勤勞

〔丹陽云〕任屠你見了麼那六個人是你身邊六賊那小孩兒是你菜園中摔死的小的今日見了

酒色財氣人我是非你今日功成行滿你聽者〔詩云〕爲你有終始救你無生死貧道馬丹陽三度任風子〔衆仙各執樂器迎科〕〔正末唱〕

〔尾〕衆神仙都來到把任屠攝赴蓬萊島今日箇得道成仙到大來無是無非快活到老

〔音釋〕着池齋切 覺音皎 咆音袍 哮音梟 刎文上聲 跑音袍 殼音巧 度多勞切 揝簪上聲 勝音簪 藥音耀

題目　甘河鎭一地斷葷腥

正名　馬丹陽三度任風子

馬丹陽三度任風子雜劇

張道南醉題青玉案
倣蔡規筆

薩真人夜斷碧桃花
珍倣宋版印

薩真人夜斷碧桃花雜劇

元　撰

明吳興臧晉叔校

楔子

〔沖末扮張珪同老旦夫人引淨張千上云〕小官姓張名珪字庭玉東京人氏叨中進士除授廣東潮陽縣縣丞嫡親的三口兒家屬夫人趙氏孩兒張道南此子廣覽經書精通文史衆人皆許他卿相之器此吾家積德所致也俺此處知縣徐端也是東京人氏他有一女小名碧桃曾許俺孩兒爲妻至今不曾婚聘夫人明日是三月十五日我待請親家來慶賞牡丹你意下如何〔夫人云〕相公你主的是〔張珪云〕既然如此張千你請徐親家去只等許允早來回話〔張千云〕理會的〔下〕〔張珪云〕張千去了夫人俺和你須索躬親治具休得簡慢者〔詩云〕同官異地惜春殘治酒相邀賞牡丹何必沉香亭子比更教傾國倚闌干〔下〕〔外扮徐端同貼旦夫人引丑李萬上〕〔詩云〕一作潮陽令俄驚數載過大都秋鴈少只是夜猿多僻地逢迎簡南天瘴厲和聖恩饒雨露愼勿歎蹉跎小官姓徐名端字章甫東京人氏小官自幼登科曾爲錢塘簿今陞廣東潮陽縣知縣嫡親的四口兒家屬夫人李氏生有兩個女孩兒大的女孩兒喚作碧桃年一十八歲小的女孩兒喚做玉蘭年一十五歲有此處縣丞張珪也是東京人氏他有一子喚做道南年方二十歲那孩兒好生聰俊覷着他那內才外才久已後必然發跡一來張珪與小官同鄉二來又是同任以此將我大的女孩兒許了張道南爲妻雖然定了盟約尚未就親今日無甚事李萬門首覷者有甚麼人來報復我知道〔李萬云〕理會的〔張千上云〕自家張千奉相公的命請徐親家去門上的報復道有張親家差

人下請書哩〔李萬做報云〕報的相公得知有張親家遣張千來下請書在於門首〔徐端云〕着他過來〔張千做入科〕〔徐端云〕張千此一來有何事〔張千云〕小人奉相公的嚴命時遇春景牡丹盛開專請相公和夫人賞翫〔徐端云〕量俺有何德能煩親家如此費心夫人我待辭了這酒你意下如何〔夫人云〕既然親家專意來請如何辭的咱和你同賞牡丹去走一遭〔徐端云〕既是夫人要賞牡丹便去吃酒亦無妨礙張千你先回去俺與夫人隨後來也〔張千云〕小人就去回話〔下〕〔徐端云〕分付嬤嬤和梅香繡房中好生伏侍兩個小姐我與夫人去賞牡丹便回來也〔同下〕〔正旦扮碧桃領梅香上云〕妾身是徐知縣的女兒小名碧桃年長一十八歲俺爹爹將我配與張縣丞的孩兒張道南爲妻今日爹娘到俺公婆家賞牡丹去了妹子玉蘭在繡房中做女工生活梅香咱後花園中散心去來〔梅香云〕姐姐要耍去怕相公知道可不打梅香也〔正旦云〕我與你略去看看便回相公那裏知道〔梅香云〕這等俺就去來〔做行科云〕姐姐你看這花園中白的是梨花紅的是桃花紫的是牡丹黃的是薔薇好賞心也〔副末扮張道南引淨興兒上云〕小生姓張名道南俺爹爹現爲此處縣丞今日衙內因賞牡丹酒筵中賓客笑樂不期籠內走了白鸚鵡遠遠的望見飛過這花園中去了興兒快隨俺跟尋去來〔做跳牆科興兒云〕相公那鸚鵡知他在那裏休大驚小怪的他若拏住俺呵則說是賊不要打出我屁來〔正旦云〕梅香你看那薔薇架邊不有人來也〔梅香云〕姐姐你敢是眼花這是風弄的花影動那裏得人來〔做見張科云〕呀真個有人兀的兩個男子你是什麼人白日裏跳過牆來俺花園中待做賊那〔興兒云〕咱家不是賊只做的兩遭強盜〔梅香云〕可不是賊〔張道南做慌科云〕小生不是歹人是隔壁縣丞衙裏的舍人張道南因家中翫賞牡丹不期籠內走了白鸚鵡看見飛在花園中因見這角門兒關着不能得入以此跳

過牆來委實不是歹人只望饒過俺咱（梅香云）你說是張縣丞的舍人知他是也不是我索和姐姐說去姐姐真個有兩個人跳過牆來不知是什麼人我報的姐姐知道（正旦云）梅香你且喚他過來待我問他（梅香云）姐姐着你過來（張道南做見科）（正旦云）兀那君子你是那裏人氏姓甚名誰爲什麼到這花園中你從實的說來（張道南云）小生姓張名道南俺父親現爲此處縣丞今日因家中翫賞牡丹不期籠中走了白鸚鵡飛到這花園裏面小生一時間不是了錯跳過牆來不知那壁小姐誰氏之家望饒過小生之罪放我出去罷（正旦做低頭科云）妾身是徐知縣的女孩兒小名碧桃俺父親往俺公婆家賞牡丹去了妾身偶因悶倦同梅香在這花園中散心咱（張道南云）原來是碧桃小姐曾許小生爲妻誰想今日能勾相見豈非天假其便也（做施禮科）（正旦唱）

（仙呂賞花時）我擎着箇笑臉兒將他厮問候（張道南云）小生陪侍小姐同看花咱（正旦唱）他陪着箇小意兒和咱相趁逐（徐端同夫人上云）恰纔賞牡丹花回繡房中怎不見大女孩兒敢是同梅香在後園中看花去了夫人俺兩個看女孩兒去來（正旦唱）却被這鶯聲喚猛回頭（徐端云）叫梅香（張道南與兒驚云）兀的是有人來也我與你快走（同下）（正旦唱）呀不隄防雙親在背後我可也怎遮得這場羞

（徐端做喝科云）哏你這小賤人做的好勾當也（正旦梅香跪科）（徐端云）兀那辱門敗戶的小賤人你是好人家女孩兒怎生做這等禽獸的勾當我待打你來恐傷了父子情腸兀的不氣殺我也（夫人云）碧桃我擡舉的你成人長大不去習女工針指剗的做出這等勾當來我看你怎生見人咥兀的不羞殺老身也（正旦唱）

〔幺篇〕他那裏惱亂春風卒未休〔梅香云〕姐姐這場事怎生結果也〔正旦唱〕則着我獨立花前黯自愁淚不住點兒流〔做背科唱〕他須是我天緣配偶常言道女大不中留〔同梅香下〕

〔徐端云〕夫人不想有如此之事兀的不氣殺老夫也〔夫人云〕老相公且息怒只是老身平日欠教訓之過〔梅香做慌上科云〕不想姐姐被老相公埋怨了幾句到臥房內一口氣死了如何是好須索報復老相公知道〔見科〕〔徐端云〕梅香你慌張做甚麼〔梅香云〕恰纔小姐被老相公埋怨了幾句向臥房內一口氣就氣死了特來報與相公知道〔徐端驚科云〕是真個〔做悲科云〕我的兒阿〔夫人云〕事既如此只索一面報與親家知道則說是個急病證死了一面就在此花園中揀一塊田地將孩兒屍首埋葬了省得出醜兒也則被你痛殺我也〔同下〕

〔音釋〕相去聲　教平聲　過平聲　長音掌　逐直由切　當去聲　卒粗上聲　黯衣減切

第一折

〔張道南同興兒上詩云〕獨對丹墀日尚中君恩賜出錦袍紅世人不識文章力只說家門積善功小官張道南是也俺父親曾爲潮陽縣縣丞三年任滿回來東京閑住小官應舉幸得狀元及第除授潮陽知縣現今官衙安下一壁廂去取父親母親未曾來到止有興兒伏侍天色已晚我與衆衙官飲了幾杯酒心中則是悶倦不免乘着月色向花園中和興兒閑散心咱〔興兒云〕相公這後園儘也齊整〔張道南云〕興兒你覷波夜靜更深風清月朗古詩有云花有清香月有陰此景是也但可惜春光將暮衆花都已零落剛那海棠軒側畔土堆兒上一樹碧桃正開興兒你隨俺去看咱〔興兒做看科云〕相公興兒想起來還記的那時走了白鸚鵡相公與興兒來尋跳過花園來和那

徐知縣的小姐相見誰想今日與相公又到花園裏閒翫不知相公心兒裏可也還念那小姐麼〔一張道南云〕與兒你不題起來我也忘了記的那時在花園裏共那小姐相會不久便病死了正是人面不知何處去桃花依舊笑春風徒增一番傷感而已夜深了且回去罷與兒你將這碧桃揀那開得盛的折一枝來膽瓶裏插着等我看咱〔與兒云〕理會的〔做折花科〕〔張道南云〕同我到書房中去與兒將琴來待我彈一曲釋悶者〔與兒做取琴科云〕琴在此請相公自彈與兒睡去也〔一下〕〔張道南做彈琴科〕〔正旦上云〕這裏也無人我本是徐碧桃不幸辭世爲陽壽未盡一靈真性不散聽知張道南得了官在此宅中居住今夜書房撫琴不免假做隣家之女聽琴走一遭去也呵〔唱〕

〔仙呂點絳唇〕則我這杏臉藏春柳眉標恨縈方寸無柰東君花落春將盡

〔混江龍〕消不的一天愁悶清明時節雨紛紛慵施粉黛倦點硃唇恰便似薄命昭君青塚恨少年倩女綠窗魂這其間可正是我愁時分則見那巢空翡翠塚臥麒麟

〔油葫蘆〕爲甚麼我一上青山便化身端的愁殺人常只是安排腸斷又黃昏害了個懨懨漸漸的鬼病兒積趲下重重疊疊恨做了箇虛飄飄的惡夢兒捱不出凄凄涼涼運一會家急急煎煎腹內焦一會家尋尋思思心內忍悶的我悲悲切切孤兒寡女無投奔因此上凄凄慘慘無語暗消魂

〔天下樂〕可憐見夢裏形容病裏身則今春憔悴損比着這花枝更添瘦幾分也無心對鏡鸞也無心整鬢雲我只怕韶光也妬人

〔那吒令〕趁碧桃樹兒映纖纖月痕繞蒼苔逕兒步微微露痕濕香羅袖兒揾行行淚痕這其間夜正深更將盡〔做聽科唱〕那琴聲却在何處相聞

〔張道南云〕正是春色惱人眠不得你看那月移花影上闌干小官且出書房外看那月色咱〔做開門正旦做避科唱〕

〔鵲踏枝〕俺只待看是何人他那裏呀的開門〔張道南做見科云〕花陰下好一個女子也看他那雲鬟霧鬢杏臉桃腮柳眉星眼不由咱不動心也俺試問他咱那壁小娘子誰氏之家夤夜到此何故〔正旦唱〕哎你箇題詩的相如休問我聽琴的文君〔張道南云〕小生只爲春色困人閑觀月色不期遇着小娘子〔正旦唱〕元來是惱春色孤眠不穩早難道爲賤妾斷夢勞魂

〔張道南云〕敢問小娘子誰氏之家何方居住因甚到此〔正旦云〕妾身乃隣家之女因月明人靜來此花園中聽琴來〔張道南做揖科云〕早知小娘子前來只合遠接接待不着勿令見罪〔正旦唱〕

〔寄生草〕他把那寒温敘禮數勤〔張道南云〕此一會小官三生有幸也〔正旦唱〕則見他曲躬躬笑把言詞問好着我羞答答忙把身軀褪我只索悄冥冥偷把容顏認〔云〕敢問相公高姓〔張道南云〕小生姓張雙名道南〔正旦唱〕可正

是月明千里故人來慚愧你東風一夜傳芳訊

〔云〕相公因何到此〔張道南云〕小官現在此縣爲理幸得與小娘子相會小官有句話可敢說麼〔正旦云〕相公試說咱〔張道南云〕小官獨居旅邸若小娘子不嫌就書院中略敘片時何如〔正旦云〕既然相公有留戀之心妾身同到書房中與相公共話咱〔張道南云〕小娘子請坐看了這女子美貌端莊豈不是天生就的不由我不動情敢問小娘子家住何處〔正旦唱〕

〔醉中天〕妾身抱天地無窮恨蒙雨露有深恩〔張道南云〕住處有甚隣舍〔正旦唱〕常則和野草閑花作比隣〔張道南云〕小娘子家有多遠〔正旦唱〕俺住處路接天台近〔張道南云〕你那裏還有何人〔正旦唱〕俺那裏有的是秦人晉人你可也休將咱盤問則管裏絮叨叨拔樹尋根

〔張道南云〕難得小娘子到此小生有句話兒只是不好啓齒〔正旦云〕有何言語相公但說不妨〔張道南云〕小官未曾婚娶小娘子又守空房咱兩個成合一處可也好麼〔正旦唱〕

〔金盞兒〕他將我廝溫存我將他索殷懃口兒未說早心兒順俺兩箇正是那不因親者強來親〔張道南云〕趁此月色共飲幾杯豈不美乎〔正旦唱〕你待要花前同酌酒燈下細論文〔張道南云〕如此好天良夜只合早成就了洞房花燭有甚心情還論文哩〔正旦唱〕你則待風清明月夜成就了花燭洞房春

〔云〕相公賤妾千金之體一旦委之足下只願你他日休負了人者〔張道南云〕小娘子放心我若負了心呵天不蓋地不載日月不照臨我着你穩取五花官誥駟馬香車永爲秦晉之匹也〔正旦云〕妾身與相公成此親事或詩或詞求一首珠玉以爲後會張本〔張道南云〕只是小官學問短

淺焉敢在小娘子跟前賣弄手作〔正旦云〕願求珠玉〔張道南做寫科〕〔詞云〕縞衣仙子來何處咫尺近桃源路說是武陵溪畔住玉纖微露金蓮穩步只恐鶯花妬邂逅劉郎垂一顧何事匆匆便歸去臨別叮嚀頻囑付柳亭花館月窗雲戶休把春辜負右調寄青玉案張道南作〔正旦云〕相公是好高才也〔張道南云〕蕪詞拙筆徒汙仙眼耳〔正旦唱〕

〔後庭花〕寫的來銀鉤般字字真珠璣般句句新端的是筆落驚風雨詩成泣鬼神不是我意相親聽了這一篇談論他能書如王右軍能文似揚子雲現如今擁雙鳧做宰臣許下我五花誥爲縣君

〔正旦云〕相公妾身收下這詞永爲家寶〔張道南云〕量小生之詞有何才能蒙小娘子如此珍重

〔旦唱〕

〔柳葉兒〕則要的言而有信不索你謊鬼瞞神端的個十分才更有十分俊休使我心兒困常將這腳兒勤踏兩個拚則在夢兒中暮雨朝雲

〔云〕相公天色將明了也妾身則索回去明日晚間再來相會〔張道南云〕小官明夜晚間專等待小娘子是必早些兒來你休要失了信也〔正旦唱〕

〔賺煞尾〕從今後將紅葉不題詩准備着青鳥先傳信〔張道南云〕小官焉敢負小娘子但有負心神明鑒察〔正旦唱〕則要你說下言詞有准休着我爲你個薄倖王魁告海神〔張道南云〕小官見小娘子千嬌百媚早把俺那片魂靈兒勾引去了也〔正旦唱〕則你這俏心兒引惹了三魂今日托終身和你待燕爾新

婚〔張道南云〕此一宵歡愛如錦鴛成對似彩鳳成雙豈不是一夜夫妻百夜恩〔正旦唱〕休忘了一夜夫妻百夜恩〔張道南云〕只願小娘子早諧連理共效于飛以足生平之願〔正旦唱〕則要你日親日近俺可便相隨相趁〔張道南云〕小官感蒙小娘子厚情我只願學那張敞斷然不敢做王魁也〔正旦唱〕哎你箇畫眉人可休做了那負心人

〔下〕

〔張道南云〕誰想今宵遇着小娘子看了他千般淹潤萬種清標知他是睡裏也是夢裏也〔詩云〕

多情引動惜花心此夜歡娛抵萬金兩意相投情正美知音端不負知音〔下〕

〔音釋〕慵音蟲 倩千去聲 分去聲 漸音尖 重平聲 行音杭 訊音信 論平聲 諕

音夏

第二折

〔徐端同夫人李萬上詩云〕人有千年譽花無百日紅自家不修橦反去怨天公老夫徐端是也只因年華漸邁致仕閑居如今在洛陽城外莊上居住自從碧桃孩兒死了又早三年光景老夫爲無得力的兒男心中甚是煩惱止有次女玉蘭今年一十八歲未曾許配他人去年張道南一舉成名除授潮陽知縣替了老夫之位他來辭別老夫此時心中就要將次女招他爲壻豈知他到任月餘躭着疾病多應是少年的人不禁瘴癘侵染之故張親家與他上表辭官蒙聖恩可憐許他還鄉調理待病痊之日赴京別用他如今到家了也老夫本意要親自問病去柰其中有許多不便處不如先遣家中嬷嬷去一來問病二來就題這門親事不知夫人意下如何〔夫人云〕老相公主的是〔徐端云〕左右那裏傳着我的言語教嬷嬷去張親家宅裏問姑夫的症候近日安否二來就題這

門親事小心在意疾去早來〔李萬云〕理會的〔同下〕〔張道南做病與兒扶上詩云〕碧桃花下遇嬋娟只得郵亭一夜眠至今怕漏春消息鸚鵡前頭不敢言小官張道南是也自從與那小娘子相見之後誰想染成一病看看至死俺父親替我上表辭官乞歸調養雖然聖恩見允爭柰與那小娘子遂相別了如今求醫問藥再不得個痊可空着我丟了那小娘子天阿可怎生再得見那小娘子一面小官便死也甘心了〔興兒云〕相公你害的是甚麼病只怕是糞結我請太醫來看相公的病〔張道南云〕興兒你休請太醫等我歇息咱〔正旦改扮嬤嬤上云〕老身徐知縣家中嬤嬤奉老相公言語着老身去張親家宅子裏探望姑夫的病證如何二來就題玉蘭小姐這門親事須索走一遭去也呵〔唱〕

〔中呂粉蝶兒〕則他這暮景相催嘆桑榆半竿紅日恨無情兔走烏飛被鶯花閑魔障他可都笑人顛頹到如今翠減雙眉羞見這鬢邊霜將鏡鸞懶對

〔醉春風〕我這裏嘆世事若浮雲想光陰如逝水常則在大人家伏侍了許多年端的是喜喜赤緊的小姐謙和相公寬厚更遇着夫人賢惠

〔嬤嬤云〕可早來到也興兒你報復去說徐親家差嬤嬤來問安哩〔興兒報科云〕相公有徐家嬤嬤在于門首〔張道南云〕快請進〔見科〕〔嬤嬤云〕相公老身奉老相公言語本待自來問候恐怕相公病體迎接不便徑着老身來探近日病體如何〔張道南云〕我害的病不陰不陽發寒發熱不知是甚麼症候〔嬤嬤唱〕

〔紅繡鞋〕我見他黃甘甘容顏憔悴更那堪骨體尫羸只你這秀才每花酒病最難醫〔張道南云〕我這疾病只有添沒有減的日子〔嬤嬤唱〕一會家覺精細一會家又覺昏迷害的你病懨懨無些箇氣力

〔張道南云〕嬤嬤我這病越害的沉重了也〔嬤嬤云〕相公我猜着你這病症呵〔唱〕

〔普天樂〕你莫不是斷王事費精神〔張道南云〕不是〔嬤嬤唱〕莫不是因茶飯傷脾胃〔張道南云〕也不是〔嬤嬤唱〕莫不是風寒感冒因病成疾〔張道南云〕也不是〔嬤嬤唱〕莫不是文章上苦用心〔張道南云〕也不是〔嬤嬤唱〕莫不是鞍馬上多勞力〔張道南云〕這都不是〔做嘆氣科〕〔嬤嬤唱〕哎他那裏無語無言只是長吁氣多敢怕等閒間泄漏了天機他又不肯明明的說破則這般懨懨的瘦損好教我暗暗的猜疑

〔云〕相公着興兒請太醫來用些藥可也好麼〔張道南云〕我待不依來又怕辜負了相公這場好意也罷興兒你就去請個太醫來〔興兒云〕理會的我出的這門來太醫在家麼〔淨扮太醫上詩云〕我做太醫手段高難經脈訣盡會學整整十年中間醫不得一個病人好拚則兵馬司中去坐牢自家賽盧醫的便是待我看來那喚我的是那個〔興兒云〕我家相公不快特來請你〔太醫云〕這等喒和你就去〔做見科云〕請問相公害的是甚麼病〔嬤嬤云〕太醫你用心看咱〔太醫云〕嬤嬤你放心小人三代行醫醫書脈訣無不通曉包的你手到病除我的聲名傳於四海誰人及的我叫做賽盧醫我不會說謊〔嬤嬤唱〕

〔石榴花〕他口誇大語說是賽盧醫賣弄那聲價有誰及醫方脈訣

幼會習〔淨做看脈科〕〔嬷嬷唱〕這病呵是風寒暑濕饑飽勞役〔云〕太醫你下甚麼藥〔太醫云〕我下服建中湯減了附子加上官桂就着他疾病痊可也〔嬷嬷唱〕你用着建中湯去附子加官桂必然見功效神奇〔太醫云〕這寸關尺三指脈微沉細常是寒熱往來則怕這病候有些差遲休說我醫生不會看脈〔嬷嬷云〕怎又道寸關尺三部脈都沉細還只怕這病候有差遲

〔張道南云〕這太醫胡說錯看了脈我害的病則是風月二字起的〔嬷嬷唱〕

〔鬬鵪鶉〕元來是風月上留情全不是寒熱間害疾你則待送雨行雲那些兒於家爲國常言道心病從來無藥醫這等乾相思不似你空則想夢裏佳人做了箇色中餓鬼

〔張道南云〕嬷嬷着這太醫回去罷〔太醫云〕你要我回去可拏出藥錢來送我〔興兒云〕相公不曾吃你一片藥有什麼藥錢送你〔太醫云〕你沒的藥錢我就死在你這裏〔做死科〕〔興兒云〕你死我就呼狗來咬你〔太醫做起科云〕這等你請相公吃我的藥倒着相公死了罷〔下〕〔嬷嬷背云〕我將他心上事題一題看他說甚麼相公你可喜也〔張道南云〕有甚麼喜你說〔嬷嬷云〕相公你害的病既是風月的症候我與你做箇媒人你心下如何〔張道南云〕嬷嬷你與我做媒是誰家的姐姐〔嬷嬷云〕他不是别人家的是俺老相公小姐小字玉蘭生的千嬌百媚與相公做夫人續了舊日這門姻眷如何〔張道南云〕那玉蘭比着他家碧桃姐姐還生得好麼〔嬷嬷唱〕

〔上小樓〕那小姐十分整齊千般嬌媚他生的纖纖玉笋小小銀鉤淡淡蛾眉〔張道南云〕他有見識麼〔嬷嬷唱〕他可便有見識〔張道南云〕他有福氣麼

（嬤嬤唱）他可便有福氣堪爲匹配（張道南云）他來我家便是夫人也（嬤嬤唱）也不辱沒了五花誥縣君名位（張道南云）雖然如此則不如那小娘子這世罷了（嬤嬤唱）

（幺篇）怎麼的問着呵越不應道着呵越不禮（帶云）我如今猜着了也（張道南云）你猜着甚麼（嬤嬤唱）你戀着雨愛雲歡海誓山盟月約星期他那裏惱一會歎一會不知何意我便是女楊修難猜啞謎

（張道南做歎科云）只怕我這個病人你家老相公未必就許此親事（嬤嬤唱）

（滿庭芳）待招你箇先生做女壻他早是一言既出你可休心下疑惑（張道南云）他也識字麼（嬤嬤唱）那小姐詩書上索是攻習（張道南云）可伶俐麼（嬤嬤唱）那小姐忒温柔忒俊雅忒伶俐（張道南云）他伶俐殺也比不的孟光麼（嬤嬤唱）他比孟德耀還多豔質則你這張京兆怎畫蛾眉真個是天緣對你可便將息貴體管教你運至遇良醫

（云）相公這親事成的成不的回我一句話兒波（張道南云）我本待不要他來則管裏纏我且一時間應承了罷向後却做商量嬤嬤煩你多多拜上太山則說小官願隨鞭鐙便了（嬤嬤云）且喜這門親事道定了也我回老相公的話去來（唱）

（煞尾）向你箇相公行且告別（張道南云）嬤嬤你這般慣做媒那（嬤嬤唱）休道是我慣做媒我說的這事和諧費了多少元陽氣則索先報與夫人相公喜（下）

〔張道南云〕嬷嬷去了也與兒你扶我向臥房內歇息去〔詩云〕非是區區懶就親心中自有上心人有緣若得重相見須比靈丹勝幾分〔與兒扶下〕

〔音釋〕應平聲　禁平聲　調平聲　看平聲　日人智切　顦音樵　顇音翠　尫音汪　羸音雷　力音利　斷端去聲　疾精妻切　學池燒切　及更移切　習星西切　濕傷以切　役銀計切　國音鬼　識傷以切　謎音袂　惑音回　質張耻切

第三折

〔張珪引張千上云〕老夫張珪的便是自爲潮陽縣丞三年任滿回東京閑住孩兒張道南一舉狀元及第也在潮陽爲縣不料孩兒染病在身醫藥無效老夫想來必有邪魔外道迷着不得痊可此處離城三十里丹霞山有一道者乃是薩真人行五雷正法好生靈應老夫今日寫下投詞請那先生來看孩兒這早晚敢待來也〔外扮薩真人引弟子上云〕貧道薩守堅汾州西河人也貧道幼年學醫因用藥誤殺人多棄醫學道雲遊方外參訪名山洞天后到西蜀峽口遇一道人乃虛靖天師覷貧道有仙風道骨傳授呪棗之術及神霄青符五雷祕法貧道又到龍虎山參籙奏名誓欲剿除天下妖邪鬼怪救度一切衆生遍遊荊襄江淮閩廣等處今日貧道雲遊到洛陽城外丹霞山中紫府道院修行辦道昨日有一鄉官張縣丞投詞壇下爲他孩兒張道南染病不安醫藥無效恐有邪魔鬼怪纏擾敬請貧道下山救度此人貧道念上帝好生之德如何不救今日來到他家兀那門上人報復去道有貧道來了也〔張千報科云〕報的老爺得知薩真人到於門首〔張珪云〕道有請〔一張千云〕請進〔真人做見科〕〔張珪云〕真人今有小官的孩兒張道南染其病症未得痊可請真人來看一看是何神鬼〔真人云〕貧道試看咱老相公這病是一個陰鬼纏擾做下的待貧道設一

壇場剿除此鬼相公意下如何〔張珪云〕多謝了真人〔真人云〕貧道登壇之後不便瞻顧暫請老相公迴避〔張珪云〕真人請自穩便〔下〕〔真人云〕道童將道服劍來〔道童遞科〕〔真人云〕道香一炷法鼓三鼕十方肅靜萬神仰德恭焚道香無爲清淨自然香超三界香滿瓊樓玉境遍週天法界虔誠恭請叩齒焚香請三天使者五老神兵御符背劍在雲間跨虎乘鸞來月下今因信士張珪之子張道南染病服藥不效今日香燈花果列壇前法遣神兵排左右吾奉太上老君急急如律令攝一擊天清二擊地靈三擊五雷速變真形〔做拏筆科云〕天圓地方律令九章神筆到處萬鬼潛藏〔做書符科云〕天上麒麟子頻斷黃金瑣偷走下天來人間收的我紫薇殿下丹霞遠白玉堦前劍佩齊十二童子傳詔畢星冠雲冕一齊回〔做擊劍科云〕老君賜我驅邪劍離火煆成經百煉出匣森森雪霜寒入手輝輝星斗現〔做呪水科云〕我持此水非凡水九龍吐出淨天地太液池中千萬年吾今將來淨妖氣〔做仗劍步罡科云〕謹請當日功曹直符使者吾今用爾速至壇前吾奉太上老君急急如律令攝〔淨扮直符上云〕小聖乃直符使者是也上仙呼喚那廂使用〔真人云〕自勞神將去百花園中勾將碧桃來者〔直符神云〕得令〔外扮馬趙温關天將押上〕〔天將云〕快行動些〔正旦唱〕

〔正宮端正好〕師父將法力施天將把神通顯這些時急急煎煎向後園中到處搜尋遍險鬧了那一座森羅殿

〔滾繡毬〕這一個戧金鎧身上穿那一個蘸鋼鞭腕上懸一箇箇氣昂昂性兒不善他每都叫吼吼攞袖揎拳走的我腿又酸脚又軟不由我不心驚膽戰索陪着笑臉兒褪後趨前你覷那昏昏怨霧迷千

里更和那慘慘浮雲散九天端的是苦海無邊〔直符領旦兒做見科云〕碧桃當面〔真人云〕兀那小鬼頭你是何方鬼怪甚處妖精怎生將張道南纏攪害人性命你向我跟前從實的說說的是萬事都休說的不是罰往酆都永為餓鬼也〔正旦云〕上仙可憐見聽妾身慢慢的從頭說上一遍〔真人云〕你說貧道聽咱〔正旦唱〕

〔呆骨朵〕告師父把雷霆怒息聽分辨待妾身細說根源〔真人云〕你敢是思凡的神女麼〔正旦唱〕我也不是神女思凡〔真人云〕敢是天魔地仙麼〔正旦唱〕也不是天魔地仙〔真人云〕你是甚麼鬼怪從頭實實的說來〔正旦云〕妾身是潮陽徐知縣之女小字碧桃俺父親將我許與張道南為妻當日我父親不在家我與梅香往后花園中散心去不想張道南走了白鸚鵡越牆而過尋此鸚鵡偶與妾身相見說話中間俺父親來到張道南害羞而走俺父親將妾身百般嗔怒我回繡房中一氣而死今經三年光景也俺父親就將俺葬在後花園中墓頂上長一科碧桃花樹因妾身有二十年陽壽未盡以此一靈真性不散誰想張道南應舉及第在潮陽為理妾身念此舊盟與他重諧匹配那張道南曾做青玉案一詞留證只此本情伏望上仙尊鑑不錯〔真人云〕你既然身死却怎生陰府下不收你那三魂七魄〔正旦唱〕我有那二十載陽間壽〔真人云〕你既然還有陽壽天曹地府不管你却這等興妖作怪〔正旦唱〕更有那一萬種心頭怨〔真人云〕你怨呵可怨甚的〔正旦唱〕辜負我夢行雲十二峯斷送的閑荒墳三四年

〔真人云〕你死了呵魂靈却到那裏來〔正旦唱〕

〔倘秀才〕直到那判生死閻王殿前〔真人云〕你還到那裏〔正旦唱〕更那到

掌善惡曹司案邊他道我這枉死情由實可憐姻緣注五百載陽壽有二十年因此上把陰魂放免（真人云）你怎輒入縣舍纏攪陽官再與我從實的說來（正旦唱）

（滾繡毬）只因我天不管地不收那一夜風又清月又圓靜巉巉海棠庭院恰遇他趁花陰行到墳前（真人云）他到墳前說甚麼來（正旦云）他只念了兩句詩道是人面不知何處去桃花依舊笑春風（唱）他把碧桃花折一枝古人詩念一聯引的我魂靈兒向他行活現（真人云）他見了你可是怎生（正旦唱）他醉醺醺花裏遇神仙可憐我生埋孤塚三年恨只得書房一夜眠並沒虛言（真人云）你兩個相會之時他曾與你甚麼東西來麼（正旦唱）

（倘秀才）他可便拂金星硯將龍香墨研染紫霜毫把花箋紙展（真人云）哦他寫甚麼來（正旦唱）他將那青玉案新詞寫一篇（真人云）那秀才只恁的戀酒貪花也（正旦唱）他可便酒腸寬似海端的是色膽大如天（真人云）你為甚麼便隨順他（正旦唱）不由我不將他來顧戀

（真人云）他向你跟前也有甚麼顧戀的意思（旦唱）

（滾繡毬）他將山盟海誓言向羅幃錦帳眠（真人云）他這般病了如何不怕死（正旦唱）他可便惜花心死而無怨（真人云）你是甚麼時候向他跟前去（正旦唱）止不過赴佳期月下星前（真人云）你不去呵也由得你（正旦云）他將我死命

的留我將他死命的纏俺兩箇得成雙稱心滿願〔真人云〕他後來告歸養病你不得和他同去你可敢還思想着他麼〔正旦唱〕到如今愁和悶有萬萬千千〔真人云〕你愁甚麼〔正旦唱〕我愁的是北邙衰草藏狐兎恨的是西嶺斜陽泣杜鵑題起來兩淚漣漣

〔真人云〕這婦人說有二十年陽壽又與張道南原是五百年姻緣合做夫妻怎憑的他口裏說話直日功曹與我攝過掌生死判官來者〔直符云〕掌生死案的判官安在〔淨扮判官持文案上詩云〕親奉皇天聖勅差死生文簿手常擡空中若說無神道霹靂雷聲那裏來小聖乃陰府掌生死的判官是也上仙呼喚須索見來〔做見科云〕上仙呼喚有何法旨〔真人云〕今有徐知縣女孩兒小字碧桃他巳亡過三年鬼魂作怪將陽官張道南纏攪得病被貧道將碧桃擒至壇前他道有二十年陽壽未盡以此召你來問端的有陽壽麼〔判官云〕端的還有二十年陽壽〔真人云〕既然如此當日功曹與我攝過掌姻緣簿的判官來〔直符云〕掌姻緣案的判官安在〔外扮判官持文簿上詩云〕雷聲响喨振山川此際何人不怕天剛待雨收雲散後兇徒惡黨又依然小聖乃掌姻緣案的判官上仙呼喚須索見來〔做見科云〕上仙呼喚有何法旨〔真人云〕今有徐知縣的女孩兒小字碧桃他巳亡過三年鬼魂作怪將陽官張道南纏擾得病被貧道將碧桃擒至壇前他道與張道南有五百年姻緣之契特喚你來問端的是有也無〔判官云〕這婦人端的有夙緣合爲夫婦〔正旦唱〕

〔倘秀才〕這一箇掌姻緣簿的標寫着無緣有緣那一箇掌生死案的先注定十年五年可正是書案傍邊一句言〔真人云〕兀那碧桃我着你還

魂去夫妻重配父母團圓你心下可是如何〔正旦唱〕但能勾夫妻重匹配父母再團圓我則索謝天

〔真人云〕我待教這婦人還魂去爭柰他的屍首久已腐爛了只除是恁的掌生死案判官你檢那生死簿上有年小婦人早晚該死的着碧桃借屍還魂去有何不可〔判官云〕蒙真人法旨檢生死簿看徐知縣的小女玉蘭今夕該死着他借屍還魂去罷〔正旦做拜科云〕若得如此多謝上仙也〔唱〕

〔隨煞尾〕謝師父承正法常看諸處行方便開闡教廣與衆生解倒懸成就夫妻是夙緣匹配鸞凰趁心願喜的是前度張郎正少年早晚災除病體痊我也不愛他詩禮儒風祖代傳也不愛他簪笏榮名聖主宣單則愛那惜玉憐香性兒軟〔下〕

〔真人云〕誰想有這一場奇怪的事那徐碧桃已着他借屍還魂去了等待明早再往徐知縣家探望一遭各神將都還本位去〔直符判官同云〕領法旨〔下〕〔真人詩云〕太上玄門道法尊直將生死勘前因舒開撥霧拏雲手放轉追魂奪魄人〔下〕

〔音釋〕汾音分　剿焦上聲　閩音民　使去聲　將去聲　戧妻相切　鎧開上聲　蘸知濫切　攞羅上聲　揎音宣　種上聲　巉初咸切　思去聲　解上聲

第四折

〔徐端同末人扶正旦上云〕老夫徐端好是煩惱人也自碧桃孩兒亡過又早三年光景誰想玉蘭孩兒昨夜三更時分暴病而亡停屍在堂一壁廂報與張親家女壻知道待他來時入殮兀的不痛

殺我也〔正旦做醒科〕〔夫人云〕孩兒精細者〔正旦唱〕
〔雙調新水令〕則我這俏身軀三載土中埋今日箇得還魂似升天
界寒灰重發焰枯樹再花開也是我苦盡甘來常言道否極早生泰
〔夫人云〕慚愧孩兒醒過來了也〔徐端云〕將定魂湯與孩兒吃〔夫人做遞湯科徐端云〕孩兒精
細者吃一盞定魂湯〔正旦做起身拜科〕〔夫人云〕玉蘭孩兒你那裏去來〔正旦唱〕
〔步步嬌〕我與你款款前來深深拜〔徐端云〕孩兒你拜甚麼〔正旦唱〕可憐
我白頭父母都年邁間別來可便三二載〔徐端云〕可怎麼有二三載〔正旦云〕
你孩兒自離了父母去呵〔唱〕我正是幾度南柯夢中來〔徐端云〕這是怎麼說〔正旦
云〕你孩兒是碧桃也〔唱〕將小名兒道的明白〔徐端云〕你道是碧桃他已死過三年了
你一向在那裏〔正旦唱〕你孩兒半開半落在那荒郊外
〔徐端云〕好是奇怪也俺碧桃孩兒已死了三年光景怎生再活莫不是妖邪鬼怪倚草附木我着
人請張親家去了這早晚怎生還不見來〔張珪同夫人張道南引張千上云〕小官張珪是也思量
好是煩惱孩兒張道南先定下徐章甫親家大女兒碧桃不想死了今次又定下他小女兒玉蘭喜
得道南孩兒病又好了正待完就這門親事今日早間人來報說玉蘭昨夜三更時分暴病身亡老
夫想來只是俺道南孩兒姻緣未到如今只得同我夫人道南孩兒都往他家弔孝走一遭去可早
來到也不必報復我自過去〔做見科云〕親家索是煩惱也〔徐端云〕親家有碧桃孩兒還魂了也
〔張道南做驚科〕好是奇怪碧桃小姐怎生活了來〔正旦做見科云〕張道南你可也認的我麼
〔唱〕

〔折桂令〕原來是有朋自遠方來你道是濟濟衣冠楚楚人才俺也只爲情重如山恩深似海險害的你骨瘦如柴再不索鬧攘攘大驚小怪這一場悄促促似鬼使神差〔張道南云〕我幾曾與你相見你是這等說〔正旦唱〕想着俺繾綣情懷魚水和諧我爲你會下巫山你爲我悞入天台

〔張道南云〕小姐你則說我和你那裏相見來你試說一遍與我聽是〔正旦唱〕

〔沽美酒〕當日箇花園中成眷愛美懽娛在書齋則他那海誓山盟是誰道來哎你這讀書的秀才俺兩箇謀成合不謀敗

〔張道南云〕小姐你休得胡說既然與你相見有甚麼顯證在那裏〔正旦云〕有有有〔唱〕

〔太平令〕請你個假古憋的官人休怪我這裏把新詞袖裏忙撞〔出詞科唱〕一字字堪憐堪愛一句句難學難賽我對着衆客展開表白這青玉案是那個的親筆兒留在

〔徐端云〕這一樁豈不是天下絕奇怪的事只是其間委曲怎生得箇明白的見人可也好那〔薩真人冲上云〕貧道乃薩真人今日向徐知縣家中探望走一遭去〔做見科云〕列位貧道稽首〔張珪云〕這是薩真人前日爲小兒的病投詞壇下尚不曾還我一個明白今日來的正好老親家令愛還魂的事你要得個見人只除問這真人必有分曉〔徐端云〕真人我大女兒碧桃已死三年昨夜小女兒暴亡今早忽然醒轉他道是碧桃還魂這怎麼說〔真人云〕老相不知聽貧道細說一遍老相你當初曾將碧桃許與張道南爲妻因那年三月十五日你夫妻二人同去張縣丞家賞牡丹

不想張道南走了白鸚鵡跳過你家花園內尋那鸚鵡正遇碧桃小姐見面恰待說話老相回家撞見將小姐辱了一場他回至房中一口氣身亡了你家將他屍首埋在後花園中他陽壽未絕精神不散墓頂上長出一株碧桃花樹來他一靈兒附在碧桃樹上三年之後張道南一舉及第除授此縣知縣在你舊衙中居住那夜風清月明張道南因閑行到碧桃樹邊見花開的正好折一枝向膽瓶中插着誰想碧桃就那夜向書房中與張道南作伴雲來雨去說誓言盟以此張道南看看至死他的父親與道南上表辭官乞歸養病蒙聖恩許允遂得離任到家雖則碧桃不得同來然道南病體一時未愈他父親看見沉重服藥無效怕有妖精鬼怪纏擾為祟以此投詞到貧道壇前貧道設一壇場差天將將碧桃勾至壇下他言稱道有二十年陽壽更與張道南有夙緣前契夫妻之分貧道不信喚掌生死婚姻的判官來問他果然不虛貧道着碧桃還魂爭柰屍首腐爛難以回轉不想你小女玉蘭食盡祿絕昨夜正三更時分身死貧道就着判官借這玉蘭屍首放碧桃還魂皆是貧道之力也〔徐端云〕孩兒這真人說話可是真麼〔正旦云〕您孩兒若不是上仙法力豈想有今日也〔唱〕

〔豆葉黃〕可憐我滯魄遊魂流落在海角天涯長伴着野草閑花殘烟斷靄我只道曉色何曾到夜臺誰承望萬里歸來喜喜歡歡再拜我爹爹妳妳

〔夫人云〕兒也你便還魂了只可惜我玉蘭孩兒兀的不苦痛殺我也〔正旦唱〕

〔七兄弟〕這也是你的運衰他的命該留不得兩裙釵若不是薩真人顯出神通大則我這墓頂上簽釘遠鄉牌可不的一靈兒永久下

鴛鴦債

〔張道南云〕你既是碧桃小姐當初相見之時何不就明對我說却教我做出這一場病症來爭些兒害殺我也〔正旦唱〕

〔梅花酒〕非是我假虛脾愛使乖也只怕粉臉香腮引動你密意幽懷倒做了橫禍飛災因此上把鬼名兒潛換改真姓也暗藏埋況陽壽尚未該婚姻簿又明載天對付俏身村雲和雨好安排連理樹穩情栽合歡花縱心摘

〔張道南云〕小姐我和你當初相別自謂生死永隔矣不想今日還魂重為夫婦咱兩個索是喜也

〔正旦唱〕

〔收江南〕呀今日個月明千里故人來鏡鸞重整向粧臺這的是換人肌骨奪人胎休得要亂猜你不見桃花依舊待春開

〔張珪云〕老親家喜得令愛還魂續成姻眷皆賴真人法力我等舉家拜謝真人便了〔真人云〕這本是個天數貧道不過施此法力使他借屍還魂重諧匹配而已何足謝乎〔徐端云〕張老親家小女和令郎另選吉日過門做親我等先拜謝真人纔是〔做拜謝科云〕真人請上受我等一拜〔真人云〕不敢不敢〔詞云〕徐碧桃豔質天然已三載閉骨重泉誰想他一靈不散與夫君私會花前為風情懨懨成病百般的醫藥難痊因此上投詞禳禱被貧道識破根源值小妹正當暴死將屍首借與生旋出懷中新詞為證纔知我法力無邊此本是生前分定天匹配再合姻緣請高堂大排筵宴相慶賀骨肉團圓

〔音釋〕載上聲　否滂米切　間去聲　柯音哥　白巴埋切　撇音鱉　客音楷　祟音歲
橫去聲　摘齋上聲

題目　張明府醉題青玉案
正名　薩真人夜斷碧桃花

薩真人夜斷碧桃花雜劇

石佛寺龍女聽琴
倣侯封筆

沙門島張生煮海
珍倣宋版印

沙門島張生煑海雜劇

元　李好古撰
明吳興臧晉叔校

第一折

（外扮東華仙上詩云）海東一片暈紅霞三島齊開爛漫花秀出紫芝延壽算逍遙自在樂仙家貧道乃東華上仙是也自從無始以來一心好道修煉三田種出黃芽至寶七返九還以成大羅神仙掌判東華妙嚴之天爲因瑤池會上金童玉女有思凡之心罰往下方投胎脫化金童者在下方潮州張家托生男子身深通儒教作一秀士玉女於東海龍神處生爲女子待他兩箇償了宿債貧道然後點化他還歸正道（詩云）金童玉女意投機才子佳人世罕稀直待相逢酬宿債還歸正道赴瑤池（下）（正末扮長老同行者上詩云）釋門大道要參修開闡宗源老比丘門外不知東海近只言仙境本清幽貧僧乃石佛寺法雲長老是也此寺古刹近於東海岸邊常有龍王水卒不時來此遊翫行者出門前覷看若有客來時報復我家知道（行者云）理會得（沖末扮張生引家僮上云）小生潮州人氏姓張名羽表字伯騰父母蚤年亡化過了自幼頗學詩書爭奈功名未遂今日閒遊海上忽見一座古寺門前立着箇行者那行者此寺有名麼（行者云）焉得無名山無名迷殺人寺無名俗殺人此乃石佛寺也（張生云）你去報復長老有箇閒遊的秀才特來相訪（行者做報科云）門外有一秀才探望師父（長老云）道有請（做見科長老云）敢問秀才何方人氏（張生云）小生潮州人氏自幼父母雙亡功名未遂偶然閒遊海上因見古刹清涼境界望長老借一淨室與小生溫習經史不知長老意下如何（長老云）寺中房舍儘有行者你收拾東南幽靜之處堪可與

秀才觀書也〔張生云〕小生無物相奉有白銀二兩送長老權爲布施望乞笑納〔長老云〕既然秀才重意老僧收了行者收拾房舍安排齋食請秀才穩便老僧且迴禪堂作些功果去也〔下〕〔行者云〕秀才與你這一間幽靜的房兒隨你自去打觔斗學踢弄舞地鬼喬扮神撇科打諢亂作胡爲耍一會笑一會便是你那遊翫快樂我行者到禪堂扶侍俺師父去也〔詩云〕行童終日打勤勞掃地纔完又要把水挑就裏貪頑只愛耍尋箇風流人共說風騷〔下〕〔張生云〕僧家清雅又無閑人聒噪堪可攻書天色晚了也家童將過那張琴來撫一曲散心咱〔家童安琴科張生云〕點上燈焚起香來者〔點燈焚香科張生詩云〕流水高山調不徒鍾期一去賞音孤今宵燈下彈三弄可使游魚出聽無〔正旦扮龍女引侍女上云〕妾身瓊蓮是也乃東海龍神第三女與梅香翠荷今晚閑遊海上去散心咱〔侍女云〕姐姐你看這大海澄澄與長天一色是好景致也〔正旦唱〕

〔仙呂點絳唇〕海水洶洶晚風微送兼天涌不辨西東把淩波步輕那動

〔混江龍〕清宵無夢引着這小精靈閑伴我遊蹤恰離了澄澄碧海遙望那耿耿長空你看那萬朵彩雲生海上一輪皓月映波中〔侍女云〕海中景物與人間敢不同麼〔正旦唱〕覷了那人間鳳闕怎比我水國龍宮清湛湛洞天福地任逍遙碧悠悠那愁他浴鳧飛雁爭喧哄似俺這閨情深遠直恁般好信難通

〔侍女云〕姐姐你本海上神仙這容貌端的非凡也〔正旦唱〕

〔油葫蘆〕海上神仙年壽永這蓬萊在眼界中風飄仙袂絳綃紅則

我這雲鬟高挽金釵重蛾眉輕展花鈿動袖兒籠指十蔥裙兒簌鞋半弓只待學吹簫同跨丹山鳳那其間登碧落趁天風

〔侍女云〕想天上人間自然難比〔正旦唱〕

〔天下樂〕不比那人世繁華掃地空塵中似轉蓬則他這春過夏來秋又冬聽一聲報曉雞聽一聲定夜鐘斷送的他世間人猶未懂

〔張彈琴侍女做聽科云〕姐姐那裏這般响〔正旦唱〕

〔那吒令〕聽疎刺刺晚風風聲落萬松明朗朗月容容光照半空响潺潺水衝衝流絕澗中又不是採蓮女撥棹聲又不是捕魚叟鳴榔動驚的那夜眠人睡眼朦朧

〔侍女云〕這响聲比其餘全別也〔正旦唱〕

〔鵲踏枝〕又不是拖環珮韻玎玲又不是戰鐵馬響錚鏦又不是佛院僧房擊磬敲鐘一聲聲諕的我心中怕恐原來是廝琅琅誰撫絲桐

〔張再撫琴科〕〔侍女云〕敢是這寺中有人弄甚麽响〔正旦云〕原來是撫琴哩〔侍女云〕姐姐你試聽咱〔正旦唱〕

〔寄生草〕他一字字情無限一聲聲曲未終恰便似顫巍巍金菊秋風動香馥馥丹桂秋風送響珊珊翠竹秋風弄咿呀呀偏似那織金梭攛斷錦機聲滴溜溜舒春纖亂撒珍珠迸

（侍女做偷瞧科云）原來是箇秀才在此撫琴端的是箇典雅的人兒也（正旦唱）

〔六幺序〕表訴那絃中語出落着指下功勝檀槽慢掇輕攏則見他正色端容道貌仙丰莫不是漢相如作客臨邛也待要動文君曲奏求凰鳳不由咱不引起情濃你聽這清風明月琴三弄端的箇金徽洶湧玉軫玲瓏

（侍女云）姐姐休說你知音人便是我也覺的他悠悠揚揚入耳可聽果然彈得好也（正旦唱）

〔幺篇〕端的心聰那更神工悲若鳴鴻切若寒蛩嬌比花容雄似雷轟真乃是消磨了閑愁萬種這秀才一事精百事通我躡足潛蹤他換羽移宮抵多少盼盼女詞媚涪翁似良宵一枕游仙夢因此上偷窺方丈非是我不守房櫳

（做絃斷科張生云）怎麼琴絃忽斷敢是有人竊聽待小生出門試看咱（正旦避科云）好一箇秀才也（張生做見科云）呀好一箇女子也（做問科云）請問小娘子誰氏之家如何夜行（正旦唱）

〔金盞兒〕家住在碧雲空綠波中有披鱗帶角相隨從深居富貴水晶宮我便是海中龍氏女勝似那天上許飛瓊豈不知衆星皆拱北無水不朝東

（張生云）小娘子姓龍氏我記得何承天姓苑上有這箇姓來難道小娘子既然有姓豈可無名因甚至此（正旦云）妾身龍氏三娘小字瓊蓮見秀才彈琴因聽琴至此（張生云）小娘子既爲聽琴

而至這等是賞音的了何不到書房中坐下待小生細彈一曲何如〔正旦云〕願往〔做到書房科〕〔正旦云〕敢問先生高姓〔張生云〕小生姓張名羽字伯騰潮州人氏早年父母雙亡也曾飽學詩書爭奈功名未遂遊學至此並無妻室〔侍女云〕這秀才好沒來頭誰問你有妻無妻哩〔家童云〕不則是相公我也無妻〔張生云〕小娘子不棄小生貧寒肯與小生爲妻麼〔正旦云〕我見秀才聰明智慧丰標俊雅一心願與你爲妻則是有父母在堂等我問了時你到八月十五日中秋節屆前來我家招你爲壻〔張生云〕既蒙小娘子俯允只不如今夜便成就了何等有趣着小生幾時等到八月十五日也〔家童云〕正是我也等不得〔侍女云〕你等不得且是容易哩〔正旦云〕常言道有情何怕隔年期有甚等不得那〔唱〕

〔後庭花〕那裏也陽臺雲雨蹤不比那秦樓風月叢〔張生云〕敢問小娘子家在何處〔正旦唱〕只在這滄海三千丈險似那巫山十二峯〔張生云〕小生做貴宅女壻就做了富貴之郎不知可有人伏侍麼〔正旦唱〕俺可更有門風無非是蛟虬參從還有那鼉將軍鱉相公魚夫人蝦愛寵鼉先鋒龜老翁能浮波慣弄風隔雲山千萬重要相逢指顧中

〔張生云〕只要小娘子言而有信俺小生是一箇志誠老實的〔正旦唱〕

〔青歌兒〕甜話兒將人將人摩弄笑臉兒把咱把咱陪奉你則看八月冰輪出海東那其間霧斂晴空風透簾櫳雲雨和同那其間錦陣花叢玉斝金鍾對對雙雙喜喜歡歡我與你笑相從再休提誤入桃源洞

〔張生云〕既然許了小生爲妻小娘子可留些信物麽〔正旦云〕妾有冰蠶織就鮫綃帕權爲信物〔張生做謝科云〕多感小娘子〔家童云〕梅香姐你與我些兒甚麽信物〔侍女云〕我與你把破蒲扇拿去家裏扇煤火去〔家童云〕我到那裏尋你〔侍女云〕你去兀那羊市角頭磚塔兒衚衕總鋪門前來尋我〔正旦唱〕

〔賺煞〕你豈不知意兒和直恁欠心兒懂我非羅刹女休驚莫恐多管是前世因緣今得寵到中秋好事相逢且從容劈開這萬里溟濛俺那裏靜悄悄絕無塵世冗〔張生云〕有如此富貴小生願往〔正旦唱〕一週圍紅遮翠擁盡都是金屏銀棟不弱似九天碧落蕊珠宮〔同侍女下〕

〔張生云〕我看此女妖嬈豔冶絕世無雙他說着我海岸邊尋他我也等不的中秋家童你看着琴劍書箱我拚的將此鮫綃手帕渺渺茫茫直至海岸邊尋那女子走一遭去〔詩云〕海岸東頭信步行聽琴女子最關情有緣有分能相遇何必江臯笑鄭生〔下〕〔家童云〕我家東人好傻也安知他不是箇妖魔鬼怪便信着他跟將去了我報與長老同行者追我東人去〔詞云〕叵耐這鬼怪妖魔將花言巧語調唆若不是連忙趕上只怕迷殺我秀才哥哥〔下〕

〔音釋〕暈音運　刹音察　施去聲　諢溫去聲　那音挪　簌音速　斷端去聲　剌音辣
潺鋤山切　錚音撐　鏦音匆　顫音戰　攛粗酸切　迸補夢切　邛音窮　蛩音窮
轟音烘　涪房鳩切　從去聲　瓊音窮　慧音惠　虬音求　鼉音陀　斝音賈　從音匆　分去聲　傻商鮓切　唆音梭

〔張生上詩云〕幸會多嬌有所期閑花野草鬬芳菲幽情何處桃源洞則怕劉郎去未歸小生張伯騰恰纔遇着的那箇女子人物非凡因此尋踪覓跡前來尋他却不知何處去了則見青山綠水翠柏蒼松前又去不得回又回不得好悽慘人也這盤陀石上我且歇息咱〔虛下〕〔正旦改扮仙姑上詩云〕桑田成海又成田一霎那堪過百年撥轉頂門關棙子阿誰不是大羅仙自家本秦時宮人後以採藥入山謝去火食漸漸身輕得成大道世人稱爲毛女者是也今日偶然乘興遊到此間却是海之東岸你看茫茫蕩蕩好一片大水也呵〔唱〕

〔南呂一枝花〕黑瀰漫水容滄海寬高崒嵂山勢崑崙大明滴溜冰輪出海角光燦爛紅日轉山崖這日月往來只山海依然在瀰八方偏九垓問甚麽河漢江淮是水呵都歸大海

〔梁州第七〕你看那縹渺間十洲三島微茫處閬苑蓬萊望黃河股兒渾流派高冲九曜遠映三台上連銀漢下接黃埃勢汪洋無岸無涯出許多異寶奇哉看看看波濤湧光隱隱無價珠璣是是是草木長香噴噴長生藥材有有有蛟龍偃蹇沉沉精怪靈胎常則是雲昏氣靄碧油油隔斷紅塵界恍疑在九天外平吞了八九區雲夢澤問甚麽翠島蒼崖

〔張生上云〕這裏不知是何處喜得又遇着一位娘子呀原來是道姑待小生問箇路兒咱〔仙姑唱〕

〔牧羊關〕猛地裏難迴避可教人怎離摘則見他叉手前來多管是

迷了路的行人多管是失了船的過客〔張生云〕道姑敢問這搭兒是何處也〔仙姑唱〕比及你來相問先對俺說明白〔張生云〕我到此只爲那可意人兒不知在那裏〔仙姑唱〕且將箇採芝女權休怪只問那可意人安在哉

〔云〕秀才何方人氏因甚至此〔張生云〕小生潮州人氏因爲遊學在此石佛寺借寓前夜彈琴有一女子引一侍女來聽此女自言龍氏之女小字瓊蓮到八月中秋日與小生會約於海岸小生隨即尋訪不意迷失道路小生只想他風流人物世上無比〔仙姑云〕他既說姓龍你可也想左了〔唱〕

〔罵玉郎〕可知道龍宮美女多嬌態想當時因有約則今日獨尋來拚的箇捨殘生做下風流債那龍也青臉兒長左猜惡性兒無可解狠勢兒將人害

〔張生云〕可怎生恁般利害〔仙姑唱〕

〔感皇恩〕呀他把那牙爪張開頭角輕擡一會兒起波濤一會兒摧山岳一會兒捲江淮變大呵乾坤中較窄變小呵芥子裏藏埋他可便能英勇顯神通放狂乖

〔張生云〕那小娘子姓龍你這道姑怎麼說起龍來〔仙姑云〕秀才不知這龍是輕易好惹他的

〔唱〕

〔採茶歌〕他興雲霧片時來動風雨滿塵埃則怕驚急烈一命喪屍骸休爲那約雨期雲龍氏女送了你箇攀蟾折桂俊多才

〔張生云〕小生纔省悟了也他是龍宮之女他父親十分狠惡怎肯與我爲妻這婚姻之事一定無成了只是小娘子誰着你聽琴來〔做悲科〕〔仙姑云〕貧道不是凡人乃奉東華上仙法旨着我來指引你還歸正道休得墮落〔張生做拜科云〕小生肉眼不知上仙指引望乞恕罪〔仙姑云〕我且問你那聽琴女子是東海龍王第三之女小字瓊蓮他在龍宮海藏你怎麼得見他〔張生云〕若論那龍宮之女與小生頗有緣分〔仙姑云〕那裏見的有緣分〔張生云〕既沒緣分他怎肯約我在八月十五夜到他家裏招我做女壻又與我這鮫綃帕兒做信物哩〔仙姑云〕這鮫綃手帕果是龍宮之物眼見的那箇女子看的你中意了只是龍神懆暴怎生容易將愛女送你爲妻秀才我如今圓就你這事與你三件法物降伏着他不怕不送出女兒嫁你〔張生做跪科云〕願見上仙法寶〔仙姑取砌末科云〕與你銀鍋一隻金錢一文鐵杓一把〔張生接科云〕法寶便領了願上仙指教怎生樣用他纔好〔仙姑云〕將海水用這杓兒舀在鍋兒裏放金錢在水內煎一分此海水去十丈煎二分去二十丈若煎乾了鍋兒海水見底那龍神怎麼還存坐的住必然令人來請招你爲壻也〔張生云〕多謝上仙指教但不知此處離海岸遠近若何〔仙姑云〕向前數十里便是沙門島海岸了也〔唱〕

〔黃鍾煞尾〕這寶呵出在那瑤臺紫府清虛界碧落蒼空天上來任熬煎任你劃可從心可稱懷不求親不納財做行媒做嬌客連理枝並蒂開鳳鸞交魚水諧休將他覷小哉信神仙妙手策也是那前生福有安排直着你沸湯般煎乾了這大洋海〔下〕

〔張生云〕小生有緣得受上仙法寶直到沙門島煎海水去來〔詩云〕任他東海滾波濤取水將來

鍋內熬此是神仙真妙法不愁無分見多嬌〔下〕

〔音釋〕棙音利　瀰音迷　漫幔平聲　崒才箠切　嵂勒沒切　長音掌　澤池齋切　摘齋上聲　客音楷　白巴埋切　解上聲　窄齋上聲　慄音寵　降奚江切　舀音杳　劃胡乖切　稱去聲

第二折

〔行者上云〕小僧乃石佛寺行者前日有一秀才在我這房頭借住因夜間彈琴被一個精怪迷惑將去了那家童連忙趕去尋他俺師父葫蘆提也着我去尋林深山險那裏尋他去我獨自一個正要走回不隄防遇見個大蟲張牙舞爪而來猶喜得我先見他那大蟲不曾看見我左邊看看右邊看看再沒個所在可以躲閃的過恰好傍邊有一潭渾泥水只得將身子輕輕溜下水底坐了豈知那大蟲走的口渴正要來吃水張開了血盆也似紅的口伸出那鍬刀也似快的舌頭來把水一嗒那潭就乾了一寸連不連的嗒上幾嗒那潭漸漸的乾下去可不把俺身子似牖珠兒露將出來如何是好俺趁他開口之時只一個筋斗早打到他肚裏去了元來那肚裏面黑便黑他心肝五臟都是摸得着的被我摸着他心肝左邊那葉上着實咬了一口只聽的大蟲叫道哎喲我又摸他心肝右葉上加倍的狠咬一口只聽的大蟲叫道我今日怎麼這等心疼的緊莫不是石佛寺這箇促掐的小行者算計我哩我便道也差不多兒那大蟲道你出來罷我道你放我那裏出來那大蟲道你打前門出來我想他這兩對撩牙略關一關我這身子就做芝麻糖了我便道我不打前門出來那大蟲道這等你要那裏出來我道我打後門出來那大蟲便往山崗兒上兩隻脚爪着兩株大樹將屁股向着山崗空闊去處用力一努早努出箇爆雷也似的響屁來我就着這屁迸裂一箇筋斗直

打到石佛寺裏方纔逃得一條性命〔詩云〕平地卒將性命丟見人羞說後門頭不如隨着秀才一處同迷死倒也落的牡丹花下鬼風流〔下〕〔張生引家僮上詩云〕前生結下好姻緣覓得鸞膠續斷絃法寶煎熬鐺滚沸爭知火裏好栽蓮小生張伯騰早到海岸也家僮將火鐮火石引起火來用三角石頭把鍋兒放上〔做放鍋科云〕你可將這杓兒舀那海水起來〔做取水科云〕鍋裏水滿了也再放這枚金錢在內用火燒着只要火氣十分旺相一時間將此水煎滚起來〔家僮云〕這等你不早說那小娘子跟隨的丫頭送我一把蒲扇不曾拏的來把什麽扇火〔做衣袖扇火科云〕且喜鍋兒裏水滚了也〔張生云〕水滚了待我試看海水動靜〔做看科驚云〕怪哉果然海水翻騰沸滚真有神應也〔家僮云〕怎麽這裏水滚那海水也滚起來難道這鍋兒是應着海的〔長老慌上云〕老僧石佛寺長老是也正在禪床打坐則見東海龍王遣人來說道有一秀才不知他將甚般物件煑的海水滚沸急得那龍王沒處逃躲央我老僧去勸化他早早去了火罷元來這秀才不是別人就是前日借俺寺裏讀書的潮州張生想我石佛寺貼近東海現今龍宮有難豈可不救只得親到沙門島上勸化秀才走一遭去也呵〔唱〕

〔正宮端正好〕一地裏受煎熬遍寰宇空勞攘兀的不慌殺了海內龍王我則見水晶宮血氣從空撞閭不得鼻口內乾烟熗

〔滚繡毬〕那秀才誰承望急煎煎做這場不知他挾着的甚般伎倆只待要賣弄殺手段高強莫不是放火光逼太陽燒的來焰騰騰滚波翻浪縱有那雷和雨也救不得驚惶則見錦鱗魚活潑剌波心跳銀脚蟹亂扒沙在岸上藏但着一點兒就是一箇燎漿

〔做到科云〕來到此間正是沙門島海岸了兀那秀才你在此煑着些甚麼哩〔張生云〕我煑海也〔正末云〕你煑他那海做甚麼〔張生云〕老師父不知小生前夜在於寺中操琴有一女子前來竊聽他說是龍氏三娘小字瓊蓮親許我中秋會約不見他來因此在這裏煑海定要煎他出來〔正末唱〕

〔倘秀才〕這秀才不能勾花燭洞房〔帶云〕好也囉〔唱〕却生扭做香水混堂大海將來升斗量秀才家能軟款會安詳怎做這般熱忽喇的勾當

〔張生云〕老師父你不要管我你且到別處化緣去〔正末唱〕

〔滾繡毬〕俺也不是化道糧也不是要供養我則是特來相訪〔張生云〕我是箇窮秀才相訪我有甚麼化與你〔正末唱〕俺本是出家人便乞化何妨〔張生云〕若得見那小娘子肯招我做女壻便有布施〔正末唱〕則爲那窈窕娘不招你個俊俏郎弄出這一番禍從天降你窮則窮道與他門戶輝光你那裏得熬煎鉛汞山頭火你那裏覓醫治相思海上方此物非常

〔張生云〕老師父我老實對你說若那夜女子不出來呵我則管煑哩〔正末云〕秀才你聽者東海龍神着老僧來做媒招你爲東床嬌客你意下如何〔張生云〕老師父你不要耍我這海中一望是白茫茫的水小生是個凡人怎生去得〔家僮云〕相公這個不妨事你只跟着長老去若是他不渰死難道獨獨渰死了你〔正末唱〕

〔脫布衫〕俺實丕丕不要問行藏你慢騰騰好去商量將這水指一指

飜爲土壤分一分步行坦蕩

〔小梁州〕直着你如履平原草徑荒〔張生云〕到那海底去莫不昏暗麼〔正末唱〕却正是日出扶桑〔張生云〕小生終是個凡人怎敢就到海中去〔正末唱〕雖然大海號東洋休謙讓〔帶云〕去來波〔唱〕他則待招選你做東床

〔張生云〕小生曾聞這仙境有弱水三千丈可怎生去的〔正末唱〕

〔幺篇〕便休提瀰漫弱水三千丈端的是錦模糊水國魚邦〔張生做望科云〕我看這海有偌般寬闊無邊無岸想是連着天的好怕人也〔正末唱〕你道是白茫茫如天樣越顯得他寬洪海量我勸你早準備帽兒光

〔張生云〕既如此待我收起法寶則要老師父作成我這椿親事〔家僮云〕那小姐身邊有一個侍女須配與我不然我依舊燒起火來〔正末唱〕

〔笑和尚〕去去去向蘭閨到畫堂俺俺俺這言語無虛誑〔張生云〕是真個麼〔正末唱〕你你你終有個酸寒相他他他女豔粧早早早得成雙來來來似鴛鴦並宿在銷金帳

〔張生云〕這等我就隨着老師父去則要得早早人月團圓休孤舊約也〔正末唱〕

〔尾聲〕則爲你佳人才子多情況諕得他椿室萱堂着意忙你貌又軒昂才又良他玉有溫柔花有香意相投姻緣可配當心廝愛夫妻誰比方似他這百媚嬌娘共你個風流張敞〔帶云〕去來波〔唱〕須將俺撮合山的媒人重重賞〔同張生下〕

〔家僮云〕你看我家東人與匆匆的跟着長老入海去了留我獨自一個在這海岸上看守什麼法寶若是他當真做了新郎料必要滿了月方纔出來我看那小行者儘也有些風韻老和尚又不在不如我收拾了這幾件東西一逕回到寺裏尋那小行者打閛閛去也〔下〕

〔音釋〕艣音魯　鐺音撐　鐮音廉　相去聲　難去聲　熗妻相切　當上聲　汞烏拱切　與去聲　閛鋪蒙切

第四折

〔外扮龍王引水卒上詩云〕一輪紅日出扶桑照曜中天路杳茫雖然弱水三千里只要無私自可航吾神乃東海龍王是也有小女瓊蓮曾于夜間到石佛寺遊玩見一秀才撫琴其曲有鳳求凰之音他兩個暗面關情遂許中秋赴會某家說道他是凡人怎生到的俺這水府不想秀才遇着上仙授他三件法寶被他燒的海水滾沸使某不堪其熱只得央石佛寺法雲禪師爲媒招請爲壻早間已將花紅酒禮款待那做媒的去了如今設下慶喜的筵席兀那水卒請出秀才和女孩兒來者〔一正旦同張生上〕〔正旦云〕秀才前廳上拜俺父母去〔張生云〕是〔正旦云〕秀才我和你那夜相別誰想有今日也〔唱〕

〔雙調新水令〕則爲這波濤相間的故人疎我則怕黑漫漫各尋別路受了些活地獄下了些死工夫海角天隅須有日再完聚

〔張生云〕這龍宮裏面都是些甚麼人物〔正旦唱〕

〔駐馬聽〕擺列着水裏兵卒都是些黿將軍鼉先鋒鱉大夫看了這海中使數無過是赤鬚蝦銀脚蟹錦鱗魚繡簾十二列珍珠家財千

萬堆金玉〔張生云〕是好富貴也〔正旦唱〕你自暗付則俺這水晶宮是一搭兒奢華處〔做行禮拜科龍王云〕你二人在那裏相會來〔正旦唱〕

〔滴滴金〕趁着那綠水清波良辰美景輕雲薄霧霜氣浸冰壺可則是玉露冷冷金風淅淅中秋節序正值着冷清清人靜更初〔龍王云〕你與這秀才素非相識況在夜靜更初怎麼就許他婚姻之約你試說我聽〔正旦唱〕

〔折桂令〕俺去他那月明中信步堦除聽三弄瑤琴音韻非俗恰便似雲外鳴鶴天邊語鴈枝上啼烏他待覓鶯儔燕侶我正愁鳳隻鸞孤因此上要識賢愚別辨親疎端的個和意同心早遂了似水如魚〔龍王云〕秀才誰與你這法寶來〔張生云〕量小生是個窮儒焉有此法寶偶因追趕令愛到海岸上遇着一位仙姑把與我來〔龍王云〕秀才則被你險些兒熱殺我也我想這事都是我女孩兒惹出來的〔正旦唱〕

〔鴈兒落〕不想這火中生比目魚石內長荆山玉天邊有比翼鳥地上出連枝樹〔張生云〕若非上仙法寶怎生得有團圓之日〔正旦唱〕

〔得勝令〕你待將鉛汞燎乾枯早難道水火不同爐將大海揚塵度把東洋列熖煮神術煆化的爲夫婦幾乎熬煎殺俺眷屬〔東華仙上云〕龍神聽俺分付〔龍王同張生正旦跪科東華云〕龍神那張生非是你女壻那瓊蓮

也非是你女兒他二人前世乃瑤池上金童玉女則爲他一念思凡謫罰下界如今償還夙契便着
他早離水府重返瑤池共諧前因同歸仙位去也（衆拜謝科）（正旦唱）
（沽美酒）待着俺辭龍宮離水府上碧落赴雲衢我和你同會西池
見聖母秀才也抵多少跳龍門應舉攀仙桂步蟾蜍
（東華云）你二人若非吾來指引豈得到瑤池仙境也（正旦唱）
（太平令）廣成子長生詩句東華仙看定婚書引仙女仙童齊赴獻
仙酒仙桃相助願普天下曠夫怨女便休教間阻至誠的一箇箇皆
如所欲
（東華云）你本是玉女金童投凡世淹留數載石佛寺夜月彈琴鳳求凰留情殢色許佳期無處追
尋走海上失精落彩遇仙姑法寶通靈端的有神機妙策配金丹鉛汞相投運水火張生煮海則今
朝返本朝元散一天異香杳靄（正旦同張生稽首科）（正旦唱）
（收尾）則今日雙雙攜手登仙去也不枉鮫綃帕留爲信物閑看他
蟠桃灼灼樹頭紅撇罷了塵世茫茫海中苦
（音釋）間去聲　卒從蘇切　玉于句切　喑音陰　淅音昔　俗詞疽切　鶴音豪　術繩朱
切　煅端平聲　屬繩朱切　重平聲　蜍音除　欲于句切　殢音膩　物音務

題目　石佛寺龍女聽琴
正名　沙門島張生煮海

沙門島張生煮海雜劇

李幼奴揭傷似玉顏
倣葉進成筆

包待制智勘生金閣
珍倣宋版印

包待制智賺生金閣雜劇

元　武漢臣撰
明吳興臧晉叔校

楔子

〔冲末扮孛老同卜兒旦兒正末郭成上〕〔孛老詩云〕急急光陰似水流等閑白了少年頭月過十五光陰少人到中年萬事休老漢是郭二蒲州河中府人氏嫡親的四口兒家屬婆婆王氏孩兒郭成媳婦兒李幼奴我孩兒幼習經史學成滿腹文章我可爲甚麼不着他應舉去只因我家祖代不會做官恐沒的這福分不如只守着農庄世業倒也無榮無辱不意孩兒偶然得了一個惡夢去尋那賣卦先生叫做開口靈整整要一分一卦他道此卦有一百日血光之災只除千里之外可以躲避因此連日面帶憂容怎生是好〔卜兒云〕孩兒常言道陰陽不可信信了一肚悶你信他做什麼〔正末云〕父親母親他叫做開口靈占的無有不驗無有不准您孩兒想來要帶了媳婦同到京城去一來進取功名二來躲災避難只望父親容許〔孛兒云〕孩兒既然你要去我與你一件寶物若是得了官便罷若不得官呵有我這祖傳三輩留下的一個生金閣兒你將的去則憑着這生金閣上也博換得一官半職回來也〔正末云〕父親與您孩兒試看咱〔孛兒云〕婆婆將來〔卜兒拏砌末科云〕老的兀的不是〔孛老做接科云〕孩兒這個便是生金閣兒〔正末云〕父親這生金閣兒有甚麼好處〔孛老云〕孩兒你不知道把這生金閣兒放在那有風處仙音嘹喨若無風呵將扇子搧動他也一般的聲響豈不是件寶貝〔正末云〕父親恁孩兒不信須做與孩兒看咱〔孛老云〕孩兒你既不信我把扇子搧動你聽〔做搧動響科〕〔正末云〕是好寶物也大嫂收了者則今日

好日辰辭別了父親母親便索長行也〔做拜辭科〕〔卜兒云〕孩兒一路上小心在意者〔正末唱〕

〔仙呂賞花時〕一來我應舉京師赴選場二來我爲遠去他鄉趓禍殃〔卜兒云〕孩兒也俺子母每今日別去不知何日相見到得京師你則着志者〔正末唱〕就拜辭了老爹娘非是您孩兒自誇得這自奬我若是不富貴可兀的不還鄉

〔正末同旦下〕〔孛老云〕孩兒去了也俺老兩口兒無甚事只是關着門過日子便了〔詩云〕離別苦難禁平安望寄音雖無千丈線萬里繫人心〔同下〕

第一折

〔淨扮龐衙內領隨從上詩云〕花花太歲爲第一浪子喪門世無對聞着名兒腦也疼只我有權有勢龐衙內小官姓龐名勣官封衙內之職我是權豪勢要之家累代簪纓之子我嫌官小不做馬瘦不騎打死人不償命若打死一個人如同捏殺個蒼蠅相似平生一世我兩個眼裏再見不得這窮秀才我若是在那街市上攔着頭踏倘有秀才衝着我的馬頭一頓就打死了若到人家裏見了那好古玩好器皿琴棋書畫他家裏倒有我家裏倒無教那伴當每借將來我則看三日第四日便還他我也不壞了他的但若是他同僚官的好馬他倒有我倒無着那伴當借將來則騎三日第四日便還他我也不壞了他的人家有好宅舍我見了他家裏倒有我家裏倒無搬進去則住三日第四日就搬了我也不會壞了他的便好道未見其人先觀使數我這兩個小的是我心腹人一個叫做張龍一個叫做趙虎我心間的事不會說出來他先知道了這兩個小的好生的聰明只是我做着

衙內偏生一世裏不曾得個十分滿意的好夫人今日紛紛揚揚下着這一天瑞雪坐在家裏吃酒可也悶倦直至郊野外一來打獵二來就賞雪下次小的每安排些紅乾臘肉春盛擔子馱兒小鷂粘竿彈弓花腿閑漢多載幾匹從馬郊外打獵走一遭去〔下〕〔丑扮店小二上詩云〕曲律竿頭懸草稕綠楊影裏撥琵琶高陽公子休空過不比尋常賣酒家自家是個賣酒的今日風又大雪又緊少不的也有要買酒盪寒的我開開這酒鋪燒的這鏇鍋兒熱看有什麼人來〔正末同旦兒上〕〔正末云〕小生姓郭名成自離了父母與渾家進取功名來到這半途中染了一場凍天行的病證方纔較可天那怎又紛紛揚揚下着這大雪那裏是國家祥瑞偏生是我上路的對頭大嫂你且打起精神行動些〔旦兒云〕好大雪也〔正末唱〕

〔仙呂點絳唇〕則我這口內嗟吁腹中憂慮離家去可又早一月多餘則我這白髮添無數

〔旦兒云〕秀才想古來也有未遇的人這般受苦麼〔正末唱〕

〔混江龍〕想前賢不遇我便似阮嗣宗慟哭在窮途早知道這般的擔驚受恐我可也圖甚麼衣紫拖朱每日慵將書去習逐朝常把藥的那來扶我這剛移足趾強整身軀滑七擦爭些跌倒戰篤速直恁艱虞天也我如今整三十可着我半路裏學那步〔旦兒云〕秀才你掙閣些着〔正末唱〕但只見黑漫漫同雲黯淡白茫茫瑞雪模糊

〔旦兒云〕秀才似這般大雪我和你尋個村房道店買些酒食盪寒也好那〔正末云〕大嫂說的是只此處沒有村店且到前途去再看來〔唱〕

〔油葫蘆〕亂紛紛扯絮撏綿空內舞踈剌剌風亂鼓寒凜凜望長天一色粉粧鋪遠迢迢遇不着個窮親故急煎煎覓不見箇荒村務我身上衣又單腹中食又無可甚麽書中自有千鍾粟〔旦兒云〕秀才似這般身上單寒肚中饑餒如之奈何〔正末唱〕沒來由下這死工夫〔旦兒云〕秀才你到的帝都闕下博得一官半職改換家門也不枉了受這場苦楚〔正末唱〕

〔天下樂〕想刺股懸頭去讀書則我這當也波初自窨付怕不的滿胸中藏他萬卷餘又不會上春官顯姓名又不會向皇家請俸祿哎也乾着了忍二冬受盡苦

〔旦兒云〕秀才遇着這等風雪那裏避一避咱〔正末云〕大嫂喒到這裏人生面不熟投奔誰的是遠遠望見一個酒務兒且到那裏避一避風雪慢慢的入城去來〔做問科云〕小二哥有酒麽〔店小二云〕官人請裏面坐有酒〔正末同旦兒入店科〕〔正末云〕打二百長錢酒來〔店小二云〕理會的官人酒在此〔正末云〕大嫂俺慢慢的飲一杯酒〔旦兒云〕這一會兒風雪較小了些兒也〔正末飲酒科云〕大嫂這一會纔覺的有些兒煖和哩〔旦兒云〕秀才我和你離了家鄉在這裏吃酒不知父母家中怎生想念我和你也〔衙內領隨從上云〕小官龐衙內來到這郊野外是好眼界也呵這雪越下的大了遠遠的那雪影兒裏一個小酒店兒就避一避雪小的喚那賣酒的來〔隨從云〕賣酒的衙內喚你哩〔店小二云〕有有有〔見科云〕孩兒是賣酒的〔衙內云〕兀那廝你認的我麽〔店小二云〕孩兒每不認的〔衙內云〕則我便是權豪勢要的龐衙內〔店小二云〕孩兒每知道了〔隨從云〕你這廝不早來迎接討打吃〔衙內云〕小的每休打着他收拾下乾淨閣子兒等我喝幾杯

酒去〔店小二云〕理會的〔店小二向正末科云〕秀才你且趓在一壁這個爺不比別的他是個衙內打死人不償命我打掃的這所在乾乾淨淨了〔見科云〕爺爺打掃的閣子乾淨了也〔衙內云〕我見你也有福我一脚蓦過你家來你家裏九祖都生天哩我不吃你那酒小的每釃我的酒來與他吃〔隨從云〕有酒〔店小二吃酒科〕〔衙內云〕我這酒比你的酒如何〔店小二做嘴臉科云〕這酒比我家的越酸了〔隨從云〕咄〔衙內云〕你釃那酒來我吃〔店小二云〕理會的酒到〔做飲酒科〕〔正末云〕大嫂你看這人是好受用也呵〔唱〕

〔金盞兒〕我則見他人馬鬧喧呼這人物不尋俗一羣價飛鷹走犬相隨逐都是些貂裘暖帽錦衣服雖不見門排十二戟戶列八椒圖你覷那金牌上懸銅虎玉帶上掛銀魚

〔云〕大嫂我想那壁是個大人的動靜我將這寶物獻與他咱愁甚麼不得官做〔旦兒云〕秀才他不知是什麼人則怕不中麼〔正末云〕不妨事我問那小二哥咱小二哥那壁是個甚麼人〔店小二云〕你這個秀才低說些你還不知道哩他是權豪勢要的龐衙內打死人不償命你問他怎的〔正末云〕則他是龐衙內我央及你咱〔店小二云〕你有甚麼話說〔正末云〕你說去這裏一個秀才有件稀奇寶貝獻與大人〔店小二云〕則怕不中麼〔正末云〕不妨事〔店小二見衙內跪科云〕爺那壁有個秀才要將着件寶貝來獻與爺〔衙內云〕這廝敢不是我這裏人麼他不知道我的性兒趓也趓不迭哩他要來見我着他過來〔店小二向正末云〕秀才爺着你過去哩〔正末做見科〕〔衙內云〕兀那秀才你那裏人氏姓甚名誰〔正末云〕小生姓郭名成〔衙內云〕你可家住在那裏〔正末唱〕

〔醉扶歸〕小生呵家住在河中府（衙內云）曾學什麼武藝來（正末唱）幼年間讀幾行聖賢書（衙內云）這等你可怎麼不做官（正末唱）則爲我運拙時乖天不與（衙內云）可知則是一個窮秀才（正末唱）甘分守窮活路（衙內云）你家裏有甚麼人（正末唱）拜辭了年高的父母（衙內云）你如今往那裏去（正末云）我一徑的取應往梁園去

（衙內云）這廝要應舉去的你要來見我有甚麼勾當（正末云）大人小生有一件寶貝獻與大人（衙內云）你有甚稀奇寶物（正末云）是個生金閣兒（衙內云）哦則是個生金閣兒兀那秀才你不知道我那庫裏的好玩器有粧花八寶瓶赤色珊瑚樹東海鰕鬚簾荊山無瑕玉瞻天照星斗沒價夜明珠光燦燦玻璃盞明丟丟水晶盤那一件寶物是無有的休說你這生金閣兒便是純金蓋一間大房子也有哩你那件兒有甚麼奇異處叫做寶貝（正末云）大人這生金閣兒不打緊若放在有風處吹動仙音嘹亮若在無風處將扇子搧動也一般的聲響豈不是個寶貝（衙內云）我不信你將的來我試看咱（正末云）大嫂將那生金閣兒來（旦兒云）秀才則怕不中麼（正末云）不妨事（旦兒云）這等你將的去（正末獻砌末科云）大人則這個便是生金閣兒（衙內云）拏一把扇子來搧動者（正末做搧細樂響科）（衙內云）是好一件寶貝也（正末云）大人小生豈敢說謊（唱）

〔金盞兒〕聽小生說從初（衙內云）可也端的少有（正末唱）這寶貝世間無（衙內云）你可那裏得來（正末唱）俺家裏祖傳三輩牢收取（衙內云）你可要多少錢鈔（正末唱）我也不求厚賂但遂意便沽諸（衙內云）我與你些綾羅段疋換的麼

〔正末唱〕也不要綾羅和段疋〔衙內云〕與你些寶貝金珠可好〔正末唱〕也不要寶貝共金珠〔衙內云〕你都不要可要些甚麼〔正末唱〕小生只博箇小前程來帝里便也好將名分入鄉閭

〔衙內云〕料着這廝的文章也不濟事則憑着那件寶貝要做個官兀那秀才你則要做官這個也不打緊我與今場貢主說了大大的與你個官做小的每便寫個帖兒寄與今場貢主去說是我說來就稍一個官兒與他做〔正末云〕多謝了大人小生有一個醜渾家着他拜謝大人〔衙內云〕你的渾家要來見我敢不中麼既是這等看你的面皮着他過來〔正末做向旦兒科云〕大嫂我將那寶貝獻了大人許我一個官也你過去把體面拜謝大人者〔旦兒云〕既然這等我和你謝去來〔相見科〕大人受取妾身幾拜咱〔做拜科〕〔衙內云〕免禮免禮這渾家十分標致便好道巧妻常伴拙夫眠兀那秀才你有下處麼〔正末云〕小生無下處則纔到的這酒務兒裏避雪哩〔衙內云〕小的每將兩匹馬來與他騎着跟着我私宅裏去來〔正末云〕既然衙內帶挈俺一同去來〔同下〕

〔店小二云〕整整打攪了我一日酒也賣不的你看我這等造化〔詩云〕今日買賣十分苦可可撞見大官府一個錢兒賺不的不如關門學擂鼓〔下〕〔衙內同隨從再上云〕小的每打掃前後廳堂把那名人書畫掛將起來擺上那玩好器皿着金壺裏釃着熱酒鋪開那錦裀繡褥將好臺盞來請過那秀才來者〔小廝云〕理會的〔做喚科云〕秀才爺請〔正末同旦兒上云〕大嫂衙內有請俺同過去見大人來〔做見科〕〔衙內云〕兀那秀才我是個小人家兒你休笑話〔正末云〕量小生有何德能着衙內如此般張筵管待〔唱〕

〔後庭花〕我則見錦裀在床上鋪〔衙內云〕小的每放下那氈簾來〔正末唱〕兀

那氈簾向門外欵（衙內云）炭火上燒着羊肉者（正末唱）我見他獸炭上燒羊肉（衙內云）把酒釃熱者（正末唱）金杯中泛醁醑（衙內云）我見你是個讀書的人因此上敬你（正末唱）小生則是一寒儒（衙內云）我和你做個親屬（正末唱）怎敢與衙內認爲親屬量小生有甚福感衙內相盼顧（衙內云）我說的話你可依的我麼（正末唱）但道的都應付（衙內云）你可不要推阻（正末唱）並不敢推共阻（衙內云）你的渾家與我做個夫人我替你另娶一個你意下如何（正末唱）他他他從頭兒說事故就就就諕的我麻又酥道道道別求箇女艷姝待待待打換我這醜媳婦我我我這面不搽頭不梳那那那有甚的中意處（衙內云）好共歹我務要換了你的（正末唱）

（青哥兒）哎你怎生的喬爲喬爲胡做可不道敗壞風俗（衙內云）我要你渾家與我做個夫人打甚麼不緊這等推三阻四的（正末唱）你元來好模樣倒有這般心歹處便待要拆散妻夫鳳隻鸞孤（衙內扯正末科云）你這廝不肯我更待乾罷那（正末唱）他將我這衣領揪捽（衙內云）你若不與我我着你目下就死（正末唱）就着我目下身殂我則索禱告天乎可憐我無辜放聲啼哭（衙內云）好歹將這媳婦與我做個夫人罷（正末唱）哎不爭將並頭蓮磣可可的帶根除着誰人養活俺那生身父（衙內云）這廝好生無禮小的每拏大鐵鏁鏁在馬房裏扶着他那渾家後堂中去（隨從做拏科云）理會的郭成你休言語枉送了你性命（正末哭科）（唱）

〔賺煞〕罷罷罷怎干休難分訴世做的馮河暴虎赤緊的先要了我這希奇無價物又生出百計虧圖哎你箇潑無徒膽大心麤俺夫妻每負屈銜寃誰做主你強奪了花枝媳婦又將咱性命屠毒〔帶云〕哎早知今日我不帶的渾家出來也罷〔唱〕方知道美女累其夫〔下〕

〔隨從云〕爺那郭成拏的去鎖在後槽亭柱上哩〔衙內云〕我那裏恠郭成的渾家這等生的風流長的可喜正好與我做個夫人他來的路兒可也遠了多把些肥皂與他洗了臉再搽些胭粉換些錦繡衣服在後堂中安排酒餚慶賀新得的夫人天阿也是我一點好心與我這條兒糖吃〔詩云〕此生無分得嬌容一床錦被半條空今朝奪取良人婦後堂慶喜吃三鐘〔隨從云〕還要分付後槽將這廝收的好者不要等他溜了〔同下〕

〔音釋〕累上聲　當去聲　戯音呈　皴音松　鞁音備　從去聲　椁音准　那上聲　强溪養切　那音挪　黯衣減切　撏詞纖切　剌音辣　粟須上聲　䉤音去聲　禄音路　䅉蘇奔去聲　驀音陌　俗詞疽切　逐常如切　服房夫切　行音杭　賂音路　簌蘇上聲　䤉音須　屬如上聲　福音府　推退平聲　姝音朱　中去聲　捽音祖　哭音苦　磣森上聲　物音務　毒東盧切　長音掌　阿何哥切

第二折

〔衙內領隨從上云〕某龐衙內歡歡喜喜拾得一個郭成的渾家待要做了夫人誰想他不着趣百般的不肯就我看我這嘴臉儘也看的過你道我臉上搽粉你又不搽粉那我家中有個嬤嬤是我父親手裏的人他可也看生見長我的如今着他去勸化不怕不聽小的每與我喚將嬤嬤來者

〔隨從做喚科云〕嬤嬤爺喚哩〔正旦扮嬤嬤同倈兒上云〕老身是龐衙內家的嬤嬤衙內呼喚須索走一遭去這個是老身的孩兒喚做福童他父親不幸早年亡過福童你要學裏去我與你這把鑰匙你若尋我時到花園裏來尋我便是〔倈兒云〕我孩兒你道將着這把鑰匙揣在袖兒裏要尋你時只在後花園裏如今我學裏去也〔下〕〔正旦云〕老身自幼在龐府看生見長這個衙內非是一日也呵〔唱〕

〔越調鬬鵪鶉〕則他這兔走烏飛寒來暑往春日花開可又早秋天月朗斷送了光陰消磨了世況我如今年紀老鬢髮蒼我做不的重難的生活只管幾件輕省的勾當

〔紫花序兒〕早辰間放開倉庫晌午裏綽掃了花園未傍晚我又索執料廚房小丫鬟忙來呼喚道衙內共我商量豈敢行唐大走向庭前去問當〔正旦做見衙內科〕〔唱〕哥哥你有何明降對老身至尾從頭說短論長

〔云〕哥哥呼喚老身來有何事幹〔衙內云〕嬤嬤喚你來別無甚事我大茶小禮三媒六證親自娶了個夫人他百般的不肯隨順我你勸他一勸勸的他回心轉意我自有重重的賞你〔正旦云〕哥哥你放心者老身到那裏不消三言兩句管教他隨順哥哥便了〔衙內云〕我這夫人有些憋拗嬤嬤你須放出那蒯通般舌來纔好〔正旦唱〕

〔小桃紅〕老身非敢自誇強我不比那蒯徹無名望〔衙內云〕我禮拜磕頭央及你波〔衙內做拜科〕〔正旦唱〕呀呀呀何須的禮拜磕頭把咱央〔衙內云〕好

奶奶沒奈何好生勸他一勸〔正旦唱〕直恁般痛着忙就待要安排共宿芙蓉帳

憑着我甜話兒廝搪更將些美情兒相向哥哥也你穩情取金殿鎖鴛鴦〔同下〕

〔旦兒上詩云〕天下人煩惱盡在我心頭渾如秋夜雨一點一聲愁妾身是郭成的渾家李幼奴有龐衙內強要了我生金閣兒又逼我爲妻將俺男兒郭成鎖在馬房裏天那好煩惱殺我也〔正旦上云〕此間是他卧房門首〔做入見旦兒科云〕姐姐萬福〔旦兒云〕嬷嬷萬福〔正旦云〕姐姐我問你咱俺衙內大財大禮娶將你來指望百年偕老你只是不肯隨順可是爲何〔旦兒云〕嬷嬷你那裏知道我心中的冤枉也〔正旦云〕姐姐你差了也〔唱〕

〔凭欄人〕則這女聘男婚禮正當你兩下和諧可着人讚揚哎你箇女艷粧你心中可怎不思想

〔旦兒云〕嬷嬷你怎知道我那裏是大財大禮娶的我本是郭成的渾家有龐衙內強要了我生金閣兒又逼我爲妻將俺丈夫鎖在馬房裏嬷嬷你可知道我這等冤枉也〔正旦云〕你若不說我怎生得知難道有這等事〔唱〕

〔鬼三台〕聽的他言分朗諕的我魂飄蕩姐姐也你怎生則撞入大羅地網俺那廝驢狗兒一片家狠心腸着誰人好來阻當〔旦兒云〕嬷嬷我今日不會看見丈夫多敢殺壞了兀的不痛殺我也〔正旦唱〕你道他昨來箇那塌兒裏殺壞了范杞梁今日箇這塌兒裏沒亂殺你女孟姜〔旦兒云〕嬷嬷我待要尋一個大大的衙門告他去哩〔正旦唱〕你待要叫屈聲冤姐姐也誰敢便收

詞接狀〔衙內同隨從打聽科〕〔旦兒做哭科云〕哎喲天也〔正旦唱〕

〔寨兒令〕我見他痛感傷淚汪汪〔旦兒云〕當初只爲我生的風流長的可喜將我男兒陷害了性命摑了我這面皮罷〔正旦云〕哎喲可惜了也〔唱〕水晶般指甲兒摑破面上〔衙內同隨從做聽科〕〔正旦唱〕俺那廝少不的落馬身跐不久淪亡他可便遭賊盜值重喪

〔么篇〕多不到半月時光餐刀刃親赴雲陽高杆首吊脊梁木驢上碎分張渾身的害麽娘椀大血疔瘡〔衙內做咳嗽科二〕〔正旦唱〕

〔金蕉葉〕是誰人村聲潑嗓他壁聽在門兒外廂〔旦兒做驚科云〕嬷嬷窗兒外有人咳嗽〔正旦唱〕姐姐也你且休慌心勞意攘我可便自把那言詞說上〔衙內做見正旦科云〕呔我養着你個家生狗倒向着裏吠直被你罵的我好也〔正旦唱〕

〔調笑令〕息怒波宰相聽老身說行藏〔衙內云〕你還說甚的可敢再罵我麽〔正旦云〕哥哥我不會說甚來〔唱〕我道是楚襄王寄語巫山窈窕娘也不須遮遮掩掩粧模樣早共晚准備下雨席雲床〔衙內云〕你道不罵我恰纔我都聽的了也〔正旦唱〕我道恁哥哥也在城中第一家財帛廣還有那鴉飛不過的田地池塘

〔衙內云〕小的每這老賤才罵了我許多還待賴哩拏繩子來綑了丟在八角瑠璃井裏去〔隨從云〕理會的〔隨從做腰裏取繩子綑科云〕嬷嬷你也不要怨我自家討死吃〔旦兒云〕嬷嬷儿的不痛殺我也〔正旦云〕姐姐等我那孩兒來時着他與我報讐天也誰來搭救我咱〔唱〕

〔收尾〕罷罷罷我倒做了耕牛爲主遭鞭杖啞婦傾杯反受殃有一日包待制到朝堂哥哥也我則怕泄漏了天機白破你那謊〔同旦兒下〕

〔隨從做丟科云〕撲鼕丟下去了再撇下井欄石往下壓着省的那屍首浮起來嬷嬷你倒好了也渰的一個水葬哩〔做回話科云〕爺小的每把嬷嬷着繩子綑了丟在八角瑠璃井裏死了也〔衙內云〕這嬷嬷便死了還有郭成哩一發拿來就在他渾家根前着銅鍘切了頭者〔隨從云〕理會的郭成你的渾家送了我衙內便罷了你百忙裏不肯如今着我來鍘了你頭哩趙虎你揪着頭髮我提起這銅鍘來磕叉〔做跌倒科云〕哎喲諕殺我也〔郭成做倒地復起來跑下〕〔隨從做驚科見衙內云〕爺怪事怪事只見日月交食不曾見轆軸退皮爺着小廝每把郭成拿在那馬房裏對着他渾家面前他便按着頭我便提起銅鍘來可叉一下刀過頭落那郭成提着牆跳過頭去了〔衙內云〕嗯怎麽提着牆倒跳過頭去了〔小廝云〕呸是提着頭跳過牆去了〔衙內云〕强魂强魂休要大驚小怪的不妨事明日是正月十五日賞元宵多着些伴當每拿着些棍棒跟着我賞元宵去來〔同下〕

〔音釋〕嬷魔上聲 斷端去聲 量平聲 論平聲 撇音鼈 拗音要 堝音鍋 撾莊瓜切 跓音莊 重平聲 嗓桑上聲 鍘音閘 轆音鹿

第三折

〔社火鼓樂攛開科〕〔外扮老人里正同上云〕老漢王老人這個是劉老人時遇元宵節令預賞豐年城裏城外不論官家民戶都要點放花燈與民同樂老的咱每做火兒看燈走一遭去來〔做看燈科〕〔衙內領隨從上云〕今日是元宵節令小的每隨俺看燈耍子去〔魂子提頭沖上打科〕〔衙內做慌云〕那裏這個鬼魂打將來好怕人也走走走〔下〕〔魂子追趕老人里正社火鼓樂同衆慌下〕〔衙內再上云〕小的每這鬼魂好狠哩我們這等跑他倒越追上來走走走〔魂子再上趕科〕〔衙內云〕這鬼魂又趕將來了諕殺我也小的每扶着我回去罷這燈也看不成了〔下〕〔店小二上詩云〕買賣歸來汗未消上床猶自想來朝爲甚當家頭先白曉夜思量計萬條自家是個賣酒的在此處開着個酒店但是那南來北往做買做賣推車打擔都來我這店裏買酒吃今日早把這鏇鍋兒燒的熱些等那買酒的人來好盪與他吃〔老人里正慌上云〕走走走如今那沒頭鬼不來了老的我們有了這些年紀眼裏並不曾見這怪異險些兒被他諕死我們且到這酒店裏吃幾杯酒定一定膽店小二我們要買酒吃的打二百長錢酒來〔店小二云〕有有有新篘的美酒老的請裏面坐〔老人云〕恰纔漸漸喘息定了慢慢的吃幾杯兒〔正末扮包拯便衣領張千上云〕老夫姓包名拯字希仁乃廬州金斗郡四望鄉老兒村人氏官封龍圖閣待制正授南衙開封府尹之職奉聖人的命着老夫西延邊賞軍回來時遇上元節令紛紛揚揚下着國家祥瑞張千分付頭踏遠遠的在前面自去等我在後慢慢行者〔唱〕

〔南呂一枝花〕我可便上西延離汴京押衣襖臨京兆我也不辭年紀老豈憚路途遙想着宰相官僚請受了這千鍾祿難虛耗怎不的

秉忠心佐聖朝今日在鵷鷺仙班到後來圖寫上麒麟畫閣

〔梁州第七〕我也則爲那萬般愁常縈心上兩條恨不去眉稍急回身又遇着新春到我只見寒梅晚謝凍雪初消傍幾家兒村鷄啞啞隔半程兒野犬吽吽粧點來則恁的景物蕭條可不道有丹青也便巧筆難描我我我看了些青滲滲峻嶺層巒是是是行了些黃穰穰沙堤得這古道呀呀呀兀良早過了些碧澄澄野水橫橋歸來路杳梟絲鞭羨殺投林鳥薄暮也在荒郊怎當這疲馬西風雪正飄說不盡寂寥

〔張千云〕相公風又大雪又緊遠遠的有個酒務兒略避一避風雪就買些酒吃可不好也〔正末云〕張千你說的是兀的不是個酒務兒〔唱〕

〔牧羊關〕草刷兒向牆頭挑醉八仙壁上描蓋造的瀟灑清標寫着道酒勝西湖店欺着東閣〔帶云〕看你這村野去處有什麼整齊的〔唱〕止不過瓦鉢內斟村釀那裏有金盞內泛羊羔你待寫着大樣兒留人醉我道不飲呵可便從他來酒價高

〔云〕張千接了馬者〔張千云〕牢墜鐙〔正末見店小二〕〔張千做打小二科云〕賣酒的快打掃乾淨閣子兒釃熱酒來把馬牽到後頭與我細切草爛煑料把馬喂着不要塌了膘你若着人偷了鞍子剪了馬尾去我兒也你眼扎毛我都撏掉了你的〔店小二云〕你看這廝他也是個驢前馬後的人怎麼不由分說便將我飛拳走踢只是打我且忍着教他着我的道兒〔張千云〕店小二將酒來

我與相公遞一杯酒〔做跪送科云〕相公一路上風寒孩兒每孝順的心請滿飲一杯〔正末云〕孩兒也大風大雪你兩隻脚伴着我這四隻馬蹄子走你先吃這鐘兒酒者〔張千云〕相公不吃與孩兒每吃孩兒就吃〔做接科〕〔正末云〕孩兒也你吃下這鐘酒去可如何〔張千云〕您孩兒吃下這鐘酒去便是旋添綿〔正末云〕怎麼是旋添綿〔張千云〕孩兒吃下這杯酒去添了件綿團襖一般〔吃科〕〔做打店小科云〕我把你這個弟子孩兒你見我打了你幾下拏這麼冰也似的冷酒與我吃把我牙都冰了吃下去肚裏就似劃得疼的你還立着哩快釃熱酒來〔店小二云〕我知道〔做背科云〕我如今可釃滾熱的酒與他吃我盪這弟子孩兒〔張千云〕快將熱酒來〔店小二云〕酒熱酒熱〔張千云〕相公天道寒冷熱熱的酒兒請滿飲一杯〔正末云〕孩兒也你一路上還辛苦似我這鐘酒也是你吃〔張千云〕這鐘酒又着孩兒每吃謝了相公〔做叩頭吃酒科云〕哎喲好熱酒盪了喉也〔正末云〕孩兒吃下這杯酒去又與你添了一件綿搭𧞣麼〔做打店小二科云〕我打你個促掐的弟子孩兒釃這麼滾湯般熱酒來盪我把我的嘴唇都盪起料漿泡來我兒也你討分曉我筋都打斷了你的再釃酒來〔店小二做背科云〕這纔出了我的氣我如今可釃些不冷不熱兀兀禿禿的酒與他吃〔張千云〕將酒來相公孩兒每酒勾了相公請飲一杯兒〔正末云〕張千可不道三杯和萬事一醉解千愁孩兒我且不吃一發等你吃了這鐘湊個三杯可不好那〔張千云〕相公又不吃又與孩兒每吃孩兒只得吃了湊個三杯〔做戰科〕〔正末云〕孩兒也你吃了這幾鐘酒怎麼打起戰來〔張千云〕您孩兒多衣多寒〔正末云〕孩兒你連吃這幾鐘身上可溫和了老夫一路上鞍馬勞倦我有些腿疼過來與我搥一搥背〔張千云〕理會的〔做搥背科〕〔店小二云〕你個弟子孩兒吃了兩鐘酒佯風詐冒手之舞之的打我你敢再來打我麼〔張千云〕我兒也你還強嘴哩

你休往城裏來我若前街上撞見你一無話說我若後巷裏撞見你一隻手揪住衣領舉起我這五指闊無縫的拳頭則一拳〔做打正末科〕〔正末云〕張千怎的〔張千慌科云〕恰纔相公賞了孩兒每幾鍾酒店小二這廝無理他則道我醉了他欺負我他見我與相公擡背他看着我揎拳攞袖舒着拳頭要打我我說你要打我可是我沒有手的我也少不的還你一拳不想失錯了可可打了相公背上〔正末云〕假似你手裏拏着把刀子可怎了〔張千云〕您孩兒須認的爹哩〔正末云〕〔張千看馬去〔張千云〕理會的〔店小二云〕我着這弟子孩兒打殺我也我且後面執料去咱〔下〕〔正末云〕隔壁閣子裏有人吃酒我是聽咱〔老人云〕老的今日是上元節令家家歡賞好便好則多了這沒頭鬼老的你滿飲一杯〔里正云〕老的先請〔老人云〕也罷我先飲嗨老弟子孩兒可忘了澆奠〔做澆奠科云〕頭一鍾酒願天下太平第二鍾酒願黎民樂業做官的皆如卓魯令史每盡壓蕭曹輕徭薄稅免受塗炭者〔正末云〕你聽那廝倒也說的好〔唱〕

〔賀新郎〕他那裏擎杯舉酒對天澆現如今五穀豐登萬民安樂賣弄他田蠶十倍收成了說不盡庄家庄家這好還待要薄稅輕徭他道官長每如卓魯令史每壓蕭曹高眠莫被閑愁攪似這等人心無厭足則怕天也填不的許多凹

〔正末做扮老人科云〕唱喏〔老人慌科云〕哎喲沒頭鬼又來了〔做見正末科云〕哑我道是沒頭鬼原來是這個老弟子孩兒則被你諕殺我也〔張千云〕⿰口退休胡說是包包包〔正末云〕包什麼〔張千云〕衆老兒我要買一包絲綿可有麼〔正末云〕張千靠後〔老人云〕兀那老子你要替我唱喏你也叫一聲老人家我唱喏哩我們便知道了可怎麼不做聲不做氣猛可裏從背後搠將我

過來唱上箇喏且是你這臉生的俊把我們嚇這一跳我把你個無分曉的老無知〔張千云〕𠯆是
龍龍龍〔正末云〕什麼龍〔張千云〕我說你那兩個敢有些耳聾〔正末云〕這廝靠後〔老人云〕我
把你個老不死的老賊〔張千云〕𠯆是圖圖圖〔正末云〕什麼圖〔云〕我問你老人家你却纔說有
什麼沒頭鬼〔老人云〕你不知聽我說與你俺每都是在城的老人里正今日是上元節令俺往城
裏看燈去來撞見個沒頭鬼手裏提着頭趕着衆人打俺們害慌權躲在這酒務兒裏吃杯酒你恰
纔不做聲不做氣搬將我過來唱上箇喏我則道沒頭鬼又來了故此說着這沒頭鬼〔正末云〕老
夫不知休怪休怪〔老人云〕你去你去不怪你我們也不吃酒了各回家去也〔同里正下〕〔正末云〕
自從我離朝誰想有這等蹺蹊事也〔唱〕

〔牧羊關〕他那裏纔言罷詭的我魂暗消離城中則半載其高可怎麽白日神嚎到黄昏鬼鬧我半生多正直怎見這蹊蹺只今的離村疃猶然早〔云〕張千將馬來〔張千云〕理會的〔正末唱〕我和你到皇都赴晚朝

〔行科〕〔魂子上做轉科〕〔正末云〕呸好大風也別人不見老夫便見我馬頭前這箇鬼魂想就是
老人們所說沒頭的鬼了兀那鬼魂你有甚麼負屈銜冤的事你且回城隍廟中去到晚間我與你
做主速退〔魂子踅下〕〔正末云〕張千休回私宅跟的我徑往開封府裏去來〔行科〕〔張千云〕喏
在衙人馬平安擡書案〔正末云〕張千孩兒與你十日假限到我私宅中取的鋪蓋來就問誰該當
直〔張千云〕今日誰該當直〔婁青上云〕小人婁青便是哥你回來了也改日與你洗塵恕罪恕罪
〔張千云〕兄弟我如今下班去也〔下〕〔婁青做見正末科云〕喏該是孩兒每婁青當直〔正末云〕
婁青該你當直你敢勾人去麽〔婁青做笑科云〕不爺問您孩兒也不敢說您孩兒怎麽不敢勾人

有箇混名兒喚做催動坑哩〔正末云〕怎生喚做催動坑〔婁青云〕當初一日爺着您孩兒勾人去聽的說您孩兒到都逃竄的一個也沒了我回頭一看則有一箇土坑我將那勾頭文書放在那土坑上喝了一聲兀那土坑你跟的我開封府裏回話去來我在前面走那土坑在後面速碌碌速碌碌跟將您孩兒來了因此上喚做催動坑〔正末云〕好兒我如今着你勾人去〔婁青云〕您孩兒就去〔做忙走科〕〔正末云〕婁青你轉來你勾誰去〔婁青云〕知他勾誰〔正末云〕你與我勾將那沒頭鬼來〔婁青做慌跪科云〕人便好勾沒頭鬼怎生勾的他〔正末云〕你可不道是催動坑哩〔婁青云〕爺這一會兒催不動了也〔正末唱〕

〔哭皇天〕則你那催動坑剛纔道可怎生這公事便粧幺則你那口是禍之苗〔婁青做打臉科云〕你怎麼多嘴〔正末唱〕舌是斬身刀〔帶云〕婁青〔唱〕你與我去城隍根前祝禱〔婁青云〕爺着孩兒祝禱甚的〔正末唱〕你說與那銜寃的業鬼屈死的寃魂你着他今宵插狀此夜呈詞你道這包龍圖專在南衙裏南衙裏等待着〔婁青云〕您孩兒知道了便勾去〔正末云〕婁青你轉來天色還早哩〔婁青云〕這等多早晚去〔正末唱〕直等的金烏向山墜銀蟾出海角〔婁青云〕您孩兒便依着爺的言語對城隍神道祝禱了他兩個耳朵是泥塑的怕不聽見〔正末云〕婁青我與你一道牒文去〔唱〕

〔烏夜啼〕你與我速赴城隍廟將牒文火內焚燒早將那沒頭的業鬼提來到〔婁青做怕科云〕哎喲這城隍廟是鬼窩兒裏三更半夜只是婁青一個自去怕人設設的怎好〔正末唱〕諕的他怯怯喬喬絮絮叨叨諕的他戰欽欽的把不

定腿脡搖可撲撲的按不住心頭跳你這廝若違拗〔帶云〕你看我這劍者

〔唱〕我着劍分了你肢體鑜切了你脂膏

〔云〕婁青〔婁青云〕有〔正末云〕婁青今夜晚間將着這道牒文直至城隍廟中燒了這道牒文你將那銜寃負屈的鬼魂都着他開封府裏來老夫親自問這一樁公事〔婁青云〕爺這個正叫做沒頭公事便要問時怕也難應心麼〔正末唱〕

〔黃鍾尾〕我若是不應心今夜便辭了宣詔〔婁青云〕爺應的口麼〔正末唱〕我若是不應口今番不姓包〔婁青云〕您孩兒多早晚時候去〔正末云〕天色早哩〔唱〕直等的初更殘二鼓交把寃魂攝來到審箇真實問箇下落殺人賊便拿捉赴雲陽向市曹將那廝高杆上挑把脊筋來吊我着那橫亡人便得生天衆百姓把咱來可兀的稱讚到老〔下〕

〔婁青云〕我婁青領着包待制這一道牒文到城隍廟勾那沒頭鬼去你道活人好見鬼的可不是死我待不去來他又要切了我的頭也是個死我想這銅鑜一鑜鑜將下來這脖子上好不疼哩頭又切斷了不如被鬼諕死倒不疼又落得箇完全屍首只得捱到今夜晚間三更時分將着牒文到城隍廟裏勾鬼去常拼着個死罷〔暫下〕〔拿燈籠再上云〕這早晚是三更也我提了燈籠怎麼這一會兒越怕將起來你聽那房上的瓦各剌剌各剌剌牆上的土速碌碌速碌碌有鬼也有鬼也〔做拿燈照科云〕嗨原來是風吹的這箬葉兒響我白日裏就與那道官說來教他把廟門則半掩着來到門外果然還不會上拴哩〔做推廟門入廟科云〕待我推開這門來〔驚科〕早是一個冷風陣從裏面吹將出來哎喲燈也滅了敢這沒頭鬼預先在那裏等我〔做進門科云〕呸百忙裏腿轉筋這

箇是二門這箇是兩廊這箇是正殿〔做放下燈籠跪科云〕城隍爺爺包待制大人的言語教我勾沒頭鬼來爺爺可憐見我有這牒文在此可可的我的燈籠剛到門就滅了那裏討火燒他呸這琉璃裏不是燈待我踏着櫈點這燈下來〔做上櫈倒科云〕呸百忙裏又踹虛了教我吃着一驚待我先點在燈籠裏了便有風來也不怕他〔做取燈籠罩兒點上燈燒紙科云〕爺爺可憐見〔內響科〕〔做怕科云〕有鬼有鬼〔做倒科〕〔魂子做提頭上扶起妻青科〕〔妻青云〕這扶我的是誰〔魂子云〕我是沒頭鬼〔妻青看科云〕好怕人當真是沒頭鬼〔魂子做應科云〕是〔妻青云〕你這沒頭鬼包待制勾你哩你跟我去來〔魂子應科同下〕

〔音釋〕篘叉搜切　傍去聲　滲森去聲　寂精妻切　挑上聲　閣高上聲　釀泥降切　旋去聲　揎音宣　攞羅上聲　樂音澇　凹音腰　嚎音毫　曈湯卯切　祝去聲　角音皎　落音澇　捉之卯切

第四折

〔正末領祗候張千排衙上〕〔張千么喝科云〕左右伺候大人坐堂要問事哩〔正末云〕今夜燈燭熒煌如同白日正好問這樁公事也呵〔唱〕

〔雙調新水令〕透襟懷一陣冷風吹則他這閑長空暮雲都退顯出那碧澄澄天氣爽明皎皎月光輝廝和着燈焰相窺照耀的似白日

〔云〕妻青好不幹事可怎生這早晚不見來也〔妻青上云〕來到衙門首了不知他有也是無待我叫他一聲沒頭鬼〔魂子隨上做應科云〕哎〔妻青云〕你則在這裏我報復去〔魂子云〕我知道〔妻青見正末做跪科云〕孩兒每妻青來了也〔正末云〕妻青曾見什麼人來〔妻青云〕沒我則見

鬼來〔正末云〕你勾的鬼如何〔婁青云〕有有有被我劈頭毛揪將來了〔正末云〕與我拿將過來〔婁青云〕理會的我出的這門來我喚他一聲沒頭鬼〔魂子云〕哎〔婁青云〕大人喚你哩你過去有甚麼寃枉事你自說波〔婁青見正末科云〕當面〔正末云〕婁青你着他說那詞因〔婁青云〕大人分付着你說那詞因〔婁青做聽扯祗候科云〕你聽見麼〔祗候云〕我不聽見〔婁青云〕我也不聽見〔正末云〕可怎生他不言語將婁青搶出去〔張千做叉婁青科云〕出去〔婁青做跌出門科云〕悔氣這沒頭鬼在門外叫聲應聲怎麼緊要去處倒不做聲莫不是他去了麼待我再叫他一聲沒頭鬼〔魂子應科云〕哎〔婁青云〕你在那裏來〔魂子云〕我害饑也買個蒸餅喫哩〔婁青云〕這廝還要打諢你要去吃蒸餅兀的你手裏現拿着個饅頭哩你快過去〔做見正末科云〕沒頭鬼你說〔正末云〕他怎生又不言語搶出去〔張千做叉出門科婁青云〕元來他不會過去待我再叫他一聲沒頭鬼〔魂子應云〕哎〔婁青云〕你怎麼又不過去〔魂子云〕我過去不得〔婁青云〕你為甚麼過去不得〔魂子云〕被那門神戶尉當住我因此上過不去〔婁青云〕你何不早說〔婁青見正末科云〕大人可憐見這箇沒頭鬼被門神戶尉當住因此上不敢過來〔正末云〕是阿大家小家各有個門神戶尉〔詩云〕老夫心下自裁劃你將銀錢金紙快安排邪魔外道當攔住只把屈死寃魂放入來〔唱〕

〔沉醉東風〕則我那開封府門神戶尉你與我快傳示莫得延遲你教他放過那屈死的魂銜寃的鬼只當住邪魔惡祟〔婁青云〕燒了這紙錢你看好冷風也〔正末唱〕我則見黯黯的愁雲慘霧迷晦可早變的來天昏也那地黑

〔魂子見正末跪科〕〔正末云〕別人不見老夫便見燈燭直下跪着一個鬼魂好是可憐人也〔唱〕

〔慶東原〕紙錢向身邊掛人頭向手內提向前來緊靠着燈前跪我這裏叮嚀的問你你家住在那裏〔魂子云〕孩兒每河中府人氏〔正末唱〕姓甚名誰〔魂子云姓郭名成〔正末唱〕你可也做財主做經商爲黎庶爲官吏〔魂子云〕孩兒是個秀才〔正末云〕兀那鬼魂你將那屈死的詞因備細訴來老夫與你做主〔魂子云〕孩兒每姓郭名成本貫河中府人氏嫡親的四口兒家屬有一雙父母年高渾家李氏我因做了一個惡夢去市上算卜道我有一百日血光之災千里之外可以躲避小生來到家中辭別了父母一來躲避災難二來進取功名行至中途時遇冬天風又大雪又緊在一個小酒務兒裏飲酒正撞着權豪勢要的龐衙內強奪了我生金閣兒又要我渾家爲妻見小生不從將我銅鍘下一命身亡我一靈兒真性不散投至的見爺爺呵可憐我這等冤枉天來高地來厚海來深道來長〔詞云〕因此一點冤魂終不散日夜飄颻枉死城只等報得冤來消得恨纔好脫離陰司再托生即今上元節令初更候正遇龐姓無徒出看燈被我繞着街頭追索命吵的遊人大小盡擔驚也是千難萬難得見南衙包待制你本上天一座殺人星除了日間剖斷陽間事到得晚間還要斷陰靈只願老爺懷中高揣軒轅鏡照察我這悲悲痛痛酸酸楚楚訴無休訴不盡的含冤負屈情〔正末云〕兀那鬼魂到明日我與你做主你且退者〔魂子云〕婁青哥哥你還送我一送兒去我有些怕鬼〔婁青云〕哎〔魂子下〕〔正末云〕天已明了也張千擡出放告牌去〔張千云〕理會的〔旦兒領俫兒上云〕冤枉也〔正末云〕張千是甚麼人聲冤着他過來〔張千云〕兀那婦人你過去當面〔旦兒同俫兒見正末跪科云〕〔正末云〕兀那婦人你爲何聲冤說你那詞因來〔旦兒云〕小婦人是河東人

喚做李幼奴大人可憐見我告着龐衙內强要了我生金閣兒又逼我爲妻將俺男兒郭成殺壞了這個是嬤嬤的孩兒福童將他母親推在八角琉璃井裏死了望青天老爺與小婦人做主咱〔正末唱〕

〔鴈兒落〕昨宵箇牒城隍將怨鬼提到今日放南衙果有寃詞遞元來是龐衙內使盡他狠虎威生折散你這鴛鴦對

〔得勝令〕呀他敢將蕭何律做成衣將罪犯滿身披誰許他謀了財又要謀人命誰許他奪人妻逼做妻直恁的無知那嬤嬤擔何罪死的箇堪悲我與你勾他來問到底

〔云〕兀那婦人你兩個且在司房裏住者〔旦兒同倈兒下〕〔正末云〕婁青你與我買羊去〔婁青云〕理會的買了羊也〔正末云〕婁青你與我掛畫者〔婁青云〕畫也掛好了〔正末云〕與我請人去〔婁青做應便走科〕〔正末云〕婁青你轉來你請誰去〔婁青云〕知他請誰去〔正末云〕與我請將龐衙內來〔婁青云〕老子也怎麼要請他他是個不好惹的官差吏差來人不差大着膽請他去此間是龐府門首〔做咳嗽科〕〔龐衙內上云〕是什麼人在門首〔婁青做見跪科云〕孩兒每是衙門中的婁青有包待制差我來請大人哩〔衙內云〕包待制他請我怎的他意思則是怕我你說去道我便來也〔婁青云〕理會的〔見正末科云〕小人請的衙內來了〔正末云〕道有請〔婁青云〕爺有請〔衙內做見科云〕老宰輔量小官有何德能敢勞置酒相請〔正末云〕老夫西延邊賞軍纔回專意請衙內飲一杯衙內請坐老夫年紀高大多有不是處衙內寬恕咱從今已後喒和衙內則一家一計〔衙內云〕老宰輔說的是和喒做一家一計〔正末云〕衙內老夫西延邊賞軍回來得了一

件稀奇的寶物着衙內看咱（衙內云）是何物（正末云）是一個生金塔兒塔兒不稀罕放在那桌兒上有那虔心的人拜三五拜塔尖上有五色毫光真佛出現（衙內云）這個不打緊我有個生金閣兒放在有風處仙音嘹亮無風處用扇子搧着也一般的響動（正末云）老夫不信（衙內云）小的每快去家中取來（小廝云）生金閣兒取來了也（衙內云）放在桌兒上着扇子搧動咱（妻青做搧細樂響科）（正末云）是一件好東西真是無價之寶（妻青云）那裏是生金閣響死了我丈人回靈哩（正末云）衙內老夫難的見此寶物怎生借與我老妻一看可不好那（衙內云）老宰輔將的看去喒則是一家一計（正末唱）

【沽美酒】略使些小見識智賺出殺人賊這場事天教還報你我可便有言語敢題並不要你還席

（衙內云）老宰輔不要我還席好快活也喒則一家一計吃個盡與方歸（正末唱）

【太平令】拚了箇醄醄沉醉直吃的盡與方歸（衙內云）從今後一家一計（正末唱）龐衙內有權有勢更和俺包龍圖一家一計你若是這裏等的也不消半刻我可便剮的你身軀粉碎

（云）筵前無樂不成歡樂妻青與我喚將個歌者來（旦兒領倈兒上跪科云）冤屈也（正末云）兀那婦人你告誰（旦兒云）我告龐衙內（正末云）衙內他告你哩（衙內云）喒則一家一計（正末云）衙內那婦人說你強要了他生金閣兒是也不是（衙內云）恰纔那個閣兒便是（正末云）說你強要他爲妻又將他男兒郭成殺壞了是也不是（衙內云）是我鬬他耍來（正末云）又將嬤嬤推在井中身死是也不是（衙內云）也是也是（正末云）妻青將紙墨筆硯來着衙內畫個字者（妻

青云〕理會的爺依着畫個字左右一家一計〔衙内云〕是我來是我來我左右和老包是一家一計〔正末做努嘴科云〕婁青與我拿下去〔婁青做拿科云〕爺請出席來左右一家一計〔衙内云〕老兒你敢怎麽〔正末云〕婁青將枷來將龐衙内下在死囚牢裏去〔婁青做拿枷套衙内科云〕衙内請上枷〔衙内云〕老兒這個須不是一家一計〔正末云〕一行人聽我下斷龐衙内倚勢挾權混賴生金閣兒强逼良人婦李氏爲妻擅殺秀才郭成又推嬤嬤井中身死有傷風化押赴市曹斬首示衆嬤嬤孩兒福童年雖幼小能爲母親報讐到大量才擢用將龐衙内家私量給福童一分爲養贍之資郭成妻身遭凌辱不改貞心可稱節婦封爲賢德夫人仍給龐衙内家私一分護送還鄉侍奉公婆郭成特賜進士出身亦被榮名使光幽壤〔旦兒俫兒同拜謝科〕〔正末詞云〕則爲這龐衙内倚勢多狂狡擾良民全不依公道窮秀才獻寶到京師遇賊徒見利心生惡反將他一命喪黄泉恣姦淫强把佳人要老嬤嬤生推落井中比虎狠更覺還兇暴論王法斬首不爲辜將家緣分給諸原告李幼奴賢德可褒稱那福童待長加官爵若不是包待制能將智量施是誰人賺得出這個生金閣

〔音釋〕 熒音盈 和去聲 日人智切 劃胡乖切 祟音歲 黑亨美切 識傷以切 賊則平聲 席星西切 騊音桃 與去聲 的音底 刻康美切 惡襖去聲 爵勦去聲

題目 李幼奴攧傷似玉顏

正名 包待制智賺生金閣

包待制智賺生金閣雜劇

金御史清霜飛白簡

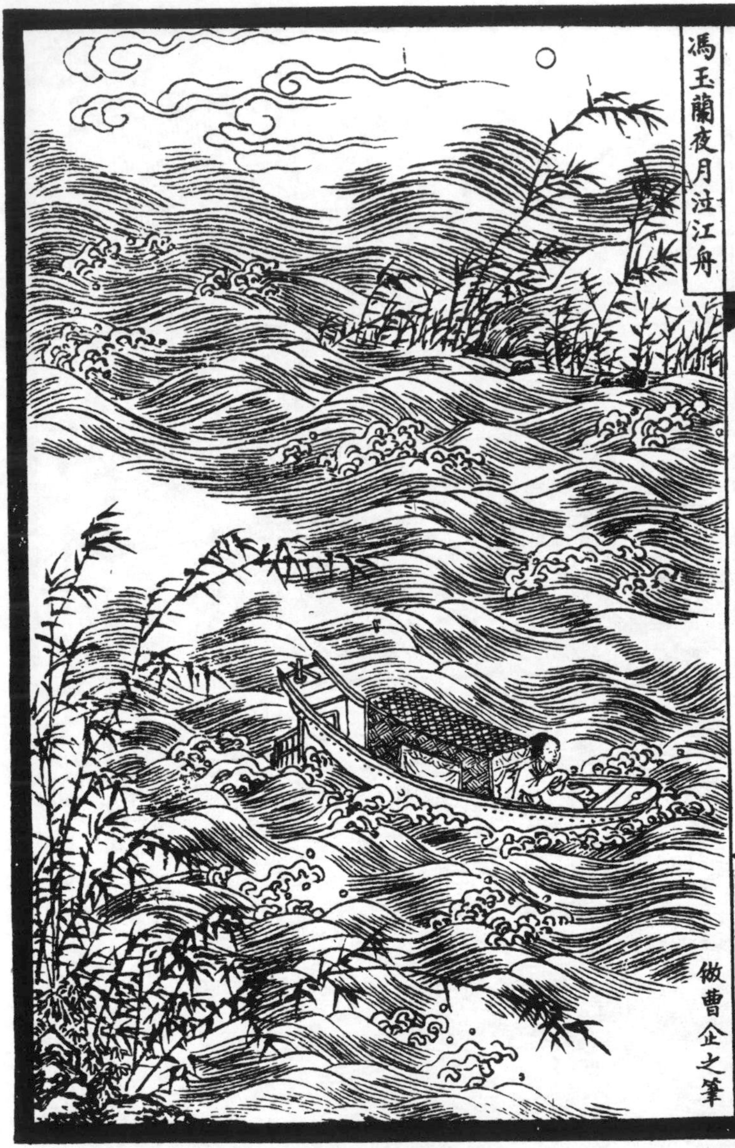

馮玉蘭夜月泣江舟

馮玉蘭夜月泣江舟雜劇

元　　撰

明吳興臧晉叔校

第一折

〔沖末扮馮太守引淨張千丑家童上〕〔馮太守云〕老夫姓馮名鸞字文翔祖居洛陽人也由進士出身累爲郡守今改福建泉州府知府之職前去理任明日絕早辭朝今日是個好日辰着夫人同小姐小舍人先行老夫明日出城家童你跟着夫人路上小心在意好生看管待我到時開船長行便了〔家童云〕理會的我同妳妳小姐小舍人照管着行李先去僱下一隻好船專等老爺到時一同開船只個〔馮太守云〕張千你跟我往公館中歇息待明日辭朝去來〔下〕〔家童云〕俺老爺去了也我把這行李一一收拾下了將這車輛打點的停當只等妳妳和小姐小舍人出來時上了車便索出城去這早晚妳妳和小姐小舍人敢待來也〔旦兒扮田夫人同正旦馮玉蘭俫兒梅香上〕〔正旦云〕妾身馮玉蘭是也今年十二歲母親田氏是受過誥封的夫人小兄弟憨哥今年七歲還有一個梅香叫做春嬌是從幼兒伏侍我的俺父親除福建泉州府知府前去理任今日俺這家小前行俺父親待到明日辭了朝一同的開船母親家童將行李都收拾停當了麼咱上了這車慢慢行咱〔家童做見科云〕妳妳和小姐小舍人都來了車兒走動些〔夫人云〕家童仔細看顧行裝也

〔正旦云〕母親恁孩兒生長深閨未嘗見街市上咱在這香車內試看一看咱〔唱〕

〔仙呂點絳脣〕則見那馬足車塵往來無盡頻詢問何處前津可兀的日遠長安近

〔混江龍〕你把那行裝整頓無過是一琴一鶴緊隨身我是個閨中少女更和這堂上慈親着甚的家使奴先教開道路也只爲俺女孩兒不慣出房門你一行行一步步休得辭勞困〔家童云〕小姐你則管走路兒不要管別的事這都是我的干繫兀那前頭的車上掉了我的搭褳我拾起來者〔正旦唱〕我這裏叮嚀的道與你可也要伏侍殷勤

〔家童云〕妳妳和小姐小舍人不一時早出的城門了也妳妳敢肚饑了且住一住兒等我買幾個波波來吃咱〔夫人云〕家童俺不饑且趲行路程待喒下了車上的船那時吃些茶湯兒那〔正旦云〕母親說的是〔唱〕

〔油葫蘆〕休那裏說短論長語話頻〔家童云〕您每坐着車兒自自在在的我從五更鼓起來打點行李走了這半日你便不知饑我可肚裏饑哩〔正旦唱〕我須是有量忖又沒個村莊道店好安存只我這知書達禮當恭謹怎肯着出乖露醜遭談論他那裏苦廝纏好教我越怒嗔我巴不得兩三朝飛到泉州郡可甚的沿路只逡巡

〔家童云〕這裏到河邊也不是一步的路妳妳你車兒裏有甚麼乾糧與我些吃也好〔夫人云〕俺這車兒裏那裏得乾糧來到前面時住一住兒罷〔正旦云〕母親喒也不必下車兒去就將甚麼茶湯兒來與喒吃了再行〔唱〕

〔天下樂〕喒是個嫩蕋嬌枝一女人俺那家也波尊家尊是縉紳生怕失家聲故將饑餓忍暈的呵眉黛顰厭的呵神思昏則願駕香車

去路穩

〔家童云〕好好可早來到河邊也妳妳和小姐小舍人且在這裏等我尋船去來〔淨扮稍公上云〕自家是個使船的稍公專送這來往客商人等且將船隻撐近岸邊看有甚麼人來僱船那〔家童見科云〕兀那稍公你把那船僱與俺罷〔稍公云〕你僱往那裏去〔家童云〕我僱船往山西去〔稍公云〕那裏得山西的水路〔家童云〕兀那船家你聽者俺非是小人家僱你的船隻俺大人是馮太守陞福建泉州府赴任去的止是家小有些行李你若着俺在你船上你那艙裏還好順便帶些私貨是我總承你你還不知哩〔稍公云〕這等就搬行李請家小上船〔家童云〕船家你這船會打觔陡麼〔稍公云〕船怎麼會打觔陡〔家童云〕你這船開到河心裏弄翻了倒把桅竿直戳下泥裏去這不是打觔陡〔稍公云〕多謝你放屁的口說這利市的話〔家童請夫人正旦科云〕妳妳和小姐小舍人船都僱下了行李也搬上船了則請妳妳和小姐小舍人上船你每仔細身上可都有葫蘆麼〔正旦云〕要那葫蘆怎的〔家童云〕只要有了葫蘆隨他掉在河裏再淹不死〔正旦云〕母親和兄弟同上船去來〔夫人云〕姐姐你好生看小舍人咱〔正旦云〕母親恁孩兒知道〔夫人同正旦倈兒上船科〕〔家童云〕仔細仔細這性命都在這塊跳板上哩〔正旦云〕上的這船來了家童便安排些茶飯來與母親和俺吃用待明朝父親來時便好開船也〔夫人云〕孩兒說的是〔正旦唱〕

〔那吒令〕俺父親呵待明朝早晨便拜辭也禁門待明朝早晨便到來也水濱待明朝早晨便開船也動身淅零零風乍生白茫茫波流緊看一派江景悽人

〔家童云〕天色將晚俺們早早的歇息了罷〔正旦唱〕

〔鵲踏枝〕恰纔個日斜曛可又早月黃昏則見那漁火孤村罷網收綸掩篷窗且捱過了今宵時分不覺的困騰騰越減精神〔云〕母親天色晚了也船上人都歇息去了俺在車此來一路奔馳好生困倦嗜睡一睡兒咱〔夫人云〕孩兒說的是俺和你睡些兒咱〔夫人倈兒梅香家童稍公同下〕〔正旦做睡科云〕俺母親和兒弟都去睡了父親又不在此這船泊在河下人又生路又野甚麽睡到的我這眼裏也我且披上衣服坐一坐咱〔做打夢科〕〔淨扮邦老上〕〔正旦云〕呀好是奇怪那裏這等鞋底鳴脚步響不由的我這心中不怕也〔唱〕

〔後庭花〕猛聽的響擦擦似有人〔帶云〕我起來試聽咱〔唱〕早諕得我急煎煎怎坐存按不定可丕丕心兒跳搵不乾汗淋淋溼滿巾〔邦老做拏刀入艙〕〔正旦做轉身見驚科〕〔唱〕荒野外四無隣眼睜睜向誰投奔可憐咱婦女們做官的又赤貧止不過影與身再沒甚金共銀您何須緊廝跟擋咽喉強劫人好教我哭啼啼難理論待向前還倒褪〔邦老做攔住科〕〔正旦做走科〕〔唱〕

〔青哥兒〕呀則見他忙將忙將兵刃可教我怎生怎生逃遁你若是留得我殘生過幾春我可也答報你深恩敬似俺嚴親奉侍晨昏不避辛勤衣進時新食獻奇珍情願與你做孩兒左右不離身甘承認〔邦老做趕殺科下〕〔正旦做驚醒科云〕兀的不諕殺我也呀元來是做的一個惡夢好生不祥這

早晚方纔半夜也百般的不得天明教我怎麼還睡的着〔唱〕

〔賺煞〕百般的盼不到曉雞鳴強搭伏這鮫綃盹水聲兒偏傍着孤舟滾滾怕流不盡俺心頭憋憋的悶猛想起夢兒中遇見強人尚銷魂帶着滿面啼痕休道睡眼朦朧不是真〔內做雞叫科〕〔帶云〕可早天明了也〔唱〕漸見晨光隱隱〔家童上云〕天明了也叫稍公早些開船疊在官廳傍邊恐怕老爺將次來也〔正旦唱〕移到這官廳側近〔帶云〕只等俺父親來呵〔唱〕去向成都肆裏訪着那個卜錢人〔下〕

〔音釋〕憨音酣　褳連去聲　逡蛆荀切　縉音晉　暈音韻　黛音代　戳音濁　揾溫去聲

褪吞去聲　刃去聲　盹敦上聲　憋音鱉

第二折

〔馮太守引張千上詩云〕安排五馬出京華處處春風送落花傳語前驅休喝道恐驚林外野人家老夫馮鸞今往泉州理任辭了朝來早到那河邊了也張千便與我尋那家小船隻在於何處〔張千云〕理會的你看麼遠着這河邊似篦子一般擺下這許多的船隻教我那裏尋去這家童也不出來接我每一接〔家童同稍公上云〕我家這個老頭兒這早晚還不到我是往涯上看一看去咱〔做見科〕〔張千云〕兀的不是家童你在那裏要我尋了你這一日〔家童云〕適纔吃了飯我在這船頭上學打拳耍子張千我家那老頭兒在那裏〔張千云〕在那裏不是〔張千做報科云〕稟爺尋着船了也這的不是家童〔馮太守云〕家童船在那裏〔家童云〕船在官廳傍邊等候着哩〔馮太守云〕喒收拾上船去〔做上船科〕〔正旦同夫人倈兒梅香上〕〔正旦云〕妾身馮玉蘭同母親兒

弟等候父親去來〔做見科〕母親父親早來了也〔馮太守云〕夫人我來了也兀那稍公便與我開船去〔稍公云〕知道只等那船頭上燒了利市紙馬分些神福吃得醉飽了便撐動篙來開起船來扶舵的往裏倒〔正旦云〕父親您孩兒昨日先到的船上晚間得了一夢十分的凶怪今日行船須索仔細也〔馮太守云〕孩兒放心夢中之境未可深信吉人自有天助稍公乘着這順風拽起篷來者〔正旦云〕你看纔拽的這篷來須臾間早行了數十里水程也〔唱〕

〔正宮端正好〕恰開船擡頭覷早行了數里程途只爲一帆風肯把行人助來到這渺渺烟霞處

〔滾繡毬〕蘆花岸如雪堆蓼花灘似錦鋪野鷗閑自來自去彩雲輕時捲時舒帆影兒蕩碧波櫓聲兒過綠浦恰便是走馬般不停不住見白茫茫遠接天隅烟光半向江心斂樹色全從水面浮江景也模糊

〔夫人云〕老爺船行了數日可端的幾時方到那泉州也〔馮太守云〕夫人這路程上要看風便不便怎麼定的日子〔正旦云〕父親咱離了都城可早十數日了也〔唱〕

〔倘秀才〕我這裏款款的搯春葱來細數何日見泉州景物〔馮太守云〕孩兒也那泉州府終有到的日子哩〔正旦唱〕經了些風雨聲中聽鷓鴣〔稍公云〕遠遠望見前面那一片大水就是大江了也〔馮太守云〕兀那稍公且慢慢的行者是好大水也〔正旦云〕父親母親你看水連着天天連着水〔唱〕你看那水天連四野莫是洞庭湖〔馮太守云〕孩兒這是大江不是洞庭湖〔正旦云〕父親着船家將這船略住一住兒咱〔唱〕且

將這船來纜住〔稍公云〕稟爺天色晚了江水大風又大恐有疎失不如灣船罷〔馮太守云〕恁的呵你在那蘆花深處將船灣住者〔稍公云〕這個就叫做黃蘆蕩正好灣船下篷下篷慢着慢着纜住了船也〔家童云〕船纜住了也放下跳板我往岸上活一活脚去〔夫人云〕家童你且看些飯來與俺食用咱〔家童云〕你這個妳妳但住下則討嘴吃慌些甚麼等我到江邊洗了澡來就撈幾個螃蟹與你吃〔稍公云〕你休在這裏只管嚷鬧你看晚飯去等艙裏老爺吃了早早的睡一睡明日絕早起來還要過江去哩〔馮太守云〕夫人和小姐你看江面上被那晚色相侵端的使人思鄉感嘆也〔正旦云〕父親你孩兒試看咱〔唱〕

〔滾繡毬〕我只道渚烟生逐好風却元來海潮迴催暮雨動鄉愁暗傷情緒〔夫人云〕小姐俺幾曾見這般大江水也〔正旦唱〕都則爲俺家尊受職還除〔馮太守云〕孩兒若不是我爲泉州太守呵你子母兒一世也到不的此處〔正旦唱〕若不是逐功名如轉蓬怎能勾對江山似畫圖看東溟漸升玉兎早西山墜盡金烏見漁家燈火明還滅聽野寺鐘聲斷又續此景非俗

〔夫人云〕孩兒明日早要開船過江我和你早些睡去來〔下〕〔稍公云〕船上人大家小心仔細睡便睡要睡得醒覺些休着人上船來偷了我的篙子櫓仗去都睡罷都睡罷〔馮太守云〕家童你與我點起燈來者我向艙裏和夫人小姐每閑坐一坐咱〔家童云〕兀的燈在這裏你每坐我自去睡也〔淨扮巡江官屠世雄引卒子上詩云〕往來巡綽大江中舉棹張帆只看風可知賊子聞咱怕則我是膽大心麤屠世雄某乃巡江官屠世雄是也引着這數百水兵專管沿江擒拏賊寇來到這黃

蘆蕩將船纜住者（稍公罵科云）是那個棺材將我的船撞一下你豈不曉的行船不撞坐船哩（一屠世雄云）我是巡江的官船（稍公云）呸你是巡江的官船偏我的不是官船我這船上載着的是福建泉州府馮太爺同着家小哩（屠世雄云）元來也是一隻官船你去請你那老爺出來與俺相會一面咱（稍公云）你且等一等待我和艙裏老爺說去（報科云）稟老爺得知這裏有個巡江的官要請你相見哩（家童云）唗兀的賊囚我辛苦了這一日恰待要收拾睡你又這般叫甚麽只說我家老爺睡着了不開船艙門不好相見等明日罷（馮太守云）家童你住者則怕是老夫相識的人可開那船艙門一面看茶待老夫與他廝見咱（做出門科）（做相見科）（屠世雄云）小官夜晚間不知是泉州太守大人不曾迴避小官得罪了也（馮太守云）彼此各為公事元無統屬何迴避之有請問大人現任何職有何公事到此幸勿隱諱（屠世雄云）小官姓屠名世雄奉上司差遣領着水軍沿江捕捉賊寇體察奸細偶然阻風到此泊舟因見這隻官船在此小官問那船上的人說道是老大人的家小行李都在船上小官恐怕是賊船故來動問勿罪勿罪（馮太守云）原來是巡江的官員與老夫雖分文武總是一殿之臣今日相逢非同容易叫家童你快安排酒餚請大人過我船上略敘三杯有何不可（屠世雄云）小官有何德能敢勞大人如此費心也（馮太守云）中途暮夜別無所備老夫聊借一杯與大人少敘閑話而已稍子把船相並着請屠爺過來者（屠世雄做上船科云）大人先請（做入艙科）（馮太守云）家童將酒來（做把盞科云）大人請滿飲此杯（屠世雄做飲酒回敬科云）大人小官素不相識今蒙一見如故足知大人尊量不淺也（馮太守云）喒和你慢慢的飲幾杯咱據大人狀貌魁梧言談倜儻真乃老夫所敬當以出妻獻子家童請的妳妳和小姐小舍人參拜大人咱（家童云）理會的也不曾見這老傻廝人生面不熟的就着

妳妳出來且依着他請妳妳去〔家童請科云〕妳妳小姐小舍人有請 〔正旦同夫人倈兒梅香上夫人云〕家童你喚俺怎的〔家童云〕妳妳和小姐小舍人老爺有請都着你過去與那個巡江官相見哩〔夫人云〕小姐父親在前艙裏面有個甚麼巡江官着俺出去與他相見喒須索走一遭去〔正旦云〕母親你孩兒青春年少的這早晚更深夜半知他是甚麼人我不去見他也罷〔夫人云〕孩兒與你父親相交的必是你叔父之輩喒便去相見呵料也不妨麼〔正旦唱〕

〔倘秀才〕你道是與俺家尊故熟〔家童云〕快出來罷他又不搶了你去老爺等着你哩〔正旦唱〕因此上出妻也那獻女〔家童云〕妳妳和小姐你出去也沒甚事無過則是着遞一杯酒兒〔正旦唱〕可着我翠袖慇懃捧醁醑〔夫人云〕小姐不知是甚麼官員你到那裏把體面相見咱〔正旦唱〕我羞答答難相見嬌怯怯自躊躇低頭怕語

〔夫人云〕孩兒你父親性兒不好喒去來你跟着我者〔做見科〕〔屠世雄云〕呀夫人來了也小官在此多擾有一拜咱〔做拜科〕〔馮太守云〕小姐和孩兒參拜大人咱〔做拜科〕〔屠做回禮起看夫人科〕〔背云〕是好個婦人也〔馮太守云〕小姐和小舍人且靠後着你母親與大人把盞者〔夫人把盞科云〕將酒來大人滿飲此杯〔屠世雄做佯醉接盞上下覷科云〕夫人屠世雄吃乾了〔正旦云〕梅香你看那個官將俺母親上下相覷是一個不良的也呵〔唱〕

〔呆骨朵〕我見他假醺醺上下將娘親覷不由我戰欽欽魄散魂無〔屠世雄云〕左右與我喚將那心腹的人來我有事分付他〔卒子云〕理會的〔做喚科云〕兀那船上的小軍兒屠爺喚你哩〔卒子持鎗刀上云〕家將都來了也〔正旦驚科唱〕忽聽的大叫高

呼攞列下長鎗的這巨斧〔屠世雄云〕小校將我的兵器來〔卒子遞刀科〕〔屠世雄做接刀科云〕喂兀那馮太守你認的我麼〔馮太守云〕呀大人老夫怎生不認的你〔夫人云〕不中俺索回避者〔屠世雄攔科云〕你那裏去衆軍校與我圍住這船者〔正旦唱〕一個個挺霜鋒相攔截〔帶云〕母親怎不迴避咱〔衆喝科云〕那裏去〔正旦唱〕好着我無處個尋門路〔屠世雄云〕你趁早兒隨順了我者〔馮太守云〕你要老夫隨順什麼來〔正旦云〕父親兀是你差了也〔唱〕都是你沒來由攬禍災〔屠世雄云〕休教走了一個〔正旦云〕哎父親也

〔唱〕到如今急煎煎怎當堵

〔馮太守云〕老夫不知大人主何緣故你可明對老夫說者〔屠世雄云〕馮太守我因見你夫人有顏色我如今要你把那夫人與我為妻你若不肯呵我便認的你這刀須認不的你〔馮太守云〕這怎麼使得〔屠世雄云〕你既然不肯呵先殺了這老匹夫〔馮太守嘆云〕嗨正是夫妻本是同林鳥大限來時各自飛夫人我也只保得自己性命保不得你了〔回云〕罷罷罷我老夫願將夫人獻與你饒了我罷〔屠世雄云〕恁的呵將夫人請過船去〔夫人哭科云〕兀的不痛殺我也〔做跳江科〕〔衆做攔科〕〔屠世雄云〕左右扶入俺船艙裏去〔衆扶住夫人科〕〔夫人做回顧科云〕哎喲兒也誰想有這場橫禍也〔正旦同倈兒哭科云〕母親你怎生撇下的我們去也〔馮太守哭云〕夫人也痛殺我也〔正旦做拽住夫人科〕〔唱〕

〔伴讀書〕今日個子共母應難顧夫共婦生離去好教我負屈銜冤無申訴只有個椎天搶地號咷哭〔屠世雄喝科云〕退兀那女孩兒哭甚的來你看我這刀麼〔正旦唱〕倒惹他努睛突眼生嗔怒一謎的將俺犇呼

〔馮太守云〕孩兒休嚷看他這等利害不如順他將的去罷〔正旦哭科〕〔唱〕
〔笑歌賞〕眼睜睜難做主〔馮太守云〕孩兒你便教我怎生做主那〔正旦唱〕埋怨你個生身父何日得重完聚〔屠世雄云〕小校休管他喒自到船上去來〔做扯夫人上船科〕〔馮太守倸兒正旦做扯哭科〕〔正旦唱〕想當初夢不虛到今朝遇賊徒天天天只願的神明護
〔屠世雄舉刀奪夫人下〕〔重上云〕緊守着夫人待我往他那船上去試聽他說甚麼言語者〔做上船聽科〕〔馮太守云〕孩兒這是我的不是了也他現領着一班刀斧手動不動要殺人教我怎生救濟你那母親來孩兒你且放心者我如今不上泉州到任徑回京師只揀大大的衙門裏告下這廝來那廝是個有職官員驟的到那裏去莫說送還你母親那廝還要問個強奪人妻的罪名哩〔正旦云〕父親須索要報此讎恨也〔屠世雄云〕嗨早是好也你聽那廝說的話必然做出來罷罷罷凡事先下手者爲強我既然搶了他夫人去他又是個現任太守我可不反落其手則不如就今夜走過他船上先將那老匹夫殺壞了以免後患左右都跟我來〔衆做上船科〕〔屠世雄云〕左右與我圍住着休教走了那老匹夫〔做見科〕〔馮太守跪科云〕大人可憐見只留我一個老命罷〔屠世雄云〕這老匹夫你恰纔道甚麼來我聽得多時了也比及你明日告我時不如今日我先殺了你可不好那〔做殺太守下科〕〔屠世雄云〕一不做二不休落的見一個殺一個都與我殺壞了者〔衆做殺家童稍公梅香倸兒科〕〔正旦做慌躲將砌末抛入水科云〕我將這書匣先抛入水去然後好逃命也〔屠世雄云〕左右你看是什麼人跳在水中〔衆做看科云〕不知是那一個跳在水裏去了〔衆做尋科〕〔正旦做躲在船舵上科云〕妾身得脫身且躲在這船稍舵上只願救苦難觀

世音保護救我這一命咱〔屠世雄云〕左右看那殺死的屍首內少了那一個〔衆點科云〕老爺止少了一個小姐〔屠世雄云〕恰纔跳江的那個必然是小姐莫說是十多歲的女兒量這條大江跳下去也沒活的了左右便收拾開船載着咱夫人行者只我一片好心天也與我這條兒糖吃〔詩云〕要奪夫人做我妻一家殺的血淋漓從今翦草除根後不怕傍人說是非〔同下〕〔正旦云〕我在這船舵上坐好久了這會兒不聽見人說話這賊漢敢去了也我扳着這舵梗跳上船稍悄地看一看咱這是船艙裏〔做見死屍哭科云〕你看我那父親和兄弟梅香家童連着船上兩個稍公盡被他殺死我是個女孩兒家守着這一船死屍好是怕人也哎喲百忙裏又被大風刮斷了纜將這船直飄在江心裏去了〔唱〕

〔煞尾〕怎又刮起這大風把俺船吹去又不知吹去何方可着的個邊際無眼睜睜放着娘親被他擄痛煞煞把俺兄弟爹爹都殺取剛只一個家僮不留與兀那駕船的稍公和你有甚毒也着他跟了俺一家兒入地府待叫來又被氣堵住咽喉叫不出苦待走來又被船打在江心走不上路却教俺守着這血泊裏屍骸怎發付哎喲天那你也可憐見俺個沒倚靠的青春少年女〔下〕

〔音釋〕 篦音避 浮音符 掐音恰 物音務 鷦音蕉 鴣音姑 續詞疽切 俗詞疽切
倜音剔 儻湯上聲 傻商鮓切 熟繩朱切 醁音鹿 醑音胥 躊音紬 躇音除
覷音趣 咷音逃 哭音苦 謎迷去聲 犇音奔 毒東盧切

第二折

〔外扮金御史引祇候稍公上〕〔稍公云〕後面把舵的仔細我在這裏攔頭天色晚了也把船攏岸罷恐怕黑下來不好使的篙子哩〔金御史云〕兀那稍公你這般嚷鬧怎麼那〔稍公云〕請老爺自在艙裏穩穩的坐定小的每收拾猫纜哩〔金御史云〕老夫姓金名圭字廷煥祖居扶風人氏叨中甲第累官加至都御史之職近因江南等處盜賊生發聖人命俺巡撫江南敕賜勢劍金牌體察姦蠹理枉分寃先斬後奏今日泊船在此左右與我點起燈來我看些文卷者〔祇候云〕理會的〔背云〕老爺看文卷我每也看些文卷〔祇候云〕你有甚麼文卷的看〔一祇候云〕我一路上跟着老爺那個館驛裏吃的好吃的不好都寫一個總帳若是老爺考滿回朝之時少不的我也跟去拿出這文書來也顯的我這油嘴的有名兒〔祇候云〕休嚷等老爺看文書哩〔金御史云〕夜已深了你看這燈半明不滅的我自剔這燈咱還有幾宗文卷未曾看完待我從頭兒看將來呀這燈可怎麼又暗了我再剔一剔這燈咱〔馮太守同倈兒家童梅香稍公魂子提頭上〕〔金御史云〕我剔了這燈也試看這文卷咱〔衆魂子做燈下拜跪科〕〔金御史見科云〕好奇怪兀那燈下四五個提頭的鬼魂你是何處人被人殺壞老夫決然要與你做主也〔衆魂子做拜科〕〔金御史云〕爾且退者〔一衆魂子下〕〔金御史云〕左右這會兒多早晚也〔祇候云〕是三更時分了〔正旦上云〕這般被風吹的去不知這裏却是那裏也〔稍公做叫科云〕不好了不好了快把篙子墊住着上流頭那裏儻將下一隻船來不要撞壞了我家的船那〔金御史云〕你是看咱〔祇候云〕稟爺這一隻船想是失風的船上並無一個人被風打將來緊貼在俺船邊廂哩〔金御史云〕你休上他那船去到明日早間看是那裏的船隻〔祇候云〕理會的〔正旦云〕這船被風吹到這裏可怎生住下妾身這一日一夜水米沒半星兒粘牙伴着這五六個死屍又沒個燈火微微的透着些月光入來看了好悽慘人

也呵〔唱〕

〔商調集賢賓〕正滄江夜寒明月皎覷地遠叩天遙這船呵在風中簸蕩任東西水上浮漂又無人把舵推篷那裏也舉棹撐篙我則聽的古都都潑天也似怒濤鬭合着忽刺刺風聲兒廝鬧這水也流不盡俺千端愁思積這風也抵不過俺一片哭聲高

〔帶云〕父親和兄弟你都死的好苦也〔唱〕

〔逍遙樂〕俺也幾番價把爹爹連叫只見他七魄悠然三魂去杳〔做哭科云〕痛殺我也父親兄弟也〔唱〕好着我獨自嚎咷這殺人恨何日纔消怎得個清耿耿的官員廝撞着劈頭兒把冤情披告告他將父親殺死兄弟虧圖娘親來佔了

〔云〕父親兄弟兀的不悲痛殺我也〔金御史云〕那裏這般隱隱的哭聲敢就是那被人殺的鬼魂麼〔祗候云〕老爺這裏有個甚麼鬼魂就是恰纔那一隻空船上有人在艙裏啼哭像一個女人的聲氣那〔金御史云〕怎生那空船上有個女人啼哭是真個我試聽咱〔做聽科〕〔正旦云〕那裏這般人聲諕殺我也〔唱〕

〔金菊香〕我這裏低頭不語眼偷瞧〔金御史云〕兀的不是有人說話也〔正旦唱〕呀小可如昨夜停舟那一遭莫不是狠賊徒把咱尋見了你直待要斷盡根苗俺的命恁般薄

〔金御史云〕你聽波這船裏哭的女人必然有些蹺蹊左右與我向前不要諕了他你只問他一個

緣由來者〔祗候云〕我是問他去咱來到這船上怎生偌大一隻船沒的一個人看管咄兀那船裏的人〔正旦云〕哎喲虓殺我也兀的不是個人問我哩且等他說個甚麼我是答應咱〔祗候云〕船裏的人因何這般啼哭〔正旦云〕救我的性命咱〔祗候云〕好怪怎生着我救他的性命知他是個甚麼人我回老爺的話去〔做回御史話科云〕稟爺當真是個女人小的每連叫他數聲只不答應甫能答應了他道是你救我的性命咱〔金御史云〕左右將俺的船再挪上前些靠着他那船我親自問他〔祗候云〕稍子將俺的船略挪上前幫在那空船一搭裏者〔稍公云〕剛待睡一睡着你每打攪死我〔做挪船科云〕住了住了幫做一搭兒裏了也你看那老爺聽的那船上一個女人啼哭便要管他想是出巡久了一向不曾見陰人哩〔御史做近船邊問科云〕兀那船裏哭的女人你有甚麼冤枉衷情你一一的說將來老夫與做你主也〔正旦唱〕

〔醋葫蘆〕則聽的叮嚀頻問取〔金御史云〕你是那家妻小因何在此〔正旦唱〕我是那閨門中女豔嬌〔金御史云〕元來還是個未嫁的女孩兒你說你說〔正旦唱〕俺父親是泉州太守恰離朝〔金御史云〕泉州太守恰離朝是到任去麼〔正旦唱〕不隄防半途逢禍惡〔金御史云〕哦敢是被甚麼強盜劫殺了你家裏還有人麼〔正旦唱〕俺母親被他驅掠直使俺一家的兩相抛

〔金御史云〕清平世界有這等事〔詩云〕幾回低首細沉吟聽取舟中泣訴音則我除冤斷枉無偏曲恰似冰霜一片心兀那女子我乃巡撫江南都御史金廷爵是也你果有甚的冤枉不平之事你一一道來我替你申雪者〔正旦做哭科云〕老爺與俺這冤枉的人做主咱〔唱〕

〔金菊香〕你道是除冤理枉的大官僚你與我那屈死的親爺爺將冤

恨削不承望這搭兒裏偏湊巧這一個天理昭昭誰想道有今朝

〔金御史云〕左右你與我喚出那女兒來見我細問他一個端的者〔祗候做喚科云〕兀那船中女人你出來者俺老爺喚你哩〔正旦云〕哥哥你是何人也〔祗候云〕我們是跟隨金御史老爺的人俺老爺見你那般啼哭要見你問個明白與你做主哩〔正旦云〕天那既是這等呵我見你爺訴冤去咱〔唱〕

〔醋葫蘆〕我這裏慌速速的脚懶擡喘吁吁的身戰搖〔祗候云〕兀那女子你休慌也〔正旦唱〕則這大江中有那一個假相邀〔祗候云〕是俺御史老爺喚你哩〔正旦唱〕險把我魂靈兒被他驚散却生則怕逆徒來到〔做見御史慌科云〕兀的不諕殺我也〔金御史云〕休慌你說你那冤枉之事〔正旦唱〕我我我怕的是明晃晃一把殺人刀

〔金御史云〕兀那女子你近前來你休驚莫怕老夫乃巡撫江南都御史專與人除冤理枉你把那心中冤枉事備細說來我好與你辯明做主〔正旦云〕大人妾身姓馮名玉蘭父親是馮鸞所除福建泉州府太守因去赴任有俺母親田氏將帶妾身同一個小兄弟到於大江邊黃蘆蕩阻風灣船至夜間忽遇着一個巡江官他道是屠世雄因同泊舟與俺父親談話俺父親見他是仕宦中人片語相投就請到俺船上整酒相待酒後出妻獻子不想此人心中狠毒將我母親搶去後又趕過船來持着腰刀將俺父親幷兄弟家童梅香稍公盡行殺死妾身當時心生一計將俺父親書匣抛入江中躲在船稍後舵上待他去遠妾身復還到船中隨着風浪漂流至此不想撞見你個似青天如白日去姦細理冤枉的大人須索與俺做主也〔做拜科〕〔金御史云〕嗨誰想巡江官却做下這等

的事來〔詩云〕從頭至尾聽緣因怎不由人不怒嗔則我筆下難容無義漢劍頭偏斬不平人兀那女子這偌多屍首如今可在那裏〔正旦云〕大人都在俺船上哩〔金御史云〕左右你領人去與我仔細看驗來回報〔祗候云〕理會的〔做看科云〕稟爺那船上死屍是一個老的又是一個小孩兒又是一個女人又是三個男子漢總共六個屍首那頭都不在頸上血糊淋剌的將船板染的一片紅明明是殺死的〔金御史云〕哦六個人都被殺死可不情理難容也兀那女子那個老的是誰

〔正旦唱〕

〔么篇〕則這個年邁的是父親〔金御史云〕又有個小孩兒可是誰〔正旦唱〕可憐呵俺弟兄年紀小〔金御史云〕那小孩兒元來是你兄弟可憐可憐那個女人是誰〔正旦唱〕他是俺梅香小字喚春嬌〔金御史云〕還有三個男子是誰〔正旦唱〕俺家童未將人事曉〔金御史云〕是了那兩個呢〔正旦唱〕那兩個是船家將錢覓到也都在劫數裏不能逃

〔金御史云〕左右這是小姐請他在俺這船後艙安下把他那隻船也帶着待天明直至清江浦官廳內老夫自有個主意恰纔燈下看些文卷見幾個鬼魂提着頭似要伸訴一般去不多時便聽的這個女子啼哭說將起來就是此一樁冤枉之事方信道善惡報應如影隨形但是捉賊無贓終難定罪不知他殺壞您父子之時有甚麼贓仗質證來〔正旦云〕大人有有有現今俺船上他撇下一把刀便是贓仗了也〔金御史云〕左右快去取那把刀來我看咱〔祗候做取刀科云〕稟爺刀在此上面還帶着血痕哩〔金御史云〕左右與我收的好着則這刀上要尋殺人賊也〔正旦唱〕

〔梧葉兒〕這江洋真賊盜怎當俺衆冤魂纏定着他犯了殺人條現

放着大質照刀頭兒血染高請大人自量度若不沙只俺小妮子敢
平空的將命討
〔金御史云〕天明了也老夫體察公事一夜不曾睡左右分付開了船者徑到清江浦官廳邊灣船
問理這一樁公事也〔祗候云〕理會的稍子快開船哩〔稍公云〕知道了慢慢的來牌子昨晚那個
女孩兒在那裏〔祗候云〕在艙裏你要問他怎的〔稍公云〕和老爺說一聲賞與我做媳婦罷〔祗
候云〕噤聲是官宦人家的小姐如今帶着他要辯理人命公事哩你則開了船者〔稍公做使船
跌倒科〕〔金御史云〕兀那女子你跟我到清江浦問理公事去來〔正旦云〕俺到的那裏怎生能
見那賊漢也〔金御史云〕你却不知但是巡江官少不的要來參見老夫〔正旦唱〕
〔浪裏來煞〕我見他怎恕饒他見我難推調怕不來一問一承招只
俺那山海般讎恨須當報再不用荆條細拷拚的親手兒也還上一
千刀〔同下〕
〔音釋〕攏音隴　蠹音妒　墊音店　簸音播　漂音飄　薄巴毛切　惡音襖　掠音料　削
音小　却音巧　晃荒上聲　劫音結　着池燒切　度多勞切

第四折

〔淨扮清江浦驛官上詩云〕我做驛宰忒伶俐吃辛吃苦都不氣接了使客轉回來閉向官廳調百
戲自家是清江浦驛丞打掃的這官廳乾乾淨淨昨日報帖來說道金御史老爺今日船到須索迎
接去遠遠的望見敢是金老爺來了也〔金御史引祗候稍公上〕〔金御史詩云〕有事關心直到明
早開頭踏赴官廳手持白簡秋霜似專與人間理不平老夫金廷簡昨夜在江中體出馮玉蘭訴冤

一事使老夫一夜不眠今日行至清江浦這是個官廳所在那巡江官員人等都在此處參見老夫須索仔細體勘一個虛實左右將那口刀收拾好者將馮玉蘭且藏在船上休得驚唬了他〔祗候云〕理會的〔稍公做使船科云〕船攏了岸也將跳板擱下請爺登岸〔金御史同祗候做下岸入官廳科云〕左右喚那驛官來〔祗候做喚科云〕驛官那裏〔驛官慌云〕有有有〔叩見科〕〔金御史云〕兀那驛丞你出去分付但是沿江一帶大小官員都着入來參見〔驛官云〕老爺且請了下馬飯驛丞早安排了些胡椒鮮魚湯在此伺候待吃過了好慢慢的斷事〔金御史云〕嗯我那在這些酒食你快去分付着各官咱〔驛官云〕這個老爺真個清廉你不吃便罷我出的這門來分付那官員每去兀那聽候的大小官員都入公館中來參見老爺都進去都進去〔屠世雄同巡江官上〕〔屠世雄云〕小官屠世雄是也同俺這衆巡江官員參見御史大人去來可早至公館也〔做見跪科〕〔金御史云〕別的官員且靠後喚的沿江巡視官近前來〔衆做向前跪科〕〔金御史云〕你便是巡江官還有未到的麼〔屠世雄云〕大人在此誰敢不到都來了也〔金御史云〕既然來全了時你衆多的巡江官必然各人有個分巡的地方要你各人自供報文狀上來等老夫好看咱〔屠世雄云〕着俺們供報巡視地方却是甚的主見我只伴報個地方將那黃蘆蕩不提起罷了〔衆做報科〕〔屠世雄做遞狀科〕〔金御史接看科云〕你看這沿江去處都有巡視官怎生黃蘆蕩無人巡視那個所在正是賊盜出沒之處那個是總理官員左右准備下大棒子者〔屠世雄慌科云〕大人只屠世雄便是總理的官〔金御史云〕你既是總理的官怎麼缺了黃蘆蕩這一處快快從實說來但說的有些兒差遲我不道的饒了你也〔屠世雄云〕這黃蘆蕩就是屠世雄時常屯札的信地因此不曾另撥巡視的官〔金御史云〕哦元來你便是屠世雄你那巡江官擒拏盜賊必須要兵刃

鋒利器仗鮮明纔得有功左右你與我一一點閘再等老夫親自看驗若少了一件呵決無輕恕〔一祗候做看科云〕稟爺小的每到各官船上將他那隨身帶的物件等項都看了件件齊備不少一些〔金御史云〕左右都將來我看咱〔衆做搬衣甲弓箭腰刀放在面前科〕〔驛官背云〕這些巡江官平日生事如今可遇着魔頭了〔金御史云〕兀那一堆什物是那個巡江官的〔屠世雄云〕是屠世雄船上的〔金御史云〕將過來我看〔做看科云〕住住住那一件却不是個刀鞘左右將那刀鞘過來〔祗候拏刀鞘遞科〕〔金御史怒云〕屠世雄怎生這一口刀有鞘無刀你敢戲弄我大臣麼我且問你這口刀在那裏各官員且回止留下屠世雄者〔衆巡江官拿物件下〕〔屠世雄云〕大人這口刀因晚間在船上失落了還不曾配就哩〔金御史云〕是怎生失落了來〔屠世雄云〕因向船頭點閘水軍一時不小心弔在江中了也〔金御史云〕這口刀失的有些緣故不動刑法如何肯招左右將這廝與我着力打着者〔祗候做打科〕〔屠世雄云〕大人息怒委是弔在江中別無甚的情節〔金御史云〕還不實說哩左右與我打着者〔做打科〕〔金御史云〕這口刀端的是有也是無快快從實說來〔屠世雄云〕委實是弔在江中便打死屠世雄呵也無他說〔金御史做笑科云〕這口殺人刀敢有麼〔屠世雄云〕委實沒有〔金御史云〕左右便與我將的那口刀來者〔祗候取刀遞與屠世雄科〕〔金御史云〕左右着那廝可認的是他的刀麼〔祗候把刀插入鞘科〕〔屠世雄驚云〕不知這口刀怎生得到大人手裏來〔金御史云〕兀那廝你在黃蘆蕩夜間將馮太守父子梅香家童稍公共六人都被殺死在船上怎生還推不知哩〔屠世雄云〕屠世雄並無此事敢是另有個天災人禍假稱屠世雄的麼〔金御史云〕左右與我船上喚的馮玉蘭小姐來者〔祗候喚科云〕馮玉蘭小姐安在〔正旦上云〕哥哥是誰喚我哩〔祗候云〕小姐如今俺老爺與你拿着殺人賊了在官

廳上喚你去與他對證哩〔正旦云〕謝天地誰想拿住賊漢了也〔唱〕

〔雙調新水令〕急忙忙盼不到接官廳那一個殺人賊今番拿定休道那人間無報應方信是頭上有神明我看他着甚推稱只俺這大人呵清似水朗如鏡

〔祗候云〕小姐上緊走動些老爺坐着久等哩〔做入官廳見科〕〔正旦見屠世雄怕科云〕兀的不諕殺我也〔唱〕

〔駐馬聽〕暗自凝睛不由我不喪膽銷魂忽地驚〔金御史云〕兀那女子你怕他怎的〔正旦唱〕渾如癡掙他是個圖財致命殺人的精〔金御史云〕左右把那廝與我打着者〔祗候做打科〕〔正旦唱〕這番推勘見分明則你那夜來兇惡可也還僥倖眼見的惡貫盈今朝對了俺親爺命

〔云〕兀那賊漢俺父親和你往日無冤近日無讎止因同在黃蘆蕩灣船敬意的設酒請你出妻獻子將你為上賓相待誰想你起這點毒害之心將我父親和兄弟梅香等都被殺死又將俺母親強奪的去了今日可怎生遇着青天老爺體察出來將你拿住兀那賊漢將我的母親送還了者〔金御史云〕屠世雄你怎生不回他一言他那母親今在何處快快從實的說來〔屠世雄云〕老爺可憐見到如今着我甚的言語可回他也〔金御史云〕他那母親呢〔屠世雄云〕老爺他那母親屠世雄實不知道〔金御史云〕這廝無禮到此際尚兀自不肯認哩左右與我打着者〔祗候打科〕〔驛官云〕這些巡江的官來到館驛裏把我不是打便是罵要酒吃要肉吃遲了些就打嘴弝拳你今日可也為事來你死你死牌子着些力氣打打死了又不要償命哩〔金御史云〕嗄那裏有你說處

兀那屠世雄你將他那母親藏在那裏〔屠世雄云〕老爺屠世雄實不知道〔正旦云〕兀那賊漢將
我母親來〔唱〕
〔喬牌兒〕你將俺一家兒性命傾又搶了俺母親呵忒施逞〔云〕大人
可憐見須索追出俺母親來〔屠世雄云〕我屠世雄並不曾搶他母親〔正旦唱〕眼睜睜現放
着俺親身證〔金御史云〕屠世雄你不實說呵等甚麼那〔正旦唱〕還待要嘴巴巴不
肯應
〔金御史云〕這廝堅意的不肯認來我想他搶着去必然就藏在他船上左右領着這馮小姐直至
他船上高聲的叫他那爲母的聽見是他那女孩兒聲音必然答應你可小心在意疾去早來〔祗
候云〕理會的小姐我和你到他船上尋你母親去來〔正旦云〕祗候哥哥他的船隻知他在那裏
也〔祗候云〕他這巡江官的船隻都在那壁廂灣着哩你如今只沿岸邊叫你那母親咱〔正旦同
祗候至船邊叫科云〕偌多的船隻着我那裏尋去也母親母親〔唱〕
〔鴈兒落〕我這裏連聲不住聲〔帶云〕母親母親〔唱〕可怎生應也無人應
〔帶云〕母親母親〔夫人上哭云〕這是我玉蘭孩兒的聲氣待我叫他着玉蘭兒也我在這裏〔正旦
唱〕是那個賊船中叫小名恰便似軍帳裏聽嚴令
〔做應科〕〔夫人云〕兀的不是我玉蘭孩兒〔正旦作扯住科〕〔夫人云〕玉蘭兒你是人是鬼好痛
殺我也〔正旦唱〕
〔得勝令〕呀今日個相遇在江亭莫非是死去再回生〔祗候云〕兀那小
姐走動老爺等着哩〔正旦唱〕與俺這母親重覷面怎麼俺兄弟爹爹也不見

影〔云〕母親那屠世雄拏了也〔夫人云〕他如今在那裏只怕閙不倒他終着他手〔正旦云〕母親我和你同見大人去來〔唱〕現如今審出了真情那怕這逆賊偏頭硬疾忙的前行只怕那清官專意等〔做見御史跪科云〕大人則這個是俺母親〔金御史云〕兀那女子這個是你母親麼〔正旦云〕正是〔金御史云〕在那裏尋着來〔祗候云〕稟爺在屠世雄船上尋來的〔正旦云〕兀那賊漢你道是不曾搶俺母親如今在那個船上藏着哩〔唱〕

〔側磚兒〕你道我平白地把你來把你來供攀定只我這官司裏世不曾經俺馮家的娘親怎倒着你屠家領你可也自思省

〔竹枝哥〕你倚着那巡江的威風敢横行惡哏哏便待生逼俺娘親爲匹聘兀的不是把河橋的孫飛虎搶鶯鶯今日個大人呵做了白馬將我玉蘭呵倒做了惠明僧賊精看你去那裏逃生

〔金御史云〕屠世雄你如今招也是不招〔屠世雄回頭問驛官科云〕驛宰我問你若招了呵得個甚麼罪〔驛官云〕也不打緊殺了五六個人值的甚麼便招了時也只一個砍狗頭的罪兒〔屠世雄云〕罷罷罷我當初睜着眼做今日合着眼受殺他父子家人等都是我來我都招了也〔金御史云〕屠世雄這等的供狀怕你不招那〔正旦做拜謝金御史科唱〕

〔水仙子〕今日個從頭一一盡招承國法王條不順情也顯的你有忠直無偏倭赤心的將公事整端的個播清風萬載標名若不是你金大人勢劍銅鍘將賊徒分腰斷頸可不乾着俺泣江舟這一段寃

情

〔金御史云〕你一行人聽老夫下斷〔詞云〕都則爲你父親除授泉州黃蘆蕩暮夜停舟巡江官相邀共飲出妻子禮意綢繆你母親遭驅被擄全家兒惹禍招憂單撇下剛刀一口積屍骸鮮血交流老夫奉朝命江南巡撫路途間訪出情由將賊徒問成死罪登時決不待深秋馮小姐雖能雪恨奈餘生無管無收請夫人同車載去赴京都擇配公侯這的是金御史秋霜飛白簡纔結末了馮玉蘭夜月泣江舟

〔音釋〕調平聲　勘坎去聲　攛粗酸切　屯音豚　鞘音笑　閘丈甲切　推退平聲　僥音交　應平聲　覷丁梨切　哏狠平聲　綢音紬　繆麻彪切　鍘音閘

題目　金御史清霜飛白簡
正名　馮玉蘭夜月泣江舟

馮玉蘭夜月泣江舟雜劇

珍倣宋版印

西元二〇二二年一月一日重製一版

元曲選 冊四（明臧懋循輯）

平裝四冊基本定價參仟捌佰元正
（郵運匯費另加）

發行人 張 敏 君
發行處 中 華 書 局
臺北市內湖區舊宗路二段一八一巷八號五樓（5FL., No. 8, Lane 181, JIOU-TZUNG Rd., Sec 2, NEI HU, TAIPEI, 11494, TAIWAN)
客服電話：886-8797-8396
公司傳真：886-8797-8909
匯款帳戶：華南商業銀行西湖分行
179100026931
印 刷：維中科技有限公司
海瑞印刷品有限公司

No. N3038-4

國家圖書館出版品預行編目(CIP)資料

元曲選/(明)臧懋循輯. -- 重製一版. -- 臺北市 ： 中華書局, 2022.01
冊 ； 公分
ISBN 978-986-5512-77-4(全套 ： 平裝)

834.57 110021471